U0710386

全本全注全译丛书

中华经典名著

高林广　李丽◎译注

# 词　品

中华书局

图书在版编目（CIP）数据

词品/高林广,李丽译注. —北京:中华书局,2020.4(2024.7
重印)
（中华经典名著全本全注全译丛书）
ISBN 978-7-101-14404-8

Ⅰ.词… Ⅱ.①高…②李… Ⅲ.词(文学)-诗词研究-中国
-古代 Ⅳ.I207.23

中国版本图书馆 CIP 数据核字(2020)第 028212 号

| | | |
|---|---|---|
| 书　　名 | 词　品 | |
| 译 注 者 | 高林广　李　丽 | |
| 丛 书 名 | 中华经典名著全本全注全译丛书 | |
| 文字编辑 | 宋凤娣 | |
| 责任编辑 | 胡香玉 | |
| 装帧设计 | 毛　淳 | |
| 责任印制 | 管　斌 | |
| 出版发行 | 中华书局 | |
| | （北京市丰台区太平桥西里 38 号　100073） | |
| | http://www.zhbc.com.cn | |
| | E-mail:zhbc@zhbc.com.cn | |
| 印　　刷 | 北京盛通印刷股份有限公司 | |
| 版　　次 | 2020 年 4 月第 1 版 | |
| | 2024 年 7 月第 5 次印刷 | |
| 规　　格 | 开本/880×1230 毫米　1/32 | |
| | 印张 17⅞　字数 400 千字 | |
| 印　　数 | 19001-21000 册 | |
| 国际书号 | ISBN 978-7-101-14404-8 | |
| 定　　价 | 45.00 元 | |

# 目录

# 前言

## 一

　　杨慎(1488—1559)，字用修，号升庵，新都(今属四川)人。"幼警敏，十一岁能诗。十二拟作《古战场文》《过秦论》，长老惊异。入京，赋《黄叶诗》，李东阳见而嗟赏，令受业门下"(《明史·杨慎传》)。正德六年(1511)殿试第一，授翰林修撰。预修《武宗实录》，秉性刚直，事必直书。武宗微行出居庸关，抗疏切谏。世宗立，充经筵讲官。嘉靖三年(1524)廷臣"议大礼"，杨慎等三十六人上言抗谏，背旨，受廷杖，贬云南永昌卫。自此以后，或归蜀，或居云南会城，或留戍所，达三十余年之久。嘉靖三十八年(1559)卒于戍所。隆庆初，赠光禄少卿；天启中，追谥文宪。

　　杨慎渊雅博丽，著述颇丰。《明史·杨慎传》称"明世记诵之博，著作之富，推慎为第一。诗文外，杂著至一百余种，并行于世"。其诗文作品主要见于《升庵集》八十一卷和《遗集》二十六卷。存诗二千三百余首，其诗雄浑蕴藉，工致绮丽，沈德潜《明诗别裁集》评价说："升庵以高明优爽之才，宏博绝丽之学，随题赋形，一空依傍，于李(梦阳)、何(景明)诸子外，拔戟自成一队。"又有《升庵长短句》三卷、《升庵长短句续集》三卷，存词三百四十余首，王世贞《艺苑卮言》评价其词曰："杨状元用修，好入六朝丽事，似近而远。"长短句创作之外，杨慎尚有不少词学著述,如《词品》,以及词选《百琲明珠》《词林万选》等。另外,他还评点过《草堂诗余》。因此,杨慎是集作词、论词、选词、评词为一身的著名词学家,被王世贞誉为"词家功臣"。其中,尤以《词品》影响最大。

《词品》为通代词学论著,论析范围从六朝迄于明代。全书辨析文理,研讨正变,考订名物,诠次字句,涉及词的源起、词体特性、词人故实、词作品鉴、风格兴寄、韵律字词等众多内容。李调元《雨村词话序》评为:"吾蜀升庵《词品》,最为允当,胜弇州之英雄欺人十倍。"吴衡照《莲子居词话》也给予了很高的评价:"论列诗余,颇具知人论世之概,不独引据博洽而已。其引据处,亦足正俗本之误……其它辨订,渊该综核,终非陈耀文、胡应麟辈所可仰而攻也。"

## 二

《词品》全书有选有评,评述结合,增益阙漏,比勘错脱,具有较高的词学价值。其所涉及的理论问题较多,相关评述和论析虽不够详尽和细密,但片言警策,亦足资启发后人。要之,其主要建树有如下几端:

(一)倡"词源六朝"说,对词的缘起进行了详尽考辨。

在中国词学史上,关于词的起源问题的探讨不少,也诞生了几种不同的认识和看法,如源于《诗经》说,源于乐府说等等。而杨慎的源于六朝说考订细密,影响最大。尽管前人对此已有所关注,如南宋朱弁《曲洧旧闻》:"词起于唐人,而六代已滥觞矣。梁武帝有《江南弄》,陈后主有《玉树后庭花》,隋炀帝有《夜饮朝眠曲》。岂独五代之主,蜀之王衍、孟昶,南唐之李璟、李煜,吴越之钱俶,以工小词为能文哉。"但真正能结合六朝文学事迹而作细致考究者,非杨慎莫属。《词品序》开宗明义,指出:"诗词同工而异曲,共源而分派。在六朝,若陶弘景之《寒夜怨》,梁武帝之《江南弄》,陆琼之《饮酒乐》,隋炀帝之《望江南》,填词之体已具矣。"杨慎所列诸篇均为诗,与后世真正意义上的由乐定辞、依曲定体的词体尚有很大差异。不过,这些诗在句式、结构、韵律和格调等方面确与词有相似之处。如陶弘景《寒夜怨》间用长短句，句式参差错落，从形式上看确与词体具有一定的相似之处；另外，该诗情致婉媚，冲淡秀洁，与后世词特别是婉约词具有相似的内容情趣和格调气韵。再如梁武帝之"改"西曲，"制"《江南弄》，与后世的"依声填词"有所相似；《江南弄》六首用叠句形式，这也是有其音乐上的缘由和作用的；而大量和作的出现，则是在遵循原有曲调、韵律形式基础上进行的，这又与后世的依曲填词相类。还如，陆琼《饮酒乐》属六言古体诗，从体式上看，唐五代《破阵乐》六言八句一体，《何满子》六言六句一体确与陆琼《饮酒乐》颇多接近。

《词品》卷一、卷二选录了大量六朝及唐五代人作品，较为细致地考察了这些作品与后世词体的关联。其中，多数内容又属于词与六朝文学关系的范畴。杨慎认为，词之源在六朝；不仅如此，"大率六朝人诗，风华情致，若作长短句，即是词也"（卷一《王筠〈楚妃吟〉》）。如《穆护砂》乃"隋朝曲也。与《水调》《河传》同时，皆隋开汴河时，词人所制劳歌也"（卷一《穆护砂》）。再如，梁简文帝《春情曲》为"唐律之祖"，"唐词《瑞鹧鸪》格韵似之"（卷一《梁简文〈春情曲〉》）等等。杨慎从词调缘起、句式变化、故实纪传、诗词关系、韵律形式、字源词典、风华情致等方面详加考叙，"论填词必溯六朝"（卷一《王筠〈楚妃吟〉》）。其所论虽时有舛误，其中一些观点，对于考察词的历史与递嬗痕迹有重要的参鉴意义。同时，填词必溯六朝之论实际上也体现了杨慎对"前七子"之"文必秦汉，诗必盛唐"复古主张的反拨，也正体现了其"尊体"意识，对于提高词的地位、促进词的发展具有积极意义。

受杨慎影响，后世持相似观点者为数不少。如明王世贞《艺苑卮言》："词者，乐府之变也。昔人谓李太白《菩萨蛮》《忆秦娥》，杨用修又传其《清平乐》二首，以为词祖。不知隋炀帝已有《望江南》词。盖六朝诸君臣，颂酒赓色，务裁艳语，默启词端，实为滥觞之始。"清刘熙载《词概》："梁武帝《江南弄》、陶弘景《寒夜怨》、陆琼《饮酒乐》、徐孝穆《长相思》，皆具词体，而堂庑未大。至太白《菩萨蛮》之繁情促节，《忆秦娥》之长吟远慕，遂使前此诸家，悉归环内。"近代王国维《戏曲考源》也讲："诗余之兴，齐梁小乐府先之。"

（二）考释词调，对词体的演进过程做了细致推衍。

词调（或称词牌）是符合某一曲调的歌词形式，是词有别于诗的最重要的形式特征。词调依曲定体，每一个词调都有其特定的内涵和体式要求，如调名、分片、句式、韵位等。《词品》对词调的来源、表现形式和内容等进行了大量的考释和探寻，对后世产生了较大影响。

如关于词调的来源，杨慎认为多来自古人诗句以及魏晋唐人的史志、笔记、小说甚至佛典等。卷一《词名多取诗句》讲："《蝶恋花》则取梁元帝'翻阶峡蝶恋花情'。《满庭芳》则取吴融'满庭芳草易黄昏'。《点绛唇》则取江淹'白雪凝琼貌，明珠点绛唇'。《鹧鸪天》则取郑嵎'春游鸡鹿塞，家在鹧鸪天'。《惜余春》则取太白赋语。《浣溪沙》则取少陵诗意。《青玉案》则取《四愁诗》语。"卷一《〈上江虹〉〈红窗影〉》曰："唐人小说《冥音录》，载曲名有《上江虹》，即《满江红》。《红窗影》，即《红窗迥》也。"如此等等，在《词品》中比较常见。《四库全书总目》称之为"掇拾古语以牵合词调名义"。杨慎从文学史料着手，侧重于探讨词调与魏晋唐人诗歌创作的渊源关系。由于缺少翔实的文献依据，也没有做出进一步深入的说明和论辨，杨慎所作出的判断和所提供的结论，往往显得感性有余而理据不足。不过，此中却贯穿了杨慎"诗词同源"的思想，从一定意义上讲，这一观念体现了杨慎对词体地位的尊崇和肯定。《词品》还多从乐曲名物、韵律特点等探讨词调的渊源与特点，这些考释为后人的相关研究提供了直观的史料参照，具有重要的词学价值。

名称之外，《词品》对于词调与内容的关系多有推衍和揭示。杨慎承续了黄昇"唐词多缘题所赋"的论点，认为唐代词调多与词作所写内容相一致。如李后主《捣练子》"即咏捣练，乃唐词本体也"（卷一《捣练子》）；王晋卿《人月圆》"即咏元宵，犹是唐人之意"（卷一《人月圆》）；

"《临江仙》则言水仙,《女冠子》则述道情,《河渎神》则咏祠庙,《巫山一段云》则状巫峡。如此词题曰《醉公子》,即咏公子醉也"(卷一《醉公子》)。不过,词调的来源和产生又是比较复杂的,并不是每一个词调和所咏内容之间都存在着必然的关联。鉴于此,杨慎又论析了"借腔别咏"的问题。如《干荷叶》曲本该咏荷,但刘秉忠却用此调写出吊宋之作,杨慎认为"此借腔别咏,后世词例也"(卷一《干荷叶》)。杨慎的考论符合词体创作的演进过程,对于分析探讨词体的承衍轨迹具有积极意义。

(三)以情格理,推重词的本色特质。

杨慎论词主"情致",这在《词品》中多有体现。如卷一《王筠〈楚妃吟〉》评六朝人诗为"风华情致";卷二《莲词第一》评欧阳修咏莲花词"情思两极",进而推为"古今莲词第一也";卷三《林和靖》以"甚有情致"评林逋《长相思》一词,等等。卷三《韩范二公词》列举韩琦和范仲淹的词为例言:"二公一时熏德重望,而词亦情致如此。大抵人自情中生,焉能无情,但不过甚而已。宋儒云禅家有为绝欲之说者,欲之所以益炽也;道家有为忘情之说者,情之所以益荡也。圣贤但云寡欲养心,约情合中而已。"韩、范二公虽贵为名公重臣,但词作亦多抒写情致。杨慎因此指出,词中抒写情致是合情合理的。在此认识的基础上,杨慎批评了禅家的"绝欲"之说和道家的"忘情"之说,突出强调了词的抒情功能。"拾遗"中《于湖〈南乡子〉》评朱熹曰:"则晦翁于宴席,未尝不用妓。广平之赋梅花,又司马公亦有艳辞,何伤于清介乎?"宋璟《梅花赋》有南朝徐、庾宫体之风,司马光《锦堂春》一词亦侧艳柔媚,但在杨慎看来,这无损于二公之高名。

杨慎主情之说,是有其切实的现实针对性的。杨慎所处的时代,理学统治文坛,复古之风大盛。宋明理学以理格情,压抑人真实情感的自然表露。在理学家看来,情欲与天理水火不容,"情之溺人也甚于水"(邵雍《〈伊川击壤集〉序》)。词以抒写情性为主,自然就受到了理学家的轻视和排斥。在此背景下,杨慎之论既是对词的本体特征的强调,也明显包含了对理学及其思想主张的批判和反拨。其后,明代中后期主情、尊情之说大盛,并最终发展形成一种声势浩大的思想解放思潮,并直接推动了文学的发展。如徐祯卿主张"因情立格"(《谈艺录》),李梦阳讲"真者,音之发而情之原也"(《诗集自序》),前后七子、公安三袁、李贽、冯梦龙、汤显祖等莫不强调情的地位和价值。杨慎一方面强调情之必有和词中写情之必然,另一方面又主张"不过甚",要"寡欲养心,约情合中",这实际上是对传统儒学"发乎情,止乎礼义""乐而不淫,哀而不伤"等观念的继承。

(四)表出忠慨,强调词人品行学识。

《论语•宪问》曰:"有德者必有言,有言者不必有德。"小词往往拍按香檀,笙歌宴舞,具有很强的娱乐性、香艳性特征,因此被视为"小道"。杨慎以为,作词者既需具备忠慨之志,亦需有深厚的学识素养。

卷二《曹元宠梅词》曰:"徽宗时禁苏学,元宠(曹组)又近幸之臣,而暗用苏句,其所谓掩耳盗铃者。噫,奸臣丑正恶直,徒为劳尔。"曹组是徽宗的文学侍臣,"以占对开敏得幸"(《宋史•曹勋传》),确为"近幸之臣";杨慎鄙薄曹组之为人,因此才有"掩耳盗铃""奸臣丑正恶直"之评。卷三《初寮词》也讲,王安中"初为东坡门下士,诗文颇得膏腴……其后附蔡京,遂叛东坡,其人不足道也"。王安中曾拜苏轼为师,登第后,又以弟子礼事苏门中人晁说之。但王安中显贵之后,对于求学晁说之一段经历却颇为忌讳;又谄事蔡京父子,品行轻薄。因此,杨慎言"其人不足道也"。对于那些清标玄致、英英独照一类词家,杨慎极力推许,褒扬有加。其评张元幹曰:"以送胡澹庵及寄李纲词得罪,忠义流也。"(卷三《张仲宗》)张元幹词有英雄之气、悲愤之情;因此即使词不甚工,"亦当传""宜表出之"。其评王迈曰:"实之盖进则忠鲠,退则豪侠,元龙、太白一流人也。可以补史氏之遗。"(卷四《王实之》)对王迈的才性、气质、政治品节等予以了高度评价。其评刘辰翁《宝鼎现》曰:"此词题云'丁酉',盖元成宗大德元年,亦渊明书甲子之意也。词意凄婉,与《麦秀歌》何殊。"

（补《刘会孟》）对刘辰翁的政治品节大为推许。卷五《陈敬叟》等有对当权误国者秦桧、贾似道之流极为憎恨，直呼"可胜诛哉"！如此等等，都显示了杨慎对词人品节的重视。

品行之外，杨慎对词人的学识亦多有强调。如卷一《欧苏词用〈选〉语》曰："填词虽于文为末，而非自《选》诗、《乐府》来，亦不能入妙。"主张词人应多研读《文选》《乐府诗集》等古代典籍，缵修前续，斟酌古语，取其精华，以此来增长才识，使词作臻于妙境。卷二《邱长春梨花词》曰："天上无不识字神仙，世间宁有不读书道学耶？"此论意在褒扬丘（邱）处机学识渊博、勤于著述；同时，也对束书不看、妄言玄理者提出批评。卷三《张仲宗词用唐诗语》曰："词虽一小技，然非胸中有万卷，下笔无一尘，亦不能臻其妙也。"杨慎认为，胸中万卷是"填词最工"的基础。《词品》中对苏轼、秦观、辛弃疾等人词作中的用典、用韵乃至用语情况都进行了大量的考论。其中，既见出诸家的天才高朗，亦体现了杨慎的笥腹与博洽。

（五）搜采参证，保留了大量有价值的词学文献。

《词品》大量摘引六朝及唐宋人的佳言秀句，有些重点词作则全文载录。这一方面显示了杨慎的博闻强识，另一方面也与其藏书丰富有关。任良幹《〈词林万选〉序》讲："升庵太史公家藏有唐宋五百家词，颇为全备。"此说虽不可信，但《词品》中屡屡提及的就有《遏云集》《花间集》《兰畹集》《花庵词选》《诗余图谱》《天机余锦》《草堂诗余》以及大量的别集等，亦可证杨慎藏书之富。杨慎在摘引和载录的同时，又做了不少的辨析和考订，这对于词籍文献的留存和辨析起到了积极作用，有些则成为后世相关研究的原始文本依据，因而具有重要的文献价值。

卷三《莺花亭》录陆游《莺花亭》诗："沙上春风柳十围。绿阴依旧语黄鹂。故应留与行人恨，不见秦郎半醉时。"此诗首见于《词品》，赖杨慎辑录之功而得以流传后世。卷六《杜伯高三词》全文载录杜旟《酹江月·赋石头城》《摸鱼儿·湖上》《蓦山溪·春》三词，杜旟本集不传，今所传词只有杨慎所录之三首。后人讨论杜旟词，均以《词品》所载为据，其文献价值可见一斑。他如,元鲜于枢《念奴娇·八咏楼》一首,元滕宾《百字令·赠宋六嫂》一首、《瑞鹧鸪·赠歌童阿珍》一首,元末明初黄澄《绮罗香》(绡帕藏春)一首、《卖花声》(人过天街)一首等,均首见于杨慎《词品》,《全金元词》据以录入。"拾遗"《李师师》一则,录宋江词一首,《全宋词》据以辑入。王幼安《〈词品〉校点后记》讲:"升庵博览,颇有佚篇断句,赖此以存,如宋梁山领袖宋江之《念奴娇》一词,即未见于他书。"

在采撷遗逸的同时,杨慎注重参校故实,辨明错讹。如卷一《闻笛词》辨《玉楼春》(玉楼十二春寒侧)之作者:"或以为张子野,非也。子野卒于南渡之前,何得云'三十六宫秋草碧'乎?"杨慎从"三十六宫(指汴京)秋草碧"一句推断此词非张先所作。卷二《解红》辨《解红》非吕洞宾所作:"曲名有《解红》者,今俗传为吕洞宾作,见《物外清音》,其名未晓……盖五代时人也。焉有吕洞宾在唐世预填此腔邪?"亦理据充足,令人信服。至于匡谬正疵、订正坊刻之误者,则比比皆是,不胜枚举。如卷五《蓦山溪》:"东坡诗亦云:'笑把鸱夷一杯酒,相逢卵色五湖天。'今刻苏诗不知出处,改'卵色'为'柳色',非也。《花间》词'一方卵色楚南天',注以'卵'为'泖',亦非。"杨慎考察了苏诗刻本及《花间集》刻本中对"卵"字的误改、误释情况,订正了其中的讹误。这些都颇能见出杨慎的审慎和细密,也具有较高的文献价值。

此外,《词品》还对以俗为雅、微言兴寄、使事用典、风格情调等词学核心理论问题进行了分析和讨论,剖判条源,时有发明,同样具有重要的理论价值。《词品》还大量涉及词的立意命题、句法结构、用韵方式、炼字炼句、名物考释等,这些内容,本书在"注释"和"题解"部分作了一定的归纳和分析,这里不再赘述。

《词品》是在杨慎远谪滇南时完成的,由于地处荒蛮,闻见有限,加之资料稀少,检阅不便,致使书中出现了不少讹误。对此,明人胡应麟《少室山房笔丛》、陈耀文《正杨》多有指摘,清人谢章铤也曾指出:"杨升庵《词品》六卷,补遗一卷,中记刘子寰、马子严、冯艾子,皆以名为字。

张仲宗又专举其字,而失记其名,殊误。谓词名多取诗句,虽历历引据,率皆附会,屡为《笔丛》辨驳。"《词品》还大量引录《花庵词选》《苕溪渔隐丛话》《齐东野语》《能改斋漫录》《武林旧事》《少室山房笔丛》《吴礼部诗话》《青楼集》《古杭杂记》《西湖游览志余》等前人著述中的论点和内容。在摘录前人文献和言论时,《词品》多不注文献来源或出处。有的系通篇引录,有的仅对字句稍作改换,有的则是糅合、拼接几种文献而成,这部分内容约占全书的四分之一。现代人的一些著作和论文,如唐圭璋《词话丛编》(中华书局,1986 年)、刘真伦《升庵词品校证》(台湾华正书局,1996 年)、岳淑珍《杨慎词品校注》(中州古籍出版社,2013 年)、王大厚《升庵词品笺证》(中华书局,2018 年)、张仲谋《杨慎〈词品〉因袭前人著述考》(《古籍整理研究学刊》,2008 年第 4 期)、张静《评点与词话——杨慎评点〈草堂诗馀〉与撰著〈词品〉之关系》(《中国韵文学刊》,2008 年第 2 期)、罗忼烈《杨慎〈词品〉多纰漏》(重庆师院学报,1994 年第 1 期)等多有举列和分析。

尽管《词品》存在较多的舛谬和不当,但总体上来看,它在中国词学史上具有较为重要的地位。谢章铤《赌棋山庄词话》在指摘《词品》之失的同时,也客观地指出:"然大体极有可观。盖升庵素称博洽,于词更非门外道黑白。"吴梅《词学通论》也讲过:"《词品》虽多偏驳,顾考核流别,研讨正变,确有为他家所不如者。"

三

据杨慎《词品序》,《词品》的成书时间是在嘉靖辛亥(1551)仲春。其刊行时间是在嘉靖甲寅(1554),前有周逊序及杨慎自序。这是《词品》最早的刻本,人称"嘉靖本"。其后,明清两代出现了众多的《词品》刊本和影印本,如明刘大昌珥江书屋刻《词(辞)品》本(简称"珥江书屋本"),明陈继儒序刻本(简称"陈序本"),明陈继儒校订本(简称"陈校本")、明焦竑编、顾起元校《升庵外集》所收《词品》本(简称"《外集》

本"），明程好之刻《天都阁藏书》本（简称"天都阁本"），清李调元校订《函海》本（简称"函海本"），清光绪王鸿文堂刻《总纂升庵合集》所收《词品》本（简称《合集》本"），等等。各本特点不一，所收条目亦有所差异。对此，前贤今哲对其源流得失多有论及，兹不赘言。各本中，嘉靖本出现的时间最早，而函海本的影响最大。

1960 年，人民文学出版社出版了王幼安校点本，此本以嘉靖本为依据，对其中的脱讹进行了补充和订正，但仍有不少舛误。1986 年出版的唐圭璋《词话丛编》修订本，据嘉靖本辑入，并对王幼安校点本之讹脱加以补正，有的还附了案语，此本遂成为现传《词品》中最权威、最通行的本子。此本六卷，"拾遗"一卷，计三百二十则；另附陈秋帆"词品补"四则，总计三百二十四则。但原本脱讹仍有存在，一些引据还存在疏漏之处。

此次译注，我们选择嘉靖本为底本，以"珥江书屋本"、《丛书集成初编》所收天都阁影印本及函海本为主要参校本。嘉靖本出现时间最早，也最能反映《词品》原貌；又经王幼安先生和唐圭璋先生补正，辑入《词话丛编》，通行既久，影响也最大。《词话丛编》有陈秋帆辑补《转合曲》《鼓子词》《刘会孟》《镜听》四则，此出顾起元"《外集》本"，此次亦列入"词品补"部分加以注析和说明，以供参鉴。

清光绪八年(1882)王鸿文堂刻《总纂升庵合集》本据《升庵全集》增入《薛沂叔守岁词》《尤延之落梅海棠二词》《玉树曲》《羊叔之疏语》等四则，此恐非《词品》最初形制，为尽量体现原书面貌，此次未予收录。应当看到，杨慎词论，并非仅见于《词品》，《升庵集》及《丹铅总录》《百琲明珠》《词林万选》等著作中尚有大量内容涉及词的渊源流变、风格体制、语言形式、词人掌故及词作辑录品评等。邓子勉编《明诗话全编·杨慎词话》，据《词品》、杨氏批点《草堂诗余》《丹铅总录》《升庵先生文集》《百琲明珠》等共录杨慎词话八百四十二则，蒐讨更广，足资参鉴。

依据中华书局"中华经典名著全本全注全译丛书"的撰写体例，本编于《词品》每则下均析"题解""注释""译文"三个部分。"题解"部分，重在辨析文献源流，梳理其重要理论观点和认识，总结其成就特色及存在的明显差忒等，亦有对文中所涉关键作品的简略提示。有的观点，仅为一己之见，未必妥帖。"注释"部分，侧重于文中所涉及人物和事件的笺释，名物与事典的疏解说明，疑难字词的释解及重要诗词作品的引录等。由于所据版本之差异，或记忆之误，《词品》所引古代诗词多异文。如辛弃疾"倩何人唤取，红巾翠袖，揾英雄泪"，《词品》卷四《贺新郎》作"凭谁唤取，盈盈翠袖，揾英雄泪"。有的诗词异文，也不排除杨慎按照自己的理解故意改造的可能。依据"三全本"体例要求，本书不出校记，但差异较大、可能影响作品释读的异文，或重要疑误者，则依据本集或可靠选集进行校勘，并在注释中予以适当举列。为使读者更直观、全面地了解《词品》内容，避免翻检之劳，依据"丛书"的统一要求，注释中还引录了不少重要的诗词作品，尤其是词作品。这些作品均来自本集，或公认的权威性选集、总集，如《全宋词》《全金元词》等。译文部分，原则上以直译为主，意译为辅，尽量做到语言流畅，表达清晰，语法规范。

嘉靖本原有明嘉靖三十三年(1554)周逊序及明嘉靖三十年(1551)杨慎自序，《词话丛编》亦收入。兹列杨慎自序于正文前，以备检索参照。

本书在撰写过程中，大量学习和参照了前贤今哲的观点、思路、文献和研究方法，但限于闻见和学识，书中一定还有不少的纰漏和错误，肯请方家学者不吝赐教！

全书"译文"部分由李丽负责，其余部分由高林广负责。

中华书局宋凤娣博士为本书的撰写提供了许多帮助，在此谨致谢忱！

高林广　李丽

2018 年 10 月

# 词品序

【题解】

　　本则是杨慎为《词品》所作的序言,主要谈了两个问题。一是"诗词同工而异曲,共源而分派"。这是杨慎对诗词关系的基本认识,缘于此,杨慎坚持认为词源于六朝。他列举了陶弘景《寒夜怨》、梁武帝《江南弄》、陆琼《饮酒乐》、隋炀帝《望江南》等,认为六朝时词的基本体式已具备。在此基础上,又举出唐韦应物、刘禹锡之"新声",五代的《花间集》和《兰畹曲会》等,以明词体日臻完备和成熟之痕迹。二是《草堂诗余》名称之由来。杨慎认为,"草堂"乃李白文集名,而"诗余"即诗之余绪。杨慎推李白《忆秦娥》《菩萨蛮》二首为"百代词曲之祖",给予了很高的评价。

　　诗词同工而异曲,共源而分派。在六朝,若陶弘景之《寒夜怨》<sup>①</sup>,梁武帝之《江南弄》<sup>②</sup>,陆琼之《饮酒乐》<sup>③</sup>,隋炀帝之《望江南》<sup>④</sup>,填词之体已具矣。若唐人之七言律,即填词之《瑞鹧鸪》也。七言律之仄韵,即填词之《玉楼春》也。若韦应物之《三台曲》《调笑令》,刘禹锡之《竹枝词》《浪淘沙》,新声迭出。孟蜀之《花间》<sup>⑤</sup>,南唐之《兰畹》<sup>⑥</sup>,则其体大备矣。岂非共源同工乎？然诗圣如杜子美，而填词若太白之《忆秦娥》《菩萨蛮》者，集中绝无。宋人如秦少游、辛稼轩，词极工矣，而诗殊不强人意，疑若独艺然者，岂非异曲分派之说乎？昔宋人选填词曰《草堂诗余》⑦。其曰"草堂"者，太白诗名《草堂集》，见郑樵书目⑧。太白本蜀人，而"草堂"在蜀，怀故国之意也。曰"诗余"者，《忆秦娥》《菩萨蛮》二首为诗之余，而百代词曲之祖也。今士林多传其书，而昧其名。故于余所著《词品》首著之云。

**嘉靖辛亥仲春，花朝洞天真逸杨慎序**

**【注释】**

① 陶弘景（456—536）：字通明，南朝齐梁时期道教思想家、医学家、政治家。《寒夜怨》：乐府篇名，陶弘景作，载《乐府诗集·杂曲歌辞十六》。全诗杂用三、五、七言，沈德潜《古诗源》卷十三言其"音节近词"。

② 梁武帝（464—549）：即萧衍，字叔达，南朝梁开国皇帝。《江南弄》：乐府篇名，梁武帝萧衍作，属《清商曲辞》，载《乐府诗集清商曲辞七》。《古今乐录》："梁天监十一年冬，武帝改西曲，制《江南上云乐》十四曲，《江南弄》七曲。"

③ 陆琼（537—586）：字伯玉，南朝陈诗文作家。《饮酒乐》：《乐府诗集·杂曲歌辞十七》题为《还台乐》，陆琼作。

④ 隋炀帝之《望江南》：《隋炀帝海山记》："帝多泛东湖。帝因制湖上曲《望江南》八阕，云……帝常游湖上，多令宫中美人歌唱此曲。"

⑤ 《花间》：即《花间集》，唐五代词选集，十卷，五代后蜀赵崇祚编。选录晚唐五代温庭筠、韦庄等十八人的词作五百首。多以花间柳下为题材，描写享乐生活和恋情离思，词风婉约艳丽。集前有

欧阳炯序。

⑥《兰畹》：即《兰畹曲会》，词选，宋孔夷辑。原书已佚。

⑦《草堂诗余》：唐宋词选集，宋无名氏编。《直斋书录解题》著录，称其"(皆)书坊编集者"。分前集二卷、后集二卷，共四卷，选辑唐、五代、宋词三百六十七首。

⑧郑樵(1104—1162)：字渔仲，自号溪西逸民，学者称夹漈先生。兴化军莆田(今属福建)人。高宗召对，授右迪功郎、礼兵部架阁。后入为枢密院编修官。著有《氏族志》《动植志》等八十余种。晚年编撰《通志》，网罗各代历史，合为一书，其中的二十略，颇具创见。所著多有亡佚，存者除《通志》外，仅有《尔雅注》《夹漈遗稿》等。

**【译文】**

诗词同样精湛但曲调不同，具有共同来源但分属不同体派。在六朝，如陶弘景的《寒夜怨》、梁武帝的《江南弄》、陆琼的《饮酒乐》、隋炀帝的《望江南》，填词的体式已经具备了。如唐人的七言律诗，即填词的《瑞鹧鸪》。七言律诗的仄韵，即填词的《玉楼春》。如韦应物的《三台曲》《调笑令》、刘禹锡的《竹枝词》《浪淘沙》，新作乐曲接连出现。后蜀的《花间》、南唐的《兰畹》，其体式已经完备了。难道不是有着共同的来源，且都工致吗？但如诗圣杜子美，像太白《忆秦娥》《菩萨蛮》那样的词作，在他的文集中却绝对没有。宋人如秦少游、辛稼轩，词作极其工巧，而诗却差强人意，怀疑各有独树一帜的技艺，这难道不正说明曲调不同、体派有别吗？从前宋人有词选称《草堂诗余》。其称"草堂"的原因，源于太白的诗集名《草堂集》，见郑樵的书目。太白本是蜀人，而"草堂"在蜀地，含有怀念故乡之意。称"诗余"的原因，是因为《忆秦娥》《菩萨蛮》二首是诗的余绪，而且是百世词曲的鼻祖。今文人士大夫多传其书，而对其名称由来却不太了解。所以在我所著的《词品》开篇著录了它。

嘉靖辛亥仲春，花朝洞天真逸杨慎序

# 卷一

## 一　陶弘景《寒夜怨》

### 【题解】

杨慎认为,词起源于六朝。《词品序》开宗明义指出:"诗词同工而异曲,共源而分派。在六朝,若陶弘景之《寒夜怨》,梁武帝之《江南弄》,陆琼之《饮酒乐》,隋炀帝之《望江南》,填词之体已具矣。"在本则中,杨慎更具体地指出,陶弘景《寒夜怨》与后世《梅花引》"格韵"相似。

陶弘景《寒夜怨》抒写了闺阁相思之情,属杂言体诗。《乐府诗集·杂曲歌辞十六》题解:"《乐府解题》曰:'晋陆机《寒夜吟》云"雪夜远思君,寒窗独不寐",但叙相思之意尔。'陶弘景有《寒夜怨》,梁简文帝有《独处愁》,亦皆类此。"

关于《梅花引》,郭茂倩《乐府诗集·横吹曲辞四》在南朝宋鲍照《梅花落》解题称:"《梅花落》本笛中曲也,按唐大角曲亦有《大单于》《小单于》《大梅花》《小梅花》等曲,今其声犹有存者。"清人毛先舒《填词名解》曰:"《梅花引》,本笛曲名,唐诗《羌笛梅花引》。"可见,其渊源比较久远。宋代《梅花引》词调有两体,一体为五十七字,一体为一百一十四字,即在五十七字的基础上再加一叠。清康熙五十四年(1715)王奕清等所编的《钦定词谱》卷十二以贺铸所作"城下路"为正体,双调,五十七字,上片七句三仄韵转三平韵,下片六句换另部二仄韵转二平韵一叠韵。

《寒夜怨》是诗,和后世作为词调的《梅花引》在字数、句式、结构及韵律形式上显然存在巨大的差异。但另一方面,《寒夜怨》间用长短句,句式参差错落,从形式上看确与词体具有一定的相似之处。另外,更重要的是,陶弘景《寒夜怨》情致婉媚,冲淡秀洁,与后世词特别是婉约词具有相似的内容情趣和格调气韵,因此杨慎才有"格韵似之"之论。

陶弘景《寒夜怨》云①:"夜云生。夜鸿惊。凄切嘹唳伤夜情②。"后世填词,《梅花引》格韵似之③,后换头微异④。

**【注释】**

①陶弘景(456—536):字通明,自号"华阳隐居"。丹阳秣陵(今江苏南京)人。南朝齐梁时期的道教思想家、医学家、政治家。齐高帝时引为齐诸王侍读。入梁,隐居句曲山(茅山)。梁武帝礼聘不出,时称"山中宰相"。明人辑有《陶隐居集》(一名《陶贞白集》)。逯钦立《先秦汉魏晋南北朝诗·梁诗卷十五》录其诗六首。

②"夜云生"几句:出自陶弘景《寒夜怨》,载《乐府诗集·杂曲歌辞十六》中,全诗如下:"夜云生,夜鸿惊,凄切嘹唳伤夜情。空山霜满高烟平,铅华沈照帐孤明。寒月微,寒风紧。愁心绝,愁泪尽。情人不胜怨,思来谁能忍。"嘹唳(lì),指声音响亮凄清。

③《梅花引》:词调名,又名《小梅花》《行路难》《将进酒》《贫也乐》。格韵:指格调气韵。

④换头:词的下片首句与上片开头不同的,称"换头",也称"过片""过遍""过变"。

**【译文】**

陶弘景《寒夜怨》有言:"夜云生。夜鸿惊。凄切嘹唳伤夜情。"后世填词,《梅花引》格调气韵与《寒夜怨》相似,之后换头略有不同。

## 二　陆琼《饮酒乐》

### 【题解】

本则推陆琼《饮酒乐》为词体的重要源头,并说"唐人之《破阵乐》《何满子》皆祖之"。

《破阵乐》乃唐教坊曲,后用作词调。《旧唐书·音乐志》:"《破阵乐》,太宗所造也。太宗为秦王之时,征伐四方,人间歌谣《秦王破阵乐》之曲。及即位,使吕才协音律,李百药、虞世南、褚亮、魏徵等制歌辞。"唐《破阵乐》有五言四句、六言八句、七言四句共三体(详任半塘《唐声诗》下编,上海古籍出版社1982年),其六言八句一体,商调,五平韵,从体式上看,与陆琼《饮酒乐》六言六句较为接近。

《何满子》即《河满子》,亦唐教坊曲,后用作词调。白居易有《何满子》诗,其自注云:"开元中,沧州有歌者何满子,临刑进此曲以赎死,上竟不免。"后定为曲名。《花间集》录五代和凝《河满子》两首,其中"写得鱼笺无限"一首,六言六句,三平韵,共三十六字,体式与陆琼《饮酒乐》相同;另一首"正是破瓜年几(纪)",只第三句为七字,其余与前词基本相同。这两体后均被《词谱》卷三收列。

可见,从体式上看,唐五代《破阵乐》《何满子》两曲确与陆琼《饮酒乐》颇多接近,杨慎所谓唐人"皆祖之"是有一定依据的。

陈陆琼《饮酒乐》云[①]:"蒲桃四时芳醇。琉璃千钟旧宾。夜饮舞迟销烛,朝醒弦促催人。春风秋月长好,欢醉日月言新[②]。"唐人之《破阵乐》《何满子》皆祖之。

### 【注释】

①陆琼(537—586):字伯玉。吴郡吴(今江苏苏州)人。陈武帝永

定(557—559)中，州举秀才。历官尚书外兵郎、殿中郎、新安王文学、太子庶子、通事舍人、给事黄门侍郎等，转太子中庶子。后主时，官至吏部尚书。有集二十卷，早佚。今存诗六首，逯钦立辑入《先秦汉魏晋南北朝诗·陈诗卷五》。

②"蒲桃四时芳醇"几句：诗载《乐府诗集·杂曲歌辞十七》，题为《还台乐》。另，《乐府诗集·杂曲歌辞十四》录陆机《饮酒乐》诗一首："蒲萄四时芳醇，琉璃千钟旧宾。夜饮舞迟销烛，朝醒弦促催人。"与陆琼《饮酒乐》前四句完全相同。蒲桃，即葡萄，此处指葡萄酒。

## 【译文】

南朝陈陆琼《饮酒乐》有言："蒲桃四时芳醇。琉璃千钟旧宾。夜饮舞迟销烛，朝醒弦促催人。春风秋月长好，欢醉日月言新。"唐代人的《破阵乐》《何满子》都承袭它。

# 三　梁武帝《江南弄》

## 【题解】

本则以梁武帝《江南弄》为例，以证填词滥觞于六朝的观点。结合杨慎的论述及相关文学史事实，《江南弄》与后世词体之关联，似可举出如下数端：

第一，梁武帝之"改"西曲和"制"《江南弄》，与后世"依声填词"相类。据南朝陈释智匠《古今乐录》，"梁天监十一年冬，武帝改《西曲》，制《江南上云乐》十四曲，《江南弄》七曲"。从形式上看，西曲多为五言四句，个别也有四言四句、七言两句或五言三言相间等情况。梁武帝《江南弄》以七言、三言结构成篇，与《西曲》全然不同，这显然是改造《西曲》的结果。形式上的差异，实际上也正反映了两曲在曲调、韵律、声调等方面的不同。音乐形式发生了变化，歌辞的结构形式随之也出现了新的变化。因此,梁武帝之"改"西曲,实际上正体现了顺应音乐表现的需要,这与后世之依声填词有一定相似之处。

第二,《江南弄》叠句形式的运用,与音乐及演唱有关。本则所录梁武帝《江南弄》第一首"舞春心"三字属叠句,其余六首也具有相同的结构特点。叠句的使用不仅使诗歌更具回环往复、婉转绮靡之美,同时,也有其音乐上的缘由和作用。诚如萧涤非《汉魏六朝乐府文学史》所论"乐府之叠句,泰半由音乐关系,然当其所叠,往往为篇中主旨所在。至如此处之叠句,则并为章法、韵脚、情意转换之枢纽,故即离开音乐,犹自有其文艺上之曲线美,亦乐府中利用叠句表情法之一进步也。"

第三,大量和作的出现,与词体创作有相似处。武帝《江南弄》七曲问世后,当时就有不少和作。如简文帝有《江南曲》《龙笛曲》《采莲曲》,沈约有《赵瑟曲》《秦筝曲》《阳春曲》《朝云曲》等。和作的格律形式、章法结构、句式等与梁武帝所作完全相同。显然,这些和作是在遵循原有曲调、韵律的基础上进行的,这与后世依曲调填词的情形相类似。


梁武帝《江南弄》云①:"众花杂色满上林。舒芳耀彩垂轻阴。连手躞蹀舞春心②。舞春心。临岁腴。中人望,独踟蹰。"此词绝妙。填词起于唐人,而六朝已滥觞矣。其余若"美人联锦""江南稚女"诸篇皆是③。《乐府》具载,不尽录也。

**【注释】**

①梁武帝《江南弄》:梁武帝模仿当时民歌制作的一组乐歌,共七首,分别为:《江南弄》《龙笛曲》《采莲曲》《凤笛曲》《采菱曲》《游女曲》《朝云曲》。诗见《乐府诗集·清商曲辞七》。梁武帝(464—549),姓萧,名衍,字叔达。南朝梁开国皇帝。在位四十

八年，侯景之乱，被饿死于建康台城，年八十六。在位期间，提倡
儒学，大兴佛教，重视文士，也笃好著述，有《梁武帝集》。

②躞蹀（xiè dié）：小步行走貌。

③美人联锦：指《江南弄》七曲之《龙笛曲》，诗曰："美人绵眇在云
堂，雕金镂竹眠玉床。婉爱寥亮绕红梁。绕红梁，流月台，驻狂
风，郁徘徊。"江南稚女：指《江南弄》七曲之《采菱曲》，诗曰："江
南稚女珠腕绳，金翠摇首红颜兴。桂棹容与歌采菱。歌采菱，心
未怡，翳罗袖，望所思。"

【译文】

梁武帝《江南弄》有言："众花杂色满上林。舒芳耀彩垂轻阴。连手
躞蹀舞春心。舞春心。临岁腴。中人望，独踟蹰。"这首词极其美妙。
填词起源于唐代人，然而六朝已经发其端。其他像《江南弄》七曲之《龙
笛曲》《采菱曲》等篇都是。《乐府诗集》有详细载录，此处就不全载
录了。

## 四　徐勉《迎客》《送客》曲

【题解】

词之初始，以宴饮娱宾为主要目的，就其合乐歌唱的表现形式及遣
兴娱宾的社会功能来看，与六朝乐府诗中的迎、送曲有着紧密的渊源关
系。杨慎论词，以为词体之源在六朝。因此，本则载录并叙及徐勉的
《迎客曲》和《送客曲》。

本则还对徐勉的政治才能和品行节操进行了评述，称赞徐勉为"贤
臣""严正而又蕴藉"，这是符合历史事实的。文中所言"今宵且可谈风
月"事，在《梁书》及《南史》本传中都有具体记载。江左多名士，其中尤
以王、谢两家行为高蹈，风华绝代；而徐勉博通经史，儒雅风流，为政清
廉，不徇私情，在杨慎看来，正可以与谢安、王俭媲美。因此，评为"江左

风流宰相"。

古者宴客有迎客、送客曲,亦犹祭祀有迎神、送神也。梁徐勉《迎客曲》云①:"丝管列,舞曲陈。含声未奏待嘉宾。罗丝管,陈舞席。敛袖嘿唇迎上客②。"《送客曲》云:"袖缤纷,声委咽。余曲未终高驾别。爵无算,景已流。空纡长袖客不留。"徐勉在梁为贤臣。其为吏部日,宴客,酒酣,有求詹事者③。勉曰:"今宵且可谈风月④。"其严正而又蕴藉如此。江左风流宰相,岂独谢安、王俭邪⑤?

**【注释】**

①徐勉(466—535):字修仁。东海剡(今山东郯城)人。齐时,为太学博士、尚书殿中郎等,梁天监二年(503),除给事黄门侍郎、尚书吏部郎等。博通经史,勤于著述。存诗八首,逯钦立辑入《先秦汉魏晋南北朝诗》。下引《迎客曲》《送客曲》均载《乐府诗集·杂曲歌辞十七》。

②嘿唇:魏晋六朝时女子的一种唇妆。

③詹事:官名。秦始置,职掌皇后、太子家事。东汉废,魏晋复置。唐建詹事府,辽、金、元置詹事院。明清皆置詹事府,设詹事及少詹事,为三四品官,其下有左右春坊及司经局等,备翰林官的升迁,无实职。

④今宵且可谈风月:《梁书·徐勉传》:"勉居选官,彝伦有序,既闲尺牍,兼善辞令,虽文案填积,坐客充满,应对如流,手不停笔。又该综百氏,皆为避讳。常与门人夜集,客有虞暠求詹事五官,勉正色答云:'今夕止可谈风月,不宜及公事。'故时人咸服其无私。"

⑤谢安(320—385):字安石。阳夏(今河南太康)人。官至尚书仆
　　射,领中书令。王俭(452—489):字仲宝。临沂(今属山东)人。
　　宋明帝时,官秘书丞;入齐,迁尚书左仆射,领吏部。著有《七
　　志》。

【译文】

　　古时宴请宾客有迎客、送客的歌曲,就如同祭祀有迎神、送神的歌
曲一样。南朝梁时徐勉的《迎客曲》有言:"丝管列,舞曲陈。含声未奏
待嘉宾。罗丝管,陈舞席。敛袖嘿唇迎上客。"《送客曲》有言:"袖缤
纷,声委咽。余曲未终高驾别。爵无算,景已流。空纡长袖客不留。"
徐勉在梁代是贤明的臣子。他任尚书吏部郎时,宴请宾客,酒喝得畅
快时,有人谋求詹事一职。徐勉说:"今夜暂且可以谈论闲适之事。"他
严肃正直而又含蓄如此。江东杰出不凡的宰相,难道只有谢安、王
俭吗?

## 五　僧法云《三洲歌》

【题解】

　　《三洲歌》乃南朝乐府民歌篇名,属《清商曲辞·西曲歌》。《乐府诗
集》卷四十八《三洲歌》题解引《唐书·乐志》曰:"《三洲》,商人歌也。"又
引《古今乐录》曰:"《三洲歌》者,商客数游巴陵三江口往还,因共作此
歌。其旧辞云:'啼将别共来。'梁天监十一年,武帝于乐寿殿道义竟留
十大德法师设乐,敕人人有问,引经奉答。次问法云:'闻法师善解音
律,此歌何如?'法云奉答:'天乐绝妙,非肤浅所闻。愚谓古辞过质,未
审可改以不?'敕云:'如法师语音。'法云曰:'应欢会而有别离,啼将别
可改为欢将乐,故歌。'歌和云:'三洲断江口,水从窈窕河傍流。欢将
乐,共来长相思。'旧舞十六人,梁八人。"可见,《三洲歌》旧有其辞,梁武
帝时法云曾为改易。本则中,杨慎以为《三洲歌》乃法云所作,不够确

当。不过,杨慎所谓"江左词人多风致,而僧亦如此"的认识是符合文学史实际的。所举汤惠休"碧云"诗虽已不存,但从汤惠休现存"秋风袅袅入曲房,罗帐含月思心伤。蟋蟀夜鸣断人肠,长夜思君心飞扬。他人相思君相忘,锦衾瑶席为谁芳"(《白纻歌》其三)、"江南相思引,多叹不成音。黄鹤西北去,衔我千里心"(《杨花曲》三首其二)等诗来看,确乎缠绵婉丽,别有风致。

　　梁僧法云《三洲歌》云[①]:"三洲。断江口。水从窈窕河傍流。啼将别共来,长相思。"又云:"三洲。断江口。水从窈窕河傍流。欢将乐共来,长相思。"江左词人多风致,而僧亦如此,不独惠休之"碧云"也[②]。

**【注释】**

①法云(约467—529):俗姓周。梁武帝敕令为光宅寺主,复任大僧正。为成实论宗师。与智藏、僧旻并称为梁代三大法师。撰有《成实论义疏》四十二卷。

②惠休:即汤惠休,生卒年、籍贯均不详。字茂远。南朝宋诗人。宋文帝时出家为僧,孝武帝即位后命还俗,历官扬州从事史、宛胊令。工诗,风格绮丽宛转,有集四卷,佚。其"碧云"诗,今不存。今存诗十一首,见《先秦汉魏晋南北朝诗》。

**【译文】**

　　南朝梁时僧人法云的《三洲歌》有言:"三洲。断江口。水从窈窕河傍流。啼将别共来,长相思。"又言:"三洲。断江口。水从窈窕河傍流。欢将乐共来,长相思。"江东词人多有风度情趣,而僧人也像这样,不只有汤惠休的"碧云"诗。

## 六 隋炀帝词

**【题解】**

本则是对隋炀帝诗(杨慎称"词")的考叙,涉及《夜饮朝眠曲》《春江花月夜》《江都乐》《纪辽东》《金钗两股(鬓)垂》《龙舟五更转》《望江南》等篇目,以及"寒鸦飞数点,流水绕孤村"句。或录其原作,或考其名实,或评骘其优劣,虽考辨不够精细,纰误犹存,但仍具一定的文献价值。

所录隋炀帝《夜饮朝眠曲》两首,《乐府诗集》不载,很难断定就是隋炀帝之作。两诗浓艳靡丽,婉娈务情,柔媚近俗,与六朝宫体无异。而杨慎以"风致婉丽"评之,过矣!《春江花月夜》《江都乐》《纪辽东》三诗,《乐府诗集》有载,杨慎此处未作评述。《金钗两股(鬓)垂》是陈后主所造,非隋炀帝之作,杨慎误记。《龙舟五更转》,据《中说》等,应为《泛龙舟》和《五更转》两曲,杨慎此处误为一曲。"寒鸦飞数点,流水绕孤村"句乃隋炀帝所作,有宋叶梦得《避暑录话》及宋胡仔《苕溪渔隐丛话》为证。本则还提到传奇中有炀帝《望江南》数首,惜没有标注具体出处,是否确当,还有待进一步考证。

隋炀帝《夜饮朝眠曲》云①:"忆睡时,待来刚不来。卸妆仍索伴,解佩更相催。博山思结梦②,沉水未成灰。"其二云:"忆起时,投签初报晓。被惹香黛残,枕隐金钗袅。笑动林中鸟,除却司晨鸟。"二词风致婉丽。其余如《春江花月夜》《江都乐》《纪辽东》③,并载《乐府》。其《金钗两股垂》《龙舟五更转》④,名存而辞亡。《铁围山丛谈》云⑤:"寒鸦飞数点,流水绕孤村⑥。"乃炀帝辞,而全篇不传。又传奇有炀帝《望江南》数首⑦,不类六朝人语,传疑可也。

## 【注释】

①隋炀帝(569—618)：即杨广，弘农华阴(今属陕西)人。隋文帝第二子，开皇元年(581)立为晋王。以阴谋废夺太子勇，得立为太子。仁寿四年(604)，弑父自立，在位十二年，荒淫暴虐，下不堪命，为宇文化及所杀。据称有集五十五卷，今佚。以下所引《夜饮朝眠曲》两首，《乐府诗集》不载，较早见于旧题颜师古所著《大业拾遗记》："帝幸月观……帝因曰：'……曾效刘孝绰为《杂忆》诗，常念与妃，妃记之否？'萧妃承问，即念云：'忆睡时，待来刚不来。卸妆仍索伴，解佩更相催。博山思结梦，沉水未成灰。'又云：'忆起时，投签初报晓。被惹香黛残，枕隐金钗袅。笑动上林中，除却司晨鸟。'"

②博山：博山炉的简称。鲍照《拟行路难》之二："洛阳名工铸为金博山，千斫复万镂，上刻秦女携手仙。"

③《江都乐》：《乐府诗集》无此篇名。《乐府诗集·近代曲辞一》载隋炀帝《江都宫乐歌》一首，杨慎所言《江都乐》或即此篇。

④《金钗两股垂》：今不传。据《隋书·音乐志》，陈后主曾造《金钗两鬓垂》。《龙舟五更转》：今不传。隋王通《中说·周公篇第四》："子游太乐，闻《龙舟》《五更》之曲，矍然而归，曰：'靡靡乐也。作之邦国焉，不可以游矣。'"宋阮逸注："炀帝将游江都宫，作此曲。"《隋书·音乐志》："(炀帝)令乐正白明达造新声，创《万岁乐》《藏钩乐》《七夕相逢乐》《投壶乐》《舞席同心髻》《玉女行觞》《神仙留客》《掷砖续命》《斗鸡子》《斗百草》《泛龙舟》《还旧宫》《长乐花》及《十二时》等曲，掩抑摧藏，哀音断绝。"

⑤《铁围山丛谈》：宋代蔡絛所撰史料笔记。下引句今传本《铁围山丛谈》不载。

⑥寒鸦飞数点，流水绕孤村：宋叶梦得《避暑录话》卷下："秦观少游亦善为乐府，语工而入律，知乐者谓之作家歌，元丰间盛行于淮

楚。'寒鸦万点，流水绕孤村'本炀帝诗也，少游取以为《满庭芳》
辞而首言'山抹微云，天粘衰草'，尤为当时所传。"宋胡仔《苕溪
渔隐丛话》后集卷三十三引《艺苑雌黄》云："中间有'寒鸦万点，
流水绕孤村'之句，人皆以为少游自造此语，殊不知亦有所本。
予在临安，见平江梅知录云：'隋炀帝诗云："寒鸦千万点，流水绕
孤村"，少游用此语也。'"

⑦传奇：小说体裁之一，一般指唐宋人用文言写作的短篇小说。明
清以唱南曲为主的戏曲也称"传奇"。

**【译文】**

隋炀帝《夜饮朝眠曲》有言："忆睡时，待来刚不来。卸妆仍索伴，解
佩更相催。博山思结梦，沉水未成灰。"其二言："忆起时，投签初报晓。
被惹香黛残，枕隐金钗袅。笑动林中乌，除却司晨乌。"两首词的风格委
婉华丽。其他像《春江花月夜》《江都乐》《纪辽东》，一同载入《乐府诗
集》。他的《金钗两股垂》《龙舟五更转》，诗名留存而词句已失传。《铁
围山丛谈》言："寒鸦飞数点，流水绕孤村。"就是隋炀帝的诗作，但全篇
失传。此外传奇中有隋炀帝《望江南》数首诗，不像六朝人的语言，可以
存疑以待进一步考证。

# 七　炀帝曲名

**【题解】**

据《隋书·音乐志》，隋炀帝曾令乐正白明达创《万岁乐》等十四曲，
《玉女行觞》《神仙留客》亦在其中。可知，本则所列两曲非炀帝本人
所制。

《玉女行觞》《神仙留客》①，皆炀帝曲名。

**【注释】**

①《玉女行觞》《神仙留客》：乐曲名，隋廷乐正、龟兹乐师白明达创制。《隋书·音乐志》："炀帝不解音律，略不关怀。后大制艳篇，辞极淫绮。令乐正白明达造新声，创《万岁乐》《藏钩乐》《七夕相逢乐》《投壶乐》《舞席同心髻》《玉女行觞》《神仙留客》《掷砖续命》《斗鸡子》《斗百草》《泛龙舟》《还旧宫》《长乐花》及《十二时》等曲，掩抑摧藏，哀音断绝。"

**【译文】**

《玉女行觞》《神仙留客》，都是隋炀帝时乐曲名称。

## 八　王褒《高句丽》曲

**【题解】**

本则首论王褒《高句丽》曲，认为该曲与陆琼《饮酒乐》同调。王褒《高句丽》是六言六句，这与陆琼《饮酒乐》完全相同。乐府句式结构的形成，和音乐有密切关系。曲调和韵律的需要，很大程度上决定了词的字数、句数和组成结构。因此，杨慎言王褒《高句丽》和陆琼《饮酒乐》"同调""盖疆场限隔，而声调元通也"是有依据的。

本则杨慎还对四位同名同姓的文人进行了考论。北周有王褒，西汉也有一个王褒，此王褒非彼王褒也。汉代苏武，字子卿，其北海牧羊、终得回归汉庭的事迹具载于《汉书·苏武传》，妇孺皆知。南朝诗人苏子卿传世作品不多，生平事迹不详，名气也远没有汉代的苏子卿大。宋杨万里《诚斋诗话》明确讲到南朝苏子卿有《梅》诗："南朝苏子卿《梅》诗云：'只言花是雪，不悟有香来。'介甫云：'遥知不是雪，为有暗香来。'述者不及作者。"方回对此有异议（"未必然"），但也未明言此诗乃汉代苏武作。到了杨慎这里，就认定"方回遂以为汉之苏武"，进而对方回提出批评。显然，杨慎所论依据不足。

　　王褒《高句丽》曲云[1]:"萧萧易水生波。燕赵佳人自多。倾杯覆碗灕灕[2],垂手奋袖娑娑。不惜黄金散尽,惟畏白日蹉跎。"与陈陆琼《饮酒乐》同调。盖疆场限隔,而声调元通也。王褒,宇文周时人[3],字子深,非汉王褒也。是时亦有苏子卿[4],有《梅花落》一首[5]。方回遂以为汉之苏武[6],何不考之过乎?

**【注释】**

①王褒(511?—574?):字子渊,琅邪临沂(今属山东)人。出身于江东世族,博览经史,工于属文。仕梁,官侍中、尚书左仆射等。入西魏,授车骑大将军、仪同三司。北周明帝时,加开府仪同三司。武帝时除内史中大夫,累迁小司空,出为宣州刺史。明人辑有《王司空集》,存诗四十八首。《梁书》《周书》《北史》有传。下引诗见《乐府诗集·杂曲歌辞十八》。

②灕灕(cuǐ):涕泣垂貌。唐孟郊《秋怀》诗之十四:"夫子失古泪,当时落灕灕。"

③宇文周:即南北朝时期的北周。因皇室姓宇文,故称。

④苏子卿:生卒年、籍里、行事不详。南朝诗人。

⑤《梅花落》:见《乐府诗集·横吹曲辞四》。诗曰:"中庭一树梅,寒多叶未开。只言花是雪(一作似雪),不悟有香来。上郡春恒晚,高楼年易催。织书偏有意,教逐锦文回。"

⑥方回遂以为汉之苏武:方回《瀛奎律髓》卷二十曰:"予考杨诚斋所言则谓'只言花似雪,不悟有香来'为苏子卿作,虽未必然,而'花是雪'与'花似雪'一字之间,大有径庭。"方回(1227—1307),字万里,号虚谷,别号紫阳山人。徽州歙县(今属安徽)人。宋元时期著名诗人、诗论家。宋理宗景定三年(1262)登进士第。入

元,被任命为建德路总管。有《桐江集》八卷,《续集》三十七卷。

**【译文】**

王褒《高句丽》曲有言:"萧萧易水生波。燕赵佳人自多。倾杯覆碗濉濉,垂手奋袖婆娑。不惜黄金散尽,惟畏白日蹉跎。"与南朝陈陆琼的《饮酒乐》同调。虽有疆界阻隔,但声调本来是相通的。王褒,是南北朝时期的北周人,字子深,不是西汉的王褒。这时也有苏子卿,有《梅花落》一首诗。方回就认为是汉代的苏武,为什么不考证其误呢?

## 九 《穆护砂》

**【题解】**

杨慎认为,《穆护砂》乃隋朝曲,与《水调》《河传》同时,系隋开汴河时所制劳歌。从现存资料来看,《水调》《河传》基本上可以确定为隋曲。唐杜牧《扬州》诗三首自注曰:"炀凿汴河,自造《水调》。"宋王灼《碧鸡漫志》引《隋唐嘉话》云:"炀帝凿汴河,自制《水调》歌。"又引《脞说》云:"《水调》《河传》,炀帝将幸江都时所制,声韵悲切,帝喜之。"可见,《水调》《河传》为隋曲的文献依据比较充足。

然而,《穆护砂》是否为隋曲,别无他证,杨慎的这一说法不知何据。"穆护"指唐代祆教传教士。《旧唐书·武宗纪》:"其大秦穆护等祠,释教既已厘革,邪法不可独存。""勒大秦穆护、祆三千余人还俗,不杂中华之风"。据任半塘《唐声诗》:"穆护"乃古波斯语,或译为"摩古",意为传教师。祆教之一为派为摩尼教,唐武宗时,曾与佛教并遭禁改。其音乐之流行,可能亦因此而衰。宋词《穆护砂》已演变为慢词。《穆护》乃唐教坊大曲,取其煞尾,故名《穆护煞》。"砂"或"沙",都是"煞"的同音字。关于此曲的创始年代,任半塘认为乃"玄宗开元以前人作"。

《乐府》有《穆护砂》[①],隋朝曲也。与《水调》《河传》同时，皆隋开汴河时，词人所制劳歌也。其声犯角②。其后至今讹"砂"为"煞"云。予尝有诗云："桃根桃叶最夭斜，《水调》《河传》《穆护砂》。无限江南新乐府，陈朝独赏《后庭花》③。"

**【注释】**

①《穆护砂》：《乐府诗集·近代曲辞二》载无名氏《穆护砂》诗一首，诗曰："玉管朝朝弄，清歌日日新。折花当驿路，寄与陇头人。"《唐诗品汇》《全唐诗》均署张祜作。

②犯角（jué）：《乐府诗集》引《历代歌辞》曰："《穆护砂》曲，犯角。"角，五声之一。

③"桃根桃叶最夭斜"几句：此杨慎《三阁词》二首其一，载《升庵集》卷三十六，文字小有差异。

**【译文】**

《乐府诗集》收录有《穆护砂》，是隋朝乐曲。与《水调》《河传》同一时期，都是隋朝开凿汴河时，词人创制的劳作者之歌。它的声调属角声。其后至今讹"砂"误为"煞"。我曾经有诗言："桃根桃叶最夭斜，《水调》《河传》《穆护砂》。无限江南新乐府，陈朝独赏《后庭花》。"

## 一〇 《回纥》

**【题解】**

本则载录了《回纥》和《石州》两曲，并对《回纥》的风调做了简单评述。关于《回纥》的创作时间，《词品》非常肯定地讲："必陈、隋、初唐之作也。"《乐府诗集》将两曲均列入"近代曲辞"中，《乐府诗集》所谓之"近代"是指隋唐，这也间接证明了杨慎的推论是正确的。从内容上看，《回纥》一诗属思妇征夫类作品，《词品》以"其辞缠绵含蓄，有长歌之哀过于

痛哭之意"来评价之,是客观而且准确的。《石州》曲所蕴含的情感与
《回纥》一篇基本相同,可能正缘于此,《词品》将之附列于后,以便互相
对照。

　　《回纥》①,商调曲也。其辞云:"阴山瀚海信难通。幽闺
少妇罢裁缝。缅想边庭征战苦,谁能对镜冶愁容。久戍人
将老,须臾变作白头翁。"其辞缠绵含蓄,有长歌之哀过于痛
哭之意。惜不见作者名氏,必陈、隋、初唐之作也。又有《石
州辞》云②:"自从君去远巡边。终日罗帷独自眠。看花情转
切,揽涕泪如泉。一自离君后,啼多双眼穿。何时狂虏灭,
免得更留连。"并附于此。

【注释】

①《回纥》:载《乐府诗集·近代曲辞二》,无名氏作。解题引《乐苑》
　　曰:"《回纥》,商调曲也。"

②《石州辞》:载《乐府诗集·近代曲辞一》,题为《石州》,无名氏作。
　　解题引《乐苑》曰:"《石州》,商调曲也,又有《舞石州》。"

【译文】

　　《回纥》,是商调曲。其辞言:"阴山瀚海信难通。幽闺少妇罢裁
缝。缅想边庭征战苦,谁能对镜冶愁容。久戍人将老,须臾变作白头
翁。"它的言辞婉转动听耐人寻味,有引吭高歌之哀超过痛哭之意。可
惜不知作者的名氏,一定是南朝陈、隋朝、初唐时期的作品。又有《石
州辞》言:"自从君去远巡边。终日罗帷独自眠。看花情转切,揽涕泪
如泉。一自离君后,啼多双眼穿。何时狂虏灭,免得更留连。"一同附
列在这里。

# 一一　沈约《六忆辞》

## 【题解】

沈约《六忆辞》(《玉台新咏》作《六忆诗》)今存四首,逸二首,非杨慎所言之"逸其三首"。组诗较早见于《玉台新咏》卷五,逯钦立《先秦汉魏晋南北朝诗·梁诗卷七》据以收录。杨慎未录的一首为:"忆食时,临盘动容色。欲坐复羞坐,欲食复羞食。含哺(一作唯)如不饥,擎瓯似无力。"

沈约《六忆辞》①,其一云:"忆来时,灼灼上阶墀。勤勤叙离别,慊慊道相思。相看常不足,相见乃忘饥。"其二云:"忆坐时,黯黯罗帐前。或歌四五曲,或弄两三弦。笑时应莫比,嗔时更可怜。"其三云:"忆眠时,人眠强未眠。解罗不待劝,就枕更须牵。复恐傍人见,娇羞在烛前。"逸其三首。

## 【注释】

①沈约(441-513):字休文,谥隐。吴兴武康(今浙江湖州德清)人。历仕宋、齐、梁三朝,宋时仕记室参军、尚书度支郎;齐竟陵王萧子良开西邸,招文学之士,沈约为"竟陵八友"之一,与谢朓交好,创"永明体";在梁代官至尚书令,封建昌县侯。笃志好学,博通群籍,擅诗文。著有《晋书》《宋书》《齐纪》《高祖纪》《迩言》《文章志》等,并撰《四声谱》。除《宋书》外,多已亡佚。明人辑有《沈隐侯集》。《六忆辞》:《玉台新咏》卷五作《六忆诗》,共录四首,此其第一、二、四首。

## 【译文】

沈约的《六忆辞》,其一言:"忆来时,灼灼上阶墀。勤勤叙离别,慊慊道相思。相看常不足,相见乃忘饥。"其二言:"忆坐时,黯黯罗帐前。

或歌四五曲，或弄两三弦。笑时应莫比，嗔时更可怜。"其三言："忆眠时，人眠强未眠。解罗不待劝，就枕更须牵。复恐傍人见，娇羞在烛前。"散失其三首词。

## 一二 梁简文《春情曲》

### 【题解】

简文帝《春情曲》共八句，前六句为七言，后两句为五言。仅就前六句而言，在平仄上与七言律比较接近，且中间两联对仗也较工致。因此，《词品》评述说，该诗"似七言律"。初唐王绩有《北山》诗，从形式上看，与简文帝《春情曲》同。因此，杨慎言"王无功亦有此体"。杨慎《升庵诗话》卷一"六朝七言律"条该诗（题为《情曲》），以及温子昇《捣衣》（五六句为五言，余为七言）、陈后主《听筝》、王无功《北山》诸诗。诗话和词话同时论及该体，反映了杨慎"诗词同源"的文论思想。诗话中，杨慎以"六朝七言律"来概括这一体式，同时在题下自注曰"其体不纯"；《词品》又说，此乃"唐律之祖"，这些都反映了他对律体起源的认识。杨慎的认识未必十分准确，但其所作的考溯和推原对于后人了解和把握诗歌律化的历史进程，有一定的参鉴意义。

词调《瑞鹧鸪》始见于五代冯延巳《阳春集》，作《舞春风》，《词谱》卷十二列为正体。此调为双调，五十六字，七言八句，上片四句三平韵，下片四句两平韵。从体式上看，《瑞鹧鸪》与简文帝《春情曲》、王绩《北山》诗比较接近。因此，杨慎才有"格韵似之"之说。唐代用于歌唱的诗，多为齐言；而当词体逐步成熟后，才出现了长短句的形式。《瑞鹧鸪》的七言八句体式，正反映了从齐言到长短句的递嬗痕迹。

梁简文帝《春情曲》云①："蝶黄花紫燕相追。杨低柳合路尘飞。已见垂钩挂绿树，诚知淇水沾罗衣。两童夹车问不已，五马城头犹未归。莺啼春欲驶，无为空掩扉②。"此诗似七言律，而末句又用五言。王无功亦有此体③，又唐律之祖。而唐词《瑞鹧鸪》格韵似之④。

**【注释】**

①简文帝(503—551)：姓萧，名纲，字世缵，小字六通。梁武帝萧衍第三子，昭明太子萧统的同母弟。侯景之乱，梁武帝困饿而死，萧纲遂即帝位，在位二年，为侯景所弑。《梁书》称其"博综儒书，善言玄理"，"篇章辞赋，操笔立成"。倡"宫体"轻艳之诗。

②"蝶黄花紫燕相追"几句：诗见《玉台新咏》卷九，题为《杂句春情一首》，"城头"作"城南"。

③王无功亦有此体：指王绩《北山》："旧知山里绝氛埃，登高日暮心悠哉。子平一去何时返，仲叔长游遂不来。幽兰独夜清琴曲，桂树凌云浊酒杯。槁项同枯木，丹心等死灰。"王无功，即王绩(约586—644)，字无功，号东皋子。绛州龙门(今山西河津)人。有《王无功文集》。

④《瑞鹧鸪》：词调名，又名《舞春风》《桃花落》《鹧鸪词》《拾菜娘》《天下乐》《太平乐》等。此调最早见于五代冯延巳《阳春集》，题为《舞春风》。

**【译文】**

梁简文帝《春情曲》言："蝶黄花紫燕相追。杨低柳合路尘飞。已见垂钩挂绿树，诚知淇水沾罗衣。两童夹车问不已，五马城头犹未归。莺啼春欲驶，无为空掩扉。"这首诗像七言律诗，而末尾一句又用五个字。王无功也有这样的诗体，又是唐代近体诗的起源。而唐代的词《瑞鹧鸪》格调气韵类似它。

# 一三 《长相思》

## 【题解】

《乐府诗集·杂曲歌辞九》载徐陵《长相思》二首,本则杨慎所录为第二首,其第一首为:"长相思,望归难。传闻奉诏戍皋兰。龙城远,雁门寒。愁来瘦转剧,衣带自然宽。念君今不见,谁为抱腰看。"两诗均为思妇主题,比拟恰切,刻画细腻,语言质朴。《长相思》"本六朝乐府"(任半塘《教坊记笺订》),六朝作者多有题咏,如徐陵、陈后主、萧淳、江总等。本则所引萧淳一篇,多暗示手法,绮丽婉转,雅润不俗,故杨慎以为乃徐陵《长相思》之"劲敌"。

　　徐陵《长相思》云①:"长相思,好春节。梦里恒啼悲不泄。帐中起,窗前咽。柳絮飞还聚,游丝断复结。欲见洛阳花,如君陇头雪。"萧淳和之云②:"长相思,久离别。新燕参差条可结。狐关远,雁书绝。对云恒忆阵,看花复愁雪。犹有望归心,流黄未剪截。"二辞可谓劲敌。

## 【注释】

①徐陵(507—583):字孝穆。东海郯(今山东郯城)人。南朝宫体诗重要作者,与北周庾信齐名,世称"徐庾"。原有集,已佚,明人辑有《徐仆射集》。另编有《玉台新咏》。

②萧淳:生卒年、履历不详。南朝陈人。此所引诗见《乐府诗集·杂曲歌辞九》。

## 【译文】

　　徐陵《长相思》有言:"长相思,好春节。梦里恒啼悲不泄。帐中起,窗前咽。柳絮飞还聚,游丝断复结。欲见洛阳花,如君陇头雪。"萧淳依照它的体裁作词言:"长相思,久离别。新燕参差条可结。狐关远,雁书绝。对云恒忆阵,看花复愁雪。犹有望归心,流黄未剪截。"两首词可以说不分高下。

## 一四　王筠《楚妃吟》

### 【题解】

王筠《楚妃吟》一诗,属杂言体诗,句式上多三言、五言,灵动活泼,别具一格,与后世词的长短句形式相类似。因此,杨慎赞赏曰:"句法极异。"不仅如此,该诗在内容上以描写闺阁意绪为主,注重环境的描摹和暗示手法的运用,绮丽温情,风神摇曳,与后世词特别是唐末五代词在题材和情趣方面颇多接近。因此,杨慎感慨道:"大率六朝人诗,风华情致,若作长短句,即是词也。"

杨慎主张"填词必溯六朝",这实际上也体现了他对"前七子"复古主张的反拨。以李梦阳、何景明为首的"前七子"提倡"文必秦汉,诗必盛唐",杨慎支持复古运动,但对他们一味推崇、模拟盛唐诗的主张并不赞同。他认为,六朝诗风华情致、绮丽高绝,无论是诗,还是词,都应该溯源至此,并加以认真体察和学习。《升庵诗话》卷四"江总怨诗"亦言:"六朝之诗,多是乐府,绝句之体未纯,然高妙奇丽,良不可及。溯流而不穷其源,可乎?故特取数首于卷首,庶乎免于'卖花担上看桃李'之诮矣。"杨慎认为,诗与词"同工而异曲""共源而分派",这一认识实际上也正体现了其"尊体"意识,对于提高词的地位、促进词的发展具有积极意义。

王筠《楚妃吟》①,句法极异。其词云:"窗中曙,花早飞。林中明,鸟早归。庭中日,暖春闺。香气亦霏霏。香气飘。当轩清唱调。独顾慕,含怨复含娇。蝶飞兰复薰。袅袅轻风入翠裙。春可游。歌声梁上浮。春游方有乐。沉沉下罗幕<sup>②</sup>。"大率六朝人诗,风华情致,若作长短句,即是词也。宋人长短句虽盛,而其下者,有曲诗、曲论之弊<sup>③</sup>,终非词之本色<sup>④</sup>。予论填词必溯六朝,亦昔人穷探黄河源之意也。

**【注释】**

①王筠(481—549):字元礼,一字德柔。琅邪临沂(今属山东)人。《南史·王筠传》:"七岁能属文。年十六,为《芍药赋》,其辞甚美。及长,清静好学。"为沈约所赏识,引为知音。累迁太子洗马、中舍人,并掌东官管记,为昭明太子萧统所重。存世著作明张溥辑为《王詹事集》,收入《汉魏六朝百三家集》。

②"窗中曙"几句:此为王筠杂言体诗《楚妃吟》。《乐府诗集·相和歌辞四》作:"花早飞,林中明,鸟早归。庭前日,暖春闺,香气亦霏霏。香气漂,当轩清唱调。独顾慕,含怨复含娇。蝶飞兰复袅袅。轻风入裙春可游,歌声梁上浮。春游方有乐。沈沈下罗幕。"

③曲诗、曲论:曲,此处指词。曲诗,即以诗为词。曲论,即以文为词。宋陈模《怀古录》:"近时作词者,只说周美成、姜尧章等,而以稼轩词为豪迈,非词家本色。紫岩潘牥云:'东坡(为)词诗,稼轩(为)词论。'此说固当。"清黄宗羲《胡子藏院本序》:"诗降而为词,词降而为曲,非曲易于词,词易于诗也,其间各有本色,假借不得。"

④本色:即原色,本来面目。宋陈师道《后山诗话》:"退之以文为诗,子瞻以诗为词,如教坊雷大使之舞,虽极天下之工,要非本色。今代词手,惟秦七、黄九耳。"

**【译文】**

王筠的《楚妃吟》,句子的结构方式极其特别。其词言:"窗中曙,花早飞。林中明,鸟早归。庭中日,暖春闺。香气亦霏霏。香气飘。当轩清唱调。独顾慕,含怨复含娇。蝶飞兰复薰。袅袅轻风入翠裙。春可游。歌声梁上浮。春游方有乐。沉沉下罗幕。"大抵六朝人的诗,雅丽而有情趣,如果写作句子长短不一的诗歌,就是词。宋代人的长短句虽盛行,而其不足之处,有以诗为词、以文为词的弊病,终究不是词的本来面目。我主张填词一定要追溯至六朝,也就是古人极力研求黄河源头的意思。

## 十五　宋武帝《丁都护歌》

### 【题解】

从《乐府诗集》的载录情况来看,以《丁都护歌》为题的诗歌,其内容多写军旅之艰辛及思妇之哀怨。《词品》言,"唐人用丁都护及石尤风事",皆本武帝《丁都护歌》。考现传唐人诗词,以《丁都护》(或《丁督护》)为题者,只有李白《丁都护歌》一首,诗曰:"云阳上征去,两岸饶商贾。吴牛喘月时,拖船一何苦。水浊不可饮,壶浆半成土。一唱《都护歌》,心摧泪如雨。万人凿盘石,无由达江浒。君看石芒砀,掩泪悲千古。"此诗咏玄宗时润州民隶牵挽之苦,与征戍及闺怨无关。显然,李白诗是借用乐府旧题而另创新意,与原来的题意无关,乃"本其题",而非"本其事"。另,唐诗中尚有李贺"不须浪饮丁都护,世上英雄本无主"之句,但此"丁都护"指丁姓友人,显然也与宋武帝诗及相关本事无关。据此,杨慎言唐人用丁都护事"皆本此",并不足信。

"石尤风"之典,唐人多用之,如"宁知巴峡路,辛苦石尤风"(陈子昂《初入峡苦风寄故乡亲友》,《全唐诗》卷八十四),"去梦随川后,来风贮石邮"(李商隐《拟意》,《全唐诗》卷五百四十一)等,其意与宋武帝《丁都护歌》相同。因此,"石尤风"为唐人所本的说法是成立的。

本则中,杨慎盛赞宋孝武帝刘骏既"征伐武略",又文藻群流,乃"全才"。刘骏是南朝杰出的政治家和军事家,其诛刘劭,铲平强臣叛乱等事迹,《宋书》《南史》载之备详。《词品》评为"一代英雄",并不为过。不仅如此,刘骏博通经史,著述颇丰,《隋书·经籍志》著录《宋孝武帝集》二十五卷。可知,《词品》以"全才"评之,也是恰当的。

　　宋武帝《丁都护歌》云[①]:"都护北征时,侬亦恶闻许。愿作石尤风,四面断行旅[②]。"又云:"都护北征去,相送落星墟。帆樯如芒柽,都护今何渠[③]。"唐人用丁都护及石尤风事,皆本此。二辞绝妙。宋武帝征伐武略,一代英雄,而复风致如此[④]。其殆全才乎!

**【注释】**

①宋武帝(430—464):指宋孝武帝刘骏,字休龙,小字道民。文帝第三子。始立为武陵王,后为征南将军,诛刘劭,即帝位,在位十一年。《丁都护歌》:载《乐府诗集·清商曲辞二》,"丁都护"作"丁督护",共五首。郭茂倩解题云:"一曰《阿督护》。《宋书·乐志》曰:'《督护歌》者,彭城内史徐逵之为鲁轨所杀,宋高祖使府内直督护丁旿收敛殡埋之。逵之妻,高祖长女也。呼旿至阁下,自问殡送之事。每问辄叹息曰:"丁督护!"其声哀切,后人因其声广其曲焉。'《唐书·乐志》曰:'《丁督护》,晋宋间曲也。今歌是宋武帝所制'云。"

②"都护北征时"几句:此宋武帝《丁都护歌》五首其四,《乐府诗集》"北征",作"初征"。石尤风:逆风,顶头风。《江湖纪闻》云:古代有商人尤某娶石氏女,情好甚笃。尤某远行不归,石氏女思念成疾,临死叹曰:"吾恨不能阻其行,以至于此。今凡有商旅远行,吾当作大风为天下妇人阻之。"

③"都护北征去"几句:此宋武帝《丁都护歌》五首其三。芒柽(chēng),泛指草木树丛。芒,多年生草本植物,状如茅。柽,

树名,即柽柳。《诗经·大雅·皇矣》:"启之辟之,其柽其椐。"朱
熹《集传》:"柽,河柳也,似杨,赤色,生河边。"

④风致:指作品的风格和韵味。

【译文】

宋武帝《丁都护歌》有言:"都护北征时,侬亦恶闻许。愿作石尤风,
四面断行旅。"又言:"都护北征去,相送落星墟。帆樯如芒柽,都护今何
渠。"唐代人所运用的丁都护和石尤风的典故,都源于此。两首诗词极
其美妙。宋武帝出征讨伐有军事谋略,是一代英雄,而且作品风格和韵
味又如此。他大概是全才吧!

## 一六 《白团扇歌》

【题解】

本则选录谢芳姿《白团扇歌》一首、乐府《团扇郎歌》四首及元曲《中
吕·朝天子》小令一支,这几首作品题材相类,风格相近。谢芳姿《白团
扇歌》较早载于《旧唐书》,为五言古体。《乐府诗集》引《古今乐录》增广
其事,遂为乐府诗两首,本则中杨慎选录了其第二首。后逯钦立《先秦
汉魏晋南北朝诗·晋诗卷十四》据《乐府诗集》录入,题为《团扇歌》二
首,作者为谢芳姿。《乐府诗集·清商曲辞二》又录《团扇郎》六首,不标
作者名。杨慎选录其中四首,并谓之"本辞"。《中吕·朝天子》小令,较
早见于元杨朝英《朝野新声太平乐府》,题周德清作。因与谢芳姿《白团
扇歌》及乐府《团扇郎》六首"事亦相类",故为杨慎所选录。

晋中书令王珉,与嫂婢谢芳姿有情爱,捉白团扇与之①。
乐府遂有《白团扇歌》云:"白团扇,憔悴无复理,羞与郎相
见②。"其本辞云:"犊车薄不乘,步行耀玉颜。逢侬都共语,
起欲著夜半。"其二云:"团扇薄不摇,窈窕摇蒲葵。相怜中

道罢,定是阿谁非。"其三云:"御路薄不行,窈窕穿回塘。团扇障白日,面作芙蓉光。"其四云:"白锦薄不著,趣行著练衣。异色都言好,清白为谁施。"薄,如《唐书》"薄天子不为"之"薄"③。芳姿之才如此,而屈为人婢,信乎佳人薄命矣。元关汉卿尝见一从嫁媵婢④,作一小令云:"鬓鸦。脸霞。屈杀了、将陪嫁。规摹全似大人家。不在红娘下。巧笑迎人,文谈回话。真如解语花。若咱得他。倒了蒲桃架⑤。"事亦相类而可笑,并附此。

**【注释】**

①"晋中书令王珉"几句:《旧唐书·音乐志》:"团扇,晋中书令王珉与嫂婢有情,爱好甚笃。嫂捶挞婢过苦,婢素善歌,而珉好捉白团扇,故云:'团扇复团扇,持许自遮面。憔悴无复理,羞与郎相见。'"王珉(351—388),字季琰,小字僧弥。琅邪临沂(今属山东)人。少有才艺,善行书。历任著作散骑郎、国子博士、黄门侍郎,迁中书令。有集十卷,已佚。《全上古三代秦汉三国六朝文》存其文六篇,《先秦汉魏晋南北朝诗》存其诗残句二句。

②"乐府遂有《白团扇歌》云"几句:《乐府诗集·清商曲辞二》载《团扇郎》六首,解题引《古今乐录》曰:"《团扇郎歌》者,晋中书令王珉,捉白团扇与嫂婢谢芳姿有爱,情好甚笃。嫂捶挞婢过苦,王东亭闻而止之。芳姿素善歌,嫂令歌一曲当赦之。应声歌曰:'白团扇,辛苦五流连。是郎眼所见。'珉闻,更问之:'汝歌何遗?'芳姿即改云:'白团扇,憔悴非昔容,羞与郎相见。'后人因而歌之。"下文所录为《团扇郎》六首之后四首。

③薄天子不为:语出《资治通鉴》,非《唐书》,杨慎误记。《资治通鉴·唐纪四十》:"郭暧尝与昇平公主争言,暧曰:'汝倚乃父为天子邪?

我父薄天子不为!'"古注:"薄,轻之也。谓天子不足为也。"

④关汉卿:生卒年不详。号已斋叟,一作一斋叟,名不详,汉卿乃其字。籍贯有多种说法,一般认为是大都(今北京)人。元代著名戏曲家,王国维《宋元戏曲考》评为"元人第一"。杂剧作品现存《窦娥冤》《拜月亭》等十七种,另《哭香囊》《春衫记》《孟良盗骨》三种仅存残曲;散曲作品今存小令五十七首,套曲十三套,另残曲两篇。

⑤"鬓鸦"几句:此小令曲牌为《中吕·朝天子》,元杨朝英《朝野新声太平乐府》、明张禄《词林摘艳》题周德清作;杨慎《词品》、明蒋一葵《尧山堂外纪》谓关汉卿作。

## 【译文】

东晋的中书令王珉,与嫂子的婢女谢芳姿相爱,于是写了白团扇诗赠给她。《乐府诗集》于是有《白团扇歌》言:"白团扇,憔悴无复理,羞与郎相见。"其本辞言:"犊车薄不乘,步行耀玉颜。逢侬都共语,起欲著夜半。"其二言:"团扇薄不摇,窈窕摇蒲葵。相怜中道罢,定是阿谁非。"其三言:"御路薄不行,窈窕穿回塘。团扇障白日,面作芙蓉光。"其四言:"白锦薄不著,趣行著练衣。异色都言好,清白为谁施。"其中的"薄"字,意同《唐书》"薄天子不为"的"薄"。芳姿的才能如此,却屈身做别人的婢女,美人命运不好,我相信了。元代关汉卿曾经见到一个随嫁婢女,写了一首小令:"鬓鸦。脸霞。屈杀了、将陪嫁。规摹全似大人家。不在红娘下。巧笑迎人,文谈回话。真如解语花。若咱得他。倒了蒲桃架。"两件事情相类似,也好笑,一同附列在这里。

# 一七 《五更转》

## 【题解】

此则录陈伏知道《从军五更转》诗,并推考了隋炀帝效仿此调创制

《龙舟五更转》的相关情况。《乐府诗集》解题曰:"《乐苑》曰:'五更转,
商调曲。'按伏知道已有《从军辞》,则《五更转》盖陈以前曲也。"此诗共
五首,每首韵脚不同,各自独立成章;又以"一更""二更"至"五更"为序,
以时间绾接各章,前后相承,浑然一体。《词品》认为,隋炀帝曾效仿伏
知道《从军五更转》,作《龙舟五更转》,并举王通《中说》中的记载以证其
说。看来,《龙舟五更转》为隋炀帝所作是有一定依据的。《词品》的相
关考索和论述,为后人了解此调的渊源和发展提供了可贵的文献参照。

　　陈伏知道《从军五更转》云①:"一更刁斗鸣。校尉逴连
城②。悬闻射雕骑,遥惮将军名。二更愁未央。高城寒夜
长。试将弓学月,聊持剑比霜。三更夜警新。横吹独吟春。
强听《梅花落》,误忆柳园人。四更星汉低。落月与山齐。
依稀北风里,胡笳杂马嘶。五更催送筹。晓色映山头。城
乌初起堞③,更人悄下楼。"其后隋炀帝效之,作《龙舟五更
转》,见《文中子》④。

**【注释】**

①伏知道:生卒年不详,南朝陈人。曾官镇北长史。逯钦立《先秦
　汉魏晋南北朝诗·陈诗卷九》录其诗七首。下引诗见《乐府诗
　集·相和歌辞八》。

②逴(chuō):远行。

③堞(dié):城上呈齿形的矮墙,也称女墙。

④《文中子》:署隋王通撰,实为王通死后,众弟子所编,又称《中
　说》。内容分为王道篇、天地篇、事君篇、周公篇、问易篇、礼乐
　篇、述史篇、魏相篇、立命篇、关朗篇等共十个部分。《文中子》卷
　四:"子游太乐,闻《龙舟五更》之曲,瞿然而归。"参见本卷《隋炀

帝词》注。

【译文】

南朝陈伏知道的《从军五更转》有言:"一更刁斗鸣。校尉逴连城。悬闻射雕骑,遥惮将军名。二更愁未央。高城寒夜长。试将弓学月,聊持剑比霜。三更夜警新。横吹独吟春。强听《梅花落》,误忆柳园人。四更星汉低。落月与山齐。依稀北风里,胡笳杂马嘶。五更催送筹。晓色映山头。城乌初起堞,更人悄下楼。"之后隋炀帝模仿它,写了《龙舟五更转》,参见《文中子》。

## 一八　长孙无忌《新曲》

【题解】

长孙无忌《新曲二首》较早见于《乐府诗集》,《全唐诗》载录。第一首叙男女青年结伴欢会,暗用纣王"使男女倮相逐其间,为长夜之饮"(《史记·殷本纪》)之典,故称"早传名""旧时(一本作长)情"。第二首用曹植《洛神赋》事,隐写男女情事。

　　长孙无忌《新曲》云①:"家住朝歌下②,早传名。结伴来游淇水上,旧时情。玉佩金钿随步动,云罗雾縠逐风轻。转目机心悬自许,何须更待听琴声。"又一曲云:"回雪凌波游洛浦,遇陈王③。婉约娉婷工语笑,侍兰房。芙蓉绮帐开还掩④,翡翠珠被烂齐光。长愿今宵奉颜色,不爱闻箫逐凤凰。"

【注释】

①长孙无忌(? —659):字辅机。洛阳(今属河南)人。太宗长孙皇

后之兄。好学，有筹略，佐太宗定天下，以功第一，封赵国公。贞观十七年(643)，图功臣二十四人于凌烟阁，无忌为之冠。高宗即位，进册太尉，知门下省。后为许敬宗诬构，贬死黔州。据《新唐书·艺文志》，著有《太宗实录》四十卷，并参与撰修《武德贞观两朝史》《大唐仪礼》《永徽五礼》《唐律疏义》等。《全唐诗》卷三十存其诗三首，卷八百六十九存其与欧阳询互嘲诗一首。《全唐文》卷一百三十六载其文十四篇。

②朝歌：古都邑名，殷末帝乙、帝辛(纣)的别都，在今河南淇县。

③陈王：即曹植(192—232)，字子建，魏武帝曹操第三子，封陈王。卒谥"思"，又称陈思王。

④揜(yǎn)：遮没，遮蔽，掩盖。《礼记·大学》："小人闲居为不善，无所不至，见君子而后厌然，揜其不善而著其善。"

## 【译文】

长孙无忌的《新曲》有言："家住朝歌下，早传名。结伴来游淇水上，旧时情。玉佩金钿随步动，云罗雾縠逐风轻。转目机心悬自许，何须更待听琴声。"又一曲言："回雪凌波游洛浦，遇陈王。婉约娉婷工语笑，侍兰房。芙蓉绮帐开还揜，翡翠珠被烂齐光。长愿今宵奉颜色，不爱闻箫逐凤凰。"

# 一九 崔液《踏歌行》

## 【题解】

踏歌是一种古老的歌舞风俗，其基本形式为联袂牵手，踏地为节，且步且歌。此种歌舞形式在唐代尤为流行，《旧唐书·睿宗纪》载："上元日夜，上皇御安福门观灯，出内人连袂踏歌。"《说郛》卷六十九上引阙名《辇下岁时记》"出宫女歌舞"："先天初，上(唐明皇)御安福门观灯，太常作歌乐，出宫女歌舞，令朝士能文者为踏歌，声调入云。"唐代文人对踏歌亦多有描述,如初唐谢偃的《踏歌词》三首、崔液的《踏歌词》二首,盛唐张说的《踏歌词》二首,中唐刘禹锡的《踏歌行》四首等等。谢偃之作为五言律诗,张说之作为五言绝句,刘禹锡之作为七言绝句,而崔液的两首《踏歌词》为五言六句,四平韵,实为声诗体,故杨慎评为"体制、藻思俱新"。唐乐《缭踏歌》《队踏子》《踏阳春》《踏春阳》《踏金莲》《踏鹧鸪》《竹枝》《纥那曲》《踏歌词》《踏谣娘》等均与踏歌有关,这些曲子的一部分后来还演变为词调。因此,考察《踏歌辞》的体制与形式,对于明晰词的形成与发展是有积极意义的。

　　唐崔液《踏歌辞》二首①,体制、藻思俱新。其辞云:"彩女迎金屋,仙姬出画堂。鸳鸯裁锦袖,翡翠帖花黄。歌响舞分行。艳色动流光。"其二云:"庭际花微落,楼前汉已横②。金壶催夜尽,罗绣舞寒轻。调笑畅欢情。未半著天明。"近刻唐诗不得其句读,而妄改,特为分注之。

**【注释】**

①崔液(? —713?):字润甫,小名海子。定州安喜(今属河北)人。工五言,举进士第一,历监察御史、殿中侍御史、吏部员外郎。玄宗先天二年(713),受兄湜谋逆罪连累,亡命郢州,遇赦还,道病卒。有《崔液集》十卷,已佚。《全唐诗》存其诗十二首。下引《踏歌辞》二首,载《乐府诗集》卷八十二。《踏歌辞》,《乐府诗集》《全唐诗》作"《踏歌词》"。

②汉:天河,银河。

**【译文】**

　　唐代崔液的《踏歌辞》二首,诗文的体裁、格调、才思都新颖。其辞言:"彩女迎金屋,仙姬出画堂。鸳鸯裁锦袖,翡翠帖花黄。歌响舞分行。艳色动流光。"其二言："庭际花微落，楼前汉已横。金壶催夜尽，罗绣舞寒轻。调笑畅欢情。未半著天明。"近来刊刻唐诗不明其文辞休止和停顿处，胡乱改动，特此分别注明。

## 二〇　太白《清平乐》辞

**【题解】**

本则选录李白《清平乐》两首，又录杨慎自己的补作两首。李白的两首词分别从春昼、秋夜切入，叙写宫女斗草、歌舞、装扮等日常生活，通过细节刻画表现了宫女的落寞孤寂之情。杨慎援引黄昇之论，以为有"清逸气韵"。杨慎补作亦见《升庵长短句·续集》，其调下自注曰："黄叔旸《花庵词选》载李白《清平乐》二首，太白集不收，惟见此尔。其词元是四首，其二叔旸以其语无清逸，疑非太白之笔，删之。今补其二。"补作虽仍为宫怨主题，但更注重了格调的浏亮清雅。张含"远不忘谏，归命不怨"之评，实际上正是杨慎的创作用意之所在。


李太白应制《清平乐》词云[①]："禁庭春昼。莺羽披新绣。百草巧求花下斗。只赌珠玑满斗。　　日晚却理残妆。御前闲舞霓裳。谁道腰肢窈窕，折旋消得君王。"其二云："禁帏秋夜。明月探窗罅。玉帐鸳鸯喷兰麝。时落银灯香炧。　　女伴莫话孤眠。六宫罗绮三千。一笑皆生百媚，宸游教在谁边。"此词见吕鹏《遏云集》，载四首。黄玉林以其二首无清逸气韵，止选二首[②]。慎尝补作二首，其一云："君王未起。玉漏穿花底。永巷脱簪妆黛洗。衣湿露华似水。　　六宫鸾凤鸳鸯。九重罗绮笙簧。但愿君恩似日，从教妾鬓如霜。"其二云："倾城艳质。本自神仙匹。二八承恩初选入，身是三千第一。　　　月明花落黄昏。人间天上消魂。且共题诗团扇，笑他买赋长门。"永昌张愈光见而深爱之③，以为远不忘谏，归命不怨，填词中有风雅也。荒浅敢望前人，然亦不孤愈光之赏尔。

## 【注释】

①李太白：即李白（701—762），字太白，号青莲居士。祖籍陇西成纪（今甘肃秦安），少居绵州昌隆（今四川江油）青莲乡。天宝元年（742），诏征入京，供奉翰林。安史乱起，受永王璘召入幕府，璘败，系浔阳狱，长流夜郎。乾元二年（759），遇赦还。代宗宝应元年（762），往依族叔当涂令李阳冰，不久病卒。今传《李太白集》三十卷，《全唐诗》存诗二十五卷，《全唐诗外编》和《全唐诗续拾》补诗三十六首，断句十。传为李白所作词计十八首，以《菩萨蛮》（平林漠漠烟如织）、《忆秦娥》（箫声咽）两首最著。此所录《清平乐》见《花间集》补卷上、《唐宋诸贤绝妙词选》卷一等。

②"此词见吕鹏《遏云集》"几句：宋黄昇《唐宋诸贤绝妙词选》卷一李白《清平乐令》题下注："按唐吕鹏《遏云集》载太白应制词四首，以后二首无清逸气韵，疑非太白所作。"吕鹏，生卒年、履历不详，五代人。《遏云集》，原书已佚。黄玉林，即黄昇，生卒年不详。字叔旸，号玉林，又号花庵词客。南宋词人。辑有《唐宋诸贤绝妙词选》《中兴以来绝妙词选》，有《散花庵词》一卷。《中兴以来绝妙词选》末附自作三十八首，《全宋词》据以辑入，又据《翰墨大全》丁集卷二辑入《鹧鸪天》一首，计存其词三十九首。

③张愈光：即张含（1479—1565），字愈光，号禺山。正德二年（1507）举人，布衣终身。有《禺山集》《禺山诗选》等。与杨慎同学，其诗文多经杨慎评骘。

**【译文】**

李太白应诏创作《清平乐》一词有言："禁庭春昼。莺羽披新绣。百草巧求花下斗。只赌珠玑满斗。 日晚却理残妆。御前闲舞霓裳。谁道腰肢窈窕，折旋消得君王。"其二言："禁帏秋夜。明月探窗罅。玉帐鸳鸯喷兰麝。时落银灯香灺。 女伴莫话孤眠。六宫罗绮三千。一笑皆生百媚，宸游教在谁边。"这首词见吕鹏的《遏云集》，共收录四首。黄玉林认为其中二首没有清新脱俗的意境韵味，只选录了二首。我曾经补作二首，其一言："君王未起。玉漏穿花底。永巷脱簪妆黛洗。衣湿露华似水。 六宫鸾凤鸳鸯。九重罗绮笙簧。但愿君恩似日，从教妾鬓如霜。"其二言："倾城艳质。本自神仙匹。二八承恩初选入，身是三千第一。 月明花落黄昏。人间天上消魂。且共题诗团扇，笑他买赋长门。"永昌人张愈光看到后很喜爱它，认为虽身处远地而不忘劝谏君王，把遭际归结为命运而不怨怒，填词中体现了风雅精神。自认为文才低劣不敢仰望前人，不过也不辜负张愈光的赏识。

## 二一 白乐天《花非花》辞

**【题解】**

本则记白居易《花非花》及张先《御街行》词。白居易之作是诗，非词，《白氏长庆集》卷一二编入"歌行曲引杂言"类。不过，此诗多三言与七言，整饬而不失错综之美，与小令词调有所类似。杨慎以为是白居易"自度之曲"，亦无本据。曾昭岷等《全唐五代词·副编卷一》："案唐宋乐籍皆无此调，亦无入乐歌唱之记载，《词谱》《词律》《历代诗余》皆谓：'此本长庆集长短句诗，后人采入词中。'"

白乐天之词①，《望江南》三首在《乐府》，《长相思》二首见《花庵词选》②。予独爱其《花非花》一首云③："花非花，雾

非雾。夜半来，天明去。来如春梦不多时，去似朝云无觅
处。"盖其自度之曲，因情生文者也。"花非花，雾非雾"，虽
《高唐》《洛神》④，奇丽不及也。张子野衍之为《御街行》⑤，亦
有出蓝之色。今附于此："夭非花艳轻非雾。夜半来，天明
去。来如春梦不多时，去似朝云无觅处。乳鸡新燕，落月沉
星，纨纨城头鼓。　　参差渐辨西池树。朱阁斜欹户。绿苔
深径少人行，苔上屐痕无数。残香余粉，闲衾剩枕，天把多
情付。"

**【注释】**

①白乐天：即白居易（772—846），字乐天，自号醉吟先生、香山居
　士。唐德宗贞元十六年（800）登进士第，授秘书省校书郎。元和
　十年（815）贬为江州司马。唐武宗会昌二年（842），以刑部尚书
　致仕。卒谥文。有《白氏长庆集》传世。

②《花庵词选》：唐宋词选集，二十卷，南宋黄昇编。前十卷题为《唐
　宋诸贤绝妙词选》，后十卷题为《中兴以来绝妙词选》，故亦称《绝
　妙词选》。

③《花非花》：载《白氏长庆集》卷十二。

④《高唐》《洛神》：指宋玉的《高唐赋》和曹植的《洛神赋》。

⑤张子野：即张先（990—1078），字子野，吴兴乌程（今浙江湖州）
　人。仁宗天圣八年（1030）进士。以尚书都官郎中致仕。有《张
　子野词》。

**【译文】**

　　白乐天的词，《望江南》三首收录在《乐府诗集》，《长相思》二首见
《花庵词选》。我只喜爱他的《花非花》一首词，言："花非花，雾非雾。夜
半来，天明去。来如春梦不多时，去似朝云无觅处。"大概是他自行谱制

的新曲，为了情感的表达而创作诗文。"花非花，雾非雾"一句，即使是宋玉的《高唐赋》与曹植的《洛神赋》，新奇瑰丽比不上它。张子野推演它为《御街行》，也有青出于蓝之特色。现附列于此："天非花艳轻非雾。夜半来，天明去。来如春梦不多时，去似朝云无觅处。乳鸡新燕，落月沉星，纨纨城头鼓。　　参差渐辨西池树。朱阁斜欹户。绿苔深径少人行，苔上屐痕无数。残香余粉，闲衾剩枕，天把多情付。"

# 二二　词名多取诗句

## 【题解】

此则推考词调名称之来源，侧重于探讨词调与魏晋唐人诗文创作的渊源关系。《四库全书总目》卷二百毛先舒《填词名解》"提要"将之概括为"掇拾古语以牵合词调名义"。对词调来源的考释，是词学研究的重要内容。南宋王灼《碧鸡漫志》从音乐角度对三十余首唐宋燕乐曲子作了较为细密的考溯，较早对词调进行了比较集中的讨论和研究。略早于杨慎的都穆在其《南濠诗话》中也对《蝶恋花》等词调的来源作过探讨，杨慎本则所论与此有较大的相似性。由于缺少翔实的文献依据，也没有作出进一步深入的说明和论辨，杨慎所作出的判断和所提供的结论，往往显得感性有余而理据不足。以《生查子》为例，《历代诗余》云："查，本'楂梨'之'楂'，与'浮槎'事无涉。"和杨慎的判断就截然不同。今人任二北先生《教坊记笺订》引宋曾慥《类说》云："唐明皇呼人为'查'，言士大夫如'仙查'，随流变化，升天入地，能处清浊也。"认为"调名之'查'，亦可能用此意"。显然，任先生的论述更有说服力。再如《菩萨蛮》，杨慎所论似本于王灼《碧鸡漫志》卷五："《南部新书》及《杜阳杂编》云：'大中初，女蛮国入贡，危髻金冠，缨络被体，号菩萨蛮队，遂制此曲。当时倡优李可及作《菩萨蛮队舞》，文士亦往往声其词。'"但也有一些资料认为，此调之出与南诏、缅甸有关。

　　词名多取诗句,如《蝶恋花》则取梁元帝"翻阶蛱蝶恋花情"①。《满庭芳》则取吴融"满庭芳草易黄昏"②。《点绛唇》则取江淹"白雪凝琼貌,明珠点绛唇"③。《鹧鸪天》则取郑嵎"春游鸡鹿塞,家在鹧鸪天"④。《惜余春》则取太白赋语⑤。《浣溪沙》则取少陵诗意⑥。《青玉案》则取《四愁诗》语⑦。《菩萨蛮》,西域妇髻也⑧。《苏幕遮》,西域妇帽也。《尉迟杯》,尉迟敬德饮酒必用大杯⑨,故以名曲。兰陵王每入阵必先,故歌其勇⑩。《生查子》,查,古槎字,张骞乘槎事也⑪。《西江月》,卫万诗"只今惟有西江月,曾照吴王宫里人"之句也⑫。"潇湘逢故人",柳浑诗句也⑬。《粉蝶儿》,毛泽民词"粉蝶儿共花同活"句也⑭。余可类推,不能悉载。

**【注释】**

①梁元帝:为梁简文帝之误。翻阶蛱蝶恋花情:出自梁简文帝《东飞伯劳歌》,载《乐府诗集·杂曲歌辞八》。

②吴融(? —903):字子华。越州山阴(今浙江绍兴)人。《全唐诗》存诗四卷。满庭芳草易黄昏:出自吴融诗《废宅》。

③江淹(444—505):字文通。有《江文通集》。白雪凝琼貌,明珠点绛唇:出自江淹诗《咏美人春游》。

④郑嵎:生卒年不详。字宾光,一作宾先,唐宣宗大中五年(851)进士,《全唐诗》存其诗一首。此所引郑嵎诗今不传。

⑤《惜余春》则取太白赋语:李白有《惜余春赋》:"爱芳草兮如剪,惜余春之将阑。"

⑥《浣溪沙》则取少陵诗意:《杜工部集》卷十三《将赴成都草堂途中有作先寄严郑公五首》有"竹寒沙碧浣花溪,菱刺藤梢刢尺迷"句,同卷《院中晚晴怀西郭茅舍》亦有"浣花溪里花饶笑,肯信吾

兼（一云今）吏隐名"句。杨慎所言"取少陵诗意"或即指此。

⑦《四愁诗》：东汉文人张衡作，其"四思"曰："我所思兮在雁门，欲往从之雪纷纷，侧身北望涕沾巾。美人赠我锦绣段，何以报之青玉案。路远莫致倚增叹，何为怀忧心烦惋。"

⑧髻：盘在头顶或脑后的发结。

⑨尉迟敬德：即尉迟恭（585—658），字敬德。善阳（今山西朔州）人。隋末从刘武周起事，归唐，太宗在潜邸，引为右府参军。屡立战功，累封鄂国公，卒谥忠武。

⑩兰陵王每入阵必先，故歌其勇：史称兰陵王骁勇善战，勇冠三军，齐人制《兰陵王》歌其事。《北齐书·兰陵武王孝瓘列传》："突厥入晋阳……被围甚急。城上人弗识，长恭免胄示之面，乃下弩手救之。于是大捷。武士共歌谣之，为《兰陵王入阵曲》是也。"《旧唐书·音乐志》："北齐兰陵王长恭，才武而面美，常著假面以对敌。尝击周师金墉城下，勇冠三军，齐人壮之，为此舞以效其指麾击刺之容，谓之《兰陵王入阵曲》。"兰陵王，即高肃（541—573），名孝瓘，字长恭，北齐大将，北齐高祖高欢之孙，北齐文襄帝高澄第四子，世称兰陵王。

⑪张骞乘槎事：晋张华《博物志》卷一："张骞渡西海，至大秦。西海之滨有小昆仑，高万仞，方八百里，东海广漫未闻有渡者。"又，《博物志》卷十："旧说云，天河与海通。近世有人居海渚者，年年八月有浮槎去来不失期。人有奇志，立飞阁于查上，多赍粮，乘槎而去。十余日中犹观星月日辰，自后芒芒忽忽亦不觉昼夜。"张骞（？—前114），汉中成固（今属陕西）人。官至大行，封博望侯。汉武帝建元二年（前139）应募出使大月氏、乌孙等地。

⑫卫万：事迹不详。只今惟有西江月、曾照吴王宫里人：诗句载《乐府诗集·新乐府辞二》，题为《吴宫怨》。

⑬柳浑：应为柳恽（465—517），字文畅。有文集十二卷。杨慎误

记。所引诗句出自柳恽《江南曲》,载《乐府诗集·相和歌辞一》。

⑭毛泽民:即毛滂(1061一?),字泽民,号东堂。有《东堂集》十卷、《东堂词》一卷。粉蝶儿共花同活:出自毛滂词《粉蝶儿》(雪遍梅花)。

**【译文】**

词调名称多取自诗句,如《蝶恋花》取自梁元帝的“翻阶蛱蝶恋花情”。《满庭芳》取自吴融的“满庭芳草易黄昏”。《点绛唇》取自江淹的“白雪凝琼貌,明珠点绛唇”。《鹧鸪天》取自郑嵎的“春游鸡鹿塞,家在鹧鸪天”。《惜余春》取自太白《惜余春赋》的语句。《浣溪沙》取自少陵的诗意。《青玉案》取自《四愁诗》的语句。《菩萨蛮》,源自西域妇女的发髻。《苏幕遮》,源自西域妇女的帽子。《尉迟杯》,源于尉迟敬德饮酒必用大杯,因此以之命名词调。兰陵王每次上战场一定奋勇争先,因此歌颂他的勇猛。《生查子》,“查”,是古“槎”字,词调名源于张骞乘木筏之事。《西江月》,源自卫万的“只今惟有西江月,曾照吴王宫里人”这一诗句。“潇湘逢故人”,是柳恽的诗句。《粉蝶儿》,出自毛泽民的“粉蝶儿共花同活”这一词句。其余的可以类推,不能全部记载。

## 二三 《踏莎行》

**【题解】**

《踏莎行》为唐宋人常用词牌,又有《平阳兴》《江南曲》《芳心苦》《芳洲泊》《度新声》《思牛女》《柳长春》《惜余春》《喜朝天》《阳羡歌》《晕眉山》《踏雪行》《踏云行》《题醉袖》《潇潇雨》等名。杨慎以为唐韩翃诗“踏莎行草过春溪”句,为本调名称之所由。现存韩翃诗中无此句,不过杨慎之说却为后世广泛采纳。

韩翃诗①:“踏莎行草过春溪②。”词名《踏莎行》本此。

## 【注释】

①韩翃:生卒年不详。字君平,南阳(今属河南)人。中唐诗人,"大历
十才子"之一。天宝十三载(754)登进士第,累官至中书舍人。《新唐
书·艺文志》著录《韩翃诗集》五卷。《全唐诗》编其诗为三卷。

②踏莎行草过春溪:现存韩翃集中无此句。句见唐人陈羽《过栎阳
山溪》:"众草穿沙芳色齐,踏莎行草过春溪。闲云相引上山去,
人到山头云却低。"

## 【译文】

韩翃的诗:"踏莎行草过春溪。"词调名称《踏莎行》源于此。

# 二四 《上江虹》《红窗影》

## 【题解】

《上江虹》与《红窗影》曲名,确见载于唐人小说《冥音录》。但《上江
虹》是否就是《满江红》,其依据并不充分。故任半塘《教坊记笺订·曲调
本事》讲:"明人《古今词谱》:'满江红,仙吕宫曲。《教坊记》有此名,唐人
《冥音录》所载《上江虹》是也。'按所据究是何种《教坊记》而有此名?殊不
可解。且《冥音录》亦有名无辞,又何从知《满江红》即《上江虹》欤?更不
可解。"《红窗影》即《红窗迥》之说,也较早出自杨慎,后世多引以为据。

唐人小说《冥音录》①,载曲名有《上江虹》②,即《满江
红》。《红窗影》,即《红窗迥》也。

## 【注释】

①《冥音录》:唐代传奇小说,作者不详。记阴司音乐传于人世的故
事,文见《太平广记》卷四百八十九。

②载曲名有《上江虹》:据《冥音录》:"此一日获十曲。曲之名品,殆

非生人之意。声调哀怨,幽幽然鹃啼鬼啸,闻之者莫不嘘欷。曲有《迎君乐》(正商调,二十八叠)、《槲林叹》(分丝调,四十四叠)、《秦王赏金歌》(小石调,二十八叠)、《广陵散》(正商调,二十八叠)、《行路难》(正商调,二十八叠)、《上江虹》(正商调,二十八叠)、《晋城仙》(小石调,二十八叠)、《丝竹赏金歌》(小石调,二十八叠)、《红窗影》(双柱调,四十叠)。"

## 【译文】

唐代人的小说《冥音录》,记载曲名有《上江虹》,即《满江红》。《红窗影》,即《红窗迥》。

## 二五　《菩萨鬘》《苏幕遮》

### 【题解】

关于"菩萨鬘",《升庵诗话》卷十亦有论及:"唐词有《菩萨蛮》,不知其义。按小说:开元中南诏入贡,危髻金冠,璎珞被体,故号菩萨鬘,因以制曲。佛经戒律云'香油涂身,华鬘被首'是也。白乐天《蛮子朝》诗曰'花鬘抖擞龙蛇动',是其证也。今曲名'鬘'作'蛮',非也。"杨慎所言"小说",当指唐苏鹗《杜阳杂编》,该书卷下载:"大中初,女蛮国贡双龙犀……其国人危髻金冠,缨络被体,故谓之菩萨蛮。当时倡优遂制《菩萨蛮》曲,文士亦往往声其词。"《菩萨鬘》原为唐教坊曲,用作词调。至于其由来,历来说法不一。有学者以为,其调乃古缅甸乐,开元、天宝间传入中国。《苏幕遮》亦为唐教坊曲,用作词调。此曲源于龟兹乐,北周时传入中原,唐时尤为盛行。杨慎所引《新唐书》吕元泰上中宗疏中的一段文字,可证此曲在初唐时就已十分流行。

　　西域诸国妇人,编发垂髻,饰以杂华,如中国塑佛像璎珞之饰,曰"菩萨鬘",曲名取此。《唐书》吕元济上书[1]:"比见方邑,相率为浑脱队,骏马胡服,名曰'苏幕遮'②。"曲名亦取此。李太白诗"公孙大娘浑脱舞"③,即此际之事也。

**【注释】**

①吕元济:《新唐书》卷一百一十八作"吕元泰"。

②"比见方邑"几句:《新唐书·吕元泰传》:"时又有清源尉吕元泰,亦上书言时政曰:'……比见坊邑相率为浑脱队,骏马胡服,名曰"苏莫遮"。'"浑脱,本指用完整的牛羊皮所制之囊,用以贮水或作渡河之物。唐泼寒胡戏舞者执皮囊,贮水相泼,称"浑脱队"。

③公孙大娘浑脱舞:李白《草书歌行》:"少年上人号怀素,草书天下称独步。墨池飞出北溟鱼,笔锋杀尽中山兔。八月九月天气凉,酒徒词客满高堂。笺麻素绢排数厢,宣州石砚墨色光。吾师醉后倚绳床,须臾扫尽数千张……王逸少,张伯英,古来几许浪得名。张颠老死不足数,我师此义不师古。古来万事贵天生,何必要公孙大娘浑脱舞。"浑脱舞,西域乐舞,通常用于泼寒胡戏。

**【译文】**

西域各国的妇女,结发为辫,发髻下垂,用各种花装饰,像中原雕塑佛像的珠玉饰品,称作"菩萨鬘",曲名取自此。《唐书》中记载吕元泰上书说:"常见坊市、都城中有一个接一个的浑脱队,骑骏马穿胡服,名曰'苏幕遮'。"曲名也取自此。李太白的诗"公孙大娘浑脱舞",就是记录此时的事。

# 二六 夜夜昔昔

**【题解】**

本则讨论《夜夜曲》和《昔昔盐》二曲,亦见《升庵诗话》卷三,题作"昔昔盐"。《夜夜曲》,《乐府诗集·杂曲歌辞十六》云:"梁沈约所作也。"此为杨慎之所本。《乐府诗集》引梁《乐府解题》曰:"《夜夜曲》,伤独处也。"《昔昔盐》亦乐府篇名,隋薛道衡作,见《乐府诗集·近代曲辞一》。昔昔,即"夜夜"之意。盐,同"艳",乃"曲"之别名。洪迈《容斋续笔》卷七云"(《昔昔盐》)《乐苑》以为羽调曲。《玄怪录》载:篠篠三娘工唱《阿鹊盐》。又有《突厥盐》《黄帝盐》《白鸽盐》《神雀盐》《疏勒盐》《满座盐》《归国盐》。唐诗'媚赖吴娘唱是盐','更奏新声刮骨盐'。然则,歌诗谓之'盐'者,如吟、行、曲、引之类云。"

梁乐府《夜夜曲》,或名《昔昔盐》。"昔"即"夜"也。《列子》"昔昔梦为君"①,"盐"亦曲之别名。

**【注释】**

①昔昔梦为君:《列子·周穆王》载:"有老役夫,筋力竭矣,而使之弥勤。昼则呻呼而即事,夜则昏惫而熟寐。精神荒散,昔昔梦为国君,居人民之上,总一国之事,游燕宫观,恣意所欲,其乐无比。觉则复役。"晋张湛注:"昔昔,夜夜也。"

**【译文】**

梁代的乐府《夜夜曲》,或称《昔昔盐》。"昔",即指"夜"。《列子》有"昔昔梦为君","盐"也是词曲的别名。

## 二七 《阿鱓回》

**【题解】**

本则辨《阿鱓回》与《阿滥堆》二曲之关系。杨慎的主要观点有二:《阿鱓回》即《阿滥堆》;二者均为番曲。对此后人多不认可。关于第一点,明胡震亨《唐音癸签》卷十三非之曰:"《阿鱓回》,本北魏《阿那瓌》曲。阿那瓌者,蠕蠕国主名。用为曲,后讹为《阿鱓回》,唐沿之为名。那,乃可切;鱓,典可切;瓌即'瑰',姑回切。以音相近,故讹。颜真卿诗:'莫唱《阿鹎回》,应云《夜半乐》'是也。杨用修以为即笛曲之《阿滥堆》,此自明皇时曲,失之远矣。"关于第二点,清王琦辨正说:"《唐诗纪事》:骊宫小禽名'阿滥堆',明皇御玉笛,采其声翻为曲,且名焉。远近以笛争效之。张祜《华清宫诗》:红树萧萧阁半开,玉皇曾幸此宫来。至今风俗骊山下,村笛犹吹《阿滥堆》。据此,则《阿滥堆》非番曲也。"据南唐尉迟偓《中朝故事》卷上,"阿滥堆"本为鸟名,唐玄宗采其声翻为笛曲,传于世间,这一材料杨慎于下则《阿滥堆》中亦有举列。这也可证《阿滥堆》并非番曲。

　　太白诗"羌笛横吹阿鹎回"①,番曲名。张祜集有《阿滥堆》②,即此也。番人无字,止以声传,故随中国所书,人各不同尔,难以意求也。

**【注释】**

①羌笛横吹阿鹎回:李白《司马将军歌》:"狂风吹古月,窃弄章华台。北落明星动光彩,南征猛将如云雷。手中电曳倚天剑,直斩长鲸海水开。我见楼船壮心目,颇似龙骧下三蜀。扬兵习战张虎旗,江中白浪如银屋。身居玉帐临河魁,紫髯若戟冠崔嵬。细柳开营揖天子,始知灞上为婴孩。羌笛横吹《阿鹎回》,向月楼中吹《落梅》。将军自起舞长剑,壮士呼声动九垓。功成献凯见明主,丹青画像麒麟台。"

②张祜集有《阿滥堆》:张祜,生卒年不详。字承吉。中唐诗人。有《张处士集》。《阿滥堆》,张祜《华清宫四首》其三有"村笛犹吹《阿滥堆》"句,见下则。

**【译文】**

　　太白诗有"羌笛横吹阿鹎回","阿鹎回"是番曲名。张祜诗集中有《阿滥堆》,即此。番人没有文字,只以语言相传,所以用中原文字书写时,名称各有不同,难以通过意义来探求。

## 二八 《阿滥堆》

**【题解】**

　　本则举列张祜诗、贺铸词及《中朝故事》和《酉阳杂俎》中的记载,考述《阿滥堆》曲之原始及其名称由来。唐宋诗词均有《阿滥堆》为笛曲的记载,此可证其乐曲形式及源起。《中朝故事》载,阿滥堆为骊山禽名,唐玄宗采其声为曲,并名焉。阿滥堆又作"鹦烂堆",杨慎引《酉阳杂俎》考其原始。本则前三则材料源自南宋王灼《碧鸡漫志》卷五,南宋葛立方《韵语阳秋》卷十五亦载有张祜诗及《中朝故事》事。


　　张祜诗:"红树萧萧阁半开。玉皇曾幸此宫来。至今风俗骊山下,村笛犹吹《阿滥堆》。"宋贺方回长短句云①:"待月上潮平波滟,塞管孤吹新阿滥②。"《中朝故事》云③:"骊山多飞鸟,名阿滥堆,明皇采其声为曲子。又作鹦烂堆。"《酉阳杂俎》云④:"鹦烂堆黄,一变之鹑,色如鹜氅⑤。鹑转之后⑥,乃至累变。横理转细,臆前渐渐微白。"


**【注释】**

　　①贺方回:即贺铸(1052—1125),字方回,号庆湖遗老。通判泗州,又徙太平州。后退居吴下,筑室于横塘。著有《庆湖遗老集》九卷,自编词集为《东山乐府》。今存《东山词》。

　　②待月上潮平波滟,塞管孤吹新阿滥:贺铸《天门谣》:"牛渚天门险。限南北、七雄豪占。清雾敛。与闲人登览。　　待月上潮平波滟滟。塞管轻吹新阿滥。风满槛。历历数、西州更点。"

③《中朝故事》：五代笔记小说集。二卷，南唐尉迟偓撰。书记唐
　　宣、懿、昭、哀四朝故事旧闻。

④《酉阳杂俎》：唐代志怪笔记小说集。前集二十卷，续集十卷。唐
　　段成式撰。内容多为博物志怪和传奇小说。此所引文字见《酉
　　阳杂俎》前集卷二十。

⑤鹙氅：鹙鸟的翅羽，青苍色。《玉篇·毛部》："氅，鹙毛。"

⑥鴘（biǎn）转：鹰鹞出生后，羽色逐年变化，其第二年之羽色变化
　　谓之鴘转。鴘，《广雅》："鴘，鹰二岁色也。"

**【译文】**

张祜有诗："红树萧萧阁半开。玉皇曾幸此宫来。至今风俗骊山
下，村笛犹吹《阿滥堆》。"宋代贺方回的长短句有言："待月上潮平波滟，
塞管孤吹新阿滥。"《中朝故事》言："骊山多飞鸟，名阿滥堆，明皇采其声
为曲子。又作鸒烂堆。"《酉阳杂俎》有言："鸒烂堆黄，一变之鴘，色如鹙
氅。鴘转之后，乃至累变。横理转细，臆前渐渐微白。"

# 二九 《乌盐角》

**【题解】**

　　本则举宋元笔记及诗作，以推溯《乌盐角》曲的渊源及文献记载。
不过，后两则戴复古诗及陈舜道诗中所载之乌盐角，是指卷乌盐树之叶
而吹之，与《江邻几杂志》所载市盐所得之曲并非一事。清陶元藻《全浙
诗话》卷十六有辨正："《丹铅录》曲名有《乌盐角行》。《江邻几杂志》：始
教坊人市盐，得一曲谱于子角中。翻之，遂以名。戴石屏有《乌盐角
行》，余读戴书，不类所说。续见舒阆风此题作，云：'山中一种乌盐树，
剥皮为角开春路。'乃悟戴诗'何如村落卷简吹，能使时人知稼穑'，与元
人《月泉吟社诗》云'山歌聒耳乌盐角'者，皆指卷叶而吹。江既误解，升
庵率引，但看题不看诗也。"

　　曲名有《乌盐角》,《江邻幾杂志》云①:"始教坊家人市盐,得一曲谱于角子中。翻之,遂以名焉②。"戴石屏有《乌盐角行》③。元人《月泉吟社诗》④:"山歌聒耳乌盐角,村酒柔情玉练捶⑤。"

**【注释】**

①《江邻幾杂志》:又作《嘉祐杂志》,宋代笔记,二卷,北宋江休复撰。多载当时君臣轶事,有一定的史料价值。江休复(1005—1060),字邻幾。开封陈留(今属河南)人。

②"始教坊家人市盐"几句:宋王灼《碧鸡漫志》卷五:"盐角儿,《嘉祐杂志》云:'梅圣俞说,始教坊家人市盐,于纸角中得一曲谱,翻之,遂以名。'今双调《盐角儿令》是也。欧阳永叔尝制词。"

③戴石屏有《乌盐角行》:戴复古《乌盐角行》:"凤箫鼍鼓龙须笛,夜宴华堂醉春色。艳歌妙舞荡人心,但有欢娱别无益。何如村落卷桐吹,能使时人知稼穑。村南村北声相续,青郊雨后耕黄犊。一声催得大麦黄,一声换得新秧绿。人言此角只儿戏,孰识古人吹角意。田家作劳多怨咨,故假声音召和气。吹此角,起东作;吹此角,田家乐。此角上与邹子之律同宫商、合钟吕。形甚朴,声甚古,一吹寒谷生禾黍。"戴石屏(1167—?),即戴复古,字式之,号石屏。天台黄岩(今属浙江)人。江湖派重要作家。著有《石屏集》六卷、《石屏长短句》一卷。《全宋词》录存其词四十六首。

④《月泉吟社诗》:宋诗总集。一卷。南宋吴渭编。吴渭,字清翁,号潜斋,浦江(今属浙江)人。宋亡不仕,成立月泉吟社。至元二十三年(1286)春,诗社以《春日田园杂兴》为题征五言、七言律诗,选中二百八十名,为刻前六十名,诗七十四首,附摘句三十三联,是为《月泉吟社诗》。诗皆以田园隐逸生活为题材,多寓遁世

之意。

⑤山歌聒耳乌盐角，村酒柔情玉练捶：此陈舜道《春日田园杂兴十首》其二，原诗为："春来非是爱吟诗，诗是田园乐兴时。清入吟怀花月照，红生笑脸柳风吹。村声荡耳乌盐角，社酒柔情玉练槌。闲闷闲愁侬不省，春来非是爱吟诗。"

**【译文】**

词曲名有《乌盐角》，《江邻幾杂志》有言："起初教坊家人买盐时，在纸角处看到一则曲谱。演奏出来后，就以乌盐角命名它。"戴石屏有《乌盐角行》。元人《月泉吟社诗》言："山歌聒耳乌盐角，村酒柔情玉练捶。"

## 三〇 《小梁州》

**【题解】**

《小梁州》本唐代乐曲名。明胡应麟《少室山房笔丛·艺林学山四》："梁州本边境，唐人写其意为绝句，歌之，故号《小梁州》。"可知，梁州泛指边地，与梁米并无必然联系。唐有教坊大曲《凉州》，词牌《小梁州》（本名《凉州令》）即从大曲中摘出。此亦可证《小梁州》与梁米无涉。不过，杨慎以为《小梁州》"为西音也"，这是符合实际的。

　　贾逵曰①："梁米出于蜀汉，香美逾于诸梁，号曰竹根黄。梁州得名以此。"秦地之西，燉煌之间②，亦产梁米。土沃类蜀，故号小梁州，为西音也。

**【注释】**

①贾逵（30—101）：字景伯，扶风平陵（今陕西咸阳）人。东汉经学家。

②燉煌：同"敦煌"。

【译文】

贾逵说："梁米出自蜀郡和汉中，味道香甜可口超过其他谷物，称为竹根黄。梁州因此得名。"秦地以西，敦煌之间，也产梁米。土地肥沃类似蜀地，所以号称小梁州。《小梁州》是西部边地的音乐。

# 三一　《六州歌头》

【题解】

本则考《六州歌头》的音调内容特点及"六州"之得名。其主要内容据南宋程大昌《演繁露》卷十六"六州歌头"条："《六州歌头》，本鼓吹曲也，近世好事者倚其声为吊古词，如'秦亡草昧刘项起吞并'者是也。音调悲壮，又以古兴亡事实之，闻其歌使人怅慨，良不与艳辞同科，诚可喜也。本朝鼓吹止有四曲：《十二时》《导引》《降仙台》并《六州》为曲。每大礼宿斋，或行幸遇夜，每更三奏，名为警场……政和七年诏《六州》改名《崇明祀》，然天下仍谓之《六州》，其称谓已熟也。今前辈集中，大祀大邮皆有此词。"本则又考六州之名，与《升庵诗话》所列之伊州、渭州、梁州、氐州、甘州、凉州小有差异。任半塘以为以《六州》曲出六胡州，其《唐声诗》下编"簇拍陆州"条云："此六州，各有地区，且亦各有歌曲，如何又合有一《六州》总曲？唐乐未闻有此制。"其说可信。

　　《六州歌头》，本鼓吹曲也，音调悲壮。又以古兴亡事实之，闻之使人慷慨，良不与艳词同科，诚可喜也。六州得名，盖唐人西边之州，伊州、梁州、甘州、石州、渭州、氐州也。此词宋人大祀大恤①，皆用此调。国朝大恤②，则用《应天长》云③。《伊》《梁》《甘》《石》，唐人乐府多有之。《胡渭州》见张祜诗。《氐州第一》见周美成词。

**【注释】**

①大祀：帝王最隆重的祭祀，指祭祀天地、宗庙等。大恤：大忧大患。恤，忧。

②国朝：此指明朝。

③《应天长》：词调名。有令、慢两体。

**【译文】**

《六州歌头》，本是鼓吹乐曲，音调悲壮。又用古代兴亡的历史事实为表现内容，听到它使人情绪激昂，确实不与艳丽的文辞等同，的确可喜。六州得名，是指唐人西部边陲之州，即伊州、梁州、甘州、石州、渭州、氐州。宋人祭祀天地、宗庙或有大忧大患时，都用这一曲调。明朝有大忧大患时，就用《应天长》。《伊》《梁》《甘》《石》，唐的乐府诗中多见。《胡渭州》参见张祜的诗。《氐州第一》参见周美成的词。

# 三二《法曲献仙音》

**【题解】**

《望江南》乃唐教坊曲，用作词调。此调又有《忆江南》《江南好》《春去也》《梦江南》《梦江口》等名称。杨慎言"白乐天改《法曲》为《忆江南》"，其依据未详。白居易确有《忆江南》三首咏杭州西湖，刘禹锡有《和乐天春词依忆江南曲拍为句》，可知唐代就有以《忆江南》为调名的情况。赤城韩夫人事，见载于陈与义《法驾导引三首》序："世传顷年都下市肆中，有道人携乌衣椎髻女子，买斗酒独饮。女子歌词以侑，凡九阕，皆非人世语。或记之，以问一道士，道士惊曰：'此赤城韩夫人所制《水府蔡真君法驾导引》也。'乌衣女子疑龙云。得其三而亡其六，拟作三阕。"此记为杨慎所本。《法驾导引》三阕与《望江南》相近，但起句下多一叠句。杨慎虽言"文士好奇，故神其事以传尔"，但仍归于赤城韩夫人名下。实际上，此词乃陈与义所作，杨慎辨之未精。

　　《望江南》，即唐《法曲献仙音》也①。但《法曲》凡三叠②，《望江南》止两叠尔。白乐天改《法曲》为《忆江南》。其词曰："江南好，风景旧曾谙。"二叠云："江南忆，最忆是杭州。"三叠云："江南忆，其次忆吴宫。"见《乐府》③。南宋绍兴中，杭都酒肆中，有道人携乌衣椎髻女子，买斗酒独饮，女子歌以侑之。歌词非人世语。或记之，以问一道士。道士曰："此赤城韩夫人作《法驾导引》也。乌衣女子盖龙云。"其词曰："朝元路④，朝元路，同驾玉华君⑤。千乘载花红一色，人间遥指是祥云。回望海光新。"二叠云："东风起，东风起，海上百花摇。十八风鬟云半动，飞花和雨著轻绡。归路碧迢迢。"三叠云："帘漠漠，帘漠漠，天淡一帘秋。自洗玉舟斟白酒，月华微映是空舟。歌罢海西流。"此辞即《法曲》之腔。文士好奇，故神其事以传尔。岂有天仙而反取开元人间之腔乎？

**【注释】**

①《法曲献仙音》：词牌名。又名《献仙音》《越女镜心》。最早见宋柳永《乐章集》。《钦定词谱》调下注云："陈旸《乐书》云：《法曲》兴于唐，其声始出清商部。比正律差四律，有铙、钹、钟、磬之音。《献仙音》其一也。"

②叠：指乐曲的重复演奏。在唐大曲中，指重复歌唱的乐曲的一段，又名之为"遍"。

③《乐府》：指《乐府诗集》。《乐府诗集·近代曲辞四》载白居易《忆江南三首》。其一曰："江南好，风景旧曾谙。日出江花红胜火，春来江水绿如蓝，能不忆江南。"其二曰："江南忆，最忆是杭州。

山寺月中寻桂子,郡亭枕上看潮头,何日更重游。"其三:"江南忆,其次忆吴宫。吴酒一杯春竹叶,吴娃双舞醉芙蓉,早晚复相逢。"

④朝元:朝拜老子。唐初,追号老子为太上玄元皇帝。唐白居易《寻郭道士不遇》:"郡中乞假来相访,洞里朝元去不逢。"

⑤玉华君:仙女名。唐李康成《玉华仙子歌》:"紫阳仙子名玉华,珠盘承露饵丹砂。"

## 【译文】

《望江南》,就是唐代的《法曲献仙音》。但《法曲献仙音》共三叠,《望江南》只有两叠。白乐天改《法曲献仙音》为《忆江南》。其词言:"江南好,风景旧曾谙。"二叠言:"江南忆,最忆是杭州。"三叠言:"江南忆,其次忆吴宫。"见《乐府诗集》。南宋绍兴年间,杭都酒店中,有个道人带着穿着黑衣、梳着椎形发髻的女子,买了一斗酒独自饮用,女子唱歌为他助兴。歌词非人世语。有人记下它,拿它问一个道士。道士说:"这是赤城韩夫人创作的《法驾导引》。黑衣女子大概是龙。"其词言:"朝元路,朝元路,同驾玉华君。千乘载花红一色,人间遥指是祥云。回望海光新。"二叠云:"东风起,东风起,海上百花摇。十八风鬟云半动,飞花和雨著轻绡。归路碧迢迢。"三叠云:"帘漠漠,帘漠漠,天淡一帘秋。自洗玉舟斟白酒,月华微映是空舟。歌罢海西流。"这首词所运用的就是《法曲献仙音》的曲调。读书人好奇,因此将那件事神化进而传播。怎么会有天上神仙反而选取唐代开元时期人间的曲调呢?

# 三三 《小秦王》

## 【题解】

唐人多以五七言绝句披乐入歌,是为声诗。其"随名变腔"的情形有之,只是腔调已不可考。因此,杨慎的概括是符合事实的。《小秦王》

乃唐教坊曲名，与《秦王破阵乐》内容相同，都是颂扬秦王李世民的丰功伟绩的。从有关文献记载来看，其音律本是慷慨激昂的。杨慎所举三首，从内容上看已与秦王之事无涉。"雁门山上雁初飞"一诗，杨慎以为是妓女盛小丛所作。不过，从《云溪友议》的记载来看，盛小丛只是歌者，并非作者，杨慎所记不确。

　　唐人绝句多作乐府歌，而七言绝句随名变腔。如《水调歌头》《春莺转》《胡渭州》《小秦王》《三台》《清平调》《阳关》《雨淋铃》，皆是七言绝句而异其名，其腔调不可考矣。予爱《小秦王》三首，其一云："雁门山上雁初飞。马邑阑中马正肥。陌上朝来逢驿骑，殷勤南北送征衣①。"其二云："柳条金嫩不胜鸦。青粉墙头道韫家。燕子不来春寂寞，小窗和雨梦梨花②。"其三云："十指纤纤玉笋红。雁行轻度翠弦中。分明自说长城苦，水阔云寒一夜风③。"第一首妓女盛小丛作④，后二首无名氏。

**【注释】**

①"雁门山上雁初飞"几句：载《乐府诗集·杂曲歌辞十五》，题作《突厥三台》，不署作者名，"阑中"作"栏中"，"陌上朝来"作"日旰山西"。

②"柳条金嫩不胜鸦"几句：宋周密《齐东野语》卷十六《降仙》载《女仙》三绝句，此其第一首。道韫，指谢道韫，生卒年不详。陈郡阳夏（今河南太康）人。谢安侄女。聪慧有才辩。

③"十指纤纤玉笋红"几句：诗见唐张祜《张承吉文集》卷五，题作《题宋州田大夫家乐丘家筝》。宋洪迈《万首唐人绝句》卷四十三收录，署张祜作，题作《听筝》。

④盛小丛：唐大中时越州妓。唐范摅《云溪友议》卷上"饯歌序"：
"李尚书讷夜登越城楼，闻歌曰：'雁门山上雁初飞。'其声激切。
召至，曰：'去籍之妓盛小丛也。'曰：'汝歌何善乎？'曰：'小丛是
梨园供奉南不嫌女甥也。所唱之音，乃不嫌之授也。今色将衰，
歌当废矣。'时察院崔侍御元范自府幕而拜，即赴阙庭。李公连
夕饯崔君于镜湖光候亭，屡命小丛歌饯，在座各为一绝句赠送
之，亚相为首唱矣。"

**【译文】**

唐代人的绝句多用作乐府歌，而七言绝句依据名称变换曲调。如
《水调歌头》《春莺转》《胡渭州》《小秦王》《三台》《清平调》《阳关》《雨淋
铃》，都是七言绝句而名称不同，它们的曲调不可考证了。我喜爱《小秦
王》三首，其一言："雁门山上雁初飞。马邑阑中马正肥。陌上朝来逢驿
骑，殷勤南北送征衣。"其二言："柳条金嫩不胜鸦。青粉墙头道韫家。
燕子不来春寂寞，小窗和雨梦梨花。"其三言："十指纤纤玉笋红。雁行
轻度翠弦中。分明自说长城苦，水阔云寒一夜风。"第一首是妓女盛小
丛所作，后二首是无名氏所作。

# 三四 仄韵绝句

**【题解】**

本则讨论仄韵绝句的问题。仄韵绝句的体式特点是：七言、四句，
三仄韵。本则中，杨慎列举了唐宋人的一些诗词作品作为范例，其中，
较为完整的唐人诗歌有"春草萋萋春水绿"一首，姚月华诗两首，《太平
广记》所载"妖女"诗一首，共四首；宋人较完整的作品有朱敦儒词一首，
张耒诗一首（古诗，截取首四句），杜衍诗一首，共三首。这些作品，有的
属近体绝句，如"春草萋萋春水绿"一首；有的属乐府诗，如姚月华《怨
诗》两首；有的属古诗，如张耒《对莲花戏寄晁应之》，《词品》截取了其首

四句以为范例。有的，则是词，如朱敦儒《春晓曲》（杨慎误记为张元幹词）。此词单调，四句，三仄韵，共二十七字，《词谱》卷一以为正体。杨慎所录也是四句，但每句均为七字（第二句"淅沥"前多一"寒"字），共二十八字，不符合《春晓曲》的体式特征，不知杨慎所据为何。不过，这些诗、词作品大多符合仄韵绝句的特点。

杨慎言："仄韵绝句，唐人以入乐府。唐人谓之《阿那曲》。"此说成立。《阿那曲》为唐声诗名，《全唐诗•附词》有收录，《词律》卷一以为词调。《太平广记》卷六十九载，开元中，杨贵妃侍儿张云容尝独舞《霓裳》于绣岭宫，贵妃赠诗"罗袖动香香不已"一诗。此诗七言、四句，三仄韵，为本调传辞。任二北《唐声诗》下编第十三有详细考辨："'阿那'二字皆读平声，谓舞容之柔靡。此辞乃声诗格调中仄韵七绝之较典型者。首句仄起，次句、三句均平起，末句为仄起，非其它仄韵七绝所能混。""'阿那'之义定为舞容，以古乐府为据。他或解为用力之声，或犹云'何处'，均非此调取名之意。宋人词集中仍有'阿那曲'名"。杨慎还讲，唐人《阿那曲》，"宋人谓之《鸡叫子》"。是说不确。《宋史•乐志》载："太平兴国中，伶官蔚茂多侍大宴，闻鸡唱，殿前都虞候崔翰闻之曰：'此可被管弦乎？'茂多即法其声制曲，曰《鸡叫子》。"据此，《鸡叫子》始创于宋代。今传《鸡叫子》平仄也与此调不同。

仄韵绝句，唐人以入乐府。唐人谓之《阿那曲》，宋人谓之《鸡叫子》。唐诗"春草萋萋春水绿，野棠开尽飘香玉。绣岭宫前鹤发翁，犹唱开元太平曲"[①]。乃无名氏闻鬼仙之谣，非李洞作也[②]。李洞诗集具在，诗体大与此不同，可验。女郎姚月华二首[③]："春草萋萋春水绿。对此思君泪相续。羞将离恨附东风，理尽秦筝不成曲。"又云："与君形影分胡越。玉枕经年对离别。登台北望烟雨深，回身泣向寥天月。"宋张仲宗词云④:"西楼月落鸡声急。夜浸疏香寒淅沥。玉人醉渴嚼春冰,晓色入帘横宝瑟⑤。"张文潜荷花一首云⑥:"平池碧玉秋波莹。绿云拥扇青摇柄。水宫仙子斗红妆,轻步凌波踏明镜⑦。"杜祁公咏雨中荷花一首云⑧:"翠盖佳人临水立。檀粉不匀香汗湿。一阵风来碧浪翻,真珠零落难收拾⑨。"三首皆佳。宋人作诗与唐远,而作词不愧唐人,亦不可晓。《太平广记》载妖女一词云:"五原分袂真胡越。燕拆莺离芳草歇。年少烟花处处春,北邙空恨清秋月⑩。"其词亦佳。坡词"春事阑珊芳草歇"亦用其语⑪。或疑"歇"字似"趁"韵,非也。唐刘瑶诗"瑶草歇芳心耿耿"⑫,皆有出处,一字不苟如此。

**【注释】**

①"春草萋萋春水绿"几句:关于此诗的作者各本说法不一。《太平广记》卷三百五十"许生"条据唐李玫《纂异记》,记为"白衣叟"所赋,宋洪迈《万首唐人绝句》卷六十六载录此诗,不署撰者,题为《甘棠叟一首》,宋周弼《三体唐诗》卷二、元杨士弘《唐音》卷十四以为李洞作,题为《绣岭宫》;《全唐诗》卷五百六十二署李玫作,题为《白衣叟途中吟》;《全唐诗》卷七百二十三题李洞作,题为《绣岭宫词》。

②李洞(?—897?):字才江,京兆(今陕西西安)人。唐诸王孙,晚唐诗人。作诗慕贾岛,属苦吟一系。有《李洞集》,《全唐诗》存其诗三卷。

③姚月华:生平事迹不详。唐人。《全唐诗》卷八百录其诗六首,题注曰:"姚月华尝梦月坠妆台,觉而大悟,聪慧过人。少失母,随父寓扬子江。见邻舟书生杨达诗,命侍儿乞其稿,达立缀艳诗致

情,自后屡相酬和。会其父有江右之行,踪迹遂绝。"下文所引两
诗,较早见于《乐府诗集·相和歌辞十七》,题为《怨诗》。

④张仲宗:即张元幹(1091—1170?),字仲宗,号卢川居士、真隐山
人。南宋著名爱国词人。有《卢川归来集》十卷,《卢川词》二卷,
《全宋词》录其词一百八十六首。

⑤"西楼月落鸡声急"几句:此朱敦儒《春晓曲》,见《樵歌》卷下,杨
慎误为张元幹词。朱敦儒(1081—1159),字希真,号岩壑。洛阳
(今属河南)人。有《樵歌》三卷。

⑥张文潜:即张耒(1054—1114),字文潜,号柯山。"苏门四学士"
之一。有《张右史文集》六十卷传世,存词六首,断句三则。

⑦平池碧玉秋波莹:出自《张右史文集》卷十二,题为《对莲花戏寄
晁应之》。

⑧杜祁公:即杜衍(978—1057),字世昌,山阴(今浙江绍兴)人。登
进士甲科,累官至太子太傅,封祁国公,赠司徒,谥正献。有《杜
祁公摭稿》。

⑨"翠盖佳人临水立"几句:载宋陈思《两宋名贤小集》卷六十九,题
为《雨中荷花》。

⑩"五原分袂真胡越"几句:见《太平广记》卷三百四十七"曾季衡"条。
《全唐诗》卷八百六十六题为王丽真作,题为《与曾季衡冥会诗》。

⑪坡:指苏轼(1037—1101),字子瞻,一字和仲,号东坡居士。眉州
眉山(今属四川)人。嘉祐二年(1057)进士,官至翰林学士知制
诰、知礼部贡举等。苏轼艺文通才,诗、词、文、书、画均卓然大
家。有《东坡全集》一百五十卷,《东坡乐府》三卷等。春事阑珊
芳草歇:出自苏轼《蝶恋花》:"春事阑珊芳草歇,客里风光,又过
清明节。小院黄昏人忆别,落红处处闻啼鴂。咫尺江山分楚越,
目断魂消,应是音尘绝。梦破五更心欲折,角声吹落梅花月。"

⑫刘瑶:生卒年不详。唐代女诗人,《全唐诗》存其诗三首。瑶草歇

芳心耿耿：出自刘瑶《暗别离》："槐花结子桐叶焦，单飞越鸟啼青
霄。翠轩辗云轻遥遥，燕脂泪迸红线条。瑶草歇芳心耿耿，玉佩
无声画屏冷。朱弦暗断不见人，风动花枝月中影。青鸾脉脉西
飞去，海阔天高不知处。"

## 【译文】

仄韵绝句，唐代人将其列入乐府。唐人称其为《阿那曲》，宋人称其
为《鸡叫子》。唐诗"春草萋萋春水绿，野棠开尽飘香玉。绣岭宫前鹤发
翁，犹唱开元太平曲"。是无名氏听闻鬼仙事的歌谣，不是李洞的作品。
李洞诗集都在，诗体与此大不相同，可以验证。年轻女子姚月华有诗二
首："春草萋萋春水绿。对此思君泪相续。羞将离恨附东风，理尽秦筝
不成曲。"又言："与君形影分胡越。玉枕经年对离别。登台北望烟雨
深，回身泣向寥天月。"宋代朱敦儒的词有言："西楼月落鸡声急。夜浸
疏香寒渐沥。玉人醉渴嚼春冰，晓色入帘横宝瑟。"张文潜荷花诗一首
言："平池碧玉秋波莹。绿云拥扇青摇柄。水宫仙子斗红妆，轻步凌波
踏明镜。"杜祁公咏雨中荷花诗一首言："翠盖佳人临水立。檀粉不匀香
汗湿。一阵风来碧浪翻，真珠零落难收拾。"三首都好。宋人作诗与唐
人相差很远，但作词却并不逊色于唐人，也不可知晓。《太平广记》记载
妖女一词有言："五原分袂真胡越。燕拆莺离芳草歇。年少烟花处处
春，北邙空恨清秋月。"其词也好。东坡的词"春事阑珊芳草歇"也用其
言辞。有人怀疑"歇"字似"趁"韵，并不是。唐代刘瑶的诗句"瑶草歇芳
心耿耿"，都有出处，任意一字都像这样不会随意。

# 三五 《阿那》《纥那》曲名

## 【题解】

《阿那》《纥那》，皆唐声诗名，后用为词调。据《太平广记》卷六十九
《张云容》载，开元中，杨玉环侍儿张云容尝独舞《霓裳》于绣岭宫，杨妃

赠诗:"罗袖动香香不已。红蕖袅袅秋烟里。轻云岭上乍摇风,嫩柳池边初拂水。"诗即《阿那》本调传辞。杨慎举唐李郢《上元日寄湖杭二从事》诗,以证《阿那》为当时曲名。杨慎又言"李郢诗言变梵呗为艳歌",《阿那》是否原为梵呗,已不可确考。《纥那》,形式上原本五言绝句。胡震亨《唐音癸签》载,唐天宝中崔成甫翻《得体歌》,有"得体纥那也,纥囊得体那"之句,此即"纥那"之名所本;并谓唐人于舟中唱《得体歌》,据此,此调在盛唐时已有。今所传始见刘禹锡《纥那曲》"周郎一回顾,听唱《纥那》声",《尊前集》收作词调,名《纥那曲》,单调二十字,平韵。杨慎曰"刘禹锡诗言翻南调为北曲也",依所列刘禹锡夔州《竹枝词》,《纥那曲》原为北歌,北客思归,因此巴人作唱此歌以相送。

　　李郢《上元日寄湖杭二从事》诗曰①:"恋别山登忆水登。山光水焰百千层。谢公留赏山公唤,知入笙歌《阿那》朋。"刘禹锡夔州《竹枝词》云②:"楚水巴山小雨多。巴人能唱本乡歌。今朝北客思归去,回入《纥那》披绿萝。"《阿那》《纥那》,皆当时曲名。李郢诗言变梵呗为艳歌③,刘禹锡诗言翻南调为北曲也。"阿""那"皆叶上声,"纥""那"皆叶平声,此又随方音而转也。

**【注释】**

①李郢:生卒年不详。字楚望。晚唐诗人。大中十年(856),登进士第。工诗,《全唐诗》存其诗一卷,《全唐诗补编》存其诗三十五首。

②刘禹锡(772—842):字梦得。洛阳(今属河南)人。人称"诗豪"。贞元九年(793)进士,又举博学宏词科。参与王叔文革新,失败后被贬为连州刺史、朗州司马。宪宗元和十年(815)再出为连、

夔、和州刺史。晚年以太子宾客分司东都，世称"刘宾客"。《全唐诗》存诗十二卷。

③梵呗：指佛教徒以诗偈形式赞唱佛、菩萨功德的颂歌。

**【译文】**

李郢的《上元日寄湖杭二从事》诗言："恋别山登忆水登。山光水焰百千层。谢公留赏山公唤，知入笙歌阿那朋。"刘禹锡在夔州任刺史时写了《竹枝词》："楚水巴山小雨多。巴人能唱本乡歌。今朝北客思归去，回入纥那披绿萝。"《阿那》《纥那》，都是当时的词曲名。从李郢的诗看，《阿那》已由梵呗之歌演变为言情的歌曲；从刘禹锡的诗看，《纥那》原为北方的歌曲，后用南方曲调翻唱。"阿""那"都合上声，"纥""那"都合平声，这又是随方音而发生的音转。

# 三六 《醉公子》

**【题解】**

早期词人作词，先要"选调"。某一类词调只适宜于表现某类内容，因此，词人选调时，要尽量考虑词调和所咏内容之间保持一致。宋黄昇《唐宋诸贤绝妙词选》卷一李珣《巫山一段云》题解讲得很清楚："唐词多缘题所赋，《临江仙》则言仙事，《女冠子》则述道情，《河渎神》则咏祠庙，大概不失本题之意。尔后渐变，去题远矣。"黄昇所谓"唐词多缘题所赋"符合唐词实际，对后世影响较大。杨慎袭用了这一观点，在黄昇所列《临江仙》《女冠子》《河渎神》的基础上，又增加了《巫山一段云》和《醉公子》两调。本则后半部分关于《醉公子》一词"转折多"的论析，实际上袭自南宋陈模《怀古录》，该书卷中曰："'门外猧儿吠，知萧郎来至，划袜下芳阶，冤家今夜醉。扶得入罗帏，不肯脱罗衣。醉则从他醉，犹胜独眠时。'此唐人词也。前辈谓此可以悟诗法。或以问苍山，苍山曰：'此只是转多。且如喜其至，划袜下阶，是一转矣；而苦其今夜醉，又是一转；喜其入罗帏，又是一转；不肯脱罗衣，又是一转；后两句自开释，又是一转。'"

　　唐人《醉公子》词云："门外猧儿吠。知是萧郎至。刬袜下香阶，冤家今夜醉。　　扶得入罗帏。不肯脱罗衣。醉则从他醉，还胜独睡时①。"唐词多缘题所赋，《临江仙》则言水仙，《女冠子》则述道情，《河渎神》则咏祠庙，《巫山一段云》则状巫峡。如此词题曰《醉公子》，即咏公子醉也。尔后渐变，与题远矣。此词又名《四换头》，因其词意四换也。前辈谓此可以悟诗法。或以问韩子苍②，子苍曰："只是转折多。且如刬袜下阶是一转矣，而苦其今夜醉又是一转，喜其入罗帏又是一转，不肯脱衣又是一转。后两句自开释，又是一转。其后制四换韵一调，亦名《醉公子》云。"今附录之，盖孟蜀顾夐辞也③。"河汉秋云澹。红藕香侵槛。枕倚小山屏，金铺向晚扃。　　睡起横波慢。独坐情何限。衰柳数声蝉。魂销似去年。"

**【注释】**

①"门外猧（wō）儿吠"几句：明陈耀文《花草粹编》卷二载录此，未标诗题，署作者为"唐人"。《全唐诗》卷八百九十九据载此诗，题作《醉公子》，作者为无名氏。猧儿，小狗。萧郎，女子对所爱恋男子的美称，本汉刘向《列仙传》萧史、弄玉之典。

②韩子苍：即韩驹（1080—1135），字子苍，号牟阳。仙井监（今四川仁寿）人。曾从苏轼兄弟学诗。以下评《醉公子》一段文字，《怀古录》记评者为"苍山"，清冯金伯《词苑萃编》卷二《旨趣·韩驹论诗法》，署评者为韩驹。

③顾夐：生卒年、履里不详。五代后蜀词人。《花间集》收录其词五十五首。

**【译文】**

　　唐代人的词《醉公子》有言：“门外猧儿吠。知是萧郎至。刬袜下香阶，冤家今夜醉。　　扶得入罗帷。不肯脱罗衣。醉则从他醉，还胜独睡时。”唐代的词大多依据题意而歌咏，《临江仙》就说水中神仙，《女冠子》就陈述修道者的情操，《河渎神》就歌咏祠庙，《巫山一段云》就描写巫峡。像这首词的题目叫《醉公子》，即歌咏公子醉酒。从此以后渐渐改变，词题与题意相去较远了。这首词又叫《四换头》，因为它的词意有四次转折。前辈称由此可以领悟诗的创作方法和规律。有人借此请教韩子苍，子苍说：“只是转折较多。如刬袜下阶是一个转折，而苦于其今夜醉酒又是一个转折，因其入罗帷感到高兴又是一个转折，不肯脱衣又是一个转折。后两句自我安慰，又是一个转折。其后谱制四换韵一调，也称《醉公子》。”现在附列之，大概是后蜀顾夐的词。“河汉秋云澹。红藕香侵槛。枕倚小山屏，金铺向晚扃。　　睡起横波慢。独坐情何限。衰柳数声蝉。魂销似去年。”

# 三七 《如梦令》

**【题解】**

　　本则所录唐庄宗词见载于《尊前集》，调名为《忆仙姿》。《苕溪渔隐词话》卷二：“东坡言《如梦令》曲名，本唐庄宗制，一名《忆仙姿》。嫌其不雅，改云《如梦》。庄宗作此词，卒章云：‘如梦。如梦。和泪出门相送。’取以为之名。”据此，《如梦令》调名确出自唐庄宗李存勖词。苏轼嫌《忆仙姿》调名不雅，取李词中“如梦。如梦”之叠句，改名《如梦令》。此调系李存勖自度曲，《词谱》以李存勖词为正体，三十三字，七句五仄韵一叠韵，第五、六两句例用叠句。

　　唐庄宗词云①:"曾宴桃源深洞。一曲舞鸾歌凤。长记别伊时,和泪出门相送。如梦。如梦。残月落花烟重。"此庄宗自度曲也。乐府取词中"如梦"二字名曲,今误传为吕洞宾②,非也。

**【注释】**

①唐庄宗:即李存勖(885—926),本姓朱邪氏,小字亚子。西突厥沙陀部人,李克用长子。天祐二十年(923)四月,在魏州(今河北大名东北)自立为皇帝,国号唐(史称后唐),改元,以天祐二十年为同光元年,是为庄宗。精音律,能自撰曲子词。存词四首,载《尊前集》。

②吕洞宾:即吕岩,生卒年不详,字洞宾,唐代诗人。《全唐诗》卷八百五十六:"吕岩,字洞宾,一名岩客,礼部侍郎渭之孙。河中府永乐(一云蒲坂)县人。咸通中举进士不第,游长安酒肆,遇锺离权得道,不知所往。"《全唐诗》录其诗四卷。

**【译文】**

　　唐庄宗的词有言:"曾宴桃源深洞。一曲舞鸾歌凤。长记别伊时,和泪出门相送。如梦。如梦。残月落花烟重。"这是庄宗的自谱词曲。乐府选取词中"如梦"二字命名词曲,现误传为吕洞宾所作,是错的。

## 三八　《捣练子》

**【题解】**

　　本则讨论《捣练子》词调和内容之间的关系。文中所列《捣练子》一词,属小令词。内容写秋日深院思妇捣练,细致地刻画了闺中人对远方征人的思念。所咏内容与词调一致,故杨慎讲"词名《捣练子》,即咏捣练,乃唐词本体也。"《词律》卷一、《词谱》卷一都将李煜该词(《词谱》误为冯延巳作)列为《捣练子》正体,单调,二十七字,五句三平韵。

　李后主《捣练子》云①:"深院静,小庭空。断续寒砧断续风②。无奈夜长人不寐,数声和月到帘栊。"词名《捣练子》,即咏捣练③,乃唐词本体也。

**【注释】**

①李后主:即李煜(937—978),字重光。徐州(今属江苏)人。南唐最后一位君主,史称"李后主"。工书画,精音律,词作成就尤高。王仲闻《南唐二主词校订》收录其词三十三首。

②砧(zhēn):捣衣石,这里指捣衣声。汉班婕妤《捣素赋》:"于是投香杵,扣玫砧,择鸾声,争凤音。"

③捣练:捣洗煮过的熟绢。

**【译文】**

李后主的《捣练子》有言:"深院静,小庭空。断续寒砧断续风。无奈夜长人不寐,数声和月到帘栊。"词名《捣练子》,即歌咏捣练题材,就是唐代词的本来体式。

## 三九 《人月圆》

**【题解】**

本则考察《人月圆》调名的来源。王诜元宵词见载于《唐宋诸贤绝妙词选》卷三,该词上片结句为"人月圆时",后世因取为调名,这也正证明了唐人"缘题所赋"的取调情形。本调又名《人月圆令》《青衫湿》,《词谱》卷七以本则所录王诜"小桃枝上春来早"一首为正体,双调,四十八字,上片五句两平韵,下片六句两平韵。

宋驸马王晋卿元宵词云①:"小桃枝上春来早,初试薄罗衣。年年此夜,华灯盛照,人月圆时。　　禁街箫鼓②,寒轻夜永,纤手同携。更阑人静,千门笑语,声在帘帏。"此曲晋卿自制,名《人月圆》,即咏元宵,犹是唐人之意。

### 【注释】

①王晋卿:即王诜,生卒年不详。字晋卿。太原(今属山西)人,徙居开封(今属河南)。北宋画家、词人。尚英宗女魏国大长公主,为附马都尉,拜左卫将军。《全宋词》存词十五首,断句三则。

②禁街:犹御街。京城街道。宋李持正《明月逐人来·上元》:"禁街行乐,暗尘香拂面,皓月随人近远。"

### 【译文】

宋朝驸马王晋卿咏元宵词有言:"小桃枝上春来早,初试薄罗衣。年年此夜,华灯盛照,人月圆时。　　禁街箫鼓,寒轻夜永,纤手同携。更阑人静,千门笑语,声在帘帏。"这首词曲是晋卿自创的,名为《人月圆》,即歌咏元宵节,仍是唐人之意。

## 四〇　《后庭宴》

### 【题解】

本则推原《后庭宴》词调之来历,其基本材料袭自宋陈岩肖《庚溪诗话》卷下:"宣政间,修西京洛阳大内,掘地得一碑,隶书小词一阕,名《后庭宴》,其词曰:'千里故乡,十年华屋……万树绿低迷,一庭红扑簌。'余见此碑墨本于李丙仲南家,仲南云得之张魏公侄椿处也。"宋孟元老《东京梦华录》卷七对上述文字亦有引录。杨慎变"宣政"(宋徽宗年号政和、宣和之并称)为"宣和",又改"名《后庭宴》"为"后人名之曰《后庭宴》"。从对后世的影响而言,杨慎之说又远大于《庚溪诗话》。清代的

《历代诗余》和《填词名解》均取杨说。

　　宋宣和中①，掘地得石刻一词，唐人作也。本无题，后人名之曰《后庭宴》。其词云："千里故乡，十年华屋。乱魂飞过屏山簇。眼重眉褪不胜春，菱花知我销香玉②。　　双双燕子归来，应解笑人幽独。断歌零舞，遗恨清江曲。万树绿低迷，一庭红扑簌。"

**【注释】**

①宣和：宋徽宗赵佶年号（1119—1125）。

②菱花：指菱花镜，亦泛指镜。唐李白《代美人愁镜》之二："狂风吹却妾心断，玉箸并堕菱花前。"

**【译文】**

　　宋代宣和年间，挖地时得到石刻上的一首词，是唐代人的词作。原本无题，后人命名为《后庭宴》。其词言："千里故乡，十年华屋。乱魂飞过屏山簇。眼重眉褪不胜春，菱花知我销香玉。　　双双燕子归来，应解笑人幽独。断歌零舞，遗恨清江曲。万树绿低迷，一庭红扑簌。"

## 四一　《朝天紫》

**【题解】**

　　《朝天子》词调，最早见于宋晁补之《晁氏琴趣外篇》卷六。杨慎以为，《朝天子》乃《朝天紫》之误，并举陆游《天彭牡丹谱》中的记载为据。《天彭牡丹谱》确有"朝天紫"之名，乃蜀中牡丹之一品。但"后人以为曲名"的说法，从现存文献来看，史无记载，证据不足。

朝天紫,本蜀牡丹花名,其色正紫,如金紫大夫之服色,故名。后人以为曲名。今以"紫"作"子",非也,见陆游《牡丹谱》①。

**【注释】**

①陆游(1125—1210):字务观,号放翁。山阴(今浙江绍兴)人。"中兴四大诗人"之冠。有《剑南诗稿》八十七卷,《渭南文集》五十卷。词二卷,载于《渭南文集》中,后又别出单行。《全宋词》据双照楼影宋本《渭南文集》等辑录其词一百四十五首。《牡丹谱》:即《天彭牡丹谱》,一卷。主要记载蜀地天彭花事之盛况,载《渭南文集》卷四十二。

**【译文】**

朝天紫,本是蜀中牡丹花的名称,它的颜色是正紫色,像金紫大夫服装的颜色,因此称之。后人将它作为曲名。现将"紫"写作"子",是错的,参见陆游《牡丹谱》。

# 四二 《干荷叶》

**【题解】**

本则重点讨论"缘题所赋"和"借腔别咏"的问题,并对元代词人刘秉忠的两首词进行了一定的分析和探讨。

词调始创之时,有的和所咏内容之间存在关联性。黄昇所谓"《临江仙》则言仙事,《女冠子》则述道情,《河渎神》则咏祠庙"就属于这种情况,这也就是黄昇和杨慎提到的"缘题所赋"的情形。同时,词调的来源和产生又是比较复杂的,有来自民间、来自边地和外域、创自教坊大晟府等乐府机构、创自乐工歌妓、摘自大曲法曲、词人自度曲等等情况(详吴熊和先生《唐宋词通论》第三章,浙江古籍出版社1989年)。词调来源的多样性和复杂性，就决定了并不是每一个词调和所咏内容之间都存在着必然的关联。实际情况是，多数词调即使在创始时也和所歌内容没有关联。因此，杨慎所言之"借腔别咏"在词创作中是一种惯例。本则所列《干荷叶》曲，系元人刘秉忠自度曲，取前三字为调名。所列第一首，词调和所咏内容一致，属"缘题所赋"之情形，故杨慎言"犹是唐词之意也"。所列第二首，虽词调仍为《干荷叶》，但内容已与荷及荷叶毫无干系，系"吊宋"之作，杨慎将此种情形概括为"借腔别咏"。从"缘题所赋"到"借腔别咏"，既是词体演变的必然结果；同时，也是词体解放的重要表现。

元太保刘秉忠《干荷叶》曲云[①]："干荷叶，色苍苍。老柄风摇荡。减了清香越添黄。都因昨夜一场霜。寂寞秋江上。"此秉忠自度曲，曲名《干荷叶》，即咏干荷叶，犹是唐词之意也。又一首吊宋云："南高峰。北高峰。惨淡烟霞洞。宋高宗，一场空。吴山依旧酒旗风。两度江南梦。"此借腔别咏，后世词例也。然其曲凄恻感慨，千古之寡和也。或云非秉忠作。秉忠助元凶宋[②]，惟恐不早，而复为吊惜之辞[③]，其俗所谓"斧子斫了手摩挲"之类也。

【注释】

①刘秉忠(1216—1274)：本名侃，字仲晦，号藏春散人。博学多才，能诗文。忽必烈即位后，拜光禄大夫，位太保，参领中书省事，元初制度多出其手。著有《藏春集》，《元史》有传。《干荷叶》：下所列词《干荷叶》词两首《藏春集》无载，较早见于元杨朝英《乐府新编阳春白雪》后集卷一。明蒋一葵《尧山堂外纪》卷六十九、清冯金伯《词苑萃编》卷六、清朱彝尊《词综》卷二十七等均有录。

②助元凶宋：他本或作"助元亡宋"。刘秉忠曾以布衣身份随忽必
　　烈征大理、云南、南宋，故云。

③吊惜：悼念惋惜。

【译文】

　　元朝太保刘秉忠《干荷叶》曲言："干荷叶，色苍苍。老柄风摇荡。减了清香越添黄。都因昨夜一场霜。寂寞秋江上。"这是秉忠自谱词曲，曲名《干荷叶》，就歌咏干荷叶，仍是唐词之意。又有一首凭吊宋朝的《干荷叶》词言："南高峰。北高峰。惨淡烟霞洞。宋高宗，一场空。吴山依旧酒旗风。两度江南梦。"这是借此曲调来歌咏其他题材，也是后世词例。然而其曲哀伤感慨，是千古之下很少能有人唱和的作品。有人说不是秉忠的作品。秉忠帮助元攻打宋惟恐不积极，而又作悼念惋惜词，是民间所说的那种"用斧子砍了又用手去抚摸"之类的人。

# 四三　乐曲名解

【题解】

　　本则前半段（"慎按"之前）皆摘录自《乐府诗集·相和歌辞一》题解。主要内容是引《古今乐录》和王僧虔的有关论述，解释乐府中"解""艳""趋""乱"等概念的含义。根据相关论述可知，"解"是指乐曲或诗歌的章节。晋崔豹《古今注·音乐》："李延年因胡曲，更进新声二十八解。"姜夔《凄凉犯》词序："予客居阖户，时闻马嘶，出城四顾，则荒烟野草，不胜凄黯，乃著此解。"这里的"解"都是指章节。"艳"是大曲的引子，"趋""乱"都指乐曲的最后一章，《论语·泰伯》："《关雎》之乱，洋洋乎盈耳哉！"朱熹《集注》："乱，乐之卒章也。"后半段（"慎按"至文末）是杨慎对上述内容所作的补充说明。杨慎采用古今对照的方法，对艳、趋、乱诸名在明代的指称一一作了对应和说明。这些对于后人了解和把握明代词、曲中基本名称概念的来源和含义是有帮助的。文末举列

"哩啰""哇唵""唵吽"等几个作为"余音"使用的词语，为了解明代词曲中助词、语气词以及衬字的运用情况提供了重要的语料参照。

本则亦见于杨慎《升庵诗话》，题名亦为《乐曲名解》。与《词品》相较，《诗话》结尾处多出了"齐歌曰欧，吴歌曰欤（yú），楚歌曰些，巴歌曰嬥（tiǎo）"一句。看来，欧、欤、些、嬥等是不同地域对乐歌的种种称谓。

　　《古今乐录》云①："伧歌以一句为一解②，中国以一章为一解。"王僧虔启曰③："古曰章，今曰解。解有多少，当是先诗而后声。诗叙事，声成文，必使志尽于诗，音尽于曲。是以作诗有丰约，制解有多少。"又"诸曲调皆有词，有声。而大曲又有艳、有趋、有乱。词者，其歌诗也。声者，若羊吾夷、伊那何之类也。艳在曲之前，趋与乱在曲之后，亦犹《吴声》《西曲》，前有和，后有送也。"慎按：艳在曲之前，与《吴声》之和，若今之引子。趋与乱在曲之后，与《吴声》之送，若今之尾声。羊吾夷、伊那何，皆声之余音袅袅，有声无字。虽借字作谱而无义。若今之哩啰、哇唵、唵吽也。知此，可以读古乐府矣。

**【注释】**

①《古今乐录》：据《隋书·经籍志》："《古今乐录》十二卷，陈沙门智匠撰。"又据《玉海》卷一百五，《古今乐录》编成于陈废帝光大二年（568），所叙自汉迄陈乐事。其书已佚，郭茂倩《乐府诗集》引用二百余次。

②伧歌：指南北朝时期北地乐府民歌。

③王僧虔（426—485）：琅邪临沂（今属山东）人。南朝宋齐时期书法家，善隶书，同时喜文史，通音律。初仕宋，累迁尚书令；入齐，

迁侍中左光禄大夫开府仪同三司。

**【译文】**

《古今乐录》有言："伧歌以一句为一解，中原以乐曲的一章为一解。"王僧虔陈述说："古代称章，现在称解。解有多和少的差别，应当是先有诗而后有声。诗用来叙事，声组合成条理，一定要使志意通过诗歌完全表达出来，音乐通过曲调得以完全体现。因此写诗有丰富和简约的区别，制解也有多和少的差异。"又说"各曲调都配有歌词，也有具体的歌唱之法。而大曲又有艳、有趋、有乱。词，是可以歌唱的诗。声音，像羊吾夷、伊那何之类。艳在乐曲之前，趋与乱在乐曲之后，也如同《吴声》《西曲》，前有引子，后有尾声。"杨慎按：艳在乐曲之前，与《吴声》中的和，像现在的引子。趋与乱在乐曲之后，与《吴声》中的送，像现在的尾声。羊吾夷、伊那何，都是声之余音悠扬婉转绵延不绝，有声音而无文字。虽然借字作谱但无具体含义。像现在的哩啰、哇唵、唵吽。了解了这些，就可以读古乐府了。

# 四四　鼓吹骑吹云吹

**【题解】**

鼓吹、骑吹，均为乐府歌曲名。鼓吹曲，又称《短箫铙歌》，本为军中之乐。古乐中有鼓吹乐，用鼓、箫、钲、笳等合奏，并多有歌辞配合，用于大驾出游、朝会、军中行部、田猎等不同场合。汉乐府鼓吹曲辞今存《朱鹭》《临高台》等十八曲，载《乐府诗集》卷十六，本则中杨慎亦有举列。骑吹曲，亦乐名，系鼓吹乐的一种。多鼓吹于马上，故名。《乐府诗集·鼓吹曲辞一》解题："又《建初录》云：'《务成》《黄爵》《玄云》《远期》，皆骑吹曲，非鼓吹曲。'此则列于殿庭者名鼓吹，今之从行鼓吹为骑吹，二曲异也。"可见，凡鼓吹随卤簿（仪仗）车驾从行者，便为骑吹，不一定非骑马不可。本则中，杨慎举《务成》《黄雀》（《黄爵》）两曲为例。杨慎关于鼓吹、骑吹的记叙，其基本材料源自《乐府诗集·鼓吹曲辞一》解题。至于云吹曲，古籍无载，未知杨慎所据为何。

乐府有鼓吹曲，其昉于黄帝记里鼓之制乎<sup>①</sup>？后世有鼓吹、骑吹、云吹之名。《建初录》云<sup>②</sup>："列于殿廷者名鼓吹，列于行驾者名骑吹<sup>③</sup>。"又曰："鼓吹，陆则楼车，水则楼船。其在廷则以簨虡为楼也<sup>④</sup>。水行则谓之云吹。《朱鹭》《临高台》诸篇，则鼓吹曲也。《务成》《黄雀》<sup>⑤</sup>，则骑吹曲也。《水调》《河传》，则云吹曲也。"宋之问诗<sup>⑥</sup>："稍看朱鹭转，尚识紫骝骄<sup>⑦</sup>。"此言鼓吹也。谢朓诗<sup>⑧</sup>："鸣笳翼高盖，叠鼓送华辀<sup>⑨</sup>。"此言骑吹也。梁简文诗："广水浮云吹，江风引夜衣<sup>⑩</sup>。"此言云吹也。

**【注释】**

①昉：开始。记里鼓：古代用在记里车上作记报里程的鼓。宋江少虞《宋朝事实类苑·记里鼓》引《西京记》："记里鼓者，车上有两层，皆有木人，行一里，则下层击鼓，行十里，上层击钟。其机法皆妙绝焉。"

②《建初录》：书名，作者不详。内容为记汉章帝建初年间社会见闻。

③列于殿廷者名鼓吹，列于行驾者名骑吹：《宋书·乐志》："又《建初录》云，'务成、黄爵、玄云、远期，皆骑吹曲，非鼓吹曲。'此则列于殿庭者为鼓吹，今之从行鼓吹为骑吹，二曲异也。"

④"鼓吹"几句：《乐府诗集·鼓吹曲辞一》解题："按《古今乐录》，有梁、陈时宫悬图，四隅各有鼓吹楼而无建鼓。鼓吹楼者，昔箫史吹箫于秦，秦人为之筑凤台。故鼓吹陆则楼车，水则楼船，其在

庭则以簨虡为楼也。"楼车,古代攻城用具,形似云梯,上设有望楼,可以下瞰敌情。楼船,有楼层的大船,古代作战时常用于水路运输。簨虡(sǔn jù),古代悬挂钟磬鼓的木架。横杆叫簨,直柱叫虡。《礼记·明堂位》:"夏后氏之龙簨虡。"郑玄注:"簨虡,所以悬钟鼓也。横曰簨,饰之以鳞属;植曰虡,饰之以臝属、羽属。"

⑤《黄雀》:《乐府诗集·鼓吹曲辞一》解题作"《黄爵》"。

⑥宋之问(约656—约712):一名少连,字延清。初唐诗人。今存诗三卷,见《全唐诗》卷五十一至五十三。有辑本《宋之问集》二卷。

⑦稍看朱鹭转,尚识紫骝骄:出自宋之问《鲁忠王挽词三首》其一:"同盟会五月,归葬出三条。日惨咸阳树,天寒渭水桥。稍看朱鹭转,尚识紫骝骄。寂寂泉台恨,从兹罢玉箫。"

⑧谢朓(464—499):字玄晖。南朝齐著名诗人,"永明体"代表作家。有《谢宣城集》。

⑨鸣笳翼高盖,叠鼓送华辀:出自谢朓《入朝曲》:"江南佳丽地,金陵帝王州。逶迤带绿水,迢递起朱楼。飞甍夹驰道,垂杨荫御沟。凝笳翼高盖,叠鼓送华辀。献纳云台表,功名良可收。"

⑩广水浮云吹,江风引夜衣:出自简文帝萧纲《泛舟横大江》:"沧波白日晖,游子出王畿。旁望重山转,前观远帆稀。广水浮云吹,江风引夜衣。旅雁同洲宿,寒凫夹浦飞。行客谁多病,当念早旋归。"

**【译文】**

　　乐府有鼓吹曲,大概始于黄帝时创制的记里鼓?后世有鼓吹、骑吹、云吹的名称。《建初录》言:"列于殿廷的称鼓吹,列于行驾的称骑吹。"又说:"鼓吹,如果在陆地上就在楼车上演奏,如果在水中就在楼船上演奏。若其在殿廷就以簨虡为楼车。水上航行时演奏称之云吹。《朱鹭》《临高台》诸篇,就是鼓吹曲。《务成》《黄雀》,就是骑吹曲。《水调》《河传》,就是云吹曲。"宋之问的诗:"稍看朱鹭转,尚识紫骝骄。"这是说鼓吹。谢朓的诗:"鸣笳翼高盖,叠鼓送华辀。"这是说骑吹。梁简文帝的诗:"广水浮云吹,江风引夜衣。"这是说云吹。

## 四五 唐词多无换头

**【题解】**

词调《江城子》分单调、双调两类。单调始于唐韦庄,五代张泌、欧阳炯、牛峤等都有继作。《花间集》有载。单调《江城子》又有三十五字、三十六字、三十七字数体,八句五平韵。双调始于宋苏轼,见《东坡乐府》。又名《村意远》《江神子》,双片七十字,上、下片各八句,五平韵,体格多为唐五代单调词之复叠,宋人多用之。本则所举张泌《江城子》二首均为单调,三十五字,因此才出现重押"情"字和"明"字的情况。

　　张泌①,南唐人,有《江城子》二阕。其一云:"碧阑干外小中庭。雨初晴。晓莺声。飞絮落花,时节近清明。睡起卷帘无一事,匀面了,没心情。"其二云:"浣花溪上见卿卿。眼波明。黛眉轻。高绾绿云②,低簇小蜻蜓③。好是问他得来么,和笑道,莫多情。"黄叔旸云:"唐词多无换头,如此词自是两首,故重押两'情'字,两'明'字。今人不知,合为一首,则误矣④。"

**【注释】**

①张泌:生卒年、籍贯不详。字子澄。泌,一作佖。南唐词人。《全唐诗》编其诗为一卷,见卷七百四十二。《花间集》收张泌词二十七首。

②绿云:喻女子的乌黑发亮的秀发。唐杜牧《阿房宫赋》:"绿云扰

扰,梳晓鬟也。"

③低簇小蜻蜓:指用金缕结成的蜻蜓状头饰。

④"唐词多无换头"几句:黄昇《唐宋诸贤绝妙词选》卷一:"唐词多
　　无换头,如此词两段,自是两首,故两押'情'字。今人不知,合为
　　一首,则误矣。"

## 【译文】

　　张泌,是南唐人,有《江城子》二阕。其一言:"碧阑干外小中庭。雨初晴。晓莺声。飞絮落花,时节近清明。睡起卷帘无一事,匀面了,没心情。"其二言:"浣花溪上见卿卿。眼波明。黛眉轻。高绾绿云,低簇小蜻蜓。好是问他得来么,和笑道,莫多情。"黄叔旸讲:"唐代的词大多无换头,像这首词本来是两首,所以重复押两'情'字,两'明'字。现在的人不了解,合为一首,就错了。"

# 四六　填词句参差不同

## 【题解】

　　本节探讨了词的句法结构问题。词最初是合乐歌唱的,一定的词调有其固定的分段、押韵、句数、字数和平仄等方面的要求,即所谓"依曲定体"。词调一旦形成,后世词人填词时就需要"依声""按谱",进而确定词的分片、用韵、断句及用字等,用杨慎的话来讲,就是"平仄及断句皆定数"。句之"定数"是"依曲拍定句"的结果,需要依照"拍眼"的要求来安排上下句的分断。但在具体填词过程中,词人往往根据语意表达的需要而不是音乐上的要求来重新安排上下句之间的分断。本则中,杨慎所举秦观《水龙吟》落句便是典型一例。按照"拍眼"的形式,此句似应断为:"念多情但有当时,皓月照,人依旧。"这样一来,词意不够连贯,也不符合作者的原意。因此,秦观词实际断为:"念多情但有,当时皓月,照人依旧。"这样的情况在填词中比较常见,而且也是允许的。

清王奕清等《钦定词谱·凡例》曾总结说:"词中句读,不可不辨。有四字句而上一下一,中两字相连者;有五字句而上一下四者;有六字句而上三下三者;有七字句而上三下四者;有八字句而上一下七、或上五下三、上三下五者;有九字句而上四下五、或上六下三、上三下六者。此等句法,不可枚举。"依语意切分字句,而不是墨守"拍眼"的既定规矩,从一定意义上讲,业已突破了音律的限制,实际上正显示了词逐渐脱离音乐而成为一种独立文体的某些特征。

　　本则后段"陆放翁《水龙吟》"以下各句,摘引自明张綖《诗余图谱》卷三《水龙吟》例词之后的案语。略有不同的是,《诗余图谱》所举诗例,除王安石诗一联外,尚有韩愈"李杜文章在,光焰万丈长"一联。张綖所举陆游及康与之词句,也是依照语意表达的需要对上下句的字数和句读略作了调整。


　　填词平仄及断句皆定数,而词人语意所到,时有参差。如秦少游《水龙吟》前段歇拍句云①:"红成阵,飞鸳甃②。"换头落句云:"念多情但有,当时皓月,照人依旧。"以词意言,"当时皓月"作一句,"照人依旧"作一句。以词调拍眼③,"但有当时"作一拍,"皓月照"作一拍,"人依旧"作一拍,为是也。维扬张世文云④:陆放翁《水龙吟》⑤,首句本是六字,第二句本是七字。若"摩诃池上追游客"则七字。下云"红绿参差春晚",却是六字。又如后篇《瑞鹤仙》,"冰轮桂花满溢"为句⑥,以"满"字叶,而以"溢"字带在下句。别如二句分作三句,三句合作二句者尤多。然句法虽不同,而字数不少。妙在歌者上下纵横取协尔。古诗亦有此法,如王介甫"一读亦使我,慨然想遗风"是也⑦。

## 【注释】

①秦少游(1049—1100)：即秦观，字太虚，一字少游，号淮海居士，高邮(今属江苏)人，北宋著名词人，"苏门四学士"之一。曾为国史院编修，后因坐党籍出为杭州通判，贬徙郴州、雷州等地。有《淮海集》。词集有《淮海居士长短集》，存词九十首。《水龙吟》：全词如下："小楼连远横空，下窥绣毂雕鞍骤。朱帘半卷，单衣初试，清明时候。破暖轻风，弄晴微雨，欲无还有。卖花声过尽，斜阳院落，红成阵、飞鸳甃。　　　玉佩丁东别后。怅佳期、参差难又。名缰利锁，天还知道，和天也瘦。花下重门，柳边深巷，不堪回首。念多情但有，当时皓月，向人依旧。"歇拍：填词每阕之末，谓之"歇拍"，犹曲之煞尾。清况周颐《蕙风词话》卷一："曲有煞尾，有度尾。煞尾如战马收缰，度尾如水穷云起。煞尾犹词之歇拍也，度尾犹词之过拍也。"

②鸳甃(zhòu)：用对称的砖瓦砌成的井壁，这里借指井。

③拍眼：即乐曲节拍。

④维扬：扬州的别称。张世文(1487—1543)：即张綖。字世文(一作世昌)，号南湖。高邮(今属江苏)人。正德八年(1513)举人，"八上春官不第，谒选为武昌通判，迁知光州，罢归。少从王西楼游，刻意填词，每填一篇，必求合某宫某调，某调第几声，其声出入第几犯。抗坠圆美，必求合作"(钱谦益《列朝诗集·丙集》)。有《南湖诗集》四卷、词集《南湖诗余》及词学著作《诗余图谱》等。

⑤陆放翁《水龙吟》：指陆游《水龙吟·春日游摩诃池》："摩诃池上追游路，红绿参差春晚。韶光妍媚，海棠如醉，桃花欲暖。挑菜初闲，禁烟将近，一城丝管。看金鞍争道，香车飞盖，争先占、新亭馆。　　　惆怅年华暗换。黯销魂、雨收云散。镜奁掩月，钗梁拆凤，秦筝斜雁。身在天涯，乱山孤垒，危楼飞观。叹春来只有，杨花和恨，向东风满。"游路，别本或作"游客"。

⑥冰轮桂花满溢：出自康与之《瑞鹤仙·上元应制》："瑞烟浮禁苑。正绛阙春回，新正方半。冰轮桂华满。溢花衢歌市，芙蓉开遍。龙楼两观。见银烛、星毬有烂。卷珠帘、尽日笙歌，盛集宝钗金钏。　　堪羡。绮罗丛里，兰麝香中，正宜游玩。风柔夜暖。花影乱，笑声喧。闹蛾儿满路，成团打块，簇著冠儿斗转。喜皇都、旧日风光，太平再见。"康与之，生卒年不详。字伯可，号顺庵。南宋词人。高宗建炎中，上《中兴十策》，名震一时。秦桧当国，附桧求进，为桧门下十客之一。桧死，除名编管钦州，移雷州，再移新州牢城。有《顺庵乐府》，今不传。

⑦王介甫：即王安石（1021—1086），字介甫，号半山，抚州临川（今属江西）人。北宋著名政治家、文学家。庆历二年（1042）进士，熙宁二年（1069）拜参知政事，次年推行新法，史称"王安石变法"。晚年退居江宁（今江苏南京），卒，赠太傅，谥文。《宋史》有传。有《临川先生文集》一百卷，亦工词，《全宋词》存其词二十九首。一读亦我，慨然想遗风：出自王安石《圣俞为狄梁公孙作诗要予同作》："虎豹不食子，鸱枭不乘雄。人恶甚鸟兽，吾能与成功。爱有以计留，去有势不容。吾谋适合意，几亦齿奸锋。时恩沦九泉，褒取异代忠。堂堂社稷臣，近世孰如公？空使苗裔孙，称扬得诗翁。一读亦使我，慨然想余风。"

**【译文】**

填词平仄及断句都有固定的法则，而词人语意所到之处，时常有不一致。如秦少游《水龙吟》前段歇拍句言："红成阵，飞鸳鸯。"换头尾句言："念多情但有，当时皓月，照人依旧。"以词意而言，"当时皓月"为一句，"照人依旧"为一句。以词调乐曲节拍，"但有当时"为一拍，"皓月照"为一拍，"人依旧"为一拍，这样才是正确的。扬州的张世文说：陆游的《水龙吟》，首句本为六字，第二句本为七字。像"摩诃池上追游客"是七字。下言"红绿参差春晚"，却是六字。又如后篇《瑞鹤仙》，"冰轮桂花满溢"为句,以"满"字合韵,而以"溢"字带在下句。其他的像二句分作三句,三句合为二句的尤其多。然而句法虽不同,但字数不少。妙在歌唱者上下纵横取其协和。古诗也有此法,如王介甫的"一读亦使我,慨然想遗风"就是这样。

## 四七　填词用韵宜谐俗

**【题解】**

　　本则论词韵。上则中,杨慎曰"填词平仄及断句皆定数,而词人语意所到,时有参差",主张填词既要遵守格律,又不为格律所拘。本则中,杨慎主张词韵宜谐俗,并"自可通变"。上古歌诗依据各地语音实际用韵,并无专门的韵书。魏晋六朝时,沈约撰《四声谱》,首次将四声之说运用于诗歌创作,并与谢朓、王融等人创立了"永明体",这标志着诗歌声律理论的初步确立。其后,隋陆法言《切韵》出,南宋平水刘渊又编《壬子新刊礼部韵略》(平水韵),诗韵规范日趋成熟。词韵源于诗韵,不过,唐、宋二代词的押韵方法与诗有所不同,且每一个词牌又各有其特定的句法与平仄方面的限制。当时作词亦无词韵专书,而是借诗韵适当放宽通转,甚至用方言押韵。本则中,杨慎所举苏轼《一斛珠》等数例,用韵皆宽于诗韵,甚至用邻韵和方音协韵。杨慎不仅不以为病,而且还标举为"用韵之式",可见,他是主张词韵要宽松的。杨慎著有《转注古音略》《奇字韵》等,对古音字韵多有关注。本则所论,亦为其辨音析体论的重要组成部分。


　　沈约之韵[1],未必悉合声律,而今诗人守之,如金科玉条。此无他,今之诗学李、杜,李、杜学六朝,往往用沈韵,故相袭不能革也。若作填词,自可通变。如"朋"字与"蒸"同押,"打"字与"等"同押。"卦"字、"画"字,与"怪""坏"同押,乃是赽舌之病②，岂可以为法耶。元人周德清著《中原音韵》③，一以中原之音为正，伟矣。然予观宋人填词，亦已有开先者。盖真见在人心目，有不约而同者。俗见之胶固④，岂能眯豪杰之目哉？试举数词于右。

东坡《一斛珠》云："洛城春晚。垂杨乱掩红楼半。小池轻浪纹如篆。烛下花前，曾醉离歌宴。　　自惜风流云雨散。关山有限情无限。待君重见寻芳伴。为说相思，目断西楼燕。""篆"字沈韵在"上"韵，本属赽舌，坡特正之也。蒋捷元夕《女冠子》云⑤："蕙花香也。雪晴池馆如画。春风飞到，宝钗楼上，一片笙箫，琉璃光射。而今灯谩挂。不是暗尘明月，那时元夜。况年来心懒意怯，羞与闹蛾儿争耍。　　江城人悄初更打。问繁华谁解，再向天公借。剔残红炧⑥，但梦里隐隐，钿车罗帕。吴笺银粉砑。待把旧家风景，写成闲话。笑绿鬟邻女，倚窗犹唱，夕阳西下。"是驳正沈韵"画"及"挂"，"话"及"打"字之谬也。吕圣求《惜分钗》云⑦："重帘下。微灯挂。背阑同说春风话。"用韵亦与蒋捷同意。晁叔用《感皇恩》云⑧："寒食不多时，牡丹初卖。小院重帘燕飞碍。昨宵风雨，尚有一分春在。今朝犹自得，阴晴快。　　熟睡起来，宿醒微带。不惜罗襟揾眉黛。日长梳洗，看看花影移改。笑拈双杏子，连枝带。"此词连用数韵，酌古斟今，尤妙。国初高季迪《石州慢》云⑨："落了辛夷，风雨顿催，庭院潇洒。春来长恁，乐章懒按，酒筹慵把。辞莺谢燕，十年梦断青楼，情随柳絮犹萦惹。难觅旧知音，把琴心重写。　　夭冶。忆曾携手，斗草阑边，买花帘下。看辘轳低转，秋千高打。如今何处，总有团扇轻衫，与谁共走章台马。回首暮山青，又离愁来也。"诸公数词可为用韵之式，不独绮语之工而已⑩。

**【注释】**

①沈约之韵：指沈约所倡之"四声八病"等有关诗歌声律的理论。

②鴃(jué)舌：伯劳弄舌啼聒，比喻语言难懂。

③周德清(1277—1365)：字日湛，号挺斋。高安(今属江西)人。元代文学家、著名音韵学家。工乐府，善音律，著有音韵学名著《中原音韵》。该著依据中原语音，总结了北曲的用韵规律，促进了戏曲用韵的统一。

④胶固：固陋，固执。

⑤蒋捷：生卒年不详。字胜欲，号竹山。阳羡(今江苏宜兴)人，南宋词人。有《竹山词》一卷，《全宋词》录其词九十四首。

⑥炧(xiè)：灯烛余烬。

⑦吕圣求：即吕渭老，生卒年不详。一名吕滨老，字圣求。嘉兴(今属浙江)人。南宋词人。有《圣求词》一卷，《全宋词》录其词一百三十四首。下引词句出自吕渭老《惜分钗·重帘挂》一词。

⑧晁叔用：即晁冲之，生卒年不详。字叔用，一字用道。济州巨野(今属山东)人。宋代词人。尝从陈师道学诗，与吕本中交善，名列《江西诗社宗派图》。著有《晁具茨先生诗集》十五卷，近人赵万里辑有《晁叔用词》，《全宋词》录其词十六首。

⑨高季迪：即高启(1336—1374)，字季迪，号槎轩。长洲(今江苏苏州)人。元末隐居吴淞之青丘，号青丘子。洪武初为编修，参与修《元史》，累官户部侍郎。洪武七年(1374)获罪，被腰斩于市。有《高太史大全集》十八卷，《凫藻集》五卷，《扣舷集》一卷。文中所引词见《扣舷集》，"辘轳"作"鹿卢"，"共走"作"更走"。

⑩绮语:原为佛教语,指涉及闺门、爱欲等华艳辞藻及一切杂秽语。隋慧远《大乘义章》云:"邪言不正,其犹绮色,从喻立称,故名绮语。"此处指纤婉言情之辞。

## 【译文】

沈约的诗歌声律理论,不一定都合声律,而今诗人遵循它,如金科玉条。这没有别的,现在的诗学李白、杜甫,李白与杜甫学六朝,往往用沈约的诗歌声律理论,因此相沿袭而不能革新。如果是填词,自然可以变通。如"朋"字与"蒸"同押,"打"字与"等"同押。"卦"字、"画"字,与"怪""坏"同押,就是龃舌之病,怎么可以以之为法呢。元代人周德清著有《中原音韵》,以中原之音为正,伟大啊。然而我看宋人填词,也已有开先河者。大概真知灼见在人心目中,有不约而同的情况。浅陋见识的固执,怎能蒙蔽才能出众人的眼睛呢?试举数词于下。

东坡的《一斛珠》言:"洛城春晚。垂杨乱掩红楼半。小池轻浪纹如篆。烛下花前,曾醉离歌宴。　　自惜风流云雨散。关山有限情无限。待君重见寻芳伴。为说相思,目断西楼燕。""篆"字沈韵在"上"韵,本属龃舌,苏东坡特地匡正它。蒋捷的咏元宵《女冠子》言:"蕙花香也。雪晴池馆如画。春风飞到,宝钗楼上,一片笙箫,琉璃光射。而今灯谩挂。不是暗尘明月,那时元夜。况年来心懒意怯,羞与闹蛾儿争耍。　　江城人悄初更打。问繁华谁解,再向天公借。剔残红炧,但梦里隐隐,钿车罗帕。吴笺银粉砑。待把旧家风景,写成闲话。笑绿鬟邻女,倚窗犹唱,夕阳西下。"这是批驳纠正沈韵的"画"及"挂"、"话"及"打"字的错误。吕圣求的《惜分钗》言:"重帘下。微灯挂。背阑同说春风话。"用韵也与蒋捷同意。晁叔用的《感皇恩》言:"寒食不多时,牡丹初卖。小院重帘燕飞碍。昨宵风雨,尚有一分春在。今朝犹自得,阴晴快。　　熟睡起来,宿酲微带。不惜罗襟揾眉黛。日长梳洗,看看花影移改。笑拈双杏子,连枝带。"这首词连用数韵,斟酌古今,尤其高妙。明初高季迪的《石州慢》言："落了辛夷，风雨顿催，庭院潇洒。春来长恁，乐章懒按，酒筹慵把。辞莺谢燕，十年梦断青楼，情随柳絮犹萦惹。难觅旧知音，把琴心重写。　　天冶。忆曾携手，斗草阑边，买花帘下。看辘轳低转，秋千高打。如今何处，总有团扇轻衫，与谁共走章台马。回首暮山青，又离愁来也。"以上诸公的数首词作可以作为用韵的范式，不只是纤婉言情的工巧之作而已。

## 四八　燕睍莺转

**【题解】**

　　本则考索"转"的来源与意义。转，乃曲调名。如南朝乐府中有《五更转》，敦煌曲子辞中亦保留有此曲调，今存十二组七十四首。从词义来看，"转"通"啭"，指婉转发声，也指婉转的歌声。南朝宋谢朓《和伏武昌登孙权故城》有"舞馆识余基，歌梁想遗转（五臣本《文选》作'啭'）"之句，《文选》李善注："《淮南子》曰：'秦、楚、燕、赵之歌也，异转而皆乐。'高诱曰：'转，音声也。'"本则中，杨慎曰"转，曲名"，这是没有错的。杨慎又引《禽经》和《夏小正》这两种早期文献，从字源上推溯"转"的来源，认为"转"这一曲调名称的由来与"莺声"有关。此论无文献可证，聊备一说。

　　《禽经》[①]："燕以狂睍，莺以喜转。"睍，视也。《夏小正》[②]："来降燕乃睇。"转，曲名，莺声似歌曲，故曰"转"。

**【注释】**

①《禽经》：鸟类学著作，一卷。旧题春秋时晋国师旷撰、西晋张华注。

②《夏小正》：《大戴礼记》篇名。《隋书·经籍志》著录"《夏小正》一

卷"。内容记叙一年中之时令气候、宜时农事活动等,为现存最早的一部农事历书。

**【译文】**

《禽经》:"燕以狂昕,莺以喜转。"昕,是目视的意思。《夏小正》:"来降燕乃睍。"转,是曲名,莺的叫声似歌曲,因此称"转"。

# 四九　哀曼

**【题解】**

"慢"为曲调名,杨慎《升庵诗话·慢字为乐曲名》对此有比较细致的考辨:"陈后山诗:'吴吟未至慢,楚语不假些。'任渊注云:'慢谓南朝慢体,如徐庾之作。'余谓此解是也,但未原其始。《乐记》云:'宫商角徵羽,五者皆乱,迭相陵,谓之慢。'又曰:'郑卫之音,乱世之音也,比于慢矣。'宋词有《声声慢》《石州慢》《惜余春慢》《木兰花慢》《拜星月慢》《潇湘逢故人慢》,皆杂比成调,古谓之啧曲。""慢"又称"慢曲""慢调""慢曲子",言其"慢",是相对于"急"而言的,慢曲子曲调节奏较慢,篇制也较长。本则中,杨慎以为孙氏《箜篌赋》中"哀曼则晨华朝灭"之"曼"亦为曲名,与"慢"的意义相同。

晋钮滔母孙氏《箜篌赋》曰①:"乐操则寒条反荣,哀曼则晨华朝灭。""曼"与"慢"通,亦曲名,如《石州慢》《声声慢》之类。

**【注释】**

①晋钮滔母孙氏《箜篌赋》:赋见《艺文类聚》卷四十四。孙氏,名琼,晋吴兴孝廉钮滔母。能文章,有集二卷,今佚。

## 【译文】

　　晋代钮滔母孙氏的《箜篌赋》言："乐操则寒条反荣,哀曼则晨华朝灭。""曼"与"慢"通,也是曲名,如《石州慢》《声声慢》之类。

# 五○　北曲

## 【题解】

　　明代中后期,南曲渐兴而北曲渐衰。杨慎论曲,尊北曲而轻南曲。以本则所论而言,其基本理由是:北曲为古来正宗,渊源深厚,气韵调平,富有感染力;南曲从婉娈之习,柔媚卑俗,气格不振。持是论者,明代不独杨慎一人。如王骥德《曲律》亦云:"迩年以来,燕、赵之歌童舞女咸弃其捍拨,尽效南声,而北词几废。"徐渭《南词叙录》曰:"南曲则纤徐绵眇,流丽婉转,使人飘飘然丧其所守而不自觉,信南方之柔媚也,所谓'亡国之音哀以思'是已。"本则中杨慎摘引蔡仲熊、白居易、苏轼的有关论述和诗句,都是基于其诋排南曲的基本曲学观的。同时,也流露出对北曲衰微和失传的担忧。不过,南曲婉丽妩媚,一唱三叹,自有其优于北曲之处,一概加以排斥否定,显然也是不客观的。


　　《南史》蔡仲熊曰①:"五音本在中土,故气韵调平。东南土气偏诐②,故不能感动木石。"斯诚公言也。近世北曲③,虽皆郑、卫之音,然犹古者总章、北里之韵④,梨园、教坊之调,是可证也。近日多尚海盐南曲⑤,士夫禀心房之精,从婉娈之习者,风靡如一。甚者北土亦移而耽之⑥。更数十年,北曲亦失传矣。白乐天诗:"吴越声邪无法用,莫教偷入管弦中⑦。"东坡诗:"好把莺黄记宫样,莫教弦管作蛮声⑧。"

**【注释】**

①蔡仲熊：生卒年不详。祖籍济阳（今河南兰考）。南朝人。博通礼学，但仕途坎坷，官至尚书左丞。

②偏诐(bì)：邪僻不正。

③北曲：宋、金以后北方散曲和戏曲所用各种曲调的总称。

④总章：乐官名。北里：古舞曲名。《史记·殷本纪》："帝纣……好酒淫乐，嬖于妇人。爱妲己，妲己之言是从。于是使师涓作新淫声，北里之舞，靡靡之乐。"

⑤海盐南曲：明中叶以后兴起的南曲音乐声腔之一，与余姚腔、弋阳腔、昆山腔并为南曲四大声腔系统。南曲，宋元时期南方戏曲、散曲所用各种曲调的统称。

⑥耽：迷恋，酷嗜。

⑦吴越声邪无法用，莫教偷入管弦中：出自白居易《寄明州于驸马使君三绝句》其二："平阳音乐随都尉，留滞三年在浙东。吴越声邪无法用，莫教偷入管弦中。"

⑧好把莺黄记宫样，莫教弦管作蛮声：出自苏轼《和王巩六首并次韵》其六："君家玉臂贯铜青，下客何时见目成。勤把铅黄记宫样，莫教弦管作蛮声。熏衣渐叹衔香少，拥髻遥怜夜语清。记取北归携过我，南江风浪雪山倾。"

**【译文】**

《南史》中蔡仲熊说："五音本在中原地带，所以气韵调平。东南地区地气邪僻不正，所以不能感动木石。"这的确是公允的话。近代北曲，虽然都是郑、卫之音，却犹如古代总章、北里之韵，梨园、教坊之调，这是可以证实的。近来多崇尚海盐南曲，士人禀赋内心的精气，随柔媚之习气，风靡一律。更厉害的是北方也改易而迷恋它。经历数十年，北曲也失传了。白乐天诗言："吴越声邪无法用，莫教偷入管弦中。"苏东坡诗言："好把莺黄记宫样，莫教弦管作蛮声。"

# 五一 欧苏词用《选》语

## 【题解】

本则考察了欧阳修《踏莎行》（候馆梅残）、苏轼《西江月》（照野弥弥浅浪）、李清照《念奴娇》（萧条庭院）三首词中化用六朝人语辞的情况，进而提出了填词要多参鉴、吸纳《文选》和《乐府诗集》的主张。欧阳修等三人都是宋词大家，博通经史，渔猎今古。其填词写诗，自能旁搜远绍，用精取弘。三人对六朝之清词丽句也确乎多有借鉴和吸纳。推原诸词与江淹、陶渊明及《世说新语》的关系，也是杨慎词体源于六朝思想的一个具体体现。杨慎还主张词人应多研读《文选》和《乐府诗集》中的诗歌，以此来增长才识，使词作臻于妙境。显然，杨慎的观点是合理的。词虽小道，但亦需缵修前续，斟酌古语，取其精华。杨慎要求通过读诗来提高词体写作水平，这也显示了他"诗词同源"的思想倾向；而强调从《文选》和《乐府诗集》中取摄精粹，从一定意义上讲，又是对"前七子""文必秦汉、诗必盛唐"观念的反拨。

　　欧阳公词"草薰风暖摇征辔"①，乃用江淹《别赋》"闺中风暖，陌上草薰"之语也。苏公词"照野弥弥浅浪，横空暧暧微霄"②，乃用陶渊明"山涤余霭，宇暧微霄"之语也③。填词虽于文为末，而非自《选》诗、《乐府》来④，亦不能入妙。李易安词"清露晨流，新桐初引"⑤，乃全用《世说》语⑥。女流有此，在男子亦秦、周之流也⑦。

## 【注释】

①欧阳公：即欧阳修（1007－1072），字永叔，号醉翁，晚号六一居　士。庐陵（今江西吉安）人。北宋著名政治家、史学家、文学家。

乃"一代儒宗",文坛领袖。有《新唐书》《新五代史》,诗文杂著《欧阳文忠公集》一百五十三卷。草薰风暖摇征辔:出自欧阳修《踏莎行》:"候馆梅残,溪桥柳细,草薰风暖摇征辔。离愁渐远渐无穷,迢迢不断如春水。　　寸寸柔肠,盈盈粉泪,楼高莫近危阑倚。平芜尽处是春山,行人更在春山外。"

② 照野弥弥(mǐ)浅浪,横空暖暖微霄:出自苏轼《西江月》:"照野弥弥浅浪,横空暖暖微霄。障泥未解玉骢骄。我欲醉眠芳草。可惜一溪明月,莫教踏破琼瑶。解鞍敧枕绿杨桥,杜宇一声春晓。"弥弥,水满貌。

③ 陶渊明(365—427):一名潜,字元亮,私谥靖节。浔阳柴桑(今江西九江)人。东晋著名诗人。曾为江州祭酒、镇江参军,后任彭泽令。不肯为五斗米折腰,弃官归隐。有《陶渊明集》。山涤余霭,宇暖微霄:出自陶渊明诗《时运》(四首其一):"迈迈时运,穆穆良朝。袭我春服,薄言东郊。山涤余霭,宇暖微霄。有风自南,翼彼新苗。"

④《选》:指《文选》,诗文总集,三十卷,南朝梁萧统编选。共收录作家一百三十家,作品五百一十四篇(一题不止一篇者以一篇计)。《乐府》:指《乐府诗集》,历代乐府诗总集,一百卷,宋人郭茂倩编。

⑤ 李易安:即李清照(1084—约1151),号易安居士。济南章丘(今属山东)人。宋代杰出女词人。其词继承婉约派风格,南渡前以造语新丽见称,南渡后以情调悲凉为主。所著《词论》,倡词"别是一家"说。后人辑有《漱玉词》。清露晨流,新桐初引:出自李清照《念奴娇·春情》:"萧条庭院,又斜风细雨,重门须闭。宠柳娇花寒食近,种种恼人天气。险韵诗成,扶头酒醒,别是闲滋味。征鸿过尽,万千心事难寄。　　楼上几日春寒,帘垂四面,玉阑干慵倚。被冷香消新梦觉,不许愁人不起。清露晨流,新桐初

引,多少游春意。日高烟敛,更看今日晴未。"

⑥《世说》:即《世说新语》,魏晋六朝志人小说,由南朝宋刘义庆召集
　门下食客共同编撰。全书分上、中、下三卷,依内容分为"德行"
　"言语""政事""文学""方正""雅量""识鉴"等三十六类。

⑦秦:即秦观。简介见前《填词句参差不同》一则注。周:即周邦彦
　(1056—1121),字美成,号清真居士。钱塘(今浙江杭州)人。曾
　提举大晟府,《宋史》有传。精通音律,语言曲丽精雅,为后来格
　律派词人所宗。有《清真居士集》,已佚,今存《片玉集》。

**【译文】**

　　欧阳修的词"草薰风暖摇征辔",化用江淹《别赋》"闺中风暖,陌上
草薰"的语辞。苏轼的词"照野弥弥浅浪,横空暧暧微霄",化用陶渊明
"山涤余霭,宇暧微霄"的语辞。填词虽然相较诗文低级,但如果不是取
自《文选》诗、《乐府诗集》中的诗歌,也不能达到神妙之境。李易安的词
"清露晨流,新桐初引",全部化用《世说新语》的语辞。女子如此,在男
子也即秦观、周邦彦之流。

# 五二　草薰

**【题解】**

　　杨慎认为,"草薰"一词的来源在佛经,江淹《别赋》中语也正源于佛
经。《草堂诗余》改"薰"作"芳",是因为没有看到《文选》的缘故,杨慎对
这一改窜表示了不满。清吴衡照在《莲子居词话》卷二言:"杨用修《词
品》四卷,论列诗余,颇具知人论世之概,不独引据博洽而已。其引据
处,亦足正俗本之误。如云:《文选》江淹《别赋》'闺中风暖,陌上草薰',
六一词'草薰风暖摇征辔'用此。俗本改'薰'作'芳'……其他辨订,渊
该综核,终非陈耀文、胡应麟辈所可仰而攻也。"的确,杨慎的类似考论,
对于后人了解宋词对前代文学的承衍、明晰词体的发展和演变具有重

要的参考价值。

　　佛经云:"奇草芳花,能逆风闻薰①。"江淹《别赋》"闺中风暖,陌上草薰",正用佛经语。六一辞云"草薰风暖摇征辔",又用江淹语。今《草堂》辞改"薰"作"芳"②,盖未见《文选》者也。《弘明集》:"地芝候月,天华逆风③。"

**【注释】**

①奇草芳花,能逆风闻薰:三国吴维祇难等译《法句经·华香品第十二》:"琦草芳华,不逆风熏;近道敷开,德人逼香。"东晋天竺三藏竺昙无兰译《佛说戒德香经》:"虽有美香花,不能逆风熏。"薰,香气。在此义项上,"熏"与"薰"古代常通用。

②《草堂》:指《草堂诗余》,唐宋词选集。四卷。南宋人编,不著姓氏。宋陈振孙《直斋书录解题》卷二十一:"《草堂诗余》二卷,书坊编集者。"宋刊本已佚,今存最早刊本为元至正癸未(1343)庐陵泰宇书堂刊本、至正辛卯(1351)双璧陈氏刊本。通行本有商务印书馆印《四部丛刊》本、中华书局印《四部备要》本等。

③地芝候月,天华逆风:出自梁简文帝《大法颂序》,载唐释道宣撰《广弘明集》卷二十,非《弘明集》,杨慎误记。《弘明集》,南朝梁僧祐编。十四卷。辑录东汉至梁阐扬佛教之文,自牟子《理惑论》始,至自撰《弘明论》终。《广弘明集》,《弘明集》的续编。唐释道宣撰,二十卷。收载自南北朝至唐代一百三十余人的有关佛教论述的书文、序疏、诗赋、诏敕、铭文等。

**【译文】**

佛经言:"奇草芳花即使逆风也能闻到它们的香气。"江淹《别赋》中的"闺中风暖,陌上草薰",正是化用佛经语辞。欧阳修有词言"草薰风暖摇征辔"，又是化用江淹的语辞。现在《草堂诗余》改"薰"作"芳"，大概是因为没有看到《文选》的缘故。《广弘明集》有："地芝候月，天华逆风。"

# 五三 南云

**【题解】**

本则对"南云"一词的渊源进行了考述。陈岩肖以为"南云"出于江总诗，杨慎却认为出自更早的陆机、陆云诗。此则部分内容亦见于《升庵诗话》，其"南云"一则云："诗人多用'南云'字，不知所出。或以江总'心逐南云去，身随北雁来'为始，非也。陆机《思亲赋》云：'指南云以寄钦，望归风而效诚。'陆云《九愍》云：'眷南云以兴悲，蒙东雨而涕零。'盖又先于江总矣。"与《升庵诗话》相比，《词品》增加了欧阳修词例以及对此词作者的辨析，并引宋陈岩肖《庚溪诗话》中的一段文字以证之。只是杨慎对《庚溪诗话》所述辨之不精，误将欧词作晏诗，并以江淹代江总。实际上，《庚溪诗话》亦明确将该词断为欧阳修所作，杨慎的说法缺乏依据。

晏元献公《清商怨》云①："关河愁思望处满。渐素秋向晚。雁过南云，行人回泪眼。　　　双鸾衾裯悔展。夜又永，枕孤人远。梦未成归，梅花闻塞管②。"此词误入欧公集中。按《诗话》③：或问晏同叔词"雁过南云"何所本，庚溪以江淹诗"心逐南云去，身随北雁来"答之④。不知陆机《思亲赋》有"指南云以寄钦"之句⑤。陆云《九愍》云⑥："眷南云以兴悲⑦。""南云"字，当是用陆公语也。

## 【注释】

① 晏元献：即晏殊(991—1055)，字同叔。抚州临川(今属江西)人。北宋著名词人。七岁能文，景德初，以神童荐，赐同进士出身，擢秘书省正字。明道元年(1032)迁参知政事、尚书左丞，庆历三年(1043)加同中书门下平章事，充集贤殿学士，兼枢密使，谥元献。有《珠玉词》三卷。

② "关河愁思望处满"几句：后人多认为该词乃欧阳修所作。衾裯(qīn chóu)，指被褥、床帐等卧具。塞管，塞外胡乐器，以竹为管，声悲切。

③ 《诗话》：指宋陈岩肖《庚溪诗话》。《庚溪诗话》卷下："诗词中多用'南云'。晏元献公《寄远》诗曰：'一纸短书无寄处，数行征雁入南云。'绍兴庚午岁，余为临安秋赋考试官，同舍有举欧阳公长短句词曰：'雁过南云，行人回泪眼。'因问曰：'南云，其义安在？'余答曰：'尝见江总诗云："心逐南云去，身随北雁来。故园篱下菊，今日几花开。"恐出于此耳。'"

④ 江淹：当为江总之误。江总(519—594)：字总持，济阳考城(河南兰考)人。仕梁、陈、隋三代，陈时官至尚书令，世称"江令"。有文集三十卷，佚。明人张溥辑有《江令君集》，收入《汉魏六朝百三家集》中。逯钦立《先秦汉魏晋南北朝诗》辑其诗二卷。所引诗明冯惟讷《古诗纪》题为《于长安归还扬州九月九日行薇山亭赋韵》，诗曰："心逐南云逝，形随北雁来。故乡篱下菊，今日几花开。"

⑤ 陆机(261—303)：字士衡。吴郡华亭(今上海松江区)人。太康末，以文采称名当时。历太子洗马、中书郎等，后成都王颖荐为平原内史。太安二年(303)遇害。有《陆机集》。指南云以寄钦：出自陆机《思亲赋》："悲桑梓之悠旷，愧蒸尝之弗营。指南云以寄款，望归风而效诚。年岁俄其聿暮，明星烂而将清。回飙肃以长

赴,零雪纷其下颏。羡纤枝之在干,悼落叶之去枝……"钦,《陆士
衡文集》作"款"。

⑥陆云(262—303),字士龙,陆机之弟。太康末,与兄同至洛阳,以
公府掾为太子舍人,出补浚仪令,累迁中书侍郎。太安二年,与
陆机同时遇害。有《陆云集》。

⑦眷南云以兴悲:出自陆云《九愍·感逝》,载《陆士龙文集》。

**【译文】**

晏元献的《清商怨》言:"关河愁思望处满。渐素秋向晚。雁过南
云,行人回泪眼。　　　双鸾衾裯悔展。夜又永,枕孤人远。梦未成归,
梅花闻塞管。"这首词误收入欧阳修集中。按《庚溪诗话》:有人问晏元
献的词"雁过南云"依据什么,庚溪用江总的诗"心逐南云去,身随北雁
来"回答。他并不知道陆机的《思亲赋》有"指南云以寄钦"这句。陆云
《九愍》言:"眷南云以兴悲。""南云"二字,应当是化用陆公的语辞。

# 五四 词用晋帖语

**【题解】**

辛弃疾词用颜真卿《寒食帖》语,在宋张侃《拙轩集》卷五《跋拣词》
中就有记录:"辛待制《霜天晓角》词云:'吴头楚尾……'用颜鲁公《寒食
帖》:'天气殊未佳,汝定成行否? 寒食只数日间,得且住,为佳耳。'"本
则中,颜真卿《寒食帖》杨慎误为"晋无名氏帖",所引文字后两句与《寒
食帖》原文亦有较大差异。杨慎或许没有见到张侃《拙轩集》,或许另有
所本。

　　"天气殊未佳,汝定成行否? 寒食近,且住为佳尔①。"此
晋无名氏帖中语也。辛稼轩融化作《霜天晓角》词云②:"吴
头楚尾。一棹人千里。休说旧愁新恨,长亭树,今如此。

宦游吾倦矣，玉人留我醉。明日落花寒食，得且住，为佳尔。"晋人语本入妙，而词又融化之如此，可谓珠璧相照矣。

**【注释】**

①"天气殊未佳"几句：出自唐颜真卿《寒食帖》："天气殊未佳，汝定成行否？寒食只数日间，得且住，为佳耳。"杨慎以为"此晋无名氏帖中语也"，误。

②辛稼轩：即辛弃疾（1140—1207），字幼安，号稼轩居士。济南历城（今属山东）人。南宋伟大爱国词人。少年参加抗金义军，后率军归宋。上《美芹十论》《九议》等条陈战守之策，后召为大理寺少卿，出为湖南、江西、福建、湖北、浙东安抚使等。淳熙八年（1181）落职，卜居上饶城北之带湖、铅山瓢泉等地，投闲置散十余年。嘉泰三年（1203），起知绍兴府兼浙东安抚使，四年（1204），改知镇江府。《宋史》有传。有《稼轩词》传世。下引词题作"旅兴"。

**【译文】**

"天气殊未佳，汝定成行否？寒食近，且住为佳尔。"这是晋代无名氏帖中的语辞。辛稼轩融会化用作《霜天晓角》词言："吴头楚尾。一棹人千里。休说旧愁新恨，长亭树，今如此。　　宦游吾倦矣，玉人留我醉。明日落花寒食，得且住，为佳尔。"晋人的语辞本已达到神妙之境，而词又融会化用如此，可谓珠璧相照。

## 五五 屯云

**【题解】**

本则对"屯云"及"雾"的出处作了考订。"屯云"一词在《列子》中就已出现，《列子·周穆王》曰："化人之官……望之若屯云焉。"可见，若从字源上考察,刘胜《文木赋》还不是最早的。杜诗"屯云对古城"之"屯云",是指积聚的云气,与《文木赋》形容木之文理不同,是用其字而不用其意也。"屯云"之论亦见于《升庵集》卷七十四,此中杨慎甚至对"书云""黄云""紫蜺矞云""绮云"等与"云"相关的一系列词语进行了考辨,可以见出杨慎学识之渊博、考论之精细。杨慎还认为,李清照《醉花阴》中的"薄雾浓雾"本中山靖王刘胜《文木赋》,"雾"作"云",乃俗本所改。清王士禛《花草蒙拾》讲,杨慎虽然"博奥"但"每失穿凿",不过,"雾字辨证独妙",所言极是。"雾"乃云气,"浓雾"与"薄雾"并举,摹景状物最为恰切、细腻。杨慎本人的词作,使用的也是"雾"字而不是"云"字:"西风庭院咽玄蝉,薄雾浓雾采菊天。老去悲秋强自怜,假婵娟,且向樽前醉管弦。"(《忆王孙·九月八日邀客赏菊》,《升庵长短句》续集卷二)

　　中山王《文木赋》①:"奔电屯云,薄雾浓雾。"皆形容木之文理也。杜诗"屯云对古城"②,实用其字。李易安《九日》词"薄雾浓雾愁永昼"③,今俗本改"雾"作"云"。

【注释】

①中山王:即刘胜(？—前113？),汉景帝之子,武帝之兄。前154年立为中山王,卒谥靖王,亦称中山靖王。

②屯云对古城:出自杜甫《与李十二白同寻范十隐居》:"李侯有佳句,往往似阴铿。余亦东蒙客,怜君如弟兄。醉眠秋共被,携手日同行。更想幽期处,还寻北郭生。入门高兴发,侍立小童清。落景闻寒杵,屯云对古城。向来吟《橘颂》,谁与讨莼羹。不愿论簪笏,悠悠沧海情。"

③薄雾浓雾愁永昼:出自李清照《醉花阴》:"薄雾浓云愁永昼。瑞脑销金兽。佳节又重阳,玉枕纱厨,半夜凉初透。　　东篱把酒

黄昏后。有暗香盈袖，莫道不销魂，帘卷西风，人比黄花瘦。"雾，
《漱玉词》作"云"。

## 【译文】

中山王《文木赋》："奔电屯云，薄雾浓雾。"都是形容树木的文理的。
杜甫诗言"屯云对古城"，实际上是化用其文字。李易安的《九日》词"薄
雾浓雾愁永昼"，现在民间流传的版本改"雾"作"云"。

# 五六　乐府用取月字

## 【题解】

本则举《乐府诗集》两例，言两句中"取"字之用比较精当。《乐府诗
集》所载诗，用字之妙者众矣，这也正是杨慎强调填词需参鉴、学习乐府
的重要原因。

《子夜歌》"开窗取月光"①，又"笼窗取凉风"②，妙在
"取"字。

## 【注释】

①开窗取月光：出自《乐府诗集》卷四十四《子夜四时歌·秋歌十八
首》其四："开窗秋（一作取）月光，灭烛解罗裳。合笑帷幌里，举
体兰蕙香。"

②笼窗取凉风：出自《乐府诗集》卷四十九《寿阳乐》："……辞家远
行去，空为君，明知岁月驶。笼窗取凉风，弹素琴，一叹复一
吟……"

## 【译文】

《子夜歌》言"开窗取月光"，又言"笼窗取凉风"，妙在"取"字。

## 五七　齐己诗

**【题解】**

本则言宋赵令畤词化用唐人齐己诗句的情况。赵令畤《乌夜啼·春思》中有"重门不锁相思梦"句，与僧齐己诗"重城不锁梦"造语相近，皆从反面落笔，意绪缠绵，委婉动人。"锁"字之用，将"梦"具体化、形象化，化虚为实，别具情趣。清徐釚《词苑丛谈》卷四将赵令畤"重门不锁相思梦"一句的化用情况上溯至六朝沈约："休文'梦中不识路，何以慰相思'，宋人反其指而用之，曰：'重门不锁相思梦，随意绕天涯。'各自佳。"

　　僧齐己诗①："重城不锁梦，每夜自归山②。"宋人小词："金门不锁梦，随意绕天涯③。"

**【注释】**

①齐己(864—937?)：俗姓胡，名得生，自号衡岳沙门。长沙(今属湖南)人，一说益阳(今属湖南)人。晚唐诗僧。有诗集《白莲集》十卷。《全唐诗》存诗十卷，《全唐诗补编·续拾》补诗三首、断句四。

②重城不锁梦，每夜自归山：齐己诗《城中示友人》："久与寒灰合，人中亦觉闲。重城不锁梦，每夜自归山。雨破冥鸿出，桐枯井月还。唯君道心在，来往寂寥间。"

③金门不锁梦，随意绕天涯：宋赵令畤《乌夜啼·春思》："楼上萦帘弱絮，墙头碍月低花。年年春事关心事，肠断欲栖鸦。　　舞镜鸾衾翠减，啼珠凤蜡红斜。重门不锁相思梦，随意绕天涯。"

**【译文】**

僧人齐己的诗："重城不锁梦，每夜自归山。"宋人的小词："金门不锁梦，随意绕天涯。"

## 五八 欧词石诗

**【题解】**

本则所摘引欧阳修词句与石延年诗句，皆用递进层深之笔，言情深婉，意蕴悠长，故为杨慎所激赏。不过，清人王士禛则认为欧词优于石诗，杨慎言之不确。其《花草蒙拾》云："'平芜尽处是春山，行人更在春山外。'升庵以拟石曼卿'水尽天不尽，人在天尽头'，未免河汉。盖意近而工细悬殊，不啻霄壤。且此等入词为本色，入诗即失古雅，可与知者道耳。"

欧阳公词："平芜尽处是春山，行人更在春山外。"石曼卿诗①："水尽天不尽，人在天尽头②。"欧与石同时，且为文字友，其偶同乎？抑相取乎？

**【注释】**

①石曼卿：即石延年（994—1041），字曼卿，一字安仁。先世幽州（今北京）人，家于宋城（今河南商丘）。北宋文学家，擅书法。有《石曼卿集》一卷，收入《两宋名贤小集》中。

②水尽天不尽，人在天尽头：句载宋刘克庄《后村集》卷一百七十七《诗话续集》，题为《高楼》。

**【译文】**

欧阳修的词："平芜尽处是春山，行人更在春山外。"石曼卿的诗："水尽天不尽，人在天尽头。"欧阳修与石曼卿同时代，且是文字友，难道是偶然相同吗？还是相化用呢？

# 五九 侧寒

**【题解】**

　　本则辨析"侧寒"一词的含义。杨慎选录了宋吕圣求《望海潮》一词，认为该词首句"侧寒斜雨"中的"侧寒"一词"甚新"。接下来，又分别举出唐无名氏（实为元赵孟頫）、唐韩偓诗例以及宋无名氏词例各一，并最终得出结论："侧，不正也，犹云峭寒尔。"结合所举诗例来分析，杨慎的释解是准确的。后世论词者，多从杨慎之说。清杭世骏《订讹类编》卷五作了进一步的释解，其说允当，值得参照："侧寒，侧，不正也。春日不宜寒，故曰侧寒。若冬日而寒，何不正之有？前人皆用于春日。唐诗云：'春寒侧侧掩重门。'王介甫诗云：'侧侧轻寒翦翦风。'又许奕词云：'玉楼十二春寒侧。'此只用一侧字，又在句末，尤健而警。吕圣求词云'侧寒斜雨'，对用亦工致。"本则主要内容及观点亦见《升庵诗话》卷九"侧寒"一则，所举诗例与《词品》同。但韩偓诗，《升庵诗话》作王安石诗；无名氏词，标为许奕词。

　　吕圣求《望海潮》词云①："侧寒斜雨，微灯薄雾，匆匆过了元宵。帘影护风，盆池见日②，青青柳叶柔条。碧草皱裙腰。正昼长烟暖，蜂困莺娇。望处凄迷，半篙绿水浸斜桥。　　孙郎病酒无聊。记乌丝醉语，碧玉风标。新燕又双，兰心渐吐，佳期趁取花朝。心事转迢迢。但梦随人远，心与山遥。误了芳音，小窗斜日到芭蕉。"其用"侧寒"字甚新。唐诗"春寒侧侧掩重门"③，韩偓诗"侧侧轻寒剪剪风"④，又无名氏词"玉楼十二春寒侧"⑤，与此"侧寒斜雨"相袭用之，不知所出。大意，侧，不正也，犹云峭寒尔。圣求在宋人不甚著名，而词甚工。如《醉蓬莱》《扑胡蝶近》《惜分钗》《薄

幸》《选冠子》《百宜娇》《豆叶黄》《鼓笛慢》，佳处不减秦少
游。见予所集《词林万选》及《填词选格》⑥。

**【注释】**

①吕圣求：即吕渭老。详见本卷《填词用韵宜谐俗》注。

②盆池：埋盆于地、引水灌注而成的小池。用以种植供观赏的水生
　花草。韩愈《盆池》诗之二："莫道盆池作不成，藕梢初种已齐生。"

③春寒侧侧掩重门：出自元赵孟頫《绝句》，诗曰："春寒侧侧掩重
　门，金鸭香残火尚温。燕子不来花又落，一庭风雨自黄昏。"杨慎
　误记为唐诗。

④韩偓（约842—约915）：字致尧，一字致光，号玉山樵人。京兆万
　年（今陕西西安）人。晚唐著名诗人。累迁左谏议大夫、翰林学
　士、中书舍人。黄巢入长安，随昭宗奔凤翔，为兵部侍郎、翰林承
　旨。以不附朱温，贬濮州司马、荣懿尉，徙邓州司马。有《韩翰林
　集》一卷，《香奁集》一卷。王国维据《香奁集》《尊前集》等辑为
　《香奁词》，凡十三首。侧侧轻寒剪剪风：出自韩偓《寒食夜》："侧
　侧轻寒剪剪风，杏花飘雪小桃红。夜深斜搭秋千索，楼阁朦胧细
　雨中。"

⑤玉楼十二春寒侧：见下则《闻笛词》。

⑥《词林万选》：杨慎编，四卷，选唐温庭筠至明高启词。今传为毛
　晋汲古阁刻本。《填词选格》：杨慎编，今不传。

**【译文】**

　　吕圣求《望海潮》词言："侧寒斜雨，微灯薄雾，匆匆过了元宵。帘影
护风，盆池见日，青青柳叶柔条。碧草皱裙腰。正昼长烟暖，蜂困莺娇。
望处凄迷，半篙绿水浸斜桥。　　　　孙郎病酒无聊。记乌丝醉语，碧玉风
标。新燕又双，兰心渐吐，佳期趁取花朝。心事转迢迢。但梦随人远，
心与山遥。误了芳音，小窗斜日到芭蕉。"他运用"侧寒"二字十分新颖。

唐诗的"春寒侧侧掩重门"，韩偓的诗"侧侧轻寒剪剪风"，又有无名氏的词"玉楼十二春寒侧"，与此"侧寒斜雨"先后沿袭运用，不知出处。大概的意思，侧，就是不正，如同说料峭的寒意罢了。吕圣求在宋代词人中不是很著名，但词却十分精妙。如《醉蓬莱》《扑胡蝶近》《惜分钗》《薄幸》《选冠子》《百宜娇》《豆叶黄》《鼓笛慢》，优美之处不次于秦少游。参见我所辑录的《词林万选》及《填词选格》。

# 六十　闻笛词

## 【题解】

《玉楼春》一词作者，杨慎诸著说法不一：《升庵集》《丹铅总录》都标为"许奕小词"；但《词林万选》中，乃为杜安世《玉楼春·闻笛》词，此处又言无名氏词。或以为张先所作，杨慎又从"三十六官（指汴京）秋草碧"一句推断，此说亦非。明陈耀文《花草粹编》载此词，调为《木兰花》，题为"闻笛"，作者署王子武，首句作"红楼十二阑干侧"。《全宋词》据《花草粹编》定其作者为王子武。


　　南渡后，有题闻笛《玉楼春》词于杭京者。其词云："玉楼十二春寒侧。楼角暮寒吹玉笛。天津桥上旧曾听，三十六官秋草碧。　　　昭华人去无消息①。江上青山空晚色。一声落尽短亭花，无数行人归未得。"其词悲感凄恻，在陈去非"忆昔午桥"之上②，而不知名。或以为张子野，非也。子野卒于南渡之前，何得云"三十六官秋草碧"乎？

## 【注释】

　　①昭华：古代管乐器名。《西京杂记》卷三："有玉管长二尺三寸，二

十六孔,吹之则见车马山林,隐鳞相次,吹息亦不复见,铭曰:昭
华之管。"

②陈去非:即陈与义(1090—1138),字去非,号简斋。洛阳(今属河
南)人。北宋江西诗派"三宗"之一。累迁兵部员外郎、参知政
事。有《简斋集》十卷,《无住词》一卷。《全宋词》录存其词十八
首。忆昔午桥:出自宋陈与义《临江仙·夜登小阁忆洛中旧游》:
"忆昔午桥桥上饮,坐中多是豪英。长沟流月去无声。杏花疏影
里,吹笛到天明。　　二十余年成一梦,此身虽在堪惊。闲登小
阁看新晴。古今多少事,渔唱起三更。"

## 【译文】

南渡后,有人题闻笛《玉楼春》词于杭京。其词言:"玉楼十二春寒
侧。楼角暮寒吹玉笛。天津桥上旧曾听,三十六宫秋草碧。　　昭华
人去无消息。江上青山空晚色。一声落尽短亭花,无数行人归未得。"
其词悲痛伤感,在陈去非的"忆昔午桥"之上,但不知知作者姓名。有人认
为是张子野,不对。子野死于南渡之前,怎么能够言"三十六宫秋草
碧"呢?

# 六一　等身金

## 【题解】

此则辨张先词"等身金"之语。《宋史·贾黄中传》所言之"等身
书",是指与身高相等的书卷,而非叠加起来的书籍。张先《归朝欢》有
"等身金,谁能得意,买此好光景"句,是说眼前行乐光景无比珍贵,是任
何贵重物品都不能交换来的。此"等身金",应指与人体重量相等的金,
以喻贵重无比之物。杨慎言"不观《贾黄中传》,知'等身金'为何语乎?"
但,"等身书"与"等身金"语近却意不同。而且,其典并非源于《宋史》,
而是更早的《唐书》。《旧唐书·郝玼传》载:"玼出自行间,前无坚敌。

在边三十年,每战得蕃俘,必刳剔而归其尸,蕃人畏之如神。赞普下令国人曰:'有生得郝玼者,赏之以等身金。'"可知,此则中杨慎对张先词用典情况的考辨,不是很精细。

　　宋贾黄中①,幼日聪悟过人。父取书与其身相等,令诵之,谓之"等身书"②。张子野《归朝欢》词云:"声转辘轳闻露井。晓汲银瓶牵素绠。西园人语夜来风,丛英飘坠红成径,宝猊烟未冷。莲台香烛残痕凝音佞。等身金,谁能得意,买此好光景。　　粉落轻妆红玉莹。月枕横钗云坠领。有情无物不双栖,文禽只合长交颈。昼长欢岂定。争如翻做春宵永。日曈昽,娇柔懒起,帘押卷花影。"此词极工,全录之。不观《贾黄中传》,知"等身金"为何语乎?

【注释】

①贾黄中(941—996):字娲民,沧州南皮(今属河北)人。后周显德进士。历集贤校理、著作佐郎、直史馆。宋建隆三年(962),迁左拾遗。太宗即位,迁礼部员外郎。淳化二年(991),拜给事中、参知政事。至道初,为礼部侍郎兼秘书监。《宋史·艺文志》著录有文集三十卷,今不存。《全宋诗》卷四十七录其诗五首,《全宋文》卷九十六收其文五篇。

②等身书:《宋史·贾黄中传》载:"黄中幼聪悟,方五岁,玼(贾黄中父)每旦令正立,展书卷比之,谓之'等身书',课其诵读。"

【译文】

　　宋代的贾黄中,小的时候聪慧悟性超越一般人。他的父亲选取与其身高相等的书卷,让他诵读,称为"等身书"。张子野《归朝欢》词言:"声转辘轳闻露井。晓汲银瓶牵素绠。西园人语夜来风,丛英飘坠红成径,宝猊烟未冷。莲台香烛残痕凝音佞。等身金,谁能得意,买此好光景。    粉落轻妆红玉莹。月枕横钗云坠领。有情无物不双栖,文禽只合长交颈。昼长欢岂定。争如翻做春宵永。日瞳眬,娇柔懒起,帘押卷花影。"这首词十分精妙,全文载录了它。如果不看《贾黄中传》,能明白"等身金"是什么话吗?

# 六二 关山一点

**【题解】**

词意考辨是《词品》的重要内容,本则即对杜甫和苏轼诗文中"点"字的用法和意义进行了辨析。杜甫"关山"句,宋叶廷珪《海录碎事》作"关山同一点",此外,历代杜诗选注本多作"关山同一照"。明高棅《唐诗品汇》:"据宋本《杜工部集》,当为'照'。"清仇兆鳌更对杨慎之说提出了批评:"杨用修作'一点',引东坡《洞仙歌》云:'绣帘开,一点明月窥人。'用其语也。《赤壁赋》云:'山高月小。'用其意也。此说涉于新巧。"

    杜诗"关山同一点"①,"点"字绝妙。东坡亦极爱之,作《洞仙歌》云:"一点明月窥人②。"用其语也。《赤壁赋》云"山高月小",用其意也。今书坊本改"点"作"照"③,语意索然。且"关山同一照",小儿亦能之,何必杜公也。幸《草堂诗余》注可证④。

**【注释】**

①杜:即杜甫(712—770),字子美。原籍襄阳(今属湖北),曾祖时迁居河南府巩县(今河南巩义)。唐代著名诗人,后人誉为"诗圣"。有《杜工部集》。关山同一点:出自唐杜甫《玩月呈汉中

王》：“夜深露气清，江月满江城。浮客转危坐，归舟应独行。关山同一照（一作点），乌鹊自多惊。欲得淮王术，风吹晕已生。”

②一点明月窥人：出自宋苏轼《洞仙歌》上阕：“冰肌玉骨，自清凉无汗。水殿风来暗香满。绣帘开、一点明月窥人，人未寝、欹枕钗横鬓乱。”

③书坊本：旧时民间书坊刻印的书籍。

④注：据《升庵诗话》卷十四补。

【译文】

杜甫的诗“关山同一点”，“点”字绝妙。东坡也很喜爱它，作《洞仙歌》言：“一点明月窥人。”袭用其语辞。《赤壁赋》言“山高月小”，用其意。现在民间书坊刻印的书籍改“点”作“照”，语意乏味。且“关山同一照”，小孩也能作，何必杜甫呢。有幸《草堂诗余》有注可证。

# 六三　杨柳索春饶

【题解】

本则讨论张可久词、黄庭坚诗中“饶”字之妙用。所举二作中均有“索春饶”，意为欲得春之可怜爱。饶，乃怜爱、疼爱之意。此乃以拟人手法写杨柳争春，别具情趣。宋词中类似用法并不鲜见，他如柳永《木兰花·柳枝》“殢烟尤雨索春饶，一日三眠夸得意”，赵佶《声声慢·梅》：“前村夜来雪里，殢东君，须索饶伊”等。

张小山《小桃红》词云①：“一汀烟柳索春饶。添得杨花闹。盼杀归舟木兰棹。水迢迢。画楼明月空相照。今番瘦了。多情知道。宽褪了翠裙腰。”“蒌蒿穿雪动，杨柳索春饶”②，山谷诗也③。此词用之。今刻本不知，改“饶”为“愁”，不惟无韵，且无味矣。

**【注释】**

①张小山：即张可久，生卒年不详。原名张久可，字可久，号小山，以字行，庆元（今浙江宁波）人。元代散曲作家。据《全元散曲》，今存小令八百五十五支，套曲九套。《全金元词》录其词六十六首。

②荠蒿穿雪动，杨柳索春饶：出自黄庭坚《次韵高子勉十首》其十："沙上步微暖，思君剩欲招。荠蒿穿雪动，杨柳索春饶。枉驾时逢出，新诗若见撩。樽前远湖树，来饮莫辞遥。"

③山谷：即黄庭坚（1045—1105），字鲁直，号山谷道人，又号涪翁。洪州分宁（今江西修水）人。累官国子监教授、秘书郎、起居舍人等。"苏门四学士"之一，江西诗派鼻祖。有《豫章黄先生文集》三十卷、《山谷琴趣外编》三卷，《全宋词》收录其词作一百九十余首。

**【译文】**

张小山的《小桃红》词言："一汀烟柳索春饶。添得杨花闹。盼杀归舟木兰棹。水迢迢。画楼明月空相照。今番瘦了。多情知道。宽褪了翠裙腰。""荠蒿穿雪动，杨柳索春饶"，是山谷的诗。这首词袭用其语辞。现在的刻本不了解，改"饶"为"愁"，不仅不押韵，而且平淡无奇了。

# 六四　秋尽江南叶未凋

**【题解】**

杜牧《寄扬州韩绰判官》："青山隐隐水遥遥（一作迢迢），秋尽江南草木凋。二十四桥明月夜，玉人何处教吹箫。"贺铸取其诗意，推衍而成《太平时》词。因此，杨慎言"衍杜牧之诗"，其说不差。清沈雄《古今词话·词品·衍词》："贺方回衍'秋尽江南叶未凋'，陈子高衍'李夫人病已经秋'，全用旧诗而为添声也。"此说允当。

　　贺方回作《太平时》一词，衍杜牧之诗也①。其词云："秋尽江南叶未凋。晚云高。青山隐隐水迢迢。接亭皋。二十四桥明月夜，弭兰桡。玉人何处教吹箫。可怜宵。"按此则牧之本作"叶未凋"。今妄改作"草木凋"，与上下意不相接矣。幸有此可正其误。

**【注释】**

①杜牧之：即杜牧（803—853），字牧之。京兆万年（今陕西西安）人。唐文宗大和二年（828）登进士第，大中六年（852），迁中书舍人。工于诗、赋、古文。亦精于书法。有《樊川文集》二十卷。《全唐诗》存诗八卷，《全唐文》收其文九卷。

**【译文】**

　　贺方回作《太平时》一词，推衍杜牧的诗。其词言："秋尽江南叶未凋。晚云高。青山隐隐水迢迢。接亭皋。　　二十四桥明月夜，弭兰桡。玉人何处教吹箫。可怜宵。"据此那么杜牧本作"叶未凋"。现胡乱改作"草木凋"，与上下文意不相连了。幸亏有此诗可以验证它的错误。

## 六五　玉船风动酒鳞红

**【题解】**

　　何大圭词有"玉船风动酒鳞红"句，用以状轻风吹拂中的杯中酒纹，动静相生，形色兼备，确为不可多得之丽句佳制。此"玉船"，非舫船之"船"，乃玉制酒器。杨慎引临邛高耻庵语，以为俊采英构，得之天然，非人力雕琢可致。在襃赞前人佳词丽构的同时，也体现了杨慎对冲淡秀洁、自然天成类词格的激赏。明卓人月《古今词统》、清沈雄《古今词话·词品·句法》认为，该句本于黄庭坚词"酒面红鳞恰细吹"句，考辨更为细密。

何晋之《小重山》词云①："绿树啼莺春正浓。枝头青杏小，绿成丛。玉船风动酒鳞红②。歌声咽，相见几时重。车马去匆匆。路遥芳草远，恨无穷。相思只在梦魂中。今宵月，偏照小楼东。"临邛高耻庵云③："玉船风动酒鳞红"之句，譬如云锦月钩，造化之巧，非人琢也。此等句在天地间有限。

**【注释】**

①何晋之：即何大圭（1101—？），一作大奎，字晋之，一字摺之。广德（今属安徽）人。政和八年（1118）进士。绍兴中，为左朝请郎、直秘阁，主管台州崇道观。《全宋词》辑录其词三首。

②玉船：酒器名。宋陆游《即席》："要知吾辈不凡处，一吸已干双玉船。"宋辛弃疾《鹊桥仙·寿余伯熙察院》词："东君未老，花明柳媚，且引玉船沉醉。"

③临邛高耻庵：未详所指。宋高斯得著《耻堂存稿》，未知是否即指此人，姑列于此，以备考索。高斯得，生卒年不详。字不妄。邛州蒲江（今属四川）人。南宋人。理宗绍定二年（1229）进士。官至端明殿学士，签书枢密院事兼参知政事。宋亡后隐居湖州霅溪。有《耻堂存稿》八卷。《全宋诗》录其诗三卷，《全宋文》收其文八卷。

**【译文】**

何晋之的《小重山》词言："绿树啼莺春正浓。枝头青杏小，绿成丛。玉船风动酒鳞红。歌声咽，相见几时重。　车马去匆匆。路遥芳草远，恨无穷。相思只在梦魂中。今宵月，偏照小楼东。"临邛的高耻庵言："玉船风动酒鳞红"这句，譬如朝霞与钩月，自然之巧妙，不是人可以雕琢的。这种句子在天地间是有限的。

## 六六 泥人娇

**【题解】**

本则讨论"泥"字的意义及在古诗文中的用例,亦见于《升庵集》卷六十二,文字略有差异。泥,软求、软缠之意,古诗词中偶有运用,借以传达缠绵悱恻之情。杨慎所举诗例中,元稹悼亡诗、步非烟赠赵象诗、邓文原诗,即属于此类用法。但由于情感指向有异,杨慎所举诗例有些并不适合作"柔言索物""软缠"解。如杜甫"忽忽穷愁泥杀人"句,仇兆鳌《杜诗详注》即解为:"泥杀人,胶滞也。"杜牧"为郡异乡徒泥酒"、杨乘"昼泥琴声夜泥书"之"泥",作"沉湎""贪恋"解,似乎更为妥当。至于柳永词、顾夐词,用字不同,含义自然有异,又不宜概而论之也。

　　俗谓柔言索物曰"泥",乃计切,谚所谓"软缠"也。杜子美诗:"忽忽穷愁泥杀人①。"元微之忆内诗②:"顾我无衣搜画匣(当作'尽箧'),泥他沽酒拔金钗③。"杜牧之《登九峰楼》诗:"为郡异乡徒泥酒④。"皇甫《非烟传》诗曰⑤:"郎心应似琴心怨,脉脉春情更泥谁⑥。"杨乘诗⑦:"昼泥琴声夜泥书⑧。"元邓文原赠妓诗⑨:"银灯影里泥人娇。"柳耆卿辞⑩:"泥欢邀宠最难禁⑪。"字又作"怩"。《花间集》顾夐词⑫:"黄莺娇转怩芳妍⑬。"又"记得怩人微敛黛⑭"。字又作"妮"。王通叟词⑮:"十三妮子绿窗中。"今山东人目婢曰"小妮子",其语亦古矣。

**【注释】**

①忽忽穷愁泥(nì)杀人:出自唐杜甫《冬至》:"年年至日长为客,忽忽穷愁泥杀人。江上形容吾独老,天涯风俗自相亲。杖藜雪后临丹壑,鸣玉朝来散紫宸。心折此时无一寸,路迷何处是三秦?"

②元微之：即元稹（779—831），字微之，别字威明。生于西京万年（今陕西西安）。中唐著名诗人。今传《元氏长庆集》。

③顾我无衣搜画匣，泥他沽酒拔金钗：出自唐元稹《遣悲怀三首》其一："谢公最小偏怜女，自嫁黔娄百事乖。顾我无衣搜荩箧，泥他沽酒拔金钗。野蔬充膳甘长藿，落叶添薪仰古槐。今日俸钱过十万，与君营奠复营斋。"

④为郡异乡徒泥酒：出自杜牧《登九峰楼》："晴江滟滟含浅沙，高低绕郭滞秋花。牛歌渔笛山月上，鹭渚鸳梁溪日斜。为郡异乡徒泥酒，杜陵芳草岂无家。白头搔杀倚柱遍，归棹何时闻轧鸦。"原文中"九峰楼"，原作"九华楼"，杨慎误记。

⑤皇甫：即皇甫枚，生卒年不详。字遵美。唐三水（今陕西旬邑）人，一说安定（甘肃定西）人。晚唐传奇小说家。有传奇小说集《三水小牍》，多记仙灵怪异。

⑥郎心应似琴心怨，脉脉春情更泥谁：此皇甫枚传奇《非烟传》中步非烟赠赵象诗，全诗为："绿惨双娥不自持，只缘幽恨在新诗。郎心应似琴心怨，脉脉春情更泥谁。"泥，《太平广记》作"拟"。

⑦杨乘：生卒年不详，同州冯翊（今陕西大荔）人，客居苏州。大中初登进士第，官终殿中侍御史。《全唐诗》存诗五首。

⑧昼泥琴声夜泥书：出自杨乘《膀句》："自怜（一作伶俜）乖拙两何如，昼泥琴声夜泥书。数拍胡笳弹未熟（一作遍），故人新命画胡车。"

⑨邓文原（1259—1328）：字善之，又字匪石，或说号匪石，人称素履先生。祖籍绵州（今属四川），迁居钱塘（今浙江杭州）。著有《内制集》《素履斋稿》，清初尚存。今仅存《巴西集》一卷，收文七十余篇。《元诗选·二集》收入邓文原诗一百一十余首。下引"银灯影里泥人娇"，《元诗选》不收。

⑩柳耆卿：即柳永（987？—1053？），初名三变，字景庄，后改名永，

字耆卿,崇安(今福建武夷山市)人。仁宗景祐元年(1034)进士,释褐睦州推官。官至屯田员外郎,世称"柳屯田"。有《乐章集》。《全宋词》录存其词二百一十三首。

⑪泥欢邀宠最难禁:出自柳永《夏云峰》下阕:"越娥兰态蕙心。逞妖艳、昵欢邀宠难禁。筵上笑歌间发,舄履交侵。醉乡深处,须尽兴、满酌高吟。向此免、名缰利锁,虚费光阴。"泥,《乐章集》作"昵"。

⑫《花间集》:唐五代词选集。十卷。五代后蜀赵崇祚编。选录晚唐至五代温庭筠、韦庄等十八家词共五百首。

⑬黄莺娇转诋芳妍:出自顾敻《虞美人》六首其五:"深闺春色劳思想。恨共春芜长。黄鹂娇啭诋芳妍。杏枝如画倚轻烟。琐窗前。　　凭栏愁立双娥细。柳影斜摇砌。玉郎还是不还家。教人魂梦逐杨花。绕天涯。"载《花间集》卷六,"黄莺"作"黄鹂","娇转"作"娇啭"。

⑭记得诋人微敛黛:出自顾敻《浣溪沙》八首其八:"露白蟾明又到秋,佳期幽会两悠悠,梦牵情役几时休。　　记得诋人微敛黛,无言斜倚小书楼,暗思前事不胜愁。"

⑮王通叟:即王观,生卒年不详。字通叟。海陵(今江苏泰州)人,一作如皋(今属江苏)人。嘉祐二年(1057)登进士第。累官至翰林学士。《全宋词》存其词十六首,孔凡礼《全宋词补辑》又补辑十二首,共存词二十八首。下引"十三妮子绿窗中",现存王观词不载,《全宋词》据《词品》录为断句。

## 【译文】

一般所说的用缠绵的语言索取某种东西称为"泥",乃计反切,也就是谚语所谓的"软缠"。杜之美的诗:"忽忽穷愁泥杀人。"元稹的忆内诗:"顾我无衣搜画匣(当作'尽箧'),泥他沽酒拔金钗。"杜牧之的《登九峰楼》诗:"为郡异乡徒泥酒。"皇甫枚的《非烟传》诗言:"郎心应似琴心怨,脉脉春情更泥谁。"杨乘的诗:"昼泥琴声夜泥书。"元代邓文原的赠

妓诗："银灯影里泥人娇。"柳耆卿的文辞："泥欢邀宠最难禁。"字又作
"伲"。《花间集》顾夐的词："黄莺娇转伲芳妍。"又"记得伲人微敛黛"。
字又作"妮"。王通叟的词："十三妮子绿窗中。"现在山东人看到年轻女
子称"小妮子",其语辞也是古语了。

## 六七　凝音佞

**【题解】**

　　本则对"凝"字的读音、声调及其在词作中的音律运用情况等进行了
举列和分析。《诗经·卫风·硕人》曰："肤如凝脂。"毛传："如脂之凝。"可
见,"凝"字的渊源很早。《类编》卷三十三："凝,鱼陵切,水坚。又牛孕切,
止水也。"《广韵》去声四十七证："凝,牛倰切,又牛凌切。"在近体诗及词作
中,出于平仄及协韵的需要,"凝"多作去声,杨慎所举数例皆然。从字义
来看,可作凝结、凝固、积聚解。此中杨慎对诗词用字的考辨旁搜远绍,精
严细密,且能匡谬正讹,有所发明,颇能见出杨慎的博学多识。

　　《诗》:"肤如凝脂①。"凝音佞。唐诗:"日照凝红香②。"白
乐天诗:"落絮无风凝不飞③。"又:"舞繁红袖凝,歌切翠眉
愁④。"又:"舞急红腰凝,歌迟翠黛低⑤。"徐幹臣词⑥:"重省,
别时泪渍,罗巾犹凝⑦。"张子野词:"莲台香烛残痕凝⑧。"高
宾王词⑨:"想莼汀,水云愁凝,闲蕙帐,猿鹤悲吟⑩。"柳耆卿
词:"爱把歌喉当筵逞,遏天边,乱云愁凝⑪。"今多作平音,失
之。音律亦不协也。

**【注释】**

　　①肤如凝脂:《诗经·卫风·硕人》:"手如柔荑,肤如凝脂,领如蝤

蛴,齿如瓠犀,螓首蛾眉。巧笑倩兮,美目盼兮。"

②日照凝红香:作者不详。

③落絮无风凝不飞:出自唐白居易《酬李二十侍郎》:"笋老兰长花
渐稀,衰翁相对惜芳菲。残莺著雨慵休啭,落絮无风凝不飞。行
掇木芽供野食,坐牵萝蔓挂朝衣。十年分手今同醉,醉未如泥莫
道归。"

④舞繁红袖凝,歌切翠眉愁:出自白居易《想东游五十韵》:"……柘
枝随画鼓,调笑从香毬。幕扬云飘槛,帘褰月露钩。舞繁红袖
凝,歌切翠眉愁。弦管宁容歇,杯盘未许收……"

⑤舞急红腰凝,歌迟翠黛低:出自白居易《三月三日祓禊洛滨》:"三
月草萋萋,黄莺歇又啼。柳桥晴有絮,沙路润无泥……舞急红腰
凝,歌迟翠黛低。夜归何用烛,新月凤楼西。"

⑥徐幹臣:即徐伸,生卒年不详。字幹臣,三衢(今浙江衢州)人。
北宋词人。政和初,以知音律为太常典乐,出知常州。有《青山
乐府》,不传。今存词一首。

⑦"重省"几句:出自徐伸《转调二郎神》下阕:"重省。别来泪滴,罗
衣犹凝。料为我厌厌,日高慵起,长托春醒未醒。雁翼不来,马
蹄轻驻,门闭一庭芳景。空伫立,尽日阑干倚遍,昼长人静。"《全
宋词》据《乐府雅词拾遗》"别时泪渍"作"别来泪滴","罗巾"作
"罗衣"。

⑧莲台香烛残痕凝:参见本卷《等身金》。

⑨高宾王:即高观国,生卒年不详。字宾王,号竹屋。山阴(今浙江
绍兴)人。南宋词人。有《竹屋痴语》一卷。《全宋词》录存其词
一百零八首。

⑩"想莼汀"几句:出自高观国《玉蝴蝶》下阕:"从今。倦看青镜,既
迟勋业,可负烟林。断梗无凭,岁华摇落又惊心。想莼汀、水云
愁凝,闲蕙帐、猿鹤悲吟。信沉沉。故园归计,休更侵寻。"

⑪"爱把歌喉当筵逞"几句：出自柳永《昼夜乐》上阕："秀香家住桃
　　花径。算神仙、才堪并。层波细翦明眸，腻玉圆搓素颈。爱把歌
　　喉当筵逞。遏天边、乱云愁凝。言语似娇莺，一声声堪听。"

**【译文】**

《诗经》："肤如凝脂。"凝读音作佞。唐诗："日照凝红香。"白乐天的诗：
"落絮无风凝不飞。"又："舞繁红袖凝，歌切翠眉愁。"又："舞急红腰凝，
歌迟翠黛低。"徐幹臣的词："重省，别时泪渍，罗巾犹凝。"张子野的词：
"莲台香烛残痕凝。"高宾王的词："想蓴汀，水云愁凝，闲蕙帐，猿鹤悲
吟。"柳耆卿的词："爱把歌喉当筵逞，遏天边、乱云愁凝。"现多作平声，
有欠缺。音律也不协调。

# 六八　词人用黗字

**【题解】**

　　本则释"黗"之音、义，考其字源，并举韦庄、毛熙震两词以证其用。
"黗"在词中非常罕见，不过，运用得当，同样可以准确传情达意。韦庄
"泪沾红袖黗"通过对红袖上所沾泪渍这一细节的描摹来突出离情之
苦，体物比较细腻。此"黗"，指红袖上的黄黑色斑纹。毛熙震"画梁尘
黗"一句，是说昔日彩绘装饰的华美屋梁，如今已染上黄黑色尘斑。此
中以小见大，通过今昔对比以寓沧桑之感、家国之恨，格高意胜，立意高
远。两例"黗"字之用，工巧细密，堪为精致之作。

　　黗，黑而有文也，字一作"黰"，於勿、於月二切。周处
《风土记》①："梅雨沾衣服，皆败黗。"此字文人罕用，惟《花间
集》、韦庄及毛熙震词中见之。韦庄《应天长》词云②："别来
半岁音书绝。一寸离肠千万结。难相见，易相别。又见玉
楼花似雪。　　　暗相思，无处说。惆怅夜来烟月。想得此

时情更切。泪沾红袖黦。"毛熙震《后庭花》词曰③："莺啼燕
语芳菲节。后庭花发。昔时欢宴歌声揭。管弦清越。
自从陵谷追游歇④。画梁尘黦。伤心一片如珪月⑤。闲锁宫
阙。"此二词皆工,全录之。

**【注释】**

①周处(? —297):字子隐。义兴阳羡(今江苏宜兴)人。曾著《默
语》《风土记》,并撰《吴书》,俱佚。《全上古三代秦汉三国六朝
文》存其文一篇。《先秦汉魏晋南北朝诗》存其诗一首。《风土
记》:周处著,已佚。《隋书·经籍志》著录有三卷,《旧唐书·经
籍志》《新唐书·艺文志》著录为十卷。

②韦庄(836? —910):字端己,杜陵(今陕西西安)人。乾宁元年
(894)进士。累官至吏部尚书、同平章事。有《浣花集》。

③毛熙震:生卒年、履历不详。五代后蜀词人。广政中为秘书郎。
《花间集》收录其词二十九首,王国维据以辑为《毛秘书词》一卷。

④陵谷:《诗经·小雅·十月之交》:"高岸为谷,深谷为陵。"后以喻
社会或人事的巨大变迁。

⑤珪月:未圆的秋月。

**【译文】**

黦,黑色而有斑纹,字一作"黵",於勿、於月反切。周处的《风土记》
说:"梅雨沾湿了衣服,衣服都会变得破旧而出现黑色斑纹。"这个字文
人很少用,只有《花间集》、韦庄及毛熙震的词中见过它。韦庄《应天长》
词言:"别来半岁音书绝。一寸离肠千万结。难相见,易相别。又见玉
楼花似雪。　　暗相思,无处说。惆怅夜来烟月。想得此时情更切。
泪沾红袖黦。"毛熙震《后庭花》词言:"莺啼燕语芳菲节。后庭花发。昔
时欢宴歌声揭。管弦清越。　　自从陵谷追游歇。画梁尘黦。伤心一
片如珪月。闲锁宫阙。"这两首词都很精巧,所以全部载录。

# 卷二

## 六九　真丹

**【题解】**

本则解析王安石《诉衷情·和俞秀老鹤词》一词,并对其中"真丹"等词语作了考释。

王安石词中"踢倒军持,赢取沩山"事,本《五灯会元》沩山灵祐禅师事。王安石之意,受人浆水供奉,尚需来生还报;与其如此,莫不如学灵祐禅师踢倒净瓶,赢取沩山。这里,显然有勉励禅家妙悟真谛、创宗立派之意,也包含有对俞紫芝的期许。依《五灯会元》原意,"踢倒军持,赢取沩山"是要走出,到沩山胜境光大门宗,广度后学。杨慎以为,是"劝秀老纯归于禅,住山不出游也","踢倒军持,劝其勿事行脚也",这显然和《五灯会元》的原旨相抵忤,也不符合王安石词意。因此,明胡应麟《少室山房笔丛·艺林学山三》驳之曰"此全用灵祐和尚赌沩山踢倒军持事,出处甚明。杨语皆臆度也"。

至于杨慎所引"此山名骨山,和尚是肉人,骨肉不相离"句,亦不知何本。《五灯会元》卷九《沩山灵祐禅师》有"和尚是骨人,彼是肉山"句,是司马头陀劝阻百丈海禅师之言,意谓沩山并不适合百丈海禅师住持。在杨慎这里,百丈海禅师变成了"沩山和尚";"非和尚(百丈海禅师)所居"变成了"骨肉不相离""人不当离山"。故此,胡应麟指出:"杨云骨肉不相离,亦误会也。又以骨人为骨山,肉山为肉人,总之皆出处未真影撰之语。"(《少室山房笔丛》,同上)据《佛学大辞典》,"骨人"为"贫相之人";"肉山"指土地肥沃、草木五谷繁茂之山。佛典中也确有"骨山"之称,为"肉山"之对称,乃骸骨堆积成山之谓,或指草木不生、贫瘠之山。但"肉人"之说,未见所据。

　　文末言:"'浆水价''也须还',则用列子'五浆先馈'事。"《列子》确载有五浆先馈事,已见注文。不过,佛典中亦有"浆水价""浆水钱"之谓。如《景德传灯录》卷八:"师云:'浆水价且置,草鞋钱教阿谁还?'"其意盖指僧徒饮食及平居生活所需。佛家以为,居常浆水乃信徒所供,因此,必须潜心修道以报;不然,来世必做牛马以偿之,是谓"也须还"。从王安石词意来考绎,"浆水价"亦取自佛典,而非《列子》。


　　王半山和俞秀老禅思词曰①:"茫然不肯住林间。有处即追攀。将他死语图度②,怎得离真丹。　　浆水价,匹如闲。也须还。何如直截,踢倒军持,赢取沩山。"此词意劝秀老纯归于禅,住山不出游也。真丹③,即震旦也。军持④,取水瓶也,行脚之具。踢倒军持,劝其勿事行脚也。沩山和尚欲谋住山,曰:"此山名骨山,和尚是肉人,骨肉不相离⑤。"言人不当离山也。皆用佛书语。"浆水价""也须还",则用列子"五浆先馈"事⑥。


**【注释】**

　　①俞秀老:即俞紫芝,生卒年不详。字秀老,元祐初卒,金华(今属浙江)人,寓居扬州(今属江苏)。少有高行,笃信佛教,与王安石有交游。《全宋词》收其词三首,《全宋诗》录其诗十六首。下所

引词为王安石《诉衷情·和俞秀老鹤词》五首其三。

②死语：佛禅用语，犹"死句"，与"活句"相对。禅宗将含意深刻、非从言外之意深参而不能了悟的语句称为活句；反之，则为死句。宋释惠洪《林间录》卷上载："洞山初禅师云：语中有语，名为死句；语中无语，名为活句。"图度：揣测，揣度。

③真丹：古印度对我国的称谓，与"振旦""震旦""神旦"同为Cīnisthāna 的译音。《宋书·夷蛮传·天竺迦毗黎国》："元嘉五年，国王月爱遣使奉表曰：'……圣贤承业，如日月天，于彼真丹，最为殊胜。'"唐玄应《一切经音义》卷四："振旦或言真丹，并非正音，应言支那。此言汉国也。"

④军持：佛禅用语，源于梵语，指澡罐或净瓶。僧人游方时携带之，贮水以备饮用及净手。唐贾岛《访鉴玄师侄》："我有军持凭弟子，岳阳溪里汲寒流。"

⑤"踢倒军持"几句：宋普济《五灯会元》卷九《沩山灵祐禅师》："司马头陀自湖南来，谓丈（百丈海禅师）曰：'顷在湖南寻得一山，名大沩，是一千五百人善知识所居之处。'丈曰：'老僧住得否?'陀曰：'非和尚所居。'丈曰：'何也?'陀曰：'和尚是骨人，彼是肉山，设居徒不盈千。'丈曰：'吾众中莫有人住得否?'陀曰：'待历观之。'时华林觉为第一座，丈令侍者请至。问曰：'此人如何?'陀请謦欬一声，行数步。陀曰：'不可。'丈又令唤师（沩山灵祐禅师），师时为典座。陀一见乃曰：'此正是沩山主人也。'丈是夜召师入室，嘱曰：'吾化缘在此。沩山胜境，汝当居之，嗣续吾宗，广度后学。'而华林闻之曰：'某甲忝居上首，典座何得住持?'丈曰：'若能对众下得一语出格，当与住持。'即指净瓶问曰：'不得唤作净瓶，汝唤作甚么?'林曰：'不可唤作木樸也。'丈乃问师，师踢倒净瓶便出去。丈笑曰：'第一座输却山子也。'师遂往焉。"

⑥五浆先馈：事见《列子·黄帝》："子列子之齐，中道而反，遇伯昏瞀人。伯昏瞀人曰：'奚方而反？'曰：'吾惊焉。''恶乎惊？''吾食于十浆，而五浆先馈。'"

【译文】

王半山和俞秀老表达禅心的词言："茫然不肯住林间。有处即追攀。将他死语图度，怎得离真丹。　浆水价，匹如闲。也须还。何如直截，踢倒军持，赢取沩山。"这首词意在劝秀老归于禅，住山不出游。真丹，即震旦。军持，是取水瓶，是僧人游食四方的器具。踢倒军持，是劝他不要游食四方。沩山和尚想要谋求住山，说："这座山名叫骨山，和尚是肉人，骨肉不相离。"说人不应当离开山。都用佛典里的话。"浆水价""也须还"，则援用《列子》"五浆先馈"的事。

# 七〇　金荃

【题解】

本则引元好问诗句，对其中"金荃""兰畹"的出处和音、义进行了考察。荃，乃香草名。即菖蒲。屈原《离骚》："荃不察余之中情兮，反信谗而齌怒。"王逸注："荃，香草。以谕君也。"洪兴祖补注："荃与荪同。"因此，杨慎释"荃"为"兰荪"是没有错的。"兰畹"，同样出自《离骚》："余既滋兰之九畹兮，又树蕙之百亩。"宋人取以为词选名。该词选已佚，不过宋洪迈《容斋随笔·秦杜八六子》就有记载："予家旧有建本《兰畹曲集》，载杜牧之一词。"杨慎言《兰畹》与《花间》互有出入，或许在明代《兰畹》尚存，杨慎得以目睹其全貌。

元好问诗①："《金荃》怨曲《兰畹》辞②。"《金荃》，温飞卿词名《金荃集》③。荃，即兰荪也④，音筌。《兰畹》⑤，唐人词曲集名，与《花间集》出入，而中有杜牧之词。

**【注释】**

①元好问(1190—1257)：字裕之，号遗山。秀容（山西忻州）人。编有《中州集》十卷，为金代诗歌总集，意欲以诗存史，后附《中州乐府》一卷。其诗、文、词、曲收入《遗山先生文集》。《全金诗》录其诗一千三百八十三首。

②《金荃》怨曲《兰畹》辞：元好问《赠答张教授仲文》："秋灯摇摇风拂席，夜闻叹声无处觅。疑作《金荃》怨曲《兰畹》辞，元是寒蛩月中泣……"

③温飞卿：即温庭筠(812? —866?)，本名岐，后名庭筠，或作廷筠、庭云，字飞卿，太原祁（今山西祁县）人。晚唐著名文人。诗赋清丽，与李商隐齐名，时号"温李"。精通音律，能逐弦吹之音，为"花间派"先导。《全唐五代词》辑录其词六十九首。《金荃集》：或作《金筌集》，温庭筠撰。《新唐书·艺文志》载温庭筠《金荃集》十卷，乃诗文集而非词集。宋晁公武《郡斋读书志》卷四中著录《金荃集》七卷、外集一卷，明毛晋汲古阁据宋本刻《金荃集》七卷，别集一卷，亦有诗无词。

④兰荪：即菖蒲，一种香草。

⑤《兰畹》：即《兰畹曲会》，词选。宋孔夷辑。原书久佚。今人周泳先《唐宋金元词钩沉》有辑本，录存杜牧、韦庄等十一人词共十六首。

**【译文】**

元好问的诗："《金荃》怨曲《兰畹》辞。"《金荃》，温飞卿的词集名为《金荃集》。荃，即兰荪，音筌。《兰畹》，是唐人词曲集的名称，与《花间集》互有出入，而其中有杜牧之的词。

## 七一　鞋袜称两

**【题解】**

此则辨析"两"字在古诗文中的运用。《太平御览》所载高文惠妻与夫书中,有"今奉织成袜一量"语,此"量",杨慎认为即"两",这是不错的。"一量"犹今所言之"一双"。宋词"夜深著辆小鞋儿,靠着屏风立地"中有"辆"字(别本有作"两个""绹"等),杨慎认为"辆""两"是古今字。这两则材料,一说袜子,一说鞋,都是居常什物,没有什么特别之处,杨慎的解释也符合诗文之原意。

不过,杨慎又讲:"小词用毛诗字亦奇。"这多少有点费解。对于《诗经·齐风·南山》中"葛屦五两"一句及"两"字的解释,从毛传、郑笺、孔疏到近现代学者,众说纷纭,无有定论。姚际恒《诗经通论》释曰:"五、伍通,参伍之伍。葛屦相伍必两,冠緌必双。"显然,"两"即是"双"。但也有学者释"两"为"鞋带",如袁梅《诗经译注》:"五两,葛鞋的系带交午纠结。五,午的借字。午,交午之意。实则五、午本是一字异体。《广韵》:'午,交也。'《韵会》:'一纵一横曰旁午,犹言交横也。两,绹字之省借。绹,鞋带。'"无论哪种说法,《诗经·齐风·南山》中的"两"都不能视为简单的量词,是喻男女有匹、夫妇有道的,因此包含了深刻的象征意义和浓烈的讽谏之旨。杨慎以"夜深著辆小鞋儿,靠着屏风立地"与《诗经·齐风·南山》相比附,这显然是不合适的。《诗经》之"葛屦五两"与这首小词中的"著辆小鞋儿"在意义上并无关联,似乎很难说小词"用"了《毛诗》,也未见其"奇"。

高文惠妻与夫书曰[①]:"今奉织成袜一量,愿著之,动与福并[②]。""量"当作"两",《诗》"葛屦五两"是也[③]。无名氏《踏莎行》词末云:"夜深著辆小鞋儿,靠着屏风立地[④]。""辆"

"两"盖古今字也。小词用毛诗字亦奇。

**【注释】**

①高文惠：即高柔(174—263)，字文惠。陈留圉(今河南杞县)人。三国时期魏国人。封安国侯，谥元侯。

②"今奉织成袜一量"几句：《太平御览》卷六百九十七"服章部"十四"袜"，载有高文惠妇与文惠书"今奉织成袜一量"语；又载曹植《贺冬表》"献袜七量"语及颂词："玉趾既御，履和蹈贞，行与录迈，动以福并。"杨慎语，当为糅合此两则文字而成。

③葛屦五两：出自《诗经·齐风·南山》："葛屦五两，冠緌双止。"

④夜深著辆小鞋儿，靠着屏风立地：此词杨慎《词林万选》卷四作苏轼词，但诸本《东坡词》均不载。宋赵闻礼《阳春白雪》卷三作陆永仲词，调作《夜游宫》。陆永仲，名维之，永仲其字也，号石室。又名凝之，字子才。余杭(今浙江杭州)人。宋高宗、孝宗朝人。赵闻礼与陆永仲均为南宋人，故《阳春白雪》题为陆永仲作，较为可信。《全宋词》则断为陆凝之词。

**【译文】**

高文惠的妻子写给丈夫的书信中说："现在织成袜子一量，希望穿上它，一有行动，福气也会随之而来。""量"应当作"两"，《诗经》中"葛屦五两"就是这样的例子。无名氏《踏莎行》词末言："夜深著辆小鞋儿，靠着屏风立地。""辆""两"大概是古今字。这首小词用《毛诗》的文字也新奇。

## 七二　麝月

**【题解】**

此则讨论金代蔡松年和党怀英的两首咏茶词，并对"麝月"一词进行了释解。蔡松年《尉迟杯》中的"麝月"一词指茶。麝乃兽名,能分泌麝香,以麝言茶,自然是拟其香气;以"月"名茶,是拟其形。此词上阕中已有"玉碗""午香"等作铺垫,境界清幽,情趣雅致,因此释"麝月"为茶名当无异议。若释"麝月"为妇女画眉用的饰品,"分"的意义就不存在了,这显然不符合词意。党怀英《青玉案》一词是咏茶名篇,文中所引首三句描绘了茶的颜色、形状和来源等,工巧细密,颇有逸趣。

　　这两首词约略反映出了金代的饮茶、咏茶习俗。据《金史·食货志》,金地本不产茶,初期所用茶来自宋人的岁贡,或自宋界榷场通过贸易得来,是一种极其珍贵的高级奢侈品。章宗承安年间,"于淄、密、宁海、蔡州各置一坊,造新茶"。杨慎所谓"金国明昌、大定时,文物已埒中国,而制茶之精如此"盖即指此。设坊制茶,茶的数量多了,于是饮茶、咏茶之风盛行,蔡松年、党怀英的词也正部分反映了这种情形。杨慎称金人为"胡雏",有明显的轻蔑之意。不过,他同时也叹服金人"文物已埒中国",其制茶工艺已如此精致,已远非昔日将元宵灯球误认作妖星下地可比。


　　蔡松年小词①:"银屏小语,私分麝月,春心一点②。"麝月,茶名,麝言香,月言圆也。或说麝月是画眉香煤③,亦通。但下不得"分"字。又党怀英茶词④:"红莎绿蒻春风饼。趁梅驿,来云岭⑤。"金国明昌、大定时⑥,文物已埒中国⑦,而制茶之精如此。胡雏亦风味也⑧,非见元宵灯以为妖星下地之日比也⑨。

**【注释】**

①蔡松年(1107—1159):字伯坚,号萧闲老人。真定(今河北正定)人。宣和末,从父蔡靖守燕山府,败绩降金。金太宗天会年间授

真定府判官,尝随完颜宗弼攻宋,累官至右丞相,封卫国公。有《萧闲老人明秀集》六卷,今存三卷。《全金元词》录其词八十四首。

②"银屏小语"几句:出自蔡松年《尉迟杯》:"紫云暖。恨翠雏珠树双栖晚。小花静院相逢,的的风流心眼。红潮照玉碗。午香重、草绿宫罗淡。喜银屏、小语私分,麝月春心一点。　　华年共有好愿。何时定,妆鬓暮雨零乱。梦似花飞,人归月冷,一夜小山新怨。刘郎兴、寻常不浅。况不似、桃花春溪远。觉情随、晓马东风,病酒余香相伴。"

③香煤:古代妇女用以画眉的化妆品。

④党怀英(1134—1211):字世杰,号竹溪。其先同州冯翊(今陕西大荔)人,徙泰安(今属山东)。金代词人。大定十年(1170)进士,后为翰林学士,谥文献。有《竹溪集》,已佚。存词五首。

⑤"红莎绿蒻(ruò)春风饼"几句:出自党怀英《青玉案》:"红纱绿蒻春风饼。趁梅驿、来云岭。紫桂岩空琼窦冷。佳人却恨,等闲分破,缥缈双鸾影。　　一瓯月露心魂醒。更送清歌助清兴。痛饮休辞今夕永。与君洗尽,满襟烦暑,别作高寒境。"蒻,嫩的香蒲。这里指茶。春风,亦指茶。

⑥明昌:金章宗年号(1190—1196)。大定:金世宗年号(1161—1189)。

⑦埒(liè):等同,比并。中国:中原,此指南宋。

⑧胡雏:对胡人的蔑称。

⑨见元宵灯以为妖星下地:宋洪皓《松漠纪闻》卷上:"女真旧不知岁月,如灯夕皆不晓。己酉岁,有中华僧被掠至其阙。遇上元,以长竿引灯毬,表而出之以为戏。女真主吴乞买见之,大骇,问左右曰:'得非星邪?'左右以实对。时有南人谋变,事泄而诛,故乞买疑之曰:'是人欲啸聚为乱,刻日时立此以为信耳。'命杀之。

后数年至燕,颇识之,至今遂盛。"妖星,古代指预兆灾祸的星,如
彗星等。明刘基《煌煌京洛行》:"妖星入太极,胡雏登御床。"

**【译文】**

蔡松年的一首小词:"银屏小语,私分麝月,春心一点。"麝月,是茶
名,麝言香,月言圆。或说麝月是古代妇女用以画眉的化妆品,也说得
通。但其下不应有"分"字。又有党怀英的咏茶词:"红莎绿蒻春风饼。
趁梅驿,来云岭。"金代明昌、大定时,礼乐典章已等同南宋,而制茶工艺
已如此精致。胡人也具有风味,并非看见元宵灯就以为是妖星下地之
时可比。

# 七三　檀色

**【题解】**

檀,颜色名,浅赭色,古代妇女多用为面妆(画眉、画唇、画脸)之色。
古人又称胭脂、唇膏一类的化妆用品为"檀注",此"注"乃涂抹之意。在
唐五代艳情词中,与檀注有关的描述甚多,且衍生出许多新的表述,杨
慎所举花间词中,就有檀粉、檀印、檀蛾、檀心、檀痕、檀点(檀口)等名
目。《升庵诗话》"檀晕"一条也有相近描述。本则杨慎所举诗例中,檀
注之外,又有以檀色喻酒色和花色者。前者有牛峤《女冠子·锦江烟
水》"卓女烧春浓美,小檀霞"一例,用卓文君当垆卖酒事,言烧春(酒名)
之酒,色如檀霞。一说,檀霞喻少女颊色,亦贴切。后者有伊孟昌以佳
人之口气芬芳喻黄蜀葵之香味,杜衍以美人之檀粉香汗喻雨中荷花、苏
轼以檀晕喻梅花三例。这几例均以人喻物,取喻自然形象,且具风情韵
致,故为杨慎所援引。

画家七十二色,有檀色,浅赭所合,词所谓"檀画荔枝
红"也①。而妇女晕眉色似之。唐人诗词多用,试举其略。

徐凝《宫中曲》云[2]:"檀妆惟约数条霞[3]。"《花间》词云:"背人匀檀注[4]。"又"钿昏檀粉泪纵横"[5],又"臂留檀印齿痕香"[6],又"斜分八字浅檀蛾"是也[7]。又云:"卓女烧春浓美,小檀霞[8]。"则言酒色似檀色。又云:"檀画荔枝红,金蔓蜻蜓软。"又"香檀细画侵桃脸"[9],又"浅眉微敛注檀轻"[10],又"何处恼佳人,檀痕衣上新"[11],又"修蛾慢脸。不语檀心一点[12]。""歌声慢发开檀点,笑拈金靥[13],又"锦檀偏,翘鬈重,翠云欹"[14],又"翠钿檀注助容光"[15],又"粉檀珠泪和"[16]。伊孟昌《黄蜀葵》诗[17]:"檀点佳人喷异香。"杜衍《雨中荷花》诗:"檀粉不匀香汗湿[18]。"则又指花色似檀色也。东坡梅诗:"鲛绡剪碎玉簪轻,檀晕妆成雪月明。肯伴老人春一醉,悬知欲落更多情[19]。"唐宋妇女闺妆,面注檀痕,犹汉魏妇女之注玄的也[20]。嵇含《南方草木状》[21]:"蒟缘子,渍以蜂蜜,点以燕檀。"

**【注释】**

①檀画荔枝红:出自五代张泌《生查子》:"相见稀,喜相见。相见还相远。檀画荔枝红,金蔓蜻蜓软。　　鱼雁疏,芳信断。花落庭阴晚。可惜玉肌肤,销瘦成慵懒。"

②徐凝:生卒年不详。中唐诗人,以七绝见长。《全唐诗》卷四百七十四编其诗为一卷。

③檀妆惟约数条霞:出自唐徐凝《宫中曲二首》其一:"披香侍宴插山花,厌著龙绡著越纱。恃赖倾城人不及,檀妆唯约数条霞。"

④背人匀檀注:出自五代顾夐《应天长》:"瑟瑟罗裙金线缕。轻透鹅黄香画袴。垂交带。盘鹦鹉。袅袅翠翘移玉步。　　背人匀檀注。慢转横波偷觑。敛黛春情暗许,倚屏慵不语。"

⑤钿昏檀粉泪纵横:出自五代鹿虔扆《虞美人》:"卷荷香澹浮烟渚。

绿嫩擘新雨。锁窗疏透晓风清。象床珍簟冷光轻。水纹平。

　　九疑黛色屏斜掩。枕上眉心敛。不堪相望病将成。钿昏檀粉泪纵横。不胜情。"

⑥臂留檀印齿痕香：出自五代阎选《虞美人》："粉融红腻莲房绽。脸动双波慢。小鱼衔玉鬓钗横。石榴裙染象纱轻。转娉婷。

　　偷期锦浪荷深处。一梦云兼雨。臂留檀印齿痕香。深秋不寐漏初长。尽思量。"

⑦斜分八字浅檀蛾：现传《花间集》不载此句，出处不详。

⑧卓女烧春浓美，小檀霞：出自五代牛峤《女冠子》其二："锦江烟水。卓女烧春浓美。小檀霞。绣带芙蓉帐，金钗芍药花。

　　额黄侵腻发，臂钏透红纱。柳暗莺啼处，认郎家。"

⑨香檀细画侵桃脸：出自顾敻《虞美人》其一："晓莺啼破相思梦。帘卷金泥凤。宿妆犹在酒初醒，翠翘慵整倚云屏。转娉婷。

　　香檀细画侵桃脸。罗袂轻轻敛。佳期堪恨再难寻。绿芜满院柳成阴。负春心。"

⑩浅眉微敛注檀轻：出自顾敻《虞美人》其三："翠屏闲掩垂珠箔。丝雨笼池阁。露粘红藕咽清香。谢娘娇极不成狂。罢朝妆。

　　小金鸂鶒沉烟细。腻枕堆云髻。浅眉微敛注檀轻。旧欢时有梦魂惊。悔多情。"

⑪何处恼佳人，檀痕衣上新：出自五代尹鹗《醉公子》："暮烟笼藓砌。戟门犹未闭。尽日醉寻春。归来月满身。　　离鞍偎绣袂。坠巾花乱缀。何处恼佳人。檀痕衣上新。"

⑫修蛾慢脸，不语檀心一点：出自五代毛熙震《女冠子》其二："修蛾慢脸。不语檀心一点。小山妆。蝉鬓低含绿，罗衣澹拂黄。

　　闷来深院里，闲步落花傍。纤手轻轻整，玉炉香。"慢脸，美丽的脸颊。

⑬歌声慢发开檀点，笑拈金靥：出自毛熙震《后庭花》下阕："歌声慢

发开檀点。绣衫斜掩。时将纤手匀红脸。笑拈金靥。"檀点，
檀口。

⑭"锦檀偏"几句：出自毛熙震《酒泉子》上阕："闲卧绣帏，慵想万般
情宠。锦檀偏，翘股重。翠云敧。"翘髻，《花间集》作"翘股"。翠
云，形容头发乌黑浓密。

⑮翠钿檀注助容光：出自五代李珣《浣溪沙》："入夏偏宜澹薄妆。
越罗衣裓郁金黄。翠钿檀注助容光。　　相见无言还有恨，几
回拼却又思量。月窗香径梦悠扬。"

⑯粉檀珠泪和：出自李珣《河传》："春暮。微雨。送君南浦。愁敛
双蛾。落花深处。啼鸟似逐离歌。粉檀珠泪和。　　临流更把
同心结。情哽咽。后会何时节。不堪回首，相望已隔汀洲。橹
声幽。"

⑰伊孟昌：又作伊梦昌、伊用昌，生卒、年里不详，唐末不仕，披羽褐
为道士。《全唐诗》卷八百六十二"仙诗"收伊梦昌《题黄蜀葵》句
一联："露凝金盏滴残酒。檀点佳人喷异香。"

⑱檀粉不匀香汗湿：参见卷一《仄韵绝句》。

⑲"鲛绡剪碎玉簪轻"几句：出自苏轼《次韵杨公济奉议〈梅花〉十
首》其九。

⑳玄的：杨慎《丹铅总录》卷七"玄的"："《史记·五宗世家》：'程姬
有所避，不愿进。'注引《释名》云：'天子诸侯群妾，以次进御，有
月事者，更不口说，故以丹注面的为识，令女史见之。'王粲《神女
赋》'脱裌裳，免簪笄，施玄的，结羽钗'，即《释名》所云也。玄的，
《艺文类聚》作'华的'。又繁钦《弭愁赋》：'点圜的之荧荧，映双
辅而相望。'潘岳《芙蓉赋》：'飞须垂的，丹辉拂红。'皆指此。"华
的，古代妇女面上装饰的红点。

㉑嵇含(263—306)：字君道，一作居道，自号亳丘子。谯国铚(今安
徽宿州)人。嵇康侄孙。好学，能属文。《南方草木状》：三卷，今

存,传为嵇含所著,近代学者已证其非。

**【译文】**

　　画家七十二色中,有檀色,是由浅赭色合成,是词中所说的"檀画荔枝红"。妇女的眉毛晕色与之相似。唐人诗词多用,试举一二。徐凝的《宫中曲》言:"檀妆惟约数条霞。"《花间集》词言:"背人匀檀注。"又"钿昏檀粉泪纵横",又"臂留檀印齿痕香",又"斜分八字浅檀蛾"就是如此。又言:"卓女烧春浓美,小檀霞。"是说酒的颜色似檀色。又言:"檀画荔枝红,金蔓蜻蜓软。"又"香檀细画侵桃脸",又"浅眉微敛注檀轻",又"何处恼佳人,檀痕衣上新",又"修蛾慢脸。不语檀心一点。""歌声慢发开檀点,笑拈金屐",又"锦檀偏,翘鬓重,翠云欹",又"翠钿檀注助容光",又"粉檀珠泪和"。伊孟昌的《黄蜀葵》诗:"檀点佳人喷异香。"杜衍的《雨中荷花》诗:"檀粉不匀香汗湿。"又是指花的颜色似檀色。东坡咏梅诗:"鲛绡剪碎玉簪轻,檀晕妆成雪月明。肯伴老人春一醉,悬知欲落更多情。"唐宋妇女闺中装扮,面部有涂抹檀色痕迹,犹如汉魏时期妇女涂抹玄的。嵇含的《南方草木状》有言:"蒟缘子,渍以蜂蜜,点以燕檀。"

## 七四　黄额

**【题解】**

　　黄额,又作"额黄",乃妇女的额饰。其法用黄粉扑额或涂额。因其色如黄色花蕊,故也称"蕊黄"。此妆在六朝时十分流行,唐宋亦存。本则中,杨慎举唐五代虞世南、骆宾王、卢照邻、王翰、裴庆馀(或作裴虔馀)、温庭筠、牛峤、张泌及宋人陈与义诸人诗(词)例以证其用。举列和推原诗词中有关装饰的描述和渊源,有助于从民俗文化的角度深入解析相关作品,同时对于了解当时的民风世俗也不无裨益,因此,这样的归纳和总结无疑是有意义的。不过,后周天元帝宇文赟令"墨妆黄眉",是就眉饰而言的,似乎与额饰关系不大,杨慎援以为例,辨之不精。至于黄妆是否始于曹魏时的仙女智琼，杨慎也只是揣度，并无确凿依据。杨慎《丹铅总录》卷十八有“黄眉墨妆”则，可与本则相参证。

　　后周天元帝令宫人黄眉黑妆[①]，其风流于后世。虞世基咏袁宝儿云[②]：“学画鸦黄半未成。”此炀帝时事也，至唐犹然。骆宾王诗[③]：“写月图黄罢，凌波拾翠通。”又卢照邻诗[④]：“纤纤初月上鸦黄。鸦黄粉白车中出[⑤]。”王翰诗[⑥]：“中有一人金作面[⑦]。”裴庆馀诗[⑧]：“满额鹅黄金缕衣[⑨]。”温庭筠词：“小山重叠金明灭[⑩]。”又“蕊黄无限当山额[⑪]”，又“扑蕊添黄子，呵花满翠鬟[⑫]”，又“脸上金霞细，眉间翠钿深[⑬]”，牛峤词[⑭]：“额黄侵腻发，臂钏透红纱。”张泌词：“蕊黄香画帖金蝉[⑮]。”宋陈去非《腊梅》诗：“智琼额黄且勿夸，眼明见此风前葩[⑯]。”智琼，晋代鱼山神女也[⑰]。额黄事，不见所出，当时必有传记。而黄妆实自智琼始乎？今黄妆久废，汴蜀妓女以金箔飞额上，亦其遗意也。

**【注释】**

①后周天元帝令宫人黄眉黑妆：《隋书·五行志》：“后周大象元年……令天下车以大木为轮，不施辐。朝士不得佩绶，妇人墨妆黄眉。”天元帝，指宇文赟（559—580），字乾伯。代郡武川（今属内蒙古）人。宣政元年（578）即位，大成元年（579）二月传位给七岁之子阐（静帝），自称天元皇帝。谥宣帝。

②虞世基（？—618）：字茂世。会稽余姚（今属浙江）人。虞世南兄。博学有高才，兼善草隶。下引诗句为虞世南所作，题《应诏嘲司花女》，杨慎误记。

③骆宾王（627？—684？）：字观光。婺州义乌（今属浙江）人。与王

勃、杨炯、卢照邻齐名，号称"初唐四杰"。《新唐书·艺文志》著录《百道判集》一卷，佚。今传《骆宾王文集》。下引诗乃骆宾王《棹歌行》首两句，图黄，《全唐诗》作"涂黄"。

④卢照邻(约634—约686)：字升之，号幽忧子。幽州范阳(今河北涿州)人。"初唐四杰"之一。有《卢照邻集》。

⑤纤纤初月上鸦黄。鸦黄粉白车中出：出自卢照邻《长安古意》："……片片行云著蝉鬓，纤纤初月上鸦黄。鸦黄粉白车中出，含娇含态情非一。妖童宝马铁连钱，娼妇盘龙金屈膝。"

⑥王翰：生卒年不详。字子羽。并州晋阳(今山西太原)人。盛唐诗人。《全唐诗》卷一百五十六存录其诗一卷，计十三首。

⑦中有一人金作面：出自王翰《春女行》："紫台穹跨连绿波，红轩铅匝垂纤罗。中有一人金作面，隔幌玲珑遥可见。忽闻黄鸟鸣且悲，镜边含笑着春衣。罗袖婵娟似无力，行拾落花比容色。落花一度无再春，人生作乐须及辰。君不见楚王台上红颜子，今日皆成狐兔尘。"

⑧裴庆馀：或作裴虔馀，生卒、年里不详。晚唐人。

⑨满额鹅黄金缕衣：出自五代王定保《唐摭言》卷十三："裴虔馀咸通末佐北门李公淮南幕，尝游江，舟子刺船，误为竹篙溅水，湿近座之衣，公为之色变。虔馀遽请彩笺，纪一绝曰：'满额鹅黄金缕衣，翠翘浮动玉钗垂。从教水溅罗衣湿，知道巫山行雨归。'公览之，极欢，命讴者传之矣。"

⑩小山重叠金明灭：出自唐温庭筠《菩萨蛮》其一："小山重叠金明灭，鬓云欲度香腮雪。懒起画蛾眉，弄妆梳洗迟。　　照花前后镜，花面交相映。新帖绣罗襦，双双金鹧鸪。"

⑪蕊黄无限当山额：出自唐温庭筠《菩萨蛮》其三："蕊黄无限当山额。宿妆隐笑纱窗隔。相见牡丹时。暂来还别离。　　翠钗金作股。钗上蝶双舞。心事竟谁知。月明花满枝。"

⑫扑蕊添黄子，呵花满翠鬟：出自温庭筠《南歌子》其五："扑蕊添黄子，呵花满翠鬟。鸳枕映屏山。月明三五夜，对芳颜。"

⑬脸上金霞细，眉间翠钿深：出自温庭筠《南歌子》其四："脸上金霞细，眉间翠钿深。欹枕覆鸳衾。隔帘莺百啭，感君心。"金霞，华锺彦注："谓额黄也。古者女装匀面，惟施朱傅粉而已，六朝乃兼尚黄。"

⑭牛峤：生卒年不详。字松卿，一字延峰。五代前蜀词人，属花间派。下引词句出自牛峤《女冠子》其二，见本卷《檀色》注。

⑮蕊黄香画帖金蝉：出自五代张泌《浣溪沙》其十："小市东门欲雪天。众中依约见神仙。蕊黄香画帖金蝉。　　饮散黄昏人草草，醉容无语立门前。马嘶尘烘一街烟。"

⑯智琼额黄且勿夸，眼明见此风前葩：此宋陈与义《腊梅》诗前两句。"眼明见此"，《简斋集》作"回眼视此"。智琼额黄，《太平广记》卷四十"巴邛人"："有巴邛人，不知姓。家有橘园，因霜后诸橘尽收，余有二大橘，如三四斗盎。巴人异之，即令攀摘，轻重亦如常橘。剖开，每橘有二老叟，须眉皤然，肌体红润，皆相对象戏，身仅尺余，谈笑自若。剖开后亦不惊怖，但与决赌。赌讫，叟曰：'君输我海龙神第七女发十两，智琼额黄十二枚。'"

⑰智琼，晋代鱼山神女也：晋干宝《搜神记》："魏济北国从事掾弦超，字义起。以嘉平中夜独宿，梦有神女来从之。自称天上玉女，东郡人，姓成公，字智琼。早失父母，天帝哀其孤苦，遣令下嫁从夫……去后积五年，义起奉国使至洛，到济北鱼山下，陌上西行，遥望曲道头有一马车，似智琼。驱驰前至，祝之，果是玉女也。遂披帷相见，悲喜交至。"智琼，一作知琼，仙女名。

【译文】

后周天元帝让宫人黄眉墨妆，其风流行后世。虞世基咏袁宝儿言："学画鸦黄半未成。"这是隋炀帝时的事，到唐代依然如此。骆宾王的诗:"写月图黄罢,凌波拾翠通。"又有卢照邻的诗:"纤纤初月上鸦黄。鸦黄粉白车中出。"王翰的诗:"中有一人金作面。"裴庆馀的诗:"满额鹅黄金缕衣。"温庭筠的词:"小山重叠金明灭。"又"蕊黄无限当山额",又"扑蕊添黄子,呵花满翠鬟",又"脸上金霞细,眉间翠钿深",牛峤的词:"额黄侵腻发,臂钏透红纱。"张泌的词:"蕊黄香画帖金蝉。"宋代陈去非的《腊梅》诗:"智琼额黄且勿夸,眼明见此风前葩。"智琼,是晋代鱼山神女。额黄之事,不见所出,当时一定有传记。而黄妆实际上是从智琼开始的吗?现在黄妆早已废弃,汴蜀的妓女用金箔贴在额头上,也是其遗留之做法。

## 七五　靥饰

### 【题解】

中国古代妇女有头饰、发饰、眉饰、面饰等等化妆之法。靥饰,即面颊上的妆饰,有以丹点颊、贴花钿等不同形式。本则中,杨慎对靥饰的起源进行了追溯,并大量举列词例,以考究靥饰在唐五代词及宋词中的运用情况。

所引唐段成式《酉阳杂俎》一段文字,记吴宫獭髓补痕之事,这是已知较早记录靥饰的资料。又引唐李复言《续幽怪录》中韦固妻事,虽为小说家言,但也可约略窥见唐时世风民俗。接下来,杨慎举温庭筠以下花间词八例、宋代周邦彦词两例,以证靥饰"五代宋初为盛"的观点。所举温庭筠两例,杨慎从声韵的角度对"靥"的读音进行了细致区别。所举周邦彦乃北宋后期词人,杨慎用证"宋初"装饰情形,不免略显牵强。不过,宋初词中关于靥饰的描述确不在少数,如晏幾道《鹧鸪天》"风凋碧柳愁眉淡,露染黄花笑靥深",张先《踏莎行》"波湛横眸,霞分腻脸。盈盈笑动笼香靥",柳永《击梧桐》"香靥深深,姿姿媚媚"等等。这些词例,均直观地映现了五代及宋代妇女的生活状况和精神世界,显露出了浓郁的民俗文化意蕴,是后人了解彼时社会文化的重要窗口。杨慎所作的推原考辨,对于后人从社会学角度探讨词的内涵和价值具有重要的借鉴意义。

　　《说文》:"靥,颊辅也。"《洛神赋》:"明眸善睐,靥辅承权。"自吴宫有獭髓补痕之事①,唐韦固妻少时为盗刃所刺,以翠掩之②,女妆遂有靥饰。其字二音,一音琰,一音叶。温飞卿词③:"绣衫遮笑靥。烟草粘飞蝶④。"此音叶。又云:"粉心黄蕊花靥。黛眉山两点⑤。"此音琰。《花间》词:"浅笑含双靥⑥。"又云:"翠靥眉心小⑦。"又"腻粉半粘金靥子,残香犹暖绣熏笼"⑧,又"一双笑靥嚬香蕊"⑨,又"浓蛾淡靥不胜情"⑩,又"笑靥嫩疑花拆,愁眉翠敛山横"⑪。宋词:"杏靥夭斜,梅钿轻薄⑫。"又"小唇秀靥""团凤眉心倩郎贴"⑬,则知此饰,五代宋初为盛。

**【注释】**

①吴宫有獭髓补痕之事:事见唐段成式《酉阳杂俎》前集卷八:"靥钿之名,盖自吴孙和邓夫人也。和宠夫人,尝醉,舞如意,误伤邓颊,血流,娇婉弥苦。命太医合药,医言:'得白獭髓,杂玉与虎魄屑,当灭痕。'和以百金购得白獭,乃合膏。虎魄太多,及差,痕不灭,左颊有赤点如痣。视之,更益甚妍也。诸嬖欲要宠者,皆以丹点颊,而后进幸焉。"

②唐韦固妻少时为盗刃所刺,以翠掩之:宋李復言《续幽怪录》卷四"定婚店":"(韦固妻)年十六七,容色华丽,固称惬之极。然其眉间常帖一花子,虽沐浴间处,未尝暂去。岁余,固讶之。忽忆昔日奴刀中眉间之说,因逼问之。妻潸然曰:'……三岁时抱行市中,为狂贼所刺,刀痕尚在,故以花子覆之。'"

③温飞卿：即温庭筠，字飞卿。

④绣衫遮笑靥。烟草粘飞蝶：出自温庭筠《菩萨蛮》："翠翘金缕双
　鸂鶒。水纹细起春池碧。池上海棠梨。雨晴红满枝。　　绣衫
　遮笑靥。烟草粘飞蝶。青琐对芳菲。玉关音信稀。"

⑤粉心黄蕊花靥。黛眉山两点：出自温庭筠《归国谣》："双脸。小
　凤战篦金飐艳。舞衣无力风敛。藕丝秋色染。　　锦帐绣帏斜
　掩。露珠清晓簟。粉心黄蕊花靥。黛眉山两点。"

⑥浅笑含双靥：出自牛峤《女冠子》："绿云高髻。点翠匀红时世。
　月如眉。浅笑含双靥，低声唱小词。　　眼看唯恐化，魂荡欲相
　随。玉趾回娇步，约佳期。"

⑦翠靥眉心小：出自顾夐《虞美人》："少年艳质胜琼英。早晚别三
　清。莲冠稳篸钿篦横。飘飘罗袖碧云轻。画难成。　　迟迟少
　转腰身袅。翠靥眉心小。醮坛风急杏枝香。此时恨不驾鸾凰。
　访刘郎。"

⑧腻粉半粘金靥子，残香犹暖绣熏笼：出自五代孙光宪《浣溪沙》：
　"花渐凋疏不耐风。画帘垂地晚堂空。堕阶萦藓舞愁红。
　腻粉半粘金靥子，残香犹暖绣薰笼。蕙心无处与人同。"

⑨一双笑靥嚬香蕊：出自五代魏承班《木兰花》："小芙蓉，香旖旎。
　碧玉堂深清似水。闭宝匣，掩金铺，倚屏拖袖愁如醉。　　迟迟
　好景烟花媚。曲渚鸳鸯眠锦翅。凝然愁望静相思，一双笑靥嚬
　香蕊。"

⑩浓蛾淡靥不胜情：出自毛熙震《临江仙》其二："幽闺欲曙闻莺啭，
　红窗月影微明。好风频谢落花声。隔帏残烛，犹照绮屏筝。
　　　绣被锦茵眠玉暖，炷香斜袅烟轻。澹蛾羞敛不胜情。暗思闲
　梦，何处逐云行。"

⑪笑靥嫩疑花拆，愁眉翠敛山横：出自毛熙震《何满子》其二："无语
　残妆澹薄，含羞嚲袂轻盈。几度香闺眠过晓，绮窗疏日微明。云

母帐中偷惜,水精枕上初惊。　　笑靥嫩疑花拆,愁眉翠敛山横。相望只教添怅恨,整鬌时见纤琼。独倚朱扉闲立,谁知别有深情。”

⑫杏靥夭斜,梅钿轻薄:出自周邦彦《丹凤吟》:“迤逦春光无赖,翠藻翻池,黄蜂游阁。朝来风暴,飞絮乱投帘幕。生憎暮景,倚墙临岸,杏靥夭斜,榆钱轻薄。昼永惟思傍枕,睡起无憀,残照犹在庭角。　　况是别离气味,坐来但觉心绪恶。痛饮浇愁酒,奈愁浓如酒,无计销铄。那堪昏暝,簌簌半檐花落。弄粉调朱柔素手,问何时重握。此时此意,长怕人道著。”《片玉词》“梅钿”作“榆钱”。

⑬小唇秀靥:出自周邦彦《锁寒窗·寒食》:“暗柳啼鸦,单衣伫立,小帘朱户。桐花半亩,静锁一庭愁雨。洒空阶、夜阑未休,故人剪烛西窗语。似楚江暝宿,风灯零乱,少年羁旅。　　迟暮。嬉游处。正店舍无烟,禁城百五。旗亭唤酒,付与高阳俦侣。想东园、桃李自春,小唇秀靥今在否。到归时、定有残英,待客携尊俎。”见《片玉词》。团凤眉心倩郎贴:出自冯伟寿《春云怨·上巳》:“春风恶劣。把数枝香锦,和莺吹折。雨重柳腰娇困,燕子欲扶扶不得。软日烘烟,干风吹雾,芍药荼蘼弄颜色。帘幕轻阴,图书清润,日永篆香绝。　　盈盈笑靥宫黄额。试红鸾小扇,丁香双结。团凤眉心倩郎贴。教洗金罍,共看西堂,醉花新月。曲水成空,丽人何处,往事暮云万叶。”

## 【译文】

《说文解字》:“靥,颊辅也。”《洛神赋》:“明眸善睐,靥辅承权。”自从吴国宫廷有以白獭髓修补面颊伤痕之事,唐韦固的妻子小时候被盗贼的刀所刺,以翡翠遮掩伤痕以来,女妆便有了面颊上的妆饰。靥字有二音,一音琰,一音叶。温飞卿的词:“绣衫遮笑靥。烟草粘飞蝶。”此处音叶。又言:“粉心黄蕊花靥。黛眉山两点。”此处音琰。《花间》词:“浅笑含双靥。”又言:“翠靥眉心小。”又“腻粉半粘金靥子,残香犹暖绣熏笼”,

又"一双笑靥嚬香蕊",又"浓蛾淡靥不胜情",又"笑靥嫩疑花拆,愁眉翠敛山横"。宋词:"杏靥天斜,梅钿轻薄。"又"小唇秀靥","团凤眉心倩郎贴",那么就知道这样的妆饰,在五代至宋初时期最为盛行。

# 七六　花翘

## 【题解】

花翘,乃古代妇女的一种首饰。唐宋词中并不多见,《花间集》仅此一例。所举韦庄词,以罗衣香销、花翘斜坠写女子之情态,暗示相思之苦。

韦庄《诉衷情》词云:"碧沼红芳烟雨静,倚兰桡。垂玉佩。交带①。袅纤腰。鸳梦隔星桥。迢迢。越罗香暗销②。坠花翘。"按此词在成都作也。蜀之妓女,至今有花翘之饰,名曰"翘儿花"云。

## 【注释】

①交带:束结衣带。

②越罗:越地出产的罗绮,此指用越罗制成的衣饰。

## 【译文】

韦庄《诉衷情》词言:"碧沼红芳烟雨静,倚兰桡。垂玉佩。交带。袅纤腰。鸳梦隔星桥。迢迢。越罗香暗销。坠花翘。"按,这首词是在成都写的。蜀地的妓女,至今有花翘首饰,名叫"翘儿花"。

# 七七　眼重眉褪

## 【题解】

唐无名氏《后庭宴》词有"眼重眉褪不胜春"句,杨慎认为,李煜词、元刘庭信曲皆祖其语。"眼重眉褪"乃睡后初醒之状。眼皮沉重,是源于失眠;黛眉减色,则是无心修饰所致。这两个细节突出显现了主人公的春愁、幽独之情。后主词,以断脸、横颐状脸上泪水纵横交流之情态,极写亡国之恨;刘庭信曲,则侧重于对眼、眉装饰的描摹以衬托孤寂之情。这三例均注重了细节刻画,在表现手法上有相似之处。但各词情感内容不同,描述重点有别,若言后两者"皆祖唐词之语",未免牵强。

　　唐词:"眼重眉褪不胜春①。"李后主词:"多少泪,断脸复横颐②。"元乐府:"眼余眉剩③。"皆祖唐词之语。

**【注释】**

①眼重眉褪不胜春:参见卷一《后庭宴》。

②多少泪,断脸复横颐:出自李煜《望江南》:"多少泪,断脸复横颐。心事莫将和泪说,凤笙休向泪时吹。肠断更无疑。"颐,脸颊。

③眼余眉剩:出自元刘庭信[双调·夜行船]"青楼咏妓":"新梦青楼一操琴。是知音果爱知音。笺锦香寒。帕罗粉渗。遥受了些妆孤处眼余眉甚。"眉剩,明张禄《词林摘艳》卷五作"眉甚"。

**【译文】**

　　唐代的词:"眼重眉褪不胜春。"李后主的词:"多少泪,断脸复横颐。"元代乐府:"眼余眉剩。"都承袭唐代词之语辞。

## 七八　角妓垂螺

**【题解】**

　　螺髻,古代女子的一种发髻。以其形制结似螺壳状,故名。晋崔豹《古今注》:"童子结发亦谓螺结,亦谓其形似螺壳。"据有关史料记载,此制始于六朝,唐宋时尤盛。本则中,杨慎举张先、晏幾道词四例以明其用,并做了一定的说明和考释。

张子野《减字木兰花》云:"垂螺近额。走上红裀初趁拍①。只恐惊飞,拟倩游丝惹住伊。　　文鸳绣履。去似风流尘不起。舞彻《梁州》②,头上宫花颤未休。"又晏小山词云③:"垂螺拂黛青楼女④。"又云:"双螺未学同心绾,已占歌名。月白风清,长倚昭华笛里声⑤。"又云:"红窗碧玉新名旧,犹绾双螺。一寸秋波。千斛明珠觉未多⑥。"垂螺、双螺,盖当时角妓未破瓜时发饰之名⑦。今秦中妓及搬演旦色,犹有此制。

**【注释】**

①红裀:红色的毯子。裀,通"茵"。指褥垫、毯子之类。

②《梁州》:《张子野词》卷二作"伊州"。《伊州》,乐曲名。

③晏小山:即晏幾道(1038—1110),字叔原,号小山,抚州临川(今属江西)人,北宋著名词人。晏殊之子。有《小山词》存世。

④垂螺拂黛青楼女:出自晏幾道《采桑子》:"年年此夕东城见,欢意匆匆。明日还重。却在楼台缥缈中。　　垂螺拂黛清歌女,曾唱相逢。秋月春风。醉枕香衾一岁同。"青楼,《小山词》作"清歌"。

⑤"双螺未学同心绾"几句:此晏幾道《采桑子》(双螺未学同心绾)上阕。

⑥"红窗碧玉新名旧"几句:此晏幾道《采桑子》(红窗碧玉新名旧)上阕。

⑦角(jué)妓:古代艺妓。

**【译文】**

张子野的《减字木兰花》言:"垂螺近额。走上红裀初趁拍。只恐惊飞,拟倩游丝惹住伊。　　文鸳绣履。去似风流尘不起。舞彻《梁州》,头上宫花颤未休。"又有晏小山词言:"垂螺拂黛青楼女。"又言:"双螺未学同心绾,已占歌名。月白风清,长倚昭华笛里声。"又言:"红窗碧玉新名旧,犹绾双螺。一寸秋波。千斛明珠觉未多。"垂螺、双螺,大概是当时艺妓未破身时的发饰之名。现在秦中的妓女及化妆表演的女艺人,还有此样式。

## 七九　银蒜

**【题解】**

银蒜是室内用品,名称虽一,但其形制和功能实有二端:一为银质蒜条形帘钩,用以钩帘;二为银质蒜头形帘坠,用以压帘幕。杨慎所举欧阳修《帘》诗中,银蒜为钩帘。庾信《梦入堂内》诗:"幔绳金麦穗,帘钩银蒜条。"倪璠注:"银钩若蒜条,象其形也。"所举苏轼《哨遍》和蒋捷《白纻》中,银蒜为帘坠。杨慎言:"银蒜,盖铸银为蒜形,以押帘也。"显然,此为帘坠。以此释解苏轼词和蒋捷词是合适的,但用以释欧词当然是不准确的。

欧阳六一仿玉台体诗:"银蒜钩帘宛地垂[①]。"东坡《哨遍》词:"睡起画堂,银蒜押帘,珠幕云垂地[②]。"蒋捷《白纻》词:"早是东风作恶。旋安排,一双银蒜镇罗幕[③]。"银蒜,盖铸银为蒜形,以押帘也。宋元亲王纳妃,公主下降,皆有银蒜帘押几百双。

**【注释】**

①银蒜钩帘宛地垂:出自欧阳修《帘》:"银蒜钩帘宛地垂,桂丛乌起上朝晖。枉将玟瑠雕为押,遮掩春堂碍燕归。"

②"睡起画堂"几句：此为苏轼《哨变·春词》首三句。

③"早是东风作恶"几句：出自蒋捷《白纻》上阕："正春晴，又春冷，云低欲落。琼苞未剖，早是东风作恶。旋安排、一双银蒜镇罗幕。幽壑。水生漪，皱嫩绿、潜鳞初跃。惜惜门巷，桃树红才约略。知甚时，霁华烘破青青萼。"

**【译文】**

欧阳六一仿写玉台体诗："银蒜钩帘宛地垂。"东坡的《哨遍》词："睡起画堂，银蒜押帘，珠幕云垂地。"蒋捷的《白纻》词："早是东风作恶。旋安排，一双银蒜镇罗幕。"银蒜，大概铸银为蒜头形，用以压帘幕。宋元时期亲王娶妃，公主出嫁，都有银蒜帘押几百双。

# 八〇　闹装

**【题解】**

闹装带，是用金银珠宝等杂缀而成的腰带。杨慎曰"京师有闹装带"，《金瓶梅词话》第四十八回"西门庆这里是金镶玉宝石闹妆一条，三百两银子"，明胡应麟《少室山房笔丛·艺林学山三·闹装》的记载更为清晰："闹装带，余游燕日，尝见于东市中，合众宝杂缀而成，故曰闹装。"可见，明代有配饰此带的习俗。本则中，杨慎在推考此带的由来时，认为"其名始于唐"，并举出唐白居易和宋薛田的诗句为证。不过，从现有资料来看，唐宋时期的闹装，主要是指鞍、辔一类装饰，这与明代之腰带有所不同。宋王栐《燕翼诒谋录》卷一载："太平兴国七年正月，诏常参官银装鞍、丝缠，六品以下不得闹装，不得用刺绣金皮饰鞯。"宋孟元老《东京梦华录》卷六《元旦朝会》也载："例本朝伴射用弓箭中的，则赐闹装、银鞍马，衣着、金银器物有差。"杨慎所举白居易诗中之"带闹装"应为"辔闹装"，是指用于鞍、辔之类的饰物，薛田诗中有"子弟鞯"之语，可见其用相同。上引胡应麟《少室山房笔丛》对杨慎之误有比较详细的考论,可资参鉴:"杨因近有'闹装带'之名,遂改白诗'缠'字为'带'以附会之。又改元调'傲黄'为'闹黄'。噫,亦大横矣。傲黄,盖颜色之名。如杨说,则装可闹,黄亦可闹;带可闹装,鞓亦可闹装耶?闹装带,余游燕日,尝见于东市中,合众宝杂缀而成,故曰闹装。白诗之'缠',薛诗之'鞲',盖皆此类。"

　　京师有闹装带,其名始于唐。白乐天诗:"贵主冠浮动,亲王带闹装①。"薛田诗②:"九苞绾就佳人髻,三闹装成子弟鞲。"词曲有"角带闹黄鞓"③,今作"傲黄鞓",非也。

**【注释】**

①贵主冠浮动,亲王带闹装:出自白居易《渭村退居寄礼部崔侍郎翰林钱舍人诗一百韵》。"带闹装",《白氏长庆集》卷十五作"缠闹装"。

②薛田:生卒年不详。字希稷。河中河东(今山西永济)人。《全宋诗》卷九十三录其诗三首,《全宋文》卷一百六十九收其文三篇。下引诗句出自薛田诗《成都书事百韵诗》。

③角带闹黄鞓:语出《西厢记》第六出《红娘请宴》:"〔小梁州〕〔贴〕则见他叉手忙将礼数迎。我这里万福先生。乌纱小帽耀人明。白襕净。角带傲黄鞓。"毛西河注:"角带,以角饰带也。鞓,则带质之用皮者。带尾翘出曰傲,即挞尾也。黄,鞓色。"

**【译文】**

京城有用金银珠宝等杂缀而成的腰带,其名称始于唐代。白乐天的诗:"贵主冠浮动,亲王带闹装。"薛田的诗:"九苞绾就佳人髻,三闹装成子弟鞲。"词曲有"角带闹黄鞓",现作"傲黄鞓",不对。

# 八一　椒图

## 【题解】

本则释"椒图"一词。元杂剧及元代诗歌中有"椒图"一词,但不知为何物。杨慎引明代陆容《菽园杂记》卷二中的有关记载,认为"椒图"就是"金铺",是说不差。"金铺"是古代门上安装的金饰铺首,多为金属铸成。其作用主要是用来衔环的,以便于门之开合。当然,也有装饰和驱邪的意义。明陆容《菽园杂记》卷二"古诸器物异名"条,依据《山海经》《博物志》罗列了"屃屭""螭吻""徒牢""椒图"等十四种器物名。可知,较早对元代词曲中"椒图"一词进行考索者是陆容,并非杨慎,陆氏说亦为杨慎所本。杨慎又列举了宋司马光、梁简文帝萧纲、唐李贺诸人的诗句,搜集诗例,多方钩考,为后人正确理解"椒图"及相关词语的含义提供了重要参照。文末,杨慎又引《尸子》及《后汉书·礼仪志》的有关记载,推考螺形其说的合理性,虽引据不够准确,但其疏通伦类的思路和方法则是可取的。

现传《菽园杂记》中并无"龙生九子不成龙,各有所好"等语,也许,杨慎另有所本。《菽园杂记》对诸等器物的举列依据的是《山海经》和《博物志》,但这两部书中并没有有关"椒图"的记载,对此,陆容也有说明:"然考《山海经》《博物志》皆无之。《山海经》原缺第十四、十五卷,闻《博物志》自有全本,与今书坊本不同,岂记此者尝得见其全书与?""龙生九子"之说,宋代曾慥《类说》卷四中就曾提到,但"九子"为何,所记不详。明代文献的记载也不尽相同,比较通行的说法是指蒲牢、囚牛、蚩吻、嘲风、睚眦、屃屭、狴犴、狻猊、霸下,并无"椒图"。明代谈到"龙生九子"的几部文献如陈洪谟《治世余闻录》、陈继儒《养生肤语》、李东阳《怀麓堂集》、李诩《戒庵老人漫笔》、卢翰《掌中宇宙》、董斯张《广博物志》等,九子中都没有"椒图"。将"椒图"列入九子行列的明代著述有焦竑的《玉堂丛语》、沈德符的《万历野获编》、张自烈的《正字通》等,但这几部书的诞生都在杨慎和《词品》之后。由此，基本可以断定，将"椒图"与龙族相联系，进而将之视为龙之九子之一，这是杨慎的发明。大抵螺为水族，易与龙相联系，故有此说。杨慎《艺林伐山》卷九《椒图》及《升庵集》卷六十七亦有相似记载。

　　元人乐府①："户列八椒图。"又贝琼《未央瓦砚歌》②："长杨昨夜西风早。锦缦椒图迹如扫。"竟不知椒图为何物。近阅陆文量《菽园杂记》云③："《博物志》逸篇曰：龙生九子不成龙，各有所好。鸱吻、蚣蝮之类也④。椒图，其形似螺，性好闭，故立于门上⑤。"即诗人所谓金铺也⑥。司马温公《明妃曲》云⑦："宫门金环双兽面。回首何时复来见⑧。"梁简文《乌栖曲》云："织成屏风金屈戌⑨。"李贺诗⑩："屈戌铜铺锁阿甄⑪。"皆指此也。又按《尸子》云⑫："法螺蚌而闭户。"《后汉书·礼仪志》："殷人以水德王，故以螺著门户⑬。"则椒图之似螺形，其说信矣。

**【注释】**

①乐府：此指杂剧。元杂剧中多用"户列八椒图"一类的文句以描述朱门大第，如王实甫《西厢记》"门迎驷马车，户列八椒图"，白朴《墙头马上》"你封为三品官，列着八椒图"等等。

②贝琼（1314—1378）：字廷琚，一名阙，字廷臣。崇德（今浙江桐乡）人。洪武初，征修《元史》，除国子监助教。有《清江文集》三十一卷，《诗集》十卷。下所引诗句《清江文集》不载，钱谦益《列朝诗集》甲集卷十七、沈季友《橞李诗系》卷七皆题贝琼之子贝翱作，题作《未央宫瓦头歌》。

③陆文量：即陆容（1436—1494），字文量，号式斋。明成化二年

（1466）进士，累迁浙江右参政。《菽园杂记》：笔记，十五卷，陆容撰。是书札记明代朝野故实，多可与正史相参证。

④"《博物志》逸篇曰"几句：今传本《菽园杂记》无载。

⑤"椒图"几句：《菽园杂记》卷二："椒图，其形似螺蛳，性好闭口，故立于门上。今呼鼓丁，非也……如词曲有'门迎四马车，户列八椒图'之句。'八椒图'，人皆不能晓。今观椒图之名义，亦有出也。"

⑥金铺：门上的金饰铺首。《汉书·哀帝纪》"孝元庙殿门铜龟蛇铺首鸣"，唐颜师古注："门之铺首，所以衔环者也。"

⑦司马温公，即司马光（1019—1086），字君实，号迂夫，晚号迂叟，世称涑水先生。陕州夏县（今属山西）人。神宗时，官翰林学士，御史中丞。与王安石政见不合，求去，后闲居洛阳，专修《资治通鉴》。哲宗立，拜尚书左仆射兼门下侍郎。卒赠太师、温国公，谥文正。《宋史》有传。有《司马文正公集》八十卷，存词三首。

⑧宫门金环双兽面。回首何时复来见：出自司马光《和王介甫〈明妃曲〉》，"金环"作"铜环"。全诗如下："胡雏上马唱胡歌，锦车已驾白橐驼。明妃挥泪辞汉主，汉主伤心知奈何。宫门铜环双兽面，回首何时复来见？自嗟不若住巫山，布袖蒿簪嫁乡县。万里寒沙草木稀，居延塞外使人归。旧来相识更无物，只有云边秋雁飞。愁坐泠泠调四弦，曲终掩面向胡天。侍儿不解汉家语，指下哀声犹可传。传遍胡人到中土，万一他年流乐府。妾身生死知不归，妾意终期寤人主。目前美丑良易知，咫尺掖庭犹可欺。君不见白头萧太傅，被谗仰药更无疑。"

⑨织成屏风金屈戌：出自简文帝萧纲《乌栖曲》四首其四："织成屏风金屈膝，朱唇玉面灯前出。相看气息望君怜，谁能含羞不自前。"载《乐府诗集》卷四十八，"金屈戌"作"金屈膝"。屈戌，也即

屈膝，门窗、橱柜和屏风上的环纽、搭扣，明周祈《名义考·物部》："门环双曰金铺，单曰屈膝。"

⑩李贺（790—816）：字长吉。唐宗室之后，少敏慧，诗名早著。因避父讳，不得举进士。后以恩荫得官，仕太常寺奉礼官等。《唐书》有传，《全唐诗》编其诗五卷。

⑪屈戌铜铺锁阿甄：出自李贺《宫娃歌》："蜡光高悬照纱空，花房夜捣红守宫。象口吹香毹毵暖，七星挂城闻漏板。寒入罘罳殿影昏，彩鸾帘额著霜痕。啼蛄吊月钩阑下，屈膝铜铺锁阿甄。梦入家门上沙渚，天河落处长洲路。愿君光明如太阳，放妾骑鱼撇波去。"屈戌，诸本《李长吉歌诗集》均作"屈膝"。

⑫《尸子》：先秦杂家著作。《汉书·艺文志》"杂家"著录有"《尸子》二十篇"，班固自注："（尸子）名佼，鲁人，秦相商君师之。鞅死，佼逃入蜀。"其书已佚，今有清人辑本。

⑬殷人以水德王，故以螺著门户：见范晔《后汉书·礼仪志》："殷人水德，以螺首，慎其闭塞，使如螺也。周人木德，以桃为更，言气相更也。"与杨慎所记文字不同。

**【译文】**

元人杂剧："户列八椒图。"又有贝琼的《未央瓦砚歌》："长杨昨夜西风早。锦缦椒图迹如扫。"竟然不知椒图是何物。最近看陆文量的《菽园杂记》言："《博物志·逸篇》说：龙生九子不成龙，各有所好，鸱吻、蚂蟥之类。椒图，其形状类似螺蚌，性情好闭心自守，所以立在门上。"即诗人所说的门上安装的金饰铺首。司马温公的《明妃曲》言："宫门金环双兽面。回首何时复来见。"梁简文帝的《乌栖曲》言："织成屏风金屈戌。"李贺的诗："屈戌铜铺锁阿甄。"都指这个。又按《尸子》言："效法螺蚌而闭门户。"《后汉书·礼仪志》："殷人以水德王，所以用螺蚌附于门户。"那么椒图类似螺蚌的形状，其说可信。

## 八二　靺鞨

**【题解】**

　　靺鞨,乃我国古代少数民族名。周时称肃慎,汉魏时称挹娄,北魏时称勿吉,隋唐时称靺鞨,五代时称女真。分布在松花江、牡丹江流域及黑龙江下游,东至日本海一带。《隋书·东夷传·靺鞨》:"靺鞨,在高丽之北,邑落俱有酋长,不相总一。"《旧唐书·北狄传·靺鞨》:"靺鞨,盖肃慎之地,后魏谓之勿吉,在京师东北六千余里……其国凡为数十部,各有酋帅。"其地产宝石,因其地名"靺鞨",亦称"靺羯芽",即红玛瑙。《旧唐书·肃宗纪》:"楚州刺史崔侁献定国宝玉十三枚……七曰红靺鞨,大如巨栗,赤如樱桃。"由此可见,本则中,杨慎有关靺鞨的描述与史实同。所引文同与葛胜仲作品中的"靺鞨"均为宝石名,前者以喻樱桃,后者则以喻花柳,文采灿烂,贴切自然。

　　靺鞨,国名,古肃慎地也。其地产宝石,大如巨栗,中国谓之靺鞨。文与可《朱樱歌》云①:"金衣珍禽弄深樾,禁御朱樱斑若缬。上幸离宫促荐新,藤篮宝笼貂珰发。凝霜作丸珠尚软,油露成津蜜初割。君王午坐鼓《猗兰》②,翡翠一盘红靺鞨。"葛鲁卿《西江月》词云③:"靺鞨斜红带柳,琉璃涨绿平桥。人间花月正新妖。不数江南苏小。　　恨寄飞花簌簌,情随流水迢迢。鲤鱼风送木兰桡。回棹荒鸡报晓。"二公诗词皆用靺鞨事,人罕知者,故详疏之。

**【注释】**

　　①文与可:即文同(1018—1079),字与可,号笑笑先生,世称石室先生、锦江道人。梓州永泰(今四川盐亭)人。擅长书法、绘画,尤

以善画竹著称。有《丹渊集》存世。

②《猗兰》：又称《漪兰》《猗兰操》，古琴曲，传为孔子所做。《乐府诗集·琴曲歌辞二·猗兰操》解题引《琴操》："《猗兰操》，孔子所作。孔子历聘诸侯，诸侯莫能任，自卫反鲁，隐谷之中，见香兰独茂，喟然叹曰：'兰当为王者香，今乃独茂，与众草为伍。'乃止车，援琴鼓之，自伤不逢时，托辞于香兰云。"

③葛鲁卿：即葛胜仲(1072—1144)，字鲁卿。常州江阴（今属江苏）人。有《丹阳集》《丹阳词》传世。《全宋词》录存其词八十二首。

**【译文】**

靺鞨，是国名，古代肃慎地域。其地产宝石，大如巨粟，中原称之靺鞨。文与可的《朱樱歌》言："金衣珍禽弄深樾，禁御朱樱斑若缬。上幸离宫促荐新，藤篮宝笼貂珰发。凝霜作丸珠尚软，油露成津蜜初割。君王午坐鼓《猗兰》，翡翠一盘红靺鞨。"葛鲁卿的《西江月》词言："靺鞨斜红带柳，琉璃涨绿平桥。人间花月正新妖。不数江南苏小。　　恨寄飞花簌簌，情随流水迢迢。鲤鱼风送木兰桡。回棹荒鸡报晓。"二人诗词都用靺鞨事，很少有人了解，所以详加解释。

# 八三　秋千旗

**【题解】**

荡秋千是一种古老的体育游戏，相传春秋时齐桓公自北方山戎传入，一说，本为汉武帝时宫中之戏。在古代诗词中，秋千之戏屡有出现，不足为奇。秋千上配饰的彩旗，称"秋千旗"，古代诗词亦偶有描述，除杨慎所列三例外，还如宋张镃《蝶恋花》词"杨柳秋千旗斗舞。漠漠轻烟，罩定黄鹂语"等。

陆放翁诗云："秋千旗下一春忙①。"欧阳公《渔家傲》云：

"隔墙遥见秋千侣。绿索红旗双彩柱②。"李元膺《鹧鸪天》云③:"寂寞秋千两绣旗④。"予尝命画工作《寒食士女图》,秋千架作两绣旗,人多骇之。盖未见三公之诗词也。

【注释】

①秋千旗下一春忙:出自陆游《晚春感事》其四:"少年骑马入咸阳,鹘似身轻蝶似狂。蹴鞠场边万人看,秋千旗下一春忙。风光流转浑如昨,志气低摧只自伤。日永东斋淡无事,闭门扫地独焚香。"

②隔墙遥见秋千侣。绿索红旗双彩柱:出自欧阳修《渔家傲》:"红粉墙头花几树,落花片片和惊絮。墙外有楼花有主。寻花去,隔墙遥见秋千侣。　　绿索红旗双彩柱,行人只得偷回顾。肠断楼南金锁户。天欲暮,流莺飞到秋千处。"

③李元膺:生卒年不详。东平(今属山东)人。北宋词人,赵万里辑有《李元膺词》一卷,凡九首,《全宋词》据以录入。

④寂寞秋千两绣旗:出自李元膺《鹧鸪天》:"寂寞秋千两绣旗。日长花影转阶迟。燕惊午梦周遮语,蝶困春游落拓飞。　　思往事,入颦眉。柳梢阴重又当时。薄情风絮难拘束,飞过东墙不肯归。"

【译文】

陆放翁诗言:"秋千旗下一春忙。"欧阳修《渔家傲》言:"隔墙遥见秋千侣。绿索红旗双彩柱。"李元膺《鹧鸪天》言:"寂寞秋千两绣旗。"我曾经让画工画《寒食士女图》,秋千架配饰两面彩绣旗,人们大多对此感到惊奇。大概是因为没有看到三位的诗词。

## 八四　三弦所始

【题解】

三弦,乃中国古代弦乐器。清毛奇龄《西河词话》:"三弦起于秦,本三代鼗鼓之制，而改形易响，谓之弦鼗……唐时坐部多习之，故世遂以为胡乐，实非也。"可见，其源也久。唐宋文献中多载"三弦琴"之器，如，《旧唐书·音乐志》："乐用钟一架，磬一架，琴一，三弦琴一，击琴一，瑟一，秦琵琶一……"再如，《宋史·乐志》："丝部有五：曰一弦琴，曰三弦琴，曰五弦琴，曰七弦琴，曰九弦琴，曰瑟……'师延拊一弦之琴，昔人作三弦琴，盖阳之数成于三'。"由此可见，杨慎所言"今之三弦，始于元时"，似乎并不准确。

今之三弦，始于元时。小山词云："三弦玉指，双钩草字，题赠玉娥儿①。"

**【注释】**

①"三弦玉指"几句：元张可久［越调·小桃红］《湖上和刘时中》二首其一："一声娇燕绿杨枝，满眼寻芳事。塔影雷峰水边寺，夕阳时，画船无数围花市。三弦玉指，双钩草字，题赠粉团儿。"玉娥儿，《小山乐府》作"粉团儿"。

**【译文】**

现在的三弦，始于元代。小山词言："三弦玉指，双钩草字，题赠玉娥儿。"

## 八五 十二楼十三楼十四楼

**【题解】**

本则分引《汉书》、宋苏轼词和明晏振之诗，考叙"十二楼""十三楼""十四楼"之名称缘由及其在诗词中的运用。"十二楼"，最早见于《史记》，其《孝武本纪》和《封禅书》都有记载："方士有言'黄帝时为五城十二楼，以候神人于执期，命曰迎年'。上许作之如方，名曰明年。"《集解》："应劭曰：'昆仑玄圃五城十二楼，此仙人之所常居也。'"《汉书》所记同。可见，十二楼为传说中神仙所居之地。后世诗词中咏仙境时常用此典，如杜甫《凤凰台》"自天衔瑞图，飞下十二楼"，葛长庚《沁园春》（岁去年来）"人身里，三千世界，十二楼台"等。十三楼，为宋代杭州名胜。宋周淙《乾道临安志》卷二："十三间楼，去钱塘门二里许，苏轼治杭日，多治事于此。"宋陈鹄《西塘集耆旧续闻》卷二："《南歌子》云：'游人都上十三楼，不羡竹西歌吹、古扬州。'十三间楼在钱塘西湖北山，此词在钱塘作。"杨慎言，苏轼"游人都上十三楼"句用杜牧诗，恐非。十四楼，是明代官妓居住的地方。明顾起元《客座赘语·十四楼》："国初，市之楼有十六，盖所以处官妓也。而《南畿志》止十四。"杨慎所记略同。

　　《汉书》："五城十二楼，仙人居也[1]。"诗家多用之。东坡词："游人都上十三楼。不羡竹西歌吹古扬州[2]。"用杜牧诗"婷婷袅袅十三余"之句也[3]。永乐中，晏振之《金陵春夕》词[4]："花月春江十四楼。"人多不知其事。盖洪武中，建来宾、重译、清江、石城、鹤鸣、醉仙、乐民、集贤、讴歌、鼓腹、轻烟、淡粉、梅妍、柳翠十四楼于南京，以处官妓。盖时未禁缙绅用妓也。

**【注释】**

[1] 五城十二楼，仙人居也：《汉书·郊祀志》："明年，东巡海上，考神仙之属，未有验者。方士有言黄帝时为五城十二楼，以候神人于执期，名曰迎年。上许作之如方，名曰明年。"应劭注："昆仑玄圃五城十二楼，仙人之所常居。"

[2] 游人都上十三楼。不羡竹西歌吹古扬州：出自宋苏轼《南歌子·游赏》："山与歌眉敛，波同醉眼流。游人都上十三楼。不羡竹西

歌吹、古扬州。　　　菰黍连昌歇，琼彝倒玉舟。谁家水调唱歌头。声绕碧山飞去、晚云留。"

③婷婷袅袅十三余：出自杜牧《赠别二首》其一："娉娉袅袅十三余，豆蔻梢头二月初。春风十里扬州路，卷上珠帘总不如。"

④晏振之：即晏铎，生卒年不详。字振之。明永乐十六年(1418)进士，善诗文，景泰十才子之一。有《青云集》。

**【译文】**

《汉书》："五城十二楼，是神仙的居所。"诗家多用此。东坡词："游人都上十三楼。不羡竹西歌吹古扬州。"化用杜牧诗"婷婷袅袅十三余"这句。永乐时期，晏振之的《金陵春夕》词："花月春江十四楼。"人们大多不知其事。大概洪武时期，建来宾、重译、清江、石城、鹤鸣、醉仙、乐民、集贤、讴歌、鼓腹、轻烟、淡粉、梅妍、柳翠十四楼于南京，用以安置官妓。大概那时没有禁止官宦用妓。

# 八六　五代僭主能词

**【题解】**

本则杨慎特拈出蜀之王衍、孟昶，南唐之李璟、李煜，吴越之钱俶等人，以证十国之主"皆能文，而小词尤工"的观点。所举诸人，南唐二主特别是李煜存词较多，成就也较高，在中国词史上有一定的地位，言其"小词尤工"是符合实际的。但其余诸人传世词作寥寥，思想性和艺术性皆乏善可陈，杨慎所言五代僭主能词并不准确。所举王衍《宫词》、孟昶《洞仙歌》是诗歌，并非词作，也不足以证"能词"之论。所谓"东坡极称之""为宋艺祖所赏"云云，也与相关记载不符，以此为证，不免有牵强附会之嫌。

五代僭伪十国之主①，蜀之王衍、孟昶②，南唐之李璟、李

煜③,吴越之钱俶④,皆能文,而小词尤工。如王衍之"月明如
水浸宫殿"⑤,元人用之为传奇曲子⑥。孟昶之《洞仙歌》⑦,
东坡极称之⑧。钱俶"金凤欲飞遭掣搦⑨,情脉脉,行即玉楼
云雨隔"。为宋艺祖所赏⑩,惜不见其全篇。

**【注释】**

①僭伪:指越分擅立、不合正统的政权。

②王衍(899—926):字化源,前蜀后主。许州舞阳(今属河南)人。
　前蜀高祖王建之子,公元918年继位。知学问,能为浮艳词。在
　位八年,为后唐所灭。《全唐诗》存其诗五首,《全唐五代词》存其
　词两首。孟昶(919—965):字保元。邢州龙冈(今河北邢台)人。
　后蜀后主,后蜀高祖知祥第三子,在位三十余年。国亡降宋,封
　秦国公,卒赠楚王。《全唐五代词》存其词两首。

③李璟(916—961):字伯玉。徐州(今属江苏)人。南唐中主。多
　才艺,好读书,存词四首,见王国维《南唐二主词》。

④钱俶(929—988):字文德,初名弘俶。杭州临安(今属浙江)人。
　五代十国时吴越国君。嗣位后,接受后汉、后周封职,宋太祖开
　宝九年(976)入朝,仍封为吴越国王。宋太宗太平兴国三年
　(978)献两浙十三州之地归宋,后改封为淮海国王、汉南国王、南
　阳国王、许王、邓王等。《全唐五代词》录其残篇二。

⑤月明如水浸宫殿:出自王衍《宫词》:"辉辉赫赫浮玉云,宣华池上
　月华新。月华如水浸宫殿,有酒不醉真痴人。"

⑥元人用之为传奇曲子:元王实甫《西厢记》第四本第一折:"彩云
　何在,月明如水浸楼台。"

⑦《洞仙歌》:载宋胡仔《苕溪渔隐丛话》前集卷六十:"冰肌玉骨清
　无汗,水殿风来暗香暖。帘开明月独窥人,敧枕钗横云鬓乱。起
　来琼户启无声,时见疏星渡河汉。屈指西风几时来,只恐流年暗

中换。"《全唐诗》卷八题作《避暑摩诃池上作》。

⑧东坡极称之：苏轼《洞仙歌》词序："仆七岁时，见眉山老尼，姓朱，忘其名，年九十余。自言尝随其师入蜀主孟昶宫中。一日大热，蜀主与花蕊夫人夜起避暑摩诃池上，作一词，朱具能记之。今四十年，朱已死。人无知此词者，独记其首两句（即：冰肌玉骨，自清凉无汗）。暇日寻味，岂《洞仙歌令》乎？乃为足之。"

⑨掣搦（nuò）：拘牵，牵制。

⑩为宋艺祖所赏：宋陈师道《后山诗话》："吴越后王来朝，太祖为置宴，出内妓弹琵琶。王献词曰：'金凤欲飞遭掣搦，情脉脉，看取玉楼云雨隔。'太祖起，拊其背曰：'誓不杀钱王。'"艺祖，有文德之祖，后用以为开国帝王的通称。此指宋太祖赵匡胤。

**【译文】**

五代时期不合正统的政权即十国的君主中，蜀的王衍、孟昶，南唐的李璟、李煜，吴越的钱俶，都善于撰写文章，而小词尤其精妙。如王衍的"月明如水浸宫殿"，元人用它为传奇曲子。孟昶的《洞仙歌》，东坡十分称赞。钱俶的"金凤欲飞遭掣搦，情脉脉，行即玉楼云雨隔"。为宋太祖所欣赏，可惜看不到它的全篇。

## 八七　花蕊夫人

**【题解】**

本则论花蕊夫人《采桑子》一词，认为该词下阕为后人续补。花蕊夫人入宋途中作词一事，较早见载于宋吴曾《能改斋漫录》卷十六"乐府上"："伪蜀主孟昶，徐匡璋纳女于昶，拜贵妃，别号花蕊夫人。意花不足拟其色，似花蕊翾轻也。又升号慧妃，以号如其性也。王师下蜀，太祖闻其名，命别护送。途中作词自解曰：'初离蜀道心将碎，离恨绵绵。春日如年。马上时时闻杜鹃。　　　三千宫女皆花貌，妾最婵娟。此去朝天。只恐君王宠爱偏.'"杨慎所录词,与《能改斋漫录》同,可知,《能改斋漫录》可能是其所本。与《能改斋漫录》相比,杨慎所记又多出了书壁及"军骑催行"的细节。杨慎又举花蕊夫人《述国亡诗》为证,断定花蕊夫人刚烈如此,又有蜀主孟昶随行,绝不会写出"此去朝天。只恐君王宠爱偏"的词句来。但杨慎此说对后世影响较大。

花蕊夫人①,宫词之外②,尤工乐府。蜀亡入汴,书葭萌驿壁云③:"初离蜀道心将碎,离恨绵绵。春日如年。马上时时闻杜鹃。"书未毕,为军骑催行。后人续之云:"三千宫女皆花貌,妾最婵娟。此去朝天。只恐君王宠爱偏。"花蕊见宋祖,犹作"更无一个是男儿"之诗④,焉有随昶行而书此败节之语乎⑤?续之者不惟虚空架桥,而词之鄙,亦狗尾续貂矣。

**【注释】**

①花蕊夫人:生卒年不详。徐氏,一作费氏,青城(今四川灌县)人。后蜀主孟昶妃,又升号慧妃。幼能文,尤长于宫词。蜀亡入宋,为太祖所宠。

②宫词:旧说花蕊夫人曾效王建作宫词百首,《全唐诗》卷七百九十八有《宫词》一卷,共九十七首,题花蕊夫人作。据浦江清《花蕊夫人宫词考证》文,传世之宫词系前蜀太祖王建妃所作。

③葭(xiá)萌驿:蜀道著名古驿,位于四川剑阁附近。陆游《有怀梁益旧游》:"乱山落日葭萌驿,古渡悲风桔柏江。"

④更无一个是男儿:此指花蕊夫人《述国亡诗》:"君王城上竖降旗,妾在深宫那得知。十四万人齐解甲,宁无一个是男儿。"

⑤昶:指后蜀主孟昶。

**【译文】**

花蕊夫人，宫词之外，尤其精于词创作。蜀灭亡后入汴，在葭萌驿的墙壁上题词说："初离蜀道心将碎，离恨绵绵。春日如年。马上时时闻杜鹃。"书写未完，被军骑催促前行。后人续之言："三千宫女皆花貌，妾最婵娟。此去朝天。只恐君王宠爱偏。"花蕊夫人见到宋太祖，还作"更无一个是男儿"的诗句，哪里会随孟昶北行而写下这样的败坏节操的言辞呢？续写的人不仅虚空架桥，而且词意也庸俗，也是狗尾续貂了。

## 八八　女郎王丽真

**【题解】**

王丽真，乃唐裴铏《传奇·曾季衡》中之女鬼，《传奇》载其留别曾季衡诗一首："五原分袂真胡越，燕拆莺离芳草竭。年少烟花处处春，北邙空恨清秋月。"但非杨慎本则所记之《字字双》。《字字双》是崔常侍等四鬼联句诗，无调亦无题，最早载于《太平广记》卷三百三十《中官》中，与王丽真无涉。杨慎《词品》始谓此诗乃王丽真《字字双》词，其后，陈耀文《花草粹编》卷一、《全唐诗》卷八百九十九、朱彝尊《词综》卷一等皆误作女郎王丽真诗。

女郎王丽真①，有词名《字字双》："床头锦衾斑复斑。架上朱衣殷复殷。空庭明月闲复闲。夜长路远山复山②。"

**【注释】**

①王丽真：唐裴铏《传奇·曾季衡》中人物。其大略曰："大和四年春，盐州防御使曾孝安有孙曰季衡，居使宅西偏院，室屋壮丽，而季衡独处之……见向双鬟引一女而至，乃神仙中人也。季衡揖

之,问其姓氏,曰:'某姓王氏,字丽真。父今为重镇,昔侍从大人牧此城,据此室,无何物故。感君思深杳冥,情激幽壤,所以不间存没,颇思神会,其来久矣。但非吉日良时,今方契愿,幸垂留意。'……自此每及晡一至,近六十余日……是日,女郎一见季衡,容色惨怛,语声嘶咽,握季衡手曰:'何为负约而泄于人?自此不可更接欢笑矣。'季衡惭悔,无词以应。女曰:'殆非君之过,亦冥数尽耳。'乃留诗曰:'五原分袂真胡越,燕拆莺离芳草竭。年少烟花处处春,北邙空恨清秋月。'季衡不能诗,耻无以酬,乃强为一篇曰:'莎草青青雁欲归,玉腮珠泪洒临歧。云鬟飘去香风尽,愁见莺啼红树枝。'……言讫,呜咽而没。"

②"床头锦衾斑复斑"几句:《太平广记》卷三百三十《中官》引张荐《灵怪集》:"有中官行,宿于官坡馆。脱绛裳,覆锦衣,灯下寝。忽见一童子,捧一樽酒,冲扉而入,续有三人至焉,皆古衣冠。相谓云:'崔常侍来何迟?'俄复有一人续至,凄凄然有离别之意。盖崔常侍也。及至举酒,赋诗联句,末即崔常侍之词也。中官将起,四人相顾,哀啸而去,如风雨之声。及视其户,扃闭如旧,但见酒樽及诗在。中官异之。旦馆吏云:'里人有会者,失其酒樽。'中官出示之,乃里人所失者。联句歌曰:床头锦衾斑复斑。架上朱衣殷复殷。空庭朗月闲复闲。夜长路远山复山。"

**【译文】**

年轻女子王丽真,有词名《字字双》:"床头锦衾斑复斑。架上朱衣殷复殷。空庭明月闲复闲。夜长路远山复山。"

# 八九 李易安词

**【题解】**

本则论李清照词之地位,并分析了李清照《声声慢》(寻寻觅觅)、

《永遇乐》（落日镕金）两词的叠字运用、押韵、音律及语言特点等。其基本观点多沿袭宋黄昇和张端义之说。清沈雄《古今词话》卷上："黄玉林曰：李易安、魏夫人，使在衣冠之列，当与秦七、黄九争雄，不徒擅名于闺阁也。"杨慎"使在衣冠，当与秦七、黄九争雄，不独雄于闺阁也"之论，显然与黄昇同。本则其余内容多摘自张端义《贵耳集》卷上，只末句以"以故为新，以俗为雅"评李清照词，乃杨慎本人之发明。

　　宋人中填词，李易安亦称冠绝。使在衣冠①，当与秦七、黄九争雄②，不独雄于闺阁也。其词名《漱玉集》，寻之未得。《声声慢》一词，最为婉妙。其词云："寻寻觅觅，冷冷清清，凄凄惨惨戚戚。乍暖还寒时候，最难将息。三杯两盏淡酒，怎敌他、晚来风急。雁过也，正伤心，却是旧时相识。满地黄花堆积。憔悴损，如今有谁堪摘。守着窗儿，独自怎生得黑。梧桐更兼细雨，到黄昏，点点滴滴。这次第，怎一个愁字了得。"荃翁张端义《贵耳集》云③：此词首下十四个叠字，乃公孙大娘舞剑手。本朝非无能词之士，未曾有下十四个叠字者。乃用《文选》诸赋格。"守着窗儿，独自怎生得黑"。此"黑"字不许第二人押。又"梧桐更兼细雨，到黄昏点点滴滴"，四叠字又无斧痕，妇人中有此，殆间气也④。晚年自南渡后，怀京洛旧事，赋元宵《永遇乐》词云："落日镕金，暮云合璧。"已自工致。至于"染柳烟轻，吹梅笛怨，春意知几许"，气象更好。后叠云："于今憔悴，风鬟霜鬓，怕见夜间出去。"皆以寻常言语，度入音律。炼句精巧则易，平淡入妙者难。山谷所谓以故为新，以俗为雅者⑤，易安先得之矣。

## 【注释】

①衣冠：此代称缙绅、士大夫。《汉书·杜钦传》："茂陵杜邺与钦同姓字，俱以材能称京师，故衣冠谓钦为'盲杜子夏'以相别。"颜师古注："衣冠谓士大夫也。"

②秦七、黄九：指宋代词人秦观、黄庭坚。

③张端义（1179—?）：字正夫，自号荃翁。原籍郑州（今属河南），居姑苏（今江苏苏州）。有诗名，文集名《荃翁集》，今不传。另著有笔记《贵耳集》三卷。

④间气：旧谓英雄豪杰上应星象，禀天地特殊之气，间世而出，称为"间气"。

⑤以故为新，以俗为雅：黄庭坚《再次韵杨明叔并引》："盖以俗为雅，以故为新，百战百胜……此诗人之奇也。"

## 【译文】

宋人填词，李易安远远超出他人。假使她是缙绅，当与秦观、黄庭坚争雄，她不仅仅是女子中最杰出的。其词名《漱玉集》，我寻找它没有得到。《声声慢》一词，最为婉转优美。其词言："寻寻觅觅，冷冷清清，凄凄惨惨戚戚。乍暖还寒时候，最难将息。三杯两盏淡酒，怎敌他、晚来风急。雁过也，正伤心，却是旧时相识。　　满地黄花堆积。憔悴损，如今有谁堪摘。守着窗儿，独自怎生得黑。梧桐更兼细雨，到黄昏，点点滴滴。这次第，怎一个愁字了得。"荃翁张端义《贵耳集》言：这首词首句下十四个叠字，是公孙大娘舞剑的手法。本朝不是没有擅长写词之人，但未曾有句首下十四个叠字的。这是采用了《文选》中一些赋的手法。"守着窗儿，独自怎生得黑"。这个"黑"字没有第二个人能押的了。又"梧桐更兼细雨，到黄昏点点滴滴"，连用四个叠字又毫不造作，女子中有这样的，大概是间气。晚年自南渡以后，怀想京城旧事，赋咏元宵《永遇乐》词言："落日镕金，暮云合璧。"已经工巧精致。至于"染柳烟轻，吹梅笛怨，春意知几许"，气韵和风格更好。后叠言："于今憔悴，风鬟霜鬓，怕见夜间出去。"都用普通的言语，选取合适的音律。推敲词句使之精巧容易,但运用平淡词句而能达到神妙之境的就难了。山谷所谓的以故为新,以俗为雅,易安先做到了。

# 九〇　辛稼轩用李易安词语

**【题解】**

本则讨论辛弃疾词对李清照词的借鉴问题。辛词确有借鉴、效仿易安者,如其《丑奴儿近·千峰云起》一词,明确标示"博山道中,效李易安体"。但"泛菊杯深,吹梅角暖(远)"乃刘过词,原非辛词,因此不存在杨慎所言辛稼轩用李易安词语的情形。所引两词均有"吹梅"一词(梅,指乐曲《梅花落》),但所用乐器不同,一为角,一为笛。杨慎认为,如简单袭用,自然就是"盗狐白裘手";能有所创新,方可工致精巧。此与上则中"以故为新"的观念相同。

　　辛稼轩词"泛菊杯深,吹梅角暖"①,盖用易安"染柳烟轻,吹梅笛怨"也②。然稼轩改数字更工,不妨袭用。不然,岂盗狐白裘手邪③?

**【注释】**

①泛菊杯深,吹梅角暖:出自宋刘过《柳梢青·送卢梅坡》:"泛菊杯深,吹梅角远,同在京城。聚散匆匆,云边孤雁,水上浮萍。教人怎不伤情。觉几度、魂飞梦惊。后夜相思,尘随马去,月逐舟行。"杨慎误记为辛弃疾词。角暖,《龙洲集》作"角远"。

②染柳烟轻,吹梅笛怨:此李清照《永遇乐·元宵》中句。烟轻,《漱玉词》作"烟浓"。

③盗狐白裘:司马迁《史记·孟尝君列传》:"孟尝君使人抵昭王幸

姬求解。幸姬曰：'妾愿得君狐白裘。'此时孟尝君有一狐白裘，直千金，天下无双，入秦献之昭王，更无他裘。孟尝君患之，遍问客，莫能对。最下坐有能为狗盗者，曰：'臣能得狐白裘。'乃夜为狗，以入秦宫臧中，取所献狐白裘至，以献秦王幸姬。幸姬为言昭王，昭王释孟尝君。"

## 【译文】

辛稼轩的词"泛菊杯深，吹梅角暖"，大概袭用了李易安的"染柳烟轻，吹梅笛怨"。但稼轩变化几字更加精妙，不妨袭用。不这样，岂不是偷盗狐白裘之手吗？

# 九一　朱淑真元夕词

## 【题解】

此则记朱淑真的诗词创作，并据以对朱淑真的品行予以批评。所录《生查子》"元夕"一词，实际上并非朱淑真所作，乃欧阳修之词。既非朱氏所作，而以"岂良人家妇所宜邪"评之，当然就属厚诬古人之举。对于杨慎之失，《四库全书总目》卷一百九十九《断肠词》"提要"已有辨析："杨慎《升庵词品》载其(朱淑真)《生查子》一阕，有'月上柳梢头，人约黄昏后'语，晋跋遂称为白璧微瑕。然此词今载欧阳修《庐陵集》第一百三十一卷中，不知何以窜入《淑真集》内，诬以桑濮之行。慎收入《词品》，既为不考，而晋刻《宋名家词》六十一种，《六一词》即在其内。乃于《六一词》漏注互见《断肠词》，已自乱其例。于此集更不一置辨，且证实为白璧微瑕，益卤莽之甚。"所引朱淑真《元夕》一诗，借景抒情，低回婉转，有较为明显的惆怅抑郁之情。杨慎谓此诗与《生查子》"词意相合"，乃附会之论，不足为信。杨慎考之不精，世遂有以淑真为泆女者，此又揣合浮鄙，误莫甚矣。

朱淑真元夕《生查子》云①："去年元夜时，花市灯如昼。

月上柳梢头,人约黄昏后。　　　今年元夜时,月与灯依旧。
不见去年人,泪湿春衫袖。"词则佳矣,岂良人家妇所宜邪?
又其《元夕》诗云:"火树银花触目红,极天歌吹暖春风。新
欢入手愁忙里,旧事经心忆梦中。但愿暂成人缱绻,不妨长
任月朦胧。赏灯那得工夫醉,未必明年此会同②。"与其词意
相合,则其行可知矣。

**【注释】**

①朱淑真:生卒年不详,约生于南宋初。号幽栖居士。钱塘(今浙
　江杭州)人。有《断肠词》一卷,《全宋词》录其词二十五首。此所
　引词非朱淑真所作,乃欧阳修词。

②"火树银花触目红"几句:诗见宋郑元佐《新注朱淑真断肠诗集》,
　题作《元夜》,"火树",作"火烛";"极天歌吹"作"揭天鼓吹";"长
　任"作"常任"。

**【译文】**

　朱淑真咏元夕《生查子》言:"去年元夜时,花市灯如昼。月上柳梢
头,人约黄昏后。　　　今年元夜时,月与灯依旧。不见去年人,泪湿春
衫袖。"词是很好,难道适宜清白人家的妇女吗? 又有《元夕》诗言:"火
树银花触目红,极天歌吹暖春风。新欢入手愁忙里,旧事经心忆梦中。
但愿暂成人缱绻,不妨长任月朦胧。赏灯那得工夫醉,未必明年此会
同。"与其词意相合,那么其品行便可了解了。

# 九二　锺离权

**【题解】**

　本则考论锺离权、吕洞宾其人、其作。传说中道教八仙之一锺离权

的生活年代,文献记载说法各异。杨慎以为,其人物原型是唐代的锺离权,与吕岩同时代。唐代诗人中确有锺离权其人,可知,杨慎所言不差。至于锺离权讹为"汉锺离",杨慎的解释是因杜甫《元日寄韦氏妹》中"近闻韦氏妹,远在汉锺离"之故。又说,汉代有锺离昧其人,"遂传会以锺离权为汉将锺离昧",此可备一说。不过,杜诗中的"锺离"是地名,不是人名。《汉书·地理志》:"锺离县,属九江郡。"邵注:"今为凤阳府临淮县。"

吕洞宾也是道教八仙之一。世传吕洞宾有《沁园春》"七返还丹"一词,杨慎以为,《沁园春》最早乃北宋驸马王诜所制,吕洞宾是唐代人,因此不可能有此调。《沁园春》调始于宋代不错,但该调是否为驸马王诜所制,缺乏史料依据。比驸马王诜稍早的张先,就曾使用过该调;与王诜同时或稍晚的文人如苏轼、贺铸等也有《沁园春》词。综合地看,杨慎所谓驸马王诜"初制此腔"的说法依据不足。

五代和凝有《解红歌》一首,全词只有五句。从"解红一曲新教成"看,知为和凝自制曲。该调仅见此首,宋元别无他作。元人彭致中编《鸣鹤余音》首录《解红》"洞天深处"一首,双调,一百五十七字。依惯例,慢词调名可省"慢"字,因此,该调实际上就是《解红慢》,与和凝所作令词《解红》无涉。这也就是杨慎所言"后乃衍为《解红儿慢》"的情形。

《解红》词作者署为吕纯阳,"纯阳子"乃道教八仙之一吕洞宾的道号。《解红歌》在前,《解红慢》在后,照理说,《解红慢》作者的生活年代应在和凝之后。"岂有吕洞宾在唐预知其腔,而填为此曲乎"? 可知,杨慎的推断是正确的,此词作者一定另有其人。宋末元初著名学者俞琰曾为吕纯阳《沁园春》词作注解,在杨慎看来,这甚为不妥。此词既非吕洞宾所作,自不该以讹传讹。俞琰虽为饱学之士,仍惑于长生之术,杨慎对此持批评态度。

仙家称锺离先生者,唐人锺离权也[①],与吕岩同时。韩洞泉选唐诗绝句②,卷末有锺离一首③,可证也。近世俗人称汉锺离,盖因杜子美《元日》诗,有"近闻韦氏妹,远在汉锺离"④。流传之误,遂传会以锺离权为汉将锺离昧矣⑤。可发一笑也。说神仙者,大率多欺世诳愚,如世传《沁园春》及《解红》二词为吕洞宾作。按《沁园春》词,宋驸马王晋卿初制此腔⑥。解红儿,则五代和凝歌童,凝为制《解红》一曲⑦。初止五句,见陈氏《乐书》⑧,后乃衍为《解红儿慢》。岂有吕洞宾在唐预知其腔,而填为此曲乎?元俞琰又注《沁园春》⑨,琰虽博学,亦惑于长生之说,而随俗尔。琰子仲温序其父《阴符经》云⑩,先君七十而逝。由此言之,琰之笃意养生,寿止于此。世有村夫,目不识《参同契》一字⑪,而年逾百岁,又何必劳心于不可知之术哉!达人君子,可以意悟。

### 【注释】

①锺离权:《全唐诗》卷八百六十:"锺离权,咸阳人。遇老人授仙诀,又遇华阳真人、上仙王玄甫传道,入崆峒山,自号云房先生,后仙去。"《全唐诗》录其诗四首。

②韩洞泉:即韩淲(1159—1224),字仲止,号洞泉。居上饶(今属江西)。曾官判院,与辛弃疾等著名文人有交游。有《洞泉集》二十卷、《洞泉日记》三卷、《洞泉诗余》一卷。韩淲曾与赵蕃(号章泉)选唐人绝句,今存宋谢枋得《章泉洞泉二先生选唐诗》五卷。

③卷末有锺离一首:《章泉洞泉二先生选唐诗》卷五末有署"锺离先生"《题道院》诗一首:"莫怪追欢笑语频,寻思离乱可伤神。闲来屈指从头数,得到清平有几人。"

④近闻韦氏妹,远在汉锺离:出自唐杜甫《元日寄韦氏妹》:"近闻韦氏妹,迎在汉锺离。郎伯殊方镇,京华旧国移。秦城回北斗,郢

树发南枝。不见朝正使，啼痕满面垂。"杨慎所记与此有出入。

⑤锺离昧（？—前201）：初事项羽，为楚重将。项羽死，亡归韩信。事见《史记·淮阴侯传》《汉书·韩信传》。

⑥王晋卿：即王诜。详见卷一《人月圆》注。

⑦"解红儿"几句：和凝有《解红歌》一阕，见下则《解红》。和凝（898—955），字成绩，郓州须昌（今山东东平）人。后唐中，拜殿中侍御史，累迁至中书舍人、工部侍郎。入后汉，封鲁国公。《花间集》录其词二十首，王国维、刘毓盘均辑为《红叶稿》词一卷。

⑧见陈氏《乐书》：宋陈旸《乐书》卷一百八十四"儿童解红"："儿童解红舞，衣紫绯绣襦，银带，花凤冠，缓带。唐和凝《解红儿歌》曰云云。则童儿《解红》《柘枝》之类也，其始于唐乎？"《乐书》，宋陈旸音乐论著。全书共二百卷，其中，前九十五卷载录《周礼》《仪礼》《礼记》《诗经》等儒家经典中有关音乐的论述并为之训义；后一百零五卷论律吕五声、历代乐章、乐舞、杂乐、百戏等。

⑨俞琰又注《沁园春》：俞琰有《吕纯阳真人沁园春丹词注解》一卷，故云。俞琰，生卒年不详。字玉吾，号林屋山人，学者称石涧先生。吴郡（今江苏苏州）人。以词、赋名世，《易》学尤精。著有《周易集说》《读易举要》《周易参同契发挥》《易外别传》等。

⑩《阴符经》：旧题黄帝撰，成书年代及作者不详。俞琰有《黄帝阴符经注》。

⑪《参同契》：指《周易参同契》，道教早期经典，葛洪《神仙传》称东汉魏伯阳作。

**【译文】**

仙家称作锺离先生的，是唐人锺离权，与吕岩同时代。韩涧泉选录的唐诗绝句，卷末有锺离的一首，可以为证。近代一般人称汉锺离，大概源于杜甫的《元日》诗，有"近闻韦氏妹，远在汉锺离"。流传之误，于是将锺离权传为汉将锺离昧了。可发一笑。谈论神仙的人，大多是在欺骗世上那些愚昧无知的人，例如世人相传《沁园春》和《解红》二词是吕洞宾所作。按《沁园春》词，宋代驸马王晋卿最先创制此腔调。解红儿，则是五代和凝的歌童，和凝为他谱制了《解红》一曲。最初只有五句，见陈氏《乐书》，之后就扩展为《解红儿慢》。哪有吕洞宾在唐代就预知它的曲调，而填成这一曲子呢？元代俞琰又注释《沁园春》，俞琰虽博学，也受惑于长生之说，而从俗罢了。俞琰之子仲温为其父亲的《阴符经》作序说，先父七十岁逝世。由此言之，俞琰专心致志于养生，寿命止于七十。世有村夫，目不识《周易参同契》一字，而年过百岁，又何必费心于不可知之术呢！通达事理的人和才德出众的人，可因此醒悟。

## 九三 解红

**【题解】**

本则承上则续论《解红》。清沈辰垣《历代诗余》卷一百十二《词话·唐二》、清沈雄《古今词话·词辨》引《物外清音》云："曲名《解红》相传为吕仙作。余考解红为和鲁公歌童，其词：'百戏罢，五音清，《解红》一曲新教成。两个瑶池小仙子，此时夺却柘枝名。'鲁公自制曲也。按《解红舞》，衣紫绯绣襦，银带，戴花凤冠。五代时饰，焉有吕仙在唐季预为此腔耶？"《物外清音》已佚，未知其详。果如二著所载，则杨慎之论源于《物外清音》明矣。清冯金伯《词苑萃编》卷二十摘取杨慎本段文字，其下注引自《物外清音》。

曲名有《解红》者，今俗传为吕洞宾作，见《物外清音》①，其名未晓。近阅和凝集，有《解红歌》云："百戏罢，五音清。《解红》一曲新教成。两个瑶池小仙子，此时夺却《柘枝》名。"《乐书》云："优童《解红》舞②，衣紫绯绣襦，银带花凤冠。"盖五代时人也。焉有吕洞宾在唐世预填此腔邪？

**【注释】**

①《物外清音》:二卷,亦名《方外玄言》。明杨可立著,已佚。杨可
　立,明万历、天启间人。清许容《〈乾隆〉甘肃通志》卷三十五:"杨
　可立,字止止,灵台县人。"

②优童:《乐书》作"儿童"。

**【译文】**

　曲名有《解红》,现世间传为吕洞宾所作,见《物外清音》,其名不知。
最近看和凝集,有《解红歌》言:"百戏罢,五音清。《解红》一曲新教成。
两个瑶池小仙子,此时夺却《柘枝》名。"《乐书》言:"优童《解红》舞,衣紫
绯绣襦,银带花凤冠。"作者大概是五代时期的人。吕洞宾怎能在唐代
预填此曲呢?

# 九四　白玉蟾《武昌怀古》

**【题解】**

　本则评南宋葛长庚词。杨慎首先引录了葛长庚《酹江月·武昌怀
古》全词,并评述说:"此调雄壮,有意效坡仙乎?"苏轼有《念奴娇·赤壁
怀古》一词,激昂磅礴,恢弘刚健,一向被视为豪放词的代表作品。《苕
溪渔隐丛话》评为:"语意高妙,真古今绝唱。"葛长庚词亦纵横古今,节
亮气劲,杨慎谓之"雄壮",并不为过。本则还谈到了《念奴娇》词调的别
名问题。唐元稹《连昌宫词》注云:"念奴,天宝中名倡,善歌。"《开元天
宝遗事》载:"念奴者,有姿色,善歌唱,未尝一日离帝左右。"《念奴娇》调
名或即本此。至宋,该调已广泛传唱。名之《酹江月》,显然是取苏轼
《念奴娇·赤壁怀古》末句"人生如梦,一樽还酹江月"之意,杨慎所论不
差。该调又正好百字,所以宋人又名《百字令》。

　白玉蟾《武昌怀古》词云①:"汉江北泻,下长淮,洗尽胸

中今古。楼橹横波征雁远，谁见鱼龙夜舞。鹦鹉洲云，凤皇池月，付与沙头鹭。功名何处。年年惟见春絮。　　非不豪似周瑜，壮如黄祖，亦随秋风度。野草闲花无限数。渺在西山南浦。黄鹤楼人，赤乌年事②，江汉庭前路。浮萍无据。水天几度朝暮。"此调雄壮，有意效坡仙乎③？词名《念奴娇》，因坡公词尾三字，遂名《酹江月》。又恰百字，又名《百字令》。玉蟾词，他如"一叶飞何处，天地起西风"，"鳞鳞波上，烟寒水冷剪丹枫"④，皆佳句。咏燕子有"秋千节后初相见，袯襫人归有所思"⑤，亦有思致，不愧词人云。

**【注释】**

①白玉蟾：即葛长庚（1194—约1229），字白叟，自名白玉蟾。闽清（今属福建）人。入道武夷山，嘉定中，诏征赴阙，馆太乙宫，封紫清明道真人。有《海琼集》，附词一卷，《全宋词》录其词一百三十五首。此所引词为《酹江月·武昌怀古》。

②赤乌：三国吴国孙权年号（238—251）。

③坡仙：指苏轼。

④"一叶飞何处"几句：出自葛长庚《水调歌头·丙子中元后风雨有感》："一叶飞何处，天地起西风。夜来酒醒，月华千顷浸帘栊。塞外宾鸿来也，十里碧莲香满，泽国蓼花红。万象正萧爽，秋雨滴梧桐。　　钓台边，人把钓，兴何浓。吴江波上，烟寒水冷剪丹枫。光景暗中催去，览镜朱颜犹在，回首鸯巢空。铁笛一声晓，唤起玉渊龙。"

⑤秋千节后初相见，袯襫（fú xǐ）人归有所思：此贺铸《和田录事新燕》诗，载《庆湖遗老诗集》卷六，杨慎误记为葛长庚词。袯襫，古祭名，意在被除不祥，常于水滨举行。三国魏以前多在三月上巳，魏以后

在三月三日。

**【译文】**

白玉蟾武昌怀古词言:"汉江北泻,下长淮,洗尽胸中今古。楼橹横波征雁远,谁见鱼龙夜舞。鹦鹉洲云,凤凰池月,付与沙头鹭。功名何处。年年惟见春絮。　非不豪似周瑜,壮如黄祖,亦随秋风度。野草闲花无限数。渺在西山南浦。黄鹤楼人,赤乌年事,江汉庭前路。浮萍无据。水天几度朝暮。"此曲雄壮,是故意效仿苏东坡的吗?词名《念奴娇》,因苏东坡词尾三字,于是又称《酹江月》。又恰好百字,又名《百字令》。玉蟾词,其他像"一叶飞何处,天地起西风","鳞鳞波上,烟寒水冷剪丹枫",都是佳句。咏燕子有"秋千节后初相见,被禊人归有所思",也有才思,不愧为词人。

## 九五　邱长春梨花词

**【题解】**

本则引录丘处机《无俗念·灵虚宫梨花词》一首,赞其有"清拔"之气。这是一首咏物词,既描绘了梨花洁白如雪、香气烂漫的特点,同时更注重突出了其天姿灵秀、意气高洁的内在神韵和品质,典雅可味,形神皆备。最后,以梨花喻仙,亦花亦人,亦人亦仙,空灵澄澈,浑灏劲健。杨慎以"清拔"评之,颇中肯綮。本则中,杨慎还认为,学仙讲道者同样需要读书求理,博学明道。此论意在褒扬丘处机学识渊博、勤于著述;同时,也对"束书不看"、妄言玄理者提出批评。

邱长春咏梨花《无俗念》云[①]:"春游浩荡,是年年寒食,梨花时节。白锦无纹香烂熳,玉树琼苞堆雪。静夜沈沈,浮光霭霭,冷浸溶溶月。人间天上,烂银霞照通彻。　浑似姑射真人[②],天姿灵秀,意气殊高洁。万蕊参差,谁信道,不与群芳同列。浩气清英，仙材卓荦，下土难分别。瑶台归去③，洞天方看清绝④。"长春，世之所谓仙人也，而词之清拔如此。予尝问好事者曰："神仙惜气养真，何故读书史、作诗词？"答曰："天上无不识字神仙。"予因语吾党曰："天上无不识字神仙，世间宁有不读书道学耶？今之讲道者，束书不看，号曰忘言观妙，岂不反为异端所笑耶！"

**【注释】**

①邱长春：即丘处机(1148—1227)，字通密，号长春子。登州栖霞（今属山东）人。全真教"七真"之一。大定九年(1169)，随王喆入关，二十八年(1188)应召至中都（今北京）。兴定三年(1219)，率弟子西行，成吉思汗赐号"神仙"。东归后居燕京太极宫，受命掌管天下道门。有《磻溪集》六卷，存词一百五十余首。

②姑射真人：指神仙。《庄子·逍遥游》："藐姑射之山，有神人居焉。肌肤若冰雪，淖约若处子。"

③瑶台：传说中神仙聚居之地。

④洞天：神仙居处，道教有三十六洞天之谓。

**【译文】**

丘长春咏梨花《无俗念》言："春游浩荡，是年年寒食，梨花时节。白锦无纹香烂熳，玉树琼苞堆雪。静夜沈沈，浮光霭霭，冷浸溶溶月。人间天上，烂银霞照通彻。　　浑似姑射真人，天姿灵秀，意气殊高洁。万蕊参差，谁信道，不与群芳同列。浩气清英，仙材卓荦，下土难分别。瑶台归去，洞天方看清绝。"丘长春，世人称为仙人，而其词文辞清秀脱俗如此。我曾问好事者说："神仙爱惜元气修养本性，为什么要读书史、作诗词？"回答说："天上没有不识字的神仙。"我因此对我的同乡说："天上没有不识字的神仙，世间哪有不读书的道教学说呢？现在讲习道教学说的人，收起书籍不看，号曰忘言观妙，难道不反被其他学派所嘲笑吗！"

## 九六　鬼仙词

**【题解】**

本则所录词，首见于宋王明清《投辖录》："己未岁，金人归我河南故地，大将张中孚、中彦兄弟自陕右来朝行在所，道出洛阳连昌宫故基之侧，与二三将士张烛夜饮于邮亭。忽有妇人，衣服奇古，而姿色绝妙，执役来歌于尊前，曰：(词略)中孚兄弟大惊异，诘其所自，不应而去。"(文渊阁《四库全书》)因此，此词为宋人所作无疑。杨慎据《五代新说》断为五代词，但《五代新说》记事讫于隋，不载唐五代事，因此，杨慎之说并不可信。今传《说郛》本《五代新说》亦不载此词。全词借助典型场景的描绘，对追名逐利者进行规箴，杨慎以为有李白、李贺之风。

"晓星明灭。白露点，秋风落叶。故址颓垣，冷烟衰草，前朝宫阙。　　长安道上行客。依旧名深利切。改变容颜，销磨今古，陇头残月"①。此《五代新说》载鬼仙词也②。非太白、长吉之流，岂能及此。

**【注释】**

① "晓星明灭"几句：此词《全宋词》据《投辖录》录归宋无名氏，调作《柳梢青》。前朝，《投辖录》作"溪前"。
② 《五代新说》：一作《五代新记》，唐张洵古(一作询古、绚古)撰。二卷。记梁、陈、北齐、北周、隋君臣杂事，共三十门。已佚。原本《说郛》卷六十抄录五千余字，不题作者，重订本《说郛》误题徐铉撰。

**【译文】**

"晓星明灭。白露点,秋风落叶。故址颓垣,冷烟衰草,前朝宫阙。

长安道上行客。依旧名深利切。改变容颜,销磨今古,陇头残月"。

这是《五代新说》载录的鬼仙词。如果不是太白、长吉之流,怎能到此程度。

# 九七　郝仙女庙词

**【题解】**

郝仙女祠,最早见于《太平广记》。《太平广记》卷六十"郝姑"据《莫州图经》载:"郝姑祠在莫州莫县西北四十五里。俗传云,郝姑字女君,本太原人,后居此邑。魏青龙年中,与邻女十人,于沤淀泄水边挑蔬,忽有三青衣童子,至女君前云:'东海公娶女君为妇。'言讫,敷茵褥于水上,行坐往来,有若陆地。其青衣童子便在侍侧,沿流而下。邻女走告之,家人往看,莫能得也。女君遥语云:'幸得为水仙,愿勿忧怖。'仍言每至四月,送刀鱼为信。自古至今,每年四月内,多有刀鱼上来。乡人每到四月祈祷。州县长吏若谒此祠,先拜然后得入。于祠前忽生青白石一所,纵横可三尺余,高二尺余。有旧题云,此是姑夫上马石。至今存焉。"其后,元王恽《题圣姑庙》词序曰:"仙姓郝氏,博陵县会涡里人。里去滱水甚迩,水多蘋蘩兰茝。仙年方笄,姿态殊丽,尝同女郎辈采蘋溪中,乐而忘返。一日,欻苍烟盛起,白昼异色,龙渊鲛室,金支光烂,飘飘然有波神溯流而上。众姝惊散,仙独留不去,遥见与神顾语,乘碧茵同逝。俄烟开日晶,遂失所在。其母哀求水滨,愿言一见,良久,觉异香袭人,仙雾鬖风驭,隐约于波渚间,若有以谢曰:'儿以灵契,托迹绡宫,阴主是水,尘缘已断,毋庸悲悒。今而后,使乡梓田蚕岁宜,有感而通,乃为吾验。'时魏青龙二年也。"两则记载虽人物籍地、叙事细节等有异,但基本情节、结局相同。杨慎所记,与王恽词序同,似可证其渊源关系。

关于《喜迁莺》词,杨慎言乃题壁词,亦未标注作者。此词见载于《秋涧集》,且题序中对创作缘起有明确说明:"至元庚辰夏四月,按部至县,喜其事甚异,为民祷蚕祠下,以仙吕命曲,庶为迎送神辞,俾邦人岁时歌以祀焉。"可知,词为元王恽所作。

博陵县有郝仙女庙。仙女,魏青龙中人。年及笄,姿色姝丽。采蘋水中,苍烟白雾,俄失所在。其母哀求水滨,愿言一见。良久,异香袭人,隐约于波渚间。曰:"儿以灵契①,托迹绡宫②,阴主是水府。世缘已断,毋用悲悒。而今而后,使乡社田蚕岁宜。有感而通,乃为吾验。"后人立庙焉。后有题《喜迁莺》词于壁云③:"汀洲蘋满。记翠笼采采,相将邻媛。苍渚烟生,金支光烂,人在雾绡鲛馆。小鬟顿成云散。罗袜凌波,不见翠鸾远。但清溪如镜,野花留靥。　　情睐。惊变现。身后神功,缘就吴蚕茧。汉女菱歌,湘妃瑶瑟④,春动倚云层殿。彤车载花一色,醉尽碧桃清宴。故山晚。叹流年一笑,人间飞电。"

**【注释】**

①灵契:谓与神灵有缘。

②绡宫:神话传说中的龙宫。

③《喜迁莺》词:此元王恽词,见《秋涧集》卷七十五,题作《题圣姑庙》。

④湘妃:舜二妃娥皇、女英。相传二妃没于湘水,遂为湘水之神。

**【译文】**

博陵县有郝仙女庙。仙女,是魏青龙年间人。到成年时,相貌姿态美丽。在水中采集浮蘋,苍茫的云雾缭绕,一会儿所到之地就不见了。

她的母亲到水边哀求，希望见一面。过了很久，有奇特的香味袭人，仙女隐约出现于波动起伏的小洲上。说："孩儿因与神灵有缘，寄身龙宫，阴主是水府。人世间的缘分已断，不要悲伤忧郁。从今以后，使故乡田地桑蚕年年适宜。有感而通，就是我的灵验。"之后人们在那里建庙。之后有人题《喜迁莺》词于墙壁言："汀洲蘋满。记翠篦采采，相将邻媛。苍渚烟生，金支光烂，人在雾绡鲛馆。小鬟顿成云散。罗袜凌波，不见翠鸾远。但清溪如镜，野花留靥。　　情睐。惊变现。身后神功，缘就吴蚕茧。汉女菱歌，湘妃瑶瑟，春动倚云层殿。彤车载花一色，醉尽碧桃清宴。故山晚。叹流年一笑，人间飞电。"

# 九八　《鹊桥仙》三词

**【题解】**

　　本则基本内容来自明黄瑜《双槐岁钞》，该书卷八"鹊桥仙"一则云："东莞方彦卿俊，敏才博学，最善戏谑，作诗文走笔立成，座中屈服……天顺癸未，与予同会试，寓新安俞君玉家，正月六日贺予县弧，邀往预赏花镫，擘糟蟹荐酒，戏赠予词云：'草头八足，一团大腹，持螯笑向俞君玉。花镫预赏为先生，生日是新正初六。　　今宵过了，七人八谷，又七日，天官赐福。福如东海寿南山，愿岁岁春杯盈绿。'借蟹寓予姓名，大笑曰：'子谓韵用日数何出？'予谢不知，则曰：'出《齐东野语》，《七夕》以八煞为韵，子忘之乎？'即朗诵曰：'鸾舆初驾，牛车齐发，听隐隐鹊桥伊轧。尤云殢雨正欢浓，但只怕来朝初八。　　霞垂彩幔，月明银蟓，更馥郁香喷金鸭。年年此际一相逢，未审是甚时结煞。'且问优劣，予曰：'比方殊欠俊耳。'君玉亦诵其乡先生方秋崖除夜小尽生日词曰：'今朝廿九，明朝初一，怎欠秋崖个生日。客中情绪，老天知道，这月不消三十。　　春盘缕翠，春缸摇碧，便泥做梅花消息。雪边试问是邪非，笑今夕不知何夕。'复问，予对如前。始觉予指其姓名，大笑，浮白尽欢而罢。词盖《鹊桥仙》也。"杨慎所引《齐东野语》中《鹊桥仙》一词,《七夕》词而以八、煞为韵,殊为少见,乃险韵之属。其中之"八煞",既为僧法辨之戏称,又为古星命家所谓之官名。古代星命家以九星术推算命运,其第八官曰"八煞",亦称"八杀官""病厄官",旧谓主不吉。所引第二首《鹊桥仙》词,乃方岳生日自嘲之词,从内容上看,与"七夕"并无瓜葛。所引第三首《鹊桥仙》乃方俊寿黄瑜词,"草头八足,一团大腹",乃"黄"字;"俞君玉"乃"瑜"字,因此《双槐岁钞》讲"借蟹寓予姓名"。

　　《齐东野语》载鸾箕《鹊桥仙》词咏七夕①,以"八""煞"为韵。其词曰:"鸾舆初驾,牛车齐发。听隐隐、鹊桥伊轧。尤云殢雨正欢浓,但只怕、来朝初八。　　霞垂彩幔,月明银蜡。更馥郁、香焚金鸭②。年年此际一相逢,未审是、甚时结煞。"方秋崖除夜小尽生日词曰③:"今朝二十九,明朝初一。怎欠个、秋崖生日。客中情绪老天知,道这月、不消三十。　　春盘缕翠,春缸摇碧。便泥做、梅花消息。雪边试问是耶非,笑今夕、不知何夕。"近时东莞方彦卿俊正月六日于俞君玉席上,擘糟蟹荐酒,寿其友人黄瑜④,亦依此调。其词云:"草头八足。一团大腹。持螯笑向俞君玉。花灯预赏为先生,生日是新正初六。　　今宵过了,七人八谷⑤。又七日、天官赐福⑥。福如东海寿如山,愿岁岁春盘盈绿。"瑜字廷美,香山人。其孙才伯佐⑦,与予同官,尝为予诵之。

**【注释】**

　　①《齐东野语》:宋代笔记,二十卷。周密著。主要记载宋元朝野史事、典故、诗文、轶事琐闻等。此所引词,载《齐东野语》卷十六

"降仙"："又宋庆之寓永嘉时,遇诏岁,乡士从之结课者颇众。适逢七夕,学徒醵饮,有僧法辨者在焉。辨善五星,每以八煞为说。时人号为'辨八煞'。酒边一士致仙扣试事。忽箕动,大书'文章伯降'。宋怪之,漫云:'姑置此,且求一七夕新词如何?'复请韵,宋指辨云:'以八煞为韵。'意欲困之也。忽运箕如飞,大书《鹊桥仙》一阕云:(词略)亦警敏可喜。"

②金鸭:鸭型的铜香炉。

③方秋崖:即方岳(1199—1262),字巨山,号秋崖。祁门(今属安徽)人。著有《秋崖先生小稿》。除夜:即除夕。小尽:夏历小月。三十日为大尽,二十九日为小尽。生日词:《全宋词》题作"辛丑生日小尽月"。

④黄瑜:生卒年不详。字廷美。香山(今广东中山)人。明代诗文家。著有《双槐诗集》《双槐岁钞》。下引词载《双槐岁钞》卷八,《全明词》据《类编国朝诗余》录入,题作"天顺癸未正月六日咏海(蟹)贺黄廷美"。

⑤七人八谷:旧俗,以正月初七日为人日,正月初八日为谷日,故称。

⑥又七日、天官赐福:俗谓正月十五上元节天官赐福于人。宋吴自牧《梦粱录·元宵》:"正月十五日元夕节,乃上元天官赐福之辰。"

⑦才伯:即黄佐(1490—1566),字才伯,号泰泉。香山(今广东中山)人。明代学者。正德十五年(1520)进士。历任江西佥事、少詹事等职。著有《泰泉集》《乐典》《泰泉乡礼》等。

## 【译文】

《齐东野语》收录有鸾箕《鹊桥仙》词咏七夕,以"八""煞"为韵。其词言:"鸾舆初驾,牛车齐发。听隐隐、鹊桥伊轧。尤云殢雨正欢浓,但只怕、来朝初八。　　霞垂彩幔,月明银蜡。更馥郁、香焚金鸭。年年此际一相逢,未审是、甚时结煞。"方秋崖除夕小尽月生日词言:"今朝二十九,明朝初一。怎欠个、秋崖生日。客中情绪老天知,道这月、不消三十。　　春盘缕翠,春缸摇碧。便泥做、梅花消息。雪边试问是耶非,笑今夕、不知何夕。"近期东莞方彦卿名俊正月六日在俞君玉的宴席上,掰开糟腌的螃蟹献酒,为其友人黄瑜祝寿,也依此曲调。其词言:"草头八足。一团大腹。持螯笑向俞君玉。花灯预赏为先生,生日是新正初六。　　今宵过了,七人八谷。又七日、天官赐福。福如东海寿如山,愿岁岁春盘盈绿。"黄瑜字廷美,是香山人。他的孙子黄才伯名佐,与我同为官,曾给我诵读这首词。

# 九九　衲子填词

## 【题解】

　　诚如杨慎所言,唐宋僧诗不少,但僧人填词并不多见。本则中,杨慎举出了法常和寿涯禅师《渔家傲》词各一首。据《五灯会元》,法常首座"书《渔父词》于室门,就榻收足而逝",其所作词即杨慎所录之《渔家傲》。寿涯禅师词咏鱼篮观音,鱼篮观音为三十三观音之一,因手持鱼篮而得名。其救度马郎事,宋濂《鱼篮观音像赞序》载之甚详,寿涯禅师《渔家傲》词即咏其事。

　　唐宋衲子诗[①],尽有佳句,而填词可传者仅数首。其一,报恩和尚《渔家傲》云[②]:"此事《楞严》尝布露[③]。梅花雪月交光处。一笑寥寥空万古。风瓯语。迥然银汉横天宇。　　蝶梦南华方栩栩[④]。斑斑谁跨丰干虎[⑤]。而今忘却来时路。江山暮。天涯目送飞鸿去。"其二,寿涯禅师《咏鱼篮观音》云[⑥]:"深愿宏慈无缝罅。乘时走入众生界。窈窕丰姿都没赛。提鱼卖。堪笑马郎来纳败⑦。　　清冷露湿金襕坏⑧。茜裙不把珠璎盖。特地掀来呈捏怪⑨。牵人爱。还尽许多菩萨债。"

**【注释】**

①衲子:僧人。

②报恩和尚:即法常(?—1180),俗姓薛。开封(今属河南)人。嘉兴府报恩寺首座。其人并词一首,见《五灯会元》卷十八《报恩法常首座传》,《全宋词》据以录入。

③《楞严》:即《楞严经》,佛教典籍《大佛顶如来密因修证了义诸菩萨万行首楞严经》的简称。

④蝶梦南华方栩栩:典出《庄子·齐物论》:"昔者庄周梦为胡蝶,栩栩然胡蝶也……俄然觉,则蘧蘧然周也。不知周之梦为胡蝶与,胡蝶之梦为周与?"南华,此指庄子。

⑤丰干:唐大历、贞元间天台国清寺僧。《丰干禅师录》:"道者丰干……忽尔一日,骑虎松径,来入国清,巡廊唱道。"

⑥寿涯禅师:生平无考,北宋人。此所载词,《全宋词》据以录入,调作《渔家傲》,题作"咏鱼篮观音"。鱼篮观音,佛教三十三观音之一,又称"马郎妇观音"。

⑦"窈窕丰姿都没赛"几句:典出宋濂《鱼篮观音像赞序》曰:"予按《观音感应传》:唐元和十二年,陕右金沙滩上,有一美艳女子,絜篮鬻鱼,人竞欲室之。女曰:'妾能诵经,一夕能诵《普门品》者事焉。'黎明,能者二十。女辞曰:'一身岂堪配众夫邪?请易《金刚经》,如前期。'能者复居其半。女又辞,请易《法华经》,期以三日。唯马氏子能。女令具礼成婚。入门,女即死,死即糜烂立尽,遽瘗之。他日,有僧同马氏子启藏观之,唯黄金锁子骨存焉。僧曰:'此观音示现以化汝耳!'"没赛,没有能比得上。纳败,服输。

⑧金襕：佛教僧尼穿着的金色袈裟。

⑨捏怪：作怪样。

【译文】

唐宋僧人诗，都有佳句，但填词可流传的仅仅数首。其一是报恩和尚的《渔家傲》言："此事《楞严》尝布露。梅花雪月交光处。一笑寥寥空万古。凤瓯语。迥然银汉横天宇。　　蝶梦南华方栩栩。斑斑谁跨丰干虎。而今忘却来时路。江山暮。天涯目送飞鸿去。"其二是寿涯禅师的《咏鱼篮观音》言："深愿宏慈无缝罅。乘时走入众生界。窈窕丰姿都没赛。提鱼卖。堪笑马郎来纳败。　　清冷露湿金襕坏。茜裙不把珠璎盖。特地掀来呈捏怪。牵人爱。还尽许多菩萨债。"

# 一〇〇《菩萨蛮》

【题解】

本则录唐无名氏词《菩萨蛮》，并推考其创作年代。词并事首见于宋章渊《槁简赘笔》："唐宣宗时有妇人以刀断其夫两足，宣宗戏语宰相曰：'无乃碎挼花打人。'盖引当时人有词云(略)。"《花草粹编》卷三据以录入，调作《菩萨蛮》。杨慎据《槁简赘笔》摘录原词，并部分改易原书表述。此词乃唐宣宗时作品，杨慎言其先于《花间》，其说确当。

"牡丹带露真珠颗。佳人折向庭前过。含笑问檀郎①。花强妾貌强。　　檀郎故相恼。只道花枝好。一向发娇嗔。碎挼花打人②。"此词无名氏，唐宣宗尝称之③，盖又在《花间》之先也。

【注释】

①檀郎：西晋文人潘岳（247—300），小字檀奴，摛藻清艳，美姿仪，

后因以"檀郎"为妇女对夫婿或所爱慕的男子的美称。

②挼(ruó)：同"捼"。揉搓。

③唐宣宗：即李忱（810—859），初名怡。宪宗第十三子。公元
　　846—859年在位，庙号宣宗。

【译文】

"牡丹带露真珠颗。佳人折向庭前过。含笑问檀郎。花强妾貌
强。　　檀郎故相恼。只道花枝好。一向发娇嗔。碎挼花打人。"这首
词是无名氏所作，唐宣宗曾称赞它，大概又在《花间》之前。

# 一〇一　徐昌图

【题解】

　　徐昌图存词不多，只《临江仙》《木兰花》《河传》三首，均载《尊前
集》。《木兰花》一首以"霜风""雪诗""寒冰"等典型意象营造冬日氛围，
与闺阁相思之情相映衬，构思精巧，文采华美，故杨慎评为"缛丽可爱"。

　　徐昌图①，唐人。冬景《木兰花》一词②，缛丽可爱。今入
《草堂》之选，然莫知其为唐人也。

【注释】

①徐昌图：生卒年不详。莆田（今属福建）人。初仕闽，入宋后为国
　　子博士，累迁殿中丞。《尊前集》存其词三首。

②冬景《木兰花》：即徐昌图《木兰花》："沈檀烟起盘红雾。一箭霜
　　风吹绣户。汉宫花面学梅妆，谢女雪诗裁柳絮。　　长垂夹幕
　　孤鸾舞。旋炙银笙双凤语。红窗酒病嚼寒冰，冰损相思无
　　梦处。"

【译文】

　　徐昌图，是唐代人。咏冬景的《木兰花》一词，文采华美令人喜爱。

现选入《草堂诗余》，但没有人知道他是唐代人。

## 一〇二 《小重山》

**【题解】**

宋代以来，坊间刊刻图书之风大盛，期间鲁鱼亥豕、错讹漏窜之属自然在所难免。杨慎所见"今本"，于韦庄《小重山》前段遗漏"新揾旧啼痕"五字，杨慎特予纠正。此五字，《花间集》作"红袂有啼痕"，洪武本、吴钞本《草堂诗余》作"流血旧啼痕"，《草堂诗余正集》作"新揾旧啼痕"，各本所载有所不同。

　　韦庄《小重山》前段①，今本"罗衣湿"下，遗"新揾旧啼痕"五字。

**【注释】**

①韦庄《小重山》前段：韦庄《小重山》上阕："一闭昭阳春又春。夜寒宫漏永，梦君恩。卧思陈事暗消魂。罗衣湿，红袂有啼痕。"

**【译文】**

韦庄《小重山》前段，今本"罗衣湿"句下，遗漏"新揾旧啼痕"五个字。

## 一〇三 牛峤

**【题解】**

牛峤为五代重要词人，花间派作家。《花间集》录其词三十二首。本则中，杨慎载录其《酒泉子》（其二）词一首，并对其《杨柳枝》词五首给予了较高的评价。

　　牛峤，蜀之成都人<sup>①</sup>，为孟蜀学士<sup>②</sup>。其《酒泉子》云："紫陌青门，三十六宫春色<sup>③</sup>。御沟辇路暗相通。杏园风<sup>④</sup>。咸阳沽酒宝钗空。笑指未央归去<sup>⑤</sup>。插花走马落残红。月明中。"《杨柳枝》词数首尤工<sup>⑥</sup>，见《乐府诗集》。

**【注释】**

①蜀之成都人：牛峤乃陇西（今属甘肃）人，非成都人，杨慎误记。《唐诗纪事·牛峤》条云："峤，字松卿，一字延峰，陇西人，自云僧孺之后。"晁公武《郡斋读书志》："伪蜀牛峤字延峰，陇西人，唐相僧孺之后。"

②为孟蜀学士：牛峤曾官前蜀给事中，卒。此言牛峤为后蜀学士，未知所据，或为误记。孟蜀，指后蜀。

③三十六宫：极言宫殿之多。汉班固《西都赋》："离宫别馆，三十六所。"唐骆宾王《帝京篇》："秦塞重关一百二，汉家离宫三十六。"

④杏园：园名，位于长安城东南，为唐代新科进士赐宴之地。唐贾岛《下第》诗："下第只空囊，如何住帝乡。杏园啼百舌，谁醉在花傍？"

⑤未央：汉宫名，此借指宫殿。

⑥《杨柳枝》：牛峤有《杨柳枝》词五首，载《乐府诗集》卷八十一。

**【译文】**

　　牛峤，是蜀之成都人，是后蜀学士。他的《酒泉子》言："紫陌青门，三十六宫春色。御沟辇路暗相通。杏园风。　　咸阳沽酒宝钗空。笑指未央归去。插花走马落残红。月明中。"《杨柳枝》词数首格外精妙，见《乐府诗集》。

## 一〇四　日暮

**【题解】**

　　"暮"，本义为上马，跃上马背。引申为穿越，跨过。唐李贺《送沈亚之歌》："雄光宝矿献春卿,烟底蓦波乘一叶。""蓦"与"暮",不仅含义不同,而且情感色彩有别,故杨慎曰："改'蓦'为'暮',浅矣。"但本则杨慎所举王晞诗,《北史》作"日落",牛峤词,《花间集》作"日暮",均与"日蓦"无涉。或许杨慎另有所本,亦未可知。

　　《南史》王晞诗[①]："日蓦当归去[②],鱼鸟见留连。"俗本改"蓦"为"暮",浅矣。孟蜀牛峤词："日蓦天空波浪急"[③],正用晞语。

**【注释】**

①《南史》:应为《北史》,杨慎误记。王晞(511—581):字叔朗,小名沙弥。北海剧县(今山东寿光)人。唐李延寿《北史》卷二十四、唐李百药《北齐书》卷三十一有传。

②日蓦当归去:《北史》卷二十四作"日落应归去"。

③日蓦天空波浪急:出自牛峤《江城子》(极浦烟消水鸟飞)词,"日蓦天空",《花间集》作"日暮空江"。

**【译文】**

《南史》中王晞的诗："日蓦当归去,鱼鸟见留连。"世间流行的校刻不精的版本改"蓦"为"暮",浅薄。后蜀牛峤的词："日蓦天空波浪急",正是袭用王晞的语词。

## 一〇五　孙光宪

**【题解】**

《宋史·荆南高氏世家六》载："孙光宪字孟文,陵州贵平人。世业农亩,惟光宪少好学。游荆渚,高从诲见而重之,署为从事。历保融及继冲三世皆在幕府,累官至检校秘书监兼御史大夫,赐金紫。"本则杨慎言"事荆南高氏,为从事,有文学名",与《宋史》所记同。孙光宪"一庭疏雨湿春愁"句,化虚为实,形象地道出了愁绪的凝滞和不可排解,出语新奇,韵味深厚。杨慎评为"秀句",当不为过。

孙光宪①,蜀之资州人。事荆南高氏,为从事,有文学名,著《北梦琐言》②。其词见《花间集》,"一庭疏雨湿春愁"③,秀句也。

**【注释】**

①孙光宪(约900—968):字孟文,号葆光子。贵平(今四川仁寿)人。《花间集》录存其词六十首。

②《北梦琐言》:孙光宪著。原三十卷,今本二十卷,多记晚唐五代间官场遗闻、文人逸事和民风世俗等,具有较高的史料价值。

③一庭疏雨湿春愁:出自孙光宪《浣溪沙》:"揽镜无言泪欲流。凝情半日懒梳头。一庭疏雨湿春愁。　　杨柳只知伤怨别,杏花应信损娇羞。泪沾魂断轸离忧。"

**【译文】**

孙光宪,是蜀之资州人。事奉荆南的高从诲,作从事,有文学名,著有《北梦琐言》。他词参见《花间集》,"一庭疏雨湿春愁",是优美的文句。

## 一○六　李珣

**【题解】**

本则记花间派作家李珣及其妹李舜弦之贯址、行实及词作等。"鸳鸯瓦上忽然声"一诗,《升庵诗话》卷九"王建宫词"曰:"'鸳鸯瓦上忽然声',花蕊夫人诗也。"此又言为李珣之妹李舜弦诗。杨慎本人的说法亦前后不一。此诗原有王建作、花蕊夫人作、李玉箫作几说,杨慎言李舜弦作,未知所据。清王奕清《历代词话》卷三据宋人黄休复《茅亭客话》,亦称李舜弦之作。

　　李珣①,蜀之梓州人。事王宗衍②。《浣溪沙》词有"早为不逢巫峡夜,那堪虚度锦江春"之句③。词名《琼瑶集》。其妹事王衍,为昭仪,亦有词藻④。有"鸳鸯瓦上忽然声"词一首⑤,误入花蕊夫人集。盖一百一首,本羡此首也⑥。

【注释】

①李珣:生卒年不详。字德润,梓州(今四川三台)人。五代前蜀词人。著有《琼瑶集》,已佚。《花间集》收其词三十七首,《尊前集》收十八首,王国维辑为《琼瑶集》一卷,凡五十四首。

②王宗衍:即王衍(? —926),原名宗衍,字化源。五代十国时前蜀皇帝,公元918年至925年在位。

③早为不逢巫峡夜,那堪虚度锦江春:出自李珣《浣溪沙》(访旧伤离欲断魂)。巫峡夜,《花间集》卷十二作"巫峡梦"。

④"其妹事王衍"几句:李珣之妹李舜弦,生卒年不详。能诗,为前蜀后主王衍昭仪。事见《新五代史》《十国春秋》等。《全唐诗》存其诗三首。

⑤鸳鸯瓦上忽然声:此花蕊夫人《宫词》中句,原诗为:"鸳鸯瓦上忽然声,昼寝宫娥梦里惊。元是吾皇金弹子,海棠窠下打流莺。"

⑥羡:有余,剩余。

【译文】

　　李珣,是蜀之梓州人。事奉王宗衍。《浣溪沙》词有"早为不逢巫峡夜,那堪虚度锦江春"之句。词名《琼瑶集》。其妹事奉王衍,为昭仪,也有诗词。有"鸳鸯瓦上忽然声"词一首,误收入花蕊夫人集。大概一百零一首,本剩余这首。

## 一〇七　毛文锡

**【题解】**

　　毛文锡、鹿虔扆、欧阳炯、阎选四人,皆事后蜀后主孟昶,也均有词作入选《花间集》,乃花间派作家。但韩琮未尝事蜀,《花间集》亦不载其作品。因此,杨慎所谓五人皆"事孟后主"、词"并见《花间集》"云云,并不准确。至于"五鬼"之号,实出欧阳修《新五代史·南唐世家二》:"(李)景(璟)以冯延巳、常梦锡为翰林学士,冯延鲁为中书舍人,陈觉为枢密使,魏岑、查文徽为副使。梦锡直宣政殿,专掌密命,而延巳等皆以邪佞用事,吴人谓之'五鬼'。"可见,"五鬼"乃南唐事,与后蜀及毛文锡等人无涉。以毛文锡等人为"五鬼",始于杨慎,后人多有附和,以致以讹传讹。

　　毛文锡、鹿虔扆、欧阳炯、韩琮、阎选①,皆蜀人。事孟后主,有"五鬼"之号。俱工小词,并见《花间集》。此集久不传。正德初②,予得之于昭觉僧寺,乃孟氏宣华宫故址也。后传刻于南方云。

**【注释】**

　　①毛文锡:生卒年不详。字平珪。高阳(今属河北)人。《花间集》收录其词三十一首,《尊前集》收录一首。鹿虔扆:生卒年不详。现存词仅《花间集》所收六首。欧阳炯(896—971):益州华阳(今四川成都)人。善文章,尤工诗词,曾为《花间集》作序。《花间集》收录其词十七首,《尊前集》收录三十一首。韩琮:生卒年、籍里不详。字成封,一作字代封。唐穆宗长庆四年(824)进士。《全唐诗》存其诗一卷,计二十四首,《全唐文》存其文一篇。阎

选:生卒和字里不详,后蜀布衣。存词十首,其中《花间集》收录
八首,《尊前集》收录二首。

②正德:明武宗年号(1506—1521)。

【译文】

　　毛文锡、鹿虔扆、欧阳炯、韩琮、阎选,都是蜀人。事奉后蜀后主孟
昶,有"五鬼"之号。都擅长小词,同见于《花间集》。此词集久不流传。
正德初年,我在昭觉僧寺获得它,就是孟氏宣华宫旧址。之后传刻于
南方。

# 一〇八　潘祐

【题解】

　　潘祐是南唐重要文士,杨慎所谓"与徐铉、汤悦、张泌俱有文名"的
说法是符合文学史实际的。杨慎又言,潘祐"好直谏",这一点亦可以从
有关史料中得到印证。潘祐曾连上七表,极论时政,历诋大臣将相,词
甚激讦,《全唐文》卷八百七十六收录有《上后主疏》《为李后主与南汉后
主书》《为李后主与南汉后主第二书》等文。至于潘祐"应后主令作小
词"一事,史籍无载,虚实难判。其"桃李不须夸烂熳。已失了东风一
半"两句,后人多以为出自同时代的韩熙载之手。当时淮南之地也尽归
后周,所以有"失(输)了一半"之讥。撇开作者的问题不谈,就诗本身而
言,此句以梅花起兴,言此意彼,寄慨遥深,确为不可多得之佳作,杨慎
评为"得讽谕之旨"也甚为确当。

　　潘祐①,南唐人。事后主,与徐铉、汤悦、张泌俱有文
名②。而祐好直谏。尝应后主令作小词,有"楼上春寒山四
面。桃李不须夸烂熳。已失了东风一半"③。盖讽其地渐侵
削也,可谓得讽谕之旨。

**【注释】**

①潘祐(938—973)：一作潘佑，幽州(今北京)人。仕南唐为秘书省正字，俄直崇文馆。后主李煜即位，迁虞部员外郎，累迁中书舍人。有《荥阳集》十卷，已佚。《全唐诗》录其诗四首，《全唐文》收其文四篇。

②徐铉(917—992)：字鼎臣，仕南唐，后主时历礼部侍郎、吏部尚书等。南唐亡，入宋为官。著述颇多，《全唐诗》编其诗为六卷。汤悦：生卒年不详。本名殷崇义，字德川，仕南唐，后主时为礼部侍郎，后以司空知左右内史事。南唐亡，事宋。《全唐诗》录其诗五首。

③桃李不须夸烂熳。已失了东风一半：宋江休复《江邻幾杂志》："(李后主)又作红罗亭子，四面栽红梅花，作艳曲歌之。韩熙载和云：'桃李不须夸烂熳，已输了春风一半。'时已割淮南与周矣。"东风，他本多作"春风"。

**【译文】**

潘祐，是南唐人。事奉后主，与徐铉、汤悦、张泌都有善于文辞的声名。而潘祐好直言劝谏。曾应后主之令作小词，有"楼上春寒山四面。桃李不须夸烂熳。已失了东风一半"。大概讽谕其国土渐渐被侵夺，可以称得上是深得讽谕的意义。

# 一○九 卢绛

**【题解】**

宋马令《南唐书》卷二十二载："(卢绛)病痁，且死，夜梦白衣妇人颇有姿色，歌《菩萨蛮》，劝绛樽酒，其辞云(略)。歌数阕，因谓绛曰：'子之疾，食蔗即愈。'诘朝，求蔗食之，疾果瘥。迫数夕，又梦前白衣丽人曰：'妾乃玉真也。他日富贵，相见于固子坡。'……妇人姓耿，名玉真，其夫死，与前妇之子通，当极法，与绛同斩焉。"如此，所引《菩萨蛮》词乃卢绛梦耿玉真所歌，卢绛和耿玉真都不是该词作者。后世词话、词集等或归卢绛名下，或属耿玉真作，未有定论。

卢绛[②]，南唐人。梦一人歌《菩萨蛮》云："玉京人去秋萧索，画檐鹊起梧桐落。欹枕悄无言，月和清梦圆。　　背灯惟暗泣，甚处砧声急。眉黛小山攒，芭蕉生暮寒。"其名不著，词颇清润，特录之。

**【注释】**

①卢绛：生卒年不详，字晋卿。南唐大将，授昭武军节度。南唐亡，被杀。

**【译文】**

卢绛，是南唐人。梦见一人唱《菩萨蛮》："玉京人去秋萧索，画檐鹊起梧桐落。欹枕悄无言，月和清梦圆。　　背灯惟暗泣，甚处砧声急。眉黛小山攒，芭蕉生暮寒。"其名不显扬，词却十分清丽温润，特载录它。

## 一一〇　花深深

**【题解】**

《忆秦娥》（花深深）一词，各本《草堂诗余》或不署作者，或署"孙夫人"作。杨慎依据《花庵词选》，认为当为李婴作，非孙夫人作。但今所传《花庵词选》并无此词，或许杨慎另有所据。另，杨慎《升庵诗话》卷八"书贵旧本"："孙夫人词'日边消息空沉沉'，俗改'日'作'耳'。"又以该词作者为孙夫人。杨慎本人的认识前后相矛盾。

《草堂》词"花深深"①，按《玉林词选》②，乃李婴之作。今以为孙夫人，非也。

**【注释】**

①花深深：此《忆秦娥》中句，《全宋词》据《古杭杂记》辑录，作者署"郑文妻"，全词如下："花深深。一钩罗袜行花阴。行花阴。闲将柳带，细结同心。　日边消息空沉沉。画眉楼上愁登临。愁登临。海棠开后，望到如今。"

②《玉林词选》：即《花庵词选》。

**【译文】**

《草堂诗余》词"花深深"，按《玉林词选》，是李婴之作。现今认为是孙夫人所作，不对。

## 一一一　坊曲

**【题解】**

此则推考"坊曲"之名，并对《草堂诗余》刻本擅改原作予以批评。杨慎援据唐代孙棨《北里志》的有关记载，认为"坊曲"乃唐代妓女所居之地，这是不错的。据《北里志》等，唐代长安倡家所居之地谓之"曲"，其选入教坊者，居处则曰"坊"，故云"坊曲人家"。《北里志·海论三曲中事》对"曲"的记载很具体："平康里入北门东回三曲，即诸妓所居之聚也。妓中有铮铮者，多在南曲、中曲，其循墙一曲，卑屑妓所居也，颇为二曲轻斥之。其南曲、中曲前通十字街。初登馆阁者，多于此窃游焉。"可知，诚如杨慎所言，唐代确有南曲、北曲之别。"坊曲"一词在古诗词中多有运用，本则中，杨慎即举出了宋人陈敬叟、周邦彦词及宋末元初人孟鲠诗共四例。"近刻"《草堂诗余》将周邦彦词"悄悄坊曲人家"中"坊曲"改作"坊陌"，显然与《北里志》等文献记载不符。因此，杨慎的辨析是正确的。

　　唐制,妓女所居曰坊曲,《北里志》有南曲、北曲[①],如今之南院、北院也。宋陈敬叟词[②]:"窈窕青门紫曲。"周美成词:"小曲幽坊月暗[③]。"又"愔愔坊曲人家"[④]。近刻《草堂诗余》,改作"坊陌",非也。谢皋羽《天地间集》载孟鲠《南京》诗云[⑤]:"愔愔坊曲傍深春,活活河流过雨浑。花鸟几时充贡赋,牛羊今日上邱原。犹传柳七工词翰,不见朱三有子孙。我亦前生梁楚士,独持心事过夷门[⑥]。"

**【注释】**

①《北里志》:笔记小说,唐代孙棨撰。主要描写唐代乾符年间长安城平康坊歌妓及士子的生活。

②陈敬叟:即陈以庄,生卒年不详。字敬叟,号月溪。建安(今福建建瓯)人。有《陈敬叟集》,刘克庄为序,称其才气清拔,力量宏放,为人旷达。《全宋词》辑其词三首。此所引词句出自《水龙吟·记钱塘之恨》。详卷五《陈敬叟》则。

③小曲幽坊月暗:出自周邦彦《拜星月·秋黑》:"夜色催更,清尘收露,小曲幽坊月暗。竹槛灯窗,识秋娘庭院。笑相遇,似觉琼枝玉树,暖日明霞光烂。水眄兰情,总平生稀见。　　画图中、旧识春风面。谁知道、自到瑶台畔。眷恋雨润云温,苦惊风吹散。念荒寒、寄宿无人馆。重门闭、败壁秋虫叹。怎奈向、一缕相思,隔溪山不断。"

④愔愔坊曲人家:出自周邦彦《瑞龙吟》:"章台路。还见褪粉梅梢,试花桃树。愔愔坊陌人家,定巢燕子,归来旧处。　　黯凝伫。因念个人痴小,乍窥门户。侵晨浅约宫黄,障风映袖,盈盈笑

语。　　前度刘郎重到，访邻寻里，同时歌舞。唯有旧家秋娘，声价如故。吟笺赋笔，犹记燕台句。知谁伴、名园露饮，东城闲步。事与孤鸿去。探春尽是，伤离意绪。官柳低金缕。归骑晚、纤纤池塘飞雨。断肠院落，一帘风絮。"悄悄，幽深、悄寂貌。坊曲，别本或作"坊陌"。

⑤谢皋羽：即谢翱（1249—1295），字皋羽，号晞发子，福州长溪（今福建霞浦）人。曾从文天祥起兵，署谘议参军，宋亡不仕。有《晞发集》，存诗二百八十余首。《天地间集》：谢翱编，收录宋末故臣遗老之作，已佚。孟鲠：字介甫，宋末元初人，曾起兵抗元。

⑥"悄悄坊曲傍深春"几句：该诗较早见于元杜本编《谷音》一书，"坊曲"作"坊陌"，"过雨浑"作"雨过浑"。柳七，即柳永。夷门，战国魏都城的东门，因在夷山之上，故名。这里泛指城门。

【译文】

唐代的制度，妓女居住的地方称坊曲，《北里志》有南曲、北曲，就像如今的南院、北院。宋代陈敬叟的词："窈窕青门紫曲。"周美成词："小曲幽坊月暗。"又"悄悄坊曲人家"。近人刻《草堂诗余》，改作"坊陌"，不对。谢皋羽的《天地间集》载录孟鲠的《南京》诗言："悄悄坊曲傍深春，活活河流过雨浑。花鸟几时充贡赋，牛羊今日上邱原。犹传柳七工词翰，不见朱三有子孙。我亦前生梁楚士，独持心事过夷门。"

## 一一二　檐花

【题解】

从字面上看，"檐花"即靠近屋檐下边开的花。杜甫《醉时歌》中有"灯前细雨檐花落"句，对于其中的"檐花"一词，后世不少注家认为，就是实指檐边之花或檐前之花。如，宋代赵次公注："檐花近乎檐边之花也。学者不知所出，或以檐雨之细如花，或遂以檐花为檐雨之名。故特为详之。"清代仇兆鳌注"实指檐前之花"。杨慎则认为,释为檐下之花"恐非",应是"檐前雨映灯花如花尔"。按照这一解释,"檐花"并非实有之花,而是在细雨的映衬下,灯花所呈现出的虚幻之像。此解颇有意趣,可备一说。后世有人将"灯前细雨檐花落"改为"檐前细雨灯花落",这一改,诗的含义固然清晰明了,但在杨慎看来,则破坏了原诗的韵致,变得"直致无味"了。文末,杨慎举周邦彦词为例,以证"檐花"一词在宋人小词中亦多有运用。不过,前一例中之"檐花"与雨影、灯花无涉,是实指檐边之花;后一例其出处已无考,也就无法结合具体语境以分析其确切所指。

　　杜诗"灯前细雨檐花落"①,注谓"檐下之花",恐非。盖谓檐前雨映灯花如花尔。后人不知,或改作"檐前细雨灯花落",则直致无味矣。宋人小词多用"檐花"字,周美成云:"浮萍破处,檐花帘影颠倒②。"又云:"檐花红雨照方塘③。"多不悉记。

**【注释】**

①灯前细雨檐花落:出自杜甫《醉时歌》:"……清夜沉沉动春酌,灯前细雨檐花落。但觉高歌有鬼神,焉知饿死填沟壑。相如逸才亲涤器,子云识字终投阁……"

②浮萍破处,檐花帘影颠倒:周邦彦词《隔浦莲·中山县圃姑射亭避暑作》:"新篁摇动翠葆。曲径通深窈。夏果收新脆,金丸落、惊飞鸟。浓蔼迷岸草。蛙声闹。骤雨鸣池沼。　　水亭小。浮萍破处,檐花帘影颠倒。纶巾羽扇,困卧北窗清晓。屏里吴山梦自到。惊觉。依前身在江表。"

③檐花红雨照方塘:今传周邦彦《片玉集》中无此句,不知所出。

**【译文】**

　　杜甫诗"灯前细雨檐花落",注称檐下之花,恐怕不对。大概是说在檐前细雨的映衬下灯花像花罢了。后人不知,或改作"檐前细雨灯花落",那就变得直白没有韵味了。宋人小词多用"檐花"字,周美成言:"浮萍破处,檐花帘影颠倒。"又言:"檐花红雨照方塘。"有很多,这里就不一一记录了。

# 一一三《十六字令》

**【题解】**

　　本则所引《十六字令》,作者为周晴川,非周美成。周晴川,生卒年不详。名玉晨,生活年代为宋末元初。有《晴川词》,不传。关于所引词为周晴川之说,前贤多有考辨。清朱彝尊《词综》卷三十收录了该词,题周晴川作,下注云:"是词见《天机余锦》,系周晴川词,今相沿刻周美成,然《片玉集》无此,其不系美成明矣。"唐圭璋《词话丛编》注:"案此周晴川词,见《花草粹编》卷一,《词品》误作周邦彦词。《词统》、毛刻《片玉词补遗》并承其误。"杨慎虽将"周晴川"误记为"周美成",不过其"词简思深"之论倒也符合该词实际。

　　周美成《十六字令》云:"眠。月影穿窗白玉钱。无人弄,移过枕函边①。"词简思深,佳词也。其《片玉集》中不载,见《天机余锦》②。

**【注释】**

　　①枕函:中间可以藏物的枕头。

　　②《天机余锦》:题明程敏政编选,全书收录唐五代至明代词作共
　　　1256首。

**【译文】**

周美成《十六字令》言:"眠。月影穿窗白玉钱。无人弄,移过枕函边。"文词简练含义深刻,是好词。其《片玉集》中没有收录,见《天机余锦》。

## 一一四《应天长》

**【题解】**

本书卷二对周邦彦《片玉词》后世刊刻之误多所辨正,本则辨《应天长》一首坊刻之误,具有一定的文献价值。

周美成寒食《应天长》词:"条风布暖,霏雾弄晴,池塘遍满春色。正是夜堂无月,沈沈暗寒食①。"今本遗"条风"至"正是"二十字。

**【注释】**

①"条风布暖"几句:此周邦彦《应天长·寒食》上阕前五句。条风,东风。《淮南子·天文训》:"距冬至四十五日条风至。"《史记·律书》:"条风居东北,主出万物。条之言条治万物而出之,故曰条风。"

**【译文】**

周美成咏寒食节的《应天长》词:"条风布暖,霏雾弄晴,池塘遍满春色。正是夜堂无月,沈沈暗寒食。"今本遗漏"条风"至"正是"二十字。

## 一一五《过秦楼》

**【题解】**

本则对坊刻《片玉词》文字之误进行了校勘和补正,但杨慎对所据

"今刻本"未作具体说明。今传各本《片玉词》及各类词选,《过秦楼》首句多为"水浴清蟾"。明洪武二十五年(1392)遵正书堂刻本《群英草堂诗余》前集卷下"水浴"作"京浴"。

　　周美成《过秦楼》首句是"水浴清蟾"①,今刻本误作"凉浴"。

【注释】

①水浴清蟾:出自周邦彦《过秦楼》上阕:"水浴清蟾,叶喧凉吹,巷陌马声初断。闲依露井,笑扑流萤,惹破画罗轻扇。人静夜久凭阑,愁不归眠,立残更箭。叹年华一瞬,人今千里,梦沈书远。"

【译文】

周美成《过秦楼》首句是"水浴清蟾",现在刻版印刷的版本误作"凉浴"。

# 一一六　李冠词

【题解】

宋刘克庄《后山诗话》:"尚书郎张先善著词,有云'云破月来花弄影','帘幕卷花影','堕轻絮无影',世称诵之,号张三影。王介甫谓'云破月来花弄影',不如李冠'朦胧澹月云来去'也。冠,齐人,为《六州歌头》,道刘、项事,慷慨雄伟。刘潜,大侠也,喜诵之。"此所述为杨慎本则所据。杨慎所举《六州歌头》(秦亡草昧)一词,今存。关于此词作者,各本所记有别。宋佚名《朝野遗记》以为乃京东张李二生所作,《唐宋诸贤绝妙词选》卷五作刘潜词,杨慎本则及《词林万选》卷三,依《后山诗话》作李冠词。

　　《草堂诗余》"朦胧澹月云来去"①,齐人李冠之词②。今传其词,而隐其名矣。冠又有《六州歌头》③,道刘、项事,慷慨悲壮,今亦不传。

**【注释】**

①朦胧澹月云来去:出自宋李冠《蝶恋花·春暮》:"遥夜亭皋闲信步。才过清明,渐觉伤春暮。数点雨声风约住。朦胧淡月云来去。　　桃杏依稀香暗度。谁在秋千,笑里轻轻语。一寸相思千万绪。人间没个安排处。"

②李冠:生卒年不详。字世英。历城(今山东济南)人。北宋词人。有《东皋集》二十卷,不传。《全宋词》辑存其词五首。

③《六州歌头》:此指《六州歌头》(秦亡草昧)词,载《唐宋诸贤绝妙词选》卷五,署刘潜作。词咏秦末刘邦、项羽事。

**【译文】**

　　《草堂诗余》"朦胧澹月云来去",是齐人李冠的词。现流传其词,而隐没其姓名了。李冠又有《六州歌头》,讲刘邦、项羽的事,慷慨悲壮,现今也不流传了。

## 一一七 《鱼游春水》

**【题解】**

　　本则辨宋无名氏词《鱼游春水》尾句的用字问题。杨慎以为,"云山万重"之"重"不当为"里"。杨慎对照上下阕末句平仄运用情况,又以李白诗句作旁证,以证坊间刊刻之误。所引词载宋吴曾《能改斋漫录》卷十六:"政和中,一中贵人使越州回,得词于古碑阴,无名无谱,不知何人作也。录以进御,命大晟府填腔,因词中语赐名《鱼游春水》。"

尾句："云山万重,寸心千里①。"今刻误作"云山万里",以前段"莺转上林","林"字平声例之可知。又注引李诗"云山万重隔"②,为"重"字无疑。

**【注释】**

①云山万重,寸心千里:出自宋无名氏词《鱼游春水》:"秦楼东风里。燕子还来寻旧垒。余寒微透,红日薄侵罗绮。嫩笋才抽碧玉簪,细柳轻窜黄金蕊。莺啭上林,鱼游春水。　　屈曲阑干遍倚。又是一番新桃李。佳人应念归期,梅妆淡洗。凤箫声杳沈孤雁,目断澄波无双鲤。云山万重,寸心千里。"

②云山万重隔:此李白诗《姑熟十咏·望夫山》中句。

**【译文】**

尾句："云山万重,寸心千里。"现今刊刻误作"云山万里",依据前段"莺转上林","林"字平声,以此为例可知。又注引李白诗"云山万重隔",是"重"字无疑。

## 一一八　《春霁》《秋霁》

**【题解】**

本则辨《春霁》《秋霁》两词之作者。杨慎认为,这两首词都是胡浩然的作品,陈后主之名,乃后人妄自改窜所致。杨慎从两个方面进行了辨析:一是《秋霁》属慢调,在陈后主时代不会有慢调这种体式;二是《秋霁》中有"孤鹜高飞,落霞相映"之句,乃袭用唐王勃《滕王阁序》"落霞与孤鹜齐飞,秋水共长天一色"诗意,陈后主生活在王勃之前,当然不可能预知王勃之作。杨慎之论,稽考细密,义理清晰,令人信服。

《草堂》词选《春霁》《秋霁》二首相连①,皆胡浩然作也②。

格韵如一,尾句皆是"有谁知得",而不知何等妄人,于《秋霁》下添入陈后主名③。不知六朝焉知此等慢调。况其中有"孤鹜""落霞"语,乃袭用王勃之序④。陈后主岂能预知勃文而倒用之邪?

**【注释】**

①《草堂》词选《春霁》《秋霁》二首相连:明洪武二十五年(1392)遵正书堂刻本《草堂诗余》后集卷上录有《春霁》《秋霁》两词,两首前后相连。《春霁·春晴》题胡浩然作,全词如下:"迟日融和,乍雨歇东郊,嫩草凝碧。紫燕双飞,海棠相衬,妆点上林春色。黯然望极。困人天气浑无力。又听得。园苑,数声莺啭柳阴直。 当此暗想,故园繁华,俨然游人,依旧南陌。院深沉、梨花乱落,那堪如练点衣白。酒量顿宽洪量窄。算此情景,除非瓣酒狂欢,恣歌沉醉,有谁知得。"《秋霁·秋晴》题陈后主作,全词如下:"虹影侵阶,乍雨歇长空,万里凝碧。孤鹜高飞,落霞相映,远状水乡秋色。黯然望极。动人无限愁如织。又听得。云外数声,新雁正嘹呖。 当此暗想,画阁轻抛,杳然殊无,些个消息。漏声稀、银屏冷落,那堪残月照窗白。衣带顿宽犹阻隔。算此情苦,除非宋玉风流,共怀伤感,有谁知得。"

②胡浩然:生平事迹不详,南宋词人。《全宋词》录其词五首。

③陈后主:即陈叔宝(553—604),字元秀,南朝陈末代皇帝。582—589年在位,其间奢侈荒淫,不理国政。国亡被俘,后病死洛阳。曾作《玉树后庭花》等艳体诗,明人辑有《陈后主集》。

④王勃(650—676):字子安,绛州龙门(今山西河津)人。曾任虢州参军,后往交趾探父,渡海溺水,惊悸而死。为"初唐四杰"之一,有《王子安集》。其《滕王阁序》有"落霞与孤鹜齐飞,秋水共长天一色"句。

## 【译文】

《草堂诗余》所选《春霁》《秋霁》二首相连,都是胡浩然的词作。格调气韵一样,尾句都是"有谁知得"。但不知什么样的无知妄为之人,在《秋霁》之下添上陈后主的名字。不知六朝怎么会有这种慢调。况且,其中有"孤鹜""落霞"的语词,是袭用王勃的《滕王阁序》。陈后主怎能预知王勃的文章而反过来袭用它呢?

# 一一九　岸草平沙

## 【题解】

将《柳梢青》"岸草平沙"一词的作者断为僧仲殊,并非杨慎的发明。虽然《草堂诗余》在该词下不署作者名,不过,宋黄昇《唐宋诸贤绝妙词选》明确题作仲殊。因此,这首词的作者应无疑议。杨慎评价说,在宋代僧徒中,仲殊与惠洪的词作"最佳"。惠洪游于公卿间,诗名远播,著述颇丰,深得苏、黄称许;仲殊词同样婉丽清润,自成一家。杨慎将仲殊与惠洪并举,认为"祖可、如晦俱不及",这样的评判是恰当的。在此基础上,杨慎又进一步区分了两位僧人词作风格的差异,认为"觉范之作类山谷,仲殊之作似《花间》",是说同样可为后人全面认识和正确评价仲殊、惠洪的词作提供有益参鉴。

　　《草堂》词《柳梢青》"岸草平沙"一首①,僧仲殊作也②。今刻本往往失其名,故特著之。宋人小词,僧徒惟二人最佳,觉范之作类山谷③,仲殊之作似《花间》。祖可、如晦俱不及也④。

## 【注释】

①《草堂》词《柳梢青》"岸草平沙"一首:洪武本《草堂诗余》前集卷

上录有《柳梢青》一首,无作者名。全词如下:"岸草平沙,吴王故苑,柳袅烟斜。雨后寒轻,风前香软,春在梨花。　　行人一棹天涯,酒醒处,残阳乱鸦。门外秋千,墙头红粉,深院谁家。"宋黄昇《唐宋诸贤绝妙词选》署僧仲殊作。

②仲殊:生卒年不详。俗姓张,名挥。安州(今湖北安陆)人。出身进士,后弃家为僧,居杭州宝月寺。与苏轼等人交游,苏轼称"蜜殊"。有《宝月集》,不传,赵万里辑得三十首为《宝月集》一卷,刊入《校辑宋金元人词》第一册中。《全宋词》录其词四十六首。

③觉范:即惠洪(1071—1128),字觉范,俗姓喻,一说姓彭。筠州新昌(今江西宜丰)人。工诗能文,时作绮语,有"浪子和尚"之称。与苏轼、黄庭坚等有交游,有《石门文字禅》三十卷、《冷斋夜话》十卷、《天厨禁脔》三卷。周咏先辑为《石门长短句》一卷,《全宋词》录其词二十一首。

④祖可:生卒年不详。字正平,俗姓苏,名序。宋代诗僧,江西诗派诗人。《全宋词》录其词三首。如晦:生卒年、事历不详。名皎。居剡之明心寺,与汝阴王铚相酬答。《全宋词》录其词一首。

【译文】

《草堂诗余》词中收录《柳梢青》"岸草平沙"一首,是僧人仲殊的词作。现刻本往往没有作者名,因此特地写上。宋人小词,僧人中只有仲殊、觉范二人的词最好,觉范的词作类似山谷,仲殊的词作类似《花间》。祖可、如晦都比不上。

# 一二〇　周晋仙《浪淘沙》

【题解】

周文璞,《宋史》无传。与姜夔、高翥、韩淲、张端义等人交好,有往来唱和。存世作品以诗赋居多,能自成一家。宋张端义《贵耳集》卷上:

"野斋周晋仙文璞曾语余曰:《花间集》只有五字绝佳,'细雨湿流光',景意俱微妙。《题钟山》云:'往在秦淮问六朝,江楼只有女吹箫。昭阳太极无行路,几岁鹅黄上柳条。'《晨起》云:'闭门不与俗人交,元晏春秋日日抄。清晓偶然随鹤出,野风吹折白樱桃。'有《灌口二郎歌》《听欧阳琴行》《金铜塔歌》,不减贺、白。"对照杨慎所述,其前段文字明显本于《贵耳集》。杨慎评周文璞《灌口二郎歌》"不减李贺",又评其《浪淘沙》一词"飘逸似方外尘表",似有揄扬过甚之嫌。《四库全书总目》卷一百六十二《方泉集提要》云:"然文璞古体长篇,微病颓唐,不出当时门径,较诸东坡、山谷,已相去不知几许,端义拟以青莲、长吉,未免不伦。"

周晋仙①,名文璞,宋淳熙间人。其字曰晋仙者,因名璞,义取郭璞②,故曰晋仙也。能诗词,好奇怪。有《灌口二郎歌》③,为时所称,以为不减李贺。又《题钟山》云:"往在秦淮问六朝。江头只有女吹箫。昭阳太极无行路,几岁鹅黄上柳条。"尝云:《花间集》只有五字佳,"丝雨湿流光"④,语意俱微妙。又有题酒家壁《浪淘沙》一词云:"还了酒家钱。便好安眠。大槐宫里著貂蝉。行到江南知是梦,雪压渔船。　磐薄古梅边。也是前缘。鹅黄雪白又醒然。一事最奇君记取,明日新年。"其词飘逸似方外尘表。又因字晋仙,相传以为仙也,误矣。晋有徐仙民,唐有牛仙客、王仙芝,岂皆仙乎? 甚矣,人之好奇而不察也。然观此则世之所传仙迹,不几类是哉?

【注释】

①周晋仙:即周文璞,生卒年不详。字晋仙,号方泉,又号野斋、山楂。南宋诗人,江湖诗派中人。著有《方泉先生诗集》四卷,《全

宋词》辑其词二首。

②郭璞(276—324)：字景纯。河东闻喜(今属山西)人。东晋著名
诗人，有《郭弘农集》。

③《灌口二郎歌》：《方泉先生诗集》无此题。《四库全书总目》卷
一百六十二《方泉集提要》："惟四卷之首有《瞿塘神君歌》，观
其词意，殆即所谓《灌口二郎歌》者，或文璞以名不雅驯，后改
此题欤？"

④丝雨湿流光：《花间集》无此五字，周文璞之语有误。王仲闻《南
唐二主词校订》断为冯延巳作。见冯《南乡子》词首句，"丝语"作
"细语"。

**【译文】**

　　周晋仙，名文璞，是南宋淳熙间人。其字称晋仙的原因，是因为名
为璞，义取郭璞，所以称晋仙。他擅长诗词，喜好以不寻常的人或事物
为题材。有《灌口二郎歌》，被当时的人所称赞，认为不次于李贺。又有
《题钟山》言："往在秦淮问六朝。江头只有女吹箫。昭阳太极无行路，
几岁鹅黄上柳条。"曾说：《花间集》只有五个字好，"丝雨湿流光"，语意
都微妙。又有题于酒家壁的《浪淘沙》一词言："还了酒家钱。便好安
眠。大槐宫里著貂蝉。行到江南知是梦，雪压渔船。　　磐薄古梅边。
也是前缘。鹅黄雪白又醒然。一事最奇君记取，明日新年。"其词洒脱
自然如世俗之外。又因字晋仙，相传以为是仙人，错了。晋代有徐仙民，
唐代有牛仙客、王仙芝，难道都是仙人吗？人们好奇但又不作考察，这太
过分了。然而，由此观之，世间所流传的仙人遗迹，不都与此相类似吗？

# 一二一　闲适之词

**【题解】**

　　本则举列宋傅大询《水调歌头》、宋黄昇《醉江月》、元刘因《风中柳》

以及宋吕本中《满江红》共四首"闲适"类词作,其中,前三首是完整摘引,后一首只录了首句。诸词重在展现乡居生活的清雅和宁静,抒写远离尘俗、返璞归真的情怀。对于这类闲适之作,杨慎是持赞赏和肯定态度的,因此他讲:"每独行吟歌之,不惟有隐士出尘之想,兼如仙客御风之游矣。"这也从一个侧面反映了杨慎的词学追求。

　　宋傅公谋《水调歌头》曰①:"草草三间屋,爱竹旋添栽。碧纱窗户,眼前都是翠云堆。一月山翁高卧,踏雪水村清冷,木落远山开。惟有平安竹,留得伴寒梅。　　唤家童,开门看,有谁来。客来一笑,清话煮茗更传杯。有酒只愁无客,有客又愁无月,月下且徘徊。明日人间事,天自有安排。"黄玉林《酹江月》云②:"吾庐何有,有一湾莲荡,数间茅宇。断垣疏篱聊补葺,那得粉墙朱户。禾黍西风,鸡豚晓日,活脱田家趣。客来茶罢,自挑野菜同煮。　　多少甲第连云,十眉环座③,人醉黄金坞。回首邯郸春梦破④,零落珠歌翠舞。得似衰翁,萧然陋巷,长作溪山主。紫芝可采⑤,更寻岩谷深处。"又刘静修《风中柳》云⑥:"我本渔樵,不是白驹过谷。对西山、悠然自足。北窗疏竹。南窗丛菊。爱村居、数间茅屋。　　风烟草屦,满意一川平绿。问前溪、今朝酒熟。幽泉歌曲。清泉琴筑。欲归来、故人留宿。"并吕居仁"东里先生,家何在"四词⑦,每独行吟歌之,不惟有隐士出尘之想,兼如仙客御风之游矣。昔人谓"诗情不似曲情多",信然。

【注释】

①傅公谋:即傅大询,生卒年不详。字公谋,号铃冈。宜春(今属江

西)人。南宋词人。《全宋词》录其词五首。所引词载《鹤林玉
露》,"唤家童"作"家童","无月"作"无酒","月下"作"酒熟"。

②黄玉林《酹江月》:此所录《酹江月》,《中兴以来绝妙词选》调下有
题,作"戏题玉林"。"吾庐"作"玉林","莲荡"作"莲沼","西风"
作"秋风"。

③十眉:指众多美女。

④邯郸春梦:喻指虚幻之事。唐沈既济《枕中记》:卢生在邯郸客店
中遇道士吕翁,用其所授瓷枕,睡梦中历数十年富贵荣华。及
醒,店主炊黄粱未熟。

⑤紫芝:也称木芝,似灵芝。古人以为瑞草,道教以为仙草。

⑥刘静修:即刘因(1249—1293),字梦吉,初名骃,字梦骥。保定容
城(今属河北)人。《元史》有传。工诗文,善画。此所引词见《静
修先生文集》卷十五,题作"饮山亭留宿","过谷"作"空谷","幽
泉"作"幽禽"。

⑦吕居仁:即吕本中(1084—1145),初名大中,字居仁。绍兴六年
(1136),赐进士出身,擢起居舍人兼权中书舍人。八年(1138),
迁中书舍人兼侍讲,兼权直学士院。因忤秦桧,提举太平观。诗
法黄庭坚,尝作《江西诗社宗派图》。又有《紫薇诗话》《童蒙训》
及《东莱集》二十卷。赵万里《校辑宋金元人词》辑有《紫薇词》一
卷,《全宋词》据以录入,存词二十七首。东里先生,家何在:出自
吕本中《满江红》:"东里先生,家何在、山阴溪曲。对一川平野,
数间茅屋。昨夜冈头新雨过,门前流水清如玉。抱小桥、回合柳
参天,摇新绿。　　疏篱下,丛丛菊。虚檐外,萧萧竹。叹古今
得失,是非荣辱。须信人生归去好,世间万事何时足。问此春、
春酝酒何如,今朝熟。"

## 【译文】

宋代傅公谋《水调歌头》言:"草草三间屋,爱竹旋添栽。碧纱窗户,

眼前都是翠云堆。一月山翁高卧,踏雪水村清冷,木落远山开。惟有平安竹,留得伴寒梅。　　唤家童,开门看,有谁来。客来一笑,清话煮茗更传杯。有酒只愁无客,有客又愁无月,月下且徘徊。明日人间事,天自有安排。"黄玉林《醉江月》言:"吾庐何有,有一湾莲荡,数间茅宇。断堑疏篱聊补葺,那得粉墙朱户。禾黍西风,鸡豚晓日,活脱田家趣。客来茶罢,自挑野菜同煮。　　多少甲第连云,十眉环座,人醉黄金坞。回首邯郸春梦破,零落珠歌翠舞。得似衰翁,萧然陋巷,长作溪山主。紫芝可采,更寻岩谷深处。"又有刘静修《风中柳》言:"我本渔樵,不是白驹过谷。对西山、悠然自足。北窗疏竹。南窗丛菊。爱村居、数间茅屋。　　风烟草屦,满意一川平绿。问前溪、今朝酒熟。幽泉歌曲。清泉琴筑。欲归来、故人留宿。"加之吕居仁"东里先生家何在"四词,每当独行吟咏歌唱它们,不仅有隐士超出世俗之想法,同时也如仙客御风之游。古人所说的"诗情不似曲情多",确实如此。

## 一二二　骊山词

**【题解】**

本则所载石刻词,乃金人仆散汝弼之作,非元人词。唐圭璋《词话丛编》:"案此词乃石刻金人词,非元人词。"清王昶《金石萃编》卷一百五十八载录此词并注云:"近侍副使仆散公,博学能文,尤工于诗。昔过华清,尝作《风流子》长短句,题之于壁,其清新婉丽,不减秦晏。四方衣冠,争诵传之,称为今之绝唱。恐久而湮灭,命刻于石,以传不朽。正大三年重九日承务郎主簿幕蔺记。"《全金元词》据以录入,调为"风流子",作者为仆散汝弼。词咏唐玄宗、杨贵妃及马嵬兵变事。

昔于临潼骊山之温汤<sup>①</sup>,见石刻元人一词曰:"三郎年少客<sup>②</sup>,风流梦、绣岭盅瑶环。渐浴酒发春,海棠睡暖,笑波生媚,荔子浆寒。况此际、曲江人不见,偃月事无端。羯鼓三声,打开蜀道,霓裳一曲,舞破潼关。　　　马嵬西去路,愁来无会处,但泪满关山。空有香囊遗恨,锦袜传看。玉笛声沈,楼头月下,金钗信杳,天上人间。几度秋风渭水,落叶长安。"再过之,石已磨为别刻矣。

### 【注释】

①温汤:即温泉。

②三郎:唐玄宗小字。因其排行第三,故称。唐刘肃《大唐新语》卷九《诙佞》:"睿宗与群臣呼公主为太平,玄宗为三郎。"

### 【译文】

从前在临潼骊山的温泉,见到石刻元人的一首词说:"三郎年少客,风流梦、绣岭盎瑶环。渐浴酒发春,海棠睡暖,笑波生媚,荔子浆寒。况此际、曲江人不见,偃月事无端。羯鼓三声,打开蜀道,霓裳一曲,舞破潼关。　　　马嵬西去路,愁来无会处,但泪满关山。空有香囊遗恨,锦袜传看。玉笛声沈,楼头月下,金钗信杳,天上人间。几度秋风渭水,落叶长安。"再经过骊山时,石头已经被磨平,刻上别的词了。

## 一二三 石次仲西湖词

### 【题解】

《多丽》一曲乃张孝的作品,非石孝友所作,杨慎误记。不过,杨慎以"清奇宕丽"评石孝友词,是恰当的。石孝友虽存词不少,但声名远不及苏、黄、柳永等,后世诟病者亦不在少数,如《四库全书总目》中《金谷遗音》"提要":"而长调类多献谀之作,小令亦间近于俚俗。"清冯煦《蒿庵论词》谓《金谷遗音》:"隽不及山谷,深不及屯田,密不及竹山,盖皆有其失而无其得也。"

　　杨慎又言：“宋之填词为一代独艺，亦犹晋之字、唐之诗。”《词品》卷一“仄韵绝句”则中，杨慎也讲过：“宋人作诗与唐远，而作词不愧唐人。”这都反映了杨慎对宋词文学特性和文学地位的体认。后世王国维在《〈宋元戏曲史〉序》更提出了“一代有一代之文学”的观念，为学界所广泛认可：“凡一代有一代之文学：楚之骚，汉之赋，六代之骈语，唐之诗，宋之词，元之曲，皆所谓一代之文学，而后世莫能继焉者也。”填词既为宋之“独艺”，自然会产生许多奇绝独特之作。但并不是所有的优秀作品都能流传后世，流传下来的也未必都是奇作。对此，杨慎深为感慨，《升庵诗话》曰：“噫，至言不出，俗言胜也，文亦有幸不幸哉！”这与《词品》之感叹如出一辙。这里，他举出的例子是唐代的胡曾和宋代的杜默。在他看来，这两个人才能平平，作品也为“识者”所讥笑，但都有作品流传后世。而真正的奇作，有些却湮没不闻，这实为文之不幸。


　　石次仲西湖《多丽》一曲云①：“晚山青。一川云树冥冥。正参差、烟凝紫翠，斜阳画出南屏。馆娃归、吴台游鹿②，铜仙去、汉苑飞萤③。怀古情多，凭高望极，且将樽酒慰漂零。自湖上、爱梅仙远，鹤梦几时醒。空留在、六桥疏柳，孤屿危亭。　　待苏堤、歌声散尽④，更须携妓西泠。藕花深、雨凉翡翠，菰浦软、风弄蜻蜓。澄碧生秋，闹红驻景，采菱新唱最堪听。一片水天无际，渔火两三星。多情月，为人留照，未过前汀。”次仲词在宋未著名，而清奇宕丽如此。宋之填词为一代独艺，亦犹晋之字、唐之诗，不必名家而皆奇也。然奇而不传者何限，而传者未必皆奇。如唐之胡曾⑤，宋之杜默⑥，识者知笑之，而不能靳其传⑦。盖亦有幸不幸乎？

## 【注释】

①石次仲:即石孝友,生卒年不详。字次仲。南昌(今属江西)人,
南宋词人。孝宗乾道二年(1166)进士,善词,有《金谷遗音》一
卷,存词一百四十九首。此所引《多丽》一词,为张鎡词,见《蜕岩
词》卷上。

②馆娃:古代吴宫名,春秋时吴王夫差为西施建造。这里借指
西施。

③铜仙:《汉书·郊祀志》:“(武帝)其后作柏梁、铜柱、承露仙人掌
之属。”颜师古注引《三辅故事》云:“建章宫承露盘高二十丈,大
七围,以铜为之,上有仙人掌承露,和玉屑饮之。”此化用李贺《金
铜仙人辞汉歌》诗意,寓国家兴亡之慨。

④苏堤:亦称“苏公堤”,在西湖中。北宋元祐年间,苏轼知杭州时,
疏浚西湖,堆泥筑堤,夹道杂植花柳,故称。

⑤胡曾:生卒年不详。号秋田。长沙(今属湖南)人,一作邵阳(今
属湖南)人。咸通中,屡试不第,后入蜀,高骈辟为掌书记。工
诗,尤善咏古。《全唐诗》卷六百四十七编其诗一卷,存诗一百六
十二首。

⑥杜默:生卒年不详。濮州(今山东鄄城)人。北宋文人。宋神宗
熙宁末年,特奏名,为新淦尉。师事石介,以歌行自负,石介、欧
阳修曾有诗称赞。

⑦靳:拒绝,阻拦。

## 【译文】

石次仲的咏西湖《多丽》一曲言:“晚山青。一川云树冥冥。正参
差、烟凝紫翠,斜阳画出南屏。馆娃归、吴台游鹿,铜仙去、汉苑飞萤。
怀古情多,凭高望极,且将樽酒慰漂零。自湖上、爱梅仙远,鹤梦几时
醒。空留在、六桥疏柳,孤屿危亭。　待苏堤、歌声散尽,更须携妓西
泠。藕花深、雨凉翡翠,菰蒲软、风弄蜻蜓。澄碧生秋,闹红驻景,采菱

新唱最堪听。一片水天无际，渔火两三星。多情月，为人留照，未过前汀。"石次仲的词在宋代并不出名，但已如此清新奇妙、跌宕明丽。填词是有宋一代的独特技艺，就如同晋代的字、唐代的诗，不一定是名家却都新奇。然而，新奇却不流传的原因有很多，而流传的未必都新奇。如唐代的胡曾、宋代的杜默，有见识的人知道讥笑他们，然而不能拒绝其流传。大概也存有幸运与不幸运之别吧？

## 一二四　梅词

**【题解】**

　　杨慎对咏梅之作情有独钟，《词品》曾多次论及这类词作，卷二中全篇摘引和举列的咏梅作品就有吕圣求（实为张耒）《东风第一枝》（老树浑苔），吴感《折梅花》（喜轻澌初绽），洪觉范《点绛唇》（流水泠泠），蒋捷《一剪梅》（一片春愁带酒浇）、《水龙吟》（醉兮琼瀣浮觞些）等。而所有的咏梅之作中，《词品》认为"古今梅词，以坡仙'绿毛幺凤'为第一"。这也突出显示了他对苏轼词作的欣赏和喜好。此所录《东风第一枝》非吕圣求词，杨慎误记。唐圭璋《词话丛编》案语云："此词乃张耒作，见《柯岩词》。"杨慎推苏轼《西江月·梅花》为梅词第一，又认为本词"亦在魁选"，给予了较高评价。

　　吕圣求《东风第一枝》词云："老树浑苔，横枝未叶，青春肯误芳约。背阴未返冰魂，阳梢已含红萼。佳人寒怯，谁惊起、晓来梳掠。是月斜窗外栖禽，霜冷竹间幽鹤。　　云淡澹，粉痕渐薄。风细细、冻香又落。叩门喜伴金樽，倚阑怕听画角。依稀梦里，半面浅窥珠箔。甚时重写鸾笺，去访旧游东阁。"古今梅词，以坡仙"绿毛幺凤"为第一①，此亦在魁选矣。

**【注释】**

①绿毛幺凤：出自苏轼《西江月·梅花》："玉骨那愁瘴雾，冰姿自有仙风。海仙时遣探芳丛。倒挂绿毛么凤。　素面翻嫌粉涴，洗妆不褪唇红。高情已逐晓云空，不与梨花同梦。"

**【译文】**

吕圣求《东风第一枝》词言："老树浑苔，横枝未叶，青春肯误芳约。背阴未返冰魂，阳梢已含红萼。佳人寒怯，谁惊起、晓来梳掠。是月斜窗外栖禽，霜冷竹间幽鹤。　云淡澹，粉痕渐薄。风细细、冻香又落。叩门喜伴金樽，倚阑怕听画角。依稀梦里，半面浅窥珠箔。甚时重写鸾笺，去访旧游东阁。"古今咏梅的词，以苏东坡的"绿毛幺凤"为第一，但吕圣求的这首词也是非常优秀的。

# 一二五 《折红梅》

**【题解】**

本则所引《折红梅》词，杜安世《寿域词》有载。《全宋词》据宋黄大舆辑《梅苑》卷三、《中吴纪闻》卷一，断为宋吴感作，题为"梅花馆小鬟"。

宋人《折红梅》词云："喜轻澌初绽①，微和渐入，郊原时节。春消息、夜来陡觉，红梅数枝争发。玉溪珍馆，不似个、寻常标格。化工别与，一种风情，似匀点胭脂，染成香雪。重吟细阅。比繁杏夭桃，品流终别。可惜彩云易散，冷落谢池风月。凭谁向说，《三弄》处、龙吟休咽②。大家留取倚阑干，闻有花堪折，劝君须折。"此词见杜安世集③。《中吴纪闻》又作吴应之④，未知孰是。

**【注释】**

①轻凘：细碎的薄冰。

②《三弄》：古曲名，即《梅花三弄》。龙吟：喻指笛声。东汉马融《长笛赋》："近世双笛从羌起，羌人伐竹未及已。龙鸣水中不见已，截竹吹之声相似。"

③杜安世：生卒年、行事不详。字寿域。京兆（今陕西西安）人。北宋词人。有《寿域词》，《直斋书录解题》著录为一卷，《全宋词》录存八十四首。

④《中吴纪闻》又作吴应之：宋龚明之《中吴纪闻》卷一："吴感，字应之，以文章知名。天圣二年，省试为第一。又中天圣九年书判拔萃科，仕至殿中丞。居小市桥，有侍姬曰红梅，因以名其阁。尝作《折红梅》词。"《中吴纪闻》，原误为"《中吴记闻》"，笔记，宋龚明之撰。六卷。主要记中吴地区文人轶事、故老懿行、风土人情、文人唱和题赠等。

**【译文】**

宋人《折红梅》词言："喜轻凘初绽，微和渐入，郊原时节。春消息、夜来陡觉，红梅数枝争发。玉溪珍馆，不似个、寻常标格。化工别与，一种风情，似匀点胭脂，染成香雪。　　重吟细阅。比繁杏夭桃，品流终别。可惜彩云易散，冷落谢池风月。凭谁向说，《三弄》处、龙吟休咽。大家留取倚阑干，闻有花堪折，劝君须折。"这首词见杜安世集。《中吴纪闻》又作吴应之，不知哪个对。

# 一二六　洪觉范梅词

**【题解】**

本则所引《点绛唇》词，南宋黄大舆《梅苑》卷十、宋黄昇《唐宋诸贤绝妙词选》、杨慎《词品》本则及《百斛明珠》卷四等作释惠洪词；《苕溪渔

隐丛话》前集卷五十九作孙和仲词。宋陈鹄《耆旧续闻》卷一载："待制
公(朱翌)十八岁时,尝作乐府云:'流水泠泠,断桥斜路横枝亚。雪飞
下,全胜江南画。　　白璧青钱,欲买春无价。归来也,风吹平野,一点
香随马。'朱希真访司农公不值,于几案间阅见此词,惊赏不已,遂书于
扇而去,初不知何人作也。一日洪觉范见之,叩其所从来,朱具以告,二
人因同往谒司农公,问之,公亦愕然,客退,从容询及待制公。公始不敢
对,既而以实告。"据此,唐圭璋先生《宋词纪事》断为朱翌作,《全宋词》
亦归朱翌名下。唐说是,宜从。

　　洪觉范咏梅《点绛唇》词云:"流水泠泠,断桥斜路梅枝
亚①。雪花飞下。浑似江南画。　　白璧青钱,欲买春无
价。春归也。风吹平野。一点香随马。"梅词如此清俊,亦
仅有者,惜未入《草堂》之选。

**【注释】**

①梅枝亚:传本多作"横枝亚"。亚,低矮。

**【译文】**

　　洪觉范的咏梅《点绛唇》词言:"流水泠泠,断桥斜路梅枝亚。雪花
飞下。浑似江南画。　　白璧青钱,欲买春无价。春归也。风吹平野。
一点香随马。"咏梅词如此清新隽永,也是仅有的,可惜未选入《草堂诗
余》。

## 一二七　曹元宠梅词

**【题解】**

　　此则批评曹组蹈袭苏轼诗句,并对曹组的人品予以抨击和指斥。
曹组是徽宗的文学侍臣,"以占对开敏得幸"(《宋史·曹勋传》),确为

"近幸之臣"。据其子曹勋的描述，"东坡谓先公深于明经、史学"（曹勋《松隐文集》卷十一《敬题箕颖集后》自注），可见，曹组也曾得到过苏轼的奖掖。曹组暗用苏句，实际上也正从一个侧面反映了在禁绝苏学的历史背景下人们依然研习和喜好苏轼作品的历史事实。杨慎崇尚苏轼其人、其作，又鄙薄曹组之为人，因此才有"掩耳盗铃""奸臣丑正恶直"之评。实际上，曹组之词也并非一无是处，在当时还是有一定影响的。宋王灼《碧鸡漫志》卷二就曾讲："每出长短句，脍炙人口"，"今少年不学柳耆卿，则学曹元宠"。文中所引梅词，似乎也不该简单理解为对东坡词句的蹈袭，《蓼园词评》就曾辨析说："此词佳处，不在'一枝斜'句，佳在前后段跳脱处，情景交融，语多隽耳。"

曹元宠梅词[①]："竹外一枝斜，想佳人天寒日暮[②]。"用东坡"竹外一枝斜更好"之句也[③]。徽宗时禁苏学，元宠又近幸之臣，而暗用苏句，其所谓掩耳盗铃者。噫，奸臣丑正恶直，徒为劳尔。

**【注释】**

①曹元宠：即曹组，生卒年不详。字彦章，后更字元宠。北宋词人。有《箕颖集》二十卷，不传。《全宋词》录其词三十六首。

②竹外一枝斜，想佳人天寒日暮：出自曹组《蓦山溪》："洗妆真态，不在铅华御。竹外一枝斜，想佳人、天寒日暮。黄昏小院，无处著清香，风细细，雪垂垂，何况江头路。　　月边疏影，梦到销魂处。结子欲黄时，又须著、廉纤细雨。孤芳一世，供断有情愁，销瘦却，东阳也，试问花知否？"

③竹外一枝斜更好：出自宋苏轼《和秦太虚〈梅花〉》："西湖处士骨应槁，只有此诗君压倒。东坡先生心已灰，为爱君诗被花恼。多

情立马待黄昏，残雪消迟月出早。江头千树春欲暗，竹外一枝斜
更好。孤山山下醉眠处，点缀裙腰纷不扫。万里春随逐客来，十
年花送佳人老。去年花开我已病，今年对花还草草。不知风雨
卷春归，收拾余香还畀昊。"

**【译文】**

曹元宠的咏梅词："竹外一枝斜，想佳人天寒日暮。"袭用苏东坡"竹
外一枝斜更好"之句。徽宗时禁绝"苏学"，曹元宠又是帝王宠爱之臣，
而暗用苏东坡的句子，是所谓的掩耳盗铃。唉，奸臣嫉害正直的人，徒
劳罢了。

# 一二八　李汉老

**【题解】**

本则对李邴《汉宫春》（潇洒江梅）一词予以极高的评价。此词《梅
苑》卷一有载，杨慎认为乃《梅苑》入选词中之最佳者。李邴《汉宫春》一
词历来多为人所称誉，如，清陈廷焯《云韶集》卷四评此词："起数语不减
东坡、和靖梅花诗，而骨韵更胜，宜其播传一时也。"《蓼园词评》亦曰：
"借梅写照，丰神蕴藉。"由此推之，杨慎之评亦不完全是溢美之辞。本
则还承上则对曹组及其《蓦山溪》（洗妆真态）一词进行了评判。在鄙薄
曹组的同时，也对其人其作有所肯定。

李汉老①，名邴，号云龛居士。父昭玘②，元祐名士，东坡
门生。汉老才学，世其家者也。其《汉宫春》梅词入选，最
佳。曹元宠梅词："竹外一枝斜，想佳人、天寒日暮。黄昏院
落，无处著清香，风细细，雪融融，何况江头路。"甚工，而结句
落韵殊不强人意，曹盖富于才而贫于学也。汉老咏美人写字
云："云情散乱未成篇，花骨欹斜终带软③。"亦新美可喜。

**【注释】**

①李汉老：即李邴(1085—1146)，字汉老，号云龛。任城(今山东济宁)人，一作钜野(今山东巨野)人。有《草堂集》一百卷，不传。周泳先辑有《云龛草堂词》，得九首。

②父昭玘：即李昭玘，乃李邴伯父，杨慎误记。李邴序李昭玘《乐静集》曰："东坡罢徐守，时伯父以书抵之……其为诗奇丽惬适，章断句绝，余思羡溢，得诗人味外之味，此其大略也。"《中兴以来绝妙词选》卷一李汉老"小传"："李汉老，名邴，号云龛居士。其伯父昭玘，字成季，元祐名士。"李昭玘，《宋史·李昭玘传》："李昭玘，字成季，济南人。少与晁补之齐名，为苏轼所知。擢进士第，徐州教授。"

③云情散乱未成篇，花骨欹斜终带软：出自李邴《木兰花·美人书字》："沉吟不语晴窗畔。小字银钩题欲遍。云情散乱未成篇，花骨欹斜终带软。　　重重说尽情和怨。珍重提携常在眼。暂时得近玉纤纤，翻羡缕金红象管"。

**【译文】**

李汉老，名邴，号云龛居士。他的伯父是李昭玘，元祐年间的知名人士，是苏东坡的弟子。李汉老的才学，世袭其家学。他的《汉宫春》咏梅词是《梅苑》入选词中最好的。曹元宠的咏梅词："竹外一枝斜，想佳人天寒日暮。黄昏院落，无处著清香，风细细，雪融融，何况江头路。"十分精妙，而结句出韵不能十分令人满意，曹元宠大概有才但学问贫乏。李汉老咏美人写字言："云情散乱未成篇，花骨欹斜终带软。"也新奇美好令人喜爱。

# 一二九　蒋捷《一剪梅》

**【题解】**

蒋捷《一剪梅》一词以丽景写愁情，灵动流丽，色彩绚丽，确为倦游思归类题材中之佳品,故为杨慎所选录。《词品》所载在文字上与传本有所不同,不知杨慎所据为何。唐圭璋《词话丛编》案语曰:"'容'一作'渡','娇'一作'桥','何日雨帆卸浦桥',一作'何日归家洗客袍'。"

　　蒋捷《一剪梅》词云①:"一片春愁带酒浇。江上舟摇。楼上帘招。秋娘容与泰娘娇②。风又飘飘。雨又潇潇。何日云帆卸浦桥。银字筝调③。心字香烧。流光容易把人抛。红了樱桃。绿了芭蕉。"

**【注释】**

①蒋捷《一剪梅》词:该词题作"舟过吴江"。

②秋娘容与泰娘娇:蒋捷《行香子·舟宿兰湾》有"过窈娘堤,秋娘渡,泰娘桥"句,据此,本句当作"秋娘渡与泰娘桥"。秋娘渡、泰娘桥,均为吴江地名。

③银字筝:乐器名。

**【译文】**

　　蒋捷《一剪梅》词言:"一片春愁带酒浇。江上舟摇。楼上帘招。秋娘容与泰娘娇。风又飘飘。雨又潇潇。　　何日云帆卸浦桥。银字筝调。心字香烧。流光容易把人抛。红了樱桃。绿了芭蕉。"

## 一三〇　心字香

**【题解】**

　　本则叙"心字香"的含义及其在宋词中的运用,并引范成大《骖鸾录》介绍了此香的制作过程。"心字香"是一种香的名称,用香末做成"心"字形,置于香炉中焚之。因此,杨慎讲,"以香末萦篆成心字也"。由此,心字香除了具有一般香料的怡人心脾、清神爽气的功能外,还蕴含了情致绵密、心心相印之趣。范成大《骖鸾录》较详细地记录了此香的用料及制作过程,为后人了解宋词的民俗文化提供了可贵的史料参照。现存蒋捷《竹山词》三次提及心字香,其中,《一剪梅·舟过吴江》最值得称道。全词以"春愁"带起,含蓄地抒写了风雨飘摇中的离乱颠沛之苦。在这里,"心字香"是家庭居常所用之物,正寄托了作者对温馨惬意的家居生活的向往。晏幾道《临江仙》一词中有"两重心字罗衣"句,此前的解释中,多认为是指罗衣领曲如"心"形,并寓心心相印之意。杨慎则认为,"心字罗衣,则谓心字香熏之尔",此解亦与全词情调相合,别有意趣,颇值参照。

　　词家多用"心字香",蒋捷词云:"银字筝调。心字香烧①。"张于湖词②:"心字夜香清③。"晏小山词:"记得年时初见,两重心字罗衣④。"范石湖《骖鸾录》云⑤:"番禺人作心字香,用素馨茉莉半开者,著净器中。以沉香薄劈,层层相间,密封之。日一易,不待花蔫。花过香成。"所谓心字香者,以香末萦篆成心字也。心字罗衣,则谓心字香熏之尔。或谓女人衣曲领如"心"字,又与此别。

**【注释】**

①银字筝调。心字香烧:出自蒋捷《一剪梅·舟过吴江》,见上则《蒋捷〈一剪梅〉》。亦见蒋捷《行香子·舟宿兰湾》:"红了樱桃。绿了芭蕉。送春归、客尚蓬飘。昨宵谷水,今夜兰皋。奈云溶溶,风淡淡,雨潇潇。　　银字笙调。心字香烧。料芳悰、乍整还凋。待将春恨,都付春潮。过窈娘堤,秋娘渡,泰娘桥。"

②张于湖:即张孝祥(1132—1170),字安国,号于湖居士。历阳乌江(今安徽和县)人。绍兴二十四年(1154),进士第一,授签书镇

东军节度判官。后除起居舍人等，知平江府。《宋史》有传。工诗文，长书法，有《于湖居士文集》四十卷，词有《于湖居士长短句》五卷。《全宋词》收录其词二百二十三首。

③心字夜香清：《于湖集》不载。明陈耀文《花草粹编》卷二十一录有《金盏子·秋思》一词，内有此句，署蒋捷。《彊村丛书》本《竹山词》作"心字夜香消"，题作《金盏子》，《全宋词》据以录入。全词如下："练月萦窗，梦乍醒、黄花翠竹庭馆。心字夜香消，人孤另、双鹣被池羞看。拟待告诉天公，减秋声一半。无情雁。正用恁时飞来，叫云寻伴。　　犹记杏桃暖。银烛下、纤影卸佩款。春涡晕，红豆小，莺衣嫩，珠痕淡印芳汗。自从信误青骊，想笼莺停唤。风刀快，翦尽画檐梧桐，怎翦愁断。"

④记得年时初见，两重心字罗衣：出自晏几道《临江仙》："梦后楼台高锁，酒醒帘幕低垂。去年春恨却来时。落花人独立，微雨燕双飞。　　记得小蘋初见，两重心字罗衣。琵琶弦上说相思。当时明月在，曾照彩云归。"年时，《小山词》作"小蘋"。

⑤范石湖：即范成大（1126—1193），字致能，一字幼元，早号此山居士，晚号石湖居士。苏州吴县（今属江苏）人。南宋中兴四大诗人之一。绍兴二十四年（1154）进士，累官礼部员外郎、中书舍人、权礼部尚书等，拜参知政事。后归石湖，里居七年。绍熙三年（1192）加资政殿大学士知太平州，次年卒，谥文穆。有《石湖大全集》一百二十六卷，已佚。今存《石湖诗集》三十四卷，《石湖词》一卷。《骖鸾录》：范成大纪行之作，一卷，作于乾道八年（1172）范成大以集英殿修撰知静江府、广西经略安抚使时。

## 【译文】

词家多用"心字香"，蒋捷词言："银字筝调。心字香烧。"张于湖的词："心字夜香清。"晏小山的词："记得年时初见，两重心字罗衣。"范石湖《骖鸾录》言："番禺人制作心字香，把半开的素馨和茉莉花，放置在干净的器皿中。把沉香劈成薄片,层层相隔,把器皿密封起来。每天换一次,不等花枯萎。花期过后,香也就制作成功了。"所谓心字香,是用香末雕刻成心字。心字罗衣,则是说心字香熏之罢了。有的说是女人的罗衣领曲如"心"形,又与此有别。

# 一三一 招落梅魂

## 【题解】

蒋捷《水龙吟》一词,每句末均用"些"(读作"suò")字,通篇押"些"韵,从形式上看颇具特色。词题中明确讲"效稼轩体",可知是有意效仿辛弃疾词。那么,是效仿辛弃疾的哪首词或哪一类词呢?杨慎以为是效其《醉翁操》。该词用楚辞体,大量用到了"兮"字,从这一方面来看,确与蒋捷《水龙吟》颇多相似。但蒋捷《水龙吟》通篇押"些"韵,这和辛弃疾《醉翁操》有很大不同,可知,杨慎所论不确。唐圭璋《词话丛编》本则后有案语曰:"蒋捷词乃效稼轩《水龙吟》押些字,并非效稼轩《醉翁操》。"是说确当。兹录辛弃疾《水龙吟·用些语再题瓢泉,歌以饮客,声韵甚谐,客皆为之釂》词于此,以便参照比较:"听兮清佩琼瑶些。明兮镜秋毫些。君无去此,流昏涨腻,生蓬蒿些。虎豹甘人,渴而饮汝,宁猿猱些。大而流江海,覆舟如芥,君无助,狂涛些。　　路险兮、山高些。块予独处无聊些。冬槽春盎,归来为我,制松醪些。其外芳芬,团龙片凤,煮云膏些。古人兮既往,嗟予之乐,乐箪瓢些。"

蒋捷《水龙吟》乃为落梅招魂之作,通篇用比兴,景情相生,空灵澄澈,蕴涵悠深。杨慎对这类体式比较欣赏,因此评价说:"其词幽秀古艳,迥出纤冶秾华之外,可爱也。"《楚辞》有《招魂》篇,蒋捷为落梅招魂显然是有意效法《楚辞》。从形式上看,《招魂》句尾用"些"字,如"魂兮归来,去君之恒干,何为四方些"。此种形式也为蒋捷《水龙吟》所取。杨慎又评,"小词中《离骚》",仅见蒋捷《水龙吟》和辛弃疾《醉翁操》二首。这两首词都运用了比兴手法,且形式上多用"些""兮"等虚字,因此,若言其有得《离骚》之风格和意趣,当然是成立的。而且,宋词中押"些"韵者,确乎只有蒋捷和辛弃疾的两首《水龙吟》。不过,"小词中《离骚》"的例子似乎仍可举出不少。如,史达祖《惜黄花·九月七日定兴道中》、吴文英《江南春·赋张药翁杜衡山庄》等,这些词在情感、句式、用字等方面也都明显取法于《离骚》。

　　蒋捷有效稼轩体招落梅魂《水龙吟》一首云①:"醉兮琼瀣浮觞些。招兮遣巫阳些②。君勿去此,飔风将起,天微黄些。野马尘埃③,污君楚楚,白霓裳些。驾空兮云浪,茫洋东下,流君往他方些。　　月满兮方塘些。叫云兮笛凄凉些。归来兮为我,重倚蛟背,寒鳞苍些。俯视春红,浩然一笑,吐出香些。翠禽兮弄晚,招君未至,我心伤些。"其词幽秀古艳,迥出纤冶秾华之外,可爱也。稼轩之词曰《醉翁操》,并录于此。"长松。之风。如公。肯予从。山中。人心与吾兮谁同。湛湛千里之江,上有枫。噫,送子于东。望君之门兮九重。女无悦己,谁适为容。　　不龟手药④,或一朝兮取封。昔与游兮皆童。我独穷兮今翁。一鱼兮一龙。劳心兮冲冲。噫,命与时逢。子取之食兮万钟。"小词中《离骚》,仅见此二首也。

【注释】

①蒋捷有效稼轩体招落梅魂《水龙吟》一首:此词见《竹山词》,调为《水龙吟》,题作"效稼轩体招落梅之魂",文字小有不同。

②巫阳:古代传说中的女巫。《楚辞·招魂》:"帝告巫阳曰:'有人

在下,我欲辅之。魂魄离散,汝筮予之。'"

③野马:指野外蒸腾的水汽。《庄子·逍遥游》:"野马也,尘埃也。
生物之以息相吹也。"郭象注:"野马者,游气也。"

④不龟(jūn)手药:使手不冻裂的药。《庄子·逍遥游》:"宋人有善
为不龟手之药者,世世以洴澼絖为事。客闻之,请买其方百
金……客得之,以说吴王。越有难,吴王使之将。冬,与越人水
战,大败越人。裂地而封之。"

【译文】

蒋捷有仿效稼轩词体招落梅魂《水龙吟》一首言:"醉兮琼瀣浮觞
些。招兮遣巫阳些。君勿去此,飓风将起,天微黄些。野马尘埃,污君
楚楚,白霓裳些。驾空兮云浪,茫洋东下,流君往他方些。 月满兮
方塘些。叫云兮笛凄凉些。归来兮为我,重倚蛟背,寒鳞苍些。俯视春
红,浩然一笑,吐出香些。翠禽兮弄晚,招君未至,我心伤些。"他的词幽
雅秀美古雅艳丽,超出细巧艳丽之外,令人喜爱。稼轩的词称《醉翁
操》,一同载录于此。"长松。之风。如公。肯予从。山中。人心与吾
兮谁同。湛湛千里之江,上有枫。噫,送子于东。望君之门兮九重。女
无悦己,谁适为容。 不龟手药,或一朝兮取封。昔与游兮皆童。我
独穷兮今翁。一鱼兮一龙。劳心兮冲冲。噫,命与时逢。子取之食兮
万钟。"小词中的《离骚》,仅见这二首。

# 一三二 柳枝词

【题解】

唐人咏柳之作甚多,杨慎举出无名氏诗两首,以为"柳词当以二首为
冠"。前一首"万里长江一带开"一诗,借隋堤之柳讥刺隋炀帝。炀帝为巡
幸江南,不惜劳民伤财开凿大运河,后世诗人对此多有抨击。此诗言此
意彼,蕴含悠深,杨慎评为"咏史咏物,两极其妙"是十分精当的。后一首

诗抒写"情致",清润浏亮,颇有民歌风味,同样是不可多得的佳作。杨慎所谓"小说",可能就是指《云溪友议》。按照《云溪友议》的记载,该诗乃刘禹锡所作,周德华只是演唱者。杨慎言"周德华之作",或许另有所本。

《升庵诗话》也有类似记载:"《丽情集》载湖州妓周德华者,刘采春女也,唱刘禹锡《柳枝词》云:'春江一曲柳千条……'此诗甚佳,而刘集不载,然此诗隰栝白香山古诗为一绝,而其妙如此。"杨慎所言白居易"古诗"指《板桥路》一诗,诗曰:"梁苑城西二十里,一渠春水柳千条。若为此路今重过,十五年前旧板桥。曾共玉颜桥上别,不知消息到今朝。""清江一曲"一诗刘禹锡本集不载,综合《云溪友议》《升庵诗话》的有关记载来看,此诗很可能是伶人改造白居易《板桥路》诗而成。

　　唐人柳枝词,刘禹锡、白乐天而下,凡数十首。予独爱无名氏云:"万里长江一带开。岸边杨柳是谁栽。锦帆落尽西风起,惆怅龙舟更不回①。"此词咏史咏物,两极其妙。首句见隋开汴通江。次句"是谁栽"三字作问词,尤含蓄。不言炀帝,而讥吊之意在其中。末二句俯仰今古,悲感溢于言外。若情致则"清江一曲柳千条。十五年前旧板桥。曾与情人桥上别,更无消息到今朝"。此词小说以为刘采春女周德华之作②。又云刘禹锡,然刘集中不载也。柳词当以二首为冠。

**【注释】**

①"万里长江一带开"几句:五代何光远《鉴诫录》卷七"亡国音"条引唐胡曾《咏史诗》曰:"万里长江一旦开,岸边杨柳几千栽。锦帆未落干戈起,惆怅龙舟更不回。"宋王灼《碧鸡漫志》第五录为"前辈"无名氏诗,文字同。宋洪迈《万首唐人绝句》卷五十三载胡曾《汴水》诗:"千里长河一旦开,亡隋波浪九天来。锦帆未落

干戈起，惆怅龙舟更不回。”

②小说以为刘采春女周德华之作：唐范摅《云溪友议·温裴黜》载：

"湖州崔郎中刍言，初为越副戎，宴席中有周德华。德华者，乃刘
采春女也。虽《啰唝》之歌不及其母，而《杨柳枝》词采春难
及……所唱者七八篇，乃近日名流之咏也……刘禹锡尚书一首：
'春江一曲柳千条，二十年前旧板桥。曾与美人桥上别，恨无消
息至今朝。'"

【译文】

唐人的柳枝词，刘禹锡、白乐天以来，共数十首。我独爱无名氏言：
"万里长江一带开。岸边杨柳是谁栽。锦帆落尽西风起，惆怅龙舟更不
回。"这首词咏史咏物，两方面都精妙。首句见隋代开汴通江。次句用
"是谁栽"三字发问，十分含蓄。不说隋炀帝，但讥讽、凭吊之意在其中。
末二句沉思默想古今，悲感溢于言外。若谈情趣则有"清江一曲柳千
条。十五年前旧板桥。曾与情人桥上别，更无消息到今朝"。这首词小
说认为是刘采春的女儿周德华的词作。又说是刘禹锡，然而刘禹锡集
中没有收录。咏柳词当以这二首为冠。

# 一三三 《竹枝词》

【题解】

杨维桢闲居杭州西湖期间，尝作《竹枝词》以咏西湖。文人墨客纷
纷属和，杨维桢将这些诗编为《西湖竹枝集》，加以评点，注明作者简历，
刊行于世。其事载杨维桢《西湖竹枝集序》："余闲居西湖者七八年，与
茅山外史张贞居、苕溪郊九成辈为唱和交。水光山色，浸沈胸次，洗一
时尊俎粉黛之习，于是乎有《竹枝》之声。好事者流布南北，名人韵士属
和者，无虑百家。"明曹学佺《石仓历代诗选》卷二百六十二《题西湖竹枝
词后》亦记："右杨廉夫《竹枝词》，不在《全集》内，而此本为冯开之司成

得自徐茂吴司李斋中。有天顺三年和维序,云:'铁崖晚岁寓居西湖,日与郯韶辈留连诗酒,乃舍泛语,更为清唱,首赋《西湖竹枝词》若干首,一时从而和者数百家,虽妇人女子之作,亦为收录。集成,铁崖既加评点,仍于诸家姓字之下,注其平昔去处之详。板行海内,久之湮灭'云。按今得词一百八十五首,计一百二十人。"据此,杨慎所谓"一时和者五十余人,诗百十余首"并不准确。

　　元杨廉夫《竹枝词》<sup>①</sup>,一时和者五十余人,诗百十余首。予独爱徐延徽一首云<sup>②</sup>:"尽说卢家好莫愁。不知天上有牵牛。剩抛万斛燕脂水,泻向银河一色秋。"

**【注释】**

①杨廉夫:即杨维桢(1296—1370),字廉夫,号东维子,自号铁崖,又号铁笛道人。绍兴会稽(今属浙江)人,一说诸暨(今属浙江)人。元末诗坛领袖,其诗被称为"铁崖体"。所著诗文甚多,有《东维子集》《铁崖古乐府》《复古诗集》《铁崖文集》等传世。

②徐延徽:即徐哲,生卒年不详。字延徽。莱州莱阳县(今属山东)人。元代人。《西湖竹枝集》收其诗五首。

**【译文】**

　　元代杨廉夫的《竹枝词》,一时和者五十多人,诗百十余首。我独爱徐延徽的一首词言:"尽说卢家好莫愁。不知天上有牵牛。剩抛万斛燕脂水,泻向银河一色秋。"

## 一三四　莲词第一

**【题解】**

本则引录了欧阳修的两首咏莲词,并给予了很高的评价。第一首词,开篇三句较为细致地描摹了莲叶、莲花的颜色和气息等,并以"脱洒"一词突出了其高雅脱俗的内在气质。四、五句承前总结,以议论之笔比较轩轾,通过对牡丹王者地位的质疑传达出言外之意:莲花实有甚于牡丹。下阕由摹物转为写人,通过细节刻画和环境渲染,细腻地展现了闺中人的情思和意绪。帘外清香四溢,闺中彩笔生花,自然之莲与心中之思相映成趣,浑然一体,承接工巧,细密精致。因此,杨慎言其"工致",是颇得个中三昧。后一首词,开篇即援典。以纤腰楚女喻莲之茎干,以见其亭亭玉立之状;以卓文君之面容喻莲花,以见其滑泽、细腻之态。以人喻物,风情韵致尽显。下文以人物活动为描摹重点,通过听鼓、嗅芯、倚栏、凝望等细节,极写主人公的眷眷情思与淡淡哀愁。全词空灵秀洁,不即不离,体物之工与拟人之妙绾合为一个有机的整体。杨慎评为工致、情思"两极","古今莲词第一",应该说也是深谙其趣。

　　欧阳公咏莲花《渔家傲》云:"叶重如将青玉亚。花轻疑是红绡挂。颜色清新香脱洒。堪长价。牡丹怎得称王者。　　雨笔露笺吟彩画。日炉风炭熏兰麝。天与多情丝一把。谁厮惹。千条万缕萦心下[1]。"又云:"楚国纤腰元自瘦。文君腻脸谁描就。日夜鼓声催箭漏。昏复昼。红颜岂得长如旧。　　醉折嫩房红芯嗅。天丝不断清香透。却倚小阑凝望久。风满袖。西池月上人归后[2]。"前首工致,后首情思两极,古今莲词第一也。

**【注释】**

①"叶重如将青玉亚"几句:词载《欧阳文忠公集·近体乐府》卷二,"吟彩画"作"匀彩画"。炉,香炉,焚香用的器具。

②"楚国纤腰元自瘦"几句:该词亦载《欧阳文忠公集·近体乐府》

卷二，"纤腰"作"细腰"，"却倚"作"却傍"。又见晏殊《珠玉词》。

【译文】

欧阳修咏莲花《渔家傲》言："叶重如将青玉亚。花轻疑是红绡挂。颜色清新香脱洒。堪长价。牡丹怎得称王者。　　雨笔露笺吟彩画。日炉风炭熏兰麝。天与多情丝一把。谁厮惹。千条万缕萦心下。"又言："楚国纤腰元自瘦。文君腻脸谁描就。日夜鼓声催箭漏。昏复昼。红颜岂得长如旧。　　醉折嫩房红芯嗅。天丝不断清香透。却倚小阑凝望久。风满袖。西池月上人归后。"前一首工巧精致，后一首情趣和文采两方面都好，是古今咏莲词的第一名。

# 卷三

## 一三五 苏易简

**【题解】**

苏易简词,现存只有《越江吟》一首,宋文莹《续湘山野录》载此词:"神仙神仙瑶池宴。片片。碧桃零落春风晚。翠云开处,隐隐金舆挽。玉麟背冷清风远。"另《冷斋夜话》亦有选录,但文字上出入甚大:"非云非烟瑶池宴。片片。碧桃零乱黄金殿。虾须半卷天香散。春云和,孤竹清婉。入霄汉。红颜醉态烂熳。金舆转。霓旌影乱。箫声远。"《全宋词》据《续湘山野录》录作正文,以《冷斋夜话》所载录作附录。

苏易简①,梓州人,宋太宗朝状元。所著有文集及《文房四谱》行于世。宋世蜀之大魁,自苏始。其后阆州三人,简州四人,夔州一人,终宋三百年得十六人,而陈氏、许氏皆兄弟,可谓盛矣。苏之词,惟《越江吟》应制一首②,见予所选《百琲明珠》③。

**【注释】**

①苏易简(958—996):字太简。梓州桐山(今四川中江)人。太平

兴国五年(980)进士第一。著有《文房四谱》《续翰林志》等。词
存《越江吟》一首。

②《越江吟》：宋文莹《续湘山野录》云："太宗尝酷爱官词中十小调
子……命近臣十人各探一调，撰一词。苏翰林易简探得《越江
吟》。"词载于《续湘山野录》与《冷斋夜话》。

③《百琲明珠》：词选，杨慎编，杜祝进订补，五卷。该书依调编选，
收录唐宋金元词一百家，词作一百五十八首，间有评语。

## 【译文】

苏易简，是梓州人，宋太宗时期的状元。著有文集及《文房四谱》流
传于世。宋代蜀地的状元，自苏易简开始。其后有阆州三人、简州四
人、夔州一人，宋代三百年共有十六人，而陈氏、许氏都是兄弟，可称兴
盛。苏易简的词，只《越江吟》应制词一首，见我所选的《百琲明珠》。

# 一三六　韩范二公词

## 【题解】

杨慎论词主"情致"，这在《词品》中多有体现。本则中，杨慎又列举了
韩琦和范仲淹的两首词，意欲说明二公虽贵为名公重臣，但词作亦多抒
写情致。杨慎所处的时代，理学统治文坛，复古之风大盛。在理学家看
来，情欲与天理水火不容，"情之溺人也，甚于水"(宋邵雍《〈伊川击壤集〉
序》)。词以抒写情性为主，自然就受到了理学家的轻视和排斥。但在杨
慎看来，"大抵人自情中生，焉能无情"，因此，词中抒写情致是合情合理
的。在此认识基础上，杨慎批评了禅家的"绝欲"之说和道家的"忘情"之
说，并引其友朱良矩的话，特别突出了风月、花柳和歌舞在"三才"中的地
位。风月、花柳之属，也正是传统词作的主要表现范围，是构成词中"情致"
不可或缺的因素。由此可见，杨慎对传统词学的情感内容和表现方式并不
排斥。"主情"是杨慎一以贯之的文学主张。此论上承六朝的"诗缘情"理

论,突出强调了词的抒情功能,实际上也是对词的历史地位和文学特性的充分肯定。在理学盛行、扬理抑情的文化背景下,此论明显包涵了对理学及其思想主张的批判和反驳。杨慎一方面强调了情之必有和词中写情之必然,另一方面又主张"不过甚",要"寡欲养心,约情合中"。这实际上是对传统儒学"发乎情,止乎礼义"和"乐而不淫,哀而不伤"等观念的继承。

　　韩魏公《点绛唇》词云①:"病起恹恹,庭前花树添憔悴。乱红飘砌。滴尽真珠泪。　　惆怅前春,谁向花前醉。愁无际。武陵凝睇。人远波空翠。"范文正公《御街行》云②:"纷纷坠叶飘香砌。夜寂静,寒声碎。珍珠帘卷玉楼空,天澹银河垂地。年年今夜,月华如练,长是人千里。　　愁肠已断无由醉。酒未到,先成泪。残灯明灭枕头敧,谙尽孤眠滋味③。都来此事,眉间心上,无计相回避。"二公一时熏德重望,而词亦情致如此。大抵人自情中生,焉能无情,但不过甚而已。宋儒云禅家有为绝欲之说者,欲之所以益炽也;道家有为忘情之说者,情之所以益荡也。圣贤但云寡欲养心,约情合中而已④。予友朱良矩尝云⑤:"天之风月,地之花柳,与人之歌舞,无此不成三才⑥。"虽戏语亦有理也。

**【注释】**

①韩魏公:即韩琦(1008—1075),字稚圭。相州安阳(今属河南)人。天圣五年(1027)进士,明道初,召试,授太常丞、直集贤院。嘉祐初,历同中书门下平章事、昭文馆大学士,累封魏国公。卒赠尚书令,谥忠献。有《安阳集》。《全宋词》存其词四首,残句二。

②范文正公:即范仲淹(989—1052),字希文。苏州吴县(今属江苏)

人。大中祥符八年(1015)进士,仕至枢密副使、参知政事,以资政
殿学士为陕西四路宣抚使。卒赠兵部尚书、楚国公,谥文正。有
《范文正集》,《全宋词》录其词五首。所引词题为"秋日怀旧"。

③谙:经历,经受。

④约情合中:宋程颐《颜子所好何学论》:"是故觉者约其情使合于
中,正其心,养其性,故曰'性其情'。"

⑤朱良矩:生卒年、事历不详。明正德九年(1514)进士,曾刻《经义
模范》。

⑥三才:天、地、人。《周易·说卦》:"是以立天之道曰阴与阳,立地之道曰
柔与刚,立人之道曰仁与义。兼三才而两之,故《易》六画而成卦。"

**【译文】**

韩魏公《点绛唇》词言:"病起恹恹,庭前花树添憔悴。乱红飘砌。
滴尽真珠泪。　　惆怅前春,谁向花前醉。愁无际。武陵凝睇。人远
波空翠。"范文正公《御街行》言:"纷纷坠叶飘香砌。夜寂静,寒声碎。
珍珠帘卷玉楼空,天澹银河垂地。年年今夜,月华如练,长是人千
里。　　愁肠已断无由醉。酒未到,先成泪。残灯明灭枕头欹,谙尽孤
眠滋味。都来此事,眉间心上,无计相回避。"二人一时德高望重,而词
也如此有情致。人大都自情中而生,怎能无情,只是不过分罢了。宋儒
言禅家有"绝欲"之说,欲因此更加炽烈;道家有"忘情"之说,情因此更
为激荡。圣贤只讲"寡欲养心,约情合中"罢了。我的朋友朱良矩曾说:
"天之风月,地之花柳,与人之歌舞,没有这些就不会形成天、地、人三
才。"虽然是戏言但也是有道理的。

# 一三七 《满江红》

**【题解】**

本则杨慎自注出《湘山野录》。其中,"湘江好,洲漠漠"两句,《湘山

野录》作"桐江好，烟漠漠"。其余文字与《湘山野录》同。所载范仲淹诗，题或作《严陵祠》，或作《钓台歌》。

　　范文正公谪睦州，过严陵钓台①。会吴俗岁祀里巫迎神，但歌《满江红》，有"湘江好，洲漠漠。波似染，山如削。绕严陵滩畔，鹭飞鱼跃"之句。公云："吾不善音律，撰一绝送神。"曰："汉包六合网英豪。一个冥鸿惜羽毛。世祖功臣三十六②，云台争似钓台高。"吴俗至今歌之。《湘山野录》③

**【注释】**

①严陵钓台：传为东汉高士严光（字子陵）渔钓处。《后汉书·逸民传·严光传》："除为谏议大夫，不屈，乃耕于富春山，后人名其钓处为严陵濑焉。"唐李贤注引顾野王《舆地志》："桐庐县南有严子陵渔钓处，今山边有石，上平，可坐十人，临水，名为'严陵钓坛'也。"

②世祖功臣三十六：《后汉书·朱祐等传赞》："永平中，显宗追感前世功臣，乃图画二十八将于南宫云台，其外又有王常、李通、窦融、卓茂，合三十二人。故依其本弟系之篇末，以志功臣之次云尔。"

③《湘山野录》：宋僧文莹撰。三卷，又续录一卷。内容多记五代至北宋朝野杂事。文莹，字道温，钱塘（今浙江杭州）人。此所载录文字见《湘山野录》卷中。

**【译文】**

　　范文正公被贬到睦州，经过严陵钓台。恰逢吴地民众进行一年一度的祭祀活动，里巫迎神，要唱《满江红》，有"湘江好，洲漠漠。波似染，山如削。绕严陵滩畔，鹭飞鱼跃"的语句。范文正公说："我不擅长音律，撰写一首绝句以送神。"言："汉包六合网英豪。一个冥鸿惜羽毛。世祖功臣三十六，云台争似钓台高。"吴地民众至今歌咏它。《湘山野录》

## 一三八 温公词

### 【题解】

《西江月》（宝髻松松绾就）一词，宋赵令畤《侯鲭录》、宋赵闻礼《阳春白雪》等均署司马光作。明姜南《蓉塘诗话》则认为，该词绝非温公之作，乃后人假托其名而作，目的是诋毁司马光。杨慎引述了《蓉塘诗话》的记载，又以"世传"描述温公之词，可知，他对《蓉塘诗话》的观点是赞同的。在新旧党争异常激烈的北宋政坛上，司马光不独生前屡屡遭受打压和排斥，即便在死后，种种诋毁和非难也并未结束。哲宗亲政后，"甚至诋宣仁后，谓元祐之初，老奸擅国。又请发司马光、吕公著冢，斫其棺"（《宋史·章淳传》）。徽宗崇宁、宣和间，旧党又持续受到打击和报复。在这样的政治背景下，《蓉塘诗话》所云"托为其词"的可能性是存在的。另外，司马光尊崇传统儒学，反对"纵虚无之谈，骋荒唐之辞"（《司马温公集·论风俗札子》），无论文学主张还是文学创作都比较谨严。类似"宝髻松松绾就"这类艳词，确乎不大可能出自他的手笔。

世传司马温公有席上所赋《西江月》词云①："宝髻松松绾就，铅华澹淡妆成。红颜翠雾罩轻盈。飞絮游丝无定。　　相见争如不见，有情还似无情。笙歌散后酒微醒。深院月明人静。"仁和姜明叔云②："此词决非温公作。宣和间，耻温公独为君子，作此诬之，不待识者而后能辨也③。"

**【注释】**

①司马温公有席上所赋《西江月》词：宋赵令畤《侯鲭录》卷八："司马文正公言行俱高，然亦每有谑语。尝作诗云：'由来狱吏少和气，皋陶之状如削瓜。'又有长短句云……风味极不浅，乃《西江月》词也。"

②姜明叔：即姜南，生卒年不详。字明叔，号蓉塘、瓢里子、半村野人，仁和(今浙江杭州)人。明代文学家、文学理论家。有《蓉塘诗话》等著述。

③"此词决非温公作"几句：此所引评语，见姜南《蓉塘诗话》卷十"温公词"："世传司马温公有席上所赋《西江月》词云……杨元素学士跋云：'温公刚风劲节，耸动朝野，宜其金心铁意，不善吐软媚语。近得其席上所制小词，雅亦风情不薄。'由今观之，决非温公作。此宣和间耻温公独为君子，作此托为其词以诬善良，不待识者而后能辩也。"

**【译文】**

世上传说司马温公在席上所赋《西江月》词言："宝髻松松绾就，铅华淡淡妆成。红颜翠雾罩轻盈。飞絮游丝无定。　相见争如不见，有情还似无情。笙歌散后酒微醒。深院月明人静。"仁和的姜明叔说："这首词绝不是温公所作。宣和年间，有人耻笑司马光独为君子，作此词诬蔑他。用不着有见识的人，一般人就能够辨识它的真伪。"

# 一三九　夏英公词

**【题解】**

本则文字出自元吴师道《吴礼部诗话》，只两处文字小有不同："接天流"原本作"截天流"，"香和"原作"秋和"。词写后庭歌舞竟夕，高华莹澈，清润雅致，美而不艳，确为宫词之上品。

姚子敬尝手选《古今乐府》一帙①，以夏英公竦《喜迁莺》宫词为冠②。其词云："霞散绮，月沉钩。帘卷未央楼。夜凉河汉接天流。宫阙锁清秋。　瑶阶树。金茎露。玉辇香和云雾。三千珠翠拥宸游。水殿按凉州。"富艳精工，诚为绝唱。

**【注释】**

①姚子敬：即姚式，生卒年不详。字子敬，号筠庵。归安（今浙江湖州）人。元代文人。

②夏英公竦：即夏竦（985—1051），字子乔，江州德安（今属江西）人。官至同中书门下平章事，封英国公，后改郑国公。有文集百卷，不传，清四库馆臣辑《文庄集》三十六卷。存词两首。

**【译文】**

姚子敬曾亲自动手选取《古今乐府》一帙，以英国公夏竦的《喜迁莺》宫词为首。其词言："霞散绮，月沉钩。帘卷未央楼。夜凉河汉接天流。宫阙锁清秋。　瑶阶树。金茎露。玉辇香和云雾。三千珠翠拥宸游。水殿按凉州。"这首词华丽精工，的确是绝唱。

## 一四〇　林和靖

**【题解】**

林逋乃宋代著名隐士，"性恬淡好古，弗趋荣利"，"其词澄浃峭特，多奇句"（《宋史·林逋传》）。本则所引《长相思》一词清亮流利，杨慎谓之"甚有情致"是比较准确的。本则还讨论了林逋是否婚娶的问题。林逋梅妻鹤子，终身未娶，史传及当时人记之甚详。如，梅尧臣《林和靖先生诗集序》曰："先生少时多病，不娶，无子。"《宋史·林逋传》也载："逋不娶，无子，教兄子宥，登进士甲科。"南宋人林洪却自称是林逋后人，后人多持怀疑态度。宋代宋伯仁《读林可山西湖衣钵》一诗言:"只为梅花全属我,不知和靖有仍孙。"宋末元初韦居安《梅磵诗话》卷中:"泉南林洪,字龙发,号可山,肄业杭泮,粗有诗名。理宗朝上书言事,自称为和靖七世孙。冒杭贯,取乡荐,刊中兴以来诸公诗,号《大雅复古集》,亦以己作附于后。时有无名子作诗嘲之曰:'和靖当年不娶妻,只留一鹤一童儿。可山认作孤山种,正是瓜皮搭李皮。'盖俗云以强认亲族者为瓜皮搭李树云。"宋陈世崇《随隐漫录》卷三:林可山称和靖七世孙,不知和靖不娶,已见梅圣俞序中矣。姜石帚嘲之曰:"和靖当年不娶妻,因何七世有孙儿。若非鹤种并龙种,定是瓜皮搭李皮。"杨慎以《山家清供》的记载为依据,即认定林逋有子,并推断"盖丧偶后,遂不娶尔",其说显然是站不住脚的。

　　林君复惜别《长相思》词云[①]:"吴山青。越山青。两岸青山相送迎。谁知离别情。　　君泪盈。妾泪盈。罗带同心结未成。江头潮已平。"甚有情致。《宋史》谓其不娶[②],非也。林洪著《山家清供》[③],其中言先人和靖先生云云[④],即先生之子也。盖丧偶后,遂不娶尔。

**【注释】**

①林君复:即林逋(968—1028);字君复,钱塘(今浙江杭州)人。隐西湖之孤山二十年,养鹤种梅,足不及城市,自称梅妻鹤子。卒赐谥"和靖先生"。有《林和靖先生诗集》。《全宋词》录其词三首。此所引词见宋曾慥《乐府雅词》拾遗上,调为《相思令》,"相送迎"作"相对迎","谁知离别情"作"争忍有离情","江头"作"江边"。

②《宋史》谓其不娶:《宋史·林逋传》:"逋不娶,无子,教兄子宥,登

进士甲科。"

③林洪：生卒年不详。字龙发，号可山，泉州（今属福建）人。游学
杭州，有诗名，与宋伯仁、徐集孙等唱和。曾收录中兴以来诸公
诗刊印《大雅复古集》，又有《文房图赞》《山家清供》《山家清事》
《茹草纪事》等杂著若干种。《全宋词》第五册收其词一首。《全
宋诗》录其诗十三首。《山家清供》：林洪所撰饮食类著作，述膳
食烹制法，两卷，见元陶宗仪编《说郛》。

④其中言先人和靖先生：林洪《山家清供·寒具》有"吾翁和靖先生
《山中寒食》诗云"。又，林洪《山家清事·种梅养鹤图记》讲："先
大祖瓒在唐以孝旌，七世祖逋寓孤山，国朝谥和靖先生。"

**【译文】**

林君复咏惜别的《长相思》词言："吴山青。越山青。两岸青山相送
迎。谁知离别情。　　君泪盈。妾泪盈。罗带同心结未成。江头潮已
平。"这首词很有情致。《宋史》称其不娶，并非如此。林洪著有《山家清
供》，其中讲到"先人和靖先生"等，就是先生之子。大概丧偶后，于是
不娶。

# 一四一 康伯可词

**【题解】**

本则所录康伯可《长相思》，题作"游西湖"。杨慎以为，该词乃效林
逋《长相思》（吴山青）之作，二词并佳。林逋词见上则。

康伯可西湖《长相思》词云："南高峰。北高峰。一片湖
光烟霭中。春来愁杀侬。　　郎意浓。妾意浓。油壁车轻郎
马骢。相逢九里松①。"盖效和靖"吴山青"之调也。二词可
谓敌手。

**【注释】**

①油壁车轻郎马骢。相逢九里松：《玉台新咏》卷十《钱塘苏小小歌》："妾乘油壁车，郎骑青骢马。何处结同心，西陵松柏下。"油壁车，车壁用油涂饰的车子，多为妇女所乘。

**【译文】**

康伯可咏西湖《长相思》词言："南高峰。北高峰。一片湖光烟霭中。春来愁杀侬。　郎意浓。妾意浓。油壁车轻郎马骢。相逢九里松。"大概效法和靖"吴山青"的词调。二词可谓水平相当。

## 一四二　东坡《贺新郎》词

**【题解】**

本则评苏轼《贺新郎·夏景》和《卜算子·黄州定慧院寓居作》两词，录自《吴礼部诗话》。关于两词的主旨，历来众说纷纭，莫衷一是。一般认为，《贺新郎》一词是作者为爱妾朝云作，其下阕借榴花以比况朝云，咏物与拟人兼而有之。因此，言其"皆咏榴"，似乎并不准确。《卜算子》"缥缈孤鸿影"以下全用比兴，托意高远，也并非专注于"说鸿"。清黄蓼园《蓼园词选》："按此词乃东坡自写在黄州之寂寞耳。初从人说起，言如孤鸿之冷落。第二阕，专就鸿说，语语双关。格奇而语隽，斯为超诣神品。"其说可鉴。

东坡《贺新郎》词"乳燕飞华屋"云云①，后段"石榴半吐红巾蹙"以下，皆咏榴。《卜算子》"缺月挂疏桐"云云②，"缥缈孤鸿影"以下，皆说鸿。别一格也。

**【注释】**

①乳燕飞华屋：出自苏轼《贺新郎·夏景》："乳燕飞华屋。悄无人、

桐阴转午,晚凉新浴。手弄生绡白团扇,扇手一时似玉。渐困倚、孤眠清熟。帘外谁来推绣户,枉教人、梦断瑶台曲。又却是,风敲竹。 石榴半吐红巾蹙。待浮花、浪蕊都尽,伴君幽独。秾艳一枝细看取,芳心千重似束。又恐被、秋风惊绿。若待得君来向此,花前对酒不忍触。共粉泪,两簌簌。"

②缺月挂疏桐:出自苏轼《卜算子·黄州定慧院寓居作》:"缺月挂疏桐,漏断人初静。时见幽人独往来,缥缈孤鸿影。 惊起却回头,有恨无人省。拣尽寒枝不肯栖,寂寞沙洲冷。"

**【译文】**

东坡《贺新郎》词"乳燕飞华屋"等,后段"石榴半吐红巾蹙"以下,都是咏石榴。《卜算子》"缺月挂疏桐"等,"缥缈孤鸿影"以下,都是说鸿。别具一格。

# 一四三 东坡咏吹笛

**【题解】**

本则记苏轼与闾丘孝终在苏州的交游,及苏轼《水龙吟》(楚山修竹如云)之本事。苏轼贬官苏州期间,与闾丘孝终过往甚密,《中吴纪闻》载:"东坡尝云:'苏州有二丘',不到虎丘,即到闾丘。"苏词中亦屡屡提及与闾丘孝终之交游,如,《水龙吟》(小舟横截春江)题序:"闾丘大夫孝终公显,尝守黄州,作栖霞楼,为郡中胜绝。元丰五年,余谪居于黄。正月十七日,梦扁舟渡江,中流回望,楼中歌乐杂作,舟中人言,公显方会客也。觉而异之,乃作此词。公显时已致仕,在苏州。"由此,杨慎所言"东坡每过必留连"云云,有据可证。关于《水龙吟·赠赵晦之吹笛侍儿》词,原有题序曰:"咏笛材。公旧序云:时太守闾丘公显已致仕居姑苏,后房懿卿者,甚有才色,因赋此词。一云赠赵晦之。"此序虽非苏轼所作,但所述事实不妄,宋黄昇《唐宋诸贤绝妙词选》卷二中的记载亦可为证："太守闾丘公显致仕,居姑苏,公饮其家,出后房佐酒。有懿卿者,善吹笛,公因赋此词以赠。"杨慎所著事实与此同。

　　岭南太守闾丘公显致仕<sup>①</sup>,居姑苏,东坡每过必留连。坡尝言,过姑苏不游虎丘,不谒闾丘,乃二欠事。其重之如此。一日,出其后房佐酒<sup>②</sup>,有懿卿者,善吹笛,坡作《水龙吟》赠之,"楚山修竹如云"是也<sup>③</sup>。词见《草堂诗余》,而不知其事,故著之。

**【注释】**

①岭南太守闾丘公显:即闾丘孝终(1013—?),字公显,吴县(今江苏苏州)人。北宋名士。元丰初知黄州,以朝议大夫致仕。宋范成大《吴郡志》卷二十六:"闾丘孝终,字公显,郡人。尝守黄州……孝终既挂冠,与诸名人、耆艾为九老会。"丘,原作"邱",据史改。

②后房:姬妾的代称。《晋书·石崇传》:"财产丰积,室宇宏丽。后房百数,皆曳纨绣,珥金翠。"

③楚山修竹如云:出自苏轼《水龙吟·赠赵晦之吹笛侍儿》:"楚山修竹如云,异材秀出千林表。龙须半剪,凤膺微涨,玉肌匀绕。木落淮南,雨晴云梦,月明风袅。自中郎不见,桓伊去后,知孤负、秋多少。　　闻道岭南太守,后堂深、绿珠娇小。绮窗学弄,《梁州》初遍,《霓裳》未了。嚼徵含宫,泛商流羽,一声云杪。为使君洗尽,蛮风瘴雨,作《霜天晓》。"

**【译文】**

　　岭南太守闾丘公显辞官后,居住在姑苏,东坡每次经过一定停留去拜访他。东坡曾说,经过姑苏不游虎丘,不拜见闾丘,是两件憾事。他如此重视。一天，同丘孝终让他的姬妾陪同饮宴，有一位叫懿卿的，善于吹笛，东坡写作《水龙吟》赠给她，"楚山修竹如云"那首便是。词见《草堂诗余》，但人们不知其原委，所以写下来。

# 一四四 密云龙

## 【题解】

茶在宋代是极为贵重的奢侈品。据杨大年《谈苑》，贡茶分龙茶、凤茶等十品，"龙茶以贡乘舆，及赐执政亲王长主；余皇族、学士、将帅皆得凤茶"。小片龙茶（小团）又是龙茶中的精绝之品，据欧阳修《归田录》，一斤茶的价值是"金二两"，但也不是随时能得到，往往是金可有而茶不可得。密云龙比小龙团更为珍贵，堪称茶中极品。宋叶梦得《石林燕语》卷八也载："熙宁中，贾青为福建转运使，又取小团之精者为'密云龙'，以二十饼为斤而双袋，谓之'双角团茶'。"宋周煇《清波杂志》卷四的记载也印证了《石林燕语》的说法："自熙宁后，始贵密云龙……戚里贵近，丐赐尤繁。"由这些记载来推断，杨慎所谓密云龙"极为甘馨"之说并非虚言。本则所引苏轼《行香子》一词中有"共捧君赐，初拆臣封。看分月饼，黄金缕"之句，明确指出是由皇帝赏赐的。香饼之上又缕以金花，可见其价值不凡。苏轼以此招待像"苏门四学士"这样的尊贵客人，廖正一能享此"待遇"，也正显示了苏轼对他的器重。

密云龙，茶名，极为甘馨。宋廖正一[①]，字明略，晚登苏东坡之门，公大奇之。时黄、秦、晁、张号"苏门四学士"[②]，东坡待之厚。每来必令侍妾朝云取密云龙，家人以此知之。一日，又命取密云龙，家人谓是四学士，窥之，乃廖明略也。东坡咏茶《行香子》云[③]："绮席才终，欢意犹浓。酒阑时、高兴无穷。共捧君赐，初拆臣封。看分月饼，黄金缕[④]，密云龙。　　　斗赢一水⑤，功敌千钟⑥。觉凉生、两腋清风。暂留红袖，少却纱笼⑦。放笙歌散，庭馆静，略从容。"

**【注释】**

①廖正一：生卒年不详。字明略。安州安陆（今属湖北）人。自号竹林居士。元丰二年（1079）进士，绍圣间，贬信州玉山监税。姓名曾入元祐党籍。大观二年（1108）出籍。有《竹林集》三卷（或云《白云集》），今不传。《全宋词》录其词一首。

②苏门四学士：指黄庭坚、秦观、晁补之、张耒。

③咏茶《行香子》：此所引《行香子》词，《苏轼词集》"共捧"作"共夸"，"月饼"作"香饼"。

④看分月饼，黄金缕：欧阳修《归田录》卷二："庆历中，蔡君谟为福建路转运使，始造小片龙茶以进，其品绝精，谓之小团，凡二十饼重一斤，其价直金二两。然金可有而茶不可得，每因南郊致斋，中书、枢密院各赐一饼，四人分之。宫人往往缕金花于其上，盖其贵重如此。"

⑤斗赢一水：宋江休复《嘉祐杂志》："苏才翁尝与蔡君谟斗茶。蔡茶精，用惠山泉。苏茶小劣，改用竹沥水煎，遂能取胜。"宋蔡君谟《茶录》："建安斗试，以水痕先者为负，耐久者为胜。"

⑥功敌千钟：茶能消酒，故曰。

⑦暂留红袖，少却纱笼：宋吴处厚《青箱杂记》卷六："世传魏野尝从莱公（寇准）游陕府僧舍，各有留题。后复同游，见莱公之诗已用碧纱笼护，而野诗独否，尘昏满壁。时有从行官妓，颇慧黠，即以袂就拂之。野徐曰：'若得常将红袖拂，也应胜似碧纱笼。'莱公大笑。"

**【译文】**

密云龙，茶名，极为甘美芳香。宋代廖正一，字明略，稍晚成为苏东

坡弟子，东坡惊叹于他的才学。当时黄庭坚、秦观、晁补之、张耒号称
"苏门四学士"，东坡对待他们优厚。每次到来一定让侍妾朝云取密云
龙，家人因此知道这件事。一天，又让取密云龙，家人以为是四学士，偷
偷一看，竟是廖明略。东坡咏茶《行香子》言："绮席才终，欢意犹浓。酒
阑时、高兴无穷。共捧君赐，初拆臣封。看分月饼，黄金缕，密云龙。

斗赢一水，功敌千钟。觉凉生、两腋清风。暂留红袖，少却纱笼。放
笙歌散，庭馆静，略从容。"

<h2 style="text-align:center">一四五 《瑞鹧鸪》</h2>

**【题解】**

　　本则辨《瑞鹧鸪》和《小秦王》的体制特点，全文录自《苕溪渔隐丛
话》后集卷三十九。清陈廷敬等《钦定词谱》："按《瑞鹧鸪》原本七言律
诗，因唐人歌之，遂成词调。"此调始见于南唐冯延巳词。《小秦王》乃唐
教坊曲，用作词调。调亦为唐声诗调名，形式为七言四句。所录苏轼
《瑞鹧鸪》一词，题为"观潮"，写观潮之所见所闻；《小秦王》一首，是七言
绝句，乃《阳关曲》三首其二，题为《答李公择》，施注："李公择先知湖州，
自湖移济南，故东坡以雪溪女戏之。"

　　苕溪渔隐曰[①]："唐初歌词，多是五言诗，或七言诗，初无
长短句。中叶以后至五代，渐变成长短句，及本朝则尽为此
体。今所存者，止《瑞鹧鸪》《小秦王》二阕，是七言八句诗，
并七言绝句诗而已。《瑞鹧鸪》犹依字易歌，若《小秦王》必
须杂以虚声，乃可歌尔。其词云：'碧山影里小红旗。侬是
江南踏浪儿[②]。拍手又嘲山简醉[③]，齐声争唱浪婆词[④]。
西兴渡口帆初落，渔浦山头日未敧。侬送潮回歌底曲，樽前

还唱使君诗⑤。'此《瑞鹧鸪》也。'济南春好雪初晴。行到龙山马足轻。使君莫忘雪溪女,时作《阳关》肠断声。'此《小秦王》也,皆东坡所作。"

【注释】

①苕溪渔隐:即胡仔(1110—1170),字元任。徽州绩溪(今属安徽)人。以荫授迪功郎,知常州晋陵县。晚卜居吴兴苕溪,自号苕溪渔隐。撰有《苕溪渔隐丛话》前后集一百卷。

②踏浪儿:即弄潮儿。唐孟郊《送淡公》之五:"侬是清浪儿,每踏清浪游。"

③山简(253—312):字季伦。西晋河内怀县(河南武陟)人。山涛之子。《晋书·山简传》:"性温雅,有父风……永嘉三年,出为征南将军、都督荆湘交广四州诸军事、假节,镇襄阳。于时四方寇乱,天下分崩,王威不振,朝野危惧。简优游卒岁,唯酒是耽。"

④浪婆词:吴地水乡曲调。浪婆,波浪之神。

⑤使君:指杭州太守陈襄(述古)。

【译文】

苕溪渔隐说:"唐初歌词,多是五言诗,或七言诗,最初没有长短句。中叶以后至五代,逐渐变成长短句,到本朝时就全部变为长短句了。现在存世的,只有《瑞鹧鸪》《小秦王》二阕,是七言八句诗,和七言绝句诗罢了。《瑞鹧鸪》还可以依据文字容易歌唱,像《小秦王》必须夹杂虚声,才可歌唱。其词言:'碧山影里小红旗。侬是江南踏浪儿。拍手又嘲山简醉,齐声争唱浪婆词。　　西兴渡口帆初落,渔浦山头日未欹。侬送潮回歌底曲,樽前还唱使君诗。'这是《瑞鹧鸪》。'济南春好雪初晴。行到龙山马足轻。使君莫忘雪溪女,时作《阳关》肠断声。'这是《小秦王》,都是东坡所作。"

## 一四六　陈季常

**【题解】**

本则录自《苕溪渔隐丛话》后集卷三十九。苏词作于元丰三年（1080），时苏轼赴黄州，途经麻城歧亭，作此以赠陈季常。原有题序曰："龙丘子自洛之蜀，载二侍女，戎装骏马，至溪山佳处，辄留，见者以为异人。后十年，筑室黄冈之北，号静庵居士。作此纪之。"

苕溪渔隐曰："东坡云：'龙丘子自洛之蜀①，载二侍女，戎装骏马，至溪山佳处，辄留数日，见者以为异人。后十年，筑室黄冈之北，号静庵居士。作《临江仙》赠之云："细马远驮双侍女②，青巾玉带红靴。溪山好处便为家。谁知巴峡路，却见洛城花③。　　面旋落英飞玉蕊，人间春日初斜。十年不见紫云车④。龙丘新洞府，铅鼎养丹砂。"'龙丘子即陈季常也。秦太虚寄之以诗，亦云：'侍童双擢玉，鬓发光可照。骏马锦障泥，相随穷海峤。''暮年更折节，学佛得心要。鬻马放阿樊，幅巾对沉燎'⑤。故东坡作诗戏之，有'忽闻河东狮子吼，拄杖落手心茫然'之句⑥。观此，则知季常载侍女以远游，及暮年甘于枯寂，盖有所制而然，亦可悯笑也哉。"

**【注释】**

①龙丘子：即陈慥，生卒年不详。字季常，号龙丘居士，又号方山子，青神（今属四川）人。洪迈《容斋三笔》卷三："陈慥，字季常，公弼之子，居于黄州之歧亭，自称龙丘先生，又曰方山子。"苏轼有《方山子传》记其人其事，见《苏轼文集》卷十三。《全宋词》录

存其词一首。

②细马:良马。《旧唐书·职官志》:"凡马,有左右监,以别其粗良,以数纪名,著之簿籍。细马称左,粗马称右。"

③洛城花:指牡丹,此喻二侍女。

④紫云车:仙家所乘之车。晋张华《博物志》卷八:"汉武帝好仙道,祭祀名山大泽,以求神仙之道。时西王母遣使乘白鹿,告帝当来,乃供帐九华殿以待之。七月七日夜漏七刻,王母乘紫云车而至于殿西。"

⑤"侍童双擢玉"几句:此秦观《寄陈季常》诗中句,见《淮海集》卷三。原诗"相随穷海峤"后、"暮年更折节"前有"平生携手好,十七登廊庙。小生相吏耶,徒枉尺书召"两联。

⑥忽闻河东狮子吼,拄杖落手心茫然:出自苏轼诗《寄吴德仁兼简陈季常》。河东狮吼,后以喻妒悍的妻子发怒,并借以嘲笑惧内之人。

**【译文】**

苕溪渔隐说:"东坡言:'龙丘子从洛到蜀,带着两个侍女,穿军装骑骏马,到溪山优美之处,总是停留数日,见到的人认为是怪人。十年之后,在黄冈的北面建筑屋舍,号静庵居士。写作《临江仙》赠给他:"细马远驮双侍女,青巾玉带红靴。溪山好处便为家。谁知巴峡路,却见洛城花。 面旋落英飞玉蕊,人间春日初斜。十年不见紫云车。龙丘新洞府,铅鼎养丹砂。"'龙丘子就是陈季常。秦太虚寄给他一首诗,也讲:'侍童双擢玉,鬌发光可照。骏马锦障泥,相随穷海峤。''暮年更折节,学佛得心要。羁马放阿樊,幅巾对沉燎'。所以苏东坡作诗戏弄他,有'忽闻河东狮子吼,拄杖落手心茫然'的句子。由此看来,就知季常带侍女远游,等到晚年情愿寂寞,大概受到了制约的缘故,也是可怜又可笑啊。"

# 一四七　六客词

## 【题解】

本则文字叙张先六客词和苏轼后六客词本事，全部文字录自《苕溪渔隐丛话》后集卷三十九。前段所引苏轼语，见《东坡志林·记游松江》，末有"元丰四年十二月十二日，黄州临皋亭夜坐书"语。后段所引苏轼语见《定风波》（月满苕溪照夜堂）题序。

东坡云："吾昔自杭移高密，与杨元素同舟<sup>①</sup>，而陈令举、张子野皆从予过李公择于湖<sup>②</sup>，遂与刘孝叔俱至松江<sup>③</sup>。夜半月出，置酒垂虹亭上。子野年八十五，以歌词闻于天下，作《定风波令》。其略云：'见说贤人聚吴分。试问。也应傍有老人星。'坐客欢甚，有醉倒者，此乐未尝忘也。今七年尔，子野、孝叔、令举，皆为异物<sup>④</sup>。而松江桥亭，今岁七月九日，海风驾潮，平地丈余，荡尽无复孑遗矣。追思曩时，真一梦尔。"苕溪渔隐曰："吴兴郡圃，今有六客亭，即公择、子瞻、元素、子野、令举、孝叔，时公择守吴兴也。"东坡又云："余昔与张子野、刘孝叔、李公择、陈令举、杨元素会于吴兴，时子野作六客词，其卒章：'尽道贤人聚吴分。试问。也应傍有老人星。'凡十五年，再过吴兴，而五人皆已亡矣。时张仲谋与曹子方、刘景文、苏伯固、张秉道为坐客<sup>⑤</sup>。仲谋请作后六客词。云：'月满苕溪照野堂。五星一老斗光芒。十五年间真梦里。何事。长庚对月独凄凉。　　绿鬓苍颜同一醉。还是。六人吟笑水云乡。宾主谈锋谁得似。看取。曹刘今对两苏张。'"

## 【注释】

①杨元素：即杨绘（1027—1088），字元素。绵竹（今属四川）人。皇祐进士。神宗立，知制诰、知谏院。擢翰林学士。元祐初，知杭州。有《时贤本事曲子集》，久佚，赵万里《校辑宋金元人词》有辑本。《全宋词补辑》辑录其词一首。

②陈令举（？——1075）：名舜俞，号白牛居士，北宋湖州乌程（今属浙江）人。庆历进士，授秘书省著作佐郎。熙宁三年（1070）以屯田员外郎知山阴县。有《都官集》。张子野：即张先，北宋词人。李公择（1027—1090）：名常，建昌（今江西永修）人。皇祐进士。元丰中召为太常少卿。哲宗立，进吏部侍郎、户部尚书，拜御史中丞兼侍读。出知邓州，徙成都府。有集不传。《全宋诗》录其诗五首，《全宋文》编其文三卷。

③刘孝叔：即刘述，生卒年不详。字孝叔，一字叔孝，湖州（今属浙江）人。景祐进士。因上疏劾王安石，出知江州。《全宋词》据《湘山野录》卷中录存其词一首。

④异物：指已死的人。《史记·屈原贾生列传》："化为异物兮，又何足患！"司马贞《索隐》："谓死而形化为鬼，是为异物也。"

⑤张仲谋：生卒年不详，名询，元祐中知湖州。曹子方：名辅，号静常先生。海陵（今江苏泰州）人，一说华州（今陕西渭南）人。嘉祐进士。曾为福建转运判官，提点广西刑狱。官至朝奉郎。刘景文（1033—1092）：名季孙，祥符（今河南开封）人。元祐时以左藏库副使为两浙兵马都监。苏伯固：生卒年不详，名坚，号后湖居士，泉州（今属福建）人。官终建昌军通判。张秉道：生卒年不详，名弼。

⑥长庚：星名。《诗经·小雅·大东》："东有启明，西有长庚。"朱熹注："启明、长庚皆金星也。以其先日而出，故谓之启明；以其后日而入，故谓之长庚。"

**【译文】**

东坡说:"我过去从杭州移居到高密,与杨元素同乘一条船,而陈令举、张子野都随我到湖州拜访李公择,于是就与刘孝叔一起到松江。时至半夜月亮升起,在垂虹亭上置办了酒宴。张子野有八十五岁了,凭借作歌填词闻名天下,作《定风波令》。其大致是:'见说贤人聚吴分。试问。也应傍有老人星。'在座的客人非常快乐,有人为之醉倒,这种乐趣不曾忘记。至今已经七年了,子野、孝叔、令举都已离开人世。可松江的桥亭,今年七月九日,海风带着潮水,高出平地一丈多,桥亭被冲荡再没有残存了。追念以前的时光,真如同一场梦。"苕溪渔隐说:"吴兴郡圃,如今有六客亭,六客即公择、子瞻、元素、子野、令举、孝叔,当时公择守吴兴。"苏东坡又说:"我过去与张子野、刘孝叔、李公择、陈令举、杨元素在吴兴聚会,当时子野作六客词,其词结尾为:'尽道贤人聚吴分。试问。也应傍有老人星。'十五年后,再经过吴兴,而五人都已去世了。当时张仲谋与曹子方、刘景文、苏伯固、张秉道为坐客。仲谋请求创作后六客词,言:'月满苕溪照野堂。五星一老斗光芒。十五年间真梦里。何事。长庚对月独凄凉。 绿鬓苍颜同一醉。还是。六人吟笑水云乡。宾主谈锋谁得似。看取。曹刘今对两苏张。'"

## 一四八 东坡中秋词

**【题解】**

本则讨论苏轼《西江月》词的写作时间及背景,亦全录自《苕溪渔隐丛话》后集卷三十九。苏词原有题曰"中秋和子由"。《古今词话》以为乃东坡在黄州时的"怀君"之作,《苕溪渔隐丛话》"疑是倅钱塘时作",后人对于此词的写作时间、地点及主旨多有不同看法,至今尚无定论。

《古今词话》云①:"东坡在黄州,中秋夜,对月独酌,作

《西江月》词云：'世事一场大梦，人生几度新凉。夜来风叶已鸣廊。看取眉间鬓上。　　酒贱常愁客少，月明多被云妨。中秋谁与共孤光。把盏凄然北望。'坡以谗言谪居黄州，郁郁不得志，凡赋诗缀词，必写其所怀。然一日不负朝廷，其怀君之心，末句可见矣。"苕溪渔隐曰："《聚兰集》载此词②，注云'寄子由'。故后句云：'中秋谁与共孤光，把酒凄然北望。'则兄弟之情见于句意之间矣。疑是倅钱塘时作③。子由时为濰阳幕客。"若《词话》所云，则非也。

**【注释】**

①《古今词话》：词学论著，宋杨湜撰，一卷。记载唐庄宗、孟昶、韦庄及王安石、张先、柳永、苏轼、黄庭坚、秦观以至无名氏等的创作轶事。唐圭璋《词话丛编》收录赵万里辑本，共六十七则。

②《聚兰集》：宋代词集，辑者不详。书已佚。

③倅(cuì)：指充任州郡的副职官员。

**【译文】**

《古今词话》言："东坡在黄州，中秋之夜，对月独饮，作《西江月》词言：'世事一场大梦，人生几度新凉。夜来风叶已鸣廊。看取眉间鬓上。　　酒贱常愁客少，月明多被云妨。中秋谁与共孤光。把盏凄然北望。'苏东坡因为谗言贬居黄州，心情忧闷，志愿不能实现，大凡赋诗写词，一定会抒写其胸怀。然而他没有一日辜负朝廷，其怀念君主之心，从这首词的末句就可以看出。"苕溪渔隐言："《聚兰集》记载这首词，自注说'寄子由'。因此后句言：'中秋谁与共孤光，把酒凄然北望。'兄弟之情可见于句意之间。怀疑是苏东坡任杭州副职时所作。子由当时是濰阳幕客。"如《古今词话》所言，就不对。

## 一四九　晁次膺中秋词

**【题解】**

本则评述晁端礼《水调歌头·咏月》一词,亦全文录自《苕溪渔隐丛话》后集卷三十九。胡仔以为,该词"殊清婉",亦中秋词中的佳作。

苕溪渔隐曰:"中秋词自东坡《水调歌头》一出,余词尽废。然其后亦岂无佳词? 如晁次膺《绿头鸭》一词①,殊清婉。但樽俎间歌喉②,以其篇长惮唱,故湮没无闻焉。其词云:'晚云收,淡天一片琉璃。烂银盘来从海底,皓色千里澄晖。莹无尘、素娥淡伫,净可数、丹桂参差。玉露初零,金风未凛,一年无似此佳时。露坐久、疏萤时度,乌鹊正南飞。瑶台冷,栏干凭暖,欲下迟迟。　念佳人,音尘隔后,对此应解相思。最关情、漏声正永,暗断肠、花影潜移。料得来宵,清光未减,阴晴天气又争知。共凝恋,如今别后,还是隔年期,人纵健,清樽素月,长愿相随。'"

**【注释】**

①晁次膺:即晁端礼(1046—1113),名一作元礼,字次膺。熙宁六年(1073)进士。政和三年(1113),以承事郎为大晟府协律,未赴而卒。工词,有《闲适集》,不传。有词集《闲斋琴趣外篇》传世,《全宋词》据之录存一百三十九首。《全宋词补辑》另辑录一首。

②歌喉:此借指歌唱者。

**【译文】**

苕溪渔隐言:"咏中秋的词自东坡《水调歌头》一出,其他的词尽废。

然而,之后难道再无好词?如晁次膺的《绿头鸭》一词,就十分清婉。只是由于宴席间的歌唱者,因其篇幅长而害怕演唱,所以被埋没不为人知了。其词言:‘晚云收,淡天一片琉璃。烂银盘来从海底,皓色千里澄晖。莹无尘、素娥淡伫,净可数、丹桂参差。玉露初零,金风未凛,一年无似此佳时。露坐久、疏萤时度,乌鹊正南飞。瑶台冷,栏干凭暖,欲下迟迟。 念佳人,音尘隔后,对此应解相思。最关情、漏声正永,暗断肠、花影潜移。料得来宵,清光未减,阴晴天气又争知。共凝恋,如今别后,还是隔年期,人纵健,清樽素月,长愿相随。’”

## 一五〇 苏养直

**【题解】**

苏庠是宋代著名的隐逸诗人,少时能诗,不事科举。其诗超迈绝俗,飘逸不群,时人以为与李白诗风相似。周必大《跋周德友所藏苏养直诗帖》称其“歌诗清腴,盖江西之派别;而字画健逸,又老坡之苗裔也”。尤以《清江曲》一诗著称,该诗意境幽美,格调高雅,苏轼评为:“此篇若置在李太白集中,谁复疑其非也?”自是声名籍甚。此处,杨慎亦称《清江曲》“当时盛传”,这是符合实际的。同时,杨慎又评苏庠“词亦佳”,并举《鹧鸪天》中“醉眠小坞”两句为证。苏庠现存词二十余首,清疏淡远,含蕴深婉,确乎多佳作,可知杨慎所论不虚。王灼《碧鸡漫志》卷二谓苏庠、吕居仁等人之词“佳处亦各如其诗”,当世文人亦多所称许。

苏养直名伯固[①],与东坡为同族,坡集中有“送伯固兄”诗是也[②]。诗有《清江曲》,“属玉双飞水满塘”,当时盛传[③]。词亦佳,“醉眠小坞黄茅店,梦倚高城赤叶楼”[④],《鹧鸪天》之佳句也。

**【注释】**

①苏养直:即苏庠(1065—1147),字养直,号眚翁,又号后湖居士,丹阳(今属江苏)人。少能诗,徽宗大观四年(1110),与徐俯、张元幹、吕本中等在豫章(今江西南昌)结诗社唱和。绍兴三年(1133),徐俯荐其贤,令赴朝,固辞,遂终老布衣。有《后湖集》十卷,不传。今传《后湖词》一卷,《全宋词》录存其词二十三首。伯固:苏庠父苏坚,字伯固,杨慎误记。

②送伯固兄:苏轼有《古别离送苏伯固》诗:"三度别君来,此别真迟暮。白尽老髭须,明日淮南去。酒罢月随人,泪湿花如雾。后夜逐君还,梦绕湖边路。"又有《青玉案·和贺方回韵送伯固归吴中故居》词:"三年枕上吴中路。遣黄耳、随君去。若到松江呼小渡。莫惊鸥鹭,四桥尽是,老子经行处。　　辋川图上看春暮,常记高人右丞句。作个归期天已许。春衫犹是,小蛮针线,曾湿西湖雨。"

③"诗有《清江曲》"几句:宋苏轼《书苏养直诗》:"'属玉双飞水满塘,菰蒲深处浴鸳鸯。白蘋满棹归来晚,秋着芦花一岸霜。'扁舟系岸依林樾,萧萧两鬓吹华发。万事不理醉复醒,长占烟波弄明月'。此篇若置在李太白集中,谁复疑其非也? 乃吾宗养直所作《清江曲》云。"

④醉眠小坞黄茅店,梦倚高城赤叶楼:见苏庠《鹧鸪天》:"枫落河梁野水秋。澹烟衰草接郊丘。醉眠小坞黄茅店,梦倚高城赤叶楼。　　天杳杳,路悠悠。钿筝歌扇等闲休。灞桥杨柳年年恨,鸳浦芙蓉叶叶愁。"

**【译文】**

苏养直名伯固,与东坡为同族,东坡集中有"送伯固兄"一诗,就是指这个人。诗有《清江曲》,"属玉双飞水满塘",当时广泛传播。词也好,"醉眠小坞黄茅店,梦倚高城赤叶楼",是《鹧鸪天》中的佳句。

# 一五一 苏叔党词

**【题解】**

沈际飞《草堂诗余》载《点绛唇》"高柳蝉嘶"及"新月娟娟"两词,注云:"两词皆东坡少子作。时方禁坡文,故隐其名。"杨慎亦持是说。《唐宋诸贤绝妙词选》卷三《点绛唇》(新月娟娟)词注云:"此词作时方禁坡文,故隐其名,以传于世。今或以为汪彦章所作,非也。"显然,沈、杨之说系承黄昇而来。《全宋词》据《浮溪文粹》卷十五,断"高柳蝉嘶"乃汪藻作,又据《唐宋诸贤绝妙词选》卷三等,将"新月娟娟"一词两收之。

叔党名过<sup>①</sup>,东坡少子。《草堂》词所载《点绛唇》二首,"高柳蝉嘶"及"新月娟娟",皆叔党作也。是时方禁坡文,故隐其名。相传之久,遂或以为汪彦章<sup>②</sup>,非也。

**【注释】**

①叔党:即苏过(1072—1123),字叔党,号斜川居士,眉山(今属四川)人。苏轼子。历通判中山府。有《斜川集》二十卷,已佚,有清人辑本六卷。

②汪彦章:即汪藻(1079—1154),字彦章,饶州德兴(今属江西)人。崇宁进士。累官中书舍人,兼直学士院,拜翰林学士。绍兴八年(1138),以显谟阁学士知徽州。有《浮溪集》。

**【译文】**

叔党名过,是东坡的小儿子。《草堂》词收录《点绛唇》二首,"高柳蝉嘶"及"新月娟娟",都是叔党的词作。当时正禁止苏东坡的诗文,所以隐匿了他的名字。相传已久,于是有人以为是汪彦章的词,这不对。

# 一五二　程正伯

## 【题解】

此则评程垓词,并举列了《酷相思》《四代好》《折红英》诸调,认为三首词"皆佳"。《酷相思》一词写别情,清李调元《雨村词话》卷二评为"以白描擅长者"。《四代好》《折红英》(即《钗头凤》)两词均写闺情。虽然三词在题材和表现内容上并无特别,但情感真挚绵密,语言清晰明了,自有其特点,因此,杨慎予以了肯定和赞誉。杨慎言,程垓是苏轼之中表。是说不确。程垓是程子才(字正辅)之孙,而程子才才是苏轼的中表。对此,况周颐《蕙风词话》卷四已辨其误,唐圭璋《词话丛编》本则案语亦有辨正。当代学者罗忼烈《杨慎〈词品〉多纰漏》一文讲:"正辅、正伯,一字之差,谬以千里,升庵粗疏有如此者。厥后,毛晋因之……既误信升庵,又杜撰当时词人莫及之说以实之,其谬又甚于升庵矣。按毛刻《书舟词》,首录绍熙甲寅(1194)王称序,序中明言'正伯方为当涂令'。正伯既于宋光宗绍熙甲寅为当涂县令,安能与东坡为中表兄弟?"(载《重庆师院学报》1994 年第 1 期)

　　程正伯[①],号书舟,眉山人,东坡之中表也[②]。其《酷相思》词云:"月挂霜林寒欲坠。正门外,催人起。奈别离、如今真个是。欲住也,无留计。欲去也,来无计。　　马上离情衣上泪,各自供憔悴。问江路、梅花开也未。春到也,须频寄。人到也,须频寄。"其《四代好》《折红英》,皆佳。见本集。

## 【注释】

①程正伯:即程垓,生卒年不详。字正伯。眉山(今属四川)人。南

宋词人。曾与尤袤、陆游等游，杨万里曾荐以贤良方正科。有
《书舟词》，《全宋词》录其词一百五十七首。

②东坡之中表：是说不确。唐圭璋《词话丛编》案语曰："程正伯非
东坡之中表。正伯盖与王季平同时，季平有《书舟词序》作于绍
熙五年甲寅。"中表，清梁章钜《称谓录·母之兄弟之子》："中表
犹言内外也。姑之子为外兄弟，舅之子为内兄弟，故有中表
之称。"

**【译文】**

程正伯，号书舟，眉山人，是东坡的表兄弟。其《酷相思》词言："月
挂霜林寒欲坠。正门外，催人起。奈别离、如今真个是。欲住也，无留
计。欲去也，来无计。　　马上离情衣上泪，各自供憔悴。问江路、梅
花开也未。春到也，须频寄。人到也，须频寄。"他的《四代好》《折红
英》，都很好。见本集。

## 一五三　李邦直

**【题解】**

本则所录《谒金门》词，非李邦直词，实贺铸之作，杨慎误记。宋赵
闻礼《阳春白雪》卷一录有该词，署作者为贺铸，并有自序云："李黄门梦
得一曲，前遍二十言，后遍二十二言，而无其声。余采其前遍，润一'横'
字，已续二十五字写之云。"

李邦直①，与东坡同时人，小词有："杨花落。燕子横穿
朱阁。苦恨春醪如水薄。闲愁无处著。　　绿野带江山落
角。桃杏参差残萼。历历危樯沙外泊。东风晚来恶。"为坡
所称。

## 【注释】

①李邦直：即李清臣（1032—1102），字邦直。先世魏县（今属河北）人，后徙居安阳（今属河南）。皇祐五年（1053）进士，历官知制诰、翰林学士，迁尚书左丞。罢为资政殿学士，复拜中书侍郎，以资政殿大学士知河南府。元丰年间，自吏部尚书拜尚书右丞。徽宗立，入为门下侍郎，出知大名府。有《李清臣文集》一百卷、《奏议》三十卷等，皆散佚。《全宋词》收其词一首。

## 【译文】

李邦直，与东坡是同时代的人，小词有："杨花落。燕子横穿朱阁。苦恨春醪如水薄。闲愁无处著。　　绿野带江山落角。桃杏参差残萼。历历危樯沙外泊。东风晚来恶。"被东坡称许。

# 一五四　柳词为东坡所赏

## 【题解】

对于柳永词，苏轼也有轻视与批评。曾慥《高斋词话》载："少游自会稽入都，见东坡。东坡曰：'不意别后，公却学柳七作词。'少游曰：'某虽无学，亦不如是。'东坡曰：'销魂当此际，非柳七语乎？'"对秦观学柳永，苏轼颇为不满，这实际上也隐含他了对柳词卑弱、浅俗之风的批评。在《与鲜于子骏》中，苏轼又讲："近却颇作小词，虽无柳七郎风味，亦自是一家。"明确将自己的词与柳永词区别开来，自辟蹊径，别为一体。不过，对于柳词的成就和贡献，苏轼亦能给予客观评述，本则所引评柳永"霜风凄紧"三句"不减唐人高处"就是典型例证。本则中，杨慎还批评了《草堂诗余》选篇之不精。柳永《八声甘州》得到了苏轼的赏识和高度评价，《草堂诗余》却无选。倒是柳词中一些"鄙俗""酸文"，却多被选入。《草堂诗余》在编选方面确乎存在很多问题，杨慎的批评是恰当的。

东坡云："人皆言柳耆卿词俗，如'霜风凄紧，关河冷落，残照当楼'，唐人佳处不过如此①。"按其全篇云："对潇潇暮雨洒江天，一番洗清秋。渐霜风凄紧，关河冷落，残照当楼。是处红衰绿减，冉冉物华休。惟有长江水，无语东流。不忍登高临远，望故乡渺渺，归思悠悠。叹年来踪迹，何事苦淹留。想佳人、妆楼凝望，误几回、天际识归舟。争知我、倚阑干处，正恁凝眸。"盖《八声甘州》也。《草堂诗余》不选此，而选其如"愿奶奶、兰心蕙性"之鄙俗②，及"以文会友""寡信轻诺"之酸文③，不知何见也。

### 【注释】

①"人皆言柳耆卿词俗"几句：宋赵令畤《侯鲭录》卷七："东坡云：世言柳耆卿曲俗，非也。如《八声甘州》云：'霜风凄紧，关河冷落，残照当楼。'此语于诗句，不减唐人高处。"

②愿奶奶、兰心蕙性：出自柳永《玉女摇仙佩·佳人》："飞琼伴侣，偶别珠宫，未返神仙行缀。取次梳妆，寻常言语，有得几多姝丽。拟把名花比。恐旁人笑我，谈何容易。细思算、奇葩艳卉，惟是深红浅白而已。争如这多情，占得人间，千娇百媚。　　须信画堂绣阁，皓月清风，忍把光阴轻弃。自古及今，佳人才子，少得当年双美。且恁相偎倚。未消得、怜我多才多艺。愿奶奶、兰心蕙性，枕前言下，表余深意。为盟誓。今生断不孤鸳被。"

③以文会友：出自柳永《女冠子》："淡烟飘薄。莺花谢、清和院落。树阴翠、密叶成幄。麦秋霁景，夏云忽变奇峰、倚寥廓。波暖银塘，涨新萍绿鱼跃。想端忧多暇，陈王是日，嫩苔生阁。　　正铄石天高，流金昼永，楚榭光风转蕙，披襟处、波翻翠幕。以文会友，沈李浮瓜忍轻诺。别馆清闲，避炎蒸、岂须河朔。但尊前随分，雅

歌艳舞,尽成欢乐。"寡信轻诺:出自柳永《尾犯》:"夜雨滴空阶,孤馆梦回,情绪萧索。一片闲愁,想丹青难貌。秋渐老、蛩声正苦,夜将阑、灯花旋落。最无端处,总把良宵,只恁孤眠却。　　佳人应怪我,别后寡信轻诺。记得当初,褙香云为约。甚时向、幽闺深处,按新词、流霞共酌。再同欢笑,肯把金玉珠珍博。"

### 【译文】

苏东坡言:"人们都说柳耆卿的词俗,但像'霜风凄紧,关河冷落,残照当楼',唐代诗人的精彩处也不过如此。"按这首词的全篇言:"对潇潇暮雨洒江天,一番洗清秋。渐霜风凄紧,关河冷落,残照当楼。是处红衰绿减,冉冉物华休。惟有长江水,无语东流。　　不忍登高临远,望故乡渺渺,归思悠悠。叹年来踪迹,何事苦淹留。想佳人、妆楼凝望,误几回、天际识归舟。争知我、倚阑干处,正恁凝眸。"是《八声甘州》。《草堂诗余》不选这首,而选其如"愿奶奶、兰心蕙性"一类鄙陋庸俗的词,及"以文会友""寡信轻诺"之类的迂腐鄙俗的词,不知是何种见解。

## 一五五　《木兰花慢》

### 【题解】

本则讨论柳永、吴激、元好问《木兰花慢》词,并载柳永、吴激词,全文录自《吴礼部诗话》。柳永词,《乐章集》注南吕调,前片十句五平韵,后片十句七平韵,"倾城""盈盈""欢情"皆以短韵入词。陈匪石《声执·句中韵》:"《木兰花慢》则有三短韵,换头以外,如柳词之'倾城''欢情'皆是。且柳之三首悉同。此等叶韵,最易忽略。南宋以后,往往失叶。"因此,《吴礼部诗话》言"柳耆卿清明词,得音调之正。"清《钦定词谱》卷二十九亦将柳词视为正体:"此调押短韵者以柳词二首为正体。"吴激词"阑干""长安""幽欢"皆押短韵,因此,亦为"不失此体"者。

　　《木兰花慢》，柳耆卿清明词，得音调之正。盖"倾城"
"盈盈""欢情"，于第二字中有韵。近见吴彦高中秋词[①]，亦
不失此体，余人皆不能。然元遗山集中凡九首[②]，内五首两
处用韵，亦未为全知者。今载二词于后。柳词云："拆桐花
烂熳，乍疏雨，洗清明。正艳杏烧林，湘桃绣野，芳景如屏。
倾城。尽寻胜去，骤雕鞍、绀幰出郊坰[③]。风暖繁弦脆管，万
家齐奏新声。　　　盈盈。斗草踏青。人艳冶、递逢迎。向
路傍往往，遗簪堕珥，珠翠纵横。欢情。对佳丽地，任金罍
罄竭玉山倾[④]。拼却明朝永日，画堂一枕春酲[⑤]。"吴词云：
"敞千门万户，瞰苍海，烂银盘[⑥]。对沆瀣楼高，储胥雁过[⑦]，
坠露生寒。阑干。眺河汉外，送浮云、尽出众星乾。丹桂霓
裳缥缈，似闻杂佩珊珊。　　长安。底处高城，人不见，路漫
漫。叹旧日心情，如今容鬓，瘦沈愁潘。幽欢。纵容易得，
数佳期，动是隔年看。归去江湖一叶，浩然对景垂竿。"然吴
词后段起句又异常体，柳为正。

**【注释】**

①吴彦高：即吴激(？—1142)，字彦高，建州(今福建建瓯)人。米
　芾之婿。使金被留，累官翰林待制。有《东山集》，佚。赵万里辑
　有《东山乐府》十首。

②元遗山集中凡九首：元好问有《木兰花慢》九首，见《遗山乐府》卷四。

③绀幰(gàn xiǎn)：天青色车幔，此指张绀幰的车驾。郊坰(jiōng)：
　指郊外。

④金罍：酒盏。玉山倾：指醉酒而倒。《世说新语·容止》："嵇
　康……其醉也，傀俄若玉山之将崩。"

⑤酲：酒醉而神志不清。

⑥烂银盘：喻指月亮。

⑦储胥：栅栏，藩篱。

**【译文】**

《木兰花慢》，柳耆卿咏清明一词，是此调的正体。因为"倾城""盈盈""欢情"中的第二字中都入韵。最近见吴彦高的中秋词，也不失此体，其他人都不能。元遗山集中共有九首《木兰花慢》，其中五首两处用韵，元遗山也不完全了解此调。现载录二词于后。柳词言："拆桐花烂熳，乍疏雨，洗清明。正艳杏烧林，湘桃绣野，芳景如屏。倾城。尽寻胜去，骤雕鞍、绀幰出郊坰。风暖繁弦脆管，万家齐奏新声。　盈盈。斗草踏青。人艳冶、递逢迎。向路傍往往，遗簪堕珥，珠翠纵横。欢情。对佳丽地，任金罍罄竭玉山倾。拼却明朝永日，画堂一枕春酲。"吴彦高词言："敞千门万户，瞰苍海，烂银盘。对沆瀣楼高，储胥雁过，坠露生寒。阑干。眺河汉外，送浮云、尽出众星乾。丹桂霓裳缥缈，似闻杂佩珊珊。　长安。底处高城，人不见，路漫漫。叹旧日心情，如今容鬓，瘦沈愁潘。幽欢。纵容易得，数佳期，动是隔年看。归去江湖一叶，浩然对景垂竿。"然而吴彦高的词后段起句又异于常体，柳永词为正体。

# 一五六　潘逍遥

**【题解】**

本则评宋初诗人潘阆。宋黄静《潘阆〈酒泉子〉跋》载："潘阆，谪仙人也。放怀湖山，随意吟咏，词翰飘洒，非俗子所能仰望。"因此，杨慎所谓"其人狂逸不检"确有所据。潘阆存诗不多，其诗如《呈钱塘知府薛谏议》等清古警迈，放意玄远，卓然独立，确如杨慎所言"诗句往往有出尘之语"。潘阆有《酒泉子》词十首存世，均以"长忆"领起，分写钱塘、西湖、孤山、西山、高峰、吴山、龙山、观潮诸景,萧散闲远,意蕴悠长。杨慎引录"长忆西湖"一首,并称"此词一时盛传"。清陶元藻《全浙诗话》卷十云:"崇宁间,武夷(黄静)仕杭,得其诗余《酒泉子》十首,镵诸石,为之跋。"黄静将词镵于石,这似乎也可从侧面证其"盛传"之况。至于将此词书于玉堂者,据《湘山野录》和《吟窗杂录》乃北宋人钱易,非苏轼。

潘阆①,字逍遥,其人狂逸不检,而诗句往往有出尘之语。词曲亦佳,有忆西湖《虞美人》一阕云②:"长忆西湖湖水上③。尽日凭栏楼上望。三三两两钓鱼舟。岛屿正清秋。 笛声依约芦花里。白鸟成行忽飞起。别来闲想整纶竿。思入水云寒。"此词一时盛传。东坡公爱之,书于玉堂屏风④。

**【注释】**

①潘阆(? —1009):字逍遥,自号逍遥子。大名(今属河北)人。至道元年(995)赐进士及第,授国子四门助教,后坐事亡命。真宗时释其罪,为滁州参军。工诗,王禹偁、柳开、寇准、林逋等人皆与赠答。有《逍遥集》一卷,《逍遥词》一卷。《全宋词》录其《酒泉子》词十首,又据《梦溪笔谈》录其《扫市舞》残句四句。

②《虞美人》:应为《酒泉子》。《词话丛编》:"案此乃《酒泉子》,杨慎误此为《虞美人》。"

③长忆西湖湖水上:《逍遥词》无"湖水上"三字。

④书于玉堂屏风:宋释文莹《湘山野录》卷下"阆有清才,尝作《忆余杭》一阕曰……钱希白爱之,自写于玉堂后壁。"宋陈应行《吟窗杂录》卷五十:"潘阆有清才,尝作《忆余杭》一阕……钱希白爱之,书于玉堂后壁。"

## 【译文】

潘阆，字逍遥，其人狂放不羁，而诗句中也往往有超出世俗之语。词曲也很好，有忆西湖《虞美人》一阕言："长忆西湖湖水上。尽日凭栏楼上望。三三两两钓鱼舟。岛屿正清秋。　　笛声依约芦花里。白鸟成行忽飞起。别来闲想整纶竿。思入水云寒。"这首词一时广泛传播。东坡喜爱它，把它书写在了玉堂屏风上。

# 一五七　斜阳暮

## 【题解】

本则讨论了诗词中的炼字、炼句问题。诗词以简洁、含蓄为要，不必要的重复和明显的沿袭都是诗家之大忌。但出于表达上强调、铺排以及音韵等方面的需要，诗人有时使用相近词语反复陈述、精心刻画，这并不为病。只要用语妥帖、旨远意深即为佳句。据《苕溪渔隐丛话》，黄庭坚曾评秦观词"杜鹃声里斜阳暮"一句似乎有重复之嫌。"斜阳"和"暮"都表示时间，两词联用，表面上看，似乎略显重复，不够简练。杨慎对此进行了辩驳。他认为，"见斜阳而知日暮"，时间上有前后之别，而且两者存在逻辑关系，因此，并不重复。类似的例子在古诗中并不少见，杨慎举出《古诗十九首》中"明月皎夜光"句，以及唐代韦应物、李商隐、刘长卿、刘眘虚诸人诗例。杨慎以为，这些用法并无不妥，亦无重复之嫌。

　　秦少游《踏莎行》"杜鹃声里斜阳暮"①，极为东坡所赏②。而后人病其"斜阳暮"似重复③，非也。见斜阳而知日暮，非复也。犹韦应物诗"须臾风暖朝日暾"④，既曰"朝日"，又曰"暾"，当亦为宋人所讥矣。此非知诗者。《古诗》"明月皎夜光"⑤，"明""皎""光"，非复乎？李商隐诗："日向花间留返照⑥。"皆然。又唐诗"青山万里一孤舟"⑦，又"沧溟千万里，日夜一孤舟"⑧，宋人亦言"一孤舟"为复，而唐人累用之，不以为复也。

**【注释】**

①杜鹃声里斜阳暮：出自秦观《踏莎行》："雾失楼台，月迷津渡，桃源望断无寻处。可堪孤馆闭春寒，杜鹃声里斜阳暮。　　驿寄梅花，鱼传尺素，砌成此恨无重数。郴江幸自绕郴山，为谁流下潇湘去。"

②极为东坡所赏：《苕溪渔隐丛话》前集卷五十引《冷斋夜话》："东坡绝爱其尾两句，自书于扇曰：'少游已矣，虽万人何赎！'"

③后人病其"斜阳暮"似重复：《苕溪渔隐丛话》前集卷五十引《诗眼》云："后诵淮海小词云'杜鹃声里斜阳暮'，公（黄庭坚）曰：'此词高绝，但既云斜阳，又云暮，则重出也。'欲改'斜阳'作'帘栊'。"

④韦应物（约737—约791）：京兆万年（今陕西西安）人。唐德宗建中二年（781）拜比部员外郎，建中四年（783），出为滁州刺史。贞元元年（785），任江州刺史，贞元三年（787），入朝为左司郎中；次年，又出为苏州刺史。长于五言，其诗闲淡简远，名传当世。《全唐诗》存其诗十卷、词四首。《全唐诗补逸》录二首；《全唐诗续补遗》录二首。须臾风暖朝日暾：出自韦应物《听莺曲》："东方欲曙花冥冥，啼莺相唤亦可听。乍去乍来时近远，才闻南陌又东城。忽似上林翻下苑，绵绵蛮蛮如有情。欲啭不啭意自娇，羌儿弄笛曲未调。前声后声不相及，秦女学筝指尤涩。须臾风暖朝日暾，流音变作百鸟喧。谁家懒妇惊残梦，何处愁人忆故园。伯劳飞过声局促，戴胜下时桑田绿。不及流莺日日啼花间，能使万家春意闲。有时断续听不了，飞去花枝犹袅袅。还栖碧树锁千门，春漏方残一声晓。"

⑤明月皎夜光:出自《古诗十九首》其七:"明月皎夜光,促织鸣东壁。玉衡指孟冬,众星何历历。白露沾野草,时节忽复易。秋蝉鸣树间,玄鸟逝安适。昔我同门友,高举振六翮。不念携手好,弃我如遗迹。南箕北有斗,牵牛不负轭。良无磐石固,虚名复何益。"

⑥日向花间留返照:出自唐李商隐《写意》:"燕雁迢迢隔上林,高秋望断正长吟。人间路有潼江险,天外山惟玉垒深。日向花间留返照,云从城上结层阴。三年已制思乡泪,更入新年恐不禁。"

⑦青山万里一孤舟:出唐刘长卿《重送裴郎中贬吉州》:"猿啼客散暮江头,人自伤心水自流。同作逐臣君更远,青山万里一孤舟。"

⑧沧溟千万里,日夜一孤舟:出唐刘眘虚《海上诗送薛文学归海冬》:"何处归且远,送君东悠悠。沧溟千万里,日夜一孤舟。旷望绝国所,微茫天际愁。有时近仙境,不定若梦游。或见青色古,孤山百里秋。前心方杳眇,后路劳夷犹。离别惜吾道,风波敬皇休。春浮花气远,思逐海水流。日暮骊歌后,永怀空沧洲。"

## 【译文】

秦少游《踏莎行》"杜鹃声里斜阳暮"一句,受到苏东坡的极度欣赏。而后人诟病其"斜阳暮"似乎重复,不对。看到斜阳因而知晓日暮,并非重复。犹如韦应物的诗"须臾风暖朝日暾",既说"朝日",又说"暾",应当也被宋人讥讽了。这并非懂诗的人。《古诗》"明月皎夜光","明""皎""光",不是重复吗? 李商隐的诗:"日向花间留返照。"都是这样。又有唐诗"青山万里一孤舟",又有"沧溟千万里,日夜一孤舟",宋人也说"一孤舟"是重复,但唐人屡次使用它,不认为是重复。

# 一五八　秦少游赠楼东玉

## 【题解】

词中藏人姓、字或其他信息者,在古代诗文中并不鲜见。本则所举秦观《水龙吟》词中，"小楼连苑（或作远）横空"句有"楼（娄）"字，"玉佩丁东"句有"东"及"玉"字，因此说，隐"楼（娄）东玉"三字；《南歌子》词"一钩残月，带三星"句，"钩"与"三星"合即为"心"字，故曰隐"心"字。此解不始于杨慎，《唐宋诸贤绝妙词选》该词题序曰"寄营妓娄婉，婉字东玉，词中藏其姓名与字在焉"。《苕溪渔隐丛话》前集卷五十引《高斋诗话》云："少游在蔡州，与营妓娄婉字东玉者甚密，赠之词云'小楼连苑横空'，又云'玉佩丁东别后'者是也。又赠陶心儿词云'天外一钩残月，带三星'，谓'心'字也。"此为杨慎所本。黄庭坚《两同心》词中，"女"边著"子"，即为"好"字，"门"里添"心"即为"闷"字，因此说隐"好闷"二字。

　　秦少游《水龙吟》[①]，赠营妓楼东玉者[②]，其中"小楼连苑"及换头"玉佩丁东"隐"楼东玉"三字。又赠陶心儿[③]，"一钩残月，带三星"，亦隐"心"字。山谷赠妓词"你共人女边著子，争知我门里添心"[④]，亦隐"好闷"二字云。

**【注释】**

①秦少游《水龙吟》：此指秦观《水龙吟》（小楼连苑横空）一词，见卷一《填词句参差不同》注。

②楼东玉：《唐宋诸贤绝妙词选》《淮海长短句》均作"娄东玉"。

③赠陶心儿：此指秦观《南歌子》词，题为"赠陶心儿"，全词如下："玉漏迢迢尽，银潢淡淡横。梦回宿酒未全醒。已被邻鸡催起，怕天明。　　臂上妆犹在，襟间泪尚盈。水边灯火渐人行。天外一钩残月，带三星。"

④你共人女边著子，争知我门里添心：黄庭坚《两同心》（一笑千金）及《两同心》（秋水遥岑）二词中均有此两句。"门里添心"，《全宋

词》据别本作"门里挑心"。

【译文】

秦少游的《水龙吟》,是赠给军中官妓楼东玉的,其中的"小楼连苑"及换头"玉佩丁东"隐藏"楼东玉"三字。又赠陶心儿"一钩残月,带三星"词,也隐藏一"心"字。山谷赠妓词"你共人女边著子,争知我门里添心",也隐藏"好闷"二字。

## 一五九　莺花亭

【题解】

绍圣元年(1094)四月,监察御史刘拯言:"秦观浮薄小人,影附于轼,请正轼之罪,褫观职任,以示天下后世。"(清黄以周等辑注《续资治通鉴长编拾补》卷十)因之,秦观监处州酒税。据清秦瀛《淮海先生年谱》,绍圣二年(1095)春,少游在处州,"又尝游府治南园,作《千秋岁》词"。秦观此词在当时即产生了广泛影响,孔毅甫、洪觉范、晁补之、李之仪、黄庭坚、苏东坡等皆有次韵之作,为宋代词坛一大盛事。后人慕秦观词境而造莺花亭事,详于范成大《石湖居士诗集》卷十。其《次韵徐子礼提举莺花亭》诗序曰:"秦少游'水边沙外'之词,盖在括苍监征时所作。予至郡,徐子礼提举按部来过,劝予作小亭记少游旧事。又取词中语名之曰'莺花',赋诗六绝而去。明年亭成,次韵寄之。"范成大所赋六绝句今存。至于陆游《莺花亭》诗,则首见于杨慎此文。

　　秦少游谪处州日①,作《千秋岁》词,有"花影乱,莺声碎"之句②,后人慕之,建莺花亭③。陆放翁有诗云:"沙上春风柳十围。绿阴依旧语黄鹂。故应留与行人恨,不见秦郎半醉时④。"

**【注释】**

①处州:今浙江丽水。

②花影乱,莺声碎:出自秦观《千秋岁》:"水边沙外。城郭春寒退。花影乱,莺声碎。飘零疏酒盏,离别宽衣带。人不见,碧云暮合空相对。　　忆昔西池会。鹓鹭同飞盖。携手处,今谁在。日边清梦断,镜里朱颜改。春去也,飞红万点愁如海。"

③莺花亭:《清一统志·处州府》:"(莺花亭)在丽水县西二里。宋秦观有莺花亭《千秋岁》词。"

④"沙上春风柳十围"几句:此陆游《莺花亭》诗,首见于杨慎《词品》卷三。孔凡礼《陆游佚著辑存》下注:"见杨慎《词品》卷三、明崇祯《处州府志》卷十六、清乾隆《浙江通志》卷五十一、清同治《丽水县志》卷六。后三书'语黄鹂'均作'著黄鹂'。"

**【译文】**

　　秦观被贬处州的时候,写作《千秋岁》一词,有"花影乱,莺声碎"这句,后人倾慕他,建莺花亭。陆放翁有诗言:"沙上春风柳十围。绿阴依旧语黄鹂。故应留与行人恨,不见秦郎半醉时。"

## 一六〇　少游岭南词

**【题解】**

　　诚如杨慎所言,秦观《添春色》(《花草粹编》卷八、毛晋汲古阁本《淮海词》词调名为《醉乡春》)一词"本集不收",宋本《淮海居士长短集》也不见收录。杨慎言"见于地志",即《一统志》。元、明均有官修《一统志》,但《大元一统志》嘉靖后期已散佚,因此杨慎所言极有可能是《明一统志》。不过,秦观此词宋人所编《诗话总龟》和《苕溪渔隐丛话》早有载录,文字上亦略同。这些记载明显早于杨慎所见之"地志"。杨慎又言"修《一统志》者不识'��'字,妄改可笑"。《四库全书》本《明一统志》曾摘引秦观此词，"舀"作"醋"，确乎也存在"妄改"的情况。对于此类刊刻之误，杨慎予以辨析和订正。清吴衡照《莲子居词话》讲："(《词品》)其引据处，亦足正俗本之误。"不仅如此，实际上区畛差忒、匡正舛戾，也正显示了杨慎的严谨和博学。关于此词的写作时间，杨慎以为作于秦观谪居藤州时。不过，有研究者认为，该词应作于秦观谪横州时。清王敬之《淮海词补遗》有案语曰："国朝闵叙粤述海棠桥在横州西，宋时建。故老传曰：此桥南北，旧皆海棠；书生祝姓者家此。宋秦少游谪横，尝醉宿其家。明日题词而去。"清秦瀛《淮海先生年谱》中讲："(秦观)既至横州，荒落愈甚，寓浮槎馆，居焉。城西有海棠桥……明日题其柱云……其词刻于州志，海棠桥至今有遗迹云。"可知，此词确作于横州，杨慎所言误。

少游谪藤州①，一日醉野人家。有词云："唤起一声人悄。衾冷梦寒窗晓。瘴雨过②，海棠开，春色又添多少。社瓮酿成微笑。半缺椰瓢共舀。觉倾倒，急投床，醉乡广大人间小。"此词本集不收，见于地志。而修《一统志》者不识"舀"字③，妄改可笑，聊著之。

**【注释】**

①藤州：今广西藤县。秦观于宋徽宗大观四年(1110)八月至藤州，八月十二日卒于光华亭。

②瘴雨：指南方含有瘴气的雨。

③《一统志》：官修地理总志，元明清三代均有修撰。《明一统志》由李贤、彭时等奉旨修纂，天顺五年(1461)四月编成。不识"舀"字：王敬之《淮海词补遗》案："地志作'酌'，出韵，误。"

**【译文】**

秦少游降职藤州,一天醉于农人家。有词言:"唤起一声人悄。衾冷梦寒窗晓。瘴雨过,海棠开,春色又添多少。　　社瓮酿成微笑。半缺椰瓢共舀。觉倾倒,急投床,醉乡广大人间小。"这首词本集不收,见于地方志。而修编《一统志》的人不认识"舀"字,胡乱改成别的字,这很可笑,姑且记载于此。

<h1 style="text-align:center">一六一《满庭芳》</h1>

**【题解】**

本则辨秦观《满庭芳》"晚色云开"中"色"及"开"的用字问题,以纠正坊刻之错讹。杨慎言《花庵词选》作"晚色云开",但今所传《唐宋诸贤绝妙词选》作"晓色云开",依文意,当为"晓色"。

秦少游《满庭芳》"晚色云开"①,今本误作"晚兔云开",不通。维扬张綎刻《诗余图谱》②,以意改"兔"作"见",亦非。按《花庵词选》作"晚色云开",当从之。

**【注释】**

①晚色云开:《唐宋诸贤绝妙词选》《淮海长短句》均作"晓色云开"。

②张綎(1487—1543)字世文,一作世昌,号南湖,高邮(今属江苏)人。《诗余图谱》:词谱。明张綎撰。三卷。包括小令六十四调,中调四十九调,长调三十六调。此书的收集不广,谬误也较多。

**【译文】**

秦少游《满庭芳》中的"晚色云开",今本误作"晚兔云开",不通。扬州的张綎刻有《诗余图谱》,依据词意改"兔"作"见",也不对。按《花庵词选》作"晚色云开",应依据此。

# 一六二　明珠溅雨

## 【题解】

隋炀帝巡幸江南事,《大业拾遗记》有载:"至汴,帝御龙舟,萧妃乘凤舸,锦帆彩缆,穷极侈靡……每舟择妙丽长白女子千人,执雕板镂金楫,号为殿脚女。"但"明珠溅雨"事,今传《大业拾遗记》不载。余无佐证,故杨慎所记真伪莫辨。

秦淮海《望海潮》词云:"纹锦制帆,明珠溅雨,宁论爵马鱼龙①。"按《隋遗录》②,炀帝命宫女洒明珠于龙舟上,以拟雨霜之声,此词所谓"明珠溅雨"也。

## 【注释】

①爵马鱼龙:古代百戏杂耍名。鲍照《芜城赋》:"吴蔡齐秦之声,鱼龙爵马之玩,皆薰歇烬灭,光沉响绝。"《后汉书·南匈奴传》"角抵百戏"注:"角抵之戏则鱼龙爵马之属。言两两相当,亦角而为抵对。"

②《隋遗录》:原名《南部烟花录》,又名《大业拾遗记》《拾遗记》。旧题唐颜师古撰,当为宋人作。一卷。共三十四则。记隋炀帝游江都事,间或记一些典故和名物等。

## 【译文】

秦淮海《望海潮》词言:"纹锦制帆,明珠溅雨,宁论爵马鱼龙。"按《隋遗录》,隋炀帝命宫女洒明珠于龙舟上,以此拟雨霜之声,这就是词中所说的"明珠溅雨"。

# 一六三　天粘衰草

## 【题解】

秦少游《满庭芳》词中有"山抹微云，天粘衰草"，各本《淮海集》及宋本《淮海居士长短句》均作"连"。可见，"连"字之用，自古有之，杨慎言"今本改'粘'作'连'"，显然不确。最早作"粘"者，是叶梦得《避暑录话》，见下注。杨慎言"粘"字"有出处"，"又见《避暑录话》可证"云云，其依据本此。以下，杨慎举出唐宋人诗、文、词等共八例，以证"粘"字运用之广泛。杨慎以为"'粘'字极工"，"若作'连天'，是小儿之语也"，应当说，这是很有见地的。"粘"与"连"意近，都有连接、连续之意。不过，"粘"字更显绵密，更能体现物象之间的浑然一体和粘连无痕，从表达效果上看也更具形象性。《升庵诗话》"粘天"一则更认为，"粘"字之用，可使句奇："庾阐《扬都赋》：'涛声动地，浪势粘天。'本自奇语。昌黎祖之曰：'洞庭漫汗，粘天无壁。'张祜诗'草色粘天鹁鸪恨'，黄山谷'远山粘天吞钓舟'，秦少游小词'山抹微云，天粘衰草'，正用此字为奇。今俗本作'天连'，非矣。"这也可从侧面证明杨慎对诗词炼字的重视。

秦少游《满庭芳》"山抹微云，天粘衰草"①，今本改"粘"作"连"，非也。韩文"洞庭汗漫，粘天无壁"②。张祜诗"草色粘天鹁鸪恨"③。山谷诗"远水粘天吞钓舟"④。邵博诗"老滩声殷地，平浪势粘天"⑤。赵文昇词"玉关芳草粘天碧"⑥。严次山词"粘云、江影伤千古"⑦。叶梦得词"浪粘天、蒲桃涨绿"⑧。刘行简词"山翠欲粘天"⑨。刘叔安词"暮烟细草粘天远"⑩。"粘"字极工，且有出处。又见《避暑录话》可证⑪。若作"连天"，是小儿之语也。

**【注释】**

①山抹微云，天粘衰草：出自秦观《满庭芳》："山抹微云，天连衰草，
画角声断谯门。暂停征棹，聊共引离尊。多少蓬莱旧事，空回
首、烟霭纷纷。斜阳外，寒鸦万点，流水绕孤村。　　销魂。当
此际，香囊暗解，罗带轻分。谩赢得、秦楼薄幸名存。此去何时
见也？襟袖上、空惹啼痕。伤情处，高城望断，灯火已黄昏。"

②洞庭汗漫，粘天无壁：出自韩愈《祭河南张员外文》，载《昌黎先生
文集》卷二十二。

③草色粘天鹈鴃(tí jué)恨：出自范成大《代圣集赠别》："一曲悲歌
水倒流，尊前何计缓千忧。事如梦断无寻处，人似春归挽不留。
草色粘天鹈鴃恨，雨声连晓鹧鸪愁。迢迢绿浦帆飞远，今夜新晴
独倚楼。"载《石湖诗集》卷一。杨慎作张祐诗，误。鹈鴃，即杜
鹃鸟。

④远水粘天吞钓舟：出自黄庭坚《四月末天气陡然如秋，遂御夹衣
游北沙亭观江涨》："沙岸人家报急流，船官解缆正夷犹。震雷将
雨度绝壑，远水粘天吞钓舟。甚欲去挥白羽箑，可堪更著紫茸
裘。平生得意无人会，浩荡春钼且自由。"

⑤邵博(？—1158)：字公济，洛阳(今属河南)人。邵雍孙，邵伯温
次子。绍兴八年(1138)，以赵鼎荐，召试，赐同进士出身，除秘书
省校书郎，知眉州。绍兴二十八年(1158)卒于犍为县。《宋史·
艺文志》著录《邵博文集》五十七卷，已佚。现存《邵氏闻见后录》
三十卷。词存《念奴娇》一首，见《梅苑》卷一。

⑥赵文昇(1141—？)：应为"赵文鼎"。名善扛，字文鼎，号解林居
士，隆兴(今江西南昌)人。太宗七世孙，乾道六年(1170)知泰宁
县，历知蕲州、处州，孝宗淳熙间卒。《中兴以来绝妙词选》卷四
存其词十四首，《全宋词》据以录入。玉关芳草粘天碧：出自赵文
鼎《重叠金·春思》："玉关芳草粘天碧。春风万里思行客。骄马

向风嘶。道归犹未归。　　南云新有雁。望眼愁边断。膏沐为谁容。倚楼烟雨中。"

⑦严次山：即严仁，生卒年不详。字次山，号樵溪。邵武（今属福建）人。南宋词人。与严羽、严参称"邵武三严"，有《清江欸乃集》八卷，不传。《全宋词》据《中兴以来绝妙词选》卷五录其词三十首。粘云、江影伤千古：出自严仁《贺新郎·清浪轩送春》："碧浪摇春渚。浸虚檐、蒲萄混漾，翠绡掀舞。委曲经过台下路，载取落花东去。问花亦、漂流良苦。花不能言应有恨，恨十分、都被春风误。同此恨，有飞絮。　　人生聚散元无据。尽凭阑、一尊相对，蘋州春暮。嫉色冲冲空怅望，泪尽世间儿女。君不见、千金求赋。飞燕婕好今何在，看粘云、江影伤千古。流不去，断魂处。"

⑧叶梦得（1077—1148）：字少蕴，号石林居士。吴县（今江苏苏州）人。哲宗绍圣四年（1097）进士。累官中书舍人、翰林学士、尚书左丞。绍兴时，曾成功阻止过金兵渡淮入侵。官终知福州兼福建安抚使，卒赠检校少保。博洽多闻，著有《建康集》《石林诗话》《石林燕语》《避暑录话》等。有《石林词》，《全宋词》录其词一〇三首。浪粘天、蒲桃涨绿：出自叶梦得《贺新郎》："睡起流莺语。掩苍苔、房栊向晚，乱红无数。吹尽残花无人见，惟有垂杨自舞。渐暖霭、初回轻暑。宝扇重寻明月影，暗尘侵、尚有乘鸾女。惊旧恨，遽如许。　　江南梦断横江渚。浪粘天、葡萄涨绿，半空烟雨。无限楼前沧波意，谁采蘋花寄取？但怅望、兰舟容与。万里云帆何时到？送孤鸿、目断千山阻。谁为我，唱《金缕》。"

⑨刘行简：即刘一止（1078—1160），字行简，号苕溪，归安（今浙江湖州）人。宣和三年（1121）进士，为越州教授。绍兴初，召试馆职，迁监察御史，起居郎，擢中书舍人兼侍讲。忤秦桧，落职闲

居。有《苕溪集》。词附集中,《全宋词》录其词四十二首。**山翠欲粘天**:出自刘一止《水调歌头》:"缥缈青溪畔,山翠欲粘天。纵云台上,揽风招月自何年。新旧今逢二妙,人地一时清绝,高并两峰寒。歌发烟霏外,人在去留间。　　著方床,容老子,醉时眠。一尊相属,高会何意此时圆。况是古今难遇,人月竹花俱妙,曾见句中传。不向今宵醉,忍负四婵娟。"

⑩**刘叔安**:即刘镇,生卒年不详。字叔安,号随如。南海(今广东广州)人。嘉泰二年(1202)进士。学者称为随如先生。有《随如百咏》,今不传。《全宋词》录其词二十六首。**暮烟细草粘天远**:出自南宋卢祖皋《水龙吟·赋酴醿》一词,杨慎误记。全词如下:"荡红流水无声,暮烟细草粘天远。低回倦蝶,往来忙燕,芳期顿懒。绿雾迷墙,翠虬腾架,雪明香暖。笑依依欲挽,春风教住,还疑是,相逢晚。　　不似梅妆瘦减。占人间、丰神萧散。攀条弄蕊,天涯犹记,曲阑小院。老去情怀,酒边风味,有时重见。对枕帏空想,东床旧梦,带将离恨。"

⑪**《避暑录话》**:或作《石林避暑录》《乙卯避暑录》,南宋叶梦得撰,共二卷。记北宋故实、士人轶闻、唐宋科举、职官制度等等,有重要的史料价值。其卷下云:"'寒鸦万点,流水绕孤村',本隋帝诗也,少游取以为《满庭芳》辞,而首言'山抹微云,天粘衰草',尤为当时所传。"

**【译文】**

秦少游《满庭芳》"山抹微云,天粘衰草",今本改"粘"作"连",不对。韩愈的文章"洞庭汗漫,粘天无壁"。张祜的诗"草色粘天鹧鸪恨"。山谷的诗"远水粘天吞钓舟"。邵博的诗"老滩声殷地,平浪势粘天"。赵文昇的词"玉关芳草粘天碧"。严次山的词"粘云、江影伤千古"。叶梦得的词"浪粘天、蒲桃涨绿"。刘行简的词"山翠欲粘天"。刘叔安的词"暮烟细草粘天远"。"粘"字极其工巧,且有出处。又见《避暑录话》,可以为证。如果作"连天"，这是小孩儿的语词。

## 一六四 山抹微云女婿

**【题解】**

"山抹微云女婿"之典，最早见于宋蔡絛《铁围山丛谈》卷四："温（范温）实奇士也。一日，游大相国寺，而诸贵珰盖不辨有祖禹，独知有《唐鉴》而已。见温，辄指目，方自相谓曰：'此《唐鉴》儿也。'又温尝预贵人家会，贵人有侍儿，善歌秦少游长短句，坐间略不顾，温亦谨，不敢吐一语。及酒酣欢洽，侍儿者始问：'此郎何人耶？'温遽起，又手而对曰：'某乃山抹微云女婿也。'闻者多绝倒。"《满庭芳》（山抹微云）一词在当时即流播人口，广为传诵，秦观因此而被称为"山抹微云君"。此典也正从一个侧面反映了秦观词在宋代的流传情况。

范元实①，范祖禹之子，秦少游婿也。学诗于山谷，作《诗眼》一书②。为人凝重，尝在歌舞之席，终日不言。妓有问之曰："公亦解词曲否。"笑答曰："吾乃山抹微云女婿也。"可见当时盛唱此词，《草堂诗余》亦有范元实词。

**【注释】**

①范元实：即范温，一作名仲温，生卒年不详。字元实。华阳（今四川成都）人。尝从黄庭坚学诗。论诗重字眼句法，主张字字有来处。

②《诗眼》：即《潜溪诗眼》，又称《潜溪诗话》《范元实诗话》。宋范温著，卷数不详。宋以后散佚，郭绍虞《宋诗话辑佚》辑得二十九则。主要内容论诗法，推崇黄庭坚，对江西诗派理论多有阐发。

## 【译文】

范元实,是范祖禹的儿子,是秦少游的女婿。向山谷学诗,写作了《诗眼》一书。为人稳重,曾在歌舞之席,终日不言。有妓问他说:"您也了解词曲吗。"他笑着回答说:"我是山抹微云的女婿。"可见当时广泛传唱这首词,《草堂诗余》也有范元实的词。

## 一六五 晴鸽试铃

### 【题解】

本则所录张先《满江红》中两句,从鸽铃、莺舌切入写早春景色,突出了春风习习、乍暖还寒的时令特点,构思精巧,用语奇绝,体物细腻,流畅自然。杨慎视为"清新,自来无人道",给予了高度评价。

张子野《满江红》"晴鸽试铃风力软,雏莺弄舌春寒薄"①,清新,自来无人道。

### 【注释】

①晴鸽试铃风力软,雏莺弄舌春寒薄:出自张先《满江红·初春》:
"飘尽寒梅,笑粉蝶游蜂未觉。渐迤逦、水明山秀,暖生帘幕。过雨小桃红未透,舞烟新柳青犹弱。记画桥深处水边亭,曾偷约。

多少恨,今犹昨。愁和闷,都忘却。拼从前烂醉,被花迷著。晴鸽试铃风力软,雏莺弄舌春寒薄。但只愁、锦绣闹妆时,东风恶。"

### 【译文】

张子野《满江红》中的"晴鸽试铃风力软,雏莺弄舌春寒薄",清新自然,没有人能写得出来。

# 一六六 初寮词

## 【题解】

据陈振孙《直斋书录解题》,王安中曾在定武拜苏轼为师,但未完成学业而苏轼离去;登第后,遇晁以道为无极县令,又以弟子礼事之。晁以道即晁说之,乃"苏门四学士"之一晁补之弟,亦为苏门中人。王安中显贵之后,对于求学晁说之一段经历却颇为忌讳。杨慎所谓"初为东坡门下士""遂叛东坡"等即指此。至于王安中和蔡京的关系,上引《直斋书录解题》中也有记载:"安中年十四荐于乡,凡四举,乃登第,为中司,受旨攻蔡京,京子攸入禁中,日夕泣涕告于上,安中亟改翰苑,事遂止。其自政府出守燕,京父子排之也,然安中之进亦本由梁师成。"可知,王安中曾"受旨攻蔡京",后为蔡京父子所排挤。又据其他史料,王安中曾交结蔡京之子蔡攸,受到了蔡攸的引荐和器重。综合诸史料,杨慎所谓"后附蔡京"之说大致不差。王安中谄事权贵,品行轻薄,后人多有讥刺。不过,他"为文丰润敏拔,尤工四六之制"(《宋史·王安中传》),在宋代文坛上很有影响。杨慎论词,特别强调词人的品行修养。同时,又不以人废词。因此,他在鄙薄王安中为人的同时,也评价其诗文"颇得膏腴"、词作"为时所称",应该说,这是一种比较客观的批评态度。

王初寮①,字安中,名履道,初为东坡门下士②,诗文颇得膏腴③。其词有"橡烛垂珠清漏长""迟留春笋缓催觞"之句④。又"天与麟符行乐分。缓带轻裘,雅宴催云鬓。翠雾萦纡销篆印。筝声恰度秋鸿阵"⑤。为时所称。其后附蔡京⑥,遂叛东坡,其人不足道也。

**【注释】**

①王初寮：即王安中(1076—1134)，字履道，号初寮。中山阳曲(今属山西)人。元符三年(1100)进士，历秘书省著作佐郎。徽宗政和间，除中书舍人，擢御史中丞。宣和元年(1119)，拜尚书右丞，三年(1121)，为左丞。绍兴初，复左中大夫。有《初寮集》《初寮词》，《全宋词》录其词五十五首。

②初为东坡门下士：陈振孙《直斋书录解题》卷十八："始东坡帅定武，安中未弱冠，犹及师事焉，未卒业而坡去。其后晁以道为无极令，安中既第，修邑子礼，用长笺自言，以新学窃一第为亲荣，非其志也。以道曰：'为学当谨初，何患不远到'。安中筑室，榜曰'初寮'，其议论闻见多得于以道，既贵显，遂讳晁学，但称成州使君四丈，无复先生之号矣。"

③膏腴：比喻文辞华美。《文心雕龙·正纬》："事丰奇伟，辞富膏腴，无益经典，而有助文章。"

④"椽烛垂珠清漏长""迟留春笋缓催筋"：出自王安中《小重山》："椽烛乘珠清漏长。醉痕衫袖湿，有余香。红牙双捧旋排行。将歌处，相向更催妆。　明月映东墙。海棠花径密，迸流光。迟留春笋缓催汤。兰堂静，人已候虚廊。"催筋，《全宋词》据紫芝漫抄本《初寮词》作"催汤"。

⑤"天与麟符行乐分"几句：此王安中《蝶恋花》词下阕，其上阕云："千古铜台今莫问。流水浮云，歌舞西陵近。烟柳有情开不尽。东风约定年年信。"明刻《宋名家词》本《初寮词》"缓带轻裘"作"带缓毵纹"。麟符，古代朝廷颁发的麟形符节。

⑥蔡京(1047—1126)：字元长，兴化军仙游(今属福建)人。北宋奸臣。

**【译文】**

王初寮，字安中，名履道，最初是苏东坡的门生，诗文文辞华美。其词有"橡烛垂珠清漏长""迟留春笋缓催觞"之句。又有"天与麟符行乐分。缓带轻裘，雅宴催云鬟。翠雾萦纡销篆印。筝声恰度秋鸿阵"。为时人所称许。其后追随蔡京，于是背叛苏东坡，其人不值得称道。

# 一六七　王元泽

**【题解】**

本则基本内容源自宋陈善《扪虱新话》，该著下集卷四"王元泽小词"载"世传王元泽一生不作小词，或者笑之，元泽遂作《倦寻芳慢》一首，时服其工。其词曰：(词略)此词甚佳，今人多能诵之，然元泽自此亦不复作。"

王雱①，字元泽，半山之子。或议其不能作小词，乃援笔作《倦寻芳》词一首②，《草堂》词所载"露晞向晓"是也。自此绝不作。

**【注释】**

①王雱(1044—1076)：字元泽。临川(今江西抚州)人。王安石子。治平四年(1067)进士，调旌德尉，历太子中允、崇政殿说书、龙图阁直学士。《全宋词》据《乐府雅词拾遗》卷上录其《倦寻芳慢》词一首。

②《倦寻芳》词：指王雱《倦寻芳慢·中吕宫》，《全宋词》据《乐府雅词拾遗》卷上辑录如下："露晞向晚，帘幕风轻，小院闲昼。翠径莺来，惊下乱红铺绣。倚危墙，登高榭，海棠经雨胭脂透。算韶华，又因循过了，清明时候。　倦游燕、风光满目，好景良辰，谁共携手。恨被榆钱，买断两眉长斗。忆高阳，人散后。落花流水仍依旧。这情怀，对东风、尽成消瘦。"

【译文】

王雱，字元泽，是半山的儿子。有人议论他不能作小词，于是他执笔作《倦寻芳》词一首，《草堂诗余》所载录的"露晞向晓"一首就是这首词。他从此以后不再作词。

## 一六八 宋子京

【题解】

宋祁《蝶恋花》"春睡"几句，专以思妇春睡为描述对象，依次描述了闺中人目光困倦、枕上印痕、钗横鬓乱等细节。杨慎解读为"写出春睡美人"，是符合词作实际的。

宋子京小词①，有"春睡腾腾，困入娇波慢。隐隐枕痕留一线。腻云斜溜钗头燕"②。分明写出春睡美人也。

【注释】

①宋子京：即宋祁(998—1061)，字子京。安州安陆(今属湖北)人，徙开封雍丘(今属河南)。天圣进士。曾与欧阳修等合修《新唐书》，书成，进尚书左丞，迁工部尚书，拜翰林学士承旨。著有《宋景文集》等。近人赵万里辑《宋景文公长短句》一卷，得词六首。

②"春睡腾腾"几句：出自宋祁《蝶恋花·情景》："绣幕茫茫罗帐卷。春睡腾腾，困入娇波慢。隐隐枕痕留玉脸。腻云斜溜钗头燕。　　远梦无端欢又散。泪落胭脂，界破蜂黄浅。整了翠鬟匀了面。芳心一寸情何限。"腻云，比喻光泽的发鬟。一线，《唐宋诸贤绝妙词选》作"玉脸"。

【译文】

宋子京的小词，有"春睡腾腾，困入娇波慢。隐隐枕痕留一线。腻云斜溜钗头燕"。明确写出了春睡美人的形象。

## 一六九　韩子苍

**【题解】**

韩驹有《念奴娇·月》一词,载《草堂诗余》后集卷上。该词写中秋之月,与苏轼《水调歌头》(明月几时有)题材相同,不过,杨慎以为"亚于东坡之作"。对比两词之设景言情,可知杨慎此论是客观的。至于《昭君怨·雪》一词,唐圭璋《词话丛编》案语:"雪词《昭君怨》为完颜亮作。"宋岳珂《桯史》和宋洪迈《夷坚志》均有确切记载,词为金主完颜亮所作。


韩驹,字子苍,蜀之仙井人,今井研县也。其中秋《念奴娇》"海天向晚"一首亚于东坡之作①,《草堂》已选。雪词《昭君怨》云:"昨日樵村渔浦。今日琼川银渚。山色卷帘看。老峰峦。　　锦帐美人贪睡。不觉天花剪水②。惊问是杨花。是芦花。"

**【注释】**

①《念奴娇》"海天向晚"一首:韩驹《念奴娇·月》:"海天向晚,渐霞收余绮,波澄微绿。木落山高真个是,一雨秋容新沐。唤起嫦娥,撩云拨雾,驾此一轮玉。桂华疏淡,广寒谁伴幽独。　　不见弄玉吹箫,尊前空对此,清光堪掬。雾鬟风鬟何处问,云雨巫山六六。珠斗斓斒,银河清浅,影转西楼曲。此情谁会,倚风三弄横竹。"

②天花:指雪。唐熊孺登《雪中答僧书》诗:"八行银字非常草,六出天花尽是梅。"

**【译文】**

韩驹，字子苍，蜀之仙井人，是现在的井研县。其咏中秋《念奴娇》"海天向晚"一首不及苏东坡之作，《草堂诗余》已选录。咏雪词《昭君怨》言："昨日樵村渔浦。今日琼川银渚。山色卷帘看。老峰峦。锦帐美人贪睡。不觉天花剪水。惊问是杨花。是芦花。"

# 一七〇　俞秀老弄水亭词

**【题解】**

此则辨俞澹籍里，并载录俞紫芝《临江仙》词。其基本内容摘录自元吴师道《敬乡录》，该著卷二载："俞紫芝秀老，弟澹清老，名字见王介甫、黄鲁直集中。二人志操修洁，为诸公所称。然秀老恬静，而清老颇使酒好歌。尝欲为僧，不果而止。叶石林以为扬州人。按秦少游《俞紫芝字序》作'金华居山'，鲁直作《清老寒夜》三诗，末一首云：(诗略)盖黄上世亦出金华也。张公诩《青溪图》，秀老手书一词，后题云'金华俞紫芝'，石林所记误矣。二人诗亦少传，如《南涧月夕》《旅中谕怀》二章，《文鉴》取之。"《敬乡录》援黄庭坚答俞清老诗，意在证俞澹乃金华人，非扬州人。本则所引俞紫芝《临江仙》词亦出《敬乡录》卷二，《全宋词》据《敬乡录》录入，题为"题清溪图"。

　　俞紫芝秀老，弟澹清老①，名字见王介甫、黄鲁直集中。诗词传世虽少，亦间见《文鉴》等篇②。叶石林《诗话》误以为扬州人③。鲁直《答清老寒夜》三诗，其一引牧羊金华山黄初平事言之，盖黄上世亦出金华也④。近览《清溪图》，有秀老手题《临江仙》词一阕，后书俞紫芝。此词世少知之，录于后。"弄水亭前千万景，登临不忍空回。水轻墨澹写蓬莱。

莫教世眼，容易洗尘埃。　收去雨昏都不见，展时还似云开。先生高趣更多才。人人尽道，小杜却重来。”

**【注释】**

①澹清老：即俞澹，生卒年不详。字子中，又字清老。金华（今属浙江）人。北宋文人，俞紫芝弟。与王安石多有诗歌唱和。

②《文鉴》：即《宋文鉴》。宋代诗文总集，原名《皇朝文鉴》，一百五十卷。宋人吕祖谦编。分赋、诗、策、记、诰等六十一类，所收作者二百余人。所选诗文，大多是当时有影响的作品。

③叶石林《诗话》误以为扬州人：宋叶梦得《石林诗话》卷中：“俞紫芝，字秀老，扬州人……其弟澹，字清老，亦不娶。滑稽善谐谑，洞晓音律，能歌。”

④“鲁直《答清老寒夜》三诗”几句：黄庭坚有《戏答俞清老道人寒夜三首》，其三曰：“牧羊金华山，早通玉帝籍。至今风低草，觵觵见白石。金华风烟下，亦有君履迹。何为红尘里，颔须欲雪白。”黄（《神仙传》作“皇”）初平，号赤松子，葛洪《神仙传》卷二载，皇初平曾牧羊金华山中，后成仙。

**【译文】**

俞紫芝字秀老，他的弟弟俞澹，字清老，名字见王介甫、黄鲁直文集中。诗词传世虽然少，也间或见《宋文鉴》等著作。叶石林《诗话》误以为是扬州人。鲁直的《答清老寒夜》三首诗，其一引用在金华山牧羊的黄初平的事言之，大概黄初平上世也来自金华。最近阅读《清溪图》，上有秀老亲手题写的《临江仙》词一阕，词后署名俞紫芝。这首词世人很少知道它，因此载录于后。“弄水亭前千万景，登临不忍空回。水轻墨澹写蓬莱。莫教世眼，容易洗尘埃。　收去雨昏都不见，展时还似云开。先生高趣更多才。人人尽道，小杜却重来。”

## 一七一　孙巨源

### 【题解】

本则文字源自宋洪迈《夷坚志·夷坚甲志卷第四·孙巨源官职》，其文曰："孙公在时，尝一日锁院，宣召者至其家，则已出。数十辈踪迹之，得于李端愿太尉家。时李新纳妾，能琵琶。孙饮不肯去，而迫于宣命，不敢留。遂入院，草三制罢，复作长短句，寄恨恨之意。迟明，遣示李，其词曰：(词略)或以为孙将亡时所作，非也。"此词调为《菩萨蛮》，《全宋词》据说郛本《南游记旧》录入。

　　孙洙字巨源[①]，尝注杜诗。注中"洙曰"是也。元丰间，为翰林学士，与李端愿太尉往来尤数。会一日锁院[②]，宣召者至其家，则出。十余辈踪迹得之于李氏。时李新纳妾，能琵琶，公饮不肯去，而迫于宣命。入院几二鼓矣，草三制罢，作此词。迟明遣示李[③]。其词云："楼头尚有三通鼓。何须抵死催人去。上马苦匆匆。琵琶曲未终。　回头凝望处。那更廉纤雨[④]。漫道玉为堂。玉堂今夜长[⑤]。"或传以为孙觌[⑥]，非也。

### 【注释】

①孙洙(1031—1079)：字巨源。广陵(今江苏扬州)人。元丰中，官至翰林学士。有《孙贤良集》，不传。《全宋词》录其词两首。

②锁院：宋代翰林院处理如起草诏书等重大事机时，锁闭院门，断绝往来，以防泄密，此谓锁院。《宋史·职官志》："凡拜宰相及事重者，晚漏上，天子御内东门小殿，宣召面谕，给笔札书所得旨。禀奏归院，内侍锁院门，禁止出入。夜漏尽，具词进入；迟明，白

麻出，阁门使引授中书，中书授舍人宣读。其余除授并御札，但用御宝封，遣内侍送学士院锁门而已。至于赦书、德音，则中书遣吏持送本院，内侍锁院如除授焉。"

③迟明：黎明。

④廉纤：细小，细微。多用以形容微雨。唐韩愈《晚雨》："廉纤晚雨不能晴，池岸草间蚯蚓鸣。"

⑤玉堂：指翰林院。

⑥孙觌（1081—1169）：字仲益，号鸿庆居士。晋陵（今江苏常州）人。徽宗大观三年（1109）进士。政和四年（1114）又举词学兼茂科。历官翰林学士，吏部、户部尚书等。有《鸿庆集居士集》。《梅苑》入选其词一首，《全宋词》据以录入。

**【译文】**

孙洙字巨源，曾注释杜诗。注中"洙曰"便是。元丰年间，任翰林学士，与李端愿太尉往来频繁。一天，正赶上翰林院锁院，宣召者到他家，他刚好出门。十几个人按行踪追寻到李端愿家找到了他。当时李端愿新娶妾，能弹琵琶，孙洙正在饮酒不肯去，但迫于宣召之命又不得不去。入翰林院几乎二鼓了，草拟完三篇敕命文书，写了这首词。黎明派人给李端愿看。其词言："楼头尚有三通鼓。何须抵死催人去。上马苦匆匆。琵琶曲未终。　回头凝望处。那更廉纤雨。漫道玉为堂。玉堂今夜长。"有人传说以为是孙觌所作，这不对。

# 一七二　陈后山

**【题解】**

杨慎所言陈师道"为人极清苦"事，史籍多有记载。苏轼《荐布衣陈师道状》："臣等伏见徐州布衣陈师道，文词高古，度越流辈，安贫守道，苦将终身。苟非其人，义不往见。过壮未仕，实为遗才。"陈师道追慕杜甫，又受黄庭坚影响较深，作诗讲求"无一字无来历"，闭门觅句，字锻句琢，韵高格严。苏轼荐状称其"文词高古"，正可与杨慎"诗文皆高古"之评互为参证。与其诗文"高古"之风不同，陈师道的词柔媚婉丽，幽怨细密，杨慎评为"纤艳"。文中所举两词均为艳词，情感细腻，直率自然。陈师道虽曾自诩"余他文未能及人，独于词自谓不减秦七、黄九"（《后山居士文集》卷九《书旧词后》），但实际上佳作不多，时人评价亦不高。如，王灼《碧鸡漫志》卷二："所作数十首，号曰语业，妙处如其诗，但用意太深，有时僻涩。"陆游《跋后山居士长短句》也认为："陈无己诗妙天下，以其余作词，宜其工矣，顾乃不然，殆未易晓也。"杨慎引《庄子》之语评其词，大有怜惜、回护之意味。

　　陈后山为人极清苦①，诗文皆高古，而词特纤艳。如《一落索》换头云："一顾教人微俏，那堪亲见。不辞紫袖拂清尘，也要识春风面②。"又有席上赠妓词云："不愁歌里断人肠，只怕有肠无处断③。"所谓"彼亦直寄焉，以为不知己者诟厉也④"。

【注释】

①陈后山：即陈师道（1053—1102），字履常，一字无己，号后山居
　　士。徐州彭城（今属江苏）人。早年从曾巩学文，后见知于苏轼，
　　名列"苏门六君子"。诗宗杜甫，为江西诗派"三宗"之一。著有
　　《后山集》二十四卷、《后山词》一卷，《全宋词》录其词五十四首。

②"一顾教人微俏"几句：出自陈师道《洛阳春》："素手拈花纤软。
　　生香相乱。却须诗力与丹青，恐俗手、难成染。　　一顾教人微
　　俏。那堪亲见。不辞紫袖拂清尘，也要识、春风面。"微俏，明弘
　　治本《后山集》作"微倩"。

③不愁歌里断人肠,只怕有肠无处断:出自陈师道《木兰花》:"阴阴
云日江城晚。小院回廊春已满。谁教言语似鹂黄,深闭玉笼千
万怨。　　蓬莱易到人难见。香火无凭空有愿。不辞歌里断人
肠,只怕有肠无处断。"不愁,明弘治本《后山集》作"不辞"。

④彼亦直寄焉,以为不知己者诟厉也:出自《庄子·人世间》。诟
厉,犹诟病。

【译文】

陈后山为人极其清苦,诗文都高雅古朴,而词十分细巧艳丽。如
《一落索》换头言:"一顾教人微俏,那堪亲见。不辞紫袖拂清尘,也要识
春风面。"又有席上赠妓词言:"不愁歌里断人肠,只怕有肠无处断。"正
所谓"他也不过是在寄托罢了,反而招致不了解自己的人的辱骂和伤
害"。

# 一七三　双鱼洗

【题解】

本则录张元幹《夜游宫》词,并释"双鱼洗"和"稷雪"的含义。双鱼
洗,乃镌刻有双鱼形象的洗手器,杨慎注为"盥手之器"。该物渊源久
远,汉代即有双鱼洗铭文传世,不过,宋词中却并不多见,仅见于张元幹
此词。稷雪,杨慎释为"霰",是准确的。《说文·雨部》:"霰,稷雪也。"
因其圆如稷粒,故称。

张仲宗《夜游宫》词云:"半吐寒梅未拆。双鱼洗、冰澌
初结。户外明帘风任揭。拥红垆,洒窗间,惟稷雪。　　此
日去年时节。这心事、有人欢悦。斗帐重熏鸳被叠。酒微
醺,管灯花,今夜别。"双鱼洗,盥手之器,见《博古图》①。稷
雪,霰也,形如米粒,能穿瓦透窗,见毛诗疏②。

### 【注释】

①《博古图》:一名《宣和博古图》。宋王黼(一说王楚)等奉敕修撰。三十卷。著录宣和殿所藏古代青铜器。凡二十类,八百三十九件,多为北宋出土精品。

②"稷雪"几句:《诗经·小雅·頍弁》:"先集为霰",传:"霰,暴雪也。"笺:"将大雨雪,始必微温,雪自上下,遇温气而抟,谓之霰。久而寒胜,则大雪矣。喻幽王之不亲九族亦有渐,自微至甚,如先霰后大雪。"宋范处义《诗补传》卷二十:"霰,稷雪也。或谓之米雪,谓其粒若稷若米然。"

### 【译文】

张仲宗《夜游宫》词言:"半吐寒梅未拆。双鱼洗、冰澌初结。户外明帘风任揭。拥红垆,洒窗间,惟稷雪。　　此日去年时节。这心事、有人欢悦。斗帐重熏鸳被叠。酒微醺,管灯花,今夜别。"双鱼洗,洗手的器具,见《博古图》。稷雪,是霰,形状像米粒,能穿透瓦和窗,见毛诗疏。

## 一七四 《石州慢》

### 【题解】

本则辨张元幹《石州慢》截句问题,纠正坊刻本之谬误。

张仲宗《石州慢》①:"寒水依痕,春意渐回,沙际烟阔。"为一句。今刻本于"沙际"之下截为一句,非也。下文"烟阔溪柳",成何语乎?

### 【注释】

①张仲宗《石州慢》:全词如下:"寒水依痕,春意渐回,沙际烟阔。

溪梅晴照生香,冷蕊数枝争发。天涯旧恨,试看几许消魂,长亭门外山重叠。不尽眼中青,是愁来时节。　　情切。画楼深闭,想见东风,暗销肌雪。辜负枕前云雨,尊前花月。心期切处,更有多少凄凉,殷勤留与归时说。到得却相逢,恰经年离别。"

**【译文】**

张仲宗的《石州慢》:"寒水依痕,春意渐回,沙际烟阔。"是一句。现在的刻本在"沙际"之下截为一句,不对。下文的"烟阔溪柳",成什么话呢?

# 一七五　张仲宗词用唐诗语

**【题解】**

本则所录《踏莎行》(芳草平沙)一词,非张元幹作,唐圭璋《词话丛编》案语:"此词乃张翥作,见《蜕岩词》。"杨慎对词中化用唐人诗意的情况及"夭斜"一词的读音进行了辨析。杨慎认为,词虽小技,亦需胸中有万卷,深厚的学识基础是词臻于工妙的前提。这显示了杨慎对词人学识积淀的重视。

张仲宗,号芦川,填词最工。其《踏莎行》云:"芳草平沙,斜阳远树。无情桃叶江头渡。醉来扶上木兰舟,将愁不去将人去。　　薄劣东风,夭斜落絮。明朝重觅吹笙路。碧云香雨小楼空,春光已到销魂处。"唐李端诗①:"江上晴楼翠霭间。满阑春水满窗山。青枫绿草将愁去,远入吴云暝不还②。"此词"将愁不去将人去"一句,反用之。"夭斜"音"歪斜",白乐天诗:"钱塘苏小小,人道最夭斜③。"自注:夭音歪。若不知其出处,不见其工。词虽一小技,然非胸中有万卷，下笔无一尘，亦不能臻其妙也。

**【注释】**

①李端：生卒年不详。字正已，赵州（今河北赵县）人。中唐诗人，"大历十才子"之一。有《李端诗集》。下引诗乃李群玉作，杨慎误记。

②"江上晴楼翠霭间"几句：此李群玉诗《汉阳太白楼》，见《李群玉诗集》卷中，"满阑"作"满帘"。李群玉，生卒年不详。字文山。《全唐诗》存诗三卷。

③钱塘苏小小，人道最天斜：出自白居易《和春深二十首》其二十。钱塘，《白氏长庆集》作"扬州"。

**【译文】**

张仲宗，号芦川，最善于填词。其《踏莎行》言："芳草平沙，斜阳远树。无情桃叶江头渡。醉来扶上木兰舟，将愁不去将人去。　　薄劣东风，天斜落絮。明朝重觅吹笙路。碧云香雨小楼空，春光已到销魂处。"唐代李端的诗："江上晴楼翠霭间。满阑春水满窗山。青枫绿草将愁去，远入吴云暝不还。"这首词"将愁不去将人去"一句，反用李端诗意。"天斜"音"歪斜"，白乐天的诗："钱塘苏小小，人道最天斜。"自己注释："天"音"歪"。如果不知道它的出处，就看不出它的精巧。作词虽然是一小技，然而如果不是胸中有万卷书，下笔无一尘，也不能达到其精妙。

# 一七六　张仲宗送胡澹庵词

**【题解】**

绍兴八年（1138），高宗、秦桧与金议和，胡铨上书力辟和议，请剑乞斩秦桧等，声振朝野。贬监广州盐仓，改签书威武军判官。绍兴十二年（1142），又谪至新州编管。"一时士大夫畏罪箝舌，莫敢与立谈。"（岳珂《桯史》卷十二）张元幹却不顾安危，写下了著名的《贺新郎·送胡邦衡侍制》一词以送别胡铨。此处，杨慎引录了全词，并对词中的英雄之气、悲愤之情大为嘉许。此词历数金人暴行，哀痛北宋之覆亡，同时也批评了主和派的苟且偷安，为胡铨之遭贬谪而鸣不平。全词凄切悲壮而又慷慨激昂，充溢着爱国主义思想，《四库全书总目》卷一百九十八《芦川词》"提要"评价说："慷慨悲凉，数百年后，尚想其抑塞磊落之气。"张元幹终因送胡铨词为秦桧所忌，于绍兴二十一年（1151）以他事追赴大理寺，除名削籍。《词品》卷三《张仲宗》以"忠义"评张元幹；本则中，杨慎讲，即使该词不很工致，但忠义可嘉，"亦当传""宜表出之"。这都显示了杨慎对词人品行节操的重视。

　　张仲宗送胡澹庵赴贬所《贺新郎》一阕云①："梦绕神州路。恨西风，连营画角，故宫禾黍。底事昆仑倾砥柱。九地黄流乱注。聚万落千村狐兔。天意从来高难问，况人情易老悲难诉。更南浦，送君去。　　　　凉生岸柳催残暑。耿斜河、疏星澹月，淡云微度。万里江山知何处。回首对床夜雨。雁不到、书成谁与。目尽青天怀今古，肯儿曹恩怨相尔汝。举太白，听金缕。"秦桧知之，亦与作诗王庭珪同贬责②。此词虽不工，亦当传，况工致悲愤如此，宜表出之。

**【注释】**

①胡澹庵：即胡铨（1102—1180），字邦衡，号澹庵，庐陵（今江西吉安）人。建炎进士。为枢密院编修官，以上书忤秦桧，除名编管新州，移谪吉阳军，前后达二十年。孝宗时复起用，官至兵部侍郎、资政殿学士。有《澹庵文集》《澹庵词》，《全宋词》辑其词十六首。

②王庭珪（1079—1171）：字民瞻，号卢溪先生。先世太原（今属山

西)人,后移居安福(今属江西)。政和八年(1118)进士,绍兴十九年(1149),因赋诗赠胡铨以谤讪罪流放辰州,后因人推荐,授左承奉郎,除国子监主簿。有《卢溪文集》五十卷存世,《全宋词》录其词四十三首。

**【译文】**

张仲宗送别胡澹庵前往被贬之地的《贺新郎》一阕言:"梦绕神州路。恨西风,连营画角,故宫禾黍。底事昆仑倾砥柱。九地黄流乱注。聚万落千村狐兔。天意从来高难问,况人情易老悲难诉。更南浦,送君去。　　凉生岸柳催残暑。耿斜河、疏星澹月,淡云微度。万里江山知何处。回首对床夜雨。雁不到、书成谁与。目尽青天怀今古,肯儿曹恩怨相尔汝。举太白,听金缕。"秦桧得知此事,张仲宗也和赋诗赠胡铨的王庭珪一样遭到贬谪。这首词虽不精巧,也应当流传,何况又如此工致悲愤,应当加以称扬。

# 一七七　张仲宗

**【题解】**

《词品》对张元幹词作多有选录和品评。本卷"双鱼洗"以下五则对张元幹词进行了集中分析,或释其名物,或辨其截句,或发其旨意,显示了杨慎对张元幹品行节操及词作成就的嘉许和赞誉。本则以"脍炙人口""皆秀句"等评张元幹《满江红》诸词,并对张元幹词中以闽音入韵的情况进行了分析。

张仲宗,三山人,以送胡澹庵及寄李纲词得罪,忠义流也。其词最工,《草堂诗余》选其"春水连天"及"卷珠箔"二首①,脍炙人口。他如"帘旌翠波飒,窗影残红一线"②,及"溪边雪霭藏云树,小艇风斜沙嘴路"③,皆秀句也。词中多以

"否"呼为"府",与"主""舞"字同押,盖闽音也。如林外以
"锁"为"扫"④,俞克成以"我"为"袄"⑤,与"好"同押,皆鸠舌
之音,可删不可取也。曹元宠亦以"否"呼为"府"。

## 【注释】

①春水连天:出自张元幹《满江红·自豫章阻风吴城山作》:"春水迷
天,桃花浪、几番风恶。云乍起、远山遮尽,晚风还作。绿卷芳洲
生杜若。数帆带雨烟中落。傍向来、沙嘴共停桡,伤飘泊。
寒犹在,衾偏薄。肠欲断,愁难著。倚篷窗无寐,引杯孤酌。寒食
清明都过却。最怜轻负年时约。想小楼、终日望归舟,人如削。"
连天,《芦川归来集》作"迷天"。卷珠箔:出自张元幹《兰陵王》:
"卷珠箔。朝雨轻阴乍阁。阑干外,烟柳弄晴,芳草侵阶映红药。
东风妒花恶。吹落。梢头嫩萼。屏山掩,沈水倦熏,中酒心情怕
杯勺。　　寻思旧京洛。正年少疏狂,歌笑迷著。障泥油壁催
梳掠。曾驰道同载,上林携手,灯夜初过早共约。又争信漂泊。
　　寂寞。念行乐。甚粉淡衣襟,音断弦索。琼枝璧月春如昨。
怅别后华表,那回双鹤。相思除是,向醉里、暂忘却。"
②帘旌翠波飒,窗影残红一线:出自张元幹《兰陵王》:"绮霞散。空
碧留晴向晚。东风里,天气困人,时节秋千闭深院。帘旌翠波
飒。窗影残红一线。春光巧,花脸柳腰,勾引芳菲闹莺燕。
闲愁费消遣。想娥绿轻晕,鸾鉴新怨。单衣欲试寒犹浅。羞衾
凤空展,塞鸿难托,谁问潜宽旧带眼。念人似天远。　　迷恋。
画堂宴。看最乐王孙,浓艳争劝。兰膏宝篆春宵短。拥檀板低
唱,玉杯重暖。众中先醉,谩倚槛、早梦见。"飒,《中兴以来绝妙
词选》作"飔"。
③溪边雪霭藏云树,小艇风斜沙嘴路:出自张元幹《渔家傲》:"楼外
天寒山欲暮。溪边雪后藏云树。小艇风斜沙嘴露。流年度。春

光已向梅梢住。　　短梦今宵还到否。苇村四望知何处。客里
从来无意绪。催归去。故园正要莺花主。"《中兴以来绝妙词选》
雪霭,作"雪后"。沙嘴,作"沙觜"。

④林外:生卒年不详。字岂尘,晋江(今属福建)人。绍兴三十年
(1160)进士,曾官兴化令。《全宋词》录其《洞仙歌》词一首。林
外词以"锁"为"扫",见下则。

⑤俞克成:年里不详。宋代文人。《草堂诗余》前集卷上选其词一
首,《全宋词》据以录入。

**【译文】**

张仲宗,是三山人,因为送别胡澹庵及寄李纲词得罪秦桧,是忠义之
辈。其词最精巧,《草堂诗余》选取他的"春水连天"及"卷珠箔"二首,脍炙
人口。其他如"帘旌翠波飒,窗影残红一线"及"溪边雪霭藏云树,小艇风
斜沙嘴路",都是优美的文句。词中多以"否"呼为"府",与"主""舞"字同
押韵,大概是闽音。如林外以"锁"为"扫",俞克成以"我"为"袄",与"好"
同押韵,都是难懂的音,可删不可取也。曹元宠也以"否"呼为"府"。

# 一七八 林外

**【题解】**

本则承上分析林外词中的用韵情况,并概述林外之行事。宋叶绍
翁《四朝闻见录·丙集·洞仙歌》载:"绍兴间,有题《洞仙歌》于垂虹者,
不系其姓名,龙蛇飞动,真若不烟火食者。时皆喧传,以为洞宾所为书。
浸达于高宗,天颜靸然而笑曰:'是福州秀才云尔。'左右请圣谕所以然,
上曰:'以其用韵,盖闽音云。'其词曰:(词略)久而知为闽士林外所为,
圣见异矣。盖林以巨舟仰而书于桥梁,水天渺然,旁无来迹,故世人益
神之。"此为杨慎所本。

　　林外字岂尘,有《洞仙歌》①,书于垂虹桥。作道装,不告姓名,饮醉而去。人疑为吕洞宾,传入宫中。孝宗笑曰:"'云屋洞天无锁。''锁'与'老'叶韵,则'锁'音'扫',乃闽音也"。侦问之,果闽人林外也。此词亦不工,不当入选②。

**【注释】**

①《洞仙歌》:词载宋叶绍翁《四朝闻见录》,全词如下:"飞梁压水,虹影澄清晓。橘里渔村半烟草。(叹)今来古往,物是人非,天地里,惟有江山不老。　　雨巾风帽,四海谁知我?一剑横空几番过。按玉龙、嘶未断,月冷波寒,归去也,林屋洞天无锁。认云屏烟障、是吾庐,任满地苍苔,年年不扫。"

②不当入选:指不当入选《草堂诗余》。

**【译文】**

　　林外字岂尘,有《洞仙歌》,书写在垂虹桥上。作道教徒的装束和打扮,不告知姓名,饮酒醉而离去。人们怀疑是吕洞宾,传入宫中。孝宗笑着说:"'云屋洞天无锁。''锁'与'老'叶韵,那么'锁'音'扫',就是闽音。"探问他,果然是闽人林外。这首词也不精巧,不应当入选《草堂诗余》。

## 一七九　韩世忠词

**【题解】**

　　本则文字源于宋周密《齐东野语》卷十九《清凉居士词》,个别文句有异。韩世忠词两首,《全宋词》据《梁谿漫志》卷八录入,文字上与《齐东野语》所载小有差异。杨慎论词注重作家的品格与节操,本节称韩世忠有"非常之才",对其词作亦给予了高度肯定。

　　韩世忠以元枢就第①,绝口不言兵。杜门谢却酬酢,时乘小骡放浪西湖泉石间②。一日至香林园，苏仲虎尚书方宴客，王径造之。宾主欢甚，尽醉而归。明日王饷以羊羔，且手书二词以遗之。《临江仙》云："冬日青山潇洒静，春来山暖花浓。少年衰老与花同。世间名利客，富贵与贫穷。荣华不是长生药，清闲不是死门风。劝君识取主人翁。单方只一味，尽在不言中。"《南乡子》云："人有几多般。富贵荣华总是闲。自古英雄都是梦，为官。宝玉妻儿宿业缠。　　年事已衰残。须鬓苍苍骨髓干。不道山林多好处，贪欢。只恐痴迷误了贤。"王生长兵间，未尝知书，晚岁忽若有悟，能作字及小词，皆有意趣。信乎非常之才也。

**【注释】**

①韩世忠（1089—1151）：字良臣，晚号清凉居士，延安（今属陕西）人。南宋抗金英雄。南渡，历太保、封英国公、兼河南、北诸路招讨使，拜枢密使，进封福国公，改封咸安郡王。孝宗时，封蕲王，谥忠武。《全宋词》辑录其词两首。元枢：宋代枢密使的别称。

②"绝口不言兵"几句：《宋史·韩世忠传》："世忠既不以和议为然，为桧所抑……自此杜门谢客，绝口不言兵，时跨驴携酒，从一二奚童，纵游西湖以自乐，平时将佐罕得见其面。"

**【译文】**

　　韩世忠以元枢一职被免职回家，闭口不谈军事。闭门谢绝交际应酬，有时乘小骡浪迹西湖泉石间。一天到香林园，苏仲虎尚书正宴客，韩世忠直接去造访他。宾主十分欢愉，都饮醉而归。第二天韩世忠用羔羊馈食苏仲虎，并且亲手书写两首词赠送给他。《临江仙》言："冬日青山潇洒静，春来山暖花浓。少年衰老与花同。世间名利客，富贵与贫穷。　荣华不是长生药，清闲不是死门风。劝君识取主人翁。单方只一味，尽在不言中。"《南乡子》言："人有几多般。富贵荣华总是闲。自古英雄都是梦，为官。宝玉妻儿宿业缠。　年事已衰残。须鬓苍苍骨髓干。不道山林多好处，贪欢。只恐痴迷误了贤。"韩世忠长期在军中生活，未曾熟读诗书，晚年突然好像有所体悟，能写书法和作词，都有意趣。果真是非常之才。

# 卷四

## 一八〇 赵元镇

**【题解】**

宋黄昇《中兴以来绝妙词选》卷二评赵鼎曰:"中兴名相,词婉媚,不减《花间集》。"杨慎的评述与黄昇略同。其中,《点绛唇》一首,以晚年多病的沈约自比,以艳情写家国之忧,辞虽婉媚但却沉迫而有情思,远在《花间》之上。

赵鼎①,字元镇,宋中兴名相。小词婉媚,不减《花间》《兰畹》。"惨结秋阴"一首②,世皆传诵之矣。《点绛唇》一首云:"香冷金猊③,梦回鸳帐余香嫩。更无人问。一枕江南恨。　　消瘦休文④,顿觉春衫褪。清明近。杏花吹尽。薄暮寒成阵。"

**【注释】**

①赵鼎(1085—1147):字元镇,号德全居士。解州闻喜(今属山西)人.南宋政治家、词人。崇宁五年(1106)进士,反对议和,主张抗金。绍兴四年(1134),升参知政事,旋拜右相。曾监修神、哲二

宗《实录》，有《忠正德文集》十卷，《得全词》一卷。《全宋词》录其
词四十五首。

②惨结秋阴：出自赵鼎《满江红·丁未九月南渡，泊舟仪真江口
作》："惨结秋阴，西风送、霏霏雨湿。凄望眼、征鸿几字，暮投沙
碛。试问乡关何处是，水云浩荡迷南北。但一抹、寒青有无中，
遥山色。　　天涯路，江上客。肠欲断，头应白。空搔首兴叹，
暮年离拆。须信道消忧除是酒，奈酒行有尽情无极。便挽取、长
江入尊罍，浇胸臆。"

③金猊：香炉的一种。炉盖作狻猊形，故称。

④休文：沈约字。沈约晚年多愁多病，日见消瘦，故言"消瘦休文"。

【译文】

赵鼎，字元镇，是宋代中兴时期的名相。小词柔美，不次于《花间》
《兰畹》。"惨结秋阴"一首，世间都传诵它。《点绛唇》一首言："香冷金
猊，梦回鸳帐余香嫩。更无人问。一枕江南恨。　　消瘦休文，顿觉春
衫褪。清明近。杏花吹尽。薄暮寒成阵。"

# 一八一　贺方回

【题解】

本则举贺铸《浣溪沙》一阕，评之曰"句句绮丽，字字清新"。贺铸是
北宋著名词人，其词秾丽幽凄，刚柔兼济。此词境界幽雅，景中有情，绮
丽秀洁，绾合自然，杨慎的评述可谓切中肯綮。杨慎又认为西蜀之《花
间》、南唐之《兰畹》皆不及，这是就其大概而言的。此词亦属盛丽妖冶
之作，在题材、内容及风格方面确与《花间》及五代词较为接近。不过，
贺词景情相生，境界清凄，于秾丽中颇具幽洁之趣，自有其不同于《花
间》《兰畹》的独特特点。该词首两字，《唐宋诸贤绝妙词选》《乐府雅词》
及《彊村丛书》本《贺方回词》等均作"楼角"，《草堂诗余》作"鹜外"。"鹜

外"为远观之景,读之很容易让人联想到王勃的名句"落霞与孤鹜齐飞"。两词相较,"鹜外"视野更为开阔,境界更为清幽,也更有意趣。因此,杨慎言"'楼角'与'鹜外',相去何啻天壤。"不过,《唐宋诸贤绝妙词选》与贺铸生活年代相去不远,其所刊录势必更接近词作原貌,因此也更为可信。

　　贺方回《浣溪沙》云:"鹜外红销一缕霞。淡黄杨柳带栖鸦。玉人和月折梅花。　　笑撚粉香归绣户,半垂罗幕护窗纱。东风寒似夜来些[①]。"此词句句绮丽,字字清新,当时赏之,以为《花间》《兰畹》不及[②],信然。近见《玉林词选》,首句二字作"楼角",非也。"楼角"与"鹜外",相去何啻天壤。

**【注释】**

①"鹜外红销一缕霞"几句:此所引词《彊村丛书》本《贺方回词》卷二,调作《减字浣溪沙》,"鹜外"作"楼角","带"作"暗","绣户"作"洞户","半垂"作"更垂","罗幕"作"帘幕"。

②《兰畹》:即《兰畹集》,又称《兰畹曲会》,唐宋词选集,宋孔夷辑,已佚。

**【译文】**

　　贺方回《浣溪沙》言:"鹜外红销一缕霞。淡黄杨柳带栖鸦。玉人和月折梅花。　　笑撚粉香归绣户,半垂罗幕护窗纱。东风寒似夜来些。"这首词句句辞藻华丽,字字清美新颖,当时的人们欣赏它,认为《花间》《兰畹》比不上,确实如此。最近见《玉林词选》,首句二字作"楼角",不对。"楼角"与"鹜外",相距何止天壤之遥。

# 一八二　孙浩然

**【题解】**

本则录评《离亭宴》词。宋楼钥《攻媿集》卷七十、《唐宋诸贤绝妙词选》卷七皆以为孙浩然,调作《离亭宴》。宋范公偁《过庭录》作张昇词,《全宋词》两收之。

"一带江山如画。风物向秋潇洒。水浸碧天何处断,霁色冷光相射。蓼屿荻花洲,掩映竹篱茅舍。　云际客帆高挂。烟外酒旗底亚[1]。多少六朝兴废事,尽入渔樵闲话。怅望倚层楼,寒日无言西下。"此孙浩然《离亭宴》词也[2],悲壮可传。

**【注释】**

①底亚:低垂。

②孙浩然:生平事迹不详。《全宋词》辑录其词两首。

**【译文】**

"一带江山如画。风物向秋潇洒。水浸碧天何处断,霁色冷光相射。蓼屿荻花洲,掩映竹篱茅舍。　云际客帆高挂。烟外酒旗底亚。多少六朝兴废事,尽入渔樵闲话。怅望倚层楼,寒日无言西下。"这是孙浩然的词《离亭宴》,悲壮可传。

# 一八三　查荎《透碧霄》

**【题解】**

查荎《透碧霄》一词载宋曾慥《乐府雅词》"拾遗"卷上,《唐宋诸贤绝妙词选》亦有载,题作"惜别"。词写离别飘零之苦,清贺裳《皱水轩词筌》评曰:"伤离念远之词,无如查荎'斜阳影里,寒烟明处,双桨去悠悠',令人不能为怀。"

　　"舣兰舟。十分端是载离愁。练波送远,屏山遮断,此去难留。相从争奈,心期久要,屡变霜秋。叹人生、杳似萍浮。又翻成轻别,都将深恨,付与东流。　　　想斜阳影里,寒烟明处,双桨去悠悠。爱渚梅幽香动,须采掇,倩纤柔。艳歌粲发,谁传余韵,来说仙游。念故人留此遄州。但春风老去,秋月圆时,独倚江楼。"此查荎《透碧霄》词也[1],所谓一不为少。

**【注释】**

①查荎:年里不详。《乐府雅词》选其《透碧霄》词一首,《全宋词》据以录入。

**【译文】**

　　"舣兰舟。十分端是载离愁。练波送远,屏山遮断,此去难留。相从争奈,心期久要,屡变霜秋。叹人生、杳似萍浮。又翻成轻别,都将深恨,付与东流。　　　想斜阳影里,寒烟明处,双桨去悠悠。爱渚梅幽香动,须采掇,倩纤柔。艳歌粲发,谁传余韵,来说仙游。念故人留此遄州。但春风老去,秋月圆时,独倚江楼。"这是查荎的词《透碧霄》,正所谓一首不为少。

# 一八四　陈子高

**【题解】**

杨慎评《赤城词》"工致流丽",给予了较高评价;又认为《谒金门》一词为陈克所作。该词宋何士信《群英草堂诗余》、明陈仁锡《类编笺释续选草堂诗余》等误作俞克成词。《乐府雅词》卷下、《唐宋以来绝妙词选》卷八作陈子高词，当可信。

陈子高①，名克，天台人。有《赤城词》一卷，甚工致流丽。《草堂》词"愁脉脉"一篇②，子高词也，今刻失其名。

**【注释】**

①陈子高：即陈克(1081—1137)，字子高，自号赤城居士。临海(今属浙江)人。有《天台集》《赤诚词》，俱不传。后人辑其诗为《陈子高遗诗》。赵万里辑有《赤城词》一卷，《全宋词》据赵万里辑本录存五十一首，《全宋词补辑》据《诗渊》增补四首，共存词共五十五首。

②愁脉脉：陈克《谒金门》："愁脉脉。目断江南江北。烟树重重芳信隔。小楼山几尺。　　细草孤云斜日。一向弄晴天色。帘外落花飞不得。东风无气力。"

**【译文】**

陈子高，名克，是天台人。有《赤城词》一卷，十分工巧精致、流畅华美。《草堂诗余》中"愁脉脉"一篇，是子高的词，现刻本遗失其名。

## 一八五　陈去非

**【题解】**

黄昇《中兴以来绝妙词选》卷一："陈去非，名与义，自号简斋居士，以诗文被简注于高宗皇帝，入参大政。有《无住词》一卷。词虽不多，语意超绝，识者谓其可摩坡仙之垒也。"可知，本则前段对陈与义的评述源自《中兴以来绝妙词选》。后世评《无住词》亦多从黄昇之论。如陈廷焯

《白雨斋词话》卷一："陈简斋《无住词》,未臻高境。惟《临江仙》云:'忆
昔午桥桥上饮……'笔意超旷,逼近大苏。"《四库全书总目》卷一百九十
八《无住词》"提要":"其词不多,且无长调,而语意超绝。黄昇《花庵词
选》称其可摩坡仙之垒。"杨慎所举陈与义数词,颇能代表《无住词》的基
本风格面貌。其中《临江仙·夜登小阁》一词为《草堂诗余》所载录,影
响较大。该词通过追忆二十多年前的洛阳旧游,感慨时事的沧桑变化,
感情激奋,悲咽苍凉。其"杏花疏影里,吹笛到天明"等句确"可摩坡仙
之垒",乃至有人误以为苏轼词。其余所引词句均浑灏劲健,吐言不凡,
杨慎言其"皆绝似坡仙语"是准确的。元好问《新轩乐府引》也曾讲:
"东坡胜处,非有意于文字之工,不得不然之为工也。坡以来,山谷、晁
无咎、陈去非、辛幼安诸公,俱以歌辞取称。吟咏情性,留连光景,清壮
顿挫,能起人妙思。亦有语意拙直,不自缘饰,因病成妍者,皆自坡
发之。"

　　陈去非,蜀之青神人,陈季常之孙也,徙居河南。宋南
渡后,又居建业。诗为高宗所眷注,而词亦佳。语意超绝,
笔力排奡,识者谓其可摩坡仙之垒,非溢美云。《草堂》词惟
载"忆昔午桥"一首①。其闽中《渔家傲》云②:"今日山头云欲
举。青蛟翠凤移时舞。行到石桥闻细雨。听还住。风吹却
过溪西去。　　我欲寻诗宽久旅。桃花落尽春无数。渺渺
篮舆穿翠楚。悠然处。高林忽送黄鹂语。"又《虞美人》云③:
"吟诗日日待春风。及至桃花开后却匆匆。"又《点绛唇》
云④:"愁无那。短歌谁和。风动梨花朵。"又《南柯子》云⑤:
"阑干三面看晴空。背插浮图,千尺冷烟中。"皆绝似坡
仙语。

**【注释】**

①忆昔午桥：陈与义《临江仙·夜登小阁，忆洛中旧游》："忆昔午桥
桥上饮，坐中多是豪英。长沟流月去无声。杏花疏影里，吹笛到
天明。　　二十余年成一梦，此身虽在堪惊。闲登小阁看新晴。
古今多少事，渔唱起三更。"

②闽中《渔家傲》：该词题为"福建道中"。

③《虞美人》：陈与义《虞美人·大光祖席，醉中赋长短句》："张帆欲
去仍搔首。更醉君家酒。吟诗日日待春风。及至桃花开后、却
匆匆。　　歌声频为行人咽。记著樽前雪。明朝酒醒大江流，
满载一船离恨、向衡州。"

④《点绛唇》：陈与义《点绛唇·紫阳寒食》："寒食今年，紫阳山下蛮
江左。竹篱烟锁。何处求新火。　　不解乡音，只怕人嫌我。
愁无那。短歌谁和。风动梨花朵。"

⑤《南柯子》：陈与义《南柯子·塔院僧阁》："矫矫千年鹤，茫茫万里
风。栏干三面看秋空。背插浮屠千尺、冷烟中。　　林坞村村
暗，溪流处处通。此间何似玉霄峰。遥望蓬莱依约、晚云东。"

**【译文】**

　　陈去非，是蜀之青神人，是陈季常的孙子，迁居河南。宋南渡后，又
居住在建业。诗被高宗垂爱关注，而且他的词也很好。语意超绝，笔力
刚劲有力，有见识的人称他可以挑战苏东坡，并非过分赞美。《草堂诗
余》词只载录"忆昔午桥"一首。其闽中《渔家傲》言："今日山头云欲举。
青蛟翠凤移时舞。行到石桥闻细雨。听还住。风吹却过溪西去。
我欲寻诗宽久旅。桃花落尽春无数。渺渺篮舆穿翠楚。悠然处。高林
忽送黄鹂语。"又《虞美人》言："吟诗日日待春风。及至桃花开后却匆
匆。"又《点绛唇》言："愁无那。短歌谁和。风动梨花朵。"又《南柯子》
言："阑干三面看晴空。背插浮图，千尺冷烟中。"都十分类似苏东坡的
语词。

## 一八六　陈去非桂花词

### 【题解】

本则全文录自《苕溪渔隐丛话》后集卷三十五。所引苏轼诗、陈与义词及万俟咏词，均以桂花为歌咏对象，多用比拟手法，虚实相生，形神皆备。特别是苏诗，将神话传说与历史掌故融而为一，既描绘了桂花的形态和品格，又表达了对友人的劝勉之意，雍容和雅，不即不离，自为上乘之作。

苕溪渔隐曰：木犀①，闽中最多，路傍往往有参天合抱者，土人以其多而不贵之。漕宇门前两径，自有一二百株，至秋花盛开，篮舆行清香中②，殊可爱也。古人赋咏，惟东坡倅钱塘，《八月十七日，天竺送桂花，分赠元素》诗云："月缺霜浓细蕊干，此花元属桂堂仙。鹫峰子落惊前夜，蟾窟枝空记昔年。破衲山僧怜耿介，练裙溪女斗清妍。愿公采撷纫幽佩，莫遣孤芳老涧边。"陈去非有词云③："黄衫相倚。翠葆层层底。八月江南风日美。弄影山腰水尾。　　楚人未识孤妍。《离骚》遗恨千年。无住庵中新梦，一枝唤起幽禅。"万俟雅言有词云④："芳菲叶底。谁会秋工意。深绿护轻黄，怕青女、霜侵憔悴。开分早晚，都占九秋天，花四出，香七里。独步珠宫里。　　佳名岩桂、却因是遗子。不自月中来，又那得、萧萧风味。《霓裳》旧曲，休问广寒人，飞太白，酹仙蕊，香外无香比。"《文昌杂录》云⑤："京师贵家，多以酴醾渍酒⑥，独有芬香而已。近年方以榠楂花悬酒中⑦，不惟馥郁可爱，又能使酒味辛冽。始于戚里⑧，外人盖所未知也。"

## 【注释】

①木犀:《苕溪渔隐丛话》作"木樨"。常绿灌木或小乔木,味香,可制作香料。通称桂花。

②篮舆:古代供人乘坐的交通工具,形制不一,一般以人力抬着行走。

③陈去非有词:此为陈与义《清平乐·木犀》词。

④万俟雅言:即万俟咏,年里不详。字雅言,自号大梁词隐。北宋词人。"大晟词派"代表作家之一。崇宁中充大晟府制撰。绍兴五年(1120),补下州文学。以词著名于时,有《大声集》,已佚。近人赵万里辑得其词二十九首。下引词《全宋词》据《苕溪渔隐丛话》录入,调作《蓦山溪》,题为"桂花"。

⑤《文昌杂录》:北宋庞元英撰。六卷,补遗一卷。内容记述宋初至宋中叶朝章典故、百官礼仪、轶闻琐事等。

⑥酴醾(tú mí):亦作"酴醿"或"酴釄",花名。本酒名,以花颜色似之,故取以为名。

⑦楗(míng)楂:果木名。落叶乔木。果实亦名楗楂,味涩,可入药。

⑧戚里:帝王姻亲外戚所居之处。《史记·万石张叔列传》:"于是高祖召其姊为美人,以奋(石奋)为中涓,受书谒,徙其家长安中戚里。"司马贞《索隐》引颜师古云:"于上有姻戚者皆居之,故名其里为戚里。"

## 【译文】

苕溪渔隐言:木犀,闽中最多,路旁往往有高耸至空中两臂环抱粗的树木,世代居住本地的人因它多而不以之为贵。漕宇门前的两条小路,自然生长有一二百株,到秋天花盛开,篮舆行进在清香中,十分可爱。古人的歌咏之作,苏东坡任杭州副职时,有《八月十七日,天竺送桂花,分赠元素》诗言:"月缺霜浓细蕊干,此花元属桂堂仙。鹫峰子落惊前夜,蟾窟枝空记昔年。破衲山僧怜耿介,练裙溪女斗清妍。愿公采撷纫幽佩，莫遣孤芳老涧边。"陈去非有词言："黄衫相倚。翠葆层层底。八月江南风日美。弄影山腰水尾。　　楚人未识孤妍。《离骚》遗恨千年。无住庵中新梦，一枝唤起幽禅。"万俟咏有词言："芳菲叶底。谁会秋工意。深绿护轻黄，怕青女、霜侵憔悴。开分早晚，都占九秋天，花四出，香七里。独步珠宫里。　　佳名岩桂，却因是遗子。不自月中来，又那得、萧萧风味。《霓裳》旧曲，休问广寒人，飞太白，酹仙蕊，香外无香比。"《文昌杂录》言："京城的高门大族之家，多把酴醾浸泡在酒中，但只有芬芳的香气罢了。近年才用楔楂花悬于酒中，不仅香气浓厚令人喜爱，又能使酒味浓烈清醇。此法始于帝王姻亲外戚所居之处，外人大概不知。"

# 一八七　叶少蕴

## 【题解】

　　此则记叶梦得及其词，对《念奴娇·中秋宴客》一词评价尤高。杨慎论词，对《花庵词选》《草堂诗余》两部词选著作参鉴较多。本则中，评叶梦得"妙龄秀发，有文章盛名"即出自《花庵词选》之《中兴以来绝妙词选》卷一。叶梦得嗜学早成，精熟经史，时人嘉许甚高。黄昇和杨慎以"妙龄秀发"评之，是客观而准确的。叶梦得亦以词名时，词多感怀国事，有雄杰之气。其中，尤以《贺新郎》（睡起流莺语）最为著名，该词亦为《草堂诗余》所录。杨慎所引《念奴娇·中秋宴客，有怀壬午岁吴江长桥》一词，借月抒怀，在追忆往昔豪情逸志的同时，也抒写了目下的愤慨和无奈。全词抗音吐怀，节亮句雄，雄词高唱，气度不凡。从情感特征来分析，应为致仕后所作。末句以"琼林"代指皇宫，隐然表达了其心系朝廷、为国效力之志。杨慎以"英英独照"评之，显示出了他对叶词的喜爱。

叶少蕴名梦得,号石林居士。妙龄秀发,有文章盛名。《石林词》一卷,传于世。《贺新郎》"睡起流莺语"①,《虞美人》"落花已作风前舞"②,皆其词之入选者也③。中秋宴客《念奴娇》末句云:"广寒宫殿,为余聊借琼林④。"英英独照者。

**【注释】**

①睡起流莺语:此为叶梦得《贺新郎》(睡起流莺语)首句,一作"睡起啼莺语"。见卷三《天粘衰草》注。

②落花已作风前舞:见叶梦得《虞美人·雨后同乾誉、才卿置酒来禽花下作》:"落花已作风前舞。又送黄昏雨。晓来庭院半残红。惟有游丝千丈、罥晴空。　　殷勤花下同携手。更尽杯中酒。美人不用敛蛾眉。我亦多情无奈、酒阑时。"

③皆其词之入选者:指《贺新郎》《虞美人》两词入选《草堂诗余》。

④广寒宫殿,为余聊借琼林:出自叶梦得《念奴娇·中秋宴客,有怀壬午岁吴江长桥》:"洞庭波冷,望冰轮初转,沧海沉沉。万顷孤光云阵卷,长笛吹破层阴。汹涌三江,银涛无际,遥带五湖深。酒阑歌罢,至今鼍怒龙吟。　　回首江海平生,漂流容易散,佳期难寻。缥缈高城风露爽,独倚危槛重临。醉倒清尊,姮娥应笑,犹有向来心。广寒宫殿,为予聊借琼林。"为余,《石林词》作"为予"。

**【译文】**

叶少蕴名梦得,号石林居士。青春年少,才华出众,文章的名气很大。他有《石林词》一卷,流传于世。《贺新郎》"睡起流莺语",《虞美人》"落花已作风前舞",都是入选《草堂诗余》的词。其中秋宴客的《念奴娇》末句言:"广寒宫殿,为余聊借琼林。"俊秀奇伟,出类拔萃。

# 一八八　曾空青

## 【题解】

　　此则记曾纡及其诗词创作。史称，曾纡博极书史，落笔千言，文章翰墨，风流蕴藉。杨慎所述《题清樾轩》二诗，清丽疏朗，章法细密，赵章泉以为与杜甫绝句相类似（《诗林广记》前集卷二引）。宋孙觌《曾公卷文集序》称："公文章固自守家法，而学诗以母夫人鲁国魏氏为师，句法清丽，绝去刀尺，有古诗之风。"以《题清樾轩》二诗而论，孙觌之评是精当的。曾纡的诗在当时影响较大，黄庭坚爱其诗，曾手书于扇。因此，杨慎所言曾纡以诗名世，亦非虚论。对于曾纡的词，杨慎也给予了较高评价。所引《临江仙》一篇清丽明快、格高调逸，确为佳作。所引《菩萨蛮》上阕，净洁玲珑，清雅可味，别有意绪，堪称佳句。杨慎之意，上阕虽佳，但全篇未称，是有佳句而无佳篇也。此词下阕抒情直率，用语平实，确无上阕之韵致。可知，杨慎的评述是准确的。此中也显示了杨慎句篇相称、浑然一体的词学追求。


　　曾纡①，字公衮，号空青先生，子宣之子②。《清樾轩》二诗名世③，词亦佳。其《临江仙》云④："后院短墙临绿水，春风急管繁弦。问谁亲按小婵娟。玉堂天上客，琳馆地行仙。安得此身长是健，徘徊夜饮朝眠。江南刺史漫垂涎。安排肠已断，何况到樽前。"又《菩萨蛮》："山光冷浸清江底。江光只到柴门里。卧对白蘋洲。欹眠数钓舟⑤。"亦佳。惜全篇未称。

## 【注释】

　　①曾纡（1073—1135）：字公衮，晚号空青先生，建昌军南丰（今属江西）人。曾布第四子，曾巩之侄。初以荫为承务郎，崇宁二年

（1103），入元祐党籍，编管永州。历直显谟阁、两浙转运副使、直宝
文阁，知衢州。有《空青集》，不传。今存《念奴娇》等词共九首。

②子宣：即曾布（1035—1107），字子宣。曾巩弟。仁宗嘉祐二年
（1057）进士，曾官户部尚书、尚书右仆射等。有《曾布集》三十
卷，已佚。《全宋词》辑其词八首。

③《清樾轩》：曾纡有《题清樾轩》二绝，其一："卧听滩头潀潀流，冷
风凄雨似深秋。江边石上乌白树，一夜水长到梢头。"其二："竹
间佳树密扶疏，异乡物色似吾庐。清晓开门出负水，已有小舟来
卖鱼。"（宋蔡正孙《诗林广记》前集卷二）

④《临江仙》：词载《中兴以来绝妙词选》等，《乐府雅词》"天上客"作
"真学士"，"长是健"作"来此处"，"徘徊夜饮朝眠"作"依稀一梦
梨园"，"安排"作"据鞍"。

⑤"山光冷浸清江底"几句：此曾纡《菩萨蛮》词上阕，《乐府雅词》
"清江"作"清溪"，"江光"作"溪光"。其下阕为："溪山无限好。
恨不相逢早。老病独醒多。如此良夜何。"

**【译文】**

曾纡，字公衮，号空青先生，曾子宣的儿子。《清樾轩》二诗名显于
世，词也很好。其《临江仙》言："后院短墙临绿水，春风急管繁弦。问谁
亲按小婵娟。玉堂天上客，琳馆地行仙。　　安得此身长是健，徘徊夜
饮朝眠。江南刺史漫垂涎。安排肠已断，何况到樽前。"又《菩萨蛮》：
"山光冷浸清江底。江光只到柴门里。卧对白蘋洲。欹眠数钓舟。"也
很好。可惜的是有佳句而无佳篇。

# 一八九　曾觌

**【题解】**

曾觌为南宋宫廷应制文人，虽文辞富赡，但多献谀颂圣之作。少数

作品写离乱之苦，颇多感慨，为《花庵词选》所选录。《中兴以来绝妙词选》卷一曾觌小传："曾纯甫，名觌，号海野，东都故老，及见中兴之盛者。词多感慨，如《金人捧露盘》《忆秦娥》等曲，凄然有黍离之悲。"此论为杨慎所本。《中兴以来绝妙词选》录其《金人捧露盘·庚寅春奉使过京师》《南柯子·元夜》等词十四首。《金人捧露盘》一词作于孝宗乾道六年（1170）奉命与金人和谈之时，目睹旧都汴京之凋零，作者吊古怀旧，兴黍离之叹，语多感慨。《采桑子》清明词亦工巧细密，语意凄苦，不失为上乘之作。

　　曾觌[①]，字纯甫，号海野。东都故老，见汴都之盛，故词多感慨，《金人捧露盘》是也[②]。《采桑子》云[③]："花里游蜂。宿粉栖香锦绣中。"为当时传歌。

**【注释】**

①曾觌（1109—1180）：字纯甫，号海野老农。汴京（今河南开封）人。南宋词人。孝宗时，除权知阁门事。淳熙初，除开府仪同三司，加少保、醴泉观史。有《海野词》一卷，《全宋词》录存其词一百零四首。

②《金人捧露盘》：词载《中兴以来绝妙词选》卷一，题作"庚寅春奉使过京师"，全词如下："记神京、繁华地，旧游踪。正御沟、春水溶溶。平康巷陌，绣鞍金勒跃青骢。解衣沽酒醉弦管，柳绿花红。　　到如今、余霜鬓，嗟前事、梦魂中。但寒烟、满目飞蓬。雕栏玉砌，空余三十六离宫。塞笳惊起暮天雁，寂寞东风。"

③《采桑子》：词载《中兴以来绝妙词选》卷一，题作"清明"。全词如下："清明池馆晴还雨，绿涨溶溶。花里游蜂。宿粉栖香锦绣中。　　玉箫声断人何处，依旧春风。万点愁红。乱逐烟波总向东。"

**【译文】**

曾觌，字纯甫，号海野。东都元老，看到汴都兴盛，因此词多抒发感慨,《金人捧露盘》便是这样。《采桑子》言:"花里游蜂。宿粉栖香锦绣中。"被当时的人传唱。

# 一九〇　张材甫

## 【题解】

《中兴以来绝妙词选》卷二张抡小传曰:"张材甫,名抡,号莲社居士。南渡故老,及见太平之盛者。集中多应制词。"杨慎所记,于此略同。张抡以词章邀宠,词多华艳工丽。王世贞《艺苑卮言》评曰:"南宋如曾觌、张抡辈应制之作,志在铺张,故多雄丽。"本则所录《西江月》一词咏瑞香花(也称睡香),《柳梢青》咏宫廷歌舞,虽内容贫乏,但清丽纤巧,亦有可称。因此,杨慎评为"足称词人"。

　　张材甫①,名抡,南渡故老。词多应制。元夕"双阙中天"一首②,繁华感慨,已入选矣。咏瑞香花《西江月》③:"剪就碧云团叶,刻成紫玉芳心。浅春不怕嫩寒侵。暖彻薰笼瑞锦。　　花里清芬独步,樽前胜韵难禁。飞香直到玉杯深。消得厌厌夜饮。"又《柳梢青》前段云:"柳色初匀,轻寒如水,纤雨如尘。一阵东风,縠纹微皱,碧沼鳞鳞④。"亦佳。足称词人。

## 【注释】

①张材甫:即张抡,生卒年不详。字才甫,一作材甫,号莲社居士。开封(今属河南)人。宋代词人。淳熙五年(1178)为宁武军承宣使。后除知阁门事,兼客省四方馆事。著《莲社词》一卷,有《彊村丛书》本。《全宋词》录词一百一十二首,孔凡礼《全宋词补辑》增辑十首。

②元夕"双阙中天"：此指张抡《烛影摇红·上元有怀》词，全词如下："双阙中天，凤楼十二春寒浅。去年元夜奉宸游，曾侍瑶池宴。玉殿珠帘尽卷。拥群仙、蓬壶阆苑。五云深处，万烛光中，揭天丝管。　　驰隙流年，恍如一瞬星霜换。今宵谁念泣孤臣，回首长安远。可是尘缘未断。谩惆怅、华胥梦短。满怀幽恨，数点寒灯，几声归雁。"

③咏瑞香花《西江月》：此词题为"瑞香"。

④"柳色初匀"几句：此张抡《柳梢青·侍宴》上阕。"如水"，《中兴以来绝妙词选》卷二作"似水"。其下阕曰："仙娥花月精神。奏凤管、鸾丝斗新。万岁声中，九霞杯里，长醉芳春。"

### 【译文】

张材甫，名抡，南渡元老。词多应诏所作。咏元宵"双阙中天"一首，写京城繁荣美盛，感慨颇多，已入选《草堂诗余》。咏瑞香花《西江月》："剪就碧云团叶，刻成紫玉芳心。浅春不怕嫩寒侵。暖彻薰笼瑞锦。　　花里清芬独步，樽前胜韵难禁。飞香直到玉杯深。消得厌厌夜饮。"又《柳梢青》前段言："柳色初匀，轻寒如水，纤雨如尘。一阵东风，縠纹微皱，碧沼鳞鳞。"也很好。足以称为词人。

# 一九一　曾觌张抡进词

### 【题解】

曾觌、张抡进词事，宋周密《武林旧事》后集卷一载之甚详："乾道三年三月初十日，南内遣阁长至德寿宫奏知……次日，进早膳后，车驾与皇后、太子过宫……同至后苑看花……太上倚阑闲看，适有双燕掠水飞过，得旨，令曾觌赋之，遂进《阮郎归》云：（词略）知阁张抡进《柳梢青》云：（词略）曾觌和进云：（词略）各有宣赐。"杨慎录《武林旧事》以成本则。所录三词均为应制之作，虽内容上不外歌功颂圣，但形式上雕画奇辞、冲融和雅、格律精稳，不无可取。

　　曾觌进词赋，遂进《阮郎归》云[①]："柳阴庭院占风光。呢喃春昼长。碧波新涨小池塘。双双蹴水忙。　　萍散漫，絮飞扬。轻盈体态狂。为怜流水落花香。衔将归画梁。"既登舟，知阁张抡进《柳梢青》云[②]："柳色初浓，余寒似水，纤雨如尘。一阵东风，縠纹微皱，碧沼鳞鳞。　　仙娥花月精神。奏凤管、鸾弦斗新。万岁声中，九霞杯内，长醉芳春。"曾觌和进云[③]："桃靥红匀，梨腮粉薄，鸾径无尘。凤阁凌虚，龙池澄碧，芳意鳞鳞。　　清时酒圣花神。看内苑、风光又新。一部仙韶，九重鸾仗，天上长春。"

**【注释】**

①《阮郎归》：此词《中兴以来绝妙词选》有题作"上苑初夏侍宴，池上双飞新燕掠水而去，得旨赋之"。

②知阁：《武林旧事》作"知阁"，是。知阁，乃"知阁门事"的省称，宋代官名。宋吴自牧《梦粱录·阁职》："阁门，在和宁门外，掌朝参、朝贺、上殿、到班、上官等仪范。有知阁、簿书、宣赞，及阁门祗候、寄班等官。"

③曾觌和进：此词《中兴以来绝妙词选》调作"柳梢青"，题为"侍宴禁中和张知阁应制作"，文字小有不同。

**【译文】**

　　曾觌进献词赋，于是进献《阮郎归》言："柳阴庭院占风光。呢喃春昼长。碧波新涨小池塘。双双蹴水忙。　　萍散漫，絮飞扬。轻盈体态狂。为怜流水落花香。衔将归画梁。"登船后，知阁张抡进献《柳梢青》言："柳色初浓，余寒似水，纤雨如尘。一阵东风，縠纹微皱，碧沼鳞鳞。

仙娥花月精神。奏凤管、鸾弦斗新。万岁声中,九霞杯内,长醉芳春。"曾觌和进言:"桃厮红匀,梨腮粉薄,鸳径无尘。凤阁凌虚,龙池澄碧,芳意鳞鳞。　　清时酒圣花神。看内苑、风光又新。一部仙韶,九重鸾仗,天上长春。"

# 一九二 雪词

## 【题解】

本则所录词及事,见《武林旧事》后集卷一:"(淳熙八年正月)初二日……又移至明远楼,张灯进酒,节使吴琚进喜雪《水龙吟》,词云:(词略)上大喜,赐镀金酒器二百两,细色段(缎)匹,复古殿香羔儿酒等。"如此,词为南宋吴琚所作。调为《水龙吟》。

"紫皇高宴仙台,双成戏击璃苞碎①。何人为把,银河水剪,甲兵都洗。玉样乾坤,八荒同色,了无尘翳。喜冰消太液,暖融鸩鹊②,端门晓,班初退。　　圣主忧民深意。转鸿钧、满天和气。太平有象,三宫二圣,万年千岁。双玉杯深,五云楼迥,不妨频醉。看来不是飞花,片片是、丰年瑞。"太上大喜,赐镀金酒器三百两。

## 【注释】

①双成:即董双成,神话中西王母的侍女。

②鸩(zhī)鹊:汉宫观名,在长安甘泉宫外。

## 【译文】

"紫皇高宴仙台,双成戏击璃苞碎。何人为把,银河水剪,甲兵都洗。玉样乾坤,八荒同色,了无尘翳。喜冰消太液,暖融鸩鹊,端门晓,班初退。 圣主忧民深意。转鸿钧、满天和气。太平有象,三宫二圣,万年千岁。双玉杯深,五云楼迥,不妨频醉。看来不是飞花,片片是、丰年瑞。"皇帝大喜,赐镀金酒器三百两。

# 一九三 月词

## 【题解】

《武林旧事》卷七:"淳熙九年八月十五日……侍宴官开府曾觌,恭上《壶中天慢》一首,云:(词略)上皇曰:'从来月词不曾用金瓯事,可谓新奇。'赐金束带、紫番罗、水晶注碗一副。上亦赐宝盏古香。至一更五点还内。是夜隔江西兴,亦闻天乐之声。"本则即录自此。

曾觌《壶中天》词云:"素飙漾碧①,看天衢稳送,一轮明月。翠水瀛壶人不到②,比似世间秋别。玉手瑶笙,一时同色,小按《霓裳》叠。天津桥上,有人偷记新阕。 当日谁幻银桥,阿瞒儿戏③,一笑成痴绝。肯信群仙高宴处,移下水晶宫阙。云海尘清,山河影满,桂冷吹香雪。何劳玉斧④,金瓯千古无缺⑤。"上皇大喜,曰:"从来月词,不曾用金瓯事,可谓新奇。"赐金束带、紫番罗、水晶碗。上亦赐宝盏。至一更五点还宫。是夜,西兴亦闻天乐焉⑥。

## 【注释】

①素飙:秋风。

②翠水瀛壶:指仙境。翠水,《太平广记》卷五十六《西王母》:"左带瑶池,右环翠水。其山之下。弱水九重。洪涛万丈。非飙车羽轮,不可到也。"瀛壶,即瀛洲。晋王嘉《拾遗记·高辛》:"三壶,

则海中三山也。一曰方壶,则方丈也;二曰蓬壶,则蓬莱也;三曰瀛壶,则瀛洲也。”

③阿瞒:指唐玄宗李隆基。唐南卓《羯鼓录》:“上笑曰:大哥不必过虑,阿瞒自是相师,夫帝王之相,且须有英特越逸之气,不然有深沈包育之度。”钱熙祚校:“上于诸亲常自称此号。”

④玉斧:仙斧,神斧。唐段成式《酉阳杂俎·天咫》:“太和中,郑仁本表弟,不记姓名,常与一王秀才游嵩山……见一人布衣,衣甚洁白,枕一襆物……其人笑曰:‘君知月乃七宝合成乎?月势如丸,其影,日烁其凸处也。常有八万二千户修之,予即一数。’因开襆,有斤凿数事。”

⑤金瓯:金盆。《南史·朱异传》:“(武帝)尝夙兴至武德阁口,独言:‘我国家犹若金瓯,无一伤缺。’”

⑥西兴:渡口名。在浙江萧山西北。本名固陵,五代吴越改名“西兴”。宋苏轼《望海楼晚景》诗之三:“江上秋风晚来急,为传钟鼓到西兴。”

## 【译文】

曾觌《壶中天》词言:“素飙漾碧,看天衢稳送,一轮明月。翠水瀛壶人不到,比似世间秋别。玉手瑶笙,一时同色,小按《霓裳》叠。天津桥上,有人偷记新阕。　当日谁幻银桥,阿瞒儿戏,一笑成痴绝。肯信群仙高宴处,移下水晶宫阙。云海尘清,山河影满,桂冷吹香雪。何劳玉斧,金瓯千古无缺。”太上皇大喜,说:“历来咏月的词,不曾用金瓯的典故,可称新奇。”赐金腰带、紫罗纱、水晶碗。皇帝也赐予宝盏。至一更五点回宫。这天晚上,西兴也有人听到了宫廷音乐。

# 一九四　潮词

## 【题解】

《武林旧事》卷七:“淳熙十年八月十八日,上诣德寿宫,恭请两殿往浙江亭观潮……上起奏曰:'钱塘江潮,亦天下所无有也。'太上宣谕侍宴官,令各赋《酹江月》一曲。至晚进呈,太上以吴琚为第一。其词云:(词略)两宫并有宣赐,至月上还内。"本则杨慎所述,即录自此。

　　江潮亦天下所独,宣谕侍官各赋《酹江月》一曲,至晚呈上,以吴琚为第一①。其词曰:"玉虹遥挂,望青山隐隐,恍如一抹。忽觉天风吹海立,好似春霆初发②。白马凌空,琼鳌驾水,日夜朝天阙。飞龙舞凤,郁葱环拱吴越。　　此景天下应无,东南形胜,伟观真奇绝。好是吴儿飞彩帜,蹴起一江秋雪。黄屋天临③,水犀云拥④,看击中流楫。晚来波静,海门飞上明月。"两宫赏赐无限,至月上始还。

【注释】

①吴琚:生卒年不详。字居父,号云壑。南宋词人。有《云壑集》,不传。《全宋词》辑录其词六首。

②春霆:春雷。

③黄屋:皇帝的车盖以黄缯为盖里,称为"黄屋"。后常以"黄屋"代指帝王。《史记·秦始皇本纪》:"子婴度次得嗣,冠玉冠,佩华绂,车黄屋,从百司,谒七庙。"南朝宋裴骃《集解》:"蔡邕曰:'黄屋者,盖以黄为里。'"

④水犀:水军。因披水犀甲,故称。

【译文】

　　钱塘江潮也是天下所独有,太上皇宣谕侍官各赋《酹江月》一曲,到晚上呈上,以吴琚为第一。其词言:"玉虹遥挂,望青山隐隐,恍如一抹。忽觉天风吹海立,好似春霆初发。白马凌空,琼鳌驾水,日夜朝天阙。飞龙舞凤,郁葱环拱吴越。　　此景天下应无,东南形胜,伟观真奇绝。

好是吴儿飞彩帜，蹴起一江秋雪。黄屋天临，水犀云拥，看击中流楫。晚来波静，海门飞上明月。"两宫赏赐无限，至月亮升起才回宫。

## 一九五　朱希真

**【题解】**

《中兴以来绝妙词选》卷一朱希真小传："朱希真，名敦儒，博物洽闻，东都名士。南渡初，以词章擅名，天资旷远，有神仙风致。其《西江月》二曲，辞浅意深，可以警世之役役于非望之福者。"可知，本则中杨慎对朱敦儒的评述源于此。《西江月》两首，感叹人生困厄，世事如梦，于激愤之中寓无奈之叹，黄昇以为有警世之效。余《相见欢》等三首，多寓不得用世、老大徒伤之慨。其中，《水龙吟》（放船千里凌波去）一首，对金人之南侵和南宋之偏安一隅深表愤慨，又以晋灭东吴事表达了对国运的担忧。诸作词品高洁，于豪放中不失婉丽之风。王鹏运《〈樵歌〉跋》："希真词于名理禅机，均有悟入，而忧时念乱，忠愤之致，触感而生。"可谓一语中的。杨慎评词，多重词人品行节操，故言"亦可知其为人"。不过，朱敦儒依附秦桧，首鼠两端，此多为时论所讥。

朱希真①，名敦儒，博物洽闻，东都名士也。天资旷远，有神仙风致。其《西江月》二首②，词浅意深，可以警世之役役于非望之福者。《草堂》入选矣。其《相见欢》云："东风吹尽江梅。橘花开。旧日吴王宫殿长青苔。　今古事，英雄泪，老相催。常恨夕阳西下晚潮回。"《鹧鸪天》云："检尽历头冬又残。爱他风雪耐他寒。拖条竹杖家家酒，上个篮舆处处山。　添老大，转痴顽。谢天教我老年闲。道人还了鸳鸯债，纸帐梅花醉梦间。"其《水龙吟》末云："奇谋报国，可怜无用,尘昏白羽③。铁锁横江,锦帆冲浪,孙郎良苦④。"
亦可知其为人矣。

**【注释】**

①朱希真:即朱敦儒(1081—1159),字希真,号岩壑,洛阳(今属河
　南)人。绍兴五年(1135),赐进士出身,为秘书省正字、擢兵部郎
　中,迁两浙东路提点刑狱。有《岩壑老人诗文》及《猎较集》,已
　佚。词集《樵歌》三卷,一名《太平樵唱》,《全宋词》录存二百四十
　六首。

②《西江月》二首:朱敦儒《西江月·警悟》:"世事短如春梦,人情薄
　似秋云。不须计较苦劳心。万事元来有命。　　幸遇三杯酒
　美,况逢一朵花新。片时欢笑且相亲。明日阴晴未定。"《西江
　月·自乐》:"日日深杯酒满,朝朝小圃花开。自歌自舞自开怀。
　且喜无拘无碍。　　青史几番春梦,黄泉多少奇才。不须计较
　与安排。领取而今现在。"

③白羽:以白羽为箭,指羽箭。

④孙郎:指吴主孙皓。唐刘禹锡《西塞山怀古》:"千寻铁索沉江底,
　一片降幡出石头。"

**【译文】**

　　朱希真,名敦儒,见多识广知识渊博,是东都的知名人士。天资旷
远,有神仙的风采神韵。其《西江月》二首,词浅意深,可以警示世上那
些为非望之福而劳苦不息的人。入选了《草堂诗余》。其《相见欢》言:
"东风吹尽江梅。橘花开。旧日吴王宫殿长青苔。　　今古事,英雄泪,
老相催。常恨夕阳西下晚潮回。"《鹧鸪天》言:"检尽历头冬又残。爱他
风雪耐他寒。拖条竹杖家家酒,上个篮舆处处山。　　添老大,转痴
顽。谢天教我老年闲。道人还了鸳鸯债,纸帐梅花醉梦间。"其《水龙
吟》词末言:"奇谋报国,可怜无用,尘昏白羽。铁锁横江,锦帆冲浪,孙

郎良苦。"也可知其为人了。

## 一九六　李似之

### 【题解】

《中兴以来绝妙词选》卷二李似之小传:"李似之,名弥逊,自号筠翁,中兴初名士。不附秦桧,坐贬。"本则所载,与此略同。李弥逊词关切时局,多抒发离乱之慨,又与叶梦得、李纲、张元幹、向子諲等有唱和,风格亦相近。黄昇评为"中兴初名士"、杨慎评为"南渡名士"并不为过。所录《菩萨蛮》一词,为李弥逊代表作之一,《花庵词选》和《乐府雅词》均选录。

　　李似之①,名弥逊,仙井监人②,自号筠翁,宋南渡名士。不附秦桧坐贬。有别友《菩萨蛮》一首云:"江城烽火连三月。不堪对酒长亭别。休作断肠声。老来无泪倾。　　风高帆影疾。目送舟痕碧。锦字几时来。薰风无雁回。"

### 【注释】

①李似之:即李弥逊(1089—1153),字似之,号筠溪居士,连江(今属福建)人,居吴县(今江苏苏州)。大观三年(1109)进士。高宗朝,试中书舍人,再试户部侍郎。以反对议和忤秦桧,乞归田。有《筠溪集》《筠溪乐府》,《全宋词》录存其词八十二首。

②仙井监:监名。其地有盐井,北宋熙宁五年(1072)置陵井监,宣和四年(1122)改名仙井监。治所在仁寿(今属四川)。

### 【译文】

　　李似之,名弥逊,是仙井监人,自号筠翁,是宋南渡知名人士。因不依附秦桧被定罪贬官。有送别友人《菩萨蛮》一首言:"江城烽火连三月。不堪对酒长亭别。休作断肠声。老来无泪倾。　　风高帆影疾。
目送舟痕碧。锦字几时来。薰风无雁回。"

## 一九七　张安国

**【题解】**

南宋汤衡《张紫微雅词序》:"衡尝获从公游,见公平昔为词,未尝著
稿,笔酣兴健,顷刻即成。初若不经意,反复究观,未有一字无来处,如
《歌头》《凯歌》《登无尽藏》《岳阳楼》诸曲,所谓骏发蹛厉,寓以诗人句法
者也。"此序为《中兴以来绝妙词选》及杨慎《词品》所取,本则对张孝祥
的评述即源于此文。杨慎又摘录《满江红》等词例,以证张孝祥词咏物
之工、写景之妙等特点。

张孝祥,字安国,蜀之简州人①,四状元之一也②。后卜
居历阳。平昔为词,未尝著稿,笔酣兴健,顷刻即成,无一字
无来处。如歌头、凯歌诸曲③,骏发蹈厉,寓以诗人句法者
也。有《于湖紫微雅词》一卷,汤衡为序云云。其咏物之工,
如"罗帕分柑霜落齿,冰盘剥芡珠盈掬"④。写景之妙,如"秋
净明霞乍吐,曙凉宿霭初消"⑤。丽情之句,如"佩解湘腰,钗
孤楚鬓"⑥,不可胜载。

**【注释】**

①蜀之简州人:唐圭璋《词话丛编》案语:"张孝祥为唐诗人张籍七
　世孙,盖和州乌江人。《词品》误作蜀之简州人。"

②四状元:指简州的四位状元,分别为:王归璞(五代后唐同光四年
　状元)、许将(北宋仁宗嘉祐八年状元)、张孝祥(南宋高宗绍兴二

十四年状元)、许奕(南宋宁宗庆元五年状元)。

③歌头:指张孝祥《六州歌头》(长淮望断)、《水调歌头·为总得居
　士寿》等词。凯歌:张孝祥有《水调歌头·凯歌上刘恭父》词。

④罗帕分柑霜落齿,冰盘剥芡珠盈掬:出自张孝祥《满江红·思归
　寄柳州》。

⑤秋净明霞乍吐,曙凉宿霭初消:出自张孝祥《雨中花慢》(一叶凌
　波)。秋净,或作"秋霁"。

⑥佩解湘腰,钗孤楚鬓:出自张孝祥《木兰花慢》(送归云去雁)。

**【译文】**

　　张孝祥,字安国,是蜀之简州人,是简州的四位状元之一。后来选
择历阳为居处。往常作词,未曾打草稿,下笔酣畅,兴致浓厚,一会儿就
成词,无一字无来处。如歌头、凯歌诸曲,奋发有为,意气昂扬,以诗人
句法寄寓其中。有《于湖紫微雅词》一卷,汤衡作序。其咏物工巧,如
"罗帕分柑霜落齿,冰盘剥芡珠盈掬"。写景之精妙,如"秋净明霞乍吐,
曙凉宿霭初消"。寄寓绮丽情思之句,如"佩解湘腰,钗孤楚鬓",不可
尽载。

# 一九八　于湖词

**【题解】**

　　本则全文录自《吴礼部诗话》。文叙温庭筠、张耒、徐宝之、韩元吉、
张孝祥五人以玩鞭亭为题材的诗词创作,对"湖阴"乃"于湖"之误进行
了辨析,并全文选录了张孝祥《满江红》于湖怀古词。

　　于湖玩鞭亭,晋明帝觇王敦营垒处①。自温庭筠赋诗
后,张文潜又赋《于湖曲》,以正"湖阴"之误②。词皆奇丽警
拔,脍炙人口。徐宝之、韩南涧亦发新意③,张安国赋《满江

红》云："千古凄凉，兴亡事、但悲陈迹。凝望眼、吴波不动，楚山空碧。巴滇绿骏追风远，武昌云旆连天赤。笑老奸、遗臭到如今，留空壁。　　边书静，烽烟息。通辄传，销锋镝。仰太平天子，圣明无敌。蹙踏扬州开帝里，渡江天马龙为匹。看东南、佳气郁葱葱，传千亿。"虽间采温、张语，而词气亦不在其下。尝见安国大书此词，后题云："乾道元年正月十日。"笔势奇伟可爱。《建康实录》，唐许嵩所著者，亦称"湖阴"云云④。庭筠之误，有自来矣。

**【注释】**

①于湖玩鞭亭，晋明帝觇（chān）王敦营垒处：《（乾隆）江南通志》卷三十五："玩鞭亭，在芜湖县北二十里。晋明帝微行察王敦营垒，敦觉，使五骑追之，帝驰去。见逆旅卖食姬，以七宝鞭与之，曰：'后有骑来，可以相示。'追者至，问姬，姬因以鞭示之。五骑传玩稽留遂久，帝获免。因名亭，碑石存。"晋明帝阴察王敦营垒事，载《晋书·明帝纪》。觇，窥视。

②"自温庭筠赋诗后"几句：温庭筠《湖阴词序》："王敦举兵至湖阴，明帝微行，视其营伍，由是乐府有《湖阴曲》，而亡其词，因作而附之。"温庭筠误"于湖"为"湖阴"，张耒（字文潜）《于湖曲序》辨之曰："按《晋·地志》有于湖而无湖阴。本纪云'敦屯于湖'，又曰：'帝至于湖，阴察营垒而去。'顷予游芜湖，问父老'湖阴'所在，皆莫之知也。然则'帝至于湖'当断为句。乃作《于湖曲》以遗之，使正其是非云。"

③徐宝之：生卒年不详。字鼎夫，号西麓。庐陵（今江西吉安）人。宝庆元年（1225）解试。《全宋词》辑其词四首。徐宝之玩鞭亭作，无考。韩南涧：即韩元吉（1118—1187），字无咎，号南涧。许

昌(今属河南)人,寓居信州(今江西上饶)。有《南涧甲乙稿》七十卷,今存二十二卷,拾遗一卷。韩南涧有《玩鞭亭》诗,载《南涧甲乙稿》卷二。

④"《建康实录》"几句:《建康实录》卷六:"敦下屯于湖阴,帝乃转司空导为司徒,敦自领扬州牧……夏五月,王敦在于湖阴谋举逆。帝密知之,自乘巴滇骏马微行至于湖,阴察敦营垒而出。"《建康实录》,唐许嵩撰。二十卷。记述吴、东晋、宋、齐、梁、陈六朝事迹。

**【译文】**

于湖玩鞭亭,是晋明帝察看王敦营垒的地方。自从温庭筠赋诗后,张文潜又赋《于湖曲》,以正"湖阴"之误。词都新奇美丽警策拔俗,脍炙人口。徐宝之、韩南涧也发新意,张安国赋《满江红》言:"千古凄凉,兴亡事、但悲陈迹。凝望眼、吴波不动,楚山空碧。巴滇绿骏追风远,武昌云旆连天赤。笑老奸、遗臭到如今,留空壁。　　边书静,烽烟息。通轺传,销锋镝。仰太平天子,圣明无敌。蹇踏扬州开帝里,渡江天马龙为匹。看东南、佳气郁葱葱,传千亿。"虽偶尔采用温庭筠、张文潜语词,但词的气势也不在其下。曾见安国用大字书写这首词,后题言:"乾道元年正月十日。"用笔气势奇异不凡,令人喜爱。《建康实录》,是唐代许嵩所著,也称"湖阴"。温庭筠之误,是有由来的。

# 一九九 《醉落魄》

**【题解】**

本则录张孝祥《醉落魄》词,并论其用韵特点。该词中"毒""蹴"为险韵,作者能化艰僻为平妥,语俊韵稳,体现出了极高的艺术素养。"闲里觑人毒"写美人眼神,清沈谦《填词杂说》取与"唤起两眸清炯炯""眼波才动被人猜""更无言语空相觑"等名句并举,誉为"传神阿堵,已无剩美"。沈雄《古今词话·词品》亦评"毒""蹴"为"限韵之险者"。

　　张于湖《醉落魄》词云:"轻寒滟绿。可人风韵闲梳束①。多情早是眉峰蹙。一点秋波,闲里觑人毒。　　桃花庭院光阴速。铜鞮谁唱《大堤曲》②。归来想是樱桃熟。不道秋千,谁伴那人蹴。"此词"毒""蹴"二字难下。《醉落魄》,元曲讹为《醉罗歌》③。

**【注释】**

①可人:可心,称心。

②铜鞮:指襄阳。《大堤曲》:乐府曲名。《乐府诗集·清商曲辞五》解题:"《古今乐录》曰:'《襄阳乐》者,宋随王诞之所作也……'又有《大堤曲》,亦出于此。"

③《醉罗歌》:南曲牌名,属仙吕宫。过曲,也常用作小令。

**【译文】**

　　张于湖《醉落魄》词言:"轻寒滟绿。可人风韵闲梳束。多情早是眉峰蹙。一点秋波,闲里觑人毒。　　桃花庭院光阴速。铜鞮谁唱《大堤曲》。归来想是樱桃熟。不道秋千,谁伴那人蹴。"这首词"毒""蹴"二字难下韵。《醉落魄》,元曲误为《醉罗歌》。

# 二〇〇　史邦卿

**【题解】**

　　本则记史达祖词,论及《万年欢·春思》《东风第一枝·咏春雪》《东风第一枝·灯夕清坐》(或作"元夕")共三词。《万年欢》一词选取梅、燕、柳、月等物象,在刻画早春景致的同时,也透露出些许淡淡愁思,用笔细腻,辞藻工丽,颇能体现史达祖的词风。张镃序其词云:"史生之作,情词俱到。织绡泉底,去尘眼中。有瑰奇警迈、清新闲婉之长,而无诡荡污淫之失。"以本词而论,张镃所论数端均能得到具体验证。"咏春雪"一词,杨慎于上下阕各摘取了其秀句若干。史达祖词以咏物见长。其《双双燕·咏燕》《绮罗香·咏春雨》等,咏物而不滞于物,形神皆备,穷形尽相,备受姜夔、张炎等人称赏。此《东风第一枝·咏春雪》篇同样是史达祖咏物词之上品,可惜,杨慎对此却只字未提。对于"元夕"一词,杨慎考索了其"醉玉"与"艳雪"两词的出处,并评价说"语精字炼",后人难及。史达祖词在炼字炼句方面用功颇深,陆辅之《词旨》在"属对""警句""词眼"里多引其词句,李调元《雨村词话》中甚至有《史梅溪摘句图》。杨慎注意到了史达祖词的这一特点,这也可证其词学素养之不俗。

　　史邦卿[①],名达祖,号梅溪。今录其《万年欢》一首[②],亦鼎之一脔也[③]。"两袖梅风,谢桥边、岸痕犹带阴雪。过了匆匆灯市,草根青发。燕子春愁未醒,误几处芳音辽绝。烟溪上,采绿人归,定应愁沁花骨。　　　非干厚情易歇。奈燕台句老,难道离别。小径吹衣,曾记故里风物。多少惊心旧事,第一是、侵阶罗袜。如今但柳发稀春,夜来和露梳月。"春雪词云:"行天入镜,都做出、轻松纤软。""寒炉重暖,便放慢春衫针线。恐凤鞋挑菜归来,万一灞桥相见[④]。"此句尤为姜尧章拈出[⑤]。"轻松纤软",元人小令借以咏美人足云。又元夕词:"羞醉玉,少年丰度。怀艳雪,旧家伴侣[⑥]。""醉玉生春"出《兰畹》词,"艳雪"出韦诗[⑦],语精字炼,岂易及耶!

**【注释】**

　　①史邦卿:即史达祖,生卒年不详。字邦卿,号梅溪,汴京(今河南开

封)人。曾当过南宋宰相韩侂胄的堂吏，韩侂胄失败后，他被株连，受黥刑，死于贫困之中。有《梅溪词》，《全宋词》录其词一百一十二首。

②《万年欢》一首：此词题作"春思"。稀春，《中兴以来绝妙词选》卷七作"晞春"。

③脔(luán)：切成块状的鱼肉。

④"行天入镜"几句：出自史达祖词《东风第一枝·咏春雪》，全词如下："巧沁兰心，偷黏草甲，东风欲障新暖。谩凝碧瓦难留，信知暮寒轻浅。行天入镜，做弄出、轻松纤软。料故园、不卷重帘，误了乍来双燕。　　青未了、柳回白眼。红欲断、杏开素面。旧游忆著山阴，厚盟遂妨上苑。寒炉重暖，便放慢春衫针线。恐凤靴、挑菜归来，万一灞桥相见。"都做出，《中兴以来绝妙词选》作"做弄出"。

⑤姜尧章：即姜夔(约1155—约1221)，字尧章，号白石道人。鄱阳(今属江西)人。南宋杰出词人。著有《白石道人诗集》《诗说》《白石道人歌曲》等。《全宋词》录存其词八十七首。

⑥"羞醉玉"几句：出自史达祖词《东风第一枝·灯夕清坐》(或作"元夕")："酒馆歌云，灯街舞绣，笑声喧似箫鼓。太平京国多欢，大酺绮罗几处。东风不动，照花影、一天春聚。耀翠光、金缕相交，苒苒细吹香雾。　　羞醉玉、少年丰度。怀艳雪、旧家伴侣。闭门明月关心，倚窗小梅索句。吟情欲断，念娇俊、知人无据。想袖寒、珠络藏香，夜久带愁归去。"

⑦"艳雪"出韦诗：韦应物《答徐秀才》诗有"清诗舞艳雪，孤抱莹玄冰"句，故云。

## 【译文】

史邦卿，名达祖，号梅溪。现录载其《万年欢》一首，也是鼎中一脔。"两袖梅风，谢桥边、岸痕犹带阴雪。过了匆匆灯市，草根青发。燕子春愁未醒,误几处芳音辽绝。烟溪上,采绿人归,定应愁沁花骨。　　非干厚情易歇。奈燕台句老,难道离别。小径吹衣,曾记故里风物。多少惊心旧事,第一是、侵阶罗袜。如今但柳发稀春,夜来和露梳月。"咏春雪词言:"行天入镜,都做出、轻松纤软。""寒炉重暖,便放慢春衫针线。恐凤鞋挑菜归来,万一灞桥相见"。这句尤其被姜尧章所称道。"轻松纤软",元人小令借以咏美人足。又有咏元宵词:"羞醉玉,少年丰度。怀艳雪,旧家伴侣。""醉玉生春"出自《兰畹》词,"艳雪"出自韦应物的诗,用语用字精炼,怎能轻易达到呢!

# 二〇一　《杏花天》

**【题解】**

　　史达祖《杏花天》一词写清明,体物细腻,摹景生动,节序风物之感格外浓烈。全词工巧细密,清新闲婉,措辞精粹,清怡和畅,具有较高的艺术价值。因此,杨慎摘引了全词。黄昇《中兴以来绝妙词选》卷七:"史邦卿,名达祖,号梅溪,有词百余首。张功父、姜尧章为序。"姜序仅存片段,即杨慎所引数句。姜夔所论侧重于梅溪词的境界和格调特点,多为后人赞同和称引。

　　史邦卿《杏花天》词云①:"软波拖碧蒲芽短。画楼外,花晴柳暖。今年自是清明晚。便觉芳情较懒。　　春衫瘦,东风剪剪。逼花坞,香吹醉面。归来立马斜阳岸。隔水歌声一片。"姜尧章云:"史邦卿之词,奇秀清逸,有李长吉之韵,盖能融情景于一家,会句意于两得。"姜亦当时词手,而服之如此。

**【注释】**

①《杏花天》词：此词题为"清明"。

**【译文】**

史邦卿《杏花天》词言："软波拖碧蒲芽短。画楼外，花晴柳暖。今年自是清明晚。便觉芳情较懒。　　　春衫瘦，东风剪剪。逼花坞，香吹醉面。归来立马斜阳岸。隔水歌声一片。"姜尧章说："史邦卿的词，奇特秀美清新俊逸，有李长吉的韵味，能融情于景成一家，领悟句意而两得。"姜尧章也是当时的词手，却如此佩服他。

# 二〇二　姜尧章

**【题解】**

《中兴以来绝妙词选》卷六姜夔小传："姜尧章，名夔，号白石道人，中兴诗家名流。词极精妙，不减清真乐府。其间高处有美成所不能及。善吹箫，自制曲。初则率意为长短句，然后协以音律云。"本则前段杨慎对姜夔的评述，即取源于此。本则完整选录姜夔《齐天乐》词一首，又摘《探春慢》《一萼红》等七首词中秀句若干，间有简短评析，体现了杨慎对姜夔词咏物高胜、重音协律、用语奇丽等手法特点的肯定和赞赏。

姜夔，字尧章，号白石道人，南渡诗家名流。词极精妙，不减清真乐府。其间高处有周美成不能及者。善吹箫，自制曲，初则率意为长短句，然后协以音律云。其咏蟋蟀《齐天乐》一词最胜①，其词曰："庾郎先自吟愁赋②。凄凄更闻私语。露湿铜铺，苔侵石井，都是曾听伊处。哀音似诉。正思妇无眠，起寻机杼。曲曲屏山，夜凉独自甚情绪。　　　西窗又吹暗雨。为谁频断续，相和砧杵。候馆吟秋，离宫吊月，别有伤心无数。邠诗漫与③。笑篱落呼灯,世间儿女。写入琴丝,一声声更苦。"其过苕雪云④:"拂雪金鞭,欺寒茸帽,不记章台走马。""雁碛沙平,渔汀人散,老去不堪游冶"。人日词云⑤:"池面冰胶,墙头雪老,云意还又沉沉。""朱户粘鸡⑥,金盘簇燕,空叹时序侵寻"。《湘月》词云:"归禽时度,月上汀洲冷。中流容与,画桡不点清镜⑦。"从柳子厚"绿净不可唾"之语翻出⑧。戏张平甫纳妾云⑨:"别母情怀,随郎滋味,桃叶渡江时。"《翠楼吟》云:"槛曲萦红,檐牙飞翠。""酒袯清愁,花消英气"⑩。《法曲献仙音》云:"过秋风未成归计。重见冷枫红舞⑪。"《玲珑四犯》云:"轻盈唤马,端正窥户。酒醒明月下,梦逐潮声去⑫。"其腔皆自度者。传至今,不得其调,难入管弦,秖爱其句之奇丽耳。

**【注释】**

①咏蟋蟀《齐天乐》:此词《白石道人歌曲》有题序曰:"丙辰岁,与张功父会饮张达可之堂,闻屋壁间蟋蟀有声,功父约予同赋,以授歌者。功父先成,辞甚美。予徘徊茉莉花间,仰见秋月,顿起幽思,寻亦得此。蟋蟀,中都呼为促织,善斗,好事者或以二、三十万钱致一枚,镂象齿为楼观以贮之。"

②庾郎:指庾信(513—581),字子山。南阳新野(今属河南)人。北朝北周著名文学家。有《哀江南赋》等文。后人辑有《庾子山集》。

③邠诗:《白石道人歌曲》作"豳诗"。《诗经·豳风·七月》写蟋蟀:"七月在野,八月在宇,九月在户,十月蟋蟀入我床下。"

④过苕霅(zhá):姜夔《探春慢》题序:"丙午冬,千岩老人约予过苕霅,岁晚乘涛载雪而下,顾念依依,殆不能去。作此曲别郑次皋、

辛克清、姚刚中诸君。"下所引为姜夔《探春慢》中句。全词如下："衰草愁烟,乱鸦送日,风沙回旋平野。拂雪金鞭,欺寒茸帽,还记章台走马。谁念漂零久,漫赢得、幽怀难写。故人清沔相逢,小窗闲共情话。　　长恨离多会少,重访问竹西,珠泪盈把。雁碛波平,渔汀人散,老去不堪游冶。无奈苕溪月,又照我、扁舟东下。甚日归来,梅花零乱春夜。"不记,《中兴以来绝妙词选》作"还记"。

⑤人日词:指姜夔词《一萼红》词,其题序言:"丙午人日,予客长沙别驾之观政堂。堂下曲沼,沼西负古垣,有卢橘幽篁,一径深曲。穿径而南,官梅数十株,如椒如菽,或红破白露,枝影扶疏。著屐苍苔细石间,野兴横生。亟命驾登定王台,乱湘流入麓山,湘云低昂,湘波容与。兴尽悲来,醉吟成调。"全词如下:"古城阴。有官梅几许,红萼未宜簪。池面冰胶,墙腰雪老,云意还又沉沉。翠藤共、闲穿径竹,渐笑语、惊起卧沙禽。野老林泉,故王台榭,呼唤登临。　　南去北来何事?荡湘云楚水,目极伤心。朱户粘鸡,金盘簇燕,空叹时序侵寻。记曾共、西楼雅集,想垂柳、还袅万丝金。待得归鞍到时,只怕春深。"墙头,《中兴以来绝妙词选》作"墙腰"。人日,正月初七。

⑥朱户粘鸡:乃人日风俗。梁宗懔《荆楚岁时记》:"人日贴画鸡于户,悬苇索其上,插符于旁,百鬼畏之。"

⑦"归禽时度"几句:出自姜夔《湘月》:"五湖旧约,问经年底事,长负清景。暝入西山,渐唤我一叶夷犹乘兴。倦网都收,归禽时度,月上汀洲冷。中流容与,画桡不点清镜。　　谁解唤起湘灵,烟鬟雾鬓,理哀弦鸿阵。玉麈谈玄,叹坐客、多少风流名胜。暗柳萧萧,飞星冉冉,夜久知秋信。鲈鱼应好,旧家乐事谁省。"

⑧绿净不可唾:非柳宗元语,出自韩愈《题合江亭寄刺史邹君》:"瞰临眇空阔,绿净不可唾。"杨慎误记。绿净,形容水面碧绿纯净,

《水经注》："清潭远涨,绿波凝净。"姜夔《湘月》词以"清镜"喻河
面清澈平静如镜面,故杨慎言自"绿净不可唾"中翻出。

⑨戏张平甫纳妾:指姜夔词《少年游·戏平甫》,全词如下:"双螺未
合,双蛾先敛,家在碧云西。别母情怀,随郎滋味,桃叶渡江
时。　　扁舟载了,匆匆归去,今夜泊前溪。杨柳津头,梨花墙
外,心事两人知。"平甫,张鉴字平甫,南宋著名将领张俊之后,白
石好友。

⑩"槛曲萦红"几句:出自姜夔词《翠楼吟》:"月冷龙沙,尘清虎落,
今年汉酺初赐。新翻胡部曲,听毡幕、元戎歌吹。层楼高峙,看槛
曲萦红,檐牙飞翠。人姝丽,粉香吹下,夜寒风细。　　此地,宜
有词仙,拥素云黄鹤,与君游戏。玉梯凝望久,叹芳草、萋萋千里。
天涯情味,仗酒祓清愁,花销英气。西山外,晚来还卷,一帘秋霁。"

⑪过秋风未成归计。重见冷枫红舞:出自姜夔《法曲献仙音》:"虚
阁笼寒,小帘通月,暮色偏怜高处。树隔离宫,水平驰道,湖山尽
入尊俎。奈楚客,淹留久,砧声带愁去。　　屡回顾,过秋风未
成归计。谁念我、重见冷枫红舞。唤起淡妆人,问逋仙今在何
许。象笔鸾笺,甚而今、不道秀句。怕平生幽恨,化作沙边
烟雨。"

⑫"轻盈唤马"几句:出自姜夔《玲珑四犯·越中岁暮,闻箫鼓感
怀》:"叠鼓夜寒,垂灯春浅,匆匆时事如许。倦游欢意少,俯仰悲
今古。江淹又吟《恨赋》,记当时、送君南浦。万里乾坤,百年身
世,唯有此情苦。　　扬州柳垂官路,有轻盈换马,端正窥户。
酒醒明月下,梦逐潮声去。文章信美知何用,漫赢得、天涯羁旅。
教说与,春来要、寻花伴侣。"唤马,《绝妙好词笺》卷二、《白石道
人歌曲》作"换马"。

**【译文】**

姜夔,字尧章,号白石道人,是南渡诗家名流。词极其精妙,不次于

清真的词。其间高超之处有周美成不能企及的。善于吹箫，自谱曲，先按照本意作长短句，然后再以音律加以调和。其咏蟋蟀《齐天乐》一词最好，其词言："庾郎先自吟愁赋。凄凄更闻私语。露湿铜铺，苔侵石井，都是曾听伊处。哀音似诉。正思妇无眠，起寻机杼。曲曲屏山，夜凉独自甚情绪。　　西窗又吹暗雨。为谁频断续，相和砧杵。候馆吟秋，离宫吊月，别有伤心无数。邠诗漫与。笑篱落呼灯，世间儿女。写入琴丝，一声声更苦。"其过茗雪言："拂雪金鞭，欺寒茸帽，不记章台走马。""雁碛沙平，渔汀人散，老去不堪游冶"。人日词言："池面冰胶，墙头雪老，云意还又沉沉。""朱户粘鸡，金盘簇燕，空叹时序侵寻"。《湘月》词言："归禽时度，月上汀洲冷。中流容与，画桡不点清镜。"依据柳子厚"绿净不可唾"之语重新改作。戏张平甫纳妾词言："别母情怀，随郎滋味，桃叶渡江时。"《翠楼吟》言："槛曲萦红，檐牙飞翠。""酒被清愁，花消英气"。《法曲献仙音》言："过秋风未成归计。重见冷枫红舞。"《玲珑四犯》言："轻盈唤马，端正窥户。酒醒明月下，梦逐潮声去。"其曲调都是自谱。流传至今，不得其调，难入乐器，只爱其词句的新奇瑰丽罢了。

## 二〇三　高宾王

### 【题解】

《中兴以来绝妙词选》卷六高观国小传："高宾王，名观国，号竹屋。词名《竹屋痴语》，陈造为序。称其与史邦卿皆秦周之词，所作要是不经人道语，其妙处，少游、美成若唐诸公亦未及也。"可知，本则前段杨慎对的高观国评述，亦取源于此。本则所论及的四首词，《中兴以来绝妙词选》均有选，且均有题：《玉蝴蝶》一首题作"秋思"，《御街行》题作"赋轿"，《喜迁莺》一首题作"秋怀"，《永遇乐》一首题作"次韵吊青楼"。依所选词而论，言其妙处秦观、周邦彦所不及，未免有过誉之嫌。

高观国,字宾王,号竹屋。词名《竹屋痴语》,陈造为序。称其与史邦卿皆秦、周之词[1],所作要是不经人道语,其妙处,少游、美成亦未及也。旧本《草堂诗余》选其《玉蝴蝶》一首,书坊翻刻,欲省费,潜去之。予家藏有旧本,今录于此,以补遗略焉。"唤起一襟凉思,未成晚雨,先做秋阴。楚客悲残,谁解此意登临。古台荒,断霞斜照,新梦黯,微月疏砧。总难禁,尽将幽恨,分付孤斟。 从今。倦看青镜,既迟勋业[2],可负烟林。断梗无凭[3],岁华摇落又惊心。想莼汀,水云愁凝。闲蕙帐,猨鹤悲吟。信沉沉,故园归计,休更侵寻[4]。"又咏轿《御街行》云:"藤筠巧织花纹细。称稳步,如流水。踏青陌上雨初晴,嫌怕湿文鸳双履。要人送上,逢花须住。才过处,香风起。 裙儿挂在帘儿底。更不把窗儿闭。红红白白簇花枝,却称得、寻春芳意。归来时晚,纱笼引道,扶下人微醉。"他如秋怀《喜迁莺》[5],吊青楼《永遇乐》[6],佳作也。

**【注释】**

①秦、周:指北宋词人秦观、周邦彦。

②勋业:功业。

③断梗:折断的苇梗。

④侵寻:此指犹豫不定。

⑤秋怀《喜迁莺》:此指高观国《喜迁莺》(凉云归去)一词。

⑥吊青楼《永遇乐》:此指高观国《永遇乐》(浅晕修蛾)一词。

**【译文】**

高观国,字宾王,号竹屋。词名《竹屋痴语》,陈造作序。序文称他与史邦卿之作都属于秦观、周邦彦一类的词,所作精妙之语都是前人没有说到过的,其妙处,少游、美成也不能企及。旧本《草堂诗余》选其《玉蝴蝶》一首,后来书坊翻刻,想要节省费用,就暗中删去了。我家藏有旧本,现录于此,以补疏漏。"唤起一襟凉思,未成晚雨,先做秋阴。楚客悲残,谁解此意登临。古台荒,断霞斜照,新梦黯,微月疏砧。总难禁,尽将幽恨,分付孤斟。　　从今。倦看青镜,既迟勋业,可负烟林。断梗无凭,岁华摇落又惊心。想莼汀,水云愁凝。闲蕙帐,猿鹤悲吟。信沉沉,故园归计,休更侵寻。"又咏轿《御街行》言:"藤筠巧织花纹细。称稳步,如流水。踏青陌上雨初晴,嫌怕湿文鸳双履。要人送上,逢花须住。才过处,香风起。　　裙儿挂在帘儿底。更不把窗儿闭。红红白白簇花枝,却称得、寻春芳意。归来时晚,纱笼引道,扶下人微醉。"其他如秋怀《喜迁莺》,吊青楼《永遇乐》,都是出众的作品。

## 二〇四　卢申之

### 【题解】

《中兴以来绝妙词选》卷八卢祖皋小传:"卢申之,名祖皋,号蒲江,楼攻媿先生之甥。赵紫芝、翁灵舒诸贤之诗友。乐章甚工,字字可入律吕,浙人皆唱之。有《蒲江词稿》行于世。"又《贺新郎》(挽住风前柳)词序曰:"彭传师于吴江三高堂之前作钓雪亭,盖擅渔人之窟宅,以供诗境也。赵子野约余赋之。"本则前段对卢祖皋的评述,即取源于此。后段录《贺新郎》(挽住风前柳)、《水龙吟·荼蘼》《洞仙歌·茉莉》词三首。三词或言情,或咏物,语俊辞工,风致淡雅,堪为卢祖皋的代表之作。

　　卢申之[①],名祖皋,邛州人。有《蒲江词》一卷,乐章甚工,字字可入律吕。彭传师于吴江作钓雪亭,擅渔人之窟宅,以供诗境也,约赵子野、翁灵舒诸人赋之,惟申之擅场。

"江寒雁影梅花瘦。四无尘,雪飞风起,夜窗如昼"②。其警句也。《水龙吟》咏茶蘼云:"荡红流水无声,暮烟细草粘天远。低回倦蝶,往来忙燕,芳期顿懒。绿雾迷墙,翠虬腾架,雪明香暖。笑依依欲挽,春风教住,还疑是、相逢晚。

不似梅妆瘦减。占人间、丰神萧散。攀条弄蕊,天涯犹记,曲阑小院。老去情怀,酒边风味,有时重见。对枕帏空想,东窗旧梦,带将离怨。"《洞仙歌》咏茉莉云:"玉肌翠袖,较似酴醾瘦。几度熏醒夜窗酒。问炎州何许清凉,尘不到、一段冰壶剪就。　　晚来庭户悄,暗数流光,细拾芳英黯回首。念日暮江东,偏为魂销人易老,幽韵清标似旧。正簟纹如水帐如烟③,更奈向,月明露浓时候。"

**【注释】**

①卢申之:即卢祖皋,生卒年不详。字申之,又字次夔,号蒲江。永
　嘉(今浙江温州)人。南宋词人。宋宁宗庆元五年(1199)进士。
　嘉定中官军器少监、权直学士院。与"永嘉四灵"徐玑、赵师秀、
　翁卷和徐照等人交游。有《蒲江词稿》。《全宋词》录存其词九十
　六首。

②"江寒雁影梅花瘦"几句:出自卢祖皋《贺新郎·彭传师于吴江三
　高堂之前作钓雪亭,盖擅渔人之窟宅,以供诗境也。赵子野约余
　赋之》:"挽住风前柳。问鸱夷、当日扁舟,近曾来否。月落潮生
　无限事,零乱茶烟未久。谩留得、莼鲈依旧。可是功名从来误,
　抚荒祠、谁继风流后。今古恨,一搔首。　　江涵雁影梅花瘦。
　四无尘、雪飞风起,夜窗如昼。万里乾坤清绝处,付与渔翁钓叟。
　又恰是、题诗时候。猛拍阑干呼鸥鹭,道他年、我亦垂纶手。飞
　过我,共樽酒。"江寒,《中兴以来绝妙词选》卷八作"江涵"。

③簟纹:席纹。南朝梁简文帝《咏内人昼眠》:"簟文生玉腕,香汗浸
　　红纱。"

【译文】

　　卢申之,名祖皋,是邛州人。有《蒲江词》一卷,乐章十分工巧,字字
可入音律。彭传师在吴江造钓雪亭,占有渔人之居所,以营造诗境,约
赵子野、翁灵舒等人赋词,卢申之的词作压倒全场。"江寒雁影梅花瘦。
四无尘,雪飞风起,夜窗如昼"。这是其中的警句。《水龙吟》咏荼蘼言:
"荡红流水无声,暮烟细草粘天远。低回倦蝶,往来忙燕,芳期顿懒。绿
雾迷墙,翠虬腾架,雪明香暖。笑依依欲挽,春风教住,还疑是、相逢
晚。　　　不似梅妆瘦减。占人间、丰神萧散。攀条弄蕊,天涯犹记,曲
阑小院。老去情怀,酒边风味,有时重见。对枕帏空想,东窗旧梦,带将
离怨。"《洞仙歌》咏茉莉言:"玉肌翠袖,较似酴醾瘦。几度熏醒夜窗酒。
问炎州何许清凉,尘不到、一段冰壶剪就。　　　晚来庭户悄,暗数流光,
细拾芳英黯回首。念日暮江东,偏为魂销人易老,幽韵清标似旧。正簟
纹如水帐如烟,更奈向,月明露浓时候。"

# 二〇五　刘改之词

【题解】

　　本则全文录自《吴礼部诗话》。所录《清平乐》(新来塞北)及《西江
月》(堂上谋臣樽俎)两词,或以为乃辛弃疾为韩侂胄祝寿之作。吴师道
结合所读谢枋得文对此进行了批驳,认为二作乃刘过之词。今人对此
二作之作者,尚有不同看法。《全宋词》据《吴礼部诗话》将《清平乐》收
于刘过名下;又据汲古阁本《龙洲词》将《西江月》收入刘过名下,同时又
收录于辛弃疾名下。辛更儒《辛弃疾集编年笺注》卷十五《颂韩词三首
非辛稼轩所作考》一文,以为乃刘过之作,并有详细考辨,可资参鉴。

"新来塞北。传到真消息。赤地居民无一粒。更五单于争立①。　维师尚父鹰扬②。熊罴百万堂堂。看取黄金假钺,归来异姓真王。"又云:"堂上谋臣樽俎,边头将士干戈。天时地利与人和。燕可伐与曰可③。　今日楼台鼎鼐,明年带砺山河。大家齐唱《大风歌》④。同日四方来贺。"世传辛幼安寿韩侂胄词也⑤。又有小词一首,尤多俚谈,不录。近读谢叠山文,论李氏《系年录》《朝野杂记》之非⑥。谓乾道间,幼安以金有必亡之势,愿召大臣预修边备,为仓卒应变之计,此忧国远猷也⑦。今摘数语,而曰赞开边,借刘过小词⑧,曰,此幼安作也。忠魂得无冤乎？故今特为拈出。

**【注释】**

①更五单于争立:汉宣帝时,匈奴内讧,呼韩邪、呼揭、车犁、乌藉、屠耆五单于争立。事见《汉书·匈奴传》。

②维师尚父鹰扬:《诗经·大雅·大明》:"维师尚父,时维鹰扬。"师,太师。尚父,指吕尚。鹰扬,威武貌,这里借指韩侂胄。

③燕可伐与曰可:《孟子·公孙丑下》:"沈同以其私问曰:'燕可伐与?'孟子曰:'可。'"

④《大风歌》:《史记·高祖本纪》:"高祖还归过沛,置酒沛宫……自为歌诗曰:'大风起兮云飞扬,威加海内兮归故乡,安得猛士兮守四方。'"

⑤韩侂胄(1152—1207):字节夫。相州安阳(今属河南)人。南宋权臣。累迁少傅、少师、太傅,除平章军国事,序位在丞相之上。开禧北伐失败,被杀,函首送金谢罪。

⑥近读谢叠山文,论李氏《系年录》《朝野杂记》之非:其文不详。谢枋得《宋辛稼轩先生墓记》对辛弃疾多有称颂:"稼轩,字幼安,名

弃疾。列侍清班,久历中外。五十年间,身事四朝,仅得老从官
号名。稼轩垂殁,乃谓枢府曰:'侂胄岂能用稼轩以立功名者乎?
稼轩岂肯依侂胄以求富贵者乎?'自甲子至丁卯而立朝署四年,
官不为边阃,手不掌兵权,耳不闻边议。后之诬公,以片只字而
文致其罪,孰非天乎? 嘉定名臣无一人议公者,非腐儒则词臣
也。"谢叠山,即谢枋得(1226—1289),字君直,号叠山。信州弋
阳(今属江西)人。宝祐四年(1256)与文天祥同科中进士。德祐
元年(1275)起兵为江东提刑、江西招谕使,知信州,率兵抗元。
宋亡,寓居闽中。后被强行送住大都,绝食而死。后人辑有《叠
山集》。《系年录》《朝野杂记》,指宋李心传《建炎以来系年要录》
《建炎以来朝野杂记》。

⑦远猷(yóu):远大谋略。

⑧刘过(1154—1206):字改之,号龙洲道人。吉州太和(今江西泰
和)人。南宋爱国词人。多次应举不第,终生未仕。曾上书陈献
恢复之策,不报。有《龙洲集》《龙洲词》十五卷传世。《全宋词》
辑录其词七十八首。

## 【译文】

"新来塞北。传到真消息。赤地居民无一粒。更五单于争立。
维师尚父鹰扬。熊罴百万堂堂。看取黄金假钺,归来异姓真王。"又言:
"堂上谋臣樽俎,边头将士干戈。天时地利与人和。燕可伐与曰可。
今日楼台鼎鼐,明年带砺山河。大家齐唱《大风歌》。同日四方来贺。"世
传是辛幼安为韩侂胄祝寿之词。又有小词一首,尤多浅近语句,所以没
有选录。最近读谢叠山的文章,论李氏《系年录》《朝野杂记》之非。称乾
道年间,幼安认为金有必亡之势,愿召大臣事前修缮边防,作为仓猝应变
之计,这是忧国的远大谋略。现选取数语,就说是称赞韩侂胄开拓疆土,
又借刘过的小词,称这是幼安的词作。忠烈者的英魂岂不冤屈吗? 因此
现今特地把这首词拿出来。

# 二〇六 《天仙子》

## 【题解】

本则论刘过的一首俗词。该词通过敷陈赴试途中鞍马劳顿之艰辛,形象细腻地刻画出了举子心中的酸楚,同时也表达出了对功名仕途的渴望。全词语言通俗明畅,情感直露无遗。杨慎评为"词俗意佳,世多传之",在肯定刘过该词成就的同时,也多少体现了杨慎对俗词的重视和对俗词创作的具体要求。关于此词的言、意特点,《词苑丛谈》卷四有一段论述较为精切:"词有不可无一,不可有二者。如刘改之《天仙子·别妾》是也。中云:'马儿不住去如飞,牵一憩,坐一憩。'又:'去则是,住则是,烦恼自家烦恼你。'再若效颦,宁非打油恶道乎?然篇中'雪迷村店酒旗斜',固非雅流不能作此语。"俗词之作,其要在于事俗意不俗,语淡而情味浓。刘过之作语言平实而意蕴深沉,自然非一般鄙俚浅薄之作可比。文中又引曹豳俗词一首,与刘过之作比较参看。曹作立意不高,思致不深,至如"穿对朝靴"云云,则朴陋低俗,近乎戏谑,因此杨慎说"其词虽相似,而不及改之远甚"。

刘改之赴试别妾《天仙子》云[①]:"别酒醺醺浑易醉。回过头来三十里。马儿不住去如飞,行一憩,牵一憩,断送杀人山共水。　　是则是功名终可喜。不道恩情抛得未。梅村雪店酒旗斜,去也是,住也是,烦恼自家烦恼你。"词俗意佳,世多传之。又小说载曹东畝赴试步行[②],戏作《红窗迥》慰其足云:"春闱期近也,望帝乡迢迢,犹在天际。懊恨这一双脚底,一日厮赶上、五六十里。　　争气。扶持我去,转得官归、恁时赏你。穿对朝靴,安排你在轿儿里。更选对宫样鞋儿,夜间伴你。"其词虽相似,而不及改之远甚。曹东畝名黝，字西士。

## 【注释】

①赴试别妾《天仙子》：此词题为"初赴省别妾"。《全宋词》据沈愚本《龙洲词》，文字多有不同："别酒醺醺容易醉。回过头来三十里。马儿只管去如飞，牵一会。坐一会。断送杀人山共水。　是则青衫终可喜。不道恩情拼得未。雪迷村店酒旗斜。去也是。住也是。烦恼自家烦恼你。"

②曹东畎：即曹豳(1170—1249)，字西士，号东畎，一作东猷。瑞安（今属浙江）人。嘉泰二年(1202)进士，授安吉州教授，以宝章阁待制致仕。卒谥文恭。《全宋词》录其词二首。

## 【译文】

刘改之前往应试辞别妾《天仙子》词言："别酒醺醺浑易醉。回过头来三十里。马儿不住去如飞，行一憩，牵一憩，断送杀人山共水。是则是功名终可喜。不道恩情抛得未。梅村雪店酒旗斜，去也是，住也是，烦恼自家烦恼你。"词俗意佳，世多流传。又有小说记载曹东畎前往应试徒步行走，戏作《红窗迥》安慰其足言："春闱期近也，望帝乡迢迢，犹在天际。懊恨这一双脚底，一日厮赶上、五六十里。　争气。扶持我去，转得官归、恁时赏你。穿对朝靴，安排你在轿儿里。更选对宫样鞋儿，夜间伴你。"其词虽相似，但远不如刘改之的词。曹东畎名黝，字西士。

## 二〇七　严次山

## 【题解】

《词品》卷三《天粘衰草》，已对严仁"粘云江影伤千古"句中"粘"字之用有所举列，此处，杨慎重点评述严仁的寿词和赠行词。所引寿萧禹

平词四句,虽用典繁密,但能弥合无垠,浑然一体,可谓雅致得体。其余
《水龙吟》等三首赠别词,语言清丽,格调优雅,对人物情态、意绪的刻画
细腻婉致,确乎别有风味。杨慎并以"洒然脱俗"评之。严仁诸作辞雅
韵长,深情委婉,杨慎评为"皆为当时脍炙"。

　　严仁,字次山,词名《清江欸乃》。其佳处有"粘云江影
伤千古,流不去、断魂处"之句①。又长于庆寿、赠行,洒然脱
俗。如寿萧禹平云:"云表金茎珠璀璨。当日投怀惊玉燕。
文章议论压西昆,风流姓字翔东观②。"赠欧太守云:"坐啸清
香画戟。听丁丁,滴花晴漏,棠阴昼寂。赓宾客,竹枝杨
柳③。"送别云:"相逢斜柳绊轻舟,渚香不断蘋花老④。"又"窗
儿上,几条残月,斜玉界罗帏⑤",皆为当时脍炙。

**【注释】**

①粘云江影伤千古,流不去、断魂处:见卷三《天粘衰草》注。

②"云表金茎珠璀璨"几句:此为严仁《归朝还·寿萧禹平知县》上
　阕前四句,其余如下:"紫皇嗟见晚。祥麟五色留金殿。大江西,
　铜章墨绶,暂尔烦君绾。　　十二金钗扶玉盏。锦瑟�随急
　管。兽炉烟动彩云高,秋声拍碎红牙板。趣君归翰苑。莱衣焕
　烂潘舆稳。任方瞳,从今看到,弱水波清浅。"玉燕,南朝梁任昉
　《述异记》卷下:"汉武帝元鼎元年,起招灵阁,有一神女,留一玉
　钗与帝,帝以赐赵婕妤。至昭帝元凤中,宫人见此钗,光莹甚异,
　共谋欲碎之。明视钗匣,唯见白燕,直升天去。后宫人常作玉
　钗,因名玉燕钗。"西昆,《中兴以来绝妙词选》卷五作"西廱"。西
　廱,乃古代位于都邑西郊的泽宫,指周天子四门之学的辟雍。

③"坐啸清香画戟"几句:出自严仁《水龙吟·题连州翼然亭呈欧

守》："翼然新榜高亭，翰林铁画燕公手。滁阳盛事，何人重继，湟川太守。太守谓谁，文章的派，醉翁贤胄。对千峰削翠，双溪注玉，端不减、琅琊秀。　　坐啸清香画戟，听丁丁、滴花晴漏。棠阴昼寂，细麾宾客，竹枝杨柳。只恐明朝，绨封趣觐，未容借寇。尽江山识赏，盐梅事业，焕青毡旧。"麾宾客，《中兴以来绝妙词选》作"西麾宾客"。

④相逢斜柳绊轻舟，渚香不断蘋花老：出自严仁《归朝欢·别意》："朱户绿窗深窈窕。闪闪华旗红干小。相逢斜柳绊轻舟，渚香不断蘋花老。西风吹梦草。题诗未了还惊觉。独伤心，凄凉故馆，月过西楼悄。　　楼外斜河低浸斗。夜已如何夜将晓。心期欲寄赤鳞鱼，秋云不动秋江渺。相思千里道。多情直被无情恼。玉台前，请君试看，华发添多少。"

⑤"窗儿上"几句：出自严仁《多丽·记恨》："最无端，官楼画角轻吹。一声来、深闺深处，把人好梦惊回。许多愁、尽教奴受，些个事、未必君知。泪滴兰衾，寒生珠幌，翠云撩乱枕频敧。窗儿上、几条残月，斜玉界罗帏。更堪听，霜摧败叶，静扣朱扉。　　念别离、千里万里，问何日是归期。关情处、鱼来雁往，断肠是、兔走乌飞。美景良辰，赏心乐事，风流孤负缕金衣。谩赢得、花颜玉骨，瘦损为相思。归须早，刘郎双鬓，莫遣成丝。"

**【译文】**

严仁，字次山，词集名为《清江欸乃》。其佳处有"粘云江影伤千古，流不去、断魂处"之句。又长于庆寿、赠行之作，词风潇洒脱俗。如寿萧禹平言："云表金茎珠璀璨。当日投怀惊玉燕。文章议论压西昆，风流姓字翔东观。"赠欧太守言："坐啸清香画戟。听丁丁，滴花晴漏，棠阴昼寂。麾宾客，竹枝杨柳。"送别言："相逢斜柳绊轻舟，渚香不断蘋花老。"又"窗儿上，几条残月，斜玉界罗帏"，都是当时脍炙人口的词作。

# 二〇八　吴大年

**【题解】**

　　吴亿只有两首词存世，本则中，杨慎对此两作都有提及。《烛影摇红》一首，《乐府雅词》《中兴以来绝妙词选》都有选录，但依照《词品》一贯的表述方法，此处所言之"入选"当指入选《草堂诗余》。《南乡子》一首为闺情词，选景典型，时令特征明显，且自然清新，景与情绾接自然。杨慎更喜欢此作，故全篇载录。

　　吴亿①，字大年，南渡初人。元夕"楼雪初消"一首入选②。予爱其《南乡子》一首云："江上雪初消。暖日晴烟弄柳条。认得裙腰芳草绿，魂销。曾折梅花过断桥。　　蝉鬓为谁凋。长恨含娇那处娇。遥想晚妆呵手罢，无聊。更傍朱唇暖玉箫。"

**【注释】**

　　①吴亿：生卒年不详。字大年。蕲春（今属湖北）人。南宋词人。仕至静江府通判。著有《溪园集》，不传。《乐府雅词》录存其词二首，《全宋词》据以录入。

　　②楼雪初消：指吴亿《烛影摇红·上晁共道》词，载《乐府雅词》拾遗上。

**【译文】**

　　吴亿，字大年，南渡初期人。咏元宵"楼雪初消"一首入选《草堂诗余》。我喜爱其《南乡子》一首，言："江上雪初消。暖日晴烟弄柳条。认得裙腰芳草绿，魂销。曾折梅花过断桥。　　蝉鬓为谁凋。长恨含娇那处娇。遥想晚妆呵手罢，无聊。更傍朱唇暖玉箫。"

## 二〇九　张功甫

### 【题解】

张镃为南宋著名大臣张俊之后,藉父祖遗荫,家饶资财,生活奢华。孝宗淳熙年中,张镃于临安南湖之滨构筑园林,当时文人雅士多有来此游园、唱和者。《四库全书总目》卷一百六十《南湖集》"提要"引周密《武林旧事》评曰:"园池声伎服玩之丽,甲于天下。园中亭榭堂宇,名目数十,且排纂一岁中游适之目,为赏心乐事。是其席祖父富贵之余,湖山歌舞,极意奢华,亦未免过于豪纵。"杨慎举其"玉照堂以种梅得名"事,摘引张镃咏梅佳句,并予以简单评述。所引词句清逸疏朗,雅致隽永,因此杨慎评为"风味殊可喜"。此两首之外,《南湖集》中尚有不少咏梅之作,如《谒金门·赏梅即席和洪内翰韵》《卜算子·无逸寄示近作梅词,次韵回赠》《祝英台近·邀李季章直院赏玉照堂梅》等。因此,杨慎言"其词多赏梅之作"是不差的。

张功甫①,名镃,有《玉照堂词》一卷。玉照堂以种梅得名,其词多赏梅之作。其佳处如"光摇动,一川银浪,九霄珂月"②,又"宿雨初干,舞梢烟瘦金丝袅","粉围香阵拥诗仙,战退春寒峭"③,皆咏梅之作。虽不惊人,而风味殊可喜。

### 【注释】

①张功甫:即张镃(1153—?),字功甫,亦作功父,又字时可,号约斋。祖籍成纪(今甘肃天水),南渡后居临安(今浙江杭州)。南宋大将张俊曾孙。开禧三年(1207)为司农少卿,因参预密谋杀韩侂胄事,为史弥远所忌,一再贬窜,死于贬所。曾从杨万里、陆游学诗。有后人辑本《南湖集》十卷,第十卷为词,或单行,名《南

湖诗余》。《全宋词》录其词八十六首。

②"光摇动"几句：出自张镃《满江红·小圃玉照堂赏梅，呈洪景卢内翰》："玉照梅开，三百树、香云同色。光摇动、一川银浪，九霄珂月。幸遇勋华时世好，欢娱况是张灯夕。更不邀、名胜赏东风，真堪惜。　　盘诘手，春秋笔。今内相，斯文伯。肯闲纡轩盖，远过泉石。奇事人生能几见，清尊花畔须教侧。到凤池、却欲醉鸥边，应难得。"

③"宿雨初干"几句：出自张镃《烛影摇红·灯夕玉照堂梅花正开》："宿雨初干，舞梢烟瘦金丝袅。嫩云扶日破新晴，旧碧寻芳草。幽径兰芽尚小。怪今年、春归太早。柳塘花院，万朵红莲，一宵开了。　　梅雪翻空，忍教轻趁东风老。现乐歌弹闹晓。宴亲宾、团圞同笑。醉归时候，月过珠楼，参横蓬岛。"

## 【译文】

张功甫，名镃，有《玉照堂词》一卷。玉照堂因种梅得名，其词多赏梅之作。其优美之处如"光摇动，一川银浪，九霄珂月"，又有"宿雨初干，舞梢烟瘦金丝袅""粉围香阵拥诗仙，战退春寒峭"，都是咏梅之作。虽不惊人，但风味特别令人喜爱。

# 二一〇 《贺新郎》

## 【题解】

张镃乃南宋一代名士，与杨万里、陆游、姜夔、辛弃疾等人多有往还唱酬。杨万里甚至将他与姜夔并称："尤、萧、范、陆四诗翁，此后谁当第一功？新拜南湖为上将，更差白石作先锋。"（《进退格寄张功父姜尧章》，《诚斋集》卷四十一）咏梅之外，张镃尚有一些征伐恢复、咏叹国事之作，大气磅礴，慷慨激越，与辛弃疾声气相侔。本则所录《贺新郎》即为此类。此作借送别言国事，"念念不忘国耻"（卓人月《古今词统》卷十六），对前勋忠烈之士的不幸遭遇深感痛楚，也表达了不能收复失地的无奈和愤懑。杨慎对此类题材的作品给予了高度评价。

张功甫，名镃，善填词。尝即席作《贺新郎》送陈退翁分教衡湘云①："桂隐传杯处。有风流千岩胜韵，太邱遗绪②。玉季金昆霄汉侣③。平步鸾坡挥麈④。莫便驾、飞帆烟渚。云动精神衡岳去。向君山，帝野锵《韶濩》⑤。艺兰畹，吊湘楚。　　南湖老矣无襟度。但樽前，踉跄醉饮，帽花颠仆。只恐清时专文教，犹贷阴山狂虏⑥。卧玉帐、貔貅钲鼓。忠烈前勋赍万恨，望神都、魏阙奔狐兔⑦。呼翠袖，为君舞。"此词首尾变化，送教官而及阴山狂虏，非善转换不及此。末句"呼翠袖，为君舞"六字又能换回结煞，非千钧笔力未易到此。辛稼轩有"凭谁唤取，盈盈翠袖，揾英雄泪"⑧，此末句似之。

【注释】

①《贺新郎》送陈退翁分教衡湘：该词有题序云："陈退翁分教衡湘，将行，酒阑索词，漫成。"分教，担任一路或一州教授。

②太邱：或作"太丘"。东汉名士陈寔，曾任太丘长，人称陈太丘。以德名世，有子皆贤。事见《后汉书·陈寔传》等。此以陈太丘喻陈退翁。

③玉季金昆：《南史·王铨传》："长子铨，字公衡，美风仪，善占吐，尚武帝女永嘉公主，拜驸马都尉。铨虽学业不及弟锡，而孝行齐焉，时人以为铨、锡二王，可谓玉昆金友。"此以喻陈退翁兄弟并有美名。

④銮坡:翰林院的别称。挥麈:指清谈。

⑤《韶濩》:汤乐名。一说,舜乐和汤乐。

⑥贷:赦免,宽恕。

⑦魏阙:古代官门外的阙门。

⑧"凭谁唤取"几句:辛弃疾《水龙吟·登建康赏心亭》末句:"倩何
　人唤取,红巾翠袖,揾英雄泪。"

【译文】

　　张功甫,名镃,善于填词。曾即席作《贺新郎》送陈退翁分教衡湘
言:"桂隐传杯处。有风流千岩胜韵,太邱遗绪。玉季金昆霄汉侣。平
步銮坡挥麈。莫便驾、飞帆烟渚。云动精神衡岳去。向君山、帝野锵
《韶濩》。艺兰畹,吊湘楚。　　南湖老矣无襟度。但樽前,跟踉醉饮,
帽花颠仆。只恐清时专文教,犹贷阴山狂虏。卧玉帐、貔貅钲鼓。忠烈
前勋赍万恨,望神都、魏阙奔狐兔。呼翠袖,为君舞。"这首词的内容首
尾有所变化,由送教官而转至阴山狂虏,如果不是善于转换则达不到这
样。末句"呼翠袖,为君舞"六字又能变换回到送别以结尾,非千钧笔力
不能变化至此。辛稼轩有"凭谁唤取,盈盈翠袖,揾英雄泪",这首词的
末句与此类似。

# 二一一　吴子和

【题解】

　　农历有闰正月,因而会出现"元宵还再"的情形。吴礼之《喜迁莺》
词,较为详尽地描述了闰元宵观灯、赏月等民俗活动。该词入选《草堂
诗余》。

　　吴子和①,名礼之,钱塘人。有闰元宵《喜迁莺》一词
入选②。

**【注释】**

①吴子和：即吴礼之，生平不详。字子和，号顺受老人。钱塘（今浙江杭州）人。《中兴以来绝妙词选》卷四谓其"有词五卷，郑国辅序之"，不传。今人赵万里《校辑宋金元人词》有辑本，《全宋词》据之录存其词十九首。

②闰元宵《喜迁莺》：词见《中兴以来绝妙词选》卷四，题为"闰元宵"，全词如下："银蟾光彩。喜稔岁闰正，元宵还再。乐事难并，佳时罕遇，依旧试灯何碍。花市又移星汉，莲炬重芳人海。尽勾引，遍嬉游宝马，香车喧隘。　　晴快，天意教、人月更圆，偿足风流债。媚柳烟浓，夭桃红小，景物迥然堪爱。巷陌笑声不断，襟袖余香仍在。待归也，便相期明日，踏青挑菜。"

**【译文】**

吴子和，名礼之，是钱塘人。有咏闰元宵《喜迁莺》一词入选《草堂诗余》。

# 二一二　郑中卿

**【题解】**

《中兴以来绝妙词选》卷四："郑中卿，名域，三山人，号松窗。庆元丙辰，多随张贵谟使虏，有《燕谷剽闻》两卷，记虏中事甚详。"杨慎所记与此略同。所录《昭君怨·梅花》一词，借梅花冲寒傲雪、不择地而开的品节寓写心志，因此杨慎评为"兴比甚佳"。所录《画堂春·春思》中句，亦赋中有比，含蓄秀美，杨慎特予摘引。

郑中卿①，名域，三山人，号松窗。使虏回，有《燕谷剽闻》二卷，纪虏事甚详。《昭君怨》咏梅一词云："道是花来春未。道是雪来香异。水外一枝斜。野人家。　　冷淡

竹篱茅舍。富贵玉堂琼榭。两地不同栽。一般开。"兴比
甚佳。《丽情》云："合是一钗双燕,却成两处孤鸾②。"乐府
多传之。

**【注释】**

①郑中卿:即郑域,生卒年不详。字中卿,号松窗。三山(今属福建
福州)人。有《燕谷剽闻》二卷,记金国事甚详,今不传。嘉定十
三年(1220),官行在诸司粮料院干办。今人赵万里《校辑宋金元
人词》辑有《松窗词》,《全宋词》据以收录十一首。

②合是一钗双燕,却成两处孤鸾:出自郑域《画堂春·春思》:"东风
吹雨破花悭。客毡晓梦生寒。有人斜倚小屏山。蹙损眉弯。

　　合是一钗双燕,却成两镜孤鸾。暮云修竹泪留残。翠袖
凝斑。"

**【译文】**

郑中卿,名域,三山人,号松窗。出使虏返回,有《燕谷剽闻》二卷,
记载虏事十分详尽。《昭君怨》咏梅一词言:"道是花来春未。道是雪来
香异。水外一枝斜。野人家。　　冷淡竹篱茅舍。富贵玉堂琼榭。两
地不同栽。一般开。"兴比手法运用得很好。《丽情》言:"合是一钗双
燕,却成两处孤鸾。"乐府多传唱。

## 二一三　谢勉仲

**【题解】**

《中兴以绝妙词选》卷四谢勉仲小传:"谢勉仲,名懋,号静寄居士。
有《乐章》二卷。吴坦伯明为序,称其片言只字,戛玉铿金,酝藉风流,为
世所贵云。"可知,杨慎所述源于此。

谢勉仲<sup>①</sup>，名懋，号静寄居士。吴伯明称其片言只字，戛玉锵金，酝籍风流，为世所贵云。其七夕《鹊桥仙》一词入选，"钩帘借月"是也<sup>②</sup>。若"余醒未解扶头懒，屏里潇湘梦远"<sup>③</sup>，亦的的佳句。

**【注释】**

①谢勉仲：即谢懋，生卒年不详。字勉仲，号静寄居士。有《静寄居士乐章》二卷，已佚，今人赵万里有辑本，收词十四首，《全宋词》据以录入。

②钩帘借月：出自谢懋《鹊桥仙·七夕》："钩帘借月，染云为幌，花面玉枝交映。凉生河汉一天秋，问此会、今宵孰胜。　　铜壶尚滴，烛龙已驾，泪浥西风不尽。明朝乌鹊到人间，试说向、青楼薄幸。"

③余醒未解扶头懒，屏里潇湘梦远：此谢懋《杏花天·春思》词末句。

**【译文】**

谢勉仲，名懋，号静寄居士。吴伯明称其片言只字，音节铿锵，含蓄风流，为世人所称赞。其咏七夕《鹊桥仙》一词入选《草堂诗余》，"钩帘借月"一首便是。如"余醒未解扶头懒，屏里潇湘梦远"，也分明是佳句。

## 二一四 赵文鼎

**【题解】**

《中兴以来绝妙词选》卷四言赵善扛"诗词甚富，盖赵德庄之流也"。但流传至今的词只有十余首。这些词多春思惜别之作，题材较为狭窄。此所录《重叠金》两首，《花庵词选》题分别为"春游"和"春思"。两词体物工巧，深婉细密，颇具艺术功力。

赵文鼎①,名善扛,号解林居士。其春游《重叠金》云:
"楚宫杨柳依依碧。遥山翠隐横波溢。绝艳照秾春。春光
欲醉人。　　纤纤芳草嫩。微步轻罗衬。花戴满头归。游
蜂花上飞。"其二:"玉关芳草粘天碧。春风万里思行客。骄
马向风嘶。道归犹未归。　　南云新有雁。望眼愁边断。
膏沐为谁容。日高花影重。"《重叠金》即《菩萨蛮》也。又
《十拍子》一阕亦佳。

**【注释】**

①赵文鼎:即赵善扛。见卷三《天粘衰草》注。

**【译文】**

赵文鼎,名善扛,号解林居士。其咏春游《重叠金》言:"楚宫杨柳依
依碧。遥山翠隐横波溢。绝艳照秾春。春光欲醉人。　　纤纤芳草
嫩。微步轻罗衬。花戴满头归。游蜂花上飞。"其二:"玉关芳草粘天
碧。春风万里思行客。骄马向风嘶。道归犹未归。　　南云新有雁。
望眼愁边断。膏沐为谁容。日高花影重。"《重叠金》即《菩萨蛮》。又
《十拍子》一阕也很好。

# 二一五　赵德庄

**【题解】**

本则录赵彦端《清平乐》词一首,并评为"集中之冠"。该词《中兴以
来绝妙词选》卷四题作"闺思",李调元《雨村词话》卷三:"题原本作'席
上赠人',花庵改作'闺思',非。"《全宋词》题亦作"席上赠人"。该词婉
约纤秾,于绮艳中见清趣,确为《介庵词》中之佳品。

赵德庄<sup>①</sup>，名彦端，有《介庵词》一卷。《清平乐》一首云："桃根桃叶。一树芳相接。春到江南二三月。迷损东家蝴蝶。　　殷勤踏取春阳。风前花正低昂。与我同心栀子，报君百结丁香。"为集中之冠。

**【注释】**

①赵德庄：即赵彦端（1121—1175），字德庄，号介庵。有《介庵集》十卷，今不传。今存《介庵词》一卷。《全宋词》录存一百五十七首。《全宋词补辑》另辑录一首。

**【译文】**

赵德庄，名彦端，有《介庵词》一卷。《清平乐》一首言："桃根桃叶。一树芳相接。春到江南二三月。迷损东家蝴蝶。　　殷勤踏取春阳。风前花正低昂。与我同心栀子，报君百结丁香。"是词集中最好的作品。

## 二一六　易彦祥

**【题解】**

易祓为宋孝宗淳熙十一年（1184）状元，杨慎言"宁宗朝解褐状元"，并不准确。所著以经学为主，词作流传甚少。本则仅摘其《蓦山溪·春情》首二句，未作评判。

易祓<sup>①</sup>，字彦祥，长沙人，宁宗朝解褐状元。《草堂》词《蓦山溪》"海棠枝上，留取娇莺语"<sup>②</sup>，其所作也。

**【注释】**

①易祓：生卒年不详。字彦章，一作彦祥，号山斋。潭州宁乡（今属

湖南)人,一作长沙(今属湖南)人。淳熙十一年(1184)进士第
一。著述今存《周易总义》二十卷等。《中兴以来绝妙词选》卷四
入选其词二首,《全宋词》据之录入,另据《金石补正》卷九十六载
澹山岩题刻辑补一首,共收三首。

②海棠枝上,留取娇莺语:出自易祓《蓦山溪·春情》:"海棠枝上,
留得娇莺语。双燕几时来,并飞入、东风院宇。梦回芳草,绿遍
旧池塘,梨花雪,桃花雨。毕竟春谁主。　　东郊拾翠,襟袖沾
飞絮。宝马趁雕轮,乱红中、香尘满路。十千斗酒,相与买春闲,
吴姬唱,秦娥舞。拼醉青楼暮。"

【译文】

易祓,字彦祥,是长沙人,宁宗朝的解褐状元。《草堂诗余》中《蓦山
溪》"海棠枝上,留取娇莺语",是他的词作。

## 二一七 李知幾

【题解】

本则记南宋李石及其词。所选两词均为艳词,虽内容不出闺愁离
情,但亦清丽婉致,疏朗俊逸,杨慎以"风致"评之。《临江仙》一首,在词
境营设及人物内心的刻画方面颇费苦心,其映衬、暗示等手法的娴熟使
用亦可圈可点。首句连用两组叠字,清秀婉丽,韵律悠长,堪称佳句。
此词《草堂诗余》有选。《渔家傲》一首为赠官妓之作,亦为小令。此词
上阕以征鸿喻游人,以山水拟前路艰险,绾合自然,虚实相生,应该说,
无论是情感意绪还是手法技巧都有甚于杨慎所选之下阕。

李石①,字知幾,号方舟,蜀之井研人。文章盛传,有《续
博物志》。词亦风致。《草堂》选"烟柳疏疏人悄悄"②,其夏
夜词也。赠官妓词,有"暖玉倚香愁黛翠。劝人须要人先

醉。问道明朝行也未。犹自记。灯前背立偷垂泪"③。好事者或改"偷"为"佯"。

**【注释】**

①李石(1108—?):字知幾,号方舟。绍兴二十一年(1151)进士,二十九年(1159),任太学博士。因事黜为成都学官,后知黎州、合州、眉州,除成都路转运判官,淳熙二年(1175)放罢。著有《方舟集》,《全宋词》辑录其词三十九首。

②烟柳疏疏人悄悄:此为李石《临江仙·夜景》词首句,见《中兴以来绝妙词选》卷四,词题或作"佳人"。全词如下:"烟柳疏疏人悄悄,画楼风外吹笙。倚阑闻唤小红声。熏香临欲睡,玉漏已三更。 坐待不来来又去,一方明月中庭。粉墙东畔小桥横。起来花影下,扇子扑飞萤。"

③"暖玉倚香愁黛翠"几句:此为李石《渔家傲·赠鼎州官妓》词下阕。《中兴以来绝妙词选》"暖玉"作"瘦玉"。其上阕曰:"西去征鸿东去水。几重别恨千山里。梦绕绿窗书半纸。何处是。桃花溪畔人千里。"

**【译文】**

李石,字知幾,号方舟,是蜀之井研人。文章广泛流传,有《续博物志》。词也具有风采神韵。《草堂诗余》选"烟柳疏疏人悄悄",是他的咏夏夜词。赠官妓词,有"暖玉倚香愁黛翠。劝人须要人先醉。问道明朝行也未。犹自记。灯前背立偷垂泪"。喜欢多事的人有的将"偷"字改为"佯"字。

## 二一八 危逢吉

**【题解】**

本则录危稹《渔家傲》词,并辨箜篌之形制。《中兴以来绝妙词选》

原有题曰："和晏虞卿咏侍儿弹箜篌。"箜篌乃古代拨弦乐器名,有竖式和卧式两种。关于箜篌之形制,《史记·孝武本纪》曰："祷祠泰一、后土,始用乐舞,益召歌儿,作二十五弦及箜篌瑟自此起。"裴骃《集解》引徐广曰："应劭云:武帝令乐人侯调始造箜篌。"《旧唐书·音乐志》云:"今按其形,似瑟而小,七弦,用拨弹之,如琵琶。竖箜篌,胡乐也,汉灵帝好之,体曲而长,二十有二弦,竖抱于怀,用两手齐奏,俗谓之擘箜篌。"李贺《李凭箜篌引》亦云:"十二门前融冷光,二十三丝动紫皇。"可见,箜篌十四弦确非古制。

　　危逢吉①,名稹,有《巽斋词》一卷。其咏箜篌《渔家傲》云:"老去诸余情味浅②。诗情不上闲钗钏。宝幌有人红两靥。帘间见。紫云元在深深院。　　十四条弦音调远。柳丝不隔芙蓉面。秋入西窗风露晚。归去懒。酒酣一任乌巾岸③。"按,箜篌本二十三弦,十四弦盖后世从省,非古制矣。

**【注释】**

①危逢吉:即危稹,生卒年不详。原名科,字逢吉,号巽斋,一号骊塘。临川(今江西抚州)人。南宋孝宗淳熙十四年(1187)进士,官至著作佐郎。有《巽斋集》,不传。《中兴以来绝妙词选》卷四入选其词三首,《全宋词》据以录入。

②诸余:一切,种种。

③乌巾:黑头巾。即乌角巾。古代多为隐居不仕者所戴。南朝宋羊欣《采古来能书人名》:"吴时张弘好学不仕,常著乌巾,时人号为张乌巾。"

**【译文】**

　　危逢吉,名稹,有《巽斋词》一卷。他的咏箜篌《渔家傲》言:"老去诸余情味浅。诗情不上闲钗钏。宝幌有人红两靥。帘间见。紫云元在深深院。　　十四条弦音调远。柳丝不隔芙蓉面。秋入西窗风露晚。归去懒。酒酣一任乌巾岸。"按，箜篌本是二十三弦，十四弦大概后世从省，不是古制了。

# 二一九　刘巨济

## 【题解】

本则记刘泾籍里及文集名，并辨坊本漏刻问题。《夏初临·夏景》词中"小桥飞盖入横塘"句，《全宋词》据《草堂诗余》前集卷下作"小桥飞入横塘"。该词上阕曰："泛水新荷，舞风轻燕，园林夏日初长。庭树阴浓，雏莺学弄新簧。小桥飞入横塘。跨青蘋、绿藻幽香。朱阑斜倚，霜纨未摇，衣袂先凉。"依文意，当无"盖"字。

刘泾①，字巨济，简州人。文曰《前溪集》。其《夏初临》词："小桥飞盖入横塘"②，今刻本"飞"下落一"盖"字。

## 【注释】

①刘泾：生卒年不详。字巨济，简州（今四川简阳）人。北宋神宗熙宁六年（1073）进士。王安石荐其才，除经义所检讨，迁太学博士，后历知处、虢、真、坊四州。有《前溪集》，不传。《全宋词》录存其词二首。

②小桥飞盖入横塘：此出自刘泾《夏初临·夏景》。

## 【译文】

刘泾，字巨济，是简州人。文集名《前溪集》。其《夏初临》词："小桥飞盖入横塘"，现今的刻本在"飞"字下遗漏一"盖"字。

# 二二〇 刘巨济僧仲殊

**【题解】**

　　本则录自宋胡仔《苕溪渔隐丛话》后集。该著后集卷三十七载：
"《复斋漫录》云：元丰末，张诜枢言龙图之守杭也，一日，宴客湖上，
刘泾巨济、僧仲殊在焉，枢言命即席赋诗曲，巨济先唱云：'凭谁妙
笔。横扫素缣三百尺。天下应无。此是钱塘湖上图。'仲殊遽云：
'一般奇绝。云淡天高秋夜月。费尽丹青。只这些儿画不成。'枢言
又出梅花，邀二人同赋，仲殊即作前章云：'江南二月。犹有枝头千
点雪。邀上芳樽。却占东君一半春。'巨济不复继也。后陈袭善云：
'我为续之，曰：尊前眼底。南国风光都在此。移过江来。从此江南
不复开。'"从内容上看，本则记张诜、刘泾、仲殊、陈袭善四人宴集赋
词事，并载所赋《减字木兰花》两首。前首上阕"凭谁妙笔"云云，为
刘泾作（《古今诗话》以为苏轼作，《苕溪渔隐丛话》已辨其非），下阕
"一般奇绝"云云为仲殊作；后首咏梅花，上阕"江南二月"云云为仲
殊作。下阕"樽前眼底"云云为陈袭善作。杨慎以为后首下阕乃刘
泾作，当为误记。


　　张枢言龙图守杭[①]。一日，湖上开宴，刘泾巨济、僧仲殊
在焉。枢言命即席作填词，巨济先倡曰："凭谁好笔。横扫
素缣三百尺。天下应无。此是钱塘湖上图。"仲殊应声曰：
"一般奇绝。云淡天高秋夜月。费尽丹青。只这些儿画不
成。"枢言又出梅花，邀二人同赋，仲殊曰："江南二月。犹有
枝头千点雪。邀上芳樽。却占东君一半春[②]。"巨济曰："樽
前眼底。南国风光都在此。移过江来。从此江南不复
开[③]。"乃《减字木兰花》调也。

**【注释】**

①张枢言：即张诜(shēn)，生卒年不详。字枢言，建州浦城(今属福建)人。宝元元年(1038)进士。累官正议大夫。有文集十卷、奏议三十二卷，不传。《全宋文》卷一〇九七收其文一篇。

②东君：司春之神。

③"樽前眼底"几句：《苕溪渔隐丛话》记陈袭善作。

**【译文】**

龙图阁直学士张枢言曾为杭州知州。一天，在西湖上摆设酒宴，刘泾字巨济、僧仲殊在那里。张枢言让即席填词，巨济首先带头："凭谁好笔。横扫素缣三百尺。天下应无。此是钱塘湖上图。"仲殊应声言："一般奇绝。云淡天高秋夜月。费尽丹青。只这些儿画不成。"枢言又出梅花题，邀二人作赋，仲殊言："江南二月。犹有枝头千点雪。邀上芳樽。却占东君一半春。"巨济言："樽前眼底。南国风光都在此。移过江来。从此江南不复开。"就是《减字木兰花》的曲调。

# 二二一　刘叔拟

**【题解】**

杨慎评词受黄昇影响较大。《中兴以来绝妙词选》卷五评刘仙伦"乐章为人所脍炙"，又评其《系裙腰·愁别》一词是"秾薄而意优柔"，此为杨慎所取。本则录刘仙伦词三篇，并作简短评述。《贺新郎》一首，杨慎评为"最佳"，但结句"最爱就中红一朵，似状元、得意春风殿。还惹起，少年恨。"杨慎以为"意俗"。《念奴娇·长沙赵帅席上作》一首以秋风起兴，托喻于楚宫旧事和诸葛草庐，新警峭拔，慷慨激昂，杨慎评为"绝佳"。《系裙腰》词缠绵低徊，多用俗字，杨慎以为有柳永风气。

刘叔拟①，名仙伦，庐陵人，号招山。乐章为人所脍炙。

其赏牡丹《贺新郎》："谁把天香和晚露，倩东风、特地匀芳脸。""隔花听取提壶劝②。道此花过了春归，蝶愁莺怨。"最佳，而结句意俗。秋日《念奴娇》云："西风何事，为行人、扫荡烦襟如洗。垂涨蒸澜都卷尽，一片潇湘清沚。酒病惊秋，诗愁入鬓，对影人千里。楚宫故事，一时分付流水。　　江上买取扁舟，排云涌浪，直过金沙尾。归去江南丘壑处，不用重寻月姊③。风露杯深，芙蓉裳冷，笑傲烟霞里。草庐如旧，卧龙知为谁起④。"此首绝佳。又有《系裙腰》一词云："山儿矗矗水儿清。船儿似叶儿轻。风儿更没人情。月儿明。厮合凑，送人行。　　眼儿簌簌泪儿倾。灯儿更冷清清。遭逢雁儿，又没前程。一声声。怎生得梦儿成。"此词秾薄而意优柔，亦柳永之流也。

**【注释】**

①刘叔拟：即刘仙伦，生平不详。一名儳，字叔拟，号招山。庐陵（今江西吉安）人。南宋词人。以布衣终身。有《招山小集》，不传。今人赵万里辑有《招山乐章》一卷，录存三十一首词，《全宋词》据以录入。

②提壶：鸟名。即鹈鹕。

③月姊：传说中的月中仙子、月宫嫦娥。

④卧龙：指诸葛亮。

**【译文】**

刘叔拟，名仙伦，是庐陵人，号招山。其词脍炙人口。其赏牡丹《贺新郎》："谁把天香和晚露，倩东风、特地匀芳脸。""隔花听取提壶劝。道此花过了春归，蝶愁莺怨。"最好，但结句意俗。咏秋日《念奴娇》言："西风何事，为行人、扫荡烦襟如洗。垂涨蒸澜都卷尽，一片潇湘清沚。酒病惊秋,诗愁入鬓,对影人千里。楚宫故事,一时分付流水。　　江上买取扁舟,排云涌浪,直过金沙尾。归去江南丘壑处,不用重寻月姊。风露杯深,芙蓉裳冷,笑傲烟霞里。草庐如旧,卧龙知为谁起。”这首绝佳。又有《系裙腰》一词言:“山儿矗矗水儿清。船儿似叶儿轻。风儿更没人情。月儿明。厮合凑,送人行。　　眼儿簌簌泪儿倾。灯儿更冷清清。遭逢雁儿,又没前程。一声声。怎生得梦儿成。”这首词华艳味淡而用意柔弱,也是柳永之流。

# 二二二　洪叔玙

**【题解】**

　　洪瑹词存世不多,仅十六首。此处,杨慎完整引录三首,部分摘引两首,又举列《月华清》等四首,总数达到九首之多。杨慎对洪瑹及其词的重视程度由此可见一斑。洪瑹的存世词作中,《瑞鹤仙》《南柯子》《菩萨蛮》三首句意相称,婉转有度,确乎属上乘之作。杨慎悉数引录,但未做只字评述。《鹧鸪天·情景》和《永遇乐·送春》两词,杨慎重在考察其用典用韵情况。交甫琼佩事,见郭璞《江赋》:“感交甫之丧佩。”《文选》注引《韩诗内传》:“郑交甫遵彼汉皋台下,遇二女,与言曰:‘愿请子之佩。’二女与交甫。交甫受而怀之,超然而去,十步,循探之,即亡矣。回顾二女,亦即亡矣。”幼舆文梭事,见《世说新语·赏誉》:“谢公道豫章:‘若遇七贤,必自把臂入林。’”刘孝标注引《江左名士传》:“鲲(谢鲲,字幼舆)通简有识,不修威仪。好《老》《易》,迹逸而心整,形浊而言清。居身若秽,动不累高。邻家有女,尝往挑之。女方织,以梭投折其两齿。既归,傲然长啸曰:‘犹不废我啸歌。’其不事形骸如此。”椎鼓传花事,详见注文。洪瑹词用上述诸典以述男女席间情事,客观上也使抒情叙事更趋含蓄。杨慎对此持赞同态度,故评曰“用事用韵皆妙”。文末,杨慎有“不减周美成”之议,认为洪瑹词堪比周邦彦,此未免推扬过甚,有溢美之嫌。

洪叔玙[①]，名瑹，自号空同词客。其《瑞鹤仙》云[②]："听梅花吹动，凉夜何其，明星有烂。相看泪如霰。问而今去也，何时会面。匆匆聚散，恐便作、秋鸿社燕。最伤心，夜来枕上，断云零雨何限。　因念，人生万事，回首悲凉，都成梦幻。芳心缱绻。空惆怅，巫阳馆。况船头一转，三千余里，隐隐高城不见。恨无情，春水连天，片帆似箭。"咏新月《南柯子》云[③]："柳浪摇晴沼，荷风度晚檐。碧天如水印新蟾。一罅清光，斜露玉纤纤。　宝镜微开匣，金钩未押帘。西楼今夜有人欢。应傍妆台，低照画眉尖。"水宿《菩萨蛮》云[④]："断虹远饮横江水。万山紫翠斜阳裹。系马短亭西。丹枫明酒旗。　浮生长客路。事逐孤鸿去。又是月黄昏。寒灯人闭门。"其余如"笑捐琼佩遗交甫。肯把文梭掷幼舆。花上蝶，水中凫。芳心密意两相於[⑤]。"用事用韵皆妙。又"合数松儿，分香帕子，总是牵情处"[⑥]，用唐诗"楼头击鼓转花枝，席上藏阄握松子"事也[⑦]。全篇如《月华清》《水龙吟》《蓦山溪》《齐天乐》，皆不减周美成。不尽录也。

【注释】

①洪叔玙：即洪瑹，生卒年不详。字叔玙，自号空同词客。南宋词人。有《空同词》一卷，今存词十六首。

②《瑞鹤仙》：此词题为"离筵代意"。《中兴以来绝妙词选》"伤心"作"伤情"。

③咏新月《南柯子》：此词题为"新月"。

④水宿《菩萨蛮》：此词题为"宿水口"。

⑤"笑捐琼佩遗交甫"几句：出自洪瑹《鹧鸪天·情景》："意态婵娟画不如。莹然初日照芙蕖。笑捐琼佩遗交甫，肯把文梭掷幼舆。　花上蝶，水中凫。芳心密意两相於。情知不作庭前柳，到得秋来日日疏。"

⑥"合数松儿"几句：出自洪瑹《永遇乐·送春》："歌雪徘徊，梦云溶曳，欲劝春住。薄幸杨花，无端杜宇，抵死催教去。参差烟岫，千回百匝，不解禁春归路。病厌厌，那堪更听，小楼一夜风雨。

金钗斗草，玉盘行菜，往事了无凭据。合数松儿，分香帕子，总是牵情处。小桃朱户，题诗在否，尚忆去年崔护。绿阴中，莺莺燕燕，也应解语。"

⑦楼头击鼓转花枝，席上藏阄握松子：宋孙宗鉴《东皋杂录》载唐无名氏诗句："城头椎鼓传花枝，席上抟拳握松子。"《全唐诗》卷七百九十六据以录入。

**【译文】**

洪叔玙，名瑹，自号空同词客。其《瑞鹤仙》言："听梅花吹动，凉夜何其，明星有烂。相看泪如霰。问而今去也，何时会面。匆匆聚散，恐便作秋鸿社燕。最伤心，夜来枕上，断云零雨何限。　因念，人生万事，回首悲凉，都成梦幻。芳心缱绻。空惆怅，巫阳馆。况船头一转，三千余里，隐隐高城不见。恨无情，春水连天，片帆似箭。"咏新月《南柯子》言："柳浪摇晴沼，荷风度晚檐。碧天如水印新蟾。一缕清光，斜露玉纤纤。　宝镜微开匣，金钩未押帘。西楼今夜有人欢。应傍妆台，低照画眉尖。"咏水宿《菩萨蛮》言："断虹远饮横江水。万山紫翠斜阳里。系马短亭西。丹枫明酒旗。　浮生长客路。事逐孤鸿去。又是月黄昏。寒灯人闭门。"其余如"笑捐琼佩遗交甫。肯把文梭掷幼舆。""花上蝶，水中凫。芳心密意两相於。"用典用韵都精妙。又"合数松儿，分香帕子，总是牵情处"，用唐诗"楼头击鼓转花枝，席上藏阄握松子"之事。全篇如《月华清》《水龙吟》《蓦山溪》《齐天乐》，都不次于周美成。不能全部载录。

## 二二三 冯伟寿

**【题解】**

据《中兴以来绝妙词选》卷十，冯伟寿"精于律吕，词多自制腔"。这一点，杨慎也有提及。另外，杨慎又特别指出《春风袅娜》乃"其自度曲也"。现存冯伟寿多为长调，《春风袅娜》尤具代表性。杨慎引录了全词，并评价说有北宋秦观、晁补之词之"风艳"。从内容来看，该词亦属流连光景之作，百转千回，柔情缱绻，绵密细软。若以情致、本色而论，确与秦、晁词同属一脉。杨慎一向反对理学家的尊理抑情，对理学空谈义理、压制情性的做法也深感不满。此处又借评冯伟寿词，抨击晚宋道学文章有"酸馅味、教督气"。对于晚宋理学之虚伪，杨慎有过专门议论："诗礼发冢谈性理，而钓名利者以之。其流莫盛于宋之晚世。今犹未殄。使一世之人吞声而暗服之，然非心服也。"（《升庵集》卷四十六）词主性情，其风华艳丽虽为理学家所不屑，但在杨慎看来，确是真实情绪的自然流露，这与谈理者的沽名钓誉截然有别。应当看到，杨慎的尊情、主情说，实际上也是对词体抒情传统的一种推崇和肯定，这显然是有积极意义的。

冯伟寿①，字艾子，号云月，词多自制腔。《草堂》词选其"春风恶劣。把数枝香锦，和莺吹折"一首②。又《春风袅娜》，其自度曲也。"被梁间双燕，话尽春愁。朝粉谢，午花柔。倚红阑故与，蝶围蜂绕，柳绵无数，飞上搔头。凤管声圆，蚕房香暖，笑挽罗衫须少留。隔院兰馨趁风远，邻墙桃影伴烟收。　　些子风情未减，眉头眼尾，万千事、欲说还休。蔷薇刺，牡丹毬。殷勤记省，前度绸缪。梦里飞红，觉来无觅，望中新绿，别后空稠。相思难偶，叹无情明月，今年已见，三度如钩③。"殊有前宋秦、晁风艳④，比之晚宋酸馅味、教督气不侔矣。余句如"笑呼银汉入金鲸"⑤，临邛高耻庵列为《丽句图》云。

**【注释】**

①冯伟寿：生卒年不详。字艾子，一说名艾子，号云月。延平（今福建南平）人。南宋后期词人。黄昇《中兴以来绝妙词选》卷十录其词六首，《全宋词》据以录入。

②"春风恶劣"几句：出自冯伟寿《春云怨·上巳》："春风恶劣。把数枝香锦，和莺吹折。雨重柳腰娇困，燕子欲扶扶不得。软日烘烟，乾风吹雾，芍药荼蘼弄颜色。帘幕轻阴，图书清润，日永篆香绝。　盈盈笑靥宫黄额。试红鸾小扇，丁香双结。团凤眉心倩郎贴。教洗金罍，共看西堂，醉花新月。曲水成空，丽人何处，往事暮云万叶"

③"被梁间双燕"几句：此词题为"春恨"。已见，《中兴以来绝妙词选》作"已是"。

④秦、晁：指北宋词人秦观、晁补之。

⑤笑呼银汉入金鲸：出自冯伟寿《木兰花慢·和答玉林韵》："酒醒人世换，碧桃靓、海山春。任青鸟沉沉，紫鳞杳杳，有玉林人。宫袍掉头未爱，爱荷衣、不染市朝尘。仙样蓬莱翰墨，云间鸾凤精神。　笑呼银汉入金鲸。琼苑自由身。羡咳唾成章，香薰花雾，音和韶钧。六丁夜来捧去，便天人、也自叹尖新。那得金笺飞洒，浩歌飞步苍旻"。

## 【译文】

冯伟寿，字艾子，号云月，词多自谱曲调。《草堂诗余》选其"春风恶劣。把数枝香锦，和莺吹折"一首。又有《春风袅娜》，是他的自谱词曲。"被梁间双燕，话尽春愁。朝粉谢，午花柔。倚红阑故与，蝶围蜂绕，柳绵无数，飞上搔头。凤管声圆，蚕房香暖，笑挽罗衫须少留。隔院兰馨趁风远，邻墙桃影伴烟收。　些子风情未减，眉头眼尾，万千事、欲说还休。蔷薇刺，牡丹毹。殷勤记省，前度绸缪。梦里飞红，觉来无觅，望中新绿，别后空稠。相思难偶，叹无情明月，今年已见，三度如钩。"很有北宋秦观、晁补之的风雅艳丽，晚宋词的酸馅味、教督气不能与他相比。其余词句如"笑呼银汉入金鲸"，临邛人高耻庵收列到了《丽句图》中。

# 二二四　吴梦窗

## 【题解】

本则简介吴文英字号、籍里等，并引尹焕语评吴文英词的地位和影响。所录《声声慢》一词，乃秋日宴饮酬酢之作，秾丽缜密，深邃回曲，工于布景炼字。关于该词的写作背景，各本题序多为"郭园"作，杨慎记为"侯园"，未知所本。

吴梦窗①，名文英，字君特，四明人。尹君焕序其词云②："求词于吾宋，前有清真，后有梦窗，此非焕之言，四海之公言也。"有《声声慢》一词云③："檀栾金碧④，婀娜蓬莱，游云不蘸芳州。露柳霜莲，十分点缀残秋。新弯画眉未稳，似含羞、低度墙头。愁送远，驻西台车马，共惜临流。　知道池亭多宴，掩庭花，长是惊落秦讴⑤。腻粉阑干，犹闻凭袖香留。输他翠涟拍甃⑥，瞰新妆、终日凝眸。帘半卷，戴黄花，人在小楼。"盖九日宴侯家园作也。

**【注释】**

①吴梦窗:即吴文英,生卒年不详。字君特,号梦窗,晚号觉翁。四明(今浙江宁波)人。有《梦窗词》甲乙丙丁四稿,《全宋词》录其词三百四十一首。

②尹君焕:即尹焕,生卒年不详。字惟晓,号梅津。福州长溪(今属福建)人,寓山阴(今浙江绍兴)。嘉定十年(1217)进士。有《梅津集》,不传。《全宋词》辑其词三首。尹焕尝为吴文英词集作序,下引句见黄昇《中兴以来绝妙词选》吴文英小传。

③《声声慢》一词:此词《中兴以来绝妙词选》《绝妙好词》《古今词统》等题作"闰重九饮郭园",《全宋词》题作"陪幕中饯孙无怀于郭希道池亭,闰重九前一日。"

④檀栾:秀美貌,此用以形容修竹。金碧:形容楼台。

⑤秦讴:秦,指秦青。《列子·汤问》:"薛谭学讴于秦青,未穷青之技,自谓尽之,遂辞归。秦青弗止,饯于郊衢,抚节悲歌,声振林木,响遏行云。薛谭乃谢求反,终身不敢言归。"

⑥甃:井壁,这里指临水的岸壁。

**【译文】**

吴梦窗,名文英,字君特,是四明人。尹君焕为他作词序言:"若在宋代找寻佳词,前有清真,后有梦窗,这不是我的言论,是四海公众的言论。"有《声声慢》一词言:"檀栾金碧,婀娜蓬莱,游云不蘸芳州。露柳霜莲,十分点缀残秋。新弯画眉未稳,似含羞、低度墙头。愁送远,驻西台车马,共惜临流。　　知道池亭多宴,掩庭花,长是惊落秦讴。腻粉阑干,犹闻凭袖香留。输他翠涟拍甃,瞰新妆、终日凝眸。帘半卷,戴黄花,人在小楼。"大概是九月九日在侯家园宴饮所作。

# 二二五　《玉楼春》

## 【题解】

宋周密《武林旧事》卷二：“都城自旧岁冬孟驾回，则已有乘肩小女鼓吹舞绡者数十队，以供贵邸豪家幕次之玩。而天街茶肆，渐已罗列灯毬等求售，谓之灯市。自此以后，每夕皆然。三桥等处客邸最盛，舞者往来最多。每夕楼灯初上，则箫鼓已纷然自献于下，酒边一笑，所费殊不多。往往至四鼓乃还。自此日盛一日……吴梦窗《玉楼春》云：（词略）深得其意态也。”吴文英《玉楼春》所描述的正是京师舞女在灯市表演的情形。该词不仅描绘了舞女的服饰、妆饰、体态等，同时也写出了舞女的漂泊身世和艰辛生活。因此，《武林旧事》言“深得其意态也”。

吴梦窗《玉楼春》云[①]：“茸茸狸帽遮梅额[②]。金蝉罗剪胡衫窄。肩舆争看小腰身，倦态强随闲鼓笛。　　问称家在城东陌。欲买千金应不惜。归来困顿滞春眠，犹梦婆娑斜趁拍[③]。”深具意态者也。

## 【注释】

①吴梦窗《玉楼春》：该词题为：“京市舞女。”《梦窗稿》“肩舆”作“乘肩”，“家在”作“家住”。

②梅额：即梅花妆。《太平御览》卷九百七十引《宋书》：“武帝女寿阳公主每（人）日卧于含章檐下，梅花落公主额上，成五出之华，拂之不去，皇后留之。自后有梅花妆，后人多效之。”

③趁拍：合着节拍。

## 【译文】

吴梦窗《玉楼春》言：“茸茸狸帽遮梅额。金蝉罗剪胡衫窄。肩舆争看小腰身，倦态强随闲鼓笛。　　问称家在城东陌。欲买千金应不惜。归来困顿滞春眠，犹梦婆娑斜趁拍。"深具神情姿态。

## 二二六　王实之

**【题解】**

本则引刘克庄《满江红·送王实之》词及《宴吉倅王实之》文，对王迈的才性、气质、政治品节等进行了评述。

所引刘克庄《满江红》中词句，以三国陈登、东汉董仲舒比况王迈，意在盛赞其磊落豪逸、胸怀壮志。所引刘克庄《宴吉倅王实之》文，亦大量举列古之名臣贤士，以喻写王迈之德才清美、风流俊敏。东汉黄香厚德至孝，博学能文，有天下无双之誉；唐代杜牧亦风流倜傥，俊爽情深。不过，王迈凌越前贤，更胜一筹。朱云，乃汉成帝时大臣，直谏时言语激烈，攀折栏槛不肯退出；阳城，为唐德宗谏议大夫，在朝堂上慷慨陈词："白麻（诏书）若出，吾必裂之而死。"（唐李肇《国史补》卷上）两人均冒死谏君，忠心可鉴。以比王迈，用意昭然。接下来，刘克庄又以李白等比况王迈，赞扬其出处泰然，飘逸洒脱。陶谷（字秀实），乃宋代翰林学士，工诗能文，博通经史；韩熙载，为南唐书画大家，才气逸发，天才俊敏。以类相推，王迈之风流率性、诗书名世则跃然纸上。

杨慎赞同刘氏之论，并概括王迈其人是"进则忠鲠，退则豪侠"，有陈登、李白之风。杨慎还认为，刘氏之论可补史之阙。这实际上也正反映了杨慎对词人品节的高度重视。

王迈[①]，字实之，号臞轩，莆阳人，丁丑第四人及第。刘后村赠之词云[②]："天壤王郎，数人物、方今第一。谈笑里，风霆惊坐，云烟生笔。落落元龙湖海气，琅琅董相天人策[③]。"其重之如此。余又见《翰苑新书》[④]，刘后村与王实之四六启云："声名早著，不数黄香之无双。科目小低，犹压杜牧之第五。元化孕此五百年之间气，同辈立于九万里之下风。"又云："朱云折槛，诸公惭请剑之言。阳子哭庭，千载壮裂麻之语。一叶身轻，何去之勇。六丁力尽，而挽不回。有谪仙人骏马名姬之风，无杜少陵冷炙残杯之态。""丽人歌陶秀实邮亭之曲，好事绘韩熙载夜宴之图。""拥通德而著书，命便了以沽酒"云云。观此，实之盖进则忠鲠，退则豪侠，元龙、太白一流人也。可以补史氏之遗。

**【注释】**

①王迈（1184—1248）：字实之，一字贯之，号臞轩。兴化军仙游（今属福建）人。嘉定十年（1217）进士，有《臞轩集》《臞轩词》。《全宋词》录其词十九首。臞轩，原作"臞庵"，据《中兴以来绝妙词选》等改。

②刘后村：即刘克庄（1187—1269），初名灼，字潜夫，号后村，兴化军莆田（今属福建）人。嘉定二年（1209）以郊恩补将仕郎。淳祐六年（1246），赐同进士出身，除秘书少监兼国史院编修官兼实录院检讨官等。景定元年（1260），历除秘书监、起居郎兼权中书舍人，权工部尚书兼侍读等。有《后村先生大全集》二百卷，内长短句五卷。

③"天壤王郎"几句：见刘克庄词《满江红·送王实之》。元龙，即陈登，生卒年不详。字元龙。三国时魏国将领。曹操任为广陵太守，以功封伏波将军，又迁为东城太守。董相，汉代董仲舒先为江都相，后又为胶西王相，故称"董相"。

④《翰苑新书》：宋佚名撰，一百五十六卷。该书汇辑古代职官、考试史料及书启表笺之文，是一部政事文章型类书。下引句出自刘克庄《宴吉倅王实之致语》，载《翰苑新书》别集卷八。《后村

集》卷一百二十七亦有载。文字小有不同。

**【译文】**

王迈，字实之，号臞轩，是莆阳人，丁丑年以第四名及第。刘后村赠给他的词言："天壤王郎，数人物、方今第一。谈笑里，风霆惊坐，云烟生笔。落落元龙湖海气，琅琅董相天人策。"其称许看重如此。我又见《翰苑新书》，刘后村写给王实之的四六文开头言："声名早著，不数黄香之无双。科目小低，犹压杜牧之第五。元化孕此五百年之间气，同辈立于九万里之下风。"又言："朱云折槛，诸公惭请剑之言。阳子哭庭，千载壮裂麻之语。一叶身轻，何去之勇。六丁力尽，而挽不回。有谪仙人骏马名姬之风，无杜少陵冷炙残杯之态。""丽人歌陶秀实邮亭之曲，好事绘韩熙载夜宴之图。""拥通德而著书，命便了以沽酒"等等。由此看来，实之进则忠诚耿直，退则豪迈好义，属元龙、太白一类人。这段文字可以补充史官的遗漏。

# 二二七　马庄父

**【题解】**

马子严存词不多，只有二十九首，多花草闺情之作，本则中，杨慎引录了四首词中的若干丽句。其中，《贺圣朝》《阮郎归》《孤鸾》三首，均为咏春之作；《月华清》一首，题为"忆别"。马子严词多写杭州及西湖风物，读他的词有助于了解当地的民俗风情，故杨慎言"可考见杭都节物"。以《孤鸾·早春》为例，该词上阕可见西湖水涨、堤上梅落、游人如织，可知杭州的踏青、游春风俗。下阕写酒帘画楼、仕女观灯等城内景致风情。"玉梅"，白绢制成的梅花；"雪柳"，用绢花装簇的花枝。这都是宋代妇女的头饰。"闹蛾儿"，乃闹蛾形状的饰品；"象生"，是仿花果、人物形状制作的工艺品；"宝钗双燕"即双燕状的钗簪。这些饰品在宋代都很流行，元宵灯节妇女多用这些物品装饰自己。周密《武林旧事》载："元夕节物，妇人皆戴珠翠、闹蛾、玉梅、雪柳、菩提叶、灯毬。"可见，马子严词确乎有考见杭州风物之效。

　　马庄父<sup>①</sup>，字子严，号古洲，建安人。有经学，多论著，填词其余事也。《草堂》词选其春游《归朝欢》一首<sup>②</sup>。余如《月华清》云："怅望月中仙桂。问窃药佳人，与谁同岁<sup>③</sup>。"《贺圣朝》云："游人拾翠不知远，被子规呼转<sup>④</sup>。"《阮郎归》结句云："三三两两叫船儿，人归春也归<sup>⑤</sup>。"元夕词云："玉梅对妆雪柳，闹蛾儿象生娇颤<sup>⑥</sup>。"可考见杭都节物。

**【注释】**

①马庄父：即马子严，生卒年不详。字庄父，自号古洲居士。建安（今福建建瓯）人。淳熙二年（1175）进士，尝为岳阳守，撰《岳阳志》二卷，不传。《全宋词》录其词二十九首。

②《归朝欢》：指马子严词《归朝欢·春游》一词。

③"怅望月中仙桂"几句：出自马子严《月华清·忆别》："瑟瑟秋声，萧萧天籁，满庭摇落空翠。数遍丹枫，不见叶间题字。人何处、千里婵娟，愁不断、一江流水。遥睇。见征鸿几点，碧天无际。

　　怅望月中仙桂。问窃药佳人，谁与同岁。把镜当空，照尽别离情意。心里恨、莫结丁香，琴上曲、休弹秋思。怕里。又悲来老却，兰台公子。"与谁，《中兴以来绝妙词选》作"谁与"。

④游人拾翠不知远，被子规呼转：出自马子严《贺圣朝·春游》："游人拾翠不知远。被子规呼转。红楼倒影背斜阳，坠几声弦管。

　　荼蘼香透，海棠红浅。恰平分春半。花前一笑不须悭，待花飞休怨。"

⑤三三两两叫船儿，人归春也归：出自马子严《阮郎归·西湖春暮》："清明寒食不多时。香红渐渐稀。番腾妆束闹苏堤。留春

春怎知。　　花褪雨,絮沾泥。凌波寸不移。三三两两叫船儿。
人归春也归。”

⑥玉梅对妆雪柳,闹蛾儿象生娇颤:出自马子严《孤鸾·早春》:“沙
堤香软。正宿雨初收,落梅飘满。可奈东风,暗逐马蹄轻卷。湖
波又还涨绿,粉墙阴、日融烟暖。暮地刺桐枝上,有一声春
唤。　　任酒帘、飞动画楼晚。便指数烧灯,时节非远。陌上叫
声,好是卖花行院。玉梅对妆雪柳,闹蛾儿、象生娇颤。归去争
先戴取,倚宝钗双燕。”

**【译文】**

马庄父,字子严,号古洲,是建安人。在经学方面有造诣,论著多,
填词是他学问之外的事。《草堂诗余》选其咏春游《归朝欢》一首。其他
如《月华清》言:“怅望月中仙桂。问窈药佳人,与谁同岁。”《贺圣朝》言:
“游人拾翠不知远,被子规呼转。”《阮郎归》结句言:“三三两两叫船儿,
人归春也归。”咏元宵词言:“玉梅对妆雪柳,闹蛾儿象生娇颤。”从他的
词里可察知杭州的风物景色。

# 二二八　万俟雅言

**【题解】**

《唐宋诸贤绝妙词选》卷七万俟咏小传:“万俟雅言,精于音律,自号
词隐。崇宁中,充大晟府制撰,依月用律制词,故多应制,所作有《大声
集》五卷,周美成为序。山谷亦称之为一代词人。”又于《长相思·山驿》
一词后评曰:“雅言之词,词之圣者也。发妙旨于律吕之中,运巧思于斧
凿之外,平而工,和而雅,比诸刻琢句意而求精丽者远矣。”此论为杨慎
所取,本则对万俟咏的评判即源于此。

万俟雅言,精于音律,自号词隐。崇宁中①,充大晟府制

撰,按月用律进词,故多新声。《草堂》选载其《三台》及《梅花引》二首而已。其《大声集》多佳者,山谷称之为一代词人。黄玉林云:"雅言之词,发妙音于律吕之中,运巧思于斧凿之外,盖词之圣也。"今约载其二篇,《昭君怨》云:"春到南楼雪尽。惊动灯期花信。小雨一番寒。倚阑干。　　莫把阑干倚。一望几重烟水。何处是京华,暮云遮。"《卓牌儿》云[2]:"东风绿杨天,如画出清明院宇。玉艳淡泊,梨花带月,燕支零落[3],海棠经雨。单衣怯黄昏,人正在、珠帘笑语。相并戏蹴秋千,共携手,同倚阑干,暗香时度。　　翠窗绣户。路缭绕、潜通幽处。断魂凝伫。嗟不似飞絮。闲闷闲愁,难消遣,此日年年意绪。无据。奈酒醒春去。"

**【注释】**

①崇宁:宋徽宗年号(1102—1106)。

②《卓牌儿》:此词题作"春晚"。

③燕支:草名。可作红色染料。晋崔豹《古今注·草木》:"燕支,叶似蓟,花似蒲公,出西方。土人以染,名为燕支。中国人谓之红蓝。"

**【译文】**

万俟雅言,精通音律,自号词隐。崇宁中,担任大晟府制撰,按月依照律吕进奉词作,因此多新曲。《草堂诗余》选载其《三台》及《梅花引》二首罢了。其《大声集》有很多佳作,山谷称他为一代词人。黄玉林说:"雅言的词,发妙音于音律之中,运用精巧的构思,毫不造作,是词之圣。"现简要载录其二篇,《昭君怨》言:"春到南楼雪尽。惊动灯期花信。小雨一番寒。倚阑干。　　莫把阑干倚。一望几重烟水。何处是京华,暮云遮。"《卓牌儿》言:"东风绿杨天,如画出清明院宇。玉艳淡泊,梨花带月,燕支零落,海棠经雨。单衣怯黄昏,人正在、珠帘笑语。相并戏蹴秋千,共携手,同倚阑干,暗香时度。　　翠窗绣户。路缭绕、潜通幽处。断魂凝伫。嗟不似飞絮。闲闷闲愁,难消遣,此日年年意绪。无据。奈酒醒春去。"

# 二二九 黄玉林

**【题解】**

本则评黄昇《绝妙词选》(即《中兴以来绝妙词选》)及黄昇的词创作。

《绝妙词选》与《草堂诗余》均为南宋人所编,但编选体例及内容取向各有不同,因此杨慎讲两书"相出入"。如,《绝妙词选》特重豪放一派,收苏轼词三十一首,辛弃疾词四十二首,刘克庄词亦四十二首,博观约取,选录极精,向为后代词家所重。《草堂诗余》收词则以北宋和南宋初之作为主,又按季节等分为若干类,虽"取便时俗",但名章隽句亦往往借此流传。明代《草堂诗余》异本颇多,内容亦良莠不齐。杨慎讲"今《草堂》词刻本多误字及失名字者,赖此可证",当为事实。这也从一个侧面反映了《绝妙词选》的文献价值。

关于黄昇词作,杨慎讲,附于《绝妙词选》卷尾者共四十首。不过,现传各本《绝妙词选》均为三十八首。《草堂诗余》选录两首,杨慎以为不够典型,不能算是黄昇词中的佳作。杨慎另举出《月照梨花》等八首,或录其全篇,或摘选秀句,间有简短评述,又往往切中肯綮,一语中的。如《月照梨花》一篇,写闺阁相思,注重通过居室环境的描摹和动作行为的敷写以暗示人物心理,其内容意趣和表现手法与《花间》无异,故杨慎评为"有《花间》遗意"。《贺新郎》梅词重层层铺叙,又暗用梅典,起承转接处多用散文句法,有明显的以文为词特点。故杨慎评曰"用文句,入音律而不酸,宋词之体也。"

　　黄玉林，名昇，字叔旸，有散花庵，人止称花庵云。尝选唐宋词名曰《绝妙词选》，与《草堂诗余》相出入。今《草堂》词刻本多误字及失名字者，赖此可证。此本世亦罕传，予得录于王吏部相山子名嘉宾。玉林之词，附录卷尾凡四十首。《草堂》词选其二，"南山未解松梢雪"及"枕铁棱棱近五更"是也①。然非其佳者。其《月照梨花》一首云②："昼景方永。重帘花影。好梦犹酣，莺声唤醒。门外风絮交飞。送春归。　　修蛾画了无人问。几多别恨，泪洗残妆粉。不知郎马何处嘶。烟草萋迷鹧鸪啼。"此首有《花间》遗意。又《贺新郎》梅词云③："自扫梅花下。问梢头、冷蕊疏疏，几时开也。间者阔焉今久矣，多少幽怀欲写。有谁是，孤山流亚。香月一联真绝唱，与诗人、千载为嘉话。余兴味，付来者。　　清癯不恋雕阑榭。待与君，白发相欢，竹篱茅舍。幸甚今年无酒禁，溜溜小漕压蔗。已准拟，霜天雪夜。自醉自吟人自笑，任解冠、落佩从嘲骂。书此意，寄同社。"此词用文句，入音律而不酸，宋词之体也。其余若九日词"兰佩秋风冷，茱囊晚露新"④，秋怀词"月印金枢晓未收"⑤，夜凉词"冰雪襟怀，琉璃世界，夜气清如许"⑥，暮春词"戏临小草书团扇，自拣残花插净瓶"⑦，又"夜来能有几多寒，已瘦了梨花一半"⑧，赠丁南邻云"待踞龟食蛤，相期汗漫，与烟霞会"⑨，用卢敖事也，见《淮南子》⑩。

【注释】

①"南山未解松梢雪"及"枕铁棱棱近五更"：指黄昇《重叠金·冬》及《南乡子·冬夜》。前首云："南山未解松梢雪。西山已挂梅梢

月。说似玉林人。人间无此清。　　此身元是客。小住娱今夕。拍手凭阑干。霜风吹鬓寒。"后首云："万籁寂无声。衾铁棱棱近五更。香断灯昏吟未稳,凄清。只有霜华伴月明。　　应是夜寒凝。恼得梅花睡不成。我念梅花花念我,关情。起看清冰满玉瓶。"枕铁,《中兴以来绝妙词选》作"衾铁"。

②《月照梨花》一首:此词题作"闺怨"。

③《贺新郎》梅词:此词题作"梅"。《中兴以来绝妙词选》"雕阑"作"华亭","相欢"作"相亲","幸甚"作"喜甚","霜天雪夜"作"雪天霜夜","人自笑"作"仍自笑"。

④兰佩秋风冷,茱囊晚露新:出自黄昇《南柯子·丙申重九》:"兰佩秋风冷,茱囊晓露新。多情多感怯芳辰。强折黄花来照、碧粼粼。　　落帽参军醉,空樽靖节贫。世间那复有斯人。目送归鸿西去、一伤神。"

⑤月印金枢晓未收:出自黄昇《长相思·秋怀》:"天悠悠。水悠悠。月印金枢晓未收。笛声人倚楼。　　芦花秋。蓼花秋。催得吴霜点鬓稠。香笺莫寄愁。"

⑥"冰雪襟怀"几句:出自黄昇《酹江月·夜凉》:"西风解事,为人间、洗尽三庚烦暑。一枕新凉宜客梦,飞入藕花深处。冰雪襟怀,琉璃世界,夜气清如许。划然长啸,起来秋满庭户。　　应笑楚客才高,兰成愁悴,遗恨传千古。作赋吟诗空自好,不直一杯秋露。淡月阑干,微云河汉,耿耿天催曙。此情谁会,梧桐叶上疏雨"

⑦戏临小草书团扇,自拣残花插净瓶:出自黄昇《鹧鸪天·暮春》:"沈水香销梦半醒。斜阳恰照竹间亭。戏临小草书团扇,自拣残花插净瓶。　　莺宛转,燕丁宁。晴波不动晚山青。玉人只怨春归去,不道槐云绿满庭。"

⑧夜来能有几多寒,已瘦了梨花一半:出自黄昇《鹊桥仙·春情》:

"青林雨歇，珠帘风细，人在绿阴庭院。夜来能有几多寒，已瘦了、梨花一半。　　宝钗无据，玉琴难托，合造一襟幽怨。云窗雾阁事茫茫，试与问、杏梁双燕"

⑨"待踞龟食蛤"几句：出自黄昇《水龙吟·赠丁南邻》："少年有志封侯，弯弓欲挂扶桑外。一朝敛缩，萧然清兴，了无拘碍。袖里阴符，枕中鸿宝，功名蝉蜕。看舌端霹雳，剧谈玄妙，人间世、疑无对。　　阆苑醉乡佳处，想当年、绿阴犹在。群仙寄语，不须点勘，鬼神功罪。碧海千寻，赤城万丈，风高浪快。待踞龟食蛤，相期汗漫，与烟霞会。"

⑩用卢敖事也，见《淮南子》：《淮南子·道应训》："卢敖游乎北海……见一士焉，深目而玄鬓，泪注而鸢肩，丰上而杀下，轩轩然方迎风而舞。顾见卢敖，慢然下其臂，遁逃乎碑。卢敖就而视之，方倦龟壳而食蛤梨……若士者齤然而笑曰：'……吾与汗漫期于九垓之外，吾不可以久驻。'若士举臂而竦身，遂入云中。"

**【译文】**

黄玉林，名昇，字叔旸，有散花庵，人止称花庵。曾选唐宋词名为《绝妙词选》，与《草堂诗余》有相似处，亦有相异处。今《草堂诗余》词刻本有很多误字及遗失作者名字的情况，据此可证。此书世上也很少流传，我从吏部王相山的儿子名嘉宾处录得此书。玉林的词，附录于《绝妙词选》卷尾，共四十首。《草堂诗余》选录其中二首，"南山未解松梢雪"及"枕铁棱棱近五更"便是。但不是他最好的词作。其《月照梨花》一首言："昼景方永。重帘花影。好梦犹酣，莺声唤醒。门外风絮交飞。送春归。　　修蛾画了无人问。几多别恨，泪洗残妆粉。不知郎马何处嘶。烟草萋迷鹧鸪啼。"这首有《花间》词的遗味。又《贺新郎》咏梅词言："自扫梅花下。问梢头、冷蕊疏疏，几时开也。间者阔焉今久矣，多少幽怀欲写。有谁是，孤山流亚。香月一联真绝唱，与诗人、千载为嘉话。余兴味，付来者。　　清癯不恋雕阑榭。待与君，白发相欢，竹篱茅舍。幸甚今年无酒禁,溜溜小漕压蔗。已准拟,霜天雪夜。自醉自吟人自笑,任解冠、落佩从嘲骂。书此意,寄同社。"这首词运用了散文的句法,入音律而不寒酸,是宋词之体。其余如九日词"兰佩秋风冷,茱囊晚露新",秋怀词"月印金枢晓未收",夜凉词"冰雪襟怀,琉璃世界,夜气清如许",暮春词"戏临小草书团扇,自拣残花插净瓶",又"夜来能有几多寒,已瘦了梨花一半",赠丁南邻言"待踞龟食蛤,相期汗漫,与烟霞会",运用了卢敖的典故,见《淮南子》。

## 二三〇 评稼轩词

### 【题解】

本则全文录自南宋陈模《怀古录》卷中,文字上有差异。关于此段文字是否为陈模所作,邓广铭《辛弃疾年谱》曾考辨说:"(《怀古录》)前有宝祐乙卯苍山曾原一太初子序文一篇,谓其书成于淳祐戊申之后。去稼轩之卒,为时盖已四十余年。所记云云,不见他书,疑为当时传闻之词,或确有其事亦未可知。唯蔡光何人,事历如何,则概无可考。"本则完整引录辛弃疾《贺新郎》(绿树听鹈鸠)、《沁园春》(杯、汝前来)、《沁园春》(叠嶂西驰)三词,并作了精当评析。其中,最有价值的是"以文为词"说。其评《沁园春》(杯、汝前来)云:"又如《宾戏》《解嘲》等作,乃是把做古文手段寓之于词。""把做古文手段寓之于词",也即"以文为词",指辛词运用问答体形式,以古文的章法、句法来组织词篇,多用典故,善发议论等。后段"近日作词者,惟说周美成、姜尧章,而以东坡为词诗,稼轩为词论",《怀古录》作"近时作词者,只说周美成、姜尧章等,而以稼轩词为豪迈,非词家本色。紫岩潘牥云:'东坡为词诗,稼轩为词论。'"所谓"东坡为词诗",即指苏轼以诗为词;"稼轩为词论",即指辛弃疾以文为词。陈模讲,此语出自潘牥(字庭坚,号紫岩)。但潘牥所言,《怀古录》之外,别无记载。如此,"以文为词"之说首见于《怀古录》。后世论辛词手法技巧者,多采其说。

　　庐陵陈子宏云①:蔡光工于词②,靖康中陷虏庭。辛幼安尝以诗词谒之,蔡曰:"子之诗则未也,他日当以词名家。"故稼轩归宋,晚年词笔尤高。尝作《贺新郎》云③:"绿树听鹈鴂。更那堪杜鹃声住,鹧鸪声切。啼到春归无寻处,苦恨芳菲都歇。算未抵、人间离别。马上琵琶关塞黑,更长门翠辇辞金阙。看燕燕,送归妾。　　将军百战身名裂。向河梁回头万里,故人长绝。易水萧萧西风冷,满座衣冠似雪。正壮士、悲歌未彻。啼鸟还知如许恨,料不啼清泪,长啼血。谁伴我,醉明月。"此词尽集许多怨事,全与李太白《拟恨赋》手段相似。又止酒《沁园春》云④:"杯、汝前来。老子今朝,点检形骸。甚长年抱渴,咽如焦釜,于今喜溢,气似奔雷。漫说刘伶⑤,古今达者,醉后何妨死便埋。浑如许,叹汝于知己,真少恩哉。　　更凭歌舞为媒。算合作、人间鸩毒猜。况怨无大小,生于所爱,物无美恶,过则为灾。与汝成言,勿留亟退,吾力犹能肆汝杯。杯再拜,道麾之即去,有召须来。"此又如《宾戏》《解嘲》等作⑥,乃是把做古文手段寓之于词。赋筑偃湖云⑦:"叠嶂西驰,万马回旋,众山欲东。正惊湍直下,跳珠倒溅,小桥横截,新月初弓。老合投闲,天教多事,检校长身十万松。吾庐小、在龙蛇影外,风雨声中。　　争先见面重重。看爽气,朝来三四峰。似谢家子弟,衣冠磊落⑧,相如庭户,车骑雍容⑨。我觉其间,雄深雅健,如对文章太史公⑩。新堤路,问偃湖何日,烟水蒙蒙。"且说松,而及谢家、相如、太史公，自非脱落故常者，未易闯其堂奥。刘改之所作《沁园春》⑪，虽颇似其豪，而未免于粗。近日作词者，惟说周美成、姜尧章，而以东坡为词诗，稼轩为词论⑫。此说固当，盖曲者曲也，固当以委曲为体。然徒狃于风情婉娈，则亦易厌。回视稼轩所作，岂非万古一清风哉？或云周、姜晓音律，自能撰词调，故人尤服之。

**【注释】**

①庐陵陈子宏：指陈模，生卒年、行事不详。字子宏。南宋后期人。著有《怀古录》三卷。

②蔡光：未详。

③《贺新郎》：该词题为："别茂嘉十二弟。鹈鴂杜鹃实两种，见《离骚补注》。"

④止酒《沁园春》：该词题为："止酒，戒酒杯使勿近。"

⑤刘伶：生卒年不详。字伯伦。与阮籍、嵇康友善，为"竹林七贤"之一。狂放嗜酒，曾作《酒德颂》。

⑥《宾戏》：指班固《答宾戏》之赋。《解嘲》：扬雄著，汉代辞赋名篇。

⑦赋筑偃湖：指辛弃疾《沁园春·灵山齐庵赋。时筑偃湖未成》。

⑧似谢家子弟，衣冠磊落：谢家乃东晋望族，子弟仪态俊伟，落落大方。此用以形容山峰俊秀挺拔。

⑨相如庭户，车骑雍容：《史记·司马相如列传》："相如之临邛，从车骑，雍容闲雅甚都。"相如，指西汉文学家司马相如。

⑩文章太史公：指司马迁。

⑪刘改之所作《沁园春》：指刘过《沁园春·御阅还上郭殿帅》词。

⑫东坡为词诗，稼轩为词论：指苏轼以诗为词，辛弃疾以文为词。

## 【译文】

庐陵陈子宏说：蔡光长于词，靖康年间陷入虏庭。辛幼安曾以诗词拜见他，蔡光说："您的诗未可知，将来应以词闻名。"所以稼轩归宋，晚年作词能力十分高超。曾作《贺新郎》言："绿树听鹈鴂。更那堪杜鹃声住，鹧鸪声切。啼到春归无寻处，苦恨芳菲都歇。算未抵、人间离别。马上琵琶关塞黑，更长门翠辇辞金阙。看燕燕，送归妾。　　　将军百战身名裂。向河梁回头万里，故人长绝。易水萧萧西风冷，满座衣冠似雪。正壮士、悲歌未彻。啼鸟还知如许恨，料不啼清泪，长啼血。谁伴我，醉明月。"这首词汇集许多怨事，与李太白《拟恨赋》手法相似。又有咏止酒《沁园春》言："杯、汝前来。老子今朝，点检形骸。甚长年抱渴，咽如焦釜，于今喜溢，气似奔雷。漫说刘伶，古今达者，醉后何妨死便埋。浑如许，叹汝于知己，真少恩哉。　　　更凭歌舞为媒。算合作、人间鸩毒猜。况怨无大小，生于所爱，物无美恶，过则为灾。与汝成言，勿留亟退，吾力犹能肆汝杯。杯再拜，道麾之即去，有召须来。"这又如《答宾戏》《解嘲》等作，是把写作古文的手法运用于作词。赋筑偃湖言："叠嶂西驰，万马回旋，众山欲东。正惊湍直下，跳珠倒溅，小桥横截，新月初弓。老合投闲，天教多事，检校长身十万松。吾庐小、在龙蛇影外，风雨声中。　　　争先见面重重。看爽气，朝来三四峰。似谢家子弟，衣冠磊落，相如庭户，车骑雍容。我觉其间，雄深雅健，如对文章太史公。新堤路，问偃湖何日，烟水蒙蒙。"应当叙说松，但又提到谢家、司马相如、太史公，如果不是超越常规，就难于达到这样深远的意境。刘改之所作的《沁园春》，虽然很类似于辛作之豪迈，但未免不精致。近来作词者，只谈周美成、姜尧章，而认为东坡以诗为词，稼轩以文为词。这种说法固然允当，因为词曲是曲折婉转的，应以委婉含蓄为基本体式。然而如果只拘泥于抒写风情，柔媚缠绵，那么也容易令人生厌。回看稼轩词作，难道不是万古一清风吗？有人说周美成、姜尧章通晓音律，自己能谱撰词调，所以人们尤其佩服他们。

# 卷五

## 二三一 虞美人草

**【题解】**

本则摘录自南宋王灼《碧鸡漫志》卷四,文字上小有不同,内容次序亦有所改变。《史记·项羽本纪》,项羽困垓下,"夜起,饮帐中。有美人名虞,常幸从",自为诗曰"虞兮虞兮奈若何"。宋张君房《脞说》以为词调《虞美人》即起于项羽《虞兮之歌》。《碧鸡漫志》卷四驳之曰:"予谓后世以此命名可也,曲起于当时,非也。"又考《益州草木记》《贾氏谈录》《酉阳杂俎》《益州方物图赞》《笔谈》《东斋记事》六家之说,谓调名本于雅州名山中应拍而舞之"虞美人草",但又有所疑惑。杨慎截取其四,又摘《碧鸡漫志》所录三词中之两首。此二作,皆咏项羽垓下旧事,调为《虞美人》。任二北《敦煌曲初探》据郭茂倩《乐府诗集》,谓《虞美人》调源于琴曲。

《贾氏谈录》云①:"褒斜谷中,有虞美人草,状如鸡冠,花叶相对。"《益州草木记》云②:"雅州名山县出虞美人草,唱《虞美人》曲,应拍而舞。"《酉阳杂俎》云:"舞草出雅州。"《益州方物图赞》③:"'虞'作'娱'。"唐人旧曲云④:"帐中草草军情变。月下旌旗乱。揽衣推枕怆离情。远风吹下楚歌声。正三更。　　乌骓欲上重相顾。艳态花无主。手中莲锷凛秋霜⑤。九泉归去是仙乡。恨茫茫。"宋黄载万和云⑥："世间离恨何时了。不为英雄少。楚歌声起霸图休。　　玉帐佳人,血泪满东流。葛荒葵老芜城暮。玉貌知何处。至今芳草解婆娑。只有当时魂魄,未消磨。"

**【注释】**

①《贾氏谈录》:一卷,宋张洎撰。《四库全书总目》:"是书乃洎为李煜使宋时录所闻于贾黄中者,故曰《贾氏谈录》。前有自序,题庚午岁,为宋太祖开宝三年。"书所记多为唐代轶闻。原书久佚,今本乃清四库馆臣辑自《永乐大典》,得二十六事。

②《益州草木记》:书佚,未详。

③《益州方物图赞》:未详。宋祁有《益部方物赞》,其《娱美人草》一则云:"蜀中传虞美人草,予以'虞'作'娱',意其草柔纤,为歌气所动,故其叶至小者或动摇,美人以为娱乐耳。"载陶宗仪《说郛》卷六十七下。未知《益州方物图赞》是否即指宋祁《益部方物赞》,姑存疑。

④唐人旧曲:此词调为《虞美人》,《全宋词》据《全芳备祖》后集卷十一"虞美人草门"录为宋人顾卞词。

⑤莲锷:有莲花形凸纹的宝剑。

⑥黄载万:即黄大舆,生卒年不详。字载万,号岷山耦耕。南宋绍兴中,曾为四川安抚使司幕僚。编选有词集《梅苑》十卷。词集《乐府广变风》,不传。《全宋词》据《碧鸡漫志》以辑录词一首,残句二。下所录词调为《虞美人》,杨慎所录与《碧鸡漫志》所载文字上略有不同。

**【译文】**

《贾氏谈录》言："褒斜谷中，有虞美人草，形状像鸡冠，花叶相对。"《益州草木记》说："雅州名山县出产虞美人草，唱《虞美人》曲时，会随着节拍跳舞。"《酉阳杂俎》言："会跳舞的草出自雅州。"《益州方物图赞》："'虞'作'娱'。"唐人旧曲言："帐中草草军情变。月下旌旗乱。揽衣推枕怆离情。远风吹下楚歌声。正三更。　　乌骓欲上重相顾。艳态花无主。手中莲锷凛秋霜。九泉归去是仙乡。恨茫茫。"宋代黄载万和词言："世间离恨何时了。不为英雄少。楚歌声起霸图休。　　玉帐佳人，血泪满东流。葛荒葵老芜城暮。玉貌知何处。至今芳草解婆娑。只有当时魂魄，未消磨。"

# 二三二　《并蒂芙蓉》词

**【题解】**

此则叙晁端礼《并蒂芙蓉》词之本事，前段文字录自宋吴曾《能改斋漫录》卷十六《并蒂芙蓉》词，段末"不惟造语工致"以下语为杨慎所加。晁端礼于政和三年(1113)除大晟乐府协律郎，未受命而卒，故曰"不克受而卒"。

宋政和癸巳，大晟乐成①。嘉瑞既生，蔡元长以晁端礼次膺荐于徽宗。诏乘驿赴阙。次膺至都下，会禁中嘉莲生，异苞合跗，复出天造，人意有不能形容者。次膺效乐府体属词以进，名《并蒂芙蓉》。上览之，称善，除大晟乐府协律郎，不克受而卒。其词云："太液波澄，向鉴中照影，芙蓉同蒂。千柄绿荷深，并丹脸争媚。天心眷临圣日，殿宇分明敞嘉瑞。弄香嗅蕊。愿君王，寿与南山齐比。　　池边屡回翠辇，拥群仙醉赏，凭阑凝思。萼绿揽飞琼，共波上游戏。西风又看露下,更结双双新莲子。斗妆竞美。问鸳鸯,向谁留意。"不惟造语工致,而曲名亦新,故录于此。然大臣谀,小臣佞,不亡何俟乎?

**【注释】**

①宋政和癸巳,大晟乐成:《宋史·乐志》:"(政和三年)五月,帝御崇政殿,亲按宴乐,召侍从以上侍立。诏曰:'大晟之乐已荐之郊庙,而未施于宴飨。比诏有司,以《大晟乐》播之教坊,试于殿庭,五声既具,无淫瀎焦急之声,嘉与天下共之,可以所进乐颁之天下,其旧乐悉禁。'"政和癸巳,即宋徽宗政和三年(1113)。大晟乐,宋崇宁四年(1105)所定宫廷雅乐,由徽宗定名为大晟乐。

**【译文】**

　　宋政和癸巳年,大晟乐已成。祥瑞生成,蔡元长将晁端礼次膺推荐给徽宗。下诏乘驿马入宫。次膺到达京城,恰逢禁中嘉莲生成,一茎多花,修长高雅,自然生成,人们无法用语言形容它。次膺效仿乐府体作词进献,名为《并蒂芙蓉》。皇帝阅览其词,称好,任命为大晟乐府协律郎,未等上任就去世了。其词言:"太液波澄,向鉴中照影,芙蓉同蒂。千柄绿荷深,并丹脸争媚。天心春临圣日,殿宇分明敞嘉瑞。弄香嗅蕊。愿君王,寿与南山齐比。　　池边屡回翠辇,拥群仙醉赏,凭阑凝思。萼绿揽飞琼,共波上游戏。西风又看露下,更结双双新莲子。斗妆竞美。问鸳鸯,向谁留意。"不仅言语工巧精致,而且曲名也新颖,所以载录在此。然而朝廷里大臣奉承,小臣谄媚,不亡等什么呢?

## 二三三　宋徽宗词

**【题解】**

　　本则所引《燕山亭》一词,为赵佶被俘北行见杏花之作。上阕前六句从形、色、味几个方面实写杏花。从"易得凋零"开始,语意双关,托物言情,委婉曲折地抒写了黍离之悲与亡国之痛。其"知他故宫何处""除梦里有时曾去"等句,与李煜"无限江山,别时容易见时难""梦里不知身是客,一晌贪欢"在情致、格调上并无二致,所谓"亡国之音哀以思"也。故杨慎评为"词极凄惋,亦可怜矣。"据宋无名氏《朝野遗记》:"徽庙在韩州,会房传书至。一小使始至,见上登屋,自正芟舍,急下顾笑曰:'尧舜茅茨不蒉。'方取械视。又有感怀小词,末云:'天遥地阔,万水千山,知它故宫何处。怎不思量,除梦里、有时曾去。无据。和梦也、有时不做。'真似李主'别时容易见时难'声调也。后显仁归銮云,此为绝笔。"既为"绝笔",有学者推断,词当作于绍兴五年(1135)。所引徽宗清明诗及残句一则,也均为思念故国之作,情感凄怆。

宋徽宗北随金虏[①],后见杏花,作《燕山亭》一词云[②]:"裁剪冰绡,轻叠数重,冷淡胭脂凝注。新样靓妆,艳溢香融,羞杀蕊珠宫女。易得凋零,更多少无情风雨。愁苦。闲院落凄凉,几番春暮。　　凭寄离恨重重,这双燕何曾,会人言语。天遥地远,万水千山,知他故宫何处。怎不思量,除梦里有时曾去。无据。和梦也,有时不做。"词极凄婉,亦可怜矣。又在北遇清明日诗曰:"茸母初生认禁烟草名。无家对景倍凄然。帝城春色谁为主,遥指乡关涕泪连。"又戏作小词云:"孟婆,孟婆,你做些方便。吹个船儿倒转[③]。"孟婆,宋京勾栏语,谓风也。茸母、孟婆,正是的对。

**【注释】**

①宋徽宗:即赵佶(1082—1135),元符三年(1100)立为帝。靖康二年(1127)初,金攻陷汴京(开封),二月被金废为庶人,四月与钦

宗、赵氏宗室被掳往金国，贬为昏德公，绍兴五年(1135)死于五

国城(今黑龙江依兰)。《全宋词》存其词十二首，断句二则。

②《燕山亭》一词：该词较早见于宋赵闻礼《阳春白雪》卷二，题作

"杏花"，署仲殊作，误。文字略同。

③"孟婆"几句：《云麓漫钞》卷四辑有徽宗残句："孟婆且与我、做些

方便。"《全宋词》据以录入，调为《月上海棠》。孟婆，宋代俗语称

风为孟婆。

## 【译文】

宋徽宗被金俘虏北行，之后看见杏花，作《燕山亭》一词言："裁剪冰

绡，轻叠数重，冷淡胭脂凝注。新样靓妆，艳溢香融，羞杀蕊珠宫女。易

得凋零，更多少无情风雨。愁苦。闲院落凄凉，几番春暮。　　凭寄离

恨重重，这双燕何曾，会人言语。天遥地远，万水千山，知他故宫何处。

怎不思量，除梦里有时曾去。无据。和梦也，有时不做。"词十分凄惋，

也令人怜悯。又在北方遇清明日作诗言："茸母初生认禁烟。草名。无

家对景倍凄然。帝城春色谁为主，遥指乡关涕泪连。"又戏作小词言：

"孟婆，孟婆，你做些方便。吹个船儿倒转。"孟婆，宋代京城戏院的言语，是指

风。茸母、孟婆，正是贴切的对句。

# 二三四　孟婆

## 【题解】

本则释"孟婆"一词。"孟婆"，乃传说中的风神，后世诗词作品中用以

代指风，所引蒋捷及宋徽宗词就是典型例证。现存宋词中，也只有这两

首词作中用到了"孟婆"一词。杨慎悉数予以举列，又引北齐陆士秀及《山

海经》中故实，对"孟婆"一词的渊源予以考论。

俗谓风曰孟婆，蒋捷词云："春雨如丝，绣出花枝红褭。

怎禁他、孟婆合早<sup>①</sup>。"宋徽宗词云:"孟婆,好做些方便。吹个船儿倒转。"江南七月间有大风,甚于舶趠<sup>②</sup>,野人相传以为孟婆发怒。按北齐李騊駼聘陈,问陆士秀:"江南有孟婆,是何神也?"士秀曰:"《山海经》,帝之二女游于江中,出入必以风雨自随,以帝女,故曰孟婆。犹《郊祀志》以地神为泰媪。"此言虽鄙俚,亦有自来矣。

**【注释】**

①"春雨如丝"几句:出自蒋捷《解佩令·春》:"春晴也好。春阴也好。著些儿、春雨越好。春雨如丝,绣出花枝红袅。怎禁他、孟婆合皂。　　梅花风小。杏花风小。海棠风、蓦地寒峭。岁岁春光,被二十四风吹老。楝花风、尔且慢到。"合早,或作"合皂",意为"胡闹"。

②舶趠(zhuó):即舶趠风,南方梅雨季节后的东南季风。宋苏轼《舶趠风》诗:"三旬已过梅黄雨,万里初来舶趠风。"宋叶梦得《避暑录话》卷上:"常岁五六月之间梅雨时,必有大风连昼夕,逾旬乃止。吴人谓之舶趠风。以为风自海外来,祷于海神而得之。"

**【译文】**

俗称风为孟婆,蒋捷词言:"春雨如丝,绣出花枝红袅。怎禁他、孟婆合早。"宋徽宗词言:"孟婆,好做些方便。吹个船儿倒转。"江南七月间有大风,比舶趠风厉害,农人相传以为是孟婆发怒。按北齐李騊駼访陈,问陆士秀:"江南有孟婆,是什么神?"士秀说:"《山海经》里记载,天帝的二个女儿在江中游泳,出入一定以风雨跟随,因为是天帝的女儿,所以称孟婆。就如同《郊祀志》以地神为泰媪一样。"这话虽然鄙俗,也算是有来源了。

# 二三五　《忆君王》

## 【题解】

宋石茂良《避戎夜话》卷下:"渊圣幸虏营不返,谢元及作《忆王孙》。"渊圣,乃宋钦宗的尊号。《全宋词》据此辑入,并署谢克家作。该词描述故宫暮春景象,并以寓黍离之悲。

徽宗被虏北行,谢克家作《忆君王》词云[①]:"依依宫柳拂宫墙。宫殿无人春昼长。燕子归来依旧忙。忆君王。月照黄昏人断肠。"忠愤之气,寓于声律,宜表出之,其调即《忆王孙》也。

## 【注释】

①谢克家(?—1134):字任伯。上蔡(今属河南)人。绍圣四年(1097)进士。建炎四年(1130)官参知政事。绍兴元年(1131),以资政殿学士提举洞霄宫,寓居临海。《全宋词》据《避戎夜话》辑录《忆君王》词一首。

## 【译文】

徽宗被俘虏北行,谢克家作《忆君王》词言:"依依宫柳拂宫墙。宫殿无人春昼长。燕子归来依旧忙。忆君王。月照黄昏人断肠。"忠义愤激之气寓于声律之中,应当加以称扬。其词调即《忆王孙》。

# 二三六　陈敬叟

## 【题解】

陈以庄存词不多,只有三首,其中,最为后世所赞许和称引者,就是

杨慎所引之《水龙吟》。杨慎以为，该词记咏谢太后北去事。学界有人
以为此词与谢太后无关，如马兴荣等主编《中国词学大辞典》："然此词
见于《中兴以来绝妙词选》卷十，陈未及见宋亡，不可能记，杨慎所言不
确。"《绝妙词选》初刻于淳祐九年(1249)，此距谢太后北去尚有二十余
年。因此，此词非咏谢后亦明，杨慎之说不能成立。如此，则秋娘、泰娘
之比，毛氏、曹氏之况，也就无从谈起。陈词中之"秋娘渡""泰娘桥"也
非实指其人，应为吴中名胜。杨慎对《水龙吟》词题旨的析解虽属臆断，
但文末"妇人不足责"之论却能思出常表，也颇能体现杨慎对当权误国
者的憎恨。

　　陈敬叟，名以庄，号月溪。有《水龙吟》一首，自注："记
钱塘之恨。"盖谢太后随北虏去事也①。其词曰："晚来江阔
潮平，越船吴榜催人去。稽山滴翠，胥涛溅恨，一襟离绪。
访柳章台，问桃仙囿，物华如故。向秋娘渡口，泰娘桥畔，依
稀是、相逢处。　　　窈窕青门紫曲，旧罗衣、新番金缕。仙
音恍记，轻拢慢捻，哀弦危柱。金屋难成，阿娇已远，不堪春
暮。听一声杜宇，红殷丝老，雨花风絮。"是时谢太后年七十
余，故有"金屋阿娇，不堪春暮"之句。又以秋娘、泰娘比
之②，盖惜其不能死也。有愧于苻登之毛氏、窦建德之曹氏
多矣③。同时孟鲠有《折花怨》云④："匆匆杯酒又天涯。晴日
墙东叫卖花。可惜同生不同死，却随春色去谁家。"鲍铣亦
有诗云⑤："生死双飞亦可怜。若为白发上征船。未应分手
江南去，更有春光七十年。"噫，妇人不足责，误国至此者，秦
桧、贾似道，可胜诛哉！

## 【注释】

①谢太后(1210—1283,一作 1206—1279):名道清,天台(今属浙江)人。南宋理宗皇后,度宗时尊为皇太后,咸淳十年(1274)恭帝即位后又尊为太皇太后,主持国政。德祐二年(1276)元军逼近临安(今浙江杭州),谢后向元军奉表称臣,被封为寿春郡夫人。

②秋娘:唐杜牧《杜秋娘诗并序》:"杜秋,金陵女也。年十五为李锜妾。后锜叛灭,籍之入官,有宠于景陵。穆宗即位,命秋为皇子傅姆,皇子壮,封漳王。郑注用事,诬丞相欲去己者,指王为根。王被罪废削,秋因赐归故乡。"泰娘:原为唐民间歌女,其伎艺闻名京城。后归韦执谊。执谊死,复归蕲州刺史张愻,后流落民间。刘禹锡为赋《泰娘歌》。

③符登之毛氏:乃前秦高帝符登皇后,后为姚苌所掳,不屈而死,事见崔鸿《十六国春秋·登后毛氏》。窦建德之曹氏:乃窦建德妻,《旧唐书·窦建德传》载:"其(窦建德)妻曹氏不衣纨绮,所使婢妾才十数人……(齐)善行乃与建德右仆射裴矩、行台曹旦及建德妻率伪官属举山东之地,奉传国等八玺来降。"

④孟鲠:生卒年不详。金元间人。据元人杜本《谷音》卷上,孟鲠字介甫,曲阜(今属山东)人,"鲠沈毅雄略,中统癸亥,山东兵欲起,劫鲠计事,甲者三至,鲠不肯,遂被害。"所引诗见《谷音》上,题为《折花怨》,"同生不同死"作"全生不全死"。

⑤鲍铦:宋元间人,遗民诗人。据元人《谷音》卷下,鲍铦字以行,括苍(今浙江丽水)人,铦嗜酒,授简万言教授,得钱,悉送酒家。遇客尽饮,乃去。晚益傲诞,衲衣鬌结游青城不返。所引诗见《谷音》下,乃《重到钱塘》其一,"亦可怜"作"正可怜"。

## 【译文】

陈敬叟,名以庄,号月溪。有《水龙吟》词一首,自注:"记钱塘之恨。"即谢太后被元军俘虏去北方一事。其词言:"晚来江阔潮平,越船吴榜催人去。稽山滴翠，胥涛溅恨，一襟离绪。访柳章台，问桃仙圃，物华如故。向秋娘渡口，泰娘桥畔，依稀是、相逢处。　　窈窕青门紫曲，旧罗衣、新番金缕。仙音怳记，轻拢慢捻，哀弦危柱。金屋难成，阿娇已远，不堪春暮。听一声杜宇，红殷丝老，雨花风絮。"那时谢太后七十多岁，所以有"金屋阿娇，不堪春暮"之句。又以秋娘、泰娘作比，大概是为谢太后不能死节而感到遗憾。相较符登之皇后毛氏、窦建德之妻曹氏十分有愧。同时代的孟鲠有《折花怨》言："匆匆杯酒又天涯。晴日墙东叫卖花。可惜同生不同死，却随春色去谁家。"鲍锐也有诗言："生死双飞亦可怜。若为白发上征船。未应分手江南去，更有春光七十年。"唉，妇人不值得责怪，误国至此的人是秦桧、贾似道，岂能忍受他们只是被诛杀呢！

## 二三七　陈刚中词

**【题解】**

本则录自元蒋子正《山房随笔》，记陈孚《太常引》词本事并录原作。两词乃母诞日思亲之作，情感真挚，允推佳作。清陈廷焯《云韶集辑评》卷十一评后一首曰："凄恻语。真情真景，字字是泪。令远游者泪下。"

天台陈刚中孚在燕①，端阳日当母诞，作《太常引》二首云："彩丝堂敞簇兰翘。记生母、在今朝。无地捧金蕉②。奈烟水、龙沙路遥。　　碧天迢递，白云何处③，急雨潇潇。万里梦魂销。待飞逐、钱塘夜潮。"其二："短衣孤剑客乾坤。奈无策、报亲恩。三载隔晨昏④。更疏雨、寒灯断魂。　　赤城霞外⑤，西风鹤发，犹想倚柴门。蒲醑漫盈樽⑥。倩谁写、青衫泪痕。"时为编修云。

**【注释】**

①陈刚中孚：即陈孚，生卒年不详。字刚中，号笏斋。台州临海（今属浙江）人。元代人。今存《陈刚中诗集》三卷。词存《太常引》两首，《全金元词》据杨慎《词品》卷五录入。

②金蕉：即金蕉叶，酒杯名。后唐冯贽《云仙杂记·酒器九品》："李适之有酒器九品：蓬莱盏、海川螺、舞仙盏、瓠子卮、幔卷荷、金蕉叶、玉蟾儿、醉刘伶、东溟样。"

③碧天迢递，白云何处：《新唐书·狄仁杰传》："仁杰登太行山，反顾，见白云孤飞，谓左右曰：'吾亲舍其下。'瞻怅久之。云移，乃得去。"

④晨昏：《礼记·曲礼上》："凡为人子之礼，冬温而夏清，昏定而晨省。"

⑤赤城霞外：晋孙绰《游天台山赋》："赤城霞起而建标。"此以赤城代指台州及临海地区。

⑥蒲醑(xǔ)：菖蒲酒。旧俗端阳节饮用。

**【译文】**

天台人陈孚在燕地，端阳日正值母亲诞辰日，作《太常引》二首言："彩丝堂敞簌兰翘。记生母、在今朝。无地捧金蕉。奈烟水、龙沙路遥。　碧天迢递，白云何处，急雨潇潇。万里梦魂销。待飞逐、钱塘夜潮。"其二："短衣孤剑客乾坤。奈无策、报亲恩。三载隔晨昏。更疏雨、寒灯断魂。　赤城霞外，西风鹤发，犹想倚柴门。蒲醑漫盈樽。倩谁写、青衫泪痕。"陈孚当时任翰林国史院编修。

# 二三八《惜分钗》

**【题解】**

本则录吕渭老《惜分钗》词，并作简短评述。词写春愁，深婉流美，低徊不尽。上下阕各用叠字，不仅使句促韵协，亦且使词境深邃回曲，意味悠长。故杨慎评为"妙在促韵"。

吕圣求《惜分钗》一词云："春将半。莺声乱。柳丝拂马花迎面。小堂风。暮楼钟。草色连云,暝色连空。重重。　秋千畔。何人见。宝钗斜照春妆浅。酒霞红。与谁同。试问别来,近日情悰①。忡忡。"此词妙在促韵。

**【注释】**

①情悰:情怀,情绪。

**【译文】**

吕圣求《惜分钗》一词言："春将半。莺声乱。柳丝拂马花迎面。小堂风。暮楼钟。草色连云,暝色连空。重重。　秋千畔。何人见。宝钗斜照春妆浅。酒霞红。与谁同。试问别来,近日情悰。忡忡。"这首词妙在句短韵促。

## 二三九　邹志完陈莹中词

**【题解】**

本则全文录自《苕溪渔隐丛话》后集卷三十九引《能改斋漫录》。文录邹浩、陈瓘相互酬答词两首,陈瓘赠广陵马推官《减字木兰花》词一首,以及邹浩赠马推官诗二首,计诗词共五首。其中,酬答词两首重肖像刻画,与戏谑中见出贬谪生活之艰辛;赠广陵马推官诗与词,亦抒写远窜之落寞与悲凉,同时也表达了对故土、古人的思念之情。

《复斋漫录》云①:邹志完徙昭②,陈莹中贬廉③,间以长短句相谐乐。"有个胡儿模样别。满颔髭须,生得浑如漆。

见说近来头也白。髭须那得长长黑。　　（逸一句）笊子摘来，须有千茎雪。莫向细君容易说。恐他嫌你将伊摘④"。此莹中语，谓志完之长髭也。"有个头陀修苦行，头上头发毵毵。身披一副黪裙衫。紧缠双脚，苦苦要游南。　　闻说度牒一朝到，并除颔下髭髯。钵中无粥住无庵。摩登伽处，只恐却重参⑤。"此志完语，谓莹中之多欲也。广陵马推官往来二公间，亦尝以诗词赠之。"有才何事老青山。十载低回北斗南。肯伴雪髯千日醉，此心真与古人参"。"不见故人今几年。年来风物尚依然。遥知闲望登临处，极目江湖万里天"。志完语也。"一樽薄酒。满酌劝君君举手。不是朋亲。谁肯相从寂寞滨。　　人生似梦。梦里惺惺何处用。盏倒休辞。醉后全胜未醉时"⑥。莹中语也。初，志完自元符间贬新州。徽宗即位，以中书舍人召。未几，谪零陵别驾，龙水安置。未几，徙昭焉。

## 【注释】

①《复斋漫录》：即《能改斋漫录》，宋吴曾著，今本十八卷。分事始、辨误、事实、沿袭、地理、议论、记诗、记事、记文、方物、乐府、谨正、神仙鬼怪等十三类，内容包括辨正诗文典故，解析名物制度，杂记朝野遗事等。

②邹志完：即邹浩（1060—1111），字志完，号道乡居士。常州晋陵（今属江苏）人。元丰五年（1082）进士。徽宗朝，迁吏部、兵部侍郎，大观四年（1110），复直龙图阁。有《道乡集》。《全宋词》录其词二首。

③陈莹中：即陈瓘（1057—1122），字莹中，号了翁，又号了堂，学者称

了斋先生。南剑州沙县(今属福建)人。元丰二年(1079)进士。徽宗时，历右司谏、权给事中。崇宁中，以党籍除名，流袁州、廉州，移郴州。有《了斋集》，不传。《全宋词》录其词二十二首，残句二则。

④"有个胡儿模样别"几句：此陈瓘词，调为《蝶恋花》。笰(niè)子，钳子。细君，汉东方朔妻，后用作妻子的通称。

⑤"有个头陀修苦行"几句：此邹浩词，调为《临江仙》。头陀，僧人。度牒，僧道出家，官府发给的凭证。摩登伽，即摩登伽女，古印度摩登伽种的淫女。

⑥"一樽薄酒"几句：此陈瓘词，调为《减字木兰花》。

## 【译文】

《复斋漫录》言：邹志完被贬至昭州，陈莹中被贬至廉州，间或以长短句相互取乐。"有个胡儿模样别。满颔髭须，生得浑如漆。见说近来头也白。髭须那得长长黑。　　(逸一句)笰子摘来，须有千茎雪。莫向细君容易说。恐他嫌你将伊摘"。这是莹中的语词，是说志完的长胡须。"有个头陀修苦行，头上头发氄氄。身披一副黪裙衫。紧缠双脚，苦苦要游南。　　闻说度牒一朝到，并除颔下髭髯。钵中无粥住无庵。摩登伽处，只恐却重参。"这是志完的语词，是说莹中的多欲。广陵马推官往来于二人之间，二人也曾以诗词相赠。"有才何事老青山。十载低回北斗南。肯伴雪髯千日醉，此心真与古人参"。"不见故人今几年。年来风物尚依然。遥知闲望登临处，极目江湖万里天"。这是志完的语词。"一樽薄酒。满酌劝君君举手。不是朋亲。谁肯相从寂寞滨。

人生似梦。梦里惺惺何处用。盏倒休辞。醉后全胜未醉时"。这是莹中的语词。起初，志完自元符年间贬至新州。徽宗即位后，以中书舍人召见他。没有多久，被贬为零陵别驾，安置于龙水。没有多久，被贬至昭州。

## 二四〇　词谶

**【题解】**

　　本则录自《苕溪渔隐丛话》后集卷三十九引《能改斋漫录》。所录词一首,佚名,失调名。宣和四年(1122),宋兵攻辽,郭药师率兵八千人,以涿、易二州归宋;七年(1125),郭药师叛宋降金,充当向导,为攻宋先导。《金史·郭药师传》赞曰:"郭药师者,辽之余孽,宋之厉阶,金之功臣也。"此词正是这一历史事实的形象化反映。

　　《复斋漫录》云:邓肃谓余曰[①]:宣和五年,初复九州,天下共庆,而识者忧之也。都下盛唱小词云:"喜则喜、得入手。愁则愁、不长久。欢则欢、我两个厮守。怕则怕、人来破斗。"虽三尺之童皆歌之,不知何谓也。七年,九州复陷,岂非不长久也?郭药师[②],契丹之帅也,我用以守疆。启敌国祸者郭尔,非破斗之验耶?

**【注释】**

　　①邓肃(1091—1132):字志宏,号栟榈居士。南剑州沙县(今属福建)人。钦宗朝,召对,补承务部。高宗用为左正言。有《栟榈集》。存诗八十余首。词存集中,《全宋词》据以录入四十五首。

　　②郭药师:生卒年不详。渤海族,铁州(今吉林敦化)人。原为辽将。辽亡,降宋,后复降金。以涿、易(今河北易县)二州归宋,降金,从宗望南下伐宋,克汴京(今河南开封),致使宋徽宗、宋钦宗被俘。

**【译文】**

　　《复斋漫录》言:邓肃对我说:宣和五年,刚刚收复九州,天下共庆,而有识之士对此感到忧虑。京城广泛传唱一小词言："喜则喜、得入手。愁则愁、不长久。欢则欢、我两个厮守。怕则怕、人来破斗。"即使是年幼不懂事的儿童都歌唱它，但不知道说的是什么意思。七年，九州又沦陷，难道不是不长久吗？郭药师，是契丹的将帅，我方用他守卫疆土。开启敌国祸患的人是郭药师，这难道不是"破斗"的验证吗？

## 二四一　无名氏《扑蝴蝶》词

### 【题解】

本则亦录自《苕溪渔隐丛话》后集卷三十九，《诗人玉屑》卷二十一亦有引录。所引《扑蝴蝶》词，作者及时代无考。宋赵闻礼《阳春白雪》卷三作晏幾道词，明温博《花间集补》卷下、明董逢元《唐词纪》卷十一录作唐人词，均未详所据。

苕溪渔隐曰：旧词高雅，非近世所及。如《扑蝴蝶》一词，不知谁作，非惟藻丽可喜，其腔调亦自婉美。词云："烟条雨叶，绿遍江南岸。思归倦客，寻芳来较晚。岫边红日初斜[①]，陌上花飞正满。凄凉数声羌管。怨春短。　　玉人应在，明月楼中画眉懒。蛮笺锦字，多少鱼雁断。恨随去水东流，事与行云共远。罗衾旧香犹暖。"

### 【注释】

①岫（xiù）：峰峦。晋陶潜《归去来兮辞》："云无心以出岫，鸟倦飞而知还。"

### 【译文】

苕溪渔隐说：旧词高雅，不是近代所能企及的。如《扑蝴蝶》一词，

不知是谁写的,不只是词采华丽令人喜爱,其腔调也婉转动听。词言:
"烟条雨叶,绿遍江南岸。思归倦客,寻芳来较晚。岫边红日初斜,陌上
花飞正满。凄凉数声羌管。怨春短。　　玉人应在,明月楼中画眉懒。
蛮笺锦字,多少鱼雁断。恨随去水东流,事与行云共远。罗衾旧香
犹暖。"

## 二四二　曹元宠词

### 【题解】

本则亦录自《苕溪渔隐丛话》后集卷三十九。文记曹组及其词作特
点,录《婆罗门》词全篇,并予以简短评述。该词《乐府雅词》署杨景作,
胡仔以为乃曹组之作。

苕溪渔隐曰:曹元宠本善作词,特以《红窗迥》戏词盛行
于世①,遂掩其名。如望月《婆罗门》一词,亦岂不佳? 词云:
"涨云暮卷,漏声不到小帘枕。银河淡扫澄空。皓月当轩高
挂,秋入广寒宫。正金波不动,桂影朦胧。　　佳人未逢。
叹此夕与谁同。望远伤怀对影,霜满秋红。南楼何处,想人
在长笛一声中。凝泪眼、立尽西风。"此词语病在"霜满秋
红"之句,时太早尔。曾端伯编《雅词》②,乃以此为杨如晦
作③,非也。

### 【注释】

①特以《红窗迥》戏词盛行于世:现传曹组词无此作。

②曾端伯:即曾慥(? —1155),字端伯,号至游居士、至游子。泉州
　晋江(今属福建)人。绍兴二十五年(1155),终右文殿修撰。《雅

词》:指《乐府雅词》,曾慥编。成书于绍兴十六年(1146)。其中
正集三卷,拾遗二卷。正集录欧阳修、王安石、张子野等三十四
家词人词作七百二十三首;拾遗收词一百七十一首,皆为宋人
词作。

③以此为杨如晦作:《乐府雅词》拾遗卷上署上词作者为杨景。杨
景,生卒年不详。字如晦。颍昌(今河南许昌)人。北宋人。政
和二年(1112),在延安幕府,宣和三年(1121),为洛阳工曹。《全
宋词》据《乐府雅词》录其词一首。

**【译文】**

　　苕溪渔隐说:曹元宠原本善于作词,只是因为《红窗迥》戏谑词盛行
于世,于是便淹没了他的词名。如望月《婆罗门》一词,难道说不好吗?
词言:"涨云暮卷,漏声不到小帘栊。银河淡扫澄空。皓月当轩高挂,秋
入广寒宫。正金波不动,桂影朦胧。　　佳人未逢。叹此夕与谁同。
望远伤怀对影,霜满秋红。南楼何处,想人在长笛一声中。凝泪眼、立
尽西风。"这首词的语病在"霜满秋红"一句,所描绘的时节过早了。曾
端伯编《雅词》,认为此词是杨如晦所作,不对。

## 二四三　王寀《渔家傲》词

**【题解】**

　　本则全文录自《苕溪渔隐丛话》后集卷三十六引《能改斋漫录》。文
记王寀事历,并录其《渔家傲》词。该词叹浮生多艰,世事虚空,《能改斋
漫录》卷十七评曰:"歌之使人有遗世之意。"

　　《复斋漫录》云:王寀辅道①,观文韶子也②。徽宗朝,妄
奏天神降于家,卒以此受祸③。人以其父熙河妄杀之报尔④。
尝为《渔家傲》词云:"日月无根天不老。浮生总被消磨了。

陌上红尘常扰扰。昏复晓。一场大梦谁先觉。　　洛水东流山四绕。路傍几个新华表。见说在时官职好。争信道。冷烟寒雨埋荒草。"

**【注释】**

①王寀(1078—1118)：原作"王采"，据《宋史·王寀传》改。字辅道，一作道辅，号南陔，江州德安(今属江西)人。登进士第，官校书郎。好神仙事，重和元年(1118)为林灵素所陷，弃市。有《南陔集》一卷，今佚。《全宋词》收其词十二首。

②观文韶子：王寀乃观文殿学士王韶之子。王韶(1030—1081)，字子纯。江州德安(今属江西)人。嘉祐二年(1257)进士。神宗任以西北边事，置熙州(今甘肃临洮)，取河(今甘肃临夏)、洮(今甘肃临潭)、岷(今甘肃岷县)、宕(今甘肃宕昌)、亹(今青海门源)五州，以功迁端明殿学士、礼部侍郎，拜枢密副使。

③妄奏天神降于家，卒以此受祸：《宋史·王寀传》："帝(徽宗)大喜，约某日即内殿致天神。灵素求与共事，又弗许……及是日，寀与书生至东华门，灵素戒阍卒独听寀入。帝斋洁敬待，越三夕无所闻，乃下寀大理，狱成，弃市。"

④熙河妄杀：《宋史·王韶传》："(熙宁)六年三月，取河州，迁枢密直学士……连拔宕、岷二州，亹、洮羌酋皆以城附。军行五十有四日，涉千八百里，得州五，斩首数千级，获牛、羊、马以万计。"

**【译文】**

《复斋漫录》言：王寀，字辅道，是观文殿学士王韶之子。徽宗当朝，王寀胡乱奏称能使天神降于家，最终因此受祸。人们认为这是其父熙河滥杀招致的报应。王寀曾作《渔家傲》词言："日月无根天不老。浮生总被消磨了。陌上红尘常扰扰。昏复晓。一场大梦谁先觉。　　洛水东流山四绕。路傍几个新华表。见说在时官职好。争信道。冷烟寒雨埋荒草。"

## 二四四　洪觉范《浪淘沙》

### 【题解】

本则录自《苕溪渔隐丛话》后集卷三十七引《冷斋夜话》。文记惠洪《浪淘沙》词本事，并录全词。词以作茧之蚕喻垂老之人，进而引发归山出尘之想，语意超绝，吐言闳达。

《冷斋夜话》云①：予留南昌，久而忘归。独行无侣，意绪萧然。偶登秋屏阁望西山，于是浩然有归志，作长短句寄意。其词曰："城里久偷闲。尘浣云衫。此身已是再眠蚕。隔岸有山归去好，万壑千岩。　　霜晓更凭阑。灭尽晴岚。微云生处是茅庵。试问此生谁作伴，弥勒同龛。"

### 【注释】

①《冷斋夜话》：十卷，惠洪著。《四库全书总目》提要："是书杂记见闻，而论诗者居十之八；论诗之中，称引元祐诸人者又十之八，而黄庭坚语尤多。盖惠洪犹及识庭坚，故引以为重。"

### 【译文】

《冷斋夜话》言：我停留南昌，时间长了忘了返回。独来独往没有伴侣，心绪落寞。偶然登上秋屏阁眺望西山，于是归家之志如流水般不可阻遏，作长短句以寄托心志。其词言："城里久偷闲。尘浣云衫。此身已是再眠蚕。隔岸有山归去好，万壑千岩。　　霜晓更凭阑。灭尽晴岚。微云生处是茅庵。试问此生谁作伴，弥勒同龛。"

## 二四五　洪觉范禅师赠女真词

**【题解】**

　　本则全文录自《苕溪渔隐丛话》后集卷三十七引《能改斋漫录》。文叙魏坛风物名胜，并录咏魏夫人诗、词各一首。所录惠洪《西江月》词，讽女道士凡心未肃，尘幻犹存，即所谓"守戒者鲜矣"。清叶申芗《本事词》卷上："僧觉范尝赋《西江月》赠女道士云：（词略）此僧亦大通脱矣。"

　　《复斋漫录》云：临川距城南一里，有观曰魏坛，盖魏夫人经游之地①，具诸颜鲁公之碑②。以故诸女真嗣续不绝③，然而守戒者鲜矣。陈虚中崇宁间守临川④，为诗曰："夫人在兮若冰雪。夫人去兮仙迹灭。可惜如今学道人，罗裙带上同心结。"洪觉范尝以长短句赠一女真云："十指嫩抽春笋，纤纤玉软红柔。人前欲展强娇羞。微露云衣霓袖。　　最好洞天春晚，《黄庭》卷罢清幽⑤。凡心无计奈闲愁。试捻花枝频嗅。"

**【注释】**

①魏夫人：传奇小说中仙人。《太平广记》卷五十八载："魏夫人者，任城人也。晋司徒剧阳文康公舒之女。名华存，字贤安。幼而好道，静默恭谨，读庄老、三传、五经、百氏，无不该览。志慕神仙，味真耽玄，欲求冲举……太乙玄仙遣飙车来迎，夫人乃托剑化形而去……玄宗敕道士蔡伟编入《后仙传》。大历三年戊申，鲁国公颜真卿重加修葺，立碑以纪其事焉。"

②颜鲁公之碑：唐颜真卿有《晋紫虚元君领上真司命南岳夫人魏夫人仙坛碑铭》，载《颜鲁公集》卷九。颜鲁公，即颜真卿（709—

784)，字清臣。京兆万年(今陕西西安)人。杰出书法家。开元
进士，官至殿中侍御史。累官宪部尚书、御史大夫、户部侍郎，封
鲁郡公，世称颜鲁公。后人辑有《颜鲁公文集》。

③女真：女道士。

④陈虚中：即陈城，生卒年不详。字虚中，沙县(今属福建)人。陈
瓘之弟。元符三年(1100)进士，历知建、吉二州。

⑤《黄庭》：道教经典《上清黄庭内景经》《上清黄庭外景经》的统称。

**【译文】**

《复斋漫录》言：临川城南一里处，有一个道观叫魏坛，大概是魏夫
人经游的地方，颜鲁公之碑仍在。因此许多女道士承继不断，然而守戒
的人很少。陈虚中在崇宁间守临川，作诗言："夫人在兮若冰雪。夫人
去兮仙迹灭。可惜如今学道人，罗裙带上同心结。"洪觉范曾以长短句
赠给一位女道士言："十指嫩抽春笋，纤纤玉软红柔。人前欲展强娇羞。
微露云衣霓袖。　　最好洞天春晚，《黄庭》卷罢清幽。凡心无计奈闲
愁。试捻花枝频嗅。"

## 二四六　钱思公词

**【题解】**

本则录自《苕溪渔隐丛话》后集卷三十九引《侍儿小名录》，又见宋
僧文莹《湘山野录》卷上。文录钱惟演《玉楼春》词一首，并记其父钱俶
之歌鬟惊鸿所叙旧事。词叙老年病苦，沉迫低徊，情调哀切，黄昇《花庵
词选》曰："此词暮年作，词极凄惋。"

《侍儿小名录》云①：钱思公谪汉东日②，撰《玉楼春》词
曰："城上风光莺语乱。城下烟波春拍岸。绿杨芳草几时
休，泪眼愁肠先已断。　　情怀渐变成衰晚。鸾镜朱颜惊

暗换。往年多病厌芳樽，今日芳樽惟恐浅。"每酒阑歌之，则泣下。后阁有白发姬，乃邓王歌鬟惊鸿也③。遽言先王将薨，预戒挽铎中歌《木兰花》引绋为送④。今相公亦将亡乎？果薨于随州。邓王旧曲亦尝有"帝乡烟雨锁春愁，故国山川空泪眼"之句。

**【注释】**

①《侍儿小名录》：一卷。录先秦至宋代侍妾故事。旧题宋洪遂撰。陈振孙《直斋书录解题》作洪炎撰，亦有作洪适或洪刍者。

②钱思公：即钱惟演（962—1034），字希圣。临安（今浙江杭州）人。"西昆体"代表诗人。官保大军节度使，加同中书门下平章事。仁宗时，因事落职。卒，谥思，改谥文僖。有《典懿集》三十卷，已佚。今存《家王故事》《金坡遗事》。《全宋词》收其词二首。

③邓王：指钱惟演之父钱俶。钱俶（929—988），原名弘俶，字文德，临安（今浙江杭州）人。五代时吴越国王。太平兴国三年（978）纳土归宋。先后受封为淮海国王、汉南国王、南阳国王，改封许王，进封邓王。

④绋（fú）：通"綍"。指下葬时引柩入穴的绳索。《礼记·曲礼上》："助葬必执绋。"

**【译文】**

《侍儿小名录》言：钱思公贬谪汉东的时候，撰写《玉楼春》词言："城上风光莺语乱。城下烟波春拍岸。绿杨芳草几时休，泪眼愁肠先已断。　　情怀渐变成衰晚。鸾镜朱颜惊暗换。往年多病厌芳樽，今日芳樽惟恐浅。"每到酒筵将尽时歌唱它，便泪流而下。后阁中有一位白发歌姬，是其父邓王钱俶的歌女惊鸿。她惶恐地说，邓王将死时预先告诫，下葬时拉着引柩入穴的绳索合着铎的节奏唱《木兰花》为挽歌以此送别。现在您也要离去吗？钱思公果然死于随州。邓王旧曲也曾有"帝乡烟雨锁春愁，故国山川空泪眼"的句子。

## 二四七　刘后村

**【题解】**

　　本则评刘克庄词。所举《沁园春·梦孚若》一首，表现了英雄末路、壮志未酬之激愤与悲慨，顿挫情壮，确与辛弃疾词声气相通。至于杨慎所言"效稼轩而不及"，亦为事实，后人亦多持此论。如陈廷焯《白雨斋词话》卷一："刘后村则感激豪宕，其词与安国相伯仲，去稼轩虽远，正不必让刘(过)、蒋(捷)。"所引《念奴娇》下阕数句，巧用事典，熔铸经史，驾轻就熟，杨慎评为"奇甚"。所引《贺新郎·送陈真州子华》一词，向来被视为刘克庄的代表作。此词自嘲身受束缚，于抗金无所作为，其激愤之情溢于言表。杨慎评为"庄语亦可起懦"，以为有振发豪气之效，此论十分精当。

　　刘克庄，字潜夫，号后村。有《后村别调》一卷，大抵直致近俗，效稼轩而不及也。梦方孚若《沁园春》云①："何处相逢，登宝钗楼，访铜雀台。唤厨人斫就，东溟鲸鲙，圉人呈罢②，西极龙媒③。天下英雄，使君与操，余子谁堪共酒杯。车千乘，载燕南代北，剑客奇材。　　饮酣画鼓如雷。谁信被、晨鸡催唤回。叹年光过尽，功名未立，书生老去，机会方来。使李将军，遇高皇帝，万户侯、何足道哉。推衣起，但凄凉感旧，慷慨生哀。"举一以例，他词类是。其咏菊《念奴娇》后段云④："尝试铨次群芳，梅花差可，伯仲之间耳。佛说诸天金色界，未必庄严如此。尚友灵均，定交元亮，结好天随子。篱边坡下,一杯聊泛霜蕊。"亦奇甚。送陈子华帅真州云[5]:"记得太行兵百万,曾入宗爷驾御。今把做、握蛇骑虎。""堪笑书生心胆怯,向车中、闭置如新妇。空目送,孤鸿去。"庄语亦可起懦。旅中《浪淘沙》云:"纸帐素屏遮。全似僧家。无端霜月闯窗纱。惊起玉关征戍梦,几叠寒笳。　　岁晚客天涯。鬓发苍华。今年衰似去年些。诗酒近来都减价,孤负梅花。"见《天机余锦》[6]。

**【注释】**

①方孚若:即方信孺(1177—1222),字孚若,号好庵。兴化军莆田(今属福建)人。官至淮东转运判官,曾力主抗金。下引词题作"梦孚若"。

②圉人:官名,掌管养马放牧等事。

③龙媒:骏马。

④咏菊《念奴娇》:此词乃题为"菊",下所引乃词之下阕,其上阕为:"老夫白首,尚儿嬉、废圃一番料理。餐饮落英并坠露,重把《离骚》拈起。野艳幽香,深黄浅白,占断西风里。飞来双蝶,绕丛欲去还止"。

⑤送陈子华帅真州:指刘克庄《贺新郎·送陈真州子华》词,全词如下:"北望神州路。试平章、这场公事,怎生分付。记得太行山百万,曾入宗爷驾驭。今把作、握蛇骑虎。君去京东豪杰喜,想投戈、下拜真吾父。谈笑里,定齐鲁。　　两河萧瑟惟狐兔。问当年、祖生去后,有人来否。多少新亭挥泪客,谁梦中原块土。算事业、须由人做。应笑书生心胆怯,向车中、闭置如新妇。空目送,塞鸿去。"兵百万,《后村集》作"山百万"。

⑥见《天机余锦》:今存《天机余锦》不载该词。

## 【译文】

刘克庄，字潜夫，号后村。有《后村别调》一卷，大多直抒胸臆，语言通俗，效仿稼轩却比不上。其梦方孚若《沁园春》一词言："何处相逢，登宝钗楼，访铜雀台。唤厨人斫就，东溟鲸鲙，圉人呈罢，西极龙媒。天下英雄，使君与操，余子谁堪共酒杯。车千乘，载燕南代北，剑客奇材。饮酣画鼓如雷。谁信被、晨鸡催唤回。叹年光过尽，功名未立，书生老去，机会方来。使李将军，遇高皇帝，万户侯、何足道哉。推衣起，但凄凉感旧，慷慨生哀。"举一词为例，其他词与此类似。其咏菊《念奴娇》后段言："尝试铨次群芳，梅花差可，伯仲之间耳。佛说诸天金色界，未必庄严如此。尚友灵均，定交元亮，结好天随子。篱边坡下，一杯聊泛霜蕊。"也很新奇。送陈子华帅真州言："记得太行兵百万，曾入宗爷驾御。今把做、握蛇骑虎。""堪笑书生心胆怯，向车中、闭置如新妇。空目送，孤鸿去。"严正的议论也可振发软弱无能者之豪气。旅中《浪淘沙》言："纸帐素屏遮。全似僧家。无端霜月闯窗纱。惊起玉关征戍梦，几叠寒笳。　　岁晚客天涯。鬖发苍华。今年衰似去年些。诗酒近来都减价，孤负梅花。"见《天机余锦》。

# 二四八　刘伯宠

## 【题解】

刘褒词，《中兴以来绝妙词选》辑录五首，《中兴词话》评曰："刘伯宠，武夷之文士，尤工于乐府，而鲜传于世。余极爱其《桂林元夕呈师座》一阕云：'东风初觳池波……'盖《水龙吟》也。"又评《雨中花慢》"下字造语，精深华妙，惟识者能知之。"此处，杨慎举列《水龙吟·桂林元夕呈帅座》等三首，载引其中个别词句，评为"其词多俊语"。前两首，与《中兴词话》所录同，其"多俊语"之论，也与《中兴词话》所言之"下字造语，精深华妙"略同。可知，杨慎此评受到了《中兴词话》的影响。综合地看,杨慎所举诸词例语言流利隽爽,饶有情致,以"俊语"称之,是恰当的。

　　刘伯宠①,名褒,一字春卿,其词多俊语。元夕云:"金猊戏掣星桥锁。""绛纱万炬,玉梅千朵。羯鼓喧空,鹍弦沸晓,樱梢微破②。"春日旅况云③:"遗策谁家荡子,唾花何处新妆。流红有恨,拾翠无心,往事凄凉。""红泪不胜闺怨,白云应老他乡"。送别云④:"红枕臂香痕未落,舟横岸、作计匆匆。""愁如织,断肠啼鴂,饶舌诉东风。"

**【注释】**

①刘伯宠:即刘褒,生卒年不详。字伯宠,一字春卿。建宁崇安(今福建武夷山市)人。淳熙五年(1178)进士,除司门郎中。嘉定六年(1213)时,监尚书六部门,放罢。有《梅山诗集》,不传。《全宋词》辑录其词五首。

②"元夕云"几句:此指刘褒《水龙吟·桂林元夕呈帅座》。全词如下:"东风初縠池波,轻阴未放游丝堕。新春歌管,丰年笑语,六街灯火。绣毂雕鞍,飞尘卷雾,水流云过。怅扬州十里,三生梦觉,卷珠箔、映青琐。　　金猊戏掣星桥锁。博山香、烟浓百和。使君行乐,绛纱万炬,雪梅千朵。羯鼓轰空,鹍弦沸晓,樱梢微破。想明年更好,传柑侍宴,醉扶猊座。"金猊,香炉的一种。炉盖作焌猊形,空腹。焚香时,烟从口出。

③春日旅况:此指刘褒《雨中花慢·春日旅况》:"缥蒂缃枝,玉叶翡英,百梢争赴春忙。正雨后、蜂黏落絮,燕扑晴香。遗策谁家荡子,唾花何处新妆。想流红有恨,拾翠无心,往事凄凉。　　春愁如海,客思翻空,带围只看东阳。更那堪、玉笙度曲,翠羽传

筯。红泪不胜闺怨，白云应老他乡。梦回羁枕，风惊庭树，月在西厢。"流红，《中兴以来绝妙词选》卷七作"想流红"。

④送别：此指刘褒《满庭芳·留别》："柳袅金丝，梨铺香雪，一年春事方中。烛前一见，花艳觉羞红。枕臂香痕未落，舟横岸、作计匆匆。明朝去，暮天平水，双桨碧云东。　　隔离歌一阕，琵琶声断，燕子楼空。叹阳台梦杳，行雨无踪。后会芙蕖未老，从今去、日望归鸿。愁如织，断肠啼鴂，饶舌诉东风。"

## 【译文】

刘伯宠，名褒，一字春卿，其词多俊美的语词。咏元宵词言："金猊戏掣星桥锁。""绛纱万炬，玉梅千朵。羯鼓喧空，鹍弦沸晓，樱梢微破。"咏春日旅况词言："遗策谁家荡子，唾花何处新妆。流红有恨，拾翠无心，往事凄凉。""红泪不胜闺怨，白云应老他乡。"咏送别词言："红枕臂香痕未落，舟横岸、作计匆匆。""愁如织，断肠啼鴂，饶舌诉东风"。

# 二四九　刘叔安

## 【题解】

本则评刘镇词，涉及刘镇的词作有六首之多，几及刘镇全部词作的四分之一。《阮郎归》一首写闺怨，颇见思妇神情。杨慎评为"清丽可诵"。《念奴娇》一首咏茉莉，全词托物言情，语意高妙。其对茉莉的摹写在似与不似之间，咏物而不滞于物，轻灵俊丽，韵味醇厚。因此，杨慎有"想像可得"之评。《汉宫春》一首，乃席上怀旧之作，通过对往昔旧游的追念，抒发了光阴虚度、青春易老的悲怆。确如杨慎所言有"富贵蕴藉之味"。《浣溪沙·丁亥戊元宵》和《江神子·三月晦日西湖戊春》两首均为小令之作，清秀隽永，语出常表，杨慎评为"奇"，给予了充分的肯定。刘克庄《跋刘叔安感秋八词》以"周、柳、辛、陆之能事，庶乎其兼之矣"评刘镇,此未免揄扬过甚。相比之下,杨慎"南渡填词巨工也"的评述要客观得多。

　　刘叔安,名镇,号随如。元夕《庆春泽》一首①,入《草堂》选。又有《阮郎归》云:"寒阴漠漠夜来霜。阶庭风叶黄。归鸦数点带斜阳。谁家砧杵忙。　　灯弄幌,月侵廊。熏笼添宝香。小屏低枕怯更长。和云入醉乡。"亦清丽可诵。其咏茉莉云:"月浸阑干天似水,谁伴秋娘窗户②。"评者以为不言茉莉,而想像可得,他花不能承当也。又春宴云:"庭花弄影,一帘香月娟娟③。"有富贵蕴藉之味。饯元宵、饯春二词皆奇④,南渡填词巨工也。

**【注释】**

①元夕《庆春泽》一首:指刘镇《庆春泽·丙子元夕》。

②月浸阑干天似水,谁伴秋娘窗户:出自刘镇《念奴娇》:"调冰弄雪,想花神清梦,徘徊南土。一夏天香收不起,付与蕊仙无语。秀入精神,凉生肌骨,销尽人间暑。稼轩愁绝,惜花还胜儿女。　　长记歌酒阑珊,开时向晚,笑浥金茎露。月浸栏干天似水,谁伴秋娘窗户。困殢云鬟,醉敲风帽,总是牵情处。返魂何在,玉川风味如许"

③庭花弄影,一帘香月娟娟:出自刘镇《汉宫春·郑贺守席上怀旧》:"日软风柔,望暖红连岛,晴绿平川。寻芳拾蕊,胜伴陌上鲜妍。玉骢归路,记青门、曾堕吟鞭。人去后,庭花弄影,一帘香月娟娟。　　追念旧游何在,叹佳期虚度,锦瑟华年。博山夜来烬冷,谁换沈烟。屏帏半掩,奈梦云、不到愁边。春易老,相思无据,闲情分付鱼笺。"

④佚元宵、佚春：指刘镇《浣溪沙·丁亥佚元宵》及《江神子·三月
　晦日西湖佚春》两词。

【译文】

　　刘叔安，名镇，号随如。咏元宵《庆春泽》一首，入选《草堂诗余》。又
有《阮郎归》言："寒阴漠漠夜来霜。阶庭风叶黄。归鸦数点带斜阳。谁家
砧杵忙。　　灯弄幌，月侵廊。熏笼添宝香。小屏低枕怯更长。和云入
醉乡。"也是清新俊美可以歌诵。其咏茉莉言："月浸阑干天似水，谁伴秋
娘窗户。"评论者认为虽不说茉莉，但通过联想可以获得茉莉的形象，其他
的花不能承当。又咏春宴言："庭花弄影，一帘香月娟娟。"有富贵含蓄之
味。佚元宵、佚春二词都新奇，他是南渡时期填词的巨匠。

# 二五○　施乘之

【题解】

　　施乘之生平、履历不详，词作也只有《清平乐》（风消云缕）存世。杨
慎录其下阕，并评为"高情可想"。该词《中兴以来绝妙词选》题作"元
夕"，杨慎亦言"野外元夕"，但从"莲灯""月上"等景物设置来看，似乎更
近元宵词。上阕中有"欲坏上元天不许"句，"上元"即为元宵节。因此，
"元夕"当为"元宵"之误。

　　施乘之①，号枫溪。野外元夕云："休言冷落山家。山翁
本厌繁华。试问莲灯千炬，何如月上梅花②。"高情可想也。

【注释】

①施乘之：年里不详。《中兴以来绝妙词选》卷八选其词一首，《全
　宋词》据以录入。

②"休言冷落山家"几句：此施乘之《清平乐·元夕》词下阕，上阕

为:"风消云缕。一碧无今古。欲坏上元天不许。晴了晚来些雨。""休言",《中兴以来绝妙词选》作"莫言"。

**【译文】**

施乘之,号枫溪。咏野外元宵词言:"休言冷落山家。山翁本厌繁华。试问莲灯千炬,何如月上梅花。"可以想见其高情雅意。

## 二五一　戴石屏

**【题解】**

本则杨慎选取了戴复古的两首词,认为《满江红·赤壁怀古》一首有句无篇,《临江仙·代作》一首"差可",其他词"无可取者"。总体上评价并不高。不过,《四库全书总目》卷一百九十九《石屏词》"提要"云:"今观其词,亦音韵天成,不费斧凿……宜其以诗为词,时出新意,无一语蹈袭也。"显然,《四库全书总目》对戴复古的评价要远高于杨慎。所选《满江红·赤壁怀古》一首,杨慎以为"全篇不称"。不过,《中兴词话》则认为,此词可与苏轼《念奴娇·赤壁怀古》并行:"戴石屏赤壁怀古词云……沧洲陈公尝大书于庐山寺。王潜斋复为赋诗云:'千古登临赤壁矶。百年脍炙雪堂词。沧洲醉墨石屏句,又作江山一段奇。'坡仙一词,古今绝唱,今二公为石屏拈出,其当与之并行于世耶。"《四库全书总目》也认为,此词"豪情壮采,实不减于轼"。两家的看法与杨慎大不相同,可谓仁者见仁、智者见智。戴复古《临江仙·代作》一词,是一首送别之作,语含幽怨,情调缠绵。杨慎虽选入《百琲明珠》中,但以为勉强可诵,算不上佳作。

戴石屏,名复古,字式之,能诗,江湖四灵之一也①。词一卷,惟赤壁怀古《满江红》一首,句有"万炬临江貔虎噪,千艘烈炬鱼龙舞","几度东风吹世换,千年往事随潮去"②,而全篇不称。《临江仙》一首差可③。见予所选《百琲明珠》。
余无可取者。方虚谷议其胸中无百字成诵书故也④。

**【注释】**

①四灵：指南宋诗人徐玑（号灵渊）、徐照（字灵晖）、翁卷（字灵舒）、
赵师秀（号灵秀）。他们都是永嘉人，合称"永嘉四灵"。戴复古
乃"江湖派"诗人，非"四灵"诗人，此处杨慎误记。

②"万炬临江貔虎噪"几句：出自戴复古《满江红·赤壁怀古》："赤
壁矶头，一番过、一番怀古。想当时、周郎年少，气吞区宇。万骑
临江貔虎噪，千艘列炬鱼龙怒。卷长波、一鼓困曹瞒，今如许。
　　江上渡，江边路。形胜地，兴亡处。览遗踪，胜读史书言语。
几度东风吹世换，千年往事随潮去。问道傍、杨柳为谁春，摇金
缕。"万炬，《中兴以来绝妙词选》卷八作"万骑"。

③《临江仙》一首：此指戴复古《临江仙·代作》，全词如下："误入风
尘门户，驱来花月楼台。樽前几度得徘徊。可怜容易别，不见牡
丹开。　　莫恨银瓶酒尽，但将妾泪添杯。江头恰限北风回。
再三相祝去，千万寄书来。"

④方虚谷议其胸中无百字成诵书：方回《跋戴石屏诗》："然早年读
书少，故诗无事料。清健轻快，自成一家。"方虚谷，方回号虚谷。

**【译文】**

戴石屏，名复古，字式之，善于作诗，是江湖四灵之一。词有一卷，
只有赤壁怀古《满江红》一首中有佳句如"万炬临江貔虎噪，千艘烈炬鱼
龙舞"，"几度东风吹世换，千年往事随潮去"，但全篇不值得称道。《临
江仙》一首尚可。见我所选的《百琲明珠》。其他的无可选取。方虚谷
评价他是因为他心中记诵的诗书不足百字的缘故。

## 二五二 张宗瑞

### 【题解】

杨慎言，张辑词"皆倚旧腔，而别立新名"。这一点黄昇《中兴以来绝妙词选》卷九已有论及："词皆以篇末之语而立新名云。"以本则中所提及的《疏帘淡月》(梧桐雨细)为例，其篇末有云"露侵宿酒，疏帘淡月，照人无寐"，本篇即以"疏帘淡月"为名，实即《桂枝香》调。《垂杨碧》(花半湿)一词，篇末有"楼外垂杨如此碧"句，因以为名，实即《谒金门》调。故饶宗颐《词籍考》卷五说："词传四十一首，皆以篇末三数字另立新名，盖贺方回《东山寓声乐府》例。"《垂杨碧》一篇抒写别情，虚实结合，婉转深窈，时空绾合自然。杨慎录其全篇，并表达了赏爱之情。

张宗瑞[①]，鄱阳人，号东泽，词一卷，名《东泽绮语债》。其词皆倚旧腔，而别立新名，亦好奇之过也。《草堂》词选其《疏帘淡月》一篇，即《桂枝香》也。予爱其《垂杨碧》一篇，即《谒金门》。其词云："花半湿。睡起一窗晴色。千里江南空咫尺。醉中归梦直。　　前度兰舟送客。双鲤沉沉消息。楼外垂杨如此碧。问春来几日。"

### 【注释】

①张宗瑞：即张辑，生卒年不详。字宗瑞，号东泽，又号庐山道人、东泽诗仙、东仙。鄱阳(今属江西)人。宋代词人，宁宗朝在世，游历湖山以终。词集名《东泽绮语债》《清江渔谱》(一作《欸乃集》)。《全宋词》录存四十四首。

### 【译文】

张宗瑞，鄱阳人，号东泽，有词一卷，名为《东泽绮语债》。其词都依托旧腔而另立一新的名称,这是喜好新奇的毛病。《草堂诗余》选其《疏帘淡月》一篇,也就是《桂枝香》。我喜爱其《垂杨碧》一篇,也就是《谒金门》。其词言:"花半湿。睡起一窗晴色。千里江南空咫尺。醉中归梦直。前度兰舟送客。双鲤沉沉消息。楼外垂杨如此碧。问春来几日。"

## 二五三 李公昂

【题解】

杨慎以"李昂英"作"李公昂",《词话丛编》等已有纠正。史载,李昂英立朝敢言,不畏权贵,有善政。其文简劲,诗词创作亦骨力遒健,江万里、文天祥皆推服之。"有脚艳阳(阳春)难驻"一句,以唐初名相宋璟之事称美王埜(子文),言其能施仁政,惠及百姓。《兰陵王》一首,为三叠慢调,回环往复,一唱三叹,细致铺叙了闺中春愁。杨慎以为"可并秦、周",未免推许过甚,夸大其词。

李公昂,名昂英,号文溪,资州盘石人①。送太守词,"有脚艳阳难驻"一词得名②。然其佳处不在此。《文溪全集》,予家有之。其《兰陵王》一首绝妙③,可并秦、周。其词云:"燕穿幕。春在深深院落。单衣试、龙沫旋熏,又怕东风晓寒薄。别来情绪恶。瘦得腰围柳弱。清明近,正似海棠怯雨,芳疏任飘泊。　钗留去年约。恨易老娇莺,多误灵鹊。碧云杳杳天涯各。望不断芳草,又迷香絮,回文强写字屡错。泪欲注还阁。　孤酌。住春脚。更彩局谁欢,宝轸慵学。阶除拾取飞花嚼。是多少春恨,等闲吞却。猛拍阑干,叹命薄。悔旧诺。"

**【注释】**

①"李公昴"几句：《词话丛编》案曰："宋李昴英……《词品》作李公昴误，谓为资州盘石人，亦误。"李昴英（1201—1257），字俊明，号文溪，番禺（今广东广州）人。宝庆二年（1226）进士，授汀州推官，历秘书郎、著作郎等，累官至吏部侍郎等。有《文溪集》（又名《文溪存稿》）二十卷，《文溪词》一卷。《全宋词》据《文溪存稿》录存其词三十首。

②有脚艳阳难驻：出自李昴英《摸鱼儿·送王子文知太平州》："怪朝来、片红初瘦，半分春事风雨。丹山碧水含离恨，有脚阳春难驻。芳草渡。似叫住东君，满树黄鹂语。无端杜宇。报采石矶头，惊涛屋大，寒色要春护。　　阳关唱，画鹢徘徊东渚。相逢知又何处。摩挲老剑雄心在，对酒细评今古。君此去。几万里东南，只手擎天柱。长生寿母。更稳步安舆，三槐堂上，好看彩衣舞。"艳阳，《文溪存稿》作"阳春"。五代王仁裕《开元天宝遗事》卷下："宋璟爱民恤物。朝野归美，时人咸谓璟为有脚阳春，言所至之处，如阳春煦物也。"

③《兰陵王》一首：词载《文溪集》卷十八"诗余"，文字略有不同。

**【译文】**

李公昴，名昴英，号文溪，资州盘石人。有送太守词，因"有脚艳阳难驻"一句得以出名。然而其佳处不在于此。《文溪全集》，我家有。其《兰陵王》一首词极好，兼有秦观、周邦彦之长。其词言："燕穿幕。春在深深院落。单衣试、龙沫旋熏，又怕东风晓寒薄。别来情绪恶。瘦得腰围柳弱。清明近，正似海棠怯雨，芳疏任飘泊。　　钗留去年约。恨易老娇莺，多误灵鹊。碧云杳杳天涯各。望不断芳草，又迷香絮，回文强写字屡错。泪欲注还阁。　　孤酌。住春脚。更彩局谁欢，宝轸慵学。阶除拾取飞花嚼。是多少春恨，等闲吞却。猛拍阑干，叹命薄。悔旧诺。"

## 二五四 陆放翁

### 【题解】

本则讨论陆游词的风格问题。关于陆游词的风格情调,刘克庄较早进行过总结和评述,其《后村诗话续集》云:"其激昂感慨者,稼轩不能过;飘逸高妙者,与陈简斋、朱希真相颉颃;流丽绵密者,欲出晏叔原、贺方回之上。"此论肯定了陆游词风的多样性,同时又以为能包蕴众美,兼具诸家之长。本则中,杨慎采用了与刘克庄相似的评述方法,举秦观、苏轼两家以比况陆游,认为陆游词"纤丽处似淮海,雄慨处似东坡"。所举《鹊桥仙》《玉胡蝶》两例,一以证其似苏,一以言其近秦。从词学倾向上看,陆游偏重苏轼一派。其《跋东坡七夕词后》谓苏词"歌之曲终,觉天风海雨逼人,学诗者当以是求之",表现出对苏词风格的喜爱和推重。同时,陆游词情感激愤,笔触细腻,其"纤丽"似秦观处确亦不在少数。因此,杨慎所言之两端,在陆游词中都有体现。

放翁词纤丽处似淮海,雄慨处似东坡。其感旧《鹊桥仙》一首[1]:"华灯纵博,雕鞍驰射,信记当年豪举。酒徒一半取封侯,独去作、江边渔父。 轻舟八尺,低篷三扇,占断蘋洲烟雨。镜湖元自属闲人,又何必、官家赐与。"英气可掬,流落亦可惜矣。其"坠鞭京洛,解佩潇湘","欲归时,司空笑问,渐近处,丞相嗔狂"[2],真不减少游。

### 【注释】

①感旧《鹊桥仙》:此词《中兴以来绝妙词选》卷二"一半"作"一一",
　"官家"作"君恩"。
②"坠鞭京洛"几句:此词《中兴以来绝妙词选》卷二有录,调为《玉胡

蝶》,题为"王忠州家席上作"。全词如下:"倦客平生行处,坠鞭京洛,解佩潇湘。此夕何年,来赋宋玉高唐。绣帘开、香尘乍起,莲步稳、银烛分行。暗端相。燕羞莺妒,蝶绕蜂忙。　　难忘。芳樽频劝,峭寒新退,玉漏犹长。几许幽情,只愁歌罢月侵廊。欲归时、司空笑问,微近处、丞相嗔狂。断人肠。假饶相送,上马何妨。"渐近,《中兴以来绝妙词选》作"微近"。

## 【译文】

放翁的词细巧华美处似淮海,雄奇慷慨处似东坡。其感旧《鹊桥仙》一首言:"华灯纵博,雕鞍驰射,信记当年豪举。酒徒一半取封侯,独去作、江边渔父。　　轻舟八尺,低篷三扇,占断蘋洲烟雨。镜湖元自属闲人,又何必、官家赐与。"英气可掬,流落也可惜。其"坠鞭京洛,解佩潇湘","欲归时,司空笑问,渐近处,丞相嗔狂",真不次于少游。

# 二五五 张东父

## 【题解】

南宋名张震者非一人,《建炎以来系年要录》《宋会要辑稿》《历代名臣奏议》等文献对张震事迹记载颇多,但并非同一人。钟振振先生有《南宋词人张震考》(载《文学遗产》2009 年 1 期),考之甚详,足资参鉴。

杨慎评张震词"婉媚风流",似本于《中兴以来绝妙词选》卷三评张震语:"词甚婉媚,盖富贵人语也。"赋梅花一事,就目前所留存的张震的五首词来看,确为事实。张震词如《鹧鸪天·怨别》《暮山溪·初春》及杨慎所举《暮山溪·春半》多言梅花以及梅子、青梅等。"青梅如豆"一词,《中兴以来绝妙词选》卷三有选,题为"春半",作者为张震。明洪武二十五年(1392)遵正书堂刻本《群英草堂诗余》前集卷上、嘉靖刻本《类编草堂诗余》卷二、万历四十二年(1614)刻本《类选笺释草堂诗余》卷二等,亦题"张东父"作,题为"春半"。杨慎谓《草堂》入选,而失其名字",

可知,他所见到的应是另一种《草堂诗余》刻本。

张震①,字东父,号无隐居士,蜀之益宁人也。孝宗朝为谏官,有直声。孝宗称其知无不言,言无不当。光宗朝以数直言去位。时称:"王十朋去,省为之空。张震去,台为之空②。"一代名臣也。而其词婉媚风流,乃知赋梅花者,不独宋广平也③。其《蓦山溪》"青梅如豆"一首④,《草堂》入选,而失其名字。

**【注释】**

①张震:生卒年不详。《全宋词》:"震字东父,自号无隐居士,龙湖人。庆元三年(1197),守湖州。五年(1199),福建提刑。开禧元年(1205),江西提刑。与祠。嘉定元年(1208),右司郎中。"《中兴以来绝妙词选》卷三录其词五首,《全宋词》据以录入。

②"王十朋去"几句:宋胡铨《论卖直疏》:"自顷以来,张震之去,西省一空;王十朋之去,台列一空;王大宝之去,谏苑一空。"王十朋(1112—1171),字龟龄,号梅溪,温州乐清(今属浙江)人。绍兴二十七年(1157)进士第一。授左承事郎,改绍兴府签判。历起居舍人、侍御史、龙图阁学士等。有《梅溪集》,卷首附有年谱。周泳先辑有《梅溪诗余》一卷,《全宋词》据以录入存其词二十首。

③宋广平:即宋璟(663—737),邢州南和(今河北邢台)人。唐玄宗开元年间名相,累封广平郡公,故人称宋广平。有《梅花赋》,皮日休评为"清便富艳,得南朝徐、庾体。"

④青梅如豆:出自张震《蓦山溪·春半》:"青梅如豆,断送春归去。小绿间长红,看几处、云歌柳舞。偎花识面,对月共论心,携素手,采香游,踏遍西池路。　　水边朱户。曾记销魂处。小立背秋千,空怅望、娉婷韵度。杨花扑面,香糁一帘风,情脉脉,酒厌厌

厌,回首斜阳暮。"

**【译文】**

张震,字东父,号无隐居士,蜀之益宁人。孝宗当朝时为谏官,有正直的名声。孝宗称赞他知道的没有不说的,说出来的没有不恰当的。光宗当朝时因为多次直言敢谏而卸职。时人称:"王十朋卸职,省为之空。张震卸职,台为之空。"是一代名臣。但他的词婉媚风流,于是知道善于描写梅花的人,不单单有宋广平。他的《蓦山溪》"青梅如豆"一首,《草堂诗余》入选,但没有标注作者名字。

## 二五六　天风海涛

**【题解】**

本则围绕"天风海涛"一语,叙赵汝愚诗、朱熹题字和严仁词作,记载了一段文坛佳话。赵汝愚《题福州鼓山寺》中"天风海涛"之语,取象雄浑,境界阔大,壮怀激烈。朱熹爱其语,摘而书之,题为匾额。两人均为宋代名臣,学问精深,门生弟子盈室,"赵诗""朱字"已自不同凡响。严仁又敷演其事,成《水龙吟》长调。其词壮丽雄浑,用典恰切,寓意深刻,亦为不可多得之佳作。因此,杨慎称"赵诗、朱字、严词,可谓三绝"。

　　赵汝愚题鼓山寺云①:"几年奔走厌尘埃,此日登临亦快哉。江月不随流水去,天风常送海涛来。"朱晦翁摘诗中"天风海涛"字题扁②,人不知其为赵公诗也。严次山有《水龙吟》题于壁云③:"飚车飞上蓬莱,不须更跨琴高鲤④。岿然长啸,天风颢洞,云涛无际。我欲乘桴,从兹浮海,约任公起。办虹竿千丈,辖钩五十⑤,亲点对、连鳌饵⑥。　　　谁榜佳名空翠。紫阳仙去骑箕尾⑦。银钩铁画,龙拏凤翥,留人间世。更忆东山,哀筝一曲,洒沾襟泪。到而今,幸有高亭遗爱,寓甘棠意。"
此词前段言江山景,后段"紫阳仙去"指朱文公,"东山""甘棠"
指赵公也。赵诗、朱字、严词,可谓三绝。特记于此。

**【注释】**

①赵汝愚(1140—1196):字子直,宋宗室,北宋恭宪王赵元佐七世
　孙。乾道二年(1166)进士第一,四年(1168),召试馆职。光宗
　朝,累除同知枢密院事。宁宗朝,权参知政事,拜右丞相。为韩
　侂胄所忌,责授宁远军节度副使,永州安置。至衡州,暴薨。此
　所引诗题为《题福州鼓山寺》,见《四朝诗》卷七十一。

②朱晦翁:即朱熹(1130—1200),字元晦,又字仲晦,号晦庵,徽州
　婺源(今属江西)人。著名哲学家,宋代理学集大成者。南宋高
　宗绍兴十八年(1148)进士,授泉州同安主簿,转监潭州南岳庙。
　淳熙五年(1178),宰相史浩荐知南康军,明年赴任,修复并讲学
　于白鹿洞书院。淳熙十四年(1187),为提点江西刑狱。次年迁
　兵部郎官,辞归。光宗即位,为江东转运副使,改知漳州,绍熙五
　年(1194),任湖南安抚使,修复扩建岳麓书院。宁宗庆元元年
　(1195),为焕章阁待制、侍讲,次年革职归建阳,从此讲学著述,
　直到去世。今传其主要撰著有《四书章句集注》《周易本义》《诗
　集传》《楚辞集注》等。

③严次山有《水龙吟》:此所引词题为"题天风海涛呈潘料院"。

④琴高鲤:汉刘向《列仙传·琴高》:"琴高,周末赵人,能鼓琴,为宋康
　王舍人,浮游冀州、涿郡间。后与诸弟子期,入涿水取龙子,某日当
　返。至期,弟子候于水旁,琴高果乘鲤而出。留一月,复入水去。"

⑤"约任公起"几句:《庄子·外物》:"任公子为大钩巨缁,五十犗以
　为饵。"犗(jiè),犍牛。

⑥连鳌饵:《列子·汤问》:"而龙伯之国有大人,举足不盈数步而暨

五山之所,一钓而连六鳌,合负而趣归其国,灼其骨以数焉。于
是岱舆、员峤二山流于北极,沉于大海,仙圣之播迁者巨亿计。"

⑦骑箕尾:《庄子·大宗师》:"夫道有情有信,无为无形,可传而不
可受,可得而不可见……傅说得之,以相武丁,奄有天下,乘东
维,骑箕尾,而比于列星。"箕、尾,星宿名。

## 【译文】

赵汝愚《题福州鼓山寺》言:"几年奔走厌尘埃,此日登临亦快哉。
江月不随流水去,天风常送海涛来。"朱晦翁取诗中"天风海涛"四字题
为匾额,人们不知那是赵汝愚的诗。严次山有《水龙吟》题于壁言:"飚
车飞上蓬莱,不须更跨琴高鲤。嗒然长啸,天风颒洞,云涛无际。我欲
乘桴,从兹浮海,约任公起。办虹竿千丈,辖钩五十,亲点对、连鳌
饵。　　谁榜佳名空翠。紫阳仙去骑箕尾。银钩铁画,龙孥凤翥,留人
间世。更忆东山,哀筝一曲,洒沾襟泪。到而今,幸有高亭遗爱,寓甘棠
意。"这首词前段写江山胜景,后段"紫阳仙去"指朱文公,"东山""甘棠"
指赵汝愚。赵诗、朱字、严词,可谓三绝。特意记录在此。

# 二五七　刘篁峦

## 【题解】

刘克庄《刘圻父诗》评刘子寰其诗曰:"融液众格,自为一家"。与其诗
相比,刘子寰词成就一般,几不为人所知。《中兴以来绝妙词选》录其词八
首,杨慎由《中兴以来绝妙词选》所载,简单介绍了刘子寰的名号和从师情
况,可惜却误名为字;又依《中兴以来绝妙词选》所录,摘引刘子寰词两首,
并加以简单评述。《玉楼春·题小竿岭》一词,感叹岁月流传、韶光易逝,
并委婉地抒发了羁旅之愁与乡关之思。全词即景抒情,议论精深,能于
寻常处见出警迈,故杨慎评为"警悟"。所引《满江红·风泉峡观泉》中两
句,既展现了人与自然和谐相处的优美景致,也抒发了作者率性自适、纵

浪大化的人生追求。在写法上不拘俗套,境界上亦清雅谐和。因此,杨慎评为"新"。

刘圻父,字子寰,号篁嵙①。早登朱文公之门,居麻沙,有文集行世。其《玉楼春》云②:"今来古往长安道。岁岁荣枯原上草。行人几度到江滨,不觉身随枫树老。 蒲花易晚芦花早。客里光阴如过鸟。一般垂柳短长亭,去路不如归路好。"颇有警悟。观泉二句云:"静坐时看松鼠饮,醉眠不碍山禽浴③。"亦新。

【注释】

①"刘圻父"几句:《中兴以来绝妙词选》卷十:"刘圻父,名子寰,号篁嵙翁,居麻沙,早登朱文公之门,刘后村尝序其诗。"可知,杨慎混淆了名、字。刘子寰于嘉定十年(1217)登进士第,官至观文殿学士。能诗文,有《篁嵙词》,存词十九首。

②《玉楼春》:此词题为"题小竿岭"。《中兴以来绝妙词选》"长安"作"吴京","枫树"作"风树"。

③静坐时看松鼠饮,醉眠不碍山禽浴:出自刘子寰《满江红·风泉峡观泉》:"云壑飞泉,蒲根下、悬流陆续。堪爱处、石池湛湛,一方寒玉。暑际直当盘石坐,渴来自引悬瓢掬。听泠泠、清响泻琮琤,胜丝竹。 寒照胆,消炎燠。清彻骨,无尘俗。笑幽人忻玩,滞留空谷。静坐时看松鼠饮,醉眠不碍山禽浴。唤仙人、伴我酌琼瑶,餐秋菊。"

【译文】

刘圻父,名子寰,号篁嵙。早年登朱文公之门,居住在麻沙,有文集行于世。他的《玉楼春》言:"今来古往长安道。岁岁荣枯原上草。行人几度到江滨,不觉身随枫树老。　　蒲花易晚芦花早。客里光阴如过鸟。一般垂柳短长亭,去路不如归路好。"颇能使人警醒觉悟。观泉二句言:"静坐时看松鼠饮,醉眠不碍山禽浴。"用语也新奇。

# 二五八 刘德修

**【题解】**

本则记刘光祖字号、籍里、词集名,并录其《醉落魄》一词。该词原有题曰"春日怀故山",抒写春末情绪,隐然有"归与"之叹。

刘光祖①,字德修,号后溪,蜀之简州人。有《鹤林文集》,小词附焉。其《醉落魄》云②:"春风开者。一时还共春风谢。柳条送我今槐夏③。不饮香醪,孤负人生也。　　曲塘泉细幽琴写。胡床滑簟应无价④。日迟睡起帘钩挂。何不归与,花竹秀而野。"

**【注释】**

①刘光祖(1142—1222):字德修,号后溪,简州(今四川简阳)人。乾道五年(1169)进士。历官侍御史、司农少卿,迁起居郎。后至显谟阁直学士,提举茅山崇福宫。有《鹤林词》一卷,已佚。今人赵万里《校辑宋金元人词》有辑本,《全宋词》据以录入十一首。

②《醉落魄》:该词《中兴以来绝妙词选》卷五题作"春日怀故山"。

③槐夏:指夏季。槐树开花在夏季,故称。

④簟(diàn):苇席或竹席。

**【译文】**

刘光祖,字德修,号后溪,是蜀之简州人。有《鹤林文集》,小词附于此。其《醉落魄》言："春风开者。一时还共春风谢。柳条送我今槐夏。不饮香醪,孤负人生也。　　曲塘泉细幽琴写。胡床滑簟应无价。日迟睡起帘钩挂。何不归与,花竹秀而野。"

## 二五九　潘牥

### 【题解】

本则记潘牥事历,并辨坊刻之误。杨慎言潘乃"乙未何槖及第第三人",误。唐圭璋《词话丛编》有案语云:"潘牥端平二年进士,此云何槖榜,盖升庵误记。"《宋史·潘牥传》载:"端平二年策进士。"杨慎又评"庭坚以气节闻于时",亦有所据。《宋史·潘牥传》载:"牥对曰:'陛下承休上帝,眄德匹夫,何异为人子孙,身荷父母劬劳之赐,乃指豪奴悍婢为恩私之地。欲父母无怒,不可得也。'又曰:'陛下手足之爱,生荣死哀,反不得视士庶人。此如一门之内,骨肉之间未能亲睦,是以僮仆疾视,邻里生侮。宜厚东海之恩,裂淮南之土,以致人和。'时对者数百人,庭坚语最直。"

潘牥[①],字庭坚,号紫岩,乙未何槖及第第三人。美姿容,时有谚云:状元真何郎,榜眼真郭郎,探花真潘郎。庭坚以气节闻于时,词止《南乡子》一首[②],《草堂》所选是也。首句"生怕倚阑干",今本"生"误作"我"。

### 【注释】

①潘牥(fāng,1205—1246):字庭坚,号紫岩。闽县(今福建福州)人。端平二年(1235)进士,历任太学正,通判潭州等职。有《紫岩集》,不传。今人赵万里《校辑宋金元人词》辑有《紫岩词》,《全宋词》据以录入五首。

②《南乡子》:指潘牥《南乡子·题南剑州妓馆》:"生怕倚阑干。阁下溪声阁外山。惟有旧时山共水,依然。暮雨朝云去不还。
应是蹑飞鸾。月下时时整佩环。月又渐低霜又下,更阑。折得梅花独自看。"

**【译文】**

潘牥,字庭坚,号紫岩,是乙未年何粜榜及第进士第三名。外貌俊美,当时有谚语说:状元真何郎,榜眼真郭郎,探花真潘郎。庭坚凭气节闻名于当时,词只《南乡子》一首,《草堂诗余》所选便是。首句"生怕倚阑干",今本"生"误作"我"。

## 二六〇 魏了翁

**【题解】**

《中兴以来绝妙词选》卷七载:"魏华父,名了翁,临邛人,号鹤山先生。庆元己未黄甲第三名,晚与真西山齐名。"杨慎所记,与此略同,但将"第三"误为"第二"。魏了翁又长于作词。杨慎谓"道学宗派,词不作艳语",这是符合事实的。不过,魏了翁词有三卷,并非杨慎所言之"长短句一卷"。其词寿词居多,占其全部词作的半数以上。杨慎"皆寿词也"之说,显然也是不符合实际的。魏了翁的寿词,前人评价较高,以为"皆寿词之得体者"(黄昇《中兴以来绝妙词选》卷七)。"鹤山词虽不必语法新奇,然学养所臻,意多规勉,亦少犯玉田(张炎,号玉田)所举三蔽。"(饶宗颐《词集考》卷五)文中所举词及句,可证上述两家之说。综合地看,三词醇正有法,雅致得体,杨慎"宋代寿词,无有过之者"之评并非溢美之辞。

魏了翁①,字华父,号鹤山,邛州人。庆元己未第二人及第,与真西山齐名②。道学宗派,词不作艳语。长短句一卷,皆寿词也。《菩萨蛮》寿范靖倅云③："东窗五老峰前月。南窗九叠坡前雪。推出侍郎山。著君窗户间。　　　离骚乡里住。却记庚寅度。挹取芷兰芳。酌君千岁觞。"又《鹧鸪天》寿范靖州云："谁把璿玑运化工。参旗又挂玉梅东。三三律琯声余亥，九九玄经卦起中④。"又《水调歌头》云："玉围腰，金系肘，绣笼鞍⑤。"宋代寿词，无有过之者。

**【注释】**

①魏了翁(1178—1237)：字华父，号鹤山。邛州蒲江(今属四川)人。南宋著名理学家。庆元五年(1199)进士，授签书剑南西川节度判官。累官至资政殿学士，后为福州安抚使。谥文靖。有《鹤山先生大全文集》，收词三卷，计一百八十九首。

②真西山：即真德秀(1178—1235)，字景元，后改为希元，人称西山先生。建州浦城(今属福建)人。南宋著名学者、理学家，与魏了翁齐名，有"西山鹤山"之称。

③《菩萨蛮》寿范靖倅：该词题为"江通判埙生日"，《鹤山先生大全文集》卷九十六"却记"作"恰记"。

④"谁把璿玑运化工"几句：此魏了翁《鹧鸪天·范静州生日》上阕中句，其下阕为："新岁月，旧游从。一觞还似去年冬。人间事会无终极，分付翘关老令公。"

⑤"玉围腰"几句：出自魏了翁《水调歌头·范靖州生日》："犹记端门外，鞭袖五更寒。一声天上钟柝，金锁掣重关。君向紫宸上阁，我侍玉皇香案，都号舍人班。梦觉帝乡远，相对两苍颜。　　　玉围腰，金系肘，绣笼鞯。乡人衮衮严近，五马度荆山。收拾五湖气度，卷束蟠胸兵甲，春意满人间。天锡公纯嘏，气象自平宽。"

**【译文】**

魏了翁,字华父,号鹤山,邛州人。庆元己未年及第进士第二名,与真西山齐名。属于理学一派,词中不写男女情爱的事。有长短句一卷,都是祝寿词。《菩萨蛮》为范靖倅祝寿词言:"东窗五老峰前月。南窗九叠坡前雪。推出侍郎山。著君窗户间。 离骚乡里住。却记庚寅度。挹取芷兰芳。酌君千岁觞。"又有《鹧鸪天》为范靖州祝寿词言:"谁把璇玑运化工。参旗又挂玉梅东。三三律琯声余亥,九九玄经卦起中。"又有《水调歌头》言:"玉围腰,金系肘,绣笼鞍。"宋代祝寿词,没有超过他的。

# 二六一 吴毅甫

**【题解】**

史载,吴潜其人刚直、豪迈,不肯阿附权要。即使受到权臣贾似道的排斥、陷害,亦能不畏权贵,傲骨铮铮,因此,一时为世人所推重。其词亦如其人,豪迈俊爽,刚健沉毅,具有强烈的时代意识和积极进取精神。从内容来看,词多送行、登临、怀古类题材,但并非一般意义上的叙写友情、鉴赏风月,而是包蕴了深沉的现实感慨,抒写了豪壮的政治理想。因此,《四库全书总目》评曰:"其诗余则激昂凄劲,兼而有之,在南宋不失为佳手。"此处,杨慎拈取吴潜《满江红·送李御带琪》中"报国无门空自怨,济时有策从谁吐"两句,认为吴潜是借送别李琪而自明心迹,其嘉许与赞扬之意不言自明。

吴毅甫[①],名潜,号履斋,嘉定丁丑状元,为贾似道所陷,南迁。有《履斋诗余》行世。有送李御带琪一词,"报国无门空自怨,济时有策从谁吐"[②],亦自道也。李琪号竹湖[③],亦当时名士。所著有《春秋王霸列国分纪》,予得之于市肆故书中,乃为传之,亦奇事也。并附见。

【注释】

①吴毅甫:即吴潜(1195—1262),字毅甫,号履斋。宣州宁国(今属
安徽)人。嘉定十年(1217)进士第一。官至参知政事、右丞相。
进左丞相兼枢密使,封许国公。理宗末,被贬到建昌军,后安置
在循州。其著作后人哀辑为《履斋遗集》四卷,存词二百五十
六首。

②报国无门空自怨,济时有策从谁吐:此词调为《满江红》,题为"送
李御带琪"。全词如下:"红玉阶前,问何事、翩然引去。湖海上、
一汀鸥鹭,半帆烟雨。报国无门空自怨,济时有策从谁吐。过垂
虹亭下系扁舟,鲈堪煮。　　拼一醉,留君住。歌一曲,送君路。
遍江南江北,欲归何处。世事悠悠浑未了,年光冉冉今如许。试
举头、一笑问青天,天无语。"

③李琪:生卒年不详。字孟开,一字开伯,号竹湖。庆元二年
(1196)进士。历礼部员外郎、国子司业、翰林学士。著有《春秋
王霸列国世纪编》三卷,《四库全书》收入。杨慎记为"《春秋王霸
列国分纪》",误。李琪,原误作"李祺",据《中兴以来绝妙词选》
等改。

【译文】

吴毅甫,名潜,号履斋,是嘉定丁丑年状元,被贾似道所陷害,被贬
谪到南方为官。有《履斋诗余》行于世。有送李琪词一首,其中"报国无
门空自怨,济时有策从谁吐"也是自我心迹的表露。李琪号竹湖,也是
当时名士。著有《春秋王霸列国世纪编》,我从集市的旧书中买到了它,
才使它得以流传,这也是奇事。一并附见于此。

# 二六二 履斋赠妓词

## 【题解】

宋周遵道《豹隐纪谈》:"徐参政清叟微时,赠建宁妓唐玉诗云:'上国新行巧样花,一枝聊插鬓云斜。娇羞未肯从郎意,故把芳容半面遮。'吴履斋丞相和以《贺新郎》词云:(词略)"(《说郛》卷二十下)本则中,杨慎所谓吴潜赠建宁妓女《贺新郎》词"见于小说",或即指此。

　　吴履斋有赠建宁妓女《贺新郎》词①,集中不载,见于小说,今录于此:"可意人如玉。小帘栊,轻匀淡伫,道家装束。长恨春归无寻处,全在波明黛绿。看冶叶倡条非俗②。比似江梅清有韵,更临风对月斜依竹。看不足,咏不足。
曲屏半掩青山簇。正轻寒,夜永花睡,半欹残烛。缥缈九霞光里梦,香在衣裳剩馥。又只恐、铜壶声促③。试问送人归去后,对一夜、花影垂金粟。肠易断,恨难续。"

## 【注释】

①《贺新郎》词:此词题作"寓言"。
②倡条:原指杨柳轻柔多姿的枝条,后多以喻妓女。
③铜壶:铜制壶形计时器。

## 【译文】

　　吴履斋有赠建宁妓女《贺新郎》词,集中不载录,见于小说中,现收录在此:"可意人如玉。小帘栊,轻匀淡伫,道家装束。长恨春归无寻处,全在波明黛绿。看冶叶倡条非俗。比似江梅清有韵,更临风对月斜依竹。看不足,咏不足。　　曲屏半掩青山簇。正轻寒,夜永花睡,半欹残烛。缥缈九霞光里梦,香在衣裳剩馥。又只恐、铜壶声促。试问送人归去后,对一奁、花影垂金粟。肠易断,恨难续。"

## 二六三　向丰之

### 【题解】

本则录向滈《如梦令》词一首。词写寂寞孤独之情,情感真挚,颇值玩味。又以口语俗句入词,自然流畅,通俗易懂。因此,杨慎评为"似俚而意深"。

　　向丰之[①],号乐斋,有《如梦令》一词云:"谁伴明窗独坐。我和影儿两个。灯尽欲眠时,影也把人抛躲。无那。无那。好个凄惶的我。"词似俚而意深,亦佳作也。

### 【注释】

①向丰之:即向滈,一作向镐,年里不详。字丰之,号乐斋。开封(今属河南)人。南宋词人。绍兴间官萍乡令。有《乐斋词》,《全宋词》录存四十三首。

### 【译文】

向丰之,号乐斋,有《如梦令》一词言:"谁伴明窗独坐。我和影儿两个。灯尽欲眠时,影也把人抛躲。无那。无那。好个凄惶的我。"词看似通俗但意味深沉,也是佳作。

## 二六四　毛开

### 【题解】

本则录毛开《满江红》词。此词上阕写清明景致,下阕写别情愁绪。全篇低徊深曲,婉娈务情,杨慎评为"此作亦佳"。清冯煦《蒿庵论词》

云:"樵隐胜处不减溪堂(谢逸),惟情味差薄耳。"但就本篇而言,其情味绵远,文雅有致,冯煦之评并不客观。

　　毛开小词一卷①,惟予家有之。其《满江红》云:"泼火初收②,秋千外,轻烟漠漠。春渐远,绿杨芳草,燕飞池阁。已著单衣寒食后,夜来还是东风恶。对空山寂寂杜鹃啼,梨花落。　　伤别恨,闲情作。十载事,惊如昨。向花前月下,共谁行乐。飞盖低迷南苑路,湔裙怅望东城约③。但老来、憔悴惜春心,年年觉。"此作亦佳,聊记于此。

**【注释】**

①毛开(qiān):生卒年不详。字平仲,号樵隐居士。信安(今浙江常山市)人。宋代词人。仕至宛陵、东阳通判,与尤袤厚善,尤袤曾序其诗集。有《樵隐集》十五卷,不传。今存词四十二首。

②泼火:即泼火雨,旧俗寒食节禁火,其时所下的雨叫"泼火雨",也叫"清明雨"。

③湔(jiān)裙:旧俗,农历正月元日至于月晦,士女临水洗裙,以被除不祥。湔,洗涤。

**【译文】**

　　毛开小词一卷,只有我家有收藏。其《满江红》言:"泼火初收,秋千外,轻烟漠漠。春渐远,绿杨芳草,燕飞池阁。已著单衣寒食后,夜来还是东风恶。对空山寂寂杜鹃啼,梨花落。　　伤别恨,闲情作。十载事,惊如昨。向花前月下,共谁行乐。飞盖低迷南苑路,湔裙怅望东城约。但老来、憔悴惜春心,年年觉。"这首词作也很好,姑且记录在此。

## 二六五 《蓦山溪》

**【题解】**

此则记葛胜仲《蓦山溪》咏天穿节郊射词，并对"卵色天"的出处等问题进行了辨析，亦见《升庵集》卷五十八。宋陈元靓《岁时广记》卷一引东晋王嘉《拾遗记》："江东俗号正月二十日为天穿日，以红缕系煎饼饵置屋上，谓之补天穿。"杨慎所记与此基本相同，只时间上略有差异。文献记载天穿节的时间有正月初七、十九、二十、二十三日等几种说法，因此杨慎所记也是有依据的。所引葛胜仲《蓦山溪》一词，重在叙写骑射及新年郊游乐事，体现出了浓重的民俗文化内涵，具有较高的文献价值。杨慎曰"词不甚工，而事奇，故拈出之"，可见，杨慎所看重的也是词中有关节日风俗的这部分内容。文末，杨慎考察了苏诗刻本及《花间集》刻本中对"卵"字的误改、误释情况，订正了其中的讹误，颇能见出杨慎对待古籍文献的审慎态度。

葛鲁卿有《蓦山溪》一曲①，咏天穿节郊射也。宋以前，以正月二十三日为天穿节。相传云：女娲氏以是日补天，俗以煎饼置屋上，名曰补天穿。今其俗废久矣。词云："春风野外，卵色天如水。鱼戏舞绡纹，似出听、新声北里。追风骏足，千骑卷高门。一箭过，万人呼，雁落寒空里。　　天穿过了，此日名穿地。横石俯清波，竞追随、新年乐事。谁怜老子，使得纵遨游，争捧手，共凭肩，夹路游人醉②。"词不甚工，而事奇，故拈出之。"卵色天"用唐诗"残霞蠹水鱼鳞浪，薄日烘云卵色天"之句③。东坡诗亦云："笑把鸱夷一杯酒，相逢卵色五湖天④。"今刻苏诗不知出处，改"卵色"为"柳色"，非也。《花间》词"一方卵色楚南天"⑤，注以"卵"为

"泖",亦非。

**【注释】**

①葛鲁卿:即葛胜仲,字鲁卿。详见卷二《鞦鞡》注。

②"春风野外"几句:该词汲古阁本《丹阳词》题作"天穿节和朱刑掾二首","高门"作"高冈","纵遨游"作"暂遨游","共凭肩"作"乍凭肩","夹路"作"夹道"。

③残霞瘗水鱼鳞浪,薄日烘云卵色天:出自陆游诗《东门外遍历诸园及僧院观游人之盛》,见《剑南诗稿》,"残霞"作"微风"。杨慎误记为唐诗。

④笑把鸱夷一杯酒,相逢卵色五湖天:出自苏轼诗《和林子中待制》。笑把,诸本多作"共把"。鸱夷,一作"鹅儿"。卵色,王十朋《集注分类东坡先生诗》作"卯色"。

⑤一方卵色楚南天:出自孙光宪《河渎神》(江上草芊芊)。

**【译文】**

葛鲁卿有《蓦山溪》一曲,歌咏天穿节郊射事。宋代以前,以农历正月二十三日作为天穿节。传言说:女娲氏在这天补天,民间把煎饼放到屋顶上,称为补天穿。现今这种风俗废弃很久了。词言:"春风野外,卵色天如水。鱼戏舞绡纹,似出听、新声北里。追风骏足,千骑卷高门。一箭过,万人呼,雁落寒空里。　　天穿过了,此日名穿地。横石俯清波,竞追随、新年乐事。谁怜老子,使得纵遨游,争捧手,共凭肩,夹路游人醉。"词不是很工巧,但事情却很新奇,所以记下来。"卵色天"取用唐诗"残霞瘗水鱼鳞浪,薄日烘云卵色天"之句。东坡诗也言:"笑把鸱夷一杯酒,相逢卵色五湖天。"今刻苏诗不知出处,改"卵色"为"柳色",不对。《花间》词"一方卵色楚南天",注释以"卵"为"泖",也不对。

## 二六六　张即之书莫崙词

### 【题解】

本则录莫崙《摸鱼儿》词。词为闺怨题材，哀怨缠绵，靡丽多情。写法上，间用事典，融情入景。尤擅用叠字，如"朝朝""薄薄""盈盈""点点"。宋叶梦得《石林诗话》卷上："诗下双字极难，须使七言五言之间除去五字三字外，精神兴致，全见于两言，方为工妙。"可见，多用叠字而又能句稳律协、情味隽永者，方称佳致。

"听春教燕譻莺诉。朝朝花困风雨。六桥忘却清明后，碧尽柳丝千缕。蜂蝶侣。正闲觅，闲花闲草闲歌舞。最怜西子，尚薄薄云情，盈盈波泪，点点旧眉妩。　　流红记，空泛秋宫怨句。才色何处娇妒。落红无限随风絮。诗恨有谁曾遇。堪恨处。恨二十四番花信催花去。东君暗苦。更多嘱多情，多愁杜宇，多诉断肠语"。此宋人莫崙之词①，张即之书②，孙生显祖家藏。墨迹如新，而字极怪。录其词如此。即之号樗寮。莫崙号若山。

### 【注释】

①莫崙：生卒年不详。字子山（或作若山），号两山。宋末元初人。咸淳四年(1268)登进士第。《全宋词》据《中兴以来绝妙好词》卷五辑录四首，又据《词品》卷五录入《摸鱼儿》(听春教)一首，共五首。

②张即之(1186—1266)：字温夫，号樗寮。南宋书法家。官至司农寺丞，授直秘阁。

**【译文】**

"听春教燕颦莺诉。朝朝花困风雨。六桥忘却清明后，碧尽柳丝千缕。蜂蝶侣。正闲觅，闲花闲草闲歌舞。最怜西子，尚薄薄云情，盈盈波泪，点点旧眉妩。　　流红记，空泛秋宫怨句。才色何处娇妒。落红无限随风絮。诗恨有谁曾遇。堪恨处。恨二十四番花信催花去。东君暗苦。更多嘱多情，多愁杜宇，多诉断肠语"。这是宋代人莫崙的词，张即之的书法，孙显祖家中收藏。墨迹像新的一样，而书法特别怪异。此书法作品载录莫崙词如上。张即之，号樗寮。莫崙，号若山。

## 二六七 写词述怀

**【题解】**

明郎瑛《七修类稿》卷三十四："成化间，仁和教谕聂大年，以诗书名世。人来乞书，多以东坡《行香子》、马晋《满庭芳》应之。二词一言不必深求问学，一言仕宦亦劳，皆不如隐逸之乐也。"下录马晋《满庭芳》原词。该词从疏髯、衰鬓写起，感叹官场忧煎，劬劬劳心。下阕写山翁野叟之乐，隐然有归田之想。清丁绍仪《听秋声馆词话》卷八评曰："虽不警策，亦不劣。《明词综》遗之，视所采王文恪鏊《阮郎归》、吴文端宗达《满庭芳》，似过之无不及也。"

扶风马大夫作词述怀①，声寄《满庭芳》云②："雪点疏髯，霜侵衰鬓，去年犹胜今年。一回老矣，堪叹又堪怜。思昔青春美景，无非是、月下花前。谁知道，金章紫绶，多少事忧煎。　　侵晨，骑马出，风初暴横，雨又凄然。想山翁野叟，正尔高眠。更有红尘赤日，也不到、松下林边。如何好，吴淞江上，闲了钓鱼船。"大夫名晋，字孟昭，尝为仕宦。

**【注释】**

①扶风马大夫：指马晋，生平、仕履不详。字孟昭，元末明初吴下（今江苏苏州）人。

②《满庭芳》：此词《全明词》据清顾璟芳等《兰皋明词汇选》题作"述怀"。

**【译文】**

扶风马大夫作词抒发心中的感受，其寄托情感的《满庭芳》一词言："雪点疏髯，霜侵衰鬓，去年犹胜今年。一回老矣，堪叹又堪怜。思昔青春美景，无非是、月下花前。谁知道，金章紫绶，多少事忧煎。　　侵晨，骑马出，风初暴横，雨又凄然。想山翁野叟，正尔高眠。更有红尘赤日，也不到、松下林边。如何好，吴淞江上，闲了钓鱼船。"大夫名晋，字孟昭，曾经做过官。

## 二六八　岳珂《祝英台近》词

**【题解】**

本则录岳珂《祝英台近》词，并评价为"感慨忠愤"。岳珂工诗善文，词为辛弃疾一派。此词乃月夜登北固亭所作，重在抒写家国兴亡之恨，并寓慷慨忠烈之慨。全词抗音吐怀，沉雄笃挚，且不乏老当益壮、奋发图强之志。杨慎以为可与辛弃疾《永遇乐·京口北固亭怀古》相伯仲。

岳珂北固亭《祝英台近》填词云①："澹烟横、层雾敛。胜概分雄占。月下鸣榔，风急怒涛飐。关河无限清愁，不堪临槛。正双鬓，秋风尘染。　　漫登览。极目万里沙场，事业频看剑。古往今来，南北限天堑。倚楼谁弄新声，重城门正掩。历历数、西州更点②。"此词感慨忠愤，与辛幼安"千古江山"一词相伯仲③。

## 【注释】

① 岳珂（1183—?）：字肃之，号亦斋，晚号倦翁。汤阴（今属河南）人，侨居江州（今江西九江）。岳飞之孙。官至户部侍郎，淮东总领兼制置使、宝谟阁学士。有《金佗粹编》《天定录》《桯史》《玉楮集》《棠湖诗稿》等行于世。《全宋词》辑其词八首。下所录《祝英台近》词，《全宋词》据《词品》录入，题为"北固亭"。

② 历历数、西州更点：出自贺铸《天门谣》："风满槛。历历数、西州更点。"西州，古城名，东晋置，为扬州刺史治所。

③ 千古江山：出自辛弃疾《永遇乐·京口北固亭怀古》："千古江山，英雄无觅，孙仲谋处。舞榭歌台，风流总被，雨打风吹去。斜阳草树，寻常巷陌，人道寄奴曾住。想当年，金戈铁马，气吞万里如虎。　元嘉草草，封狼居胥，赢得仓皇北顾。四十三年，望中犹记，烽火扬州路。可堪回首？佛狸祠下，一片神鸦社鼓。凭谁问，廉颇老矣，尚能饭否？"

## 【译文】

岳珂咏北固亭填《祝英台近》词言："澹烟横、层雾敛。胜概分雄占。月下鸣榔，风急怒涛飐。关河无限清愁，不堪临槛。正双鬓，秋风尘染。　漫登览。极目万里沙场，事业频看剑。古往今来，南北限天堑。倚楼谁弄新声，重城门正掩。历历数、西州更点。"这首词感慨忠愤，与辛幼安"千古江山"一词不相上下。

# 二六九 苏雪坡赠杨直夫词

## 【题解】

本则记姚勉送杨栋词，并杂叙蜀中俊彦。"苏雪坡"为"姚雪坡"之误。姚为宝祐状元，直言无忌，有政声。杨慎所引《贺新郎·送杨帅参之任》一词，称美杨氏"四世三公毡复旧"，借同姓事迹，勉励友人光大世家功业。又引虞允文为喻，称颂蜀地人才辈出，先后相照。此词用典恰切，雅致得体。杨慎称"苏与杨、马皆蜀人"，又叙元代巨儒虞集母亲的事迹，其嘉许和褒扬蜀中俊良的用意十分明显。杨慎亦蜀人，其在举列蜀中俊彦的同时，也未尝没有自许之意。不过，姚勉乃新昌人，杨慎言其为"蜀人"，反有攀附之嫌。虞集母杨氏，也非杨栋之女，乃国子监祭酒杨文仲之女，杨慎误记。《元史·虞集传》载，虞集幼时，因干戈中无书册可携，其母口授《论语》《孟子》《左传》及欧阳修、苏轼文。因此，言虞集"其学无师，传于母氏也"是基本符合历史事实的。

　　苏雪坡赠杨直夫名栋，青神人①，词云："允文事业从容了。要岷峨人物，后先相照。见说君王曾有问，似此人才多少。""况蜀珍、先已登廊庙。但侧耳，听新诏"②。按小说，高宗曾问马骐曰："蜀中人才如虞允文者有几？"骐对曰："未试焉知？允文亦试而后知也。"苏与杨、马皆蜀人。杨在眉山为甲族。直夫之妹通经学，比于曹大家③。嫁虞氏，生虞集④，为巨儒。其学无师，传于母氏也。此事蜀人亦罕知，故著之。马骐，南郡人，涓之孙。

**【注释】**

①苏雪坡：《词话丛编》本则案："此姚勉词。勉号雪坡，杨慎误作苏雪坡。"姚勉（1216—1262），字述之，一字成一，号雪坡。高安（今属江西）人。宝祐元年（1253）廷对第一。除校书郎、兼太子舍人。有《雪坡集》。《全宋词》据《姚舍人集》辑存其词三十二首。杨直夫：即杨栋（生卒年不详），字元极，眉州青神（今属四川）人。绍定进士，景定五年（1264）拜参知政事。

②"允文事业从容了"几句：出自姚勉《贺新郎·送杨帅参之任》：

"唱彻阳关调。伴行人、梅拂征鞍,晓霜寒峭。金甲雕戈开玉帐,尊俎风流谈笑。看策马、从容江表。自是药阶苔砌客,卷经纶、且泛芙蓉沼。襟量阔,江面小。　　允文事业从容了。要岷峨人物,后先相照。见说君王曾有问,似此人才多少。便咫尺、云霄清要。四世三公毡复旧,况蜀珍、先已登廊庙。但侧耳,听新诏。"允文,即虞允文(1110—1174),字彬甫,隆州仁寿(今属四川)人,绍兴年间进士,官至左丞相,兼枢密使,南宋著名抗金英雄。

③曹大家(gū):指班昭(约49—约120),班固之妹,东汉史学家。嫁曹世叔,早寡,屡受诏入宫,曾奉诏校叙《汉书》。

④虞集(1272—1348):字伯生,号道园,又号邵庵,抚州崇仁(今属江西)人,南宋丞相虞允文五世孙。成宗大德年间被荐为大都路(今北京)儒学教授,先后供职于国子学、翰林院、集贤院、奎章阁等,历仕八朝,秩从二品。元代中期最名文臣,"元诗四大家"之一。有《道园学古录》五十卷、《道园类稿》五十卷、《道园遗稿》六卷(别本八卷)、《翰林珠玉》六卷、《虞伯生诗续编》三卷等传世。

## 【译文】

姚雪坡赠杨直夫名栋,是青神人,其词言:"允文事业从容了。要岷峨人物,后先相照。见说君王曾有问,似此人才多少。""况蜀珍、先已登廊庙。但侧耳,听新诏"。按小说所载,宋高宗曾问马骐说:"蜀中像虞允文这样的人才有多少?"马骐回答说:"没有任用怎么能知道呢?允文也是任用后才了解的。"姚雪坡与杨直夫、马骐都是蜀人。杨直夫在眉山是世家贵族。直夫的妹妹通晓经学,可与汉代的曹大家相媲美。后嫁给虞氏,生下虞集,是大学者。虞集的学问没有老师,是他的母亲传授给他的。这件事蜀人也很少知晓,所以写下来。马骐,是南郡人,是马涓的孙子。

## 二七〇　庆乐园词

### 【题解】

庆乐园,原名南园。周密《武林旧事》卷五:"(南园)中兴后所创。光宗朝赐平原郡王韩侂胄,陆放翁为记。后复归御前,名'庆乐',赐嗣荣王与芮,又改'胜景'。"本则录张炎《高阳台》咏庆乐园词,该词侧重描述庆乐园的衰败景象,并于枯木断石中寓今昔之叹、兴衰之慨。据题序,词作于戊寅岁,即宋端宗赵昰景炎三年(1278),时作者三十一岁。

庆乐园,韩侂胄之南园也。张叔夏著《高阳台》词云①:"古木迷鸦,虚堂起燕,欢游转眼惊心。南圃东窗,酸风扫尽芳尘。鬓貂飞入平原草,最可怜、浑是秋阴。夜沉沉,不信归魂,不到花深。　　吹箫踏叶幽寻去,任船依断石,岫裹寒云。老桂悬香,珊瑚碎击无音②。故园已是愁如许,抚残碑、又却伤今。更关情,秋水人家,斜照西林。"

### 【注释】

①张叔夏:即张炎(1248—?),字叔夏,号玉田,又号乐笑翁。临安(今浙江杭州)人,祖籍成纪(今甘肃天水)。有《山中白云词》八卷,《词源》二卷。《全宋词》录其词三百零二首。下引《高阳台》词题序云:"庆乐园即韩平原南园。戊寅岁过之,仅存丹桂百余株,有碑记在荆榛中,故末有亦犹今之视昔之感,复叹葛岭贾相之故庐也。"

②珊瑚碎击无音:典出《世说新语·汰侈》:"石崇与王恺争豪,并穷绮丽以饰舆服。武帝,恺之甥也,每助恺。尝以一珊瑚树,高二尺许赐恺。枝柯扶疏,世罕其比。恺以示崇。崇视讫,以铁如意

击之，应手而碎。恺既惋惜，又以为疾己之宝，声色甚厉。崇曰：
'不足恨，今还卿。'乃命左右悉取珊瑚树，有三尺、四尺，条干绝
世，光彩溢目者六七枚，如恺许比甚众。恺惘然自失。"

**【译文】**

庆乐园，是韩侂胄的南园。张叔夏创作《高阳台》词言："古木迷鸦，
虚堂起燕，欢游转眼惊心。南圃东窗，酸风扫尽芳尘。鬉貂飞入平原
草，最可怜、浑是秋阴。夜沉沉，不信归魂，不到花深。　　吹箫踏叶幽
寻去，任船依断石，岫裹寒云。老桂悬香，珊瑚碎击无音。故园已是愁
如许，抚残碑、又却伤今。更关情，秋水人家，斜照西林。"

# 二七一　咏云词讥史弥远

**【题解】**

元刘一清《钱塘遗事》卷二："史弥远开禧丁卯为礼部侍郎，自（白）
杨太后诛侂胄，其事甚秘……弥远出入宫禁，外议哗然。有诗曰：往来
与月为俦侣，舒卷和天也蔽蒙。盖以云讥弥远也。"此为本则之所据。
《钱塘遗事》所录为七言诗两句，杨慎所录则为六言两句，且名"咏云
词"。《全宋词》据《词品》录为宋无名氏词，同时又据《钱塘遗事》疑杨慎
所云或非："案《钱塘遗事》卷一（应为卷二）载作七言诗二句：'往来与月
为俦侣，舒展和天也蔽蒙'，疑《词品》所云或非。"

　　弥远之比周于杨后也[①]，出入宫禁，外议甚哗。有人作
咏云词讥之云："往来与月为俦，舒卷和天也蔽。"宋人言其
本朝家法最正，母后最贤，至杨后则荡然矣。

**【注释】**

①弥远：即史弥远（1164—1233），字同叔，明州鄞县（今浙江宁波）

人。淳熙十四年(1187)进士。与杨皇后等合谋杀韩侂胄,函首送金议和。累官至右丞相兼枢密使。专权用事,斥逐贤臣。比周:结党营私。杨后(1162—1232):指宋宁宗皇后。或说会稽(今浙江绍兴)人。嘉泰二年(1202)立为皇后。

**【译文】**

弥远与杨皇后结党营私,出入宫禁,皇宫外议论哗然。有人作咏云词讥讽他们说:"往来与月为俦,舒卷和天也蔽。"宋朝人称本朝治家的礼法最为严正,母后最为贤惠,至杨皇后就荡然无存了。

## 二七二 赵从橐寿贾似道《陂塘柳》

**【题解】**

赵从橐《陂塘柳》词,宋周密《齐东野语》卷十二《贾相寿词》即有载录。此篇为寿贾似道词,视贾氏庭院似仙宇、贾氏如仙家,又极力铺叙贾氏之襟怀、闲情,极尽夸毗、光耀之能事。贾似道乃南宋权臣,专权跋扈,进用群小,排斥异己,打击忠良,淫乐无度,史家多非之。视本篇之所叙,实与贾氏之行事不类,亦浮言清谈、空疏举事之属。

赵从橐《陂塘柳》云①:"指庭前翠云金雨。霏霏香满仙宇。一清透彻浑无底,秋水也无流处。君试数。此样襟怀,顿得乾坤住。闲情半许。听万物氤氲,从来形色,每向静中觑。　　琪花路②。相接西池寿母。年年弦月时序。荷衣菊佩寻常事③,分付两山容与。天证取。此老平生,可向青天语。瑶卮缓举。要见我何心,西湖万顷,来去自鸥鹭。"

**【注释】**

①赵从橐：生平事历不详。下引词《全宋词》据《齐东野语》卷十二
录入，调作《摸鱼儿》，题为"寿贾师宪"。

②琪花：仙境中玉树之花。

③荷衣，指用荷叶所制之衣。后因以喻指隐者或处士之衣。屈原
《离骚》"制芰荷以为衣兮，集芙蓉以为裳。"

**【译文】**

赵从橐《陂塘柳》言："指庭前翠云金雨。霏霏香满仙宇。一清透彻
浑无底，秋水也无流处。君试数。此样襟怀，顿得乾坤住。闲情半许。
听万物氤氲，从来形色，每向静中觑。　　琪花路。相接西池寿母。年
年弦月时序。荷衣菊佩寻常事，分付两山容与。天证取。此老平生，可
向青天语。瑶卮缓举。要见我何心，西湖万顷，来去自鸥鹭。"

## 二七三　贾似道壁词

**【题解】**

本则录宋人题壁词《长相思》一首，并记其本事。该词见载于元佚
名《东南纪闻》卷一："贾似道当国，京师亦有童谣云：'满头青，都是假。
这回来，不作耍。'盖时京妆竞尚假玉，以假为贾，喻似道之专权，而丙子
之事，非复庚申之役矣。因记似道贬时，有人题壁：(词略)比之雷州寇
司户之句，劝徽尤多。"词及事亦载明田汝成《西湖游览志余》。本则杨
慎所记，即源于此。

似道遭贬，时人题壁云："去年秋。今年秋。湖上人家
乐复忧。西湖依旧流。　　吴循州。贾循州。十五年间一
转头①。人生放下休。"此语视雷州寇司户之句尤警②。吴循
州，谓履斋之贬③，乃贾挤之也。

**【注释】**

①"吴循州"几句：南宋景定元年(1260)，宰相吴潜受贾似道陷害被
　　贬循州；德祐元年(1275)，贾似道亦被贬循州。期间正十五年。
　　循州，今广东惠州。

②雷州寇司户之句：北宋寇准受丁谓排挤，被贬雷州(今属广东)；
　　后丁谓以欺罔窜逐崖州(今海南三亚)，为司户参军。好事者相
　　语曰："若见雷州寇司户，人生何处不相逢？"事见欧阳修《归田
　　录》。

③履斋：吴潜，号履斋。

**【译文】**

　　贾似道遭贬，当时有人在壁上题词言："去年秋。今年秋。湖上人
家乐复忧。西湖依旧流。　　吴循州。贾循州。十五年间一转头。人
生放下休。"这话比雷州寇司户的语句更为警策。吴循州，称履斋被贬，
这是因为贾似道排挤他。

# 二七四　刘须溪

**【题解】**

　　本则录刘辰翁元宵词，调为《意难忘》。《意难忘》最早见于宋周邦
彦《片玉集》卷一，为双调，前后段各九句，六平韵。所录词基本与此式
同，因此，杨慎言"以《意难忘》按之，可歌也。"刘辰翁词上阕写雪中元宵
灯市情状，用语轻灵，饶有情趣；下阕抒情，通过今夕对照，敷写老年意
绪心境，情致深婉，余味不尽。

　　须溪刘辰翁元宵雨词云①："角动寒谯。看雨中灯市，雪
意萧萧。星毬明戏马，歌管杂鸣刁。泥没膝，舞停腰。焰蜡
任风飘②。更可怜，红啼桃脸，绿颣杨桥③。　　　当年乐事朝

朝。曾锦鞍呼妓,金屋藏娇。围香春醉酒,坐月夜吹箫。今老去,倦歌谣。嫌杀杜家乔。漫三杯、拥炉觅句,断送春宵。"以《意难忘》按之,可歌也。

**【注释】**

①刘辰翁(1232—1297):字会孟,号须溪。吉州庐陵(今江西吉安)人。景定三年(1262)进士,廷试忤贾似道,以亲老请为赣州濂溪书院山长。德祐元年(1275),文天祥起兵勤王,刘辰翁参与江西幕府。宋亡后,托迹方外,隐遁不出,于故乡庐陵山中,专事著述。有《须溪集》六卷,已佚。四库馆臣据《永乐大典》辑有《须溪集》十卷,又有《须溪四景诗》等。《全宋词》录存其词三百五十四首。

②焰蜡:正在燃烧的蜡烛。

③绿颒(huì)杨桥:《全宋词》据一百二十七卷本《翰墨大全》后甲集卷五作"绿黯杨桥"。颒,洗脸。

**【译文】**

须溪刘辰翁元宵节咏雨词言:"角动寒谯。看雨中灯市,雪意萧萧。星毬明戏马,歌管杂鸣习。泥没膝,舞停腰。焰蜡任风飘。更可怜,红啼桃脸,绿颒杨桥。　　当年乐事朝朝。曾锦鞍呼妓,金屋藏娇。围香春醉酒,坐月夜吹箫。今老去,倦歌谣。嫌杀杜家乔。漫三杯、拥炉觅句,断送春宵。"用《意难忘》调弹奏,可以歌唱。

## 二七五　詹天游

**【题解】**

此则讨论詹天游词。《齐天乐·赠童瓮天兵后归杭》词乃送人归杭州之作,作于伯颜破杭州之后。作为遗民词人,按常理来说,应当有所寄寓和讽谏。但杨慎以为，此词"全无黍离之感、桑梓之悲，而止以游乐言"。据此，杨慎感慨宋末士风之衰颓屏弱，上下相习，因此国家之破败也就在情理之中了。对于杨慎的看法，清人多有不同意见。丁绍仪《听秋声馆词话》卷九就直接反驳了杨慎的观点："《词品》讥其绝无黍离之感，桑梓之悲，而止以游乐为言，真是无目人语。篇中第一句即寓沧桑之慨。前阕'倚担''认旗''吹香弄碧'，追喟时事，隐然言表。后阕'花天月地，人被云隔'，似指贾似道一辈言。至后结二语，更明明点破矣。"丁绍仪讥杨慎之论为"无目人语"，并详细指发了词中的幽隐之意。况周颐《蕙风词话》卷三讲："刘起潜《菩萨蛮》和詹天游云……与天游《齐天乐·赠童瓮天兵后归杭》阕，各极慷慨低徊之致。"况周颐对《齐天乐》中的微旨纤意多有释解，同时对杨慎之论提出了尖锐批评。詹天游《齐天乐》词低徊婉曲、凄恻伤感，客观地看，其沧桑之感与故国之思是明显存在的。丁绍仪、况周颐所论是，杨慎所论为非。不过，依丁绍仪之意，全词义皆幽隐、别有所指，这也未必都是作者之本意，未免有牵强附会之嫌。


　　詹天游以艳词得名[①]，见诸小说。其送童瓮天兵后归杭《齐天乐》云："相逢唤醒京华梦，胡尘暗斑吟发。倚担评花，认旗沽酒，历历行歌奇迹。吹香弄碧。有坡柳风情，逋梅月色。画鼓江船，满湖春水断桥客。　　当时何限俊侣，甚花天月地，人被云隔。却载苍烟，更招白鹭，一醉修江又别。今回记得。再折柳穿鱼，赏梅催雪。如此湖山，忍教人更说。"此伯颜破杭州之后也。观其词全无黍离之感、桑梓之悲，而止以游乐言。宋末之习，上下如此，其亡不亦宜乎！童瓮天，失其名氏，有《瓮天脞语》一卷传于今云。天游又有《清平调》云[②]："醉红宿翠。鬓亸乌云坠。管甚夜来不得睡。

那更今朝早起。　　东风满搦腰肢。阶前小立多时。却恨一番新雨,想应湿透鞋儿。"盖咏妓诉状立厅下也。又见《石次仲集》。

**【注释】**

①《詹天游》:即詹玉,生卒年不详。字可大,号天游。古郢(今湖北江陵)人,一说江西人。由宋入元,至元间为翰林应奉、集贤学士,监蘸长春宫。有《天游词》,收词二十二首,其中有误收之作。《全宋词》去其误入之作,录存其词十三首。

②《清平调》:此词一般认为是石孝友所作。

**【译文】**

詹天游凭借艳词而闻名,小说中有记载。他的送童瓮天兵后归杭州《齐天乐》一词言:"相逢唤醒京华梦,胡尘暗斑吟发。倚担评花,认旗沽酒,历历行歌奇迹。吹香弄碧,有坡柳风情,逗梅月色。画鼓江船,满湖春水断桥客。　　当时何限俊侣,甚花天月地,人被云隔。却载苍烟,更招白鹭,一醉修江又别。今回记得。再折柳穿鱼,赏梅催雪。如此湖山,忍教人更说。"这是作于伯颜破杭州之后。观其词全无国破家亡、故土荒芜之悲痛,而只以游玩嬉戏为言。宋末的习气,上下如此,国家之破败不也是应该的吗!童瓮天,已不知其名姓,有《瓮天脞语》一卷流传至今。詹天游又有《清平调》言:"醉红宿翠。髻觯乌云坠。管甚夜来不得睡。那更今朝早起。　　东风满搦腰肢。阶前小立多时。却恨一番新雨,想应湿透鞋儿。"大概是咏妓立于厅下控诉之状。又见《石次仲集》。

## 二七六　邓千江

**【题解】**

本则推许邓千江《望海潮》词为金人乐府第一,并录全词。关于该词的写作背景,金刘祁《归潜志》卷四载:"金国初,有张六太尉者镇西边,有一士人邓千江者献一乐章《望海潮》。"而金元好问《中州集》却题作"上兰州守",二著说法不一。词写边塞风光,突出地势之险要、战氛之浓烈,慷慨任气,俊发蹈厉。本则后段又录沈唐词,以与本词相对照。沈作乃献寿之词,风流潇洒,典雅有味。不过,杨慎认为,邓作"十倍过之"。

　　金人乐府称邓千江《望海潮》为第一。其词云:"云雷天堑,金汤地险,名藩自古皋兰。营屯绣错,山形米聚,喉襟百二秦关。鏖战血犹殷。见阵云冷落,时有鹏盘。静塞楼头,晓月依旧玉弓弯。　　看看定远西还。有元戎阃令②,上将斋坛。区脱昼空③,兜零夕举④,甘泉又报平安。吹笛虎牙间。且宴陪珠履,歌按云鬟。来招英灵醉魄,长绕贺兰山。"此词全步骤沈公述上王君贶一首⑤,今录于此:"山光凝翠,川容如画,名都自古并州。箫鼓沸天,弓刀似水,连营百万貔貅⑥。金骑走长楸。少年人,一一锦带吴钩。路入榆关,雁飞汾水正宜秋。　　近思昔日风流。有儒将醉吟,才子狂游。松偃旧亭,城高故国,空留舞榭歌楼。方面倚贤侯。便恐为霖雨,归去难留。好向西溪,恣携弦管宴兰舟。"然千江之词,繁缛雄壮,何啻十倍过之,不止出蓝而已。

**【注释】**

①邓千江:生平无考。临洮(今属甘肃)人。金初在世。其词今仅见《望海潮》一首,《中州乐府》及《全金元词》均有收录。

②阃(kǔn)令:军令,将令。

③区脱:同"瓯脱",指边境屯戍或守望之处。《汉书·苏武传》:"区

脱捕得云中生口。"颜师古注引服虔曰："区脱，土室。"一说，指双
方都管辖不到的边境地带。王先谦《补注》引沈钦韩曰："区脱犹
俗云边际，匈奴与汉连界，各谓之区脱。"

④兜零：笼子。

⑤沈公述：即沈唐，字公述，生卒年、里籍无考。宋代词人。北宋韩
琦之客，官大名府签判，后改签判渭州。《全宋词》据《乐府雅词》
《唐宋诸贤绝妙词选》等辑存其词四首，断句二则。下所录词《唐
宋诸贤绝妙词选》卷六题作"上太原知府王君贶尚书"。

⑥貔貅(pí xiū)：两种猛兽，此喻勇猛的战士。

## 【译文】

金人的词邓千江的《望海潮》可称第一。其词言："云雷天堑，金汤
地险，名藩自古皋兰。营屯绣错，山形米聚，喉襟百二秦关。麏战血犹
殷。见阵云冷落，时有鹃盘。静塞楼头，晓月依旧玉弓弯。　　看看定
远西还。有元戎阃令，上将斋坛。区脱昼空，兜零夕举，甘泉又报平安。
吹笛虎牙间。且宴陪珠履，歌按云鬟。来招英灵醉魄，长绕贺兰山。"这
首词全部效仿沈公述上王君贶一词，现载录在此："山光凝翠，川容如
画，名都自古并州。箫鼓沸天，弓刀似水，连营百万貔貅。金骑走长楸。
少年人，一一锦带吴钩。路入榆关，雁飞汾水正宜秋。　　近思昔日风
流。有儒将醉吟，才子狂游。松偃旧亭，城高故国，空留舞榭歌楼。方
面倚贤侯。便恐为霖雨，归去难留。好向西溪，恣携弦管宴兰舟。"然
而，邓千江的词文辞华丽气势雄壮，何止超过沈公述词十倍，不只是出
于蓝而已。

# 二七七　王予可

## 【题解】

史载，王予可乃狂人。《金史·隐逸传》云："人与之纸，落笔数百

言,或诗或文,散漫碎杂,无句读、无首尾,多六经中语及韵学家古文奇字。"本篇所录《生查子》词写水殿听歌。上阕先以明河、好风敷设环境氛围,次以"谪仙人"喻歌女之清逸脱俗;下阕写把酒赏歌,兴致盎然,余音如云,袅袅不绝。全词清高旷远,可称佳制。杨慎评为"飘逸高妙"。清沈雄《古今词话·王予可》亦称:"词故隽上,无尘俗气。"

　　王予可①,金明昌时人。或传其仙去,事不可知。其《生查子》云:"夜色明河净,好风来千里。水殿谪仙人,皓齿清歌起。　　前声金斝中②,后声银河底③。一夜岭头云,绕遍楼前水。"词之飘逸高妙如此,固谪仙之流亚也。

**【注释】**

①王予可(？—1232):生卒年不详。字南云,河东吉州(今山西吉县)人。金代词人。三十余岁,大病后发狂,能把笔作诗文,及说世外恍惚事。《中州集》卷九录其诗七首,《中州乐府》录其词三首。

②金斝(jiǎ):斝的美称。斝,酒器,似爵而大。

③银河:一种容量很大的银质酒器。

**【译文】**

　　王予可,是金代明昌时期的人。有传言说他驾鹤仙去,这件事难以考证。其《生查子》言:"夜色明河净,好风来千里。水殿谪仙人,皓齿清歌起。　　前声金斝中,后声银河底。一夜岭头云,绕遍楼前水。"此词如此飘逸高妙,应是谪居世间的仙人一类。

## 二七八　滕玉霄

**【题解】**

　　此则记元代词人滕宾的两首词。《百字令》重在描述音乐曲律的曼妙动听,用语雅润可味,事典的援用亦恰当自如,一如己出。其工致精巧,确乎堪比宋人。《瑞鹧鸪》一首,乃赠其歌童之作,因此杨慎讲"盖郑樱桃、解红儿之流也"。又言其"用事甚工",亦揣度精细,评骘允当。此词大量用典:"分桃",用刘向《说苑·杂言》中卫灵公与男宠弥子瑕分桃而食之典;"断袖",乃汉哀帝为不惊动男宠董贤午睡、割袖起坐事,载《汉书·董贤传》;"洛浦",出自张衡《思玄赋》"载太华之玉女兮,召洛浦之宓妃";"巫山行雨",载宋玉《高唐赋》"妾在巫山之阳,高丘之阻。旦为朝云,暮为行雨,朝朝暮暮,阳台之下";"襄野"指少年才俊,语出《庄子·徐无鬼》;歇拍两句则檃栝杜牧《泊秦淮》:"烟笼寒水月笼沙,夜泊秦淮近酒家。商女不知亡国恨,隔江犹唱后庭花。"用典虽密,但能事意相切,弥合无间,故杨慎评为"用事甚工"。从现存文献来看,此词首见于杨慎《词品》。

　　元人工于小令套数,而宋词又微。惟滕玉霄集中[①],填词不减宋人之工。今略记其《百字令》一首云[②]:"柳鬖花困。把人间恩怨,樽前倾尽。何处飞来双比翼,直是同声相应。寒玉嘶风,香云卷雪,一串骊珠引。阮郎去后,有谁著意题品。　　谁料浊羽清商,繁弦急管,犹自余风韵。莫是紫鸾天上曲,两两玉童相并。白发梨园,青衫老传,试与留连听。可人何处,满庭霜月清冷。"玉霄又有赠歌童阿珍《瑞鹧鸪》云[③]:"分桃断袖绝嫌猜。翠被红裈兴不乖[④]。洛浦乍阳新燕尔,巫山行雨左风怀。　　手携襄野便娟合,背抱齐宫婉娈怀。玉树庭前千载曲,隔江唱罢月笼阶。"盖郑樱桃、解红儿之流也[⑤]。用事甚工。予同年吴学士仁甫喜诵之。

**【注释】**

①滕玉霄:即滕宾,一作滕斌,生卒年不详。字玉霄。黄冈(今属湖北)人,或云睢阳(今河南商丘)人。元代文学家。至大间,历官翰林学士,出为江西儒学提举,后弃家入天台山为道士。工散曲。词有周泳先《唐宋金元词钩沉》辑本《玉霄集》一卷,九首;又刘毓盘所辑《涵虚词》有《夺锦标》送李景山西使一首,共存词十首。

②《百字令》一首:此词《全金元词》据杨慎《词品》辑入,题为“赠宋六嫂”。

③赠歌童阿珍《瑞鹧鸪》:此词首见杨慎《词品》,《全金元词》据以辑入,题为“赠歌童阿珍”。

④裈:满裆裤。以别于无裆的套裤而言。

⑤郑樱桃:后赵武帝石虎之妻。初为优僮,深得石虎所爱,曾先后谮杀石虎妻郭氏和崔氏,事见《晋书》。乐府有《郑樱桃歌》,见《乐府诗集·杂歌谣辞三》。解红儿:五代和凝歌童,和凝为制《解红歌》。

**【译文】**

元代人长于小令和套数,而词的成就稍差。只有滕玉霄集中,填词之工巧不次于宋人。现大略载录其《百字令》一首言:“柳擘花困。把人间恩怨,樽前倾尽。何处飞来双比翼,直是同声相应。寒玉嘶风,香云卷雪,一串骊珠引。阮郎去后,有谁著意题品。 谁料浊羽清商,繁弦急管,犹自余风韵。莫是紫鸾天上曲,两两玉童相并。白发梨园,青衫老传,试与留连听。可人何处,满庭霜月清冷。”滕玉霄又有赠歌童阿珍《瑞鹧鸪》词一首言:“分桃断袖绝嫌猜。翠被红裈兴不乖。洛浦乍阳新燕尔,巫山行雨左风怀。 手携裹野便娟合,背抱齐宫婉娈怀。玉树庭前千载曲,隔江唱罢月笼阶。”属于郑樱桃、解红儿一类。这首词运用典故十分精巧。我的同年吴仁甫喜欢诵读它。

# 二七九 牧庵词

## 【题解】

姚燧《醉高歌》原有四阙,每阙四句。元杨朝英收入散曲集《朝野新声太平乐府》卷四,题为"感怀"。《全元散曲》等亦收为散曲,属中吕宫。杨慎合前两阙为一,以为词,《尧山堂外纪》《花草粹编》《历代诗余》均选,《词谱》卷八、《词律拾遗》卷一收此调。《词谱》卷八题下注:"双调五十字,前后段各四句。一平韵,三叶韵。"后注:"此元人叶儿乐府也,平仄互叶,采入,以备一体。"《全金元词》未予收录。此乃姚燧辞官后的"感怀"之作,前四句用汉张翰"鲈鱼脍"之典,表达思归之情;后四句以"傀儡场"比官场,敷叙人生况味。全篇雍穆中远,感喟深沉,杨慎评为"高古"。

姚牧庵《醉高歌》词云①:"十年燕月歌声。几点吴霜鬓影。西风吹起鲈鱼兴②。已在桑榆暮景。　　荣枯枕上三更。傀儡场中四并③。人生幻化如泡影。几个临危自省。"牧庵一代文章巨公,此词高古,不减东坡、稼轩也。

## 【注释】

①姚牧庵:即姚燧(1238—1313),字端甫,号牧庵。洛阳(今属河南)人。历翰林直学士、大司农丞、翰林学士承旨知制诰等。今存《牧庵集》三十六卷。《全金元词》收词四十九首。

②鲈鱼兴:《晋书·张翰传》:"翰因见秋风起,乃思吴中菰菜、莼羹、鲈鱼脍,曰:'人生贵适志,何能羁宦数千里以要名爵乎?'遂命驾而归。"

③四并:指良辰、美景、赏心、乐事四种美事。

**【译文】**

姚牧庵的《醉高歌》词言："十年燕月歌声。几点吴霜鬓影。西风吹起鲈鱼兴。已在桑榆暮景。　　荣枯枕上三更。傀儡场中四并。人生幻化如泡影。几个临危自省。"牧庵是一代文章大师，这首词高雅古朴，不次于东坡、稼轩。

## 二八〇 元将填词

**【题解】**

关于此词的作者，宋周密《齐东野语》卷二十录为纥石烈子仁词："开禧用兵，金人元帅纥石烈子仁领兵据濠梁，大书一词于濠之倅厅壁间。词名《上平南》，即《上西平》之调。云：(词略)子仁盖女真之能文者，故敢肆言无惮如此。"金刘祁《归潜志》卷四，则录为金人刘昂作："刘昂次霄，济南人，有才誉。以先有刘昂之昂，故号小刘昂。泰和南征，作乐章一阕《上平西》，为时所传。其词云：(词略)终邹平令。"杨慎录为纥石烈子仁词，盖取《齐东野语》之说。上述两作所载词及本则杨慎所录，文字上小有差异。《全金元词》据《归潜志》作金人刘昂词，调为《上平西》，题为"泰和南征作"。

纥石烈子仁乃金将，《金史》之《章宗本纪》《仆散揆传》《完颜匡传》等略载其行事。本则，杨慎误"金"为"元"。

元将纥石烈子仁《上平南》词云[①]："虿锋摇，螳臂振，旧盟寒。恃洞庭、彭蠡狂澜。天兵小试，万蹄一饮楚江干。捷书飞上九重天。春满长安。　　舜山川。周礼乐，唐日月，汉衣冠。洗五州妖气关山。已平全蜀，风行何用一泥丸[②]。有人传喜日边，都护先还。"此亦黠虏也。天欲戕我中国人，乃生此种，反指中国为妖气也耶。非我皇明一汛扫之，天柱折而地维陷矣③。

**【注释】**

①纥石烈子仁：生卒年不详。金朝将领。女真族。初为知兴中府
　事，承安四年（1199），代西南路招讨使仆散揆，尽以方略授之。
　泰和五年（1205），以河南路统军使充贺宋生日使。翌年冬，随仆
　散揆攻宋。历右副元帅，以枢密使兼三司使等。

②泥丸：小泥球。汉刘向《说苑·杂言》："随侯之珠，国之宝也，然
　用之弹，曾不如泥丸。"

③天柱折而地维陷：比喻时局危难。《淮南子·天文训》："昔者共
　工与颛顼争为帝，怒而触不周之山，天柱折，地维绝。天倾西北，
　故日月星辰移焉；地不满东南，故水潦尘埃归焉。"

**【译文】**

　　金将纥石烈子仁《上平南》词言："虿锋摇，螳臂振，旧盟寒。恃洞
庭、彭蠡狂澜。天兵小试，万蹄一饮楚江干。捷书飞上九重天。春满长
安。　　　舜山川。周礼乐，唐日月，汉衣冠。洗五州妖气关山。已平全
蜀，风行何用一泥丸。有人传喜日边，都护先还。"这也是个机敏的外族
人。上天想要残害我中原人，才生这种人，他却反过来指中原为妖气。
如果不是我朝圣明的皇帝扫除他们，支天之柱将折断而地之四角将
塌陷。

# 二八一　江西烈女词

**【题解】**

　　元陶宗仪《南村辍耕录》卷四载："戴石屏先生复古未遇时，流寓江
右。武宁有富家翁爱其才，以女妻之。居二三年，忽欲作归计。妻问其
故，告以曾娶。妻白之父，父怒。妻宛曲解释，尽以奁具赠夫。仍饯以

词云：(词略)夫既别。遂赴水死。可谓贤烈也已。"本则杨慎所记，即出于此。文末云，出《桂苑丛谈》。《桂苑丛谈》记事至唐僖宗、唐昭宗时，戴复古乃南宋晚期诗人，自然不能载其事。此误记。

　　明刘大昌珥江书屋校刻本《辞品》"拾遗"《李师师》一则后，有"武宁贞女"则，与本篇内容相同，但文字上略有不同。本则为珥江书屋本所独有，他本皆不载。全文如下："石屏少时薄游武宁，有富翁爱其才，妻以女。留三年，思归，询其所以，告以曾娶妻。以白其父，父怒，妻宛曲解之，尽以嫁奁赠之，仍饯以词云：'惜多才，怜薄命，无计可留汝。揉碎花笺，仍写断肠句。道傍杨柳依依，千丝万缕，抵不住、一分愁绪。捉月盟言，不是梦中语。后回君若来，不相忘处，把杯酒浇奴坟土。'是日，投江而死。呜呼！女则贞矣。石屏尚得比于人数哉！始诳之，终弃之，又受其奁具，而甘视其死，俗有谲词云：'孙飞虎好色，柳盗跖贪财，这贼囚两般儿都爱。'石屏似之。余编《词品》成，特例比(当作此)事于宋江之后。"

　　戴石屏薄游江西，有富翁以女妻之。留三年，一日思归。询其所以，告以曾娶。妻以白其父，父怒。妻宛曲解之，尽以嫁奁赠之，仍饯之以词，自投江而死。其词云[①]："惜多才，怜薄命，无计可留汝。揉碎花笺，仍写断肠句。道傍杨柳依依，千丝万缕，抵不住、一分愁绪。　　捉月盟言，不是梦中语。后回君若重来，不相忘处，把杯酒浇奴坟土。"呜呼，石屏可谓不仁不义之甚矣。既诳良人女为妻，三年兴尽而弃之。又受其奁具而甘视其死。俗有谲词云："孙飞虎好色，柳盗跖贪财，这贼牛两般都爱。"石屏之谓与？出《桂苑丛谈》[②]，冯翊子休著。

**【注释】**

①其词：该词《全宋词》调作《祝英台近》。

②《桂苑丛谈》：唐代笔记小说集。旧题冯翊子子休撰。《郡斋读书志》引李淑《邯郸书目》称作者姓严。今存二十八条，记咸通以后鬼神怪异及南北朝、唐代杂事。

**【译文】**

戴石屏宦游江西，有富翁将女儿嫁给他。居留三年，忽然有一天想要回到故乡。妻子询问他缘故，他告诉妻子，他之前曾娶妻。妻子将这件事告诉她的父亲，父亲大怒。妻子婉转地替他解释，并将陪嫁的财物全部赠给他，还为他设酒食送行并赋词，之后自己投江而死。其词言："惜多才，怜薄命，无计可留汝。揉碎花笺，仍写断肠句。道傍杨柳依依，千丝万缕，抵不住、一分愁绪。　　捉月盟言，不是梦中语。后回君若重来，不相忘处，把杯酒浇奴坟土。"唉，石屏可以说是十分不仁不义了。欺骗良家女子为妻，三年后兴趣没了就抛弃了她。又接受她陪嫁的财物而甘愿看着她死。民间有戏词说："孙飞虎好色，柳盗跖贪财，这贼牛两般都爱。"说的是石屏吧？此则出自《桂苑丛谈》，冯翊子休著。

# 卷六

## 二八二 八咏楼

### 【题解】

《金华志》:"《八咏》诗,南齐隆昌元年太守沈约所作。题于玄畅楼,时号绝唱。后人因更玄畅楼为八咏楼云。"八诗包括《登台望秋月》《会圃临春风》《岁暮悯衰草》《霜来悲落桐》《夕行闻夜鹤》《晨征听晓鸿》《解佩去朝市》《被褐守山东》,是著名的登临写景之作,杨慎评为"语丽而思深"。"玄畅楼"因此而更名为"八咏楼",这也颇能反映该组诗在文坛上的声誉。其后,相关题作不少,如唐代李白、宋代李清照均有同类题材的作品。本则中,杨慎举列了赵孟頫诗作一首、鲜于枢词作一首。其中,鲜于枢词首见于此。杨慎所引二作均为登临摹景之作,虽节候风物有异,立意抒怀各有侧重,但均境界雄阔,韵味深厚。结句处,都提及沈约多病事。据《梁书·沈约传》,"初,约久处端揆,有志台司,论者咸谓为宜,而帝终不用,乃求外出,又不见许。"于是,给好友徐勉写信以陈其情:"而开年以来,病增虑切,当由生灵有限,劳役过差,总此凋竭,归之暮年,牵策行止,努力祇事。外观旁览,尚似全人,而形骸力用,不相综摄。常须过自束持,方可俔俛。解衣一卧,支体不复相关。上热下冷,月增日笃,取暖则烦,加寒必利,后差不及前差,后剧必甚前剧。百日数句,革带常应移孔;以手握臂,率计月小半分。以此推算,岂能支久?"可见,沈约之多病消瘦亦与仕途的愁苦、不得志有关。赵孟𬱟诗与鲜于枢词在结句处都流露出了溪山信美、勿须愁苦之意,其豪情逸兴正与登高临远的格调相一致,能给人以振发之感。因此,杨慎讲:"二作结句略同,稍含微意,不专为咏景发。"

　　沈休文八咏诗,语丽而思深,后人遂以名楼,照映千古。近时赵子昂、鲜于伯机诗词颇胜①。赵诗云:"山城秋色静朝晖。极目登临未拟归。羽士曾闻辽鹤语,征人又见塞鸿飞。西流二水玻璃合,南去千峰紫翠围。如此溪山良不恶,休文何事不胜衣②。"鲜于《百字令》云:"长溪西注,似延平双剑,千年初合。溪上千峰明紫翠,放出群龙头角。潇洒云林,微茫烟草,极目春洲阔。城高楼迥,恍然身在寥廓。　　我来阴雨兼旬,滩声怒起,日日东风恶。须待青天明月夜,一试严维佳作。风景不殊,溪山信美,处处堪行乐。休文何事,年年多病如削③。"二作结句略同,稍含微意,不专为咏景发。予故取而著之也。

**【注释】**

①赵子昂:即赵孟𬱟(1254—1322),字子昂,号松雪道人。湖州(今属浙江)人。拜翰林学士承旨,卒追封魏国公,谥文敏。有《松雪斋集》,存词三十六首。鲜于伯机:即鲜于枢(1246—1302),字伯机。大都(今北京)人,一说渔阳(今天津)人。元代文学家、书画家。曾官江浙行省都事,迁太常寺典簿。有《困学斋集》,存词四首。

②"山城秋色静朝晖"几句:该诗题为《东阳八咏楼》,载《松雪斋文集》卷四,"静朝晖"作"净朝晖","溪山"作"山川"。

③"长溪西注"几句：此词首见于杨慎《词品》，《全金元词》据以录
入，调作《念奴娇》，题为"八咏楼"。

**【译文】**

沈休文八咏诗，语言优美而思想深邃，后人于是以"八咏"命名楼，
其诗辉映千古。近期赵子昂、鲜于伯机歌咏八咏楼的诗词十分优美。
赵诗言："山城秋色静朝晖。极目登临未拟归。羽士曾闻辽鹤语，征人
又见塞鸿飞。西流二水玻璃合，南去千峰紫翠围。如此溪山良不恶，休
文何事不胜衣。"鲜于枢《百字令》词言："长溪西注，似延平双剑，千年初
合。溪上千峰明紫翠，放出群龙头角。潇洒云林，微茫烟草，极目春洲
阔。城高楼迥，恍然身在寥廓。　　我来阴雨兼旬，滩声怒起，日日东
风恶。须待青天明月夜，一试严维佳作。风景不殊，溪山信美，处处堪
行乐。休文何事，年年多病如削。"两首作品的结句大致相同，稍含精深
之意，不专为歌咏景物而发。我因此选取并载录了它们。

# 二八三　杜伯高三词

**【题解】**

杜旃词数量不多，传世之作更少。今所能见者，只有杨慎《词品》所
录之三首。后人讨论杜旃词，多以杨慎所录为据，其文献价值可见一
斑。杜旃词虽少，但成就不俗。陈廷焯《白雨斋词话》卷六评价说："杜
伯高词气魄绝大，音调又极谐。所传不多，然在南宋，可以自成一队。
陈同甫云：'伯高奔风逸足，而鸣以和鸾。'评论甚当。"以杨慎所录诸词
证之，陈廷焯所言不虚。其《酹江月》一词，气势雄宏，纵横开阖，寄寓
深沉的兴亡之叹。全词凌厉豪迈，激越慷慨，大有辛词风范。其余两
词亦潜气内转，境情不俗，自成高格。杨慎评为"乐府亦佳"，显然是允
当的。

　　杜旟①,字伯高,兰亭诗为世所传②,乐府亦佳。《酹江月》赋石头城云③:"江山如此,是天开万古,东南王气。一自髯孙横短策,坐使英雄鹊起。玉树声消,金莲影散,多少伤心事。千年辽鹤,并疑城郭非是。　　当日万驷云屯,潮生潮落处,石头孤峙。人笑褚渊今齿冷,只有袁公不死。斜日荒烟,神州何在,欲堕新亭泪。元龙老矣,世间何限余子。"《摸鱼儿》湖上赋云④:"放扁舟,万山环处,平铺碧浪千顷。仙人怜我征尘久,借与梦游清枕。风乍静,望两岸群峰,倒浸玻璃影。楼台相映。更日薄烟轻,荷花似醉,飞鸟堕寒镜。　　中都内,罗绮千街万井。天教此地幽胜。仇池仙伯今何在,堤柳几眠还醒。君试问,问此意只今,更有何人领。功名未竟。待学取鸱夷,仍携西子,来动五湖兴。"《蓦山溪》赋春云⑤:"春风如客,可是繁华主。红紫未全开,早绿遍江南千树。一番新火,多少倦游人。纤腰柳,不知愁,犹作风前舞。　　小阑干外,两两幽禽语。问我不归家,有佳人天寒日暮。老来心事,唯只有春知。江头路,带春来,更带春归去。"

**【注释】**

①杜旟(yú):生卒年不详。字伯高,号桥斋,婺州兰溪(今属浙江)人,一说金华(今属浙江)人。宋代文人。尝登吕祖谦之门。淳熙、开禧间两以制科荐,有《桥斋集》,不传。《全宋词》存其词三首。

②兰亭诗:指杜旟诗《题兰亭序》。《后村诗话》云:"杜旟伯高《题兰亭序》云:'君勿笑,新亭相对泣,却胜兰亭暮春集。'《白头吟》云:'长门作赋值千金,不知家有《白头吟》。'二诗皆有味。"

③《酹江月》赋石头城：该词首见于杨慎《词品》卷六,《全宋词》据以
　　辑入,题作"石头城"。

④《摸鱼儿》湖上赋：该词首见于杨慎《词品》卷六,《全宋词》据以辑
　　入,题作"湖上"。

⑤《蓦山溪》赋春：该词首见于杨慎《词品》卷六,《全宋词》据以辑
　　入,题作"春"。

**【译文】**

　　杜旟,字伯高,其《题兰亭序》诗为世人所流传,词作也很好。《酹江月》赋石头城言："江山如此,是天开万古,东南王气。一自髯孙横短策,坐使英雄鹊起。玉树声消,金莲影散,多少伤心事。千年辽鹤,并疑城郭非是。　　当日万驷云屯,潮生潮落处,石头孤峙。人笑褚渊今齿冷,只有袁公不死。斜日荒烟,神州何在,欲堕新亭泪。元龙老矣,世间何限余子。"《摸鱼儿》湖上赋言："放扁舟,万山环处,平铺碧浪千顷。仙人怜我征尘久,借与梦游清枕。风乍静,望两岸群峰,倒浸玻璃影。楼台相映。更日薄烟轻,荷花似醉,飞鸟堕寒镜。　　中都内,罗绮千街万井。天教此地幽胜。仇池仙伯今何在,堤柳几眠还醒。君试问,问此意只今,更有何人领。功名未竟。待学取鸱夷,仍携西子,来动五湖兴。"《蓦山溪》赋春言："春风如客,可是繁华主。红紫未全开,早绿遍江南千树。一番新火,多少倦游人。纤腰柳,不知愁,犹作风前舞。小阑干外,两两幽禽语。问我不归家,有佳人天寒日暮。老来心事,唯只有春知。江头路,带春来,更带春归去。"

# 二八四　徐一初登高词

**【题解】**

　　徐一初《摸鱼儿》词,最早见于元吴师道《吴礼部诗话》："又有徐一初九日登高《摸鱼儿》词,盖丙子后作:(词略)亦感慨之作也。"作者徐一

初生平不详,明陈霆《渚山堂词话》卷二揣度曰:"徐一初者,不知何许人。其九日登高一词,殊亦可念……词意甚感慨不平,参军自况之意。岂非德祐时忠贤,位不满其才者耶。'故宫禾黍''无语黄花',则又有感于天翻地覆之事,盖《谷音》之同悲者也。"词借九日登高抒黍离之悲,感慨忠愤,沉郁悲壮,当为晚宋时作品。

　　徐一初登高《摸鱼儿》词①:"对茱萸,一年一度。龙山今在何处。参军莫道无勋业,消得从容樽俎。君看取。便破帽飘零,也传名千古。当年幕府。知多少时流,等闲收拾,有个客如许。　　追往事,满目山河晋土。征鸿又过边羽。登临莫苦。高层望,怕见故宫禾黍。觞绿醑。浇万斛牢愁②,泪阁新亭雨。黄花无语。毕竟是西风,朝来披拂,犹识旧时主。"亦感慨之词也。

【注释】

　　①徐一初:生卒、籍里不详。宋末人。《吴礼部诗话》载其《摸鱼儿》(对茱萸)词一首,《全宋词》据以录入。

　　②牢愁:忧愁,忧郁。

【译文】

　　徐一初咏登高《摸鱼儿》词:"对茱萸,一年一度。龙山今在何处。参军莫道无勋业,消得从容樽俎。君看取。便破帽飘零,也传名千古。当年幕府。知多少时流,等闲收拾,有个客如许。　　追往事,满目山河晋土。征鸿又过边羽。登临莫苦。高层望,怕见故宫禾黍。觞绿醑。浇万斛牢愁,泪阁新亭雨。黄花无语。毕竟是西风,朝来披拂,犹识旧时主。"也是情感愤激之词。

## 二八五　南涧词

**【题解】**

　　本则所载《霜天晓角》词,宋赵闻礼《阳春白雪》卷三、元吴师道《吴礼部诗话》作韩元吉词,杨慎全文录自《吴礼部诗话》。但此首又见黄昇《中兴以来绝妙词选》卷五,作刘仙伦词。《全宋词》两收之。

　　韩南涧题采石蛾眉亭词云①:"倚天绝壁。直下江千尺。天际两蛾横黛,愁与恨,几时极。　　暮潮风正急。酒阑闻塞笛。试问谪仙何处,青山外,远烟碧。"此《霜天晓角》调也。未有能继之者。

**【注释】**

　　①题采石蛾眉亭词:该词调为《霜天晓角》,题为"题蛾眉亭"。

**【译文】**

　　韩南涧为采石蛾眉亭题词言:"倚天绝壁。直下江千尺。天际两蛾横黛,愁与恨,几时极。　　暮潮风正急。酒阑闻塞笛。试问谪仙何处,青山外,远烟碧。"这是《霜天晓角》的词调。没有能够承继他的。

## 二八六　高竹屋苏堤芙蓉词

**【题解】**

　　本则录高观国《菩萨蛮》词。词咏芙蓉,不仅描绘了芙蓉的色与姿,更以比兴之法,抒写了秋来花残的凄婉之情。幽香古艳,发言玄远,堪称工妙。

　　高竹屋咏苏堤芙蓉《菩萨蛮》词："红云半压秋波急。艳妆泣露啼娇色。幽梦入仙城。风流石曼卿①。　　宫袍呼醉醒②。休卷西风锦。明月粉香残。六桥烟水寒。"

**【注释】**

①风流石曼卿：宋人以石延年（字曼卿）为芙蓉城主人。宋欧阳修《六一诗话》："曼卿卒后，其故人有见之者，云恍惚如梦中，言'我今为鬼仙也，所主芙蓉城'。"

②宫袍：官员的朝服，此指代朝官。

**【译文】**

　　高竹屋咏苏堤芙蓉《菩萨蛮》一词言："红云半压秋波急。艳妆泣露啼娇色。幽梦入仙城。风流石曼卿。　　宫袍呼醉醒。休卷西风锦。明月粉香残。六桥烟水寒。"

## 二八七 《念奴娇》《祝英台近》

**【题解】**

　　此录宋恭帝德祐元年（1275）太学生所作词两首。两词及其事，较早见于元无名氏《湖海新闻夷坚续志》，该著后集卷二《大学叹世》载："宋德祐乙亥，大学褚生作《念奴娇》云：'半堤花雨，对芳辰消遣，无奈情绪。春色尚堪描画在，万紫千红尘土众宫女行。鹃促归期朝士去，莺收佞舌台官去，燕作留人语大学上书。绕栏红药，韶华留此孤主只陈宜中在。

　　真个恨杀东风贾相，几番过了，不是今番苦。乐事赏心磨灭尽，忽见飞书传羽北军至。湖水湖烟，峰南峰北，总是堪伤处。新塘杨柳贾妾名，小腰犹自歌舞。'又《祝英台近》云：'倚危栏，斜日暮，蓦蓦甚情绪。稚柳幼君娇黄太后，全未禁风雨。春江万里云涛，扁舟飞渡北军至，那更塞鸿无数流民。　　叹离阻，有恨落天涯，谁念孤旅。满目风尘，冉冉如飞雾。是何人惹愁来贾出,那人何处贾去? 怎知道、愁来不去。"(中华书局金心点校本,2006 年)《花草粹编》卷八、《西湖游览志余》卷六等亦有载。《全宋词》据《湖海新闻夷坚续志》录入,调分别作《百字令》《祝英台近》,作者署"褚生"。

德祐乙亥①,太学生作《念奴娇》云:"半堤花雨。对芳辰消遣,无奈情绪。春色尚堪描画在,万紫千红尘土。鹃促归期,莺收佞舌,燕作留人语。绕阑红药,韶华留此孤主。真个恨杀东风,几番过了,不似今番苦。乐事赏心磨灭尽,忽见飞书传羽。湖水湖烟,峰南峰北,总是堪伤处。新塘杨柳,小桥犹自歌舞。"又《祝英台近》云:"倚危阑,斜日暮。蓦蓦甚情绪。稚柳娇黄,全未禁风雨。春江万里云涛,扁舟飞渡。那更塞鸿无数。　　叹离阻。有恨落天涯,谁念孤旅。满目风尘,冉冉如飞雾。是何人惹愁来,那人何处。怎知道、愁来又去。"

【注释】

①德祐乙亥:宋恭帝德祐元年,公元 1275 年。

【译文】

宋德祐乙亥年,太学生作《念奴娇》言:"半堤花雨。对芳辰消遣,无奈情绪。春色尚堪描画在,万紫千红尘土。鹃促归期,莺收佞舌,燕作留人语。绕阑红药,韶华留此孤主。　　真个恨杀东风,几番过了,不似今番苦。乐事赏心磨灭尽,忽见飞书传羽。湖水湖烟,峰南峰北,总是堪伤处。新塘杨柳,小桥犹自歌舞。"又作《祝英台近》言:"倚危阑,斜日暮。蓦蓦甚情绪。稚柳娇黄,全未禁风雨。春江万里云涛,扁舟飞渡。那更塞鸿无数。　　叹离阻。有恨落天涯,谁念孤旅。满目风尘,冉冉如飞雾。是何人惹愁来,那人何处。怎知道、愁来又去。"

## 二八八 文山和王昭仪《满江红》词

**【题解】**

　　王昭仪词及文天祥之代作、和作,宋元文献多有载录。宋周密《浩然斋雅谈》卷下:"宋谢太后北觐,有王夫人题一词于汴京夷山驿中,云:(词略)文宋瑞丞相和云:'燕子楼中……'又代王夫人再用韵云:'试问琵琶……'"元陶宗仪《南村辍耕录·贞烈》:"至元十三年丙子春正月十八日,淮安王伯颜以中书右相统兵入杭,宋谢、全两后以下皆赴北。有王昭仪者。题《满江红》词于驿云:(词略)"佚名《东园友闻》、明田汝成《西湖游览志余》卷六等亦载词、事,杨慎据《西湖游览志余》全文录入。

　　王昭仪之词①,传播中原。文天祥读至末句②,叹曰:"惜也,夫人于此少商量矣。"为之代作一篇云③:"试问琵琶,胡沙外、怎生风色。最苦是,姚黄一朵,移根仙阙。王母欢阑琼宴罢,仙人泪满金盘侧。听行宫、半夜雨淋铃,声声歇。　　彩云散,香尘灭。铜驼恨,那堪说。想男儿慷慨,嚼穿龈血。回首昭阳离落日,伤心铜雀迎新月。算妾身不愿似天家,金瓯缺。"又和云④:"燕子楼中,又捱过、几番秋色。相思处,青年如梦,乘鸾仙阙。肌玉暗消衣带缓,泪珠斜透花钿侧。最无端、蕉影上窗纱,青灯歇。　　曲池合,高台灭⑤。人间事,何堪说。向南阳阡上,满襟清血。世态便如翻覆雨,妾身元是分明月。笑乐昌一段好风流⑥,菱花缺。"

　　附王昭仪词:"太液芙蓉,浑不似、旧时颜色。曾记得,恩承雨露，玉楼金阙。名播兰簪妃后里，晕潮莲脸君王侧。忽一朝鼙鼓揭天来，繁华歇。　　　龙虎散，风云灭。千古恨，凭谁说。对山河百二，泪沾襟血。驿馆夜惊尘土梦，宫车晚碾关山月。愿嫦娥、相顾肯相容，随圆缺。"

**【注释】**

①王昭仪：即王清惠，生卒年不详。字冲华，度宗昭仪。宋亡徙北，授瀛国公书，后自请为女道士。《全宋词》据周密《浩然斋雅谈》录其《满江红》词一首。

②文天祥(1236—1283)：字履善，一字宋瑞，号文山。吉州庐陵(今江西吉安)人。宝祐四年(1256)进士第一。德祐元年(1275)，入卫临安。次年任右丞相，出使元军议和，被拘至镇江，逃归，由通州入海去温州。端宗立，拜右丞相。祥兴元年(1278)十二月，在潮阳五坡岭战败被俘。后在柴市从容就义。有《文山先生全集》。

③代作一篇：该词《全宋词》据文天祥《指南后录》，调为《满江红》，题为"代王夫人作"。题下注："《永乐大典》卷三千零零四人字韵题作'王夫人至燕题驿中云，中原传诵，惜末句欠商量，代王夫人作'。"

④又和云：该词《全宋词》据文天祥《指南后录》，调为《满江红》，题作"和王夫人《满江红》韵，以庶几后山《妾薄命》之意。"

⑤曲池合，高台灭：据桓谭《新论》载，雍门周说孟尝君曰："千秋万岁后，高台既已倾，曲池又已平。"此喻王朝覆亡。

⑥乐昌：即乐昌公主，南朝陈太子舍人徐德言妻。陈亡，没入越国公杨素家，后得破镜重圆。事见唐孟棨《本事诗·情感》。

**【译文】**

王昭仪的词，传播于中原。文天祥读到末句，感叹说："可惜啊，夫人的词此处缺少斟酌。"于是代王昭仪作一词言："试问琵琶，胡沙外、怎生风色。最苦是，姚黄一朵，移根仙阙。王母欢阑琼宴罢，仙人泪满金盘侧。听行宫、半夜雨淋铃，声声歇。　　彩云散，香尘灭。铜驼恨，那堪说。想男儿慷慨，嚼穿龈血。回首昭阳离落日，伤心铜雀迎新月。算妾身不愿似天家，金瓯缺。"又作和词一首言："燕子楼中，又捱过、几番秋色。相思处，青年如梦，乘鸾仙阙。肌玉暗消衣带缓，泪珠斜透花钿侧。最无端、蕉影上窗纱，青灯歇。　　曲池合，高台灭。人间事，何堪说。向南阳阡上，满襟清血。世态便如翻覆雨，妾身元是分明月。笑乐昌一段好风流，菱花缺。"

附王昭仪词："太液芙蓉，浑不似、旧时颜色。曾记得，恩承雨露，玉楼金阙。名播兰簪妃后里，晕潮莲脸君王侧。忽一朝鼙鼓揭天来，繁华歇。　　龙虎散，风云灭。千古恨，凭谁说。对山河百二，泪沾襟血。驿馆夜惊尘土梦，宫车晚碾关山月。愿嫦娥、相顾肯相容，随圆缺。"

## 二八九　徐君宝妻词

**【题解】**

此则录自元陶宗仪《南村辍耕录·贞烈》，明孙道易《东园客谈》、田汝成《西湖游览志余》卷六等有载。词写晚宋兵燹致江南繁华尽丧，并寓离乱之苦与身世之悲，清陈廷焯《词则辑评》评曰："上半言往日繁华销归一梦，深责在位诸臣不能匡复，酿成祸乱。下半言典章虽失，大义自在，今日有死而已。词类义正，凛凛有生气。"《南村辍耕录·贞烈》文末亦感慨曰："噫！使宋之公卿将相贞守一节若此数妇者，则岂有卖降覆国之祸哉？宜乎秦、贾之徒为万世之罪人也。"

岳州徐君宝妻某氏，被虏来杭，居韩蕲王府。自岳至杭，相从数千里。其主者数欲犯之，而终以巧计脱。盖某氏有令姿,主者弗忍杀之也。一日,主者怒甚,将即强焉。因告曰:俟妾祭谢先夫,然后乃为君妇不迟也,君奚怒焉。主者喜诺。某氏乃焚香再拜默祝,南向饮泣,题《满庭芳》一词于壁上。书已,投大池中以死。词云:"汉上繁华,江南人物,尚遗宣政风流①。绿窗朱户,十里烂银钩。一旦刀兵齐举,旌旗拥、百万貔貅。长驱入、歌楼舞榭,风卷落花愁。

清平三百载,典章人物,扫地都休。幸此身未北,犹客南州。破鉴徐郎何在②,空惆怅、相见无由。从今后,断魂千里,夜夜岳阳楼。"

**【注释】**

①宣政:宋徽宗年号政和、宣和的并称。

②破鉴:即破镜。此反用南朝徐德言与乐昌公主破镜重圆之典。

**【译文】**

岳州徐君宝的妻子某氏,被虏掠到杭州,居住在韩蕲王府。从岳州至杭州,相随数千里。主人多次想要侵犯她,而她最终都用巧计得以解脱。大概是因为某氏有美丽的姿容,主人不忍杀她。一天,主人十分生气,将要强迫她。于是告诉他说:等我祭谢过亡夫,然后成为您的妻子也不迟,您为什么生气呢。主人高兴地答应了。某氏于是焚香拜了两拜默默祈祷,面向南泪流满面,题《满庭芳》一词于墙壁上。书写完毕,投大池中而死。词言:"汉上繁华,江南人物,尚遗宣政风流。绿窗朱户,十里烂银钩。一旦刀兵齐举,旌旗拥、百万貔貅。长驱入、歌楼舞榭,风卷落花愁。　清平三百载,典章人物,扫地都休。幸此身未北,犹客南州。破鉴徐郎何在,空惆怅、相见无由。从今后,断魂千里,夜夜岳阳楼。"

# 二九〇　傅按察《鸭头绿》

## 【题解】

元人傅按察《鸭头绿》一词,最早见载于《南村辍耕录》,是著卷十五《钱塘怀古词》载:"傅按察者,忘其名。钱塘怀古,尝作一词云:(词略)盖《鸭头绿》调也。"明田汝成《西湖游览志余》卷六亦有载。该词上阕叙宋昔时盛况,下阕写宋衰败、亡国之情状,两相对照,起伏回旋,情感深沉,促人思索。

元时有傅按察者,尝作《鸭头绿》一词悼宋云①:"静中看。记昔日淮山隐隐,宛若虎踞龙盘。下樊襄。指挥湘汉,鞭云骑、围绕江干。势不成三,时当混一,过唐之数不为难。陈桥驿,孤儿寡妇,久假当还。　　挂征帆。龙舟催发,紫宸初卷朝班②。禁庭空,土花晕碧③,辇路悄,诃喝声干④。纵余得、西湖风景,花柳亦凋残。去国三千,游仙一梦,依然天淡夕阳间。昨宵也,一轮明月,还照临安。"

## 【注释】

①《鸭头绿》一词:此词《全金元词》据《南村辍耕录》录入,题作"钱塘怀古"。

②紫宸:宫殿名,天子所居。

③土花:苔藓。

④干:形容声音清脆响亮。

## 【译文】

元代有个傅按察,曾作《鸭头绿》一词哀悼宋朝言:"静中看。记昔日淮山隐隐,宛若虎踞龙盘。下樊襄。指挥湘汉,鞭云骑、围绕江干。

势不成三,时当混一,过唐之数不为难。陈桥驿,孤儿寡妇,久假当还。　　挂征帆。龙舟催发,紫宸初卷朝班。禁庭空,土花晕碧,辇路悄,诃喝声干。纵余得、西湖风景,花柳亦凋残。去国三千,游仙一梦,依然天淡夕阳间。昨宵也,一轮明月,还照临安。"

## 二九一 杨复初南山词

**【题解】**

本则全文录自明田汝成《西湖游览志余》卷十二。文载凌云翰、杨复初、瞿佑三人《渔家傲》词各一首,杨复初、瞿佑乃步韵和作,内容写山野闲居之乐,并涉长寿及神仙事。《渔家傲》调,《词谱》卷十四列晏殊"画鼓声中昏又晓"一首为正体,双调,共十句,六十二字,上、下片各五句五仄韵。从体格看,凌、杨词均为平起,与常式不同。瞿佑举范仲淹、王安石、周邦彦、谢逸、张元幹《渔家傲》词起句五例,以证"旧谱皆以仄声起"。

杨复初筑室南山①,以村居为号。凌彦翀以《渔家傲》词寿之云②:"采芝步入南山道。山深宛似蓬莱岛。闻说村居诗思好。还被恼。苍苔满地无人扫。　　载酒亭前松合抱。客来便许同倾倒。玉兔已将灵药捣。秋意早。月华长似人难老。"复初和词云:"当时承望求仙道。那知薄命如郊岛。留得残生犹自好。多懊恼。尘缘俗虑何时扫。　　子已成童无用抱。醉眠任使和衣倒。今岁砧声秋未捣。凉风早。看来只恐中年老。"瞿宗吉和词云③:"喜来不涉邯郸道。愁来不窜沙门岛。惟有村居闲最好。无事恼。苔阶竹径频频扫。　　有酒可斟琴可抱。长年拟看三松倒。臼内灵砂亲自捣。归隐早。朝来未放玄真老。"宗吉既和此词,而复序云:"旧谱皆以仄声起,欧公呼范文正为'穷塞主'④,首句所谓'塞上秋来'者,正此格也。他如王荆公之'平岸小桥千嶂抱',周清真之'几日春阴寒恻恻',谢无逸之'秋水无痕清见底'⑤,张仲宗之'钓笠披云青嶂绕',亦皆如是。今二公皆以平声易之,特著此,以俟知音尔。"

**【注释】**

①杨复初:生平事迹不详。元明之际人。

②凌彦翀:即凌云翰(1323—1388),生卒年不详。字彦翀,号柘轩,钱塘(今浙江杭州)人。明初诗人。元至正十九年(1359)举人,除平江路学正,不赴。洪武十四年(1381)以荐授成都府学教授。著有《柘轩集》四卷。工词,《彊村丛书》辑为《柘轩词》一卷,凡二十八首。

③瞿宗吉:即瞿佑(1347—1433),字宗吉,号存斋,钱塘(今浙江杭州)人。洪武初,受荐为宜阳训导,国子监助教。永乐间,迁周王府右长史,后以作诗获罪系狱。著作甚丰,有《剪灯新话》《香台集》《咏物诗》《存斋遗稿》《归田诗话》等。词集《乐府遗音》五卷等行于世,存词二百二十五首。

④穷塞主:宋魏泰《东轩笔录》卷十一:"范文正公守边日,作《渔家傲》乐歌数阕,皆以'塞下秋来'为首句,颇述边镇之劳苦,欧阳公尝呼为穷塞主之词。"

⑤谢无逸:即谢逸(? —1112),字无逸,号溪堂。临川(今江西抚州)人。宋代学者、文学家。有《溪堂集》《溪堂词》。《全宋词》录存其词六十二首。

**【译文】**

　　杨复初在南山筑室,以"村居"为号。凌彦翀以《渔家傲》词为他祝寿言:"采芝步入南山道。山深宛似蓬莱岛。闻说村居诗思好。还被恼。苍苔满地无人扫。　　载酒亭前松合抱。客来便许同倾倒。玉兔已将灵药捣。秋意早。月华长似人难老。"杨复初和词言:"当时承望求仙道。那知薄命如郊岛。留得残生犹自好。多懊恼。尘缘俗虑何时扫。　　子已成童无用抱。醉眠任使和衣倒。今岁砧声秋未捣。凉风早。看来只恐中年老。"瞿宗吉和词言:"喜来不涉邯郸道。愁来不窜沙门岛。惟有村居闲最好。无事恼。苔阶竹径频频扫。　　有酒可斟琴可抱。长年拟看三松倒。白内灵砂亲自捣。归隐早。朝来未放玄真老。"瞿宗吉在和此词后又作序说:"过去的《渔家傲》词谱都以仄声起,欧阳修称范文正为'穷塞主',首句所谓'塞上秋来',正是这一体式。再如王荆公的'平岸小桥千嶂抱',周清真的'几日春阴寒恻恻',谢无逸的'秋水无痕清见底',张仲宗的'钓笠披云青嶂绕',也都是如此。现在杨复初、凌彦翀二位都改换为平声起,特地载录于此,以等待通晓音律的人加以辨别。"

## 二九二　凌彦翀《无俗念》

**【题解】**

　　此则全文录自明田汝成《西湖游览志余》卷十二,个别文字小有差异。文载凌云翰《无俗念》《蝶恋花》词两首,并对后作进行了简单评述。《无俗念》一篇,词如其调,高古清迥,别具禅理。《蝶恋花》为咏杏之作,清远高妙,用语轻灵,雅有风致。末句化用杜牧诗入词,自然妥帖,了无痕迹。

　　凌彦翀作《无俗念》词云:"等闲屈指,算今来古往,谁为英杰。耳目聪明天赋予,怎肯虚生虚灭。去燕来鸿,飞乌走兔,世事何时歇。风波境界,大川不用频涉。　　空踏遍、万户千门,五湖四海,一样中秋月。正面相看君记取,全体本来无缺。空里非空,梦中是梦,莫向痴人说。便须骑鹤,夜深朝礼金阙①。"又《蝶恋花》词云②:"一色杏花三百树。茅屋无多,更在花深处。旋压小槽留客住。举杯忽听黄鹂语。　　醉眼看花花亦舞。风妒残红,飞过邻墙去。却似牧童遥指处。清明时节纷纷雨③。"词格清逸,一洗铅华,非骈金俪玉者比也。

【注释】

①金阙:道家谓天上有黄金阙,为仙人或天帝所居。《神异经·西北荒经》:"西北荒中有二金阙,高百丈。"

②《蝶恋花》词:该词《全金元词》题为"杏庄为莫景行题"。

③却似牧童遥指处。清明时节纷纷雨:此化用杜牧《清明》诗:"清明时节雨纷纷,路上行人欲断魂。借问酒家何处有,牧童遥指杏花村。"

【译文】

凌彦翀作《无俗念》词言:"等闲屈指,算今来古往,谁为英杰。耳目聪明天赋予,怎肯虚生虚灭。去燕来鸿,飞乌走兔,世事何时歇。风波境界,大川不用频涉。　　空踏遍、万户千门,五湖四海,一样中秋月。正面相看君记取,全体本来无缺。空里非空,梦中是梦,莫向痴人说。便须骑鹤,夜深朝礼金阙。"又《蝶恋花》词言:"一色杏花三百树。茅屋无多,更在花深处。旋压小槽留客住。举杯忽听黄鹂语。　　醉眼看花花亦舞。风妒残红,飞过邻墙去。却似牧童遥指处。清明时节纷纷雨。"词的格调清新俊逸,一洗虚浮粉饰,不是骈金俪玉一类的词能比得上的。

## 二九三 瞿宗吉西湖秋泛

**【题解】**

本则亦全文录自明田汝成《西湖游览志余》卷十二。文中选录瞿佑《满庭芳》词一首,《望江南》词四首,共五首。《满庭芳》一词写夜泛西湖之所见所感。上阕写景,历数苇蒲、莲船、杨柳、秋蝉,色彩斑斓,节候特征明显;下阕抒情,写华筵散去后的清愁与闲情,风致俊爽,清高旷远。《望江南》四首,分咏西湖春夏秋冬四时景致,不独选景典型,且多叙冶游、赏观之乐,颇具风情韵致。

宗吉西湖秋泛《满庭芳》词①:"露苇催黄,烟蒲驻绿,水光山色相连。红衣落尽,辜负采莲船。点检六桥杨柳,但几个、抱叶残蝉。秋容晚,云寒雁背,风冷鹭鸶肩。 华筵。容易散。愁添酒量,病减诗颠②。况情怀冲淡,渐入中年。扫退舞裙歌扇,尽付与、一枕高眠。清闲好,脱巾露发,仰面看青天。"又西湖四时《望江南》词:"西湖景,春日最宜晴。花底管弦公子宴,水边罗绮丽人行。十里按歌声。""西湖景,夏日正堪游。金勒马嘶垂柳岸,红妆人泛采莲舟。惊起水中鸥。""西湖景,秋日更宜观。桂子冈峦金粟富③,芙蓉洲渚彩云闲。爽气满山前"。"西湖景,冬日转清奇。赏雪楼台评酒价,观梅园圃定春期。共醉太平时"。

**【注释】**

①《满庭芳》词:《全明词》题作"西湖夜泛"。

②诗颠:谓读诗和作诗到如醉如痴的程度。唐贾至《赠陕掾梁宏》:

"梁子工文四十年,诗颠名过草书颠。"

③金粟:桂花的别名。因其色黄如金,花小如粟,故称。

## 【译文】

宗吉咏西湖秋泛《满庭芳》词:"露苇催黄,烟蒲驻绿,水光山色相连。红衣落尽,辜负采莲船。点检六桥杨柳,但几个、抱叶残蝉。秋容晚,云寒雁背,风冷鹭鸶肩。　　　华筵。容易散。愁添酒量,病减诗颠。况情怀冲淡,渐入中年。扫退舞裙歌扇,尽付与、一枕高眠。清闲好,脱巾露发,仰面看青天。"又有咏西湖四季《望江南》词:"西湖景,春日最宜晴。花底管弦公子宴,水边罗绮丽人行。十里按歌声。""西湖景,夏日正堪游。金勒马嘶垂柳岸,红妆人泛采莲舟。惊起水中鸥。""西湖景,秋日更宜观。桂子冈峦金粟富,芙蓉洲渚彩云闲。爽气满山前。""西湖景,冬日转清奇。赏雪楼台评酒价,观梅园圃定春期。共醉太平时"。

## 二九四　瞿宗吉鞋杯词

### 【题解】

瞿佑鞋杯词,明田汝成《西湖游览志余》卷十一、明蒋一葵《尧山堂外纪》卷八十、明卓人月《古今词统》卷十五均有载。此词内容鄙俗,清陈廷焯《云韶集辑评》卷十二曾予抨击:"宗吉多倚红偎翠之语,风气之坏极于马浩澜,实宗吉、铁崖之流作之俑也。"不过,全篇熔铸事典,逞才使气,亦能见出作者之博学广闻。据钱谦益《列朝诗集》乙集第五,瞿佑作此词时年才十四。明卓人月《古今词统》对瞿佑是否曾作此词有所存疑:"廉夫惯脱妓鞋载盏行酒,谓之金莲杯。倪元镇见之大怒,翻案而起,终身不面。乃士衡、宗吉偏能媚其意耶?"

杨廉夫尝访瞿士衡,以鞋杯行酒①,命其侄孙宗吉咏之。宗吉作《沁园春》以呈,廉夫大喜,即命侍妓歌以侑觞。词云："一掬娇春，弓样新裁，莲步未移。笑书生量窄，爱渠尽小，主人情重，酌我休迟。酝酿朝云，斟量暮雨，能使曲生风味奇②。何须去，向花尘留迹，月地偷期。　　风流到处便宜。便豪吸雄吞不用辞。任凌波南浦，唯夸罗袜③，赏花上苑，只劝金卮。罗帕高擎，银瓶低注，绝胜翠裙深掩时。华筵散，奈此心先醉，此恨谁知。"

**【注释】**

①鞋杯：又名双凫杯、金莲杯，指置杯于女鞋中以行酒。宋郑獬《觥记注》："王深辅道有《双凫杯》诗，则知昔日狂客，亦以鞋杯为戏也。"

②曲生风味：唐郑綮《开天传信记》："坐客醉而揖其瓶曰：'曲生风味，不可忘也。'"曲生，酒的别称。

③凌波南浦，唯夸罗袜：曹植《洛神赋》："凌波微步，罗袜生尘。"

**【译文】**

杨廉夫曾拜访瞿士衡，以鞋杯依次斟酒，让他的侄孙宗吉作词歌咏此事。宗吉作《沁园春》呈献，廉夫十分高兴，立刻命侍妓歌唱此词以助兴。词言："一掬娇春，弓样新裁，莲步未移。笑书生量窄，爱渠尽小，主人情重，酌我休迟。酝酿朝云，斟量暮雨，能使曲生风味奇。何须去，向花尘留迹，月地偷期。　　风流到处便宜。便豪吸雄吞不用辞。任凌波南浦，唯夸罗袜，赏花上苑，只劝金卮。罗帕高擎，银瓶低注，绝胜翠裙深掩时。华筵散，奈此心先醉，此恨谁知。"

## 二九五　马浩澜著《花影集》

**【题解】**

全文据明田汝成《西湖游览志余》卷十三录入。文载马洪《花影集自序》，并选录马洪《少年游》《行香子》《生查子》《海棠春》《凤凰台上忆吹箫》《青玉案》《鹊桥仙》《金菊对芙蓉》《东风第一枝》《满庭芳》等词共十首。《词品》以下几则又完整选录马洪《多丽》《江城引》《昭君怨》《念奴娇》《卜算子》（两首）等词，共计选录十六首。《花影集自序》称“四十余年，仅得百篇”，又引黄庭坚语等，释解其《花影集》名称之所由。所选词，或叙闺愁，或忆旧游，或咏物言情，虽题材不够开阔，但雕文织彩，情韵相包，赡逸有致，堪称佳构。词中多用典故，又常常熔铸前贤名物、人事、秀句甚至诗意入词，皆能绳贯连珠，妙合无垠。其咏芙蓉、咏梅花、咏落花诸词，不拘于描摹物之外形、体貌，更注重开掘其品格和神韵，虚实结合，形神皆备，尤具风致。

　　马浩澜著《花影集》[①]，自序云：“予始学为南词，漫不知其要领。偶阅《吹剑录》[②]，中载东坡在玉堂日，有幕士善歌。坡问曰：‘吾词何如柳耆卿。’对曰：‘柳郎中词宜十七八女孩儿，按红牙拍，歌杨柳岸晓风残月。学士词须关西大汉，执铁板唱大江东去。’缘是求二公词而读之，下笔略知蹊径。然四十余年，仅得百篇，亦不可谓不难矣。法云道人尝劝山谷勿作小词。山谷云：‘空中语尔。’予欲以‘空中语’名其集，或曰不文，改称《花影集》。花影者，月下灯前，无中生有。以为假则真，谓为实犹涉虚也。”

　　今漫摘数首，以便展玩云。其商调《少年游》云：“弄粉调脂，梳云掠月，次第晓妆成。鹦鹉笼边，秋千墙里，半晌不闻声。　　　原来却在瑶阶下，独自踏花行。笑摘朱樱，微揎翠袖，枝上打流莺。”《行香子》云：“红遍樱桃。绿暗芭蕉。锁窗深、春思无聊。双飞燕懒，百啭莺娇。正漏声迟，帘影静,篆香飘③。　　惜月前宵。病酒今朝。有谁知、臂玉微销。封题锦字,寄与兰翘。恨树重重,云渺渺,水迢迢。"春夜《生查子》云:"烧罢夜香时,独立帘儿下。真个可怜宵,一刻千金价。　　啼痕不记行,暗湿鲛绡帕。蝶宿牡丹丛,月转秋千架。"春日《海棠春》云:"越罗衣薄轻寒透。正画阁、风帘飘绣。无语小莺慵,有恨垂杨瘦。　　桃花人面应依旧。忆那日、擎浆时候④。添得暮愁牵,只为秋波溜。"《凤凰台上忆吹箫》云:"淡淡秋容。澄澄夜影,娟娟月挂梧桐。爱箫声缥缈,帘影玲珑。彩凤衔书未至,玉宇净、香雾空蒙。凉如水,翠苔凝露,琪树吟风。　　匆匆。年华暗换,嗟旧欢成梦,芳鬓飞蓬。想清江泛鹢,紫陌游骢。应念佳期虚负,瞻素彩、感慨相同。凝情久,谁家捣衣,砧杵丁东。"《青玉案》云:"平川渺渺花无数。明镜里,孤舟度。华下美人和笑顾。问郎莫似,乞浆崔护⑤,别久来何暮。　　盈盈罗袜凌波步。眉月连娟鬓如雾。人世光阴花上露。劝郎休去,再来恐误,个是桃源路。"中秋《鹊桥仙》云:"不寒不暑,无风无雨,秋色平分佳节。桂花香散夜凉生,小楼上、帘儿高揭。

多愁多病,闲忧闲闷,绿鬓纷纷成雪。平生不作负恩人,惟负了、今宵明月。"九日《金菊对芙蓉》云:"过雁行低,鸣蛩韵急,纷纷叶下亭皋。向霜庭看菊,飘馆题糕⑥。依然宾主东南美,胜龙山,迢递登高。绣屏孔雀,金盘螃蟹,银瓮葡萄。　　痛饮鲸卷波涛。笑百年春梦,万事秋毫。问台前戏马⑦,海上连鳌⑧。当时二子今安在,乾坤大、容我粗豪。四弦裂帛,双鬟舞雪,左手持螯。"梅花《东风第一枝》云:"饵玉餐香,梦云情月,花中无此清莹。俨然姑射仙人,华佩明珰新整。五铢衣薄,应怯瑶台凄冷。自骖鸾、来下人间,几度雪深烟暝。　　孤绝处,江波流影。憔悴也,春风销粉。相思千种闲愁,声声翠禽啼醒。西湖东阁,休说当时风景。但留取、一点芳心,他日调羹金鼎。"落花《满庭芳》云:"春老园林,雨余庭院,偏惹蝶骇莺猜。嫣红皱白,狼藉满苍苔。正是愁肠欲断,珠箔外、点点飘来。分明似、身轻飞燕,扶下碧云台。　　当初珍重意,金钱竞买,玉砌新栽。正翠屏遮护,羯鼓催开。谁道天机绣锦,都化作、紫陌尘埃。纱窗里,有人怜惜,无语托香腮。"

**【注释】**

①马浩澜:即马洪,生卒年不详。字浩澜,号鹤窗。仁和(今浙江杭州)人。明代文人,以布衣终身,主要活动在景泰、天顺年间。有《花影集》,《全明词》辑录其词十六首。

②《吹剑录》:宋代笔记,南宋俞文豹撰。凡正录、续录、三录、四录各一卷。正录一百一十九则,《四库全书总目》以为"持论偏驳,多不中理",列为存目;续录、三录久佚;四录一百零九则。内容多记南宋宫廷、官场及民间之遗闻轶事等。俞文豹,字文蔚,括苍(今浙江丽水)人,生平事迹不详。

③篆香:犹盘香。

④擎浆:长庆中,裴航经蓝桥驿,渴甚。向老妪求浆。妪呼女云英擎浆与航。后裴航偕云英入玉峰洞居之,神化自在,超为上仙。事见《太平广记》卷五十《裴航》。

⑤乞浆崔护:博陵崔护,清明日独游都城南,酒渴,求饮,有女子意属殊厚,妖姿媚态,绰有余妍……来岁清明日,径往寻之。门墙

如故，而已锁扃之，因题诗于左扉曰："去年今日此门中，人面桃花相映红。人面只今何处去，桃花依旧笑春风。"事见唐孟棨《本事诗·情感》。

⑥飙馆题糕：宋邵博《邵氏闻见后录》卷十九："刘梦得作九日诗，欲用糕字，以五经中无之，辍不复为。宋子京以为不然，子京《九日食糕》，有咏云：'飙馆轻霜拂曙袍，糗糍花饮斗分曹。刘郎不敢题糕字，虚负诗中一世豪。'遂为古本绝唱。"

⑦台前戏马：指项羽。彭城（今江苏徐州）城南，相传有西楚项羽戏马之地，名戏马台。《南齐书·礼志》："宋武帝为宋公，在彭城，九日出项羽戏马台，至今相承，以为旧准。"

⑧海上连鳌：指李白。宋赵令畤《侯鲭录》卷六："李白开元中谒宰相，封一板，上题曰：'海上钓鳌客李白。'"

**【译文】**

马浩澜撰《花影集》，自作序说："我开始学作词，随意而不得要领。偶然阅读《吹剑录》，其中记载苏东坡在翰林院的时候，有幕客善于唱词。苏东坡问说：'我的词与柳耆卿相比如何。'回答说：'柳郎中的词适合十七八的女孩儿，用檀木制的拍板敲击节拍，唱杨柳岸晓风残月。学士的词须关西大汉，拿着铁绰板伴奏唱大江东去。'于是找来苏东坡、柳永二位的词去阅读，下笔作词时能大致知晓其方法。然而四十多年来，也只创作了百篇词，也不能说不难了。法云道人曾劝山谷不要作小词。山谷说：'空中语罢了。'我想用'空中语'命名词集，有人说没有文采，于是改称《花影集》。花影，是月下灯前，无中生有。以为是假其实是真，说是实但又关涉虚。"

今随意摘录几首，以便赏玩。商调《少年游》言："弄粉调脂，梳云掠月，次第晓妆成。鹦鹉笼边，秋千墙里，半晌不闻声。　　原来却在瑶阶下，独自踏花行。笑摘朱樱，微揎翠袖，枝上打流莺。"《行香子》言："红遍樱桃。绿暗芭蕉。锁窗深、春思无聊。双飞燕懒，百啭莺娇。正漏声迟,帘影静,篆香飘。　　　惜月前宵。病酒今朝。有谁知、臂玉微销。封题锦字,寄与兰翘。恨树重重,云渺渺,水迢迢。"咏春夜《生查子》言:"烧罢夜香时,独立帘儿下。真个可怜宵,一刻千金价。　　啼痕不记行,暗湿鲛绡帕。蝶宿牡丹丛,月转秋千架。"咏春日《海棠春》言:"越罗衣薄轻寒透。正画阁、风帘飘绣。无语小莺慵,有恨垂杨瘦。

桃花人面应依旧。忆那日、撑桨时候。添得暮愁牢,只为秋波溜。"《凤凰台上忆吹箫》言:"淡淡秋容。澄澄夜影,娟娟月挂梧桐。爱箫声缥缈,帘影玲珑。彩凤衔书未至,玉宇净、香雾空蒙。凉如水,翠苔凝露,琪树吟风。　　匆匆。年华暗换,嗟旧欢成梦,芳鬓飞蓬。想清江泛鹢,紫陌游骢。应念佳期虚负,瞻素彩、感慨相同。凝情久,谁家捣衣,砧杵丁东。"《青玉案》言:"平川渺渺花无数。明镜里,孤舟度。华下美人和笑顾。问郎莫似,乞浆崔护,别久来何暮。　　盈盈罗袜凌波步。眉月连娟鬓如雾。人世光阴花上露。劝郎休去,再来恐误,个是桃源路。"咏中秋《鹊桥仙》言:"不寒不暑,无风无雨,秋色平分佳节。桂花香散夜凉生,小楼上、帘儿高揭。　　多愁多病,闲忧闲闷,绿鬓纷纷成雪。平生不作负恩人,惟负了、今宵明月。"咏九月九日《金菊对芙蓉》言:"过雁行低,鸣蜇韵急,纷纷叶下亭皋。向霜庭看菊,飘馆题糕。依然宾主东南美,胜龙山,迢递登高。绣屏孔雀,金盘螃蟹,银瓮葡萄。

痛饮鲸卷波涛。笑百年春梦,万事秋毫。问台前戏马,海上连鳌。当时二子今安在,乾坤大、容我粗豪。四弦裂帛,双鬟舞雪,左手持螯。"咏梅花《东风第一枝》言:"饵玉餐香,梦云情月,花中无此清莹。俨然姑射仙人,华佩明珰新整。五铢衣薄,应怯瑶台凄冷。自骖鸾、来下人间,几度雪深烟暝。　　孤绝处,江波流影。憔悴也,春风销粉。相思千种闲愁,声声翠禽啼醒。西湖东阁,休说当时风景。但留取、一点芳心,他日调羹金鼎。"咏落花《满庭芳》言:"春老园林,雨余庭院,偏惹蝶骇莺猜。蔫红皱白,狼藉满苍苔。正是愁肠欲断,珠箔外、点点飘来。分明似、身轻飞燕,扶下碧云台。　　当初珍重意,金钱竞买,玉砌新栽。正翠屏遮护，羯鼓催开。谁道天机绣锦，都化作、紫陌尘埃。纱窗里，有人怜惜，无语托香腮。"

## 二九六　马浩澜词

**【题解】**

　　本则全文录自明田汝成《西湖游览志余》卷十三，而《西湖游览志余》所本乃徐伯龄《蟫精隽》卷十一："予内弟马浩阑名洪，号鹤窗，杭之仁和人。善诗词，极工巧。尝题予姻家东溪许先生程远弟应和松竹双清扇景词云：（词略）盖《多丽》调也，东溪以为可继躅康伯可，信然。又题梅作《江城引》云：（词略）清气逸发，莹无尘想。又题东溪小景《昭君怨》云：（词略）言有尽而意无穷，方是作者之词。予与鹤窗、清溪偕出菊庄之门，而鹤窗能大肆力于学问，既得诗律之正，复臻诗余之妙，人以与清溪齐名云。予以二子诗词豪迈俊快，若孙武奇兵左右翼出，锋不可撄，已论之于叶南屏奎《春机独露卷跋》。"所录《多丽》一词咏松竹、《江城引》一词咏梅花，均秾丽缜密，格高词逸；《昭君怨》乃题画之作，巧用汉武帝出萧关、白居易《紫薇花》诗、唐传奇《枕中记》黄粱一梦、汉蒋诩园辟三径等典故，传达功名尘土、早归家园之意。《蟫精隽》及《西湖游览志余》均以"言有尽而意无穷"评之。

　　马浩澜洪，仁和人，号鹤窗。善诗咏而词调尤工。皓首韦布[1]，而含吐珠玉，锦绣胸肠，褒然若贵介王孙也。尝题许应和松竹双清扇景词云："剪蒿莱。曾将双翠亲裁。旋添成、园林佳胜，依稀嶰谷徂徕。凤飞过，文章灿烂，蛟腾攫，鳞甲碕礒[2]。刬节题诗，收花酿酒，鬓黏香粉袖黏苔。无人识，栋梁之具，管籥之才[3]。荫亭台。尽多风月，清无半点尘

埃。　　竿期截,六鳌连举,巢堪托,孤鹤时来。色莹琅玕,
脂凝琥珀,笑他门柳与庭槐。萧郎去,毕宏已老,谁富写生
才。君看取,岁寒三友,只欠梅开。"盖《多丽》词也。许东溟
以为可追迹康伯可,可谓信然。又题梅花《江城引》云:"雪
晴闲览瘦筇扶。过西湖。访林逋。湖上天寒,草树尽凋枯。
忽见琼葩光照眼,仙格调,玉肌肤。　　夜空云静月轮孤。
巧相摹。海涛图。时听枝头,唰唶翠禽呼。纵有明珠三百
琲④,知似得,此花无。"清气逸发,莹无尘想。又题许东溟小
景《昭君怨》云:"路远危峰斜照。瘦马尘风衣帽。此去向萧
关。向长安。　　便坐紫薇花底。只似黄粱梦里。三径易
生苔。早归来。"言有尽而意无穷,方是作者。徐伯龄言⑤,
鹤窗与陆清溪偕出菊庄之门,而清溪得诗律,鹤窗得词调⑥,
异体齐名,可谓盛矣。

**【注释】**

①韦布:韦带布衣,借指寒士、平民。

②毰毸(péi sāi):飞舞貌。

③管籥(yuè):两种乐器名。《孟子·梁惠王下》:"管籥之音。"赵岐
　注:"管,笙。籥,箫。或曰籥若笛,短而有三孔。"

④琲(bèi):珠串子,珠十贯为一琲。

⑤徐伯龄:生卒年不详。字延之,号蟫冠生,钱塘(浙江杭州)人。
　明代天顺、成化间在世。博学能文,工琴善书。著有《蟫精隽》,
　《四库全书》著录十六卷。

⑥"鹤窗与陆清溪偕出菊庄之门"几句:徐伯龄《蟫精隽》卷十一:
　"予与鹤窗、清溪偕出菊庄之门,而鹤窗能大肆力于学问,既得诗
　律之正,复臻诗余之妙,人以与清溪齐名云。"菊庄,指刘泰。刘

泰(1414—?)，字士亨，号菊庄。钱塘(今浙江杭州)人。明景泰至天顺年间隐居于杭州，以诗词名一时。著有《菊庄》《晚香》等集，今均佚。

**【译文】**

马洪，字浩澜，是仁和人，号鹤窗。善于作诗歌而填词的格调尤其工巧。一生寒士，但含吐珠玉，满腹都是精美的诗文，相貌出众像是高贵的王孙。曾题许应和松竹双清扇景词言："剪蒿莱。曾将双翠亲裁。旋添成、园林佳胜，依稀嶙谷徂徕。凤飞过，文章灿烂，蛟腾攫，鳞甲毰毸。到节题诗，收花酿酒，糁黏香粉袖黏苔。无人识，栋梁之具，管籥之才。荫亭台。尽多风月，清无半点尘埃。　　竿期截，六鳌连举，巢堪托，孤鹤时来。色莹琅玕，脂凝琥珀，笑他门柳与庭槐。萧郎去，毕宏已老，谁富写生才。君看取，岁寒三友，只欠梅开。"是《多丽》词。许东溟认为可与康伯相媲美，可以说确实如此。又题梅花《江城引》言："雪晴闲览瘦筇扶。过西湖。访林逋。湖上天寒，草树尽凋枯。忽见琼葩光照眼，仙格调，玉肌肤。　　夜空云静月轮孤。巧相摹。海涛图。时听枝头，喁唽翠禽呼。纵有明珠三百琲，知似得，此花无。"清秀超逸，莹无俗念。又题许东溟小景《昭君怨》言："路远危峰斜照。瘦马尘风衣帽。此去向萧关。向长安。　　便坐紫薇花底。只似黄粱梦里。三径易生苔。早归来。"言有尽而意无穷，才能称得上是有成就的人。徐伯龄说，鹤窗与陆清溪都出自菊庄之门，而清溪善于写诗，鹤窗长于作词，体式不同而名望相同，可称兴盛。

# 二九七　马浩澜《念奴娇》

**【题解】**

马浩澜《念奴娇》词咏月夜佳朋宴集。上阕侧重写水中所见胜景，下阕则转向岸上港口之人文景致。用语省净雅洁，又不乏风致之美。

马浩澜《念奴娇》词云："东风轻软,把绿波吹作,縠纹微皱。彩舫亭亭宽似屋,载得玉壶芳酒。胜景天开,佳朋云集,乐继兰亭后[1]。珍禽两两,惊飞犹自回首。　　学士港口桃花,南屏松色,苏小门前柳[2]。冷翠柔金红绮幔,掩映水明山秀。闲试评量,总宜图画,无此丹青手。归时侵夜,香街华月如昼。"

**【注释】**

[1]兰亭:《晋书·王羲之传》:"(王羲之)尝与同志宴集于会稽山阴之兰亭,羲之自为之序以申其志。"

[2]苏小:即苏小小,南朝齐钱塘(今浙江杭州)名妓。《乐府诗集》卷八十五《苏小小歌》引《乐府广题》曰:"苏小小,钱塘名倡也,盖南齐时人。"

**【译文】**

马浩澜《念奴娇》词言:"东风轻软,把绿波吹作,縠纹微皱。彩舫亭亭宽似屋,载得玉壶芳酒。胜景天开,佳朋云集,乐继兰亭后。珍禽两两,惊飞犹自回首。　　学士港口桃花,南屏松色,苏小门前柳。冷翠柔金红绮幔,掩映水明山秀。闲试评量,总宜图画,无此丹青手。归时侵夜,香街华月如昼。"

## 二九八　聂大年词附马浩澜和

**【题解】**

本则亦见明田汝成《西湖游览志余》卷十一、明蒋一葵《尧山堂外纪》卷八十四、明倪绾维《群谭采馀》卷九。聂大年《卜算子》两首写歌女的才高气傲,同时又细致描绘了其顾影自怜的寂寞与惆怅。从"老却江南杜牧之""但悔从前错"等语来看，该词别有寄讽，不可等同于一般的香艳之作，因此，言其"自况"是合适的。马洪和作两首，在内容及情感表述上承续聂词，又用萧史、弄玉及宋玉《高唐赋》之典，婉转深窈，多清远之气。

聂大年尝赋《卜算子》二首[①]，盖自况也。词云："杨柳小蛮腰，惯逐东风舞。学得琵琶出教坊，不是商人妇。　　忙整玉搔头，春笋纤纤露。老却江南杜牧之，懒为秋娘赋。""粉泪湿鲛绡，只恐郎情薄。梦到巫山第几峰，酒醒灯花落。　　数日尚春寒，未把罗衣著。眉黛含颦为阿谁，但悔从前错"。马浩澜和云："歌得雪儿歌，舞得霓裳舞。料想前身跨凤仙，合作萧郎妇[②]。　　颜色雪中梅，泪点花梢露。云雨巫山十二峰，未数高唐赋。""花压鬓云低，风透罗衫薄。残梦瞢腾下翠楼[③]，不觉金钗落。　　几许别离愁，独自思量著。欲寄萧郎一纸书，又怕归鸿错"。

**【注释】**

①聂大年(1402—1456)：字寿卿。临川(今江西抚州)人。善诗、古文、书法，宣德末荐授仁和教谕，景泰中以修史征入翰林。有《冷斋集》《东轩集》。

②萧郎：即萧史。《列仙传》载，萧史为秦穆公时人，善吹箫，后与弄玉一道成仙。

③瞢(méng)腾：形容模模糊糊，神志不清。

**【译文】**

聂大年曾赋《卜算子》二首，大概是用以自比的。词言："杨柳小蛮腰，惯逐东风舞。学得琵琶出教坊，不是商人妇。　　忙整玉搔头，春笋纤纤露。老却江南杜牧之，懒为秋娘赋。”“粉泪湿鲛绡，只恐郎情薄。梦到巫山第几峰，酒醒灯花落。　　数日尚春寒，未把罗衣著。眉黛含颦为阿谁，但悔从前错”。马浩澜和言：“歌得雪儿歌，舞得霓裳舞。料想前身跨凤仙，合作萧郎妇。　　颜色雪中梅，泪点花梢露。云雨巫山十二峰，未数高唐赋。”“花压鬓云低，风透罗衫薄。残梦瞢腾下翠楼，不觉金钗落。　　几许别离愁，独自思量著。欲寄萧郎一纸书，又怕归鸿错。”

# 二九九　《一枝春》守岁词

## 【题解】

　　宋周密《武林旧事》卷三：“守岁之词虽多，极难其选，独杨守斋《一枝春》最为近世所称，并书于此云：(词略)”此为杨慎所本。杨缵乃宋末临安词坛之执牛耳者，声律谨严，风格清丽，周密、徐理、张炎、毛敏中、徐天民皆出其门下。宋周密《浩然斋雅谈》卷下称：“故国工乐师，无不叹服，以为近世知音，无出其右者。”此所录《一枝春》除夕守岁词，展示了丰富生动的宋代岁时民俗场景，正可与周密《武林旧事》卷三中的相关记载相参鉴：“至除夜，则比屋以五色钱纸酒果，以迎送六神于门。至夜篝烛粜盆，红映霄汉。爆竹鼓吹之声，喧阗彻夜，谓之‘聒厅’。小儿女终夕博戏不寐，谓之‘守岁’。又明灯床下，谓之‘照虚耗’。”

　　守岁之词虽多，极难其选，独杨守斋《一枝春》最为近世所称①。词云：“竹爆惊春，竞喧阗夜起，千门箫鼓。流苏帐暖，翠鼎缓腾香雾。停杯未举。奈刚要、送年新句。应自赏、歌清字圆，未夸上林莺语。　　从他岁穷日暮。纵闲愁，怎减刘郎风度。屠苏办了，迤逦柳忻梅妒。宫壶未晚，早骄马绣车盈路。还又把，月夕花朝，自今细数。”

**【注释】**

①杨守斋:即杨缵(约1201—1267),字继翁,号守斋,又号紫霞翁。居钱塘(今浙江杭州)。官太社令、列卿。好古博雅,善画墨竹,尤精于律吕。有《圈法周美成词》《紫霞洞谱》,俱佚。《作词五要》附《词源》后。词仅《中兴以来绝妙好词》存三首,《全宋词》据之录入。

**【译文】**

描写守岁的词虽然多,但很难甄选出佳作,只有杨守斋的《一枝春》最为近世所称许。词言:"竹爆惊春,竞喧阗夜起,千门箫鼓。流苏帐暖,翠鼎缓腾香雾。停杯未举。奈刚要、送年新句。应自赏、歌清字圆,未夸上林莺语。　　从他岁穷日暮。纵闲愁,怎减刘郎风度。屠苏办了,迤逦柳忻梅妒。宫壶未晚,早骄马绣车盈路。还又把,月夕花朝,自今细数。"

# 三〇〇　斗草词

**【题解】**

古代妇女春日出游踏青,以采集和辨识花草相与竞斗赌胜,谓之斗草。此戏约起于南北朝,盛于唐宋。南朝梁宗懔《荆楚岁时记》:"五月五日,谓之浴兰节,四民并踏百草之戏。"本则所录黄澄《绮罗香》词,正生动记载了宋元时期的斗草游戏,是了解彼时社会民俗的可贵文献。全词细致展示了斗草女子的外貌、情态及心绪,充盈着骀荡、欢愉之情,极富感染力。

春日,妇女喜为斗草之戏。黄子常《绮罗香》词云①:"绡帕藏春,罗裙点露,相约莺花丛里。翠袖拈芳,香沁笋芽纤指。偷摘遍、绿径烟霏,悄攀下,画阑红紫。扫花阶,褥展芙蓉,瑶台十二降仙子。　　　芳园清昼乍永,亭上吟吟笑语,妒秾夸丽。夺取筹多,赢得玉珰瑜珥。凝素靥,香粉添娇,映黛眉,淡黄生喜。绾胸带,空系宜男[2],情郎归也未。"

### 【注释】

①黄子常:黄澄,生卒年及籍里不详。字子常。元末明初人。《全金元词》据《词品》本则及下则录其词两首。

②宜男:名草。北魏贾思勰《齐民要术·鹿葱》引晋周处《风土记》:"宜男,草也,高六尺,花如莲。怀妊人带佩,必生男。"

### 【译文】

春天,妇女们喜欢玩斗草的游戏。黄子常《绮罗香》词言:"绡帕藏春,罗裙点露,相约莺花丛里。翠袖拈芳,香沁笋芽纤指。偷摘遍、绿径烟霏,悄攀下,画阑红紫。扫花阶,褥展芙蓉,瑶台十二降仙子。　　　芳园清昼乍永,亭上吟吟笑语,妒秾夸丽。夺取筹多,赢得玉珰瑜珥。凝素靥,香粉添娇,映黛眉,淡黄生喜。绾胸带,空系宜男,情郎归也未。"

## 三〇一　《卖花声》

### 【题解】

黄澄词,今见仅《词品》上则及本则所录两首。明田汝成《西湖游览志余》卷二十:"二月十五日为花朝节,盖花朝月夕,世俗恒言二八两月为春秋之中,故以二月半为花朝,八月半为月夕也。是日,宋时有扑蝶之戏,今虽不举,而寺院启涅盘,会谈《孔雀经》,拈香者麕至,犹其遗俗也。十九日,上天竺建观音会,倾城士女皆往,其时马塍园丁竞以名花荷担叫鬻,音中律吕。黄子常《卖花声》词云:(词略)"词写花朝节园丁天街荷担叫鬻,其歌叫之声颇中律吕,软美可听。所谓"听新腔""余音软美",正就荷担者叫鬻之声而言。乔吉之作,和黄澄词旧韵,亦清新流美,饶有情趣。

　　黄子常《卖花声》词云:"人过天街,晓色担头红紫。满筠筐、浮花浪蕊。画楼睡醒,正眼横秋水。听新腔,一回催起。　　吟红叫白,报得蜂儿知未。隔东西,余音软美。迎门争买,早斜簪云鬓。助春娇,粉香帘底。"乔梦符和词云[①]:"侵晓园丁,叫道嫩红娇紫。巧工夫、攒枝饲蕊。行歌伫立,洒洗妆新水。卷香风、看街帘起。　　深深巷陌,有个重门开未。忽惊他、寻春梦美。穿窗透阁,便凭伊唤取。惜花人、在谁根底。"

**【注释】**

①乔梦符:即乔吉(1280—1345),字梦符,号笙鹤翁、惺惺道人。太原(今属山西)人,后居杭州。元代著名戏曲家。所作杂剧十一种,现存《两世姻缘》《金钱记》《扬州梦》三种,散曲有近人辑本《梦符散曲》,《全元散曲》辑存其小令二百零九首,套曲十一套。词存《卖花声》一首。

**【译文】**

　　黄子常《卖花声》词言:"人过天街,晓色担头红紫。满筠筐、浮花浪蕊。画楼睡醒,正眼横秋水。听新腔,一回催起。　　吟红叫白,报得蜂儿知未。隔东西,余音软美。迎门争买,早斜簪云鬓。助春娇,粉香帘底。"乔梦符的和词言:"侵晓园丁,叫道嫩红娇紫。巧工夫、攒枝饲蕊。行歌伫立,洒洗妆新水。卷香风、看街帘起。　　深深巷陌,有个重门开未。忽惊他、寻春梦美。穿窗透阁,便凭伊唤取。惜花人、在谁根底。"

# 三〇二　梁贡父《木兰花慢》

## 【题解】

本则录自明田汝成《西湖游览志余》卷十一。文载元梁曾《木兰花慢》词一首,并评价为"格调俊雅,不让宋人"。该词乃伤春之作,在惜花怨春之中,亦寓有时光如水、青春难再之慨,伤春亦以自伤。全词情便柔媚,用语清峭,以"格调俊雅"评之,实不为过。

梁贡父曾①,燕京人。大德初,为杭州路总管。政事文学,皆有可观。尝作西湖送春《木兰花慢》词云:"问花花不语,为谁落,为谁开②。算春色三分,半随流水,半入尘埃。人生能几欢笑,但相逢、樽酒莫相推。千古幕天席地,一春翠绕珠围。　　彩云回首暗高台。烟树渺吟怀。拼一醉留春,留春不住,醉里春归。西楼半帘斜日,怪衔春、燕子却飞来。一枕青楼好梦,又教风雨惊回。"此词格调俊雅,不让宋人也。

## 【注释】

①梁贡父曾:即梁曾(1242—1322),字贡父。中统四年(1263),为中书省令史。至元十七年(1280)为兵部尚书,大德元年(1297),为杭州路总管,皇庆元年(1312),为集贤侍讲学士。

②"问花花不语"几句:唐严恽《落花》诗:"春光冉冉归何处,更向花前把一杯。尽日问花花不语,为谁零落为谁开?"

## 【译文】

梁曾,字贡父,是燕京人。大德初年,任杭州路总管。处理政务的才能和文学创作,都达到比较高的程度。曾创作西湖送春《木兰花慢》

词言:"问花花不语,为谁落,为谁开。算春色三分,半随流水,半入尘埃。人生能几欢笑,但相逢,樽酒莫相推。千古幕天席地,一春翠绕珠围。　　彩云回首暗高台。烟树渺吟怀。拼一醉留春,留春不住,醉里春归。西楼半帘斜日,怪衔春、燕子却飞来。一枕青楼好梦,又教风雨惊回。"这首词格调秀美文雅,不亚于宋代词人。

## 三〇三　花纶太史词

【题解】

　　花纶其人,史籍记载不多。杨慎本则中的记述,是了解花纶及其生平行事的重要资料。所引《水仙子》一阕《全明词》据以录入,但该作实为曲,非词,故下文言其风致不减张可久、贯云石。按照杨慎的描述,此乃题画之作。内容为咏叹杨贵妃与唐玄宗爱情故事,特别突出了其悲剧性结局。全篇橐栝白居易《长恨歌》、杜牧《过华清官》、白朴《梧桐雨》等相关题材作品中的情节和意旨,用典繁富而镕裁合度,节奏明快,娴雅可观。杨慎又言,滇人多有传唱,这也说明了该篇在当时是有一定影响的。

　　杭州花纶①,年十八,黄观榜及第三人②。初,读卷官进卷,以花纶第一,练子宁第二③,黄观第三。御笔改定以黄第一,练第二,花第三。南京谚有"花练黄、黄练花"之语。故后人犹以花状元称之。其题科名记及《登科录》④,皆以黄、练二公死革除之难划毁,故相传多误。花有词藻,其谪戍云南,有题杨太真画图《水仙子》一阕云⑤:"海棠风,梧桐月,荔枝尘。霓裳舞,翠盘娇,绣岭春。锦褌嬉,金钗信。香囊恨。　　痴三郎,泥太真。马嵬坡,血污游魂。杨柳眉、侵颦黛损。芙蓉面、零脂落粉。牡丹芽、剪草除根。"其风致不减元人小山、酸斋辈⑥。滇人传唱，多讹其字，余为订之云。

**【注释】**

①花纶：生卒年不详。明洪武十八年（1385）进士，官至江西按察使，曾谪戍云南。

②黄观（1364—1402）：字伯澜，一字尚宾，贵池（今安徽池州）人。洪武中，由贡生进入太学。洪武二十四年（1391）会试、廷试都得第一。累官礼部右侍郎。建文初，改任右侍中。燕王举兵反朝，草檄规劝燕王，奉建文帝诏募兵。燕王兵攻入京师后，投水而死。

③练子宁（？—1402）：名安，以字行，号松月居士，江西新淦（今江西新干）人。洪武十八年（1385）由贡士廷试对策，得一甲第二名，授翰林修撰。历官副都御史，工部侍郎。建文初，改吏部左侍郎，复拜御史大夫。燕王举兵反朝，练子宁面数其罪，力请诛之。燕王即位，被杀。著作有《中丞集》《金川玉屑集》。

④题科名记：顾起元外集本、李调元函海本作"科题名记"，宜从。

⑤《水仙子》：北曲牌名。又名《湘妃怨》《凌波仙》《冯夷曲》，双调，又入中吕宫、南吕宫，用于剧曲、散曲套数、小令。

⑥小山：即张可久。详见卷一《杨柳索春饶》注。酸斋：贯云石（1286—1324），字浮岑，号成斋、疏仙、酸斋，别号石屏、芦花道人。元代散曲家。初袭父职为两淮万户府达鲁花赤，后又出镇永州。仁宗即位，拜翰林侍读学士、中奉大夫、知制诰同修国史。有《贯酸斋集》二卷，今存小令八十八首，套数十首，词二首。

**【译文】**

杭州的花纶，十八岁时，为黄观榜及第进士第三名。开始时，负责阅卷的考官进呈试卷，以花纶为第一，练子宁为第二，黄观为第三。帝王亲笔改定以黄观为第一,练子宁为第二,花纶为第三。南京谚语有"花练黄、黄练花"之语词。所以后人仍称他为花状元。该科《题名记》及《登科录》,都因为黄观、练子宁二人死于革除之难而削除了他们的名字,所以后世传言多有错误。花纶有文采,他被贬戍守云南时,有题杨太真画图《水仙子》一词言:"海棠风,梧桐月,荔枝尘。霓裳舞,翠盘娇,绣岭春。锦褊嬉,金钗信。香囊恨。 痴三郎,泥太真。马嵬坡,血污游魂。杨柳眉、侵颦黛损。芙蓉面、零脂落粉。牡丹芽、剪草除根。"其风味不次于元代的小山、酸斋之流。滇人传唱,多讹传其字,我特意加以订正。

## 三〇四 锁懋坚词

**【题解】**

本则亦见明田汝成《西湖游览志余》卷二十三。锁懋坚,史志无载,此所记乃了解其人其作的难得文献。沈雄《古今词话》云:"西域锁懋坚,于成弘间作乐府有声。"可与本则所记互为印证。《沉醉东风》,南曲、北曲均有此调,但本则所录与两者体式均有不同。此曲赋假山,多从虚处着墨,拟比较为自然,亦具风致。

锁懋坚[①],西域人,扈宋南渡,遂为杭人。代有诗名,懋坚尤善吟写。成化间,游苕城,朱文理座间索赋其家假山,懋坚赋《沉醉东风》一阕云:"风过处。香生院宇。雨收时,翠湿琴书。移来小朵峰,幻出天然趣。倚阑干,尽日披图。谩说蓬莱本是虚。只此是、神仙洞府。"为一时所称。

**【注释】**

①锁懋坚:生卒年、事历不详。先世西域人,随宋王室南渡,遂居杭

州。明代人。《全明词》录其词三首。

**【译文】**

锁懋坚,是西域人,随宋南渡,于是成为杭州人。家族每一代都有诗名,懋坚尤其善于吟咏抒写。成化年间,游览茗城,朱文理在宴席间为他家的假山讨取词赋,懋坚赋《沉醉东风》一词言:"风过处。香生院宇。雨收时,翠湿琴书。移来小朵峰,幻出天然趣。倚阑干,尽日披图。谩说蓬莱本是虚。只此是、神仙洞府。"为一时所称许。

# 拾遗

## 三〇五 卓稼翁词

**【题解】**

本则录自《说郛》卷四十元蒋子正《山房随笔》。所选卓田词,《全宋词》据宋谢维新《古今合璧事类备要》外集卷五十七调作《眼儿媚》,题为"题苏小楼"。但词的内容已与南齐钱塘名妓苏小小无涉,可知乃借题发挥之作。词举项羽、刘邦例,以证铁石丈夫亦为花柔的道理。构思奇特,思出常表。

三山卓田①,字稼翁,能赋,驰声。尝作词云:"丈夫只手把吴钩。欲断万人头。因何铁石,打成心性,却为花柔。君看项籍并刘季②,一怒使人愁。只因撞着,虞姬、戚氏③,豪杰都休。"其为人溺志可想。

**【注释】**

①卓田:生卒年不详。字稼翁,号西山,建阳(今福建南平)人。南宋词人。开禧元年(1205)进士。《全宋词》辑存其词七首。

②项籍:项羽名籍。刘季:刘邦字季。

③虞姬:项羽宠妃。戚氏:即戚夫人,刘邦宠妃。

## 【译文】

三山人卓田,字稼翁,善于诗赋,声名远播。曾作词言:"丈夫只手把吴钩。欲断万人头。因何铁石,打成心性,却为花柔。 君看项籍并刘季,一怒使人愁。只因撞着,虞姬、戚氏,豪杰都休。"可以推想,他为人心志沉迷。

## 三〇六 王昂催妆词

### 【题解】

本则录自《说郛》卷四十元蒋子正《山房随笔》。南宋马纯《陶朱新录》载:"嘉王榜王昂作状元,始婚礼夕,妇家立需催妆词,昂走笔赋《好事近》。"《陶朱新录》所载王昂词与本则所录文字上几同。该词在突出新婚热闹场面的同时,也表露出了志得意满、淡雅明洁的情态和心志。

探花王昂榜下择婿时①,作催妆词云②:"喜气满门阑,光动绮罗香陌。行到紫薇花下,悟身非凡客。 不须脂粉污天真,嫌怕太红白。留取黛眉浅处,画章台春色③。"

### 【注释】

①王昂(1090—?):字叔兴。成都华阳(今四川成都)人,一说江都(今江苏扬州)人。重和元年(1118)进士第一。除起居舍人,以疾不拜。改秘阁修撰,主管江州太平观。《全宋词》辑词一首。

②催妆词:《全宋词》据南宋马纯《陶朱新录》录入,调作《好事近》,题为"催妆词"。

③章台:秦都宫殿名。战国时建,以宫有章台而名。

**【译文】**

探花王昂中榜后被挑选作女婿时,作催妆词言:"喜气满门阑,光动绮罗香陌。行到紫薇花下,悟身非凡客。　　不须脂粉污天真,嫌怕太红白。留取黛眉浅处,画章台春色。"

## 三〇七　萧轸娶再婚

**【题解】**

《说郛》卷四十七元李有《古杭杂记》:"三山萧轸登第,榜下娶再婚之妇。同舍张任国以《柳梢青》词戏之曰:(词略)"此为杨慎所本。萧轸事及张任国词,亦见田汝成《西湖游览志余》卷十六、明蒋一葵《尧山堂外纪》卷五十八等。该词戏讽萧轸娶再婚之妇,用语诙谐,近于口语,在一定程度上反映了当时的婚俗观念。

　　三山萧轸登第①,榜下娶再婚之妇。同舍张任国以《柳梢青》词戏之曰②:"挂起招牌。一声喝采,旧店新开。熟事孩儿,家怀老子③,毕竟招财。　　当初合下安排。又不豪门买呆。自古道,正身替代,见任添差。"

**【注释】**

①萧轸:生卒年不详。字方叔。永福(今福建永泰)人。淳熙八年(1181)进士。南宋人。知兴化。

②张任国:生卒年不详。永福(今福建永泰)人。绍熙元年(1190)进士。南宋人。《全宋词》录其《柳梢青》词一首。

③家怀:不见外,不客套。

**【译文】**

三山人萧轸登科,榜下后娶再婚的妇女。共居一舍的张任国以《柳梢青》词戏谑他说：“挂起招牌。一声喝采，旧店新开。熟事孩儿，家怀老子，毕竟招财。　当初合下安排。又不豪门买呆。自古道，正身替代，见任添差。”

## 三〇八　平韵《忆秦娥》

**【题解】**

《说郛》卷四十七元李有《古杭杂记》：“太学服膺斋上舍郑文，秀州人，其妻寄以《忆秦娥》云：‘花深深，一勾罗袜行花阴。行花阴，闲将柳带，试结同心。　日边消息空沉沉，画眉楼上愁登临。愁登临，海棠开后，望到如今。’此词为同舍见者传播，酒楼妓馆皆歌之，以为欧阳永叔词，非也。”此为杨慎所本。《全宋词》据《古杭杂记》署作者为郑文妻。

太学服膺斋上舍郑文①，秀州人。其妻寄以《忆秦娥》云：“花深深。一钩罗袜行花阴。行花阴。闲将罗带，试结同心。　日边消息空沉沉。画眉楼上愁登临。愁登临。海棠开后，望到如今。”此词为同舍者传播，酒楼妓馆皆歌之，以为欧阳永叔词，非也。

**【注释】**

①服膺斋：学舍名，潜说友《咸淳临安志》卷十一《太学》，绍兴初太学设服膺、养正、持志等十斋。上舍：宋代太学分外舍、内舍和上舍，学生可按一定的年限和条件依次而升。《宋史·选举志》：“及三舍法行，则太学始定置外舍生二千人，内舍生三百人，上舍生百人。始入学，验所隶州公据，试补外舍……试上舍，如省试法。凡内舍，行艺与所试之业俱优，为上舍上等，取旨授官；一优

一平为中等，以俟殿试；俱平若一优一否为下等，以俟省试。"明清因以"上舍"为监生的别称。

**【译文】**

太学服膺斋的上舍生郑文，是秀州人。他的妻子寄给他《忆秦娥》词一首言："花深深。一钩罗袜行花阴。行花阴。闲将罗带，试结同心。

日边消息空沉沉。画眉楼上愁登临。愁登临。海棠开后，望到如今。"这首词被同舍的人传播，酒楼妓馆都歌咏它，以为是欧阳永叔的词，不对。

## 三〇九　刘鼎臣妻词

**【题解】**

本则记刘鼎臣妻《鹧鸪天》词及其本事，元李有《古杭杂记》、明田汝成《西湖游览志余》卷十六均有载，此为杨慎之所本。词写惜别，亦寄以殷殷期盼和祝福之情。

婺州刘鼎臣赴省试①，临行，妻作词名《鹧鸪天》云："金屋无人夜剪缯。宝钗翻过齿痕轻。临行执手殷勤送，衬取萧郎两鬓青。　　听嘱付，好看成。千金不抵此时情。明年宴罢琼林晚②，酒面微红相映明。"

**【注释】**

①刘鼎臣：生卒年不详。《(康熙)江西通志》卷七十五："刘鼎臣，字和之，泰和人。绍圣进士。以大庾主簿摄吉水尉。上书言十事，用事者恶其切直，以元祐指名禁锢累年。遇八宝赦，授雩都令。终南安知录。"

②琼林：宋内苑名。宋太平兴国九年(984)至政和二年(1112)，天

子均于琼林苑赐宴新进士,称"琼林宴"。

**【译文】**

婺州的刘鼎臣赶赴省试,临走时,妻子作词名《鹧鸪天》言:"金屋无人夜剪缯。宝钗翻过齿痕轻。临行执手殷勤送,衬取萧郎两鬓青。

听嘱付,好看成。千金不抵此时情。明年宴罢琼林晚,酒面微红相映明。"

## 三一〇　易祓妻词

**【题解】**

本则录自《说郛》卷四十七元李有《古杭杂记》。词写对丈夫的嗔责,同时也表达了相思之苦。语意深婉,回曲有致。谢章铤《赌棋山庄词话》卷十一将此篇与魏夫人之《菩萨蛮》、紫竺之《生查子》、孙氏之《忆秦娥》、章文虎妻之《临江仙》并称,评为"深得《国风·卷耳》之遗"。

　　易祓①,字彦章,潭州人。以优校为前廊②,久不归。其妻作《一剪梅》词寄云:"染泪修书寄彦章。贪作前廊。忘却回廊。功名成遂不还乡。石做心肠。铁做心肠。　　红日三竿懒画妆。虚度韶光。瘦损容光。相思何日得成双。羞对鸳鸯。懒对鸳鸯。"

**【注释】**

①易祓(1156—1240):字彦章,一作彦祥,号山斋。长沙(今属湖南)人,一作潭州宁乡(今属湖南)人。淳熙十一年(1184)进士第一。累官著作郎、知江州、左司谏、礼部尚书兼直学士院。有《周易总义》二十卷。《全宋词》辑存其词三首。

②优校：宋代太学分外舍、内舍、上舍三等，内舍生考校成绩获得优
　　等，称"优校"。宋周密《癸辛杂识后集·成均旧规》："如内舍优
　　校人，又中上舍试优等，以优中优，皆是释褐，不拘名数，先赐进
　　士出身。"前廊：君主宗庙中神室前之通廊，亦指在朝任要职者。

【译文】

　　易祓，字彦章，是潭州人。凭借优校在朝廷任要职，长时间不回
家。他的妻子作《一剪梅》词寄给他说："染泪修书寄彦章。贪作前廊。
忘却回廊。功名成遂不还乡。石做心肠。铁做心肠。　　红日三竿
懒画妆。虚度韶光。瘦损容光。相思何日得成双。羞对鸳鸯。懒对
鸳鸯。"

# 三一一　柔奴

【题解】

　　本则录自《苕溪渔隐丛话》后集卷四十引《东皋杂录》。文中所载
《定风波》词，乃苏轼元祐元年丙寅（1086）二月，在东京作。其中，王定
国侍儿的名字《东皋杂录》作柔奴，别本或作寓娘、点酥、柔奴。如，明
毛晋校订《重编东坡先生外集》词下原注"元祐元年王定国席上，赠侍
儿寓娘"，宋皇都风月主人《绿窗新话》下引《古今词话》"王定国置酒与
东坡会饮，出宠人点酥侑尊，而点酥善谈笑。"清张宗橚《词林纪事》卷
五云："柔奴或作寓娘。考《柳州志》：'王巩侍儿柔奴'，与词序同，当从
词序。"

　　《东皋杂录》云①：王定国岭外归②，出歌者劝东坡酒。坡
作《定风波》，序云："王定国歌儿曰柔奴，姓宇文氏。眉目娟
丽，善应对。家世住京师。定国南迁归，余问柔：'广南风
土，应是不好？'柔对曰：'此心安处，便是吾乡。'因为缀此

词。"云:"常羡人间琢玉郎。天教分付点酥娘③。自作清歌传皓齿。风起,雪飞炎海变清凉。　　万里归来年愈少。微笑。笑时犹带岭梅香。试问岭南应不好。却道,此心安处是吾乡。"

**【注释】**

①《东皋杂录》:宋孙宗鉴著。其书原为十卷,今不见传本,《说郛》《五朝小说》《五朝小说大观》等有摘录。所记以文人轶事及考辨为多。

②王定国:即王巩,生卒年不详。字定国,号清虚居士。元丰二年(1079),坐与苏轼往来,谪监宾州盐酒务。司马光执政,为宗正寺丞。哲宗末,新党再起,编管全州。徽宗时,列名元祐党籍。有《甲申杂记》《闻见近录》《随手杂录》各一卷。

③点酥娘:王定国歌儿名。宋皇都风月主人《绿窗新话》下引《古今词话》:"是时东坡掌翰苑,一日,王定国置酒与东坡会饮,出宠人点酥侑尊,而点酥善谈笑……坡叹其善应对,赋《定风波》一阕以赠之。其句全引点酥之语。(词略)点酥因是词誉籍甚。"

**【译文】**

《东皋杂录》言:王定国自岭外归来,让歌童出来为苏东坡劝酒。苏东坡作《定风波》,序言:"王定国的歌童名叫柔奴,姓宇文氏。眉目秀丽,善于言语酬答。其家世代居住在京城。定国被贬谪到南方归来,我问柔奴:'广南路的风俗习惯和地理环境,应该不好吧?'柔奴回答说:'心安的地方,就是故乡。'于是为她连缀了这首词。"云:"常羡人间琢玉郎。天教分付点酥娘。自作清歌传皓齿。风起,雪飞炎海变清凉。万里归来年愈少。微笑。笑时犹带岭梅香。试问岭南应不好。却道,此心安处是吾乡。"

# 三一二 美奴

## 【题解】

本则亦录自《苕溪渔隐丛话》后集卷四十。所载美奴词两首,均为小令伤别之作,于写景中暗寓季候月令及人物活动,情便回环,流畅清晰。

苕溪渔隐曰:陆敦礼藻有侍儿名美奴①,善缀词。出侑樽俎,每乞韵于坐客,顷刻成章。《卜算子》云:"送我出东门,乍别长安道。两岸垂杨锁暮烟,正是秋光老。　　一曲古阳关,莫惜金樽倒。君向潇湘我向秦②,鱼雁何时到。"《如梦令》云:"日暮马嘶人去。船逐清波东注。后夜最高楼,还肯思量人否。无绪。无绪。生怕黄昏疏雨。"

## 【注释】

①陆敦礼藻:即陆藻(? —1127),字敦礼。侯官(今福建福州)人。崇宁二年(1103)进士。宣和六年(1124)知福州。曾官朝奉大夫、徽猷阁待制,提举嵩山崇福宫。

②君向潇湘我向秦:唐郑谷《淮上与友人别》:"扬子江头杨柳春,杨花愁杀渡江人。数声风笛离亭晚,君向潇湘我向秦。"

## 【译文】

苕溪渔隐言:陆藻,字敦礼,有侍女名叫美奴,善于作词。在宴席上助兴,每次向席上的客人讨要韵脚,片刻下笔成章。《卜算子》言:"送我出东门,乍别长安道。两岸垂杨锁暮烟,正是秋光老。　　一曲古阳关,莫惜金樽倒。君向潇湘我向秦,鱼雁何时到。"《如梦令》言:"日暮马嘶人去。船逐清波东注。后夜最高楼,还肯思量人否。无绪。无绪。

生怕黄昏疏雨。”

# 三一三 李师师

**【题解】**

　　李师师乃北宋汴京名妓,关于她的传说,见于野史、笔记、小说者甚夥。杨慎所言张先《师师令》一词见存于《张子野词》,且此调始于张先,前人未有述作。但张先其实未及见李师师,清人对此辨析甚详。吴衡照《莲子居词话》卷一云:“张子野《师师令》,相传为赠李师师作。按子野天圣八年进士,见《齐东野语》。至熙宁六年,年八十五,见《东坡集》。熙宁十年,年八十九卒,见《吴兴志》。自子野之卒,距政和、重和、宣和年间,又三十余年,是子野已不及见师师,何由而为是言乎? 调名《师师令》,非因李师师也。”《四库全书总目》卷二百《词林万选》“提要”中也有类似考辨,也持相同观点。由上述两家之辨析可知,杨慎所谓张子野为李师师“制新词”之说不能成立。秦观确有书师师之作,但不是杨慎所引之“看遍颍川花”词,而是《一丛花》,词曰:“年时今夜见师师。双颊酒红滋。疏帘半卷微灯外,露华上、烟袅凉飔。簪髻乱抛,偎人不起,弹泪唱新词。　　佳期。谁料久参差。愁绪暗萦丝。想应妙舞清歌罢,又还对、秋色嗟咨。惟有画楼,当时明月,两处照相思。”不过,此师师亦非彼师师,上引《四库全书总目》卷二百《词林万选》“提要”已有辨析:“考师师得幸徽宗,虽不能确详其年月……计其盛时,必在宣、政之间……秦观则于哲宗绍圣初业已南窜,后即卒于藤州,未尝北返。何由得见师师?”因此,杨慎所言秦少游有赠李师师词,亦属子虚乌有。

　　李师师,汴京名妓。张子野为制新词,名《师师令》。略云:“蜀彩衣长胜未起。纵乱云垂地。”“正值残英和月坠。寄此情千里”①。秦少游亦赠之词云:“看遍颍川花,不似师师好<sup>②</sup>。"后徽宗微行幸之,见《宣和遗事》。《瓮天脞语》又载,宋江潜至李师师家,题一词于壁云<sup>③</sup>:"天南地北,问乾坤何处,可容狂客。借得山东烟水寨,来买凤城春色。翠袖围香,鲛绡笼玉,一笑千金值。神仙体态,薄幸如何销得。　　想芦叶滩头,蓼花汀畔,皓月空凝碧。六六雁行连八九,只待金鸡消息。义胆包天,忠肝盖地,四海无人识。闲愁万种,醉乡一夜头白。"小词盛于宋,而剧贼亦工如此。

**【注释】**

①"蜀彩衣长胜未起"几句:此词题为"春兴",一作"赠美人",见《张子野词》卷一。全词如下:"香钿宝珥。拂菱花如水。学妆皆道称时宜,粉色有、天然春意。蜀彩衣长胜未起。纵乱云垂地。　　都城池苑夸桃李。问东风何似。不须回扇障清歌,唇一点、小于珠子。正是残英和月坠。寄此情千里。"

②看遍颖川花,不似师师好:此晏幾道《生查子》(远山眉黛)词末两句,杨慎误记为秦观词。全词如下:"远山眉黛长,细柳腰肢袅。妆罢立春风,一笑千金少。　　归去凤城时,说与青楼道。遍看颖川花,不似师师好。"看遍,《小山词》作"遍看"。

③题一词于壁:此词《全宋词》据杨慎《词品·拾遗》录入,调为《念奴娇》。

**【译文】**

李师师,是汴京名妓。张子野为她制作新词,名为《师师令》。大致言:"蜀彩衣长胜未起。纵乱云垂地。""正值残英和月坠。寄此情千里"。秦少游也赠予她词言:"看遍颖川花,不似师师好。"之后徽宗私行出访宠爱她,见《宣和遗事》。《瓮天脞语》又记载,宋江潜入李师师家,题一词于墙壁言:"天南地北,问乾坤何处,可容狂客。借得山东烟水寨,来买凤城春色。翠袖围香,鲛绡笼玉,一笑千金值。神仙体态,薄幸如何销得。　　　想芦叶滩头,蓼花汀畔,皓月空凝碧。六六雁行连八九,只待金鸡消息。义胆包天,忠肝盖地,四海无人识。闲愁万种,醉乡一夜头白。"小词盛行于宋代,而强悍的贼寇作词也工巧如此。

## 三一四　于湖《南乡子》

**【题解】**

　　本则讨论张孝祥《南乡子》送朱熹词,涉及词的性质和功能问题。词在诞生之初,就有比较明显的香艳性、缘情性和柔媚性特点,其基本功能是遣兴娱宾,而非言志抒怀。至宋,虽然词的表现范围日渐扩大,词的功能和作用更趋丰富,但其言情娱性的特点始终没有改变。因此,即使王公胄胤、宰府正臣,亦多喜欢以词侑酒,遣兴佐欢。宋明理学以理格情,压抑人的真实情感的自然表露,然而在现实中,他们未尝都能远绝尘俗,与情无涉。本则中,杨慎举张孝祥送别朱熹词及朱熹本人的诗作,推断朱熹在宴席间也曾用妓。这样的举列和论析,直接批驳了理学的虚伪不实,同时也从一个侧面肯定了词的言情功能。文末,杨慎又以唐代宋璟和宋代司马光为例,亦欲说明艳词无伤乎清介的道理。宋璟《梅花赋》绮媚婉错,风流富艳,有南朝徐、庾宫体之风;司马光《锦堂春》一词亦有"笙歌丛里""青衫湿透"之咏,侧艳柔媚。在杨慎看来,这并无损于二公之高名。杨慎喜好"风华情致"之作,也主张以词言情,因此才有此论。

　　张于湖送朱元晦行,与张钦夫、邢少连同集,作《南乡子》一词云①:"江上送归船。风雨排空浪拍天。赖有清樽浇别恨,凄然。宝烛烧花看吸川②。　　　楚舞对湘弦。暖响围春锦帐毡。坐上定知无俗客,俱贤。便是朱张与少连。"此词见《兰畹集》。观"楚舞湘弦"之句,及朱文公云谷寄友绝句云："日暮天寒无酒饮,不须空唤莫愁来③。"则晦翁于宴席,未尝不用妓。广平之赋梅花④,又司马公亦有艳辞⑤,亦何伤于清介乎?

**【注释】**

①《南乡子》一词:此词题为"送朱元晦行,张钦夫、邢少连同集",见《于湖集》卷三十二,"清樽"作"清尊","宝烛"作"宝蜡"。

②吸川:形容狂饮。杜甫《饮中八仙歌》:"左相日兴费万钱,饮如长鲸吸百川,衔杯乐圣称避贤。"

③日暮天寒无酒饮,不须空唤莫愁来:此朱熹绝句《题安隐壁》后两句,前两句为"征车少憩林间寺,试问南枝开未开。"见《晦庵别集》卷七。

④广平之赋梅花:宋璟有《梅花赋》,见卷五《张东父》注。

⑤司马公亦有艳辞:见卷三《温公词》注。

**【译文】**

张于湖为朱元晦送行,与张钦夫、邢少连一起宴饮集会,作《南乡子》一词言:"江上送归船。风雨排空浪拍天。赖有清樽浇别恨,凄然。宝烛烧花看吸川。　　楚舞对湘弦。暖响围春锦帐毡。坐上定知无俗客,俱贤。便是朱张与少连。"这首词见《兰畹集》。从"楚舞湘弦"这句,以及朱文公云谷寄友绝句诗言:"日暮天寒无酒饮,不须空唤莫愁来。"可见晦翁在宴席上也未曾不用妓。宋广平曾赋梅花,另外司马公也有艳辞,这又何妨其清正耿直呢?

## 三一五　珠帘秀

**【题解】**

本则录自元黄雪蓑(他本或署夏庭芝)《青楼集》,见宛委山堂本《说郛》卷七十八。元陶宗仪《南村辍耕录》卷二十《珠帘秀》有相似记载,亦录此两首作品,并评介说:"皆咏帘以寓意也。由是声誉益彰。"此外,明蒋一葵《尧山堂外纪》卷七十,明王世贞《艳异编》卷二十八等亦有载。珠帘秀乃元至元后期到至大年间著名杂剧演员,当时著名文人多有词曲相赠,如关汉卿散套[南吕·一枝花]《赠珠帘秀》,卢挚小令[蟾宫曲]《醉赠乐府珠帘秀》、[寿阳曲]《别珠帘秀》,王恽词《浣溪沙·赠珠帘秀》、诗《题珠帘秀序后》等。本则所录胡祗遹小令散曲、冯子振《鹧鸪天》词两首亦为赠珠帘秀曲。


　　姓朱氏,行第四,杂剧为当今独步①。驾头、花旦、软末泥等②,悉造其妙。胡紫山宣慰尝以《沉醉东风》曲赠云③:"锦织江边翠竹,绒穿海上明珠。月淡时,风清处,都隔断、落红尘土。一片闲情任卷舒。挂尽朝云暮雨。"冯海粟待制亦赠以《鹧鸪天》云④:"凭倚东风远映楼。流莺窥面燕低头。虾须瘦影纤纤织,龟背香纹细细浮。　　红雾敛,彩云收。海霞为带月为钩。夜来卷尽西山雨,不著人间半点愁。"盖朱背微偻,冯故以帘钩寓意。至今后辈,以朱娘娘称之者。


**【注释】**

①"姓朱氏"几句:珠帘秀,亦名朱帘秀,生卒年、里籍不详。本姓朱,珠帘秀(朱帘秀)乃艺名。元杂剧演员,南部行教坊司名伎。与关汉卿、卢挚、冯子振等有往还。散曲作品现存[双调·寿阳曲]《答卢疏斋》、[正宫·醉西施]"检点旧风流"(珠帘秀)。

②驾头、花旦、软末泥:均为元杂剧角色名。

③胡紫山：即胡祗遹(1227—1295)，字绍闻，号紫山。磁州武安(今
属河北)人。历应奉翰林文字兼太常博士、河东山西道提刑按察
副使、荆湖北道宣慰副使等。有《紫山大全集》六十七卷、《易解》
三卷、《老子解》一卷，原本均佚。清乾隆时修《四库全书》，从《永
乐大典》中辑出《紫山大全集》二十六卷，其中诗词七卷，文十
九卷。

④冯海粟：即冯子振(1257—?)，字海粟，自号怪怪道人，又号瀛洲
客。攸州(今湖南攸县)人。曾官集贤待制。《元诗选》三集辑存
其诗七十二首，散曲作品今存小令四十四首。

【译文】

姓朱氏，排行第四，其杂剧在当时没有可以相比的。驾头、花旦、软
末泥等角色，都能达到精妙。胡紫山任宣慰副使时曾以《沉醉东风》曲
相赠，言："锦织江边翠竹，绒穿海上明珠。月淡时，风清处，都隔断、落
红尘土。一片闲情任卷舒。挂尽朝云暮雨。"冯海粟待制也赠以《鹧鸪
天》言："凭倚东风远映楼。流莺窥面燕低头。虾须瘦影纤纤织，龟背香
纹细细浮。　　红雾敛，彩云收。海霞为带月为钩。夜来卷尽西山雨，
不著人间半点愁。"大概朱帘秀的背微微弯曲，冯海粟特意用"帘钩"寄
托本意。至今后辈还称她为朱娘娘。

# 三一六　赵真真杨玉娥

【题解】

本则亦录自《说郛》卷七十八元黄雪蓑(他本或署夏庭芝)《青楼
集》。文载赵真真、杨玉娥善唱诸官调事，并录元杨立斋《鹧鸪天》词一
首。杨立斋[般涉调·哨遍]题序曰："张五牛、商正叔编《双渐小卿》，赵
真卿善歌。立斋见杨玉娥唱其曲，因作《鹧鸪天》及《哨遍》以咏之。"与
本则所载事实同，可相互印证。

赵真真、杨玉娥,善唱诸宫调①。杨立斋见其讴张五牛、商正叔所编《双渐小卿怨》②,因作《鹧鸪天》《哨遍·耍孩儿煞》以咏之。后曲多不录。今录前曲云③:"烟柳风花锦作园。霜芽露叶玉装船。谁知皓齿纤腰会,只在轻衫短帽边。　　啼玉簪,咽冰弦。五牛身去更无传。词人老笔佳人口,再唤春风在眼前。"

**【注释】**

①诸宫调:宋金元时期的一种说唱文体。因集合诸种不同宫调的不同曲子轮番歌唱而得名。

②杨立斋:生卒年、生平不详。元代散曲作家。现存散曲作品仅〔般涉调·哨遍〕套曲一套。张五牛:生卒年、生平不详。南宋说唱艺人。商正叔:即商衟,生卒年不详。字正叔,或作政叔。曹州济阴(今山东曹县)人。生于金,曾仕元。存散曲小令四支,套数八套,残套一套,均收入《全元散曲》。《双渐小卿怨》:或作《双渐小卿》,诸宫调名。传为张五牛作,后经商衟修改,已佚。

③前曲:下所录词,调为《鹧鸪天》,《全金元词》据《青楼集》题作"咏赵真真杨玉娥唱双渐诸宫调"。

**【译文】**

赵真真、杨玉娥,善于唱诸宫调。杨立斋见她们歌唱张五牛、商正叔所编的《双渐小卿怨》,于是作《鹧鸪天》《哨遍》《耍孩儿煞》来歌咏她们。后曲大多不载录。今载录前曲言:"烟柳风花锦作园。霜芽露叶玉装船。谁知皓齿纤腰会,只在轻衫短帽边。　　啼玉簪,咽冰弦。五牛身去更无传。词人老笔佳人口,再唤春风在眼前。"

# 三一七　刘燕歌

## 【题解】

本则亦录自《说郛》卷七十八元黄雪蓑(他本或署夏庭芝)《青楼集》。所录《太常引》一词,《全金元词》据《青楼集》辑入,题为"饯齐参议归山东"。词叙别情,简约畅易,而情自婉美。清陈廷焯《云韶集辑评》卷十二评曰:"神致亦芊婉可喜。直似元人小曲,但情致却好,自是可儿。"

　　刘燕歌善歌舞[1],齐参议还山东,刘赋《太常引》以饯云:"故人别我出阳关。无计锁雕鞍。今古别离难。况隔断、蛾眉远山。　　　一樽别酒,一声杜宇,寂寞又春残。明月小楼闲。第一夜、相思泪弹。"至今脍炙人口。

## 【注释】

[1]刘燕歌:或作刘燕哥,生卒年、事迹不详。元代女艺人。善歌舞,能词章,《古今女史》卷六存其《有感》诗一首。

## 【译文】

刘燕歌善于歌舞,齐参议回山东,刘燕歌赋《太常引》为其饯行言:"故人别我出阳关。无计锁雕鞍。今古别离难。况隔断、蛾眉远山。一樽别酒,一声杜宇,寂寞又春残。明月小楼闲。第一夜、相思泪弹。"至今脍炙人口。

# 三一八　杜妙隆

## 【题解】

本则亦录自《说郛》卷七十八元黄雪蓑(他本或署夏庭芝)《青楼

集》。文记元代著名作家卢挚轶事一则，并载其《踏莎行》一词。明蒋一葵《尧山堂外纪》卷六十九亦有相似记叙："杜妙隆，金陵佳丽人也，卢疏斋欲见，不果，因题《踏莎行》于壁。"

　　杜妙隆，金陵佳丽人也，卢疏斋欲见之[①]，行李匆匆，不果所愿。因题《踏莎行》于壁云："雪暗山明，溪深花早。行人马上诗成了。归来闻说妙隆歌，金陵却比蓬莱渺。宝镜慵窥，玉容空好。梁尘不动歌声悄。无人知我此时情，春风一枕松窗晓。"

**【注释】**

①卢疏斋：即卢挚（1243？—1315？），字处道，一字莘老，号疏斋，又号嵩翁。累迁集贤学士、翰林学士等，迁承旨。诗词曲文兼善，有《疏斋集》《疏斋后集》，皆佚。今存诗五十余首，词二十余首，散曲小令一百二十首，《全元文》收其文二十一篇。

**【译文】**

　　杜妙隆，是金陵佳丽。卢疏斋想要见他，行程急促，未能实现所愿。于是在墙壁上题《踏莎行》言："雪暗山明，溪深花早。行人马上诗成了。归来闻说妙隆歌，金陵却比蓬莱渺。　　宝镜慵窥，玉容空好。梁尘不动歌声悄。无人知我此时情，春风一枕松窗晓。"

# 三一九　宋六嫂

**【题解】**

　　本则亦录自元黄雪蓑（他本或署夏庭芝）《青楼集》，见宛委山堂本《说郛》卷七十八。文记宋六嫂家世、技艺等，可与《词品》卷五《滕玉霄》

一则相参看。宋六嫂,元明文献鲜有提及,仅见于《青楼集》及滕宾《念奴娇》词。依此两则所记,宋六嫂当为元前中期女艺人。

宋六嫂,小字同寿。元遗山有赠觱栗工张嘴儿词①,即其父也。宋与其夫合乐,妙入神品。盖宋善讴,其夫能传其父之艺。滕玉霄待制尝赋《念奴娇》以赠云,"柳轚花困"云云,词见第五卷②。《念奴娇》一名《百字令》。

**【注释】**

①元遗山有赠觱栗工张嘴儿词:指元好问词《木兰花慢·赠吹觱篥者张嘴儿暨乃妇田氏合曲,赋此》。觱栗,即觱篥,古簧管乐器名。以竹为管,管口插有芦制哨子,九孔。

②词见第五卷:指《词品》卷五《滕玉霄》。

**【译文】**

宋六嫂,小名同寿。元遗山有赠觱栗工张嘴儿词,张嘴儿就是她的父亲。宋六嫂与她的丈夫合奏,精妙无比,堪称神品。原因在于宋六嫂善于歌唱,她的丈夫又能传承其父的技艺。滕玉霄待制曾赋《念奴娇》赠给她,词言,"柳轚花困"等等,词见第五卷。《念奴娇》一名《百字令》。

# 三二〇　一分儿

**【题解】**

本则亦录自《青楼集》。文记元代京师艺妓一分儿王氏善歌舞事。王氏所歌《沉醉东风》曲,隋树森《全元散曲》据《青楼集》收入,归于"一分儿"名下。

　　一分儿，姓王氏，京师角妓也。歌舞绝伦，聪慧无比。一日，丁指挥会才人刘士昌、程继善等于江乡园小饮，王氏佐樽。时有小姬歌《菊花会》[南吕]曲云①："红叶落，火龙褪甲。青松枯，怪蟒张牙。"丁曰："此《沉醉东风》首句也，王氏可足成之。"王应声曰："红叶落，火龙褪甲。青松枯，怪蟒张牙。可咏题，堪描画。喜觥筹，席上交杂。答剌苏②，频斟入，礼厮麻。不醉呵，休扶上马。"一座叹赏，由是声价愈重焉。

【注释】

①《菊花会》：全名《才子佳人菊花会》，元费君祥作。《录鬼簿》《太和正音谱》著录。剧本已佚，内容不详。邵曾祺《元明北杂剧总目考略》认为，《青楼集》本则所记小姬歌"红叶落，火龙褪甲。青松枯，怪蟒张牙"为《菊花会》佚曲。

②答剌苏：亦作"答剌孙"，蒙古语音译词，意为酒。元关汉卿《哭存孝》第一折："撒因答剌孙，见了抢着吃，喝的莎塔八，跌倒就是睡。"

【译文】

　　一分儿，姓王氏，是京师的艺妓。歌舞独一无二，聪慧无与伦比。一天，丁指挥聚合有才情之人刘士昌、程继善等在江乡园小酌，王氏劝酒。这时有年轻女子唱《菊花会》[南吕]曲言："红叶落，火龙褪甲。青松枯，怪蟒张牙。"丁指挥说："这是《沉醉东风》的首句，王氏可以补足凑成它。"王应声说："红叶落，火龙褪甲。青松枯，怪蟒张牙。可咏题，堪描画。喜觥筹，席上交杂。答剌苏，频斟入，礼厮麻。不醉呵，休扶上马。"满座宾客赞赏，因此名誉身价更高了。

# 补

## 三二一《转应曲》

【题解】

本则见函海本《词品》卷一。《转应曲》即《宫中调笑》,杨慎填词喜用此调。《升庵长短句》有《转应曲》八首,《宫中调笑》二首,总计十首。可知,杨慎所言"予常拟之",所言不虚。如,"落叶,落叶,满院西风时节。秋声搅尽琅玕,秋雨催成早寒。寒早,寒早,城角惊霜奏晓。"此词标《转应曲》。再如"银烛,银烛,锦帐罗帏影独。离人无语消魂,细雨斜风掩门。门掩,门掩,数尽寒城露点。"此词标《宫中调笑》。

《转应曲》与《宫中调笑》①,平仄相合,予常拟之。

【注释】

①《转应曲》,词牌名,又名《调笑令》《宫中调笑》《调啸词》《三台令》。
单调。本唐教坊曲名,唐戴叔伦有词名《转应曲》,后用作词牌。
此调第六、七句系倒叠第五句末二字,转以应之,故名"转应"。

【译文】

《转应曲》与《宫中调笑》,平仄相合,我时常撰写。

# 三二二　鼓子词

## 【题解】

本则见函海本《词品》卷一。鼓子词,乃宋代一种说唱文学,以同一词调反复演唱,并夹以说白。其基本形式有只唱不说及以唱为主、以说为辅两种。欧阳修有《十二月鼓子词》,分咏一月至十二季候景物及人事,属于只唱不说一类。杨慎以为,《十二月鼓子词》,即今之《渔家傲》,此说不当。欧作乃鼓子词,《渔家傲》只是其中所采用的词调。鼓子词是说唱艺术,并不能等同于某一词调。今所见宋代鼓子词所用词调即有《点绛唇》《蝶恋花》《渔家傲》《采桑子》等。杨慎《升庵诗话》卷十一"无名氏《水鼓子》"云:"《水鼓子》,后转为《渔家傲》。"这一说法同样是不足信的。本则所提及的元欧阳玄仿作十二首,亦用《渔家傲》调。

宋欧阳六一作《十二月鼓子词》[①],即今之《渔家傲》也。元欧阳圭斋亦拟为之[②],专咏元世燕风物。

## 【注释】

①宋欧阳六一作《十二月鼓子词》:欧阳修《近体乐府》卷二有《渔家傲》十二首,末有无名氏跋语云:"荆公尝对客诵永叔小阕云:'五彩新丝缠角粽。金盘送。生绡画扇盘双凤。'曰:'三十年前见其全篇,今才记三句,乃永叔在李太尉端愿席上所作《十二月鼓子词》。数问人求之,不可得。'呜呼!荆公之没二纪,余自永平幕召还,过武陵,始得于州将李君谊。追恨荆公之不获见也。谊,太尉犹子也。"鼓子词,宋代一种说唱文学,用同一曲调反复演唱,并夹有说白,用以叙事写景。说唱以鼓合之,故称。

②元欧阳圭斋亦拟为之:元欧阳玄有《渔家傲》十二首,其题序曰:

"余读欧公李太尉席上作十二月《渔家傲》鼓子词,王荆公丞称赏之。心服其盛丽……每欲仿此,作十二阕,以道京师两城人物之富,四时节令之华……至顺壬申二月……明日,笔之于简,虽乏工致,然数岁之中,耳目之所闻见,情性之所感发者,无不橐括概见于斯。"欧阳圭斋,即欧阳玄(1273—1358),字原功,号圭斋。祖籍庐陵(今江西吉安),与欧阳修同族,后迁居谭州浏阳(今属湖南)。延祐二年(1315)赐同进士出身,致和元年(1328),为翰林待制,兼国史院编修官。文宗时预修《经世大典》。顺帝时总裁修辽、金、宋三史。累官拜翰林学士承旨。有《圭斋文集》传世。

**【译文】**

宋代六一居士欧阳修作《十二月鼓子词》,就是现在的《渔家傲》。元代的欧阳圭斋也有仿作,专咏元代燕京的风景民俗。

# 三二三　刘会孟

**【题解】**

本则见函海本《词品》卷六。杨慎辑录刘辰翁《宝鼎现》和尹济翁《风入松》词,并褒扬了刘辰翁的政治品节。亦见《升庵集》卷四十九。刘辰翁早期词多抒写胸襟抱负、抨击权奸误国之作,直率自然,苍劲有力。入元后所作,则多亡国之恨、故国之思,沉郁低徊,哀怨凄婉。本则所录《宝鼎现·春月》一词,着眼于都市浮华的描述,运用虚实结合、对比映衬等手法,极写心中的孤寂和落寞之感,寄寓了明显的今昔之叹,蕴含了深沉的故国之思。杨慎评为:"词意凄婉,与《麦秀歌》何殊。"杨慎又言,此词题为"丁酉",与陶渊明刘宋时书甲子之意相同。《升庵集》中亦有类似的认识:"盖宋亡之后,须溪竟不出也,与伯夷、陶潜何异哉!"(《升庵集》卷四十九"刘须溪")文末,杨慎还引录了尹济翁为刘辰翁祝寿词《风入松》。该词上阕借题发挥，叙写亡国之痛。其逡巡低徊之状，曲尽遗民心态，"柴桑""元嘉"云云，是借陶渊明寓写心迹。下阕运用神话故事等切入祝寿主题，但显然，杨慎所重视的不在于祝寿之辞，而只在上阕的遗民情怀。

　　刘须溪丁酉元夕《宝鼎现》词云①："红妆春骑，踏月花影，牙旗穿市。望不尽、歌楼舞榭，习习香尘莲步底。箫声断，约彩鸾归去，未怕金吾呵醉。甚辇路、喧阗且止。听得念奴歌起。　　父老犹记宣和事，抱铜仙，清泪如水。还转盼，沙河多丽。溷漾明光连邸第，帘影动，散红光成绮。月浸蒲桃十里。看往来神仙才子。肯把菱花扑碎。　　肠断竹马儿童，空见说，三千乐指。等多时、春不归来，到春时欲睡。又说向、灯前拥髻。暗滴鲛珠坠。便当日、亲见霓裳，天上人间梦里。"此词题云"丁酉"，盖元成宗大德元年，亦渊明书甲子之意也②。词意凄婉，与《麦秀歌》何殊③。尹济翁寿须溪《风入松》词云④："曾闻几度说京华。愁压帽檐斜。朝衣熨贴天香在，如今但、弹指兰阇⑤。不是柴桑心远，等闲过了元嘉。　　长生休说枣如瓜⑥。壶日自无涯⑦。河倾南纪明奎壁，长教见、寿气成霞。但得重携溪上，年年人共梅花。"

**【注释】**

①《宝鼎现》词：此词载《须溪集》卷九，题作"春月"。《全宋词》据《疆村丛书》本《须溪词》"月花影"作"月影"，"牙旗"作"竿旗"，"歌楼舞榭"作"楼台歌舞"，"帘影动"作"帘影冻"。

②渊明书甲子：史载：(陶渊明)所著文章皆题其年月，义熙以前则书晋氏年号；自永初以来，惟云甲子而已。陶渊明入宋后所著诗文不书年号、只书甲子，《文选》五臣注以为：意者，耻事二姓，故以异之。

③《麦秀歌》：古歌名，传为箕子所作，内容为抒写亡国之恨。《史记·宋微子世家》："于是武王乃封箕子于朝鲜而不臣也。其后箕子朝周，过故殷墟，感宫室毁坏，生禾黍。箕子伤之，欲哭则不可，欲泣为其近妇人，乃作《麦秀》之诗以歌咏之，其诗曰：'麦秀渐渐兮，禾黍油油。彼狡童兮，不与我好兮。'所谓狡童者，纣也。殷民闻之，皆为流涕。"《尚书大传》亦有载诗，文字稍有不同，并以为是微子所作。

④尹济翁：生卒年不详。字硐民。庐陵(今江西吉安)人。南宋词人。《名儒草堂诗余》卷下入选其词五首，《全宋词》据以录入。下引词题为"癸巳寿须溪"，载《名儒草堂诗余》卷下。

⑤兰阇(shé)：梵语或伊朗语译音，为褒赞之辞。刘义庆《世说新语·政事》："王丞相拜扬州，宾客数百人并加沾接，人人有说色。唯有临海一客姓任及数胡人为未洽。公因便还到过任边云：'君出，临海便无复人。'任大喜说。因过胡人前弹指云：'兰阇，兰阇。'群胡同笑，四坐并欢。"

⑥枣如瓜：《史记·孝武本纪》："(李)少君言于上曰：'……臣尝游于海上，见安期生，食臣枣，大如瓜。'"此反用其典，言刘辰翁不依靠神仙之术，自有长寿之法。

⑦壶日：神话以为壶中别有天地，《后汉书·费长房传》："费长房者，汝南人也，曾为市掾。市中有老翁卖药，悬一壶于肆头，及市罢，辄跳入壶中，市人莫之见，唯长房于楼上睹之，异焉。因往，再拜奉酒脯。翁知长房之意其神也，谓之曰：'子明日可更来！'长房旦日复诣翁，翁乃与俱入壶中，唯见玉堂严丽，旨酒甘肴，盈衍其中，共饮毕而出。"

## 【译文】

刘须溪丁酉年咏元宵《宝鼎现》词言："红妆春骑,踏月花影,牙旗穿市。望不尽、歌楼舞榭,习习香尘莲步底。箫声断,约彩鸾归去,未怕金吾呵醉。甚辇路、喧阗且止。听得念奴歌起。　　父老犹记宣和事,抱铜仙,清泪如水。还转盼,沙河多丽。滉漾明光连邸第,帘影动,散红光成绮。月浸蒲桃十里。看往来神仙才子。肯把菱花扑碎。　　肠断竹马儿童,空见说,三千乐指。等多时、春不归来,到春时欲睡。又说向、灯前拥髻。暗滴鲛珠坠。便当日、亲见霓裳,天上人间梦里。"这首词题为"丁酉",大概是元成宗大德元年,也即陶渊明只说甲子、不书年号之意。词意悲伤婉转,与《麦秀歌》何异。尹济翁为须溪祝寿作《风入松》词言："曾闻几度说京华。愁压帽檐斜。朝衣熨贴天香在,如今但、弹指兰阁。不是柴桑心远,等闲过了元嘉。　　长生休说枣如瓜。壶日自无涯。河倾南纪明奎壁,长教见、寿气成霞。但得重携溪上,年年人共梅花。"

# 三二四　镜听

## 【题解】

本则见函海本《词品》卷六。镜听,乃古占卜法,唐代诗人李廓、王建《镜听词》对其程序和方法有非常形象的描述。此两诗均写妻子于暗夜中外出听人言,以占卜外出丈夫何时归来。情真调楚,悃款缠绵,十分感人。不过,此两首皆为乐府诗,与词无涉。

李廓、王建①,皆有《镜听词》②。镜听③,今之响卜也④。

## 【注释】

①李廓:生卒年不详。陇西(今属甘肃)人。唐代诗人。宰相程之

子,元和中登进士第。《全唐诗》存诗十八首。王建(约766—约834):字仲初,颍川(今河南许昌)人。大历进士,晚年任陕州司马。有《王司马集》。

② 皆有《镜听词》:李廓《镜听词》:"匣中取镜辞灶王,罗衣掩尽明月光。昔时长著照容色,今夜潜将听消息。门前地黑人来稀,无人错道朝夕归。更深弱体冷如铁,绣带菱花怀里热。铜片铜片如有灵。愿照得见行人千里形。"题下注:"古之镜听。犹今之瓢卦也。"王建《镜听词》:"重重摩挲嫁时镜,夫婿远行凭镜听。回身不遣别人知,人意丁宁镜神圣。怀中收拾双锦带,恐畏街头见惊怪。嗟嗟嗻嗻下堂阶,独自灶前来跪拜。出门不愿闻悲哀,身在任郎回不回。月明地上人过尽,好语多同皆道来。卷帷上床喜不定,与郎裁衣失翻正。可中三日得相见,重绣镜囊磨镜面。"

③ 镜听:占卜法之一。于除夕或岁首,怀镜胸前,出门听人言,以占吉凶休咎。元伊世珍《瑯嬛记》卷上:"镜听咒曰:'并光类俪,终逢协吉。'先觅一古镜,锦囊盛之,独向灶神,勿令人见,双手捧镜,诵咒七遍出,听人言,以定吉凶。又闭目信足走七步,开眼照镜,随其所照,以合人言,无不验也。"

④ 响卜:占卜法之一,以听别人言语卜吉凶,一般在除夕夜进行。五代王定保《唐摭言·听响卜》:"毕诚相公及第年,与一二同人听响卜。夜艾人稀,久无所闻。俄遇人投骨于地,群犬争趋;又一人曰:'后来者必衔得。'"宋朱弁《曲洧旧闻》卷九:"《王建集》有《镜听词》,谓怀镜于通衢间,听往来之言,以占休咎;近世人怀杓以听,亦犹是也;又有无所怀而直以耳听之者,谓之响卜。"

【译文】

李廓、王建,都有《镜听词》。镜听,就是现今的响卜。

# 中华经典名著
## 全本全注全译丛书
### （已出书目）